「新时代筑高峰」大连原创文艺作品丛书

2018大连文学年选

主　编◎吴作江

执行主编◎宁　明

大连出版社
DALIAN PUBLISHING HOUSE

图书在版编目（CIP）数据

2018大连文学年选 / 吴作江主编. — 大连：大连出版社，2019.12
（“新时代筑高峰”大连原创文艺作品丛书）
ISBN 978-7-5505-1485-0

Ⅰ. ①2… Ⅱ. ①吴… Ⅲ. ①中国文学－当代文学－作品综合集－大连 Ⅳ. ①I218.313

中国版本图书馆CIP数据核字(2019)第220440号

出 版 人：刘明辉
策划编辑：张 波
责任编辑：刘丽君 金 琦
封面设计：张 金
版式设计：张 波
责任校对：安晓雪 乔 丽
责任印制：孙德彦

出版发行者：大连出版社
地址：大连市高新园区亿阳路6号三丰大厦A座18层
邮编：116023
电话：0411-83620442
传真：0411-83610391
网址：http: // www.dlmpm.com
邮箱：dlszhangbo@163.com
印 刷 者：深圳市国际彩印有限公司
经 销 者：各地新华书店

幅面尺寸：170mm × 230mm
印 张：32.5
字 数：520千字
出版时间：2019年12月第1版
印刷时间：2019年12月第1次印刷
书 号：ISBN 978-7-5505-1485-0
定 价：68.00元

2018大连文学年选

编　委　会

目　录

小说卷

中篇小说

短篇小说

诗歌卷

散文卷

儿童文学卷

文艺评论卷

小 说 卷

中篇小说

作者简介

老藤，本名滕贞甫，中国作家协会会员，中国作家协会全国委员会委员，辽宁省作家协会党组书记、主席。1983年开始在报刊上发表文学作品，出版长篇小说《腊头驿》《鼓掌》《樱花之旅》《刀兵过》等，小说集《熬鹰》《没有乌鸦的城市》等，文化随笔集《儒学笔记》《探古求今说儒学》等。

黑画眉

一

谁也说不清这个世界上到底有多少种气味。作为生命与生命之间的联系，它无影无踪，却又无处不在；它能决定运势、左右食欲，却又平淡无奇，被人忽略不计。每个人都有选择喜欢的气味的权利，豆花小嫚喜欢的气味与众不同，她对紫花苜蓿青贮后散发出的干草味儿十分着迷，这气味温暖、香甜、清新，让人入静止躁。由此，她对那些以紫花苜蓿为饲料的家畜也很喜爱，比如牛、马、羊。当然，她最偏爱的还是驴，这不仅因为驴散发出的干草味儿比较纯，还因为她对驴有一段刻骨铭心的记忆。

小嫚上学时，每天要路过一个叫五魁驴肉馆的饭店。清早，饭店门前的木桩上总会拴着不同的驴。小嫚和同学小黑经过这里，小黑说，我讨厌这根木桩，拴在木桩上的驴就像绑在绞刑架上的人，真可怜！小嫚走过去摸摸驴的脊背，看看驴的眼睛。与牛眼的执拗、马眼的惊惧和羊眼的呆滞相比，驴眼要生动许多，透过这双眼睛，似乎能看到清澈流淌的蒲河以及河畔繁茂的紫花苜蓿。紫花苜蓿长满蒲河两岸，夏天，紫色的花海彩绸一样随风起伏，似乎要将蒲河水染碧成朱；到了秋季，勤快的农户将它收割打捆，垛在河边，像一座座迷彩碉堡。小嫚和小黑放学后常到这些草垛间捉迷藏，玩耍够了，带着满头草屑回家，干草味儿浸透在小嫚儿时的记忆里。

小嫚从来不做梦，尽管她处在一个多梦的年纪。她认为女人做梦都是闲的，不信，白天推磨磨两筲豆子，看晚上还做不做梦！但不屑于做梦的她，突然做了一个奇怪的梦，这个梦让她第一次感到，原来梦是有重量的。

小嫚说的磨豆子，是她每天都要重复的工作，这是石磨豆花最大的卖点。小嫚家的石磨豆花从祖辈开始，就忌用铁器，石磨、木桶、陶缸，连舀水都用葫芦水瓢。机器磨出的豆花吃起来有股铁锈味儿，只有手工石磨磨出的豆花才是原汁原味儿。小嫚家的石磨豆花店是甜水镇名副其实的老字号。清晨，赶着上班或出工的人到石磨豆花店喝碗咸豆花，吃张热油饼，如同有钱人下馆子，是一件很体面的事。大腹便便的镇长牛志也常常在清早光临石磨豆花店。牛志开辆黑色切诺基，威风霸气，往店门口一横，进到店里，人未落座，话语先至：小嫚，两碗石磨豆花、一张油饼！麻溜点，赶着下乡呢！邻桌吃豆花的人便想，甜水已经算乡下了，再下乡，就是要到村里去。牛镇长虽姓牛，却是驴脾气，顺毛摩挲怎么都成，要是戗茬顶牛，便会尥蹶子。牛志对甜水百姓的事很上心，比如说石磨豆花店的老井能留下来，就是牛志的功劳。为防控地下水位下降，县水利局不允许居民私自打井，原有的水井也要封填，要求居民一律用自来水。石磨豆花不行，用了自来水这豆花就变味儿了。牛志来吃豆花时小嫚说了这事。牛志筷子一拍：石磨豆花店的老井比我牛志岁数都大，要封井先把我撤了再说！一句话，石磨豆花店院子里的老井免去了被填的命运。

小嫚男人在外跑船，她和父亲经营石磨豆花店，店不大，人气却旺。父亲说，豆花是穷人的盛宴，只要甜水镇还有穷人，石磨豆花生意就不会差。父亲过世后，小嫚和丈夫商量店还开不开。男人说，算了吧，你一个女人撑不起门面，店虽小，该打理的事一样不少。小嫚说，石磨豆花店若是关了，街坊邻居喝不上豆花、吃不成油饼，咱不成了罪人？男人说，我是大副，船上离不开。小嫚犹豫了一会儿说，你安心跑船吧，我留在甜水接班开店。男人很担心，说，有上门找碴儿的无赖咋办？小嫚说，我养条狼狗，看谁敢来欺负我！男人也觉得石磨豆花店关了可惜，就说，那就买吧。小嫚果真养了条威风凛凛的黑贝，继续留用父亲在世时就雇的邻居全婶，还新收了个叫雷子的哑巴当帮工，石磨豆花店在众人的期待中又重新开张。教过小嫚的甜水中学高老师说，小嫚你做了件好事，石磨豆花店要是关了，甜水人的记忆就没滋味了。与大城市一样，甜水的生活节奏也像上足了发条的钟表，时针、分针、秒针争先恐后往前跑，人们疲于这种刷屏般的节奏，开始怀念慢悠悠的过去。甜水人一怀旧就想吃石磨豆花，很多家爷爷吃、父亲吃，到了自己这一代还吃，吃石磨豆花已经成了一种回味。

小嫚这个梦清晰真切，如同现实中的情景再现，她甚至知道自己在做梦，却无法改变梦的走向。她梦到了镇东面那条芦花摇曳的苇河。甜水镇东临苇河，西接蒲河，北靠椅子山，全婶的老伴全叔说这是绝佳风水宝地，要是在古代，说不准就被阴阳先生选了去做皇陵圣地。甜水人都暗暗庆幸，要真的被选为皇家陵园，甜水人还能在这里居住吗？苇河东岸除了甜水中学外，还有个只有一间房的小城隍庙。庙建于何时已无从查考，小庙像甜水中学的私生子，孤零零地站在一片油菜地里。苇河西岸是店铺林立的镇中心，镇上街道不多，却十净，家家户户门前屋后栽有核桃树、李子树和山楂树。从苇河西岸到东岸去上学，没有桥，只能踩着河底几块青石过河，好在水不深，水流也不急，站在青石上可以看到水中游来游去的小鱼。有机智的学生用细绳拴住空罐头瓶，里面放一点儿饭团，将瓶置于水中，待贪吃的小鱼进到瓶中，再猛地提起来，会捉住许多青脊银腹的小鱼。养着小鱼的罐头瓶就成排地放在教室窗台上，成为一道风景，老师也懒得管。河底的青石路东头通甜水中学，西头是甜水有名的五魁驴肉馆。小嫚的梦里就出现了这样一个真切的环境。

梦中，小黑向她求救，说马五魁要害他。马五魁是五魁驴肉馆的老板，一个能把账算到骨头里的生意人。他的驴肉馆，三百六十五天一天一头驴，大年三十也不收刀。驴肉馆门前的场院成了驴的鬼门关，有驮货或拉车的驴经过这里，不用吆喝便会加快步伐，逃离这血腥之地。马五魁是临夏人，黄胡子，单眼皮，将军肚，喜欢穿无领白汗衫，二十几岁开驴肉馆，开到了四十几岁，算是甜水先富起来的一拨人。梦里，小嫚见到浑身湿漉漉的小黑被绑在木桩上，正痛苦地挣扎，见到她，小黑说，小嫚你快救我。小嫚说，你已经淹死了，怎么会在这儿？小黑说我惦记这些驴，天天在河边为驴引路，怕它们掉到河里。小嫚说，你死后我为你哭过好多回，你平时在哪里呀？小黑说，河里又湿又冷，没有落脚的地方，我就在芦花里蜷着。小嫚哭着上前给小黑松绑，她闻到了一股紫花苜蓿的干草味儿，这气味像一截点燃的蚊香，把她从梦境中熏醒。醒后小嫚觉得蹊跷，怎么平白无故会做这样一个梦？小黑多年前放学时，遇到椅子山跑山洪，浅浅的苇河顿时激流狂奔，柳罐大小的石头在河里翻滚。小黑不知怎么发现一头被洪水冲走的小驴，为了救这头小驴，小黑不幸溺水身亡，这件事让她难过了很久。小黑是她最好的朋友，两人在紫花苜蓿草垛间捉迷藏时头上沾满草屑的情景历久弥新。

小嫚有事愿意和全婶说。全婶油饼烙得好，为小嫚出主意也能拿捏好火候。小嫚说了昨夜的梦，全婶听后摇摇头，说这个梦她圆不了，得回去问老伴。全婶老伴全叔外号全大下巴，是甜水镇骡马市场上的牲口牙纪。牲口牙纪是一个几近消亡的古老职业，说白了就是骡马交易中介，凭牙口判断牲口年龄，在交易中捅袖袖、定价码，有黑话一样的指语，什么伸七捏八勾子九，讨价还价全在袖子里搞定。全叔和牲口打了一辈子交道，对牲口说的话比人还多。骡马市场上的客户常常见全叔和一头牛、一匹马对话，说了些什么谁也不知道。全叔吃素，身上却带煞气，街上的恶狗都怕他，再厉害的狗见到他要么摇尾示好，要么就夹着尾巴溜掉。

全叔对小嫚的梦的解析简单至极：石磨豆花店要来新人了。小嫚有些不解：小黑求救和店里来新人有什么关系？再说，自己从没有想过要雇人的事。小嫚没有多问，这个梦在心里如同一筲待磨的豆子，越涨越大，越来越重。

二

五魁驴肉馆欠了石磨豆花店两年的账，每次催要，马五魁都是一副死猪不怕开水烫的无赖相。马五魁老账不还，新账还在增加，小嫚面子矮，不愿意撕破脸皮，驴肉馆来赊石磨豆花，还是照给不误。五魁驴肉馆那么大的生意，一点儿石磨豆花几个钱？马五魁不至于总是赖账不还吧。小嫚不知道，马五魁欠账不还有他的目的，就是想让小嫚来求他。马五魁天天吃驴三件，甜水有几个跳广场舞的女人喜欢跟他搓麻将，但小嫚对马五魁颇为不屑，认为马五魁有点儿像捞上岸的河豚，一个劲儿地膨胀。有钱又怎样？小嫚甚至对全婶说，有了钱就咋呼的男人其实不值钱。全婶的话更狠：马五魁算什么？连驴都不如。

但是，小嫚免不了与马五魁打交道，两年欠账，对于本小利薄的石磨豆花店来说不是小数。小嫚来找马五魁，叼着烟的马五魁正和三个女人搓麻将，见小嫚来了，马五魁一边搓麻将一边说，要不要打一圈，小嫚？赢了给你，输了算哥的。小嫚说，我还要忙着磨豆子，麻烦你把账结一下。马五魁说，好说好说，不就几个豆花钱吗？明个就结。小嫚站在那里没动，马五魁说过多少次明个了，也不见他结账。麻将桌中有个抽烟的女人叫季子红，在石磨豆花店旁开了个保健品专卖店，店面冷清，便总是搞促销活动忽悠一些老人，有上当的老人举报到镇工商所，工商所所长侯仲杰发狠话要查。让举报人失望的是，侯仲杰亲自到季子红店里查了几次，查处的事便没了下文。季子红见小嫚不走，劝小嫚，回去吧小嫚，不说明个结嘛。小嫚知道等下去也不会有结果，就扭头离开了。房间里满是刺鼻的烟味儿，小嫚差点儿被呛出来，她不理解那三个女人怎么能坐得住。

第二天再去，马五魁把小嫚领到办公室，关上门说，现在青藏铁路通了，我想去西藏旅游，带上你怎样？开销由我出。小嫚冷冷地说，我没工夫，天天两筲豆子等我磨呢。马五魁脸色有点儿绿，道，多少女人想跟我去我都没答应，给你面子你还不识抬举。小嫚不想和他纠缠，说，别人去我不管，我知道自己没有理由和你去旅游。马五魁办公室里挂着一张唐卡，唐卡下有转经筒、香炉，他走到转经筒前轻轻拨动了一下，转经筒开始转动。他说，我们做生意的应该到西藏求个活佛保佑，听说挺准的。小嫚说，我等着结账呢，马老板。马五魁说，坏了坏了，会计去县城看病了，慢性阑尾炎，今早走的，你下次再来吧。小嫚叹口气，说，那我明天再来。

再次来五魁驴肉馆，还没进门，小嫚看到门前木桩上拴着一头黑驴。很瘦的一头驴，皮毛暗淡，沾满尘土。她停下脚步，这么一头驴马五魁也忍心杀？她过去抚摸了一下黑驴的鬃毛，鬃毛很乱，缺少梳理。黑驴抬头看着小嫚，目光哀怜，小嫚觉得这目光好熟悉，似乎在哪里见过。黑驴除却眼圈、嘴头、前胸口、两耳内侧是白色，其他部位皆为黑色。拴驴的木桩很粗，小黑当年叫它索魂桩。木桩是槐木的，树皮早已磨掉，露出裂开的木纹，泛着黑乎乎的油腻。小嫚转身到河边薅了一把紫花苜蓿放在驴跟前，黑驴甩甩尾巴，并不低头吃草，目光一直跟着小嫚。

马五魁已经在窗内观察了好一会儿，看到小嫚去河边薅草，便推门出来。这是一头抵账的驴子，因为太瘦，他正愁着催肥。催肥需要几麻袋豆粕，现在饲料价格看涨，买豆粕要花不少钱。他不明白小嫚怎么会对这头黑驴感兴趣，看了一会儿，他下意识发出一声坏笑。怎么，看上这头驴了？马五魁叼着烟说。

这么瘦的一头驴，你也杀？小嫚看着腆着肚子的马五魁问。马五魁脖子上挂着一个蜜蜡观音，精致庄严的观音与无领老头衫很不搭。

不杀驴，我卖什么？马五魁将燃着的烟头掷在地上，上前拍了拍黑驴的脖颈道，瘦不打紧，至少驴三件和驴板肠能卖好价。

小嫚心里一紧，再看黑驴，两只大眼睛还在望着她，眼角似乎有些湿。小嫚叹了口气，她知道自己无法救这头驴，不管什么驴，也不管胖瘦，只要往五魁驴肉馆门前索魂桩上一拴，就等于判了死刑。她对马五魁说，我是来结账的。

马五魁眼睛眨了眨，又点燃一支烟，深吸几口，吐出个慢慢放大的烟圈，又一口气将烟圈吹破，然后说，这样吧，看你可怜这头黑驴，我就做点儿善事，你把黑驴牵回去，顶两年豆花账，咱俩两不亏，怎样？

小嫚心里算了一下，黑驴顶两年的豆花账，亏马五魁想得出，这是明睁眼露占便宜。马五魁见她没有回话，又跟了一句，不顶就算了，侯所长预订了明晚的驴三件，明天一早这驴就下锅了。说完，斜眼观察小嫚，他知道自己的话标枪一样击中了小嫚的软肋。或许，黑驴能听懂马五魁的话，马五魁下锅一句刚说完，黑驴竟然伸长脖子叫了三声，叫声凄切，让人心里发颤。马五魁被吓了一跳，嘴上骂了一声，朝驴尻踹了一脚。小嫚听到驴叫后忽然想起高老师说过，驴叫在古代是受人追捧的美声，古代的“竹林七贤”、曹丕皇帝都学过驴叫。高老师是甜水中学历史老师，教过小嫚，是石磨豆花店常客，有时吃完豆花也不回学校，到隔壁找全叔对弈。高老师对驴叫的褒扬影响了小嫚，她听到黑驴的叫声不但不反感，反而觉得很是嘹亮。她说，顶账就顶账，这驴我要了。马五魁愣了一下，似有一朵花在脸上绽开，说，好好好，我这就写字据。小嫚摸了摸黑驴的脊背，有一种皮包骨的手感，心中对这头驴充满怜悯。马五魁拿来字据，小嫚看了一眼，签上名字，亲自解开缰绳，牵着黑驴头也不回地走了。马五魁拿着一纸字据，斜靠着那根索魂桩，看着小嫚牵驴慢慢走远，又点上一支烟大口大口抽起来。

雷子见小嫚牵着一头黑驴回来，跑过来接了缰绳，嘴笑得合不拢。雷子没学过哑语，无法与人交流，在甜水几乎没有朋友，有了驴，雷子就有了伙伴。石磨豆花店西面是蒲河，河边有草甸，草甸上是大片野生紫花苜蓿，正适合放牧。以往，雷子没活的时候就到河边玩耍，持一根竹竿钓鱼，现在有了驴，他就有了营生。全叔听老伴说小嫚牵了头驴回来，感到很意外，小嫚买驴不找他当参谋，这事说不过去啊，他便来看看到底是头什么驴。小嫚说，马五魁顶账给我，我就牵回来了。全叔明白了，掰开驴嘴看了看，目光泛出神采，才三岁，好驴！小嫚疑惑地问，这么瘦，好在哪儿呀？这是广灵驴呀！全叔兴奋地说，五白一黑，叫黑画眉，通人性，能负重，还长寿，拉磨拉车那是一等一！黑画眉？小嫚觉得这个名字好，这名字像人名、像鸟名，就是不像一头驴的名字，但全叔这么叫，就等于给这头驴命了名。她琢磨：那晚的梦是不是与这头黑驴有关？

小嫚开始留心黑画眉。雷子教它拉磨，拴好套后，黑画眉竟然不戴蒙眼就默默地围着磨道转圈。黑画眉拉磨用心，每一步都走得坚实有力，只要小嫚在看，黑画眉就兴奋，大大的眼睛如同黑玛瑙一般流光溢彩。小嫚觉得没有必要将黑画眉的眼睛蒙上，让一个人稀里糊涂干活且不好，让一头驴蒙眼拉磨就好吗？

黑画眉颇有君子之风，它的礼让完全颠覆了小嫚对驴的认识。黑画眉的石槽也是黑贝的饭碗，雷子喂食时没有偏向，同步进行，将不同的饲料各置一边，中间用一块隔板分开。黑贝吃东西时，黑画眉不会去石槽吃草料，它站在一边静静地看着。黑贝狼吞虎咽的时候，黑画眉还会甩甩尾巴，不时打个响鼻，像自己吃到了可口的饲料一样高兴。雷子不会说话，却能看出黑画眉的谦让，就比比画画想给黑贝另准备一个食盆。小嫚没有同意，在同一个石槽吃食，像人一个锅吃饭一样，黑贝和黑画眉同属石磨豆花店，为什么要分槽饲养呢？

小嫚男人休渔期回来，黑画眉在草地上撒欢跑了两圈，把河畔的野鸭惊得扑棱棱飞走。男人说，这驴懂得里外，就应该是咱家的牲口。小嫚说，不要用“牲口”这个字眼，它是黑画眉。

驴一岁等于人七年，三岁的黑画眉正处于青春期，浑身散发着活力。一次，雷子牵它去镇东粮站驮黄豆，路过五魁驴肉馆门前它忽然停下了，盯着那根曾经拴过自己的索魂桩，两只耳朵矛一样前竖。索魂桩上拴着一头灰秃秃的小母驴，低眉顺眼，眼睛盯着地面，地上有一摊似血似油的污渍。黑画眉走过去，在毛驴身上嗅了个遍，毛驴很顺从，两只耳朵向后并拢，这是表示亲昵的动作。黑画眉和毛驴头顶头靠在一起。马五魁出来了，高声说，这是小嫚那头驴吗？小嫚都喂啥喂得这么肥？说完，在驴背上拍了一巴掌。黑画眉甩甩脖颈上的鬃毛，用力喷了个响鼻。黑画眉不一样的响鼻表达不同的情绪：喜悦，响鼻清脆响亮；忧郁，响鼻低沉拉长；不满，则是一种喷射。黑画眉这声响鼻，很明显在表达对马五魁的不满。

三

三个月，黑画眉不催自肥。小嫚说这要归功于雷子，雷子和黑画眉如兄弟般相处，一早一晚都散放黑画眉去蒲河边吃紫花苜蓿，有夜草可吃的黑画眉怎能不肥？

黑画眉来到石磨豆花店后，不用戴笼头，也不用套缰绳，除了拉磨上套外，其他时间都是散放。雷子只要在它脖子上拍两下，黑画眉就会跟着走，雷子在前，黑贝在中间，黑画眉殿后，在蒲河河畔构成一幅优美的乡村图画。

让小嫚对黑画眉心生敬意的是黑画眉在母驴的问题上绝不苟且。东街邓皮匠家一头母驴到了发情期，邓皮匠相中了威风凛凛的黑画眉，来找小嫚求情，让黑画眉配种。小嫚懒得处理这等事，便请全叔来办。邓皮匠家的母驴是一头晋南驴，清秀细致，背腰平直，算得上是驴中佳丽。邓皮匠在它的宽额上系了一个红缨，看起来更加楚楚动人。整整三天，黑画眉不为所动，无论母驴如何表示亲昵，黑画眉总是雕塑一样，邓皮匠只得牵着母驴无功而返。

让小嫚始料不及的是，一向温驯的黑画眉竟然把杨光给踢了。杨光是谁啊？甜水街面有名的愣头青，城管中队长，他姐夫就是大名鼎鼎的牛志。一日，雷子去河边放驴，在店里忙碌的小嫚忽然听到黑贝狂叫起来，黑贝从不谎叫，叫得这般激烈，肯定是遇到了歹人。小嫚记得三伏天一个夜晚，因天热，她只穿件内衣开着窗子睡觉，半夜里黑贝忽然狂叫起来。她被惊醒后打着手电到院子查看，发现院墙根有一只皮凉鞋，黑贝的嘴角带着血渍。她知道院子进来人了，被黑贝咬了一口跳墙而逃，慌乱中落下了这只皮凉鞋。黑贝的狂吠让她想起了那天夜晚的事，雷子毕竟是个哑巴，没法与人交流，她便快步来到河边，只见杨光正捂着裤裆蹲在地上哎哟哎哟叫唤。原来，杨光是来没收黑画眉的，他手持一根柳条抽打黑画眉肚皮想赶它走，结果被黑画眉踢在裤裆处。雷子则抱紧黑贝，不让黑贝再冲上去撕咬。杨光个头不高，权力不小，甜水镇大小店面都拿他当盘硬菜。他到石磨豆花店吃早饭从不付钱，吃完撂下一句，记我姐夫账上。其实，牛志吃豆花不欠账，每次都扔下十块钱，找零都不要。牛志有这样一个小舅子，跟着吃了不少挂落。杨光蹲在草地上说，镇上有规定，散放牲口一律罚没，这黑驴还敢踢我，今天不把你送到驴肉馆宰了，我他妈不姓杨！说完，又哎哟哎哟叫个不停，看来黑画眉这一蹄子踢在了要害处。

你怎么能抽驴肚子呢？驴和马的肚子是万万抽不得的，若是马，一抽就惊；若是驴，则会尥蹶子踢人。小嫚解释说，杨队长你可要记住，打哪儿也不能打驴肚子。

小嫚不明白杨光怎么会忽然来这一手，如果不让放牧，通知一声不就完了，为什么要等到黑画眉体壮膘肥再来执法？她怀疑背后有人捣鬼。她说，黑画眉还要回去拉磨，你把它没收了，明早就没豆花吃了，到那时甜水镇的人都会知道是你没收了黑画眉。杨光一双小眼睛转了转，道，你说咋整？小嫚说，先让黑画眉回去拉磨，明天再去找你商量处罚的事。杨光常来吃石磨豆花，他也不希望明天没有豆花吃，此外，黑画眉没有缰绳，他想牵也无法牵，黑画眉又不会主动跟他走，便点点头同意了。杨光想站起来，弓着腰又蹲下了，气哼哼地道，我还没娶媳妇，要是被这黑驴踢废了，你要负责任。小嫚轻轻一笑，说，杨队长，你还是找驴算账吧。

午后，小嫚去镇里找牛志。牛志中午有接待，下午正歪在沙发上犯困，见小嫚进来，耷拉着眼皮问，啥事？小嫚说了杨光要没收黑画眉的事，请牛镇长给讲讲情，镇上禁止放牧的事也没见到告示，怎么说没收就没收？牛志性子直，听完小嫚的诉苦眼睛顿时瞪圆了，骂道，这个二百五又让人当枪使了！抄起电话打给杨光，劈头盖脸一顿骂。原来，这主意是季子红出的，季子红为了给侯所长弄驴三件，鼓动杨光没收黑画眉，然后卖给驴肉馆，驴三件给侯所长，驴肉钱就留给城管队当经费，马五魁那边她去说。牛镇长在电话里骂，你再听那个骚娘儿们的馊主意，我就把你给骟了！小嫚觉得牛志真是个好人，骂小舅子就像骂三孙子，不搞官官相护。有牛志撑腰，黑画眉总算安全了。不过，她想不通季子红这么做是为什么，她明明和马五魁穿一条裤子，为什么又去傍侯所长呢？

说起季子红，全婶对这个时髦女人的评价与众不同。她也不容易，全婶说，街面上的事不是女人说了算，不能把脏水都泼到女人身上。全婶的话让小嫚憋在肚子里的气消了不少，季子红的确不容易，上次忽悠老年人高价买保健品的事虽然摆平，但侯所长水蛭一样吸住了她。侯所长小气、猥琐，害着痂气，没有哪个女人会看上他，相貌出众的季子红更不会喜欢他。有一次季子红来吃豆花，对小嫚抱怨侯所长太色，隔三岔五到店里拿玛卡胶囊吃，也不知道吃了后到哪里去寻欢作乐。侯所长喜欢吃肉，早晨也要到五魁驴肉馆吃驴肉包子，他说早晨不吃肉，一天没精神。他和季子红之间的关系说不清道不明。小嫚有点儿同情季子红，尽管黑画眉的事让她再来吃豆花有些不自然，但小嫚并没把话说破。倒是被姐夫撸了一顿的杨光缓过神来，酒后找上门对季子红破口大骂，说，你给相好的弄驴三件，差点儿让驴把我给废了，你缺德不缺德？！这些话被全婶听到后告诉了小嫚，小嫚说，人总有犯浑的时候，过去了就让它过去吧。

黑画眉危机解除，小嫚松了一口气，这件事也应了全叔的一句话：仁畜自有天助。

小嫚觉得黑画眉不是一头驴，而是一个不会说话的人，甚至比人更值得信任。她每次看黑画眉，它都会打一个响鼻，甩一甩尾巴，她知道黑画眉这是在向主人示意。仔细观察黑画眉，越看越像小黑，小黑虎头虎脑，长得像电影《闪闪的红星》里的潘冬子。当年，小黑跳进苇河救驴的情景恍若就在昨天，河水中那头小驴浮上浮下，下游几十米就是陡坡深潭，小驴被冲下去必死无疑。小黑将书包塞给她，三两下脱下褂子跳进河里，用力将驴往河岸推，待岸上同学拉住驴时，他却脚下一滑栽进激流，被山洪冲下深潭。小黑为了一头驴结束了十五岁的生命。小黑落入深潭，第一个跳下去救人的是马五魁，那时马五魁还年轻，身体也棒，他潜水摸到了小黑，和众人一起合力将小黑打捞上岸。小黑的死让小嫚精神恍惚了很久，学习成绩直线下降，每次打开课本，看到的要么是小黑，要么是那头被救的小驴。小嫚就是那段时间对驴眼有了刻骨铭心的印象。小嫚没有考上高中，初中毕业就跟父亲学做石磨豆花。父亲说，一招鲜，吃遍天，学会了做石磨豆花，一辈子饿不着。

我怎么看到黑画眉总想起小黑？小嫚问全婶。

小黑是淹死的，淹死的人不能托生，全婶说，你去城隍庙烧点儿纸吧，老全说当年那个学生溺水后，苇河再没发过水，也就再没淹死人，死人的魂魄只能挂在芦花上摇荡。小嫚很清楚这是迷信，但为了小黑，她还是去城隍庙烧了两刀黄表纸。小黑是多好的男孩啊，好人的灵魂应该有个归宿。回来时，遇到了站在河边剔牙的马五魁，马五魁看小嫚去城隍庙烧纸感到奇怪，那地方只有给死人报庙、送盘缠才去，小嫚无缘无故去烧什么纸？他好奇地问，你去城隍庙干什么？小嫚不愿意与他搭话，便没头没脑地回了一句，替你送盘缠。一句话把马五魁的脸说得煞白，骂了声，便扭头回去了。

小嫚轻松了不少，心里那一筲泡好的豆子磨成豆汁流走了。其实，她知道这么做有点儿愚昧，但不管用什么办法，能得到心理安慰就达到目的了。

回到石磨豆花店，黑画眉正在葫芦架下站着，见到她竟迎上来，在她身上嗅了嗅，好像在寻找什么。她抬起手臂闻了闻自己的衣袖，结果闻到了紫花苜蓿浓郁的干草味儿。她想，这回可好了，自己和黑画眉气味相投了。

四

马五魁也有苦恼的时候，他的苦恼在季子红身上。季子红本来答应跟他去西藏，最后却跟侯所长去了，为此，马五魁大发牢骚，说有多少钱也不如有权好使。

事实并不是马五魁想的那么不堪，季子红去西藏从某种意义上讲是响应镇政府号召。镇政府召开民营企业发展工作会，牛志在会上批评说，你们这些个体户都照镜子看看，个顶个鼠目寸光，整天守着甜水一亩三分地，能有多大出息？你们要走出去，深圳、海南、西藏，只要有路的地方都应该去，开阔视野，取回真经，把企业做强做大。侯所长领会镇长意见快，散会第二天，就给镇上的个体户发通知，要组织大家去西部考察，其中最重要的一站是西藏。季子红当然不会错过这个机会，她来动员小嫚一起去，小嫚说，我一个卖石磨豆花的，去西藏抢人家酥油茶生意吗？季子红不这么想，她有她的打算，就这样，季子红跟侯所长去了西藏。

被放了鸽子的马五魁决定不去西藏，他说老子不能步人后尘，要去，就去东北！他带着几个喜欢跳广场舞的女麻友去了东北，长白山、威虎山、大顶子山，转了一路山，打了一路麻将。跟他去的女人回来说，马五魁将整个东北骂了一圈，好像不是去旅游，而是去打架。

季子红从西藏回来，人黑了不少，与侯所长的关系近了许多，两人可以毫无顾忌地在一张小桌子上吃豆花。季子红是个爱炫耀的女人。小嫚在洗碗，季子红拉着小嫚从厨房来到餐厅，在她崭新的苹果手机上一张张翻照片。这张咋样？这可是纳木错，圣湖！不厌其烦地给小嫚分享她在雪域高原上的快乐。小嫚本不想看，但禁不住季子红的一再介绍，便在围裙上擦擦手，接过手机翻看。手机里的照片全都人大景小，去西藏是为了看景色而去，照些大头贴回来有啥用？在椅子山也能照，还用上青藏高原？但她嘴上不说，她不想扫季子红的兴。照片无所谓，倒是季子红手机皮套上的味道引起了她的好奇，这味道怪怪的，闻到后像有只无形的小虫往鼻子里钻。问季子红这是什么味儿，季子红神秘地说，费洛蒙香水，你不懂。

晚上，去西藏的考察队员在五魁驴肉馆聚会，侯所长高原反应没缓过来，加上马五魁不怀好意猛劝酒，侯所长酒喝得有点儿高。晚上九点，季子红打电话，说，小嫚你看好狗，侯所长喝多了，要喝碗豆花解解酒。店已经打烊，但季子红来电话，小嫚不得不起身应酬。她让住在厢房的雷子拴好黑贝，自己打开院门，见季子红扶着侯所长摇摇晃晃正走过来。

多了？小嫚问。多了，季子红说，侯所长和马五魁拼酒，一人一瓶，两人都萎了。

侯所长意识有些模糊，嘟哝道，我鞋呢？我不能光着脚。

小嫚和季子红低头看，侯所长脚上是一双崭新的“鳄鱼”牌皮鞋。季子红说，新鞋，他担心丢在五魁驴肉馆。

雷子将黑贝拴好之后，把黑画眉也拴在葫芦架上。拴住才安全，这是上次杨光来没收黑画眉后，雷子心里生出的想法。

小嫚热了两碗豆花端上桌，又上了一盘油饼。石磨豆花的确能解酒，这个结论是牛志得出的，牛志每次醉酒都来喝两碗石磨豆花。牛志的经验是，豆花要热，多放胡椒，这样几口喝下去，体内的酒会变成汗排出来，酒困自然解除。牛志把这一经验分享给大家，无意中为石磨豆花做了广告，让午后和晚餐之后的石磨豆花又多了一份生意。

季子红正在减肥不愿意多吃，侯所长却胃口大开，吱溜吱溜两碗豆花不一会儿就见了底。令人奇怪的是侯所长吃豆花不出汗，而是走肾多尿，吃完两碗豆花就说要出去方便。雷子已经回厢房，两个女人又不便扶他，侯所长便自己到院子里解手。因为醉酒，视线不清的侯所长靠在了黑画眉的尻子上方便起来，大概他把黑画眉当作一堵墙，把石槽当成了小便池子。正在他解开腰带的时候，黑画眉本能地向后蹬了一腿。这一腿，便把侯所长蹬趴下了。小嫚和季子红闻声出来，见状急忙扶起侯所长，好在黑画眉蹄下留情，侯所长没有受伤，只在屁股上留下一大块瘀青。被扶起的侯所长说，我还没来得及方便，就被马五魁推倒了。季子红知道他真的多了，只好扶他到院外方便，小嫚摇摇头回屋了。侯所长这泡尿时间不短，院子外草地里扑扑腾腾动静不小，过了好一会儿，外面才恢复平静。小嫚出门看，人已不见踪影，知道是走了，便关门熄灯，不再去理会。

次日一早，黑画眉已经拉完磨，小嫚和全婶正在店里忙，季子红急匆匆赶来。季子红头没梳、脸没洗、妆没化，一副憔悴的模样让小嫚很吃惊，她一向注重装扮，今天这是怎么了？我的手机不见了，你看到我手机了吗？季子红很急切。

小嫚和全婶店里店外找了个遍，也没有找到。季子红几乎要哭了，说，天哪，这可如何是好？现在的网络可是能杀人呀！小嫚说，你丢部手机，跟网络有什么关系？季子红的眼泪还是下来了，道，你不知道小嫚，手机里有些东西是不能给人看的。小嫚恍然大悟，照片！季子红丢的手机里肯定有不可示人的照片！这时，雷子出来把缰绳解开，提着鱼竿领着黑画眉和黑贝去了河边。

小嫚，你再好好找找，你找到手机我给你一万块。季子红开始悬赏，看来她快急疯了。

你还是回家好好找找吧，床底、枕下，还有卫生间，用别的电话拨一下。小嫚说。季子红说，都找遍了，手机被我设了静音，能打通却没人接。季子红脸色有些灰黄，丢失的手机如同一枚无声炸弹，将她瞬间炸回了原形。

我得离开甜水了，她说，手机里的东西一旦流出来，我没法在甜水做生意了。季子红红着眼圈说，小嫚，姐以前有对不住你的地方，你别往心里去，姐打算离开甜水去县城。

小嫚和全婶不知怎么安慰她，看来丢失的手机太重要了。本来想留个撒手锏，没想到成了我的致命伤，我是自作自受！季子红喃喃地说。说这些话时她精神有些恍惚，很像昨日侯所长醉酒的状态。

要不要找全叔算算？小嫚说。

季子红摇摇头，知道的人越少越好。

突然，草地上的黑画眉叫起来，叫声划开晨雾，在蒲河两岸久久地回响。黑画眉早晨去草地从不叫，今天这是怎么了？小嫚站在院子里向外张望，雷子是聋哑人，他在河边钓鱼，听不见黑画眉的叫声。小嫚感到奇怪，对季子红说，我们去看看黑画眉是不是踩到了水蛇。两人来到黑画眉旁，发现黑画眉面前是压倒的一片紫花苜蓿，草地上，季子红的手机赫然在目。天哪！季子红扑通跪下去，双手抱住手机，禁不住喜极而泣。她想起来了，昨夜侯所长借着酒力，在河边的草地上与她好一顿忙活，应该是激情中将手机掉在了草丛里。或许是手机上的费洛蒙香水刺激了黑画眉，让它引吭高叫。季子红说，我要买一千斤黑豆犒劳它，黑画眉发现的不是一部手机，是我的命啊！

五

黑画眉挽救了季子红，这让季子红对黑画眉的态度发生了一百八十度转变，她真的买了一千斤黑豆送来做饲料。小嫚不收，季子红说，这是黑画眉应得的奖赏。不仅送黑豆，季子红还经常过来给黑画眉梳理鬃毛，她在网上买了一个小铜铃铛挂在黑画眉脖子上，这样，黑画眉拉磨时便有了悦耳的铃声伴奏。季子红渐渐与侯所长疏远，也不再去五魁驴肉馆搓麻，她甚至戒掉了烟瘾，只要空闲，她要么在店里做瑜伽，要么就到石磨豆花店来为黑画眉梳理鬃毛，与小嫚说说话，话题总是围绕着黑画眉展开。季子红问，小嫚，你相信人会变吗？小嫚说，当然会变，坏人能变成好人，好人也会变成坏人。季子红望着窗外的黑画眉说，它怎么能找到我的手机？季子红一直想不通，手机若是黑贝叼回来的这不奇怪，黑画眉发现后叫个不停便有些不可思议。小嫚想了想，道，站在我们的角度，黑画眉是一头驴，如果站在黑画眉的角度看我们，我们又是什么呢？全叔说过，用“蠢驴”这个词来骂人，恰恰说明人比驴蠢。

季子红的变化让侯所长和马五魁产生了越来越深的矛盾，他们都认为季子红因为喜欢对方而冷落自己，他们没想到自己的竞争对手原来是一头驴。

问题爆发于一张网络上的照片。在当地网络论坛，有人发了一张侯所长与季子红的合影。如果说是一般合影哪怕亲密一点儿也不会有问题，关键是这张照片透露出的信息涉及信仰，照片上的侯所长和季子红正在一尊佛像前虔诚地上香祈祷，看上去如同一对新人在拜天地。照片被人举报到纪委，把它上升到信仰不纯的高度。上级一调查，问题就来了，你侯所长带人去考察经济，到庙里干什么？去了就去了，还拜佛上香，还拍照留念，这举动就太离谱了。上级下令，侯所长停职检查，并严厉问责了甜水镇安排的考察活动，牛志为此领了个记过处分。牛志很窝火，这事到底是谁举报的？牛志的驴脾气上来了，非要查个水落石出，要让举报人吃不了兜着走！

根据侯所长的怀疑，牛志把马五魁叫到办公室，问他是怎么回事。马五魁万分委屈地说，牛镇长啊，我整天搓麻将，什么网不网的，根本就不会弄。马五魁说的是实话，他真不会上网，他办公室的电脑只用来斗地主。接着马五魁发出一声坏笑，小声说，侯所长遍地撒情种，不知哪粒长出刺来了。马五魁这话说得狠，还真把牛志说服了。他知道，马五魁要想整侯所长会有一百种办法，唯独不会选择时髦的高科技。

牛志来找季子红，问她西藏拜佛的照片都发给过谁。季子红说她微信朋友圈有五百人，应该都能看到这些照片。牛志一听傻眼了，这个范围就不好调查了，就问，你猜网上照片是谁发的？季子红说，你别查了镇长，这照片是我发的，要问罪你就找我吧。牛志不相信季子红的话，但他很佩服季子红的担当，便哈哈大笑说，算了，你挺爷们儿的，我过去小瞧你了。季子红说，过去的我，你小瞧不冤枉，现在的我，你高看也没错，因为我有榜样。牛志好奇地问，能给季老板当榜样肯定不赖，你是说豆花小嫚吧？季子红摇摇头，不是，是黑画眉。牛志张大了嘴，你在学一头驴？季子红点点头，没错。牛志说，你带我去看看这头驴，到底有什么好。

季子红带牛志来到磨坊，用一把梳毛刷为黑画眉梳理。黑画眉见了牛志，两只耳朵摇动了一下，便盯着牛志的裤裆看，开始，牛志并不在意，但黑画眉目不转睛地看他裤裆，把他看得有些发毛。他低头一瞅，发现裤裆开着，露出大红的裤头儿，急忙转身扣好扣子，对季子红说，这驴是挺神的。季子红说，每次看到它，我总会想起吉祥天母，那是绿度母的护法，吉祥天母的坐骑是一头骡子，骡子的父亲就是黑画眉这样强健的驴，吉祥天母骑着骡子飞行于天空、地上、地下三界，因此有“骡子天王”之称。牛志听不懂什么骡子天王，他看季子红一副虔诚的模样，摇摇头说，看来你去西藏收获还真不小。

侯所长坚信照片和上访信都是马五魁干的，原因是季子红跟自己去了西藏，马五魁心头醋意一直未消。侯所长在甜水深耕十年，从专管员到所长，一路积累了不少资源，他不想栽在一个自己的管理对象手上。作为马五魁昔日的朋友，他对五魁驴肉馆的猫腻早有所知，比如用骡子肉来假冒驴肉，用五粮醇假冒五粮液，还用鸭肉抹驴油假冒驴肉串，等等。尤其是骡子肉一事，要是被甜水人知道了，他马五魁就没法在甜水街面上混了，因为甜水人非常忌讳吃骡子肉，认为老年人吃了会诱发旧患，年轻人吃了不生孩子，马五魁这么干真是缺了大德。

马五魁用骡子肉充当驴肉的做法小嫚早就听说过，她和高老师、全叔议论过此事。高老师说，驴肉香，马肉臭，打死不吃骡子肉，古人既然有这个俗语，肯定是从生活实践中得出来的结论，马五魁这么干太不讲究了。全叔的话则总是带有某种神秘色彩，他说，驴也好骡子也罢，都不要吃为好，古人的餐桌上根本没有这两道菜。很多忌讳都是用命换来的，马五魁自己姓马，却肆无忌惮地杀驴宰骡，人不报天也会报。

五魁驴肉馆的厄运果然被全叔言中。县食药监局对五魁驴肉馆进行了突击抽检，发现了驴肉馆长期以骡子肉充当驴肉的造假问题，勒令驴肉馆停业整顿。消息一出来，人们大呼上当，驴肉馆的一些常客更是忧心忡忡，担心稀里糊涂吃下去的骡子肉不知何时会在体内兴风作浪。马五魁成了人人唾弃的害人精，连那几个跳广场舞的女人都和他划清了界限。

小嫚虽然觉得马五魁粗鄙，但五魁驴肉馆毕竟是二十多年的老店。她还记得上学时的五魁驴肉馆，门前挂着四个带飘带的大红幌子，像四个大红灯笼，喜庆红火。驴肉馆虽然欠账，但每天都从石磨豆花店进货，算是老主顾。她和季子红说，侯仲杰在赌气，冤家宜解不宜结，还是化解了好。季子红说，黑画眉让我悟出了许多禅意，我不再参与马、侯之间的是是非非了。小嫚只能自己去和侯仲杰谈。

侯仲杰被停职后门庭冷落，以前天天泡在饭局上的他深感世态炎凉，跟随他去西藏的大大小小企业主都土遁了一样，连个电话也不打。一大早，他泡了一壶墨汁样浓的普洱，在家里闷头喝茶。小嫚敲门进来，他端着茶碗愣了半天，才问，你怎么来了，有事？小嫚说，来看看你，你现在是虎落平川，心情肯定不好。小嫚这么一说，侯仲杰便开始大骂，骂举报人，骂那些势利眼的小老板，骂上级不分青红皂白就停他的职。骂了一大通，才回头说，危难见真情，小嫚你能来看哥，哥就是被停职也认了，毕竟在甜水还有你这么个朋友。小嫚在侯仲杰大骂的时候，看到地上有一只皮凉鞋，这是一只很眼熟的皮凉鞋，她忽然想起来了，这不是那天落在自家院子里的皮凉鞋的另一只吗？再看侯仲杰露出的右小腿，一道深色的伤疤十分显眼。

你和马五魁之间的梁子能解就解吧，僵下去对谁都不好。小嫚说。

侯仲杰没想到小嫚来给马五魁说情，拧着眉头问，马五魁让你来的？不对，应该是季子红，季子红天天往你那里跑，是她让你来的吧？

没有谁让我来。小嫚说，我是希望驴肉馆别倒，毕竟是家老店，黄了可惜，马五魁能拉直那些弯弯肠子，你就大人大量一回。

侯仲杰摇摇头说，这小子太阴，竟然写匿名信，网上发照片，我咽不下这口气。

小嫚说，你应该知道我的黑画眉吧，那是马五魁顶账给我的，季子红当年撺掇杨光没收它，说是为了你要吃驴三件。后来这件事被牛镇长拦下了，按理说黑画眉应该痛恨害自己的人吧，但黑画眉没有这么做，那天晚上你和季子红在草地上打滚，结果季子红手机丢了，手机里的东西把季子红吓得要死，店都不想开了。你知道谁把手机找回来的？是黑画眉！黑画眉在吃草时发现了手机。这件事让季子红知道了什么叫放下，什么叫感恩，我劝你还是息事宁人为好，再说，人还不如一头驴吗？

小嫚一番话把侯仲杰说动了心。他眨眨眼，嘴唇努了努，道，那不是便宜了马五魁，我都停职了，他却毫发未损。

马五魁怎么能毫发未损？驴肉馆停业整顿，厨师、服务员都回家了。小嫚说，你停职，他停业，你们扯平了。

侯仲杰还在犹豫，他在甜水一向威风八面，这次栽了跟头有点儿抬不起头来，关键是季子红不再理他，让他大有赔了女人又折兵的羞耻感。他的心态小嫚猜得一清二楚。要想从根本上解决问题，必须把季子红这枚绣球从两头狮子中间摘除，否则，马、侯不会和解。

你不要以为季子红倒向了马五魁一边，季子红现在的心思与你们二人无关，全在黑画眉身上。黑画眉是她最好的朋友，你们俩都败给了黑画眉，季子红也不是过去的季子红了，从西藏回来，她成了一个端庄贤淑的女人。

侯仲杰有些怀疑，甜水街上梨花带雨、摇曳多姿的季子红会变成一个文静淑女？而且仅仅因为一头驴子。

侯所长，有些事你该学学我，得饶人处且饶人吧。你看你这只皮凉鞋，它的另一只在哪儿你应该比我清楚，可是我没有声张。我想，给别人留面子，也就是给自己留出路。

侯仲杰的脸突然涨红了，红得像猴腚，他喝了一口普洱，擦擦嘴角的茶汁，道，你别说了小嫚，哥给你面子，你去和马五魁说吧，这事到此为止！

从侯仲杰家出来，小嫚直接去了五魁驴肉馆。驴肉馆内冷冷清清，厨师、服务员已经放假，昔日喧嚣的麻将室也没了动静。马五魁一个人坐在办公室里抽烟，眼皮有些浮肿，左腮像馒头一样隆起。见小嫚进来，他坐着没起身，不耐烦地说，来要账？我说小嫚，咱能不能别落井下石？！

小嫚摇摇头说，马老板，我不是来讨账的，我是为你的驴肉馆才来的，你我都是做生意的，民不和官斗的道理不会不明白，你和侯所长斗，你有多大的胜算?

马五魁站起身，哭丧着脸说，哪是我要和他斗?是他揪着我不放，县食药监局局长是他中专同学，他要找我麻烦还不是易如反掌，我正为这事犯愁呢。

小嫚把自己去做侯所长工作，侯所长也答应和解的事告诉了他，让他主动上门两人把话说开。马五魁有些发蒙，结结巴巴地说，小嫚小嫚，你、你怎么会帮我?我挺对不住你的啊。小嫚冷冷地说，我帮你是因为黑画眉，你没杀这头通人性的驴，是你的一份福报。

马五魁一个劲儿地点头，小嫚帮他的理由原来在这里，这让他心里很惭愧，做生意都盼着邻居倒，谁像小嫚有这种菩萨心?难怪季子红早就说，小嫚就像一碗不温不火的石磨豆花，虽说不是高大上的海参鲍鱼，但人人都喜爱。

六

马五魁和侯所长交恶全甜水镇都知道，包括牛志在内的许多人都认为两人的矛盾不可调和，龙虎相斗，必有一伤。全叔不这么看，他对高老师说，马、侯两人虽然势同水火，但有人还是能摆平的。高老师问，你是说牛志?全叔摇摇头，是小嫚，只有小嫚出面，这场龙虎斗才能化干戈为玉帛。高老师有点儿不信，小嫚的话就那么管用?这两个人可都是甜水镇响当当的人物。全叔说，依我对小嫚的了解，她肯定会出手。小嫚果然出手了，当全婶把小嫚出手的结果告诉全叔和高老师时，正与全叔对弈的高老师下巴仿佛坠了秤砣，张大的嘴半天没合上。

全叔说，小嫚是看了黑画眉的面子。高老师捏着一枚棋子，却不知落到哪里。他满脑子都是黑画眉。黑画眉种种异常之举通过全婶的嘴他没少听，比如黑画眉会在早晨或黄昏时低头朝老井里看，眼睛眯起来，像人一样笑。而早晨和晚上看老井，老井里的水就是一面镜子，难道黑画眉在照镜子?全叔说，驴看井不奇怪，西藏的野驴在干旱缺水的时候会在河湾用蹄子刨出一口井来，当地人叫驴井，野驴除了自己饮用外，还为其他动物提供水源。高老师落下棋子，问全叔，我看黑画眉时总有种似曾相识的感觉，我就瞎想，黑画眉是不是被小黑附体了？

全叔盯着棋盘，没有回答。

全婶把高老师这句话告诉小嫚，小嫚扑哧一下笑了，说，我和小黑同桌，又亲如兄妹，小黑为何会来吓我？话又说回来，小黑的魂魄要能附体倒是好事，他游荡的灵魂也好有个安置。不过，听说附体的东西有鬼魅味儿，而黑画眉身上却是实实在在的紫花苜蓿的干草味儿。

全婶活了五十多年，从没听说什么鬼魅味儿，问全叔，全叔说，鬼魅味儿就是啥味儿也没有，气味发自体物，而鬼魅因为是虚化的魂魄，是灵气，所以什么味儿也不会有。全婶说，小嫚小小年纪怎么会懂这些呢？全叔道，玄机不玄，有些人对很多东西能无师自通。

高老师的历史课不饱和，校长让他把生物学课兼起来，他欣然接受。但第一天上生物学课，他就被一个学生问住了。学生的问题很简单：为什么说六畜兴旺，而不是七畜、八畜或九畜？他说这个问题一两句说不清，等下堂课再讲。放学后他请全叔到石磨豆花店吃饭，想请教一下六畜方面的学问。这种知识问网络靠不住，全叔作为牲口牙纪，应该有权威答案。

两碗石磨豆花，一把嫩葱，一碟豆瓣酱，几盘小菜，两人相对而坐，小酌长叙。与全叔交往多年，高老师对动物植物兴趣大增。高老师认为，全叔带给他的是一个全新的观念体系，这个体系不是把人作为万物之灵，而是作为万物中平等的一员来看待，这让高老师有了许多新看法。全叔自己带了酒，是用牛膝、杜仲等几味中药泡的药酒，他每晚喝二两，不会多也不会少。高老师承认知识储备不足，一个六畜问题就把自己难住了，只能来求助全叔。店里食客已经陆续离开，高老师让小嫚也过来坐下。

所谓六畜，就是马、牛、羊、猪、狗、鸡，是人早期饲养驯化的动物。后来成为家畜，马、牛、羊为上品，猪、狗、鸡为下品，此六者皆人属相，可以借物喻人，故有六畜之说。全叔开门见山，从来不云山雾罩兜圈子。

高老师点点头，看来，六畜乃家畜中的精英。

六畜以马为首，之后的五畜可对应五味、五色、五音、五德、五行，演绎出一个超乎牲畜的世界。全叔果然学识渊博，一个六畜概念，竟能发散出这般大道理。高老师心中敬佩不已。

坐在一旁的小嫚突然插话问，驴呢？怎么评价驴？

全叔扭头朝窗外看了看，灯光下，黑画眉正安静地在石槽前吃草料，黑贝趴在一边，下颌平放在两只前爪上，几条葫芦蔓爬到石槽上方的棚架上，大大小小的葫芦悬挂着，一副恬静惬意的田园景象。见全叔没有回答，小嫚接着说，我老是觉得黑画眉不是一般的驴，它能听懂我的话。

驴当然能听懂人话，古代文人雅士多喜欢骑驴，北宋的王安石官至宰相，却一直骑驴不骑马，就是因为驴通人性，懂人话。全叔说，西汉时期，天下有“宝”之说，是琥珀、珊瑚、翠玉和驴，驴被称为奇畜，在御花园中放养。很可惜，后来驴的地位江河日下，究其原因，在人不在驴，驴还是驴，人却不是古时的人了。

小嫚说，驴通人性，为什么在六畜之外？小嫚问到了核心。

谁说驴在六畜之外？全叔的下巴高高扬起来，语气不容置疑，不对，应该是在六畜之上！小嫚和高老师都愣了一下，全叔可谓语出惊人，六畜之上，驴的地位将超越牛、马。

全叔说，驴比牛、马驯化为役畜要早很多，说明它辈分在六畜之上；驴能怀仁含义、顺天应时，说明其德行在六畜之上；驴与人气味相投，水流湿，云从龙，说明它志气在六畜之上。

小嫚问，什么叫怀仁含义、顺天应时？

天性慈悲，解人危难，顺德从善，这就是怀仁含义。全叔打着手势道，打个比方说，马会骇，牛能惊，但驴不会狂蹶，不会伤人。驴在路上遇到倒卧之人，要么绕行，要么跨越，绝不会践踏。所谓顺天，就是顺从使命，人让驴拉磨，驴就无怨无悔地转圈，这是役畜的天职，尽天职亦是顺人道；驴在夜晚会叫，但它从不乱叫，驴叫与更次相应，叫是替人打更，这不就是应时吗？

高老师插话，气味一说怎么讲？

全叔说，动物以气味辨亲疏，眼里不分美丑，包括发情求偶，皆以气味为信号，同声相应、同气相求就是这个道理。

驴有这么多好处，人真不该辜负驴。小嫚心生感慨。

全叔接着说，驴在六畜之上还有原因。六畜乃六牲，六牲充庖为祭可为常理，而驴在六牲之外，故不可杀之过当，这是对驴的敬畏。民间有句话常常被误读，即“天上龙肉、地上驴肉”，此言不是说龙肉、驴肉如何美味，而是强调龙肉、驴肉吃不得。想想看，龙作为民族之图腾，皇权之象征，能吃吗？敢吃吗？同样，对怀仁含义的驴你又如何下得了刀、张得了口？

小嫚道，全叔这话应该让马五魁听听。

释家有偈语，“万事皆空，因果不空”，马五魁总有回头的一天。全叔问小嫚，你不说当年他还下河救过小黑吗？小嫚说，是的，当时马五魁第一个跳下深潭，很勇敢。

七

季子红的保健品店不开了，她加盟了一家医药公司，开连锁药店。季子红在做出这一决定前对小嫚说，当年，看到有人凭两只甲鱼就能卖三年鳖精，我觉得这是本事，便开始搞保健品。入了行我才知道，这钱赚得心慌，人一辈子还是活得踏实好，心安，才有幸福感，所以我要改行，正经卖药。

季子红让雷子帮忙做一件事，就是把她店里某些保健品装入纸箱，趁着夜幕，挖个深坑埋掉。之所以选择夜里埋，怕有人看到给起了去。

药店开业那天，来了几十个熟人，门前摆了七八个鲜花花篮，其中就有马五魁和侯所长的花篮。马五魁和侯所长握手言和后，两人各得其所，侯所长停职两个月后得以复职，马五魁的驴肉馆交了罚款后，也正常营业。两人都感谢小嫚，如果没有小嫚从中斡旋，打到今天两人也不见得有胜负。

药店开业，没有致辞，没有剪彩，季子红只请牛镇长将牌匾上一块红绸布一把扯下就算礼成。雷子帮忙放了一挂三万响的鞭，鞭很响，但雷子是聋哑人，不怕，别人都捂着耳朵，唯有他站在那里憨憨地笑。鞭炮放完，众人放下捂耳的手，却听到隔壁传来一阵嘹亮的驴叫声。驴叫好似合着短促的节拍，众人都伸直了脖子，倾听这不期而至的驴叫。

没有人发现，季子红的眼角有泪水流出，她能听懂黑画眉为何而叫。

黑画眉的叫声停止后，小嫚对季子红说，你这药店里很奇怪，没有来苏水味儿，也没有中药味儿，倒是满屋子紫花苜蓿的干草味儿。季子红点点头说，不是紫花苜蓿，是黑画眉的味道。

开业仪式结束，马五魁请侯所长吃饭，不去五魁驴肉馆，而是去椅子山水库边一户农家乐吃鱼。邀请小嫚和季子红，两人婉言谢绝了。她们都希望两人真能和好，而男人和好的标志就是一顿透酒，借着酒劲揭掉最后一层窗纸。

季子红要到椅子山北面的青堆镇进一批药，如果从公路绕过去，开车得小半天，如果从椅子山下小路过去，也就十几里。小嫚说让雷子去吧，黑画眉已经配了挂胶轮车，几个钟头就把药拉回来了。季子红同意了，给雷子写了便条，让他赶车去山后的青堆镇。从甜水镇去青堆镇全是五尺宽的田间土路，典型的牛马道，走不了汽车。都说老马识途，其实，真正认道的是驴，驴车拉了货，只要绕过椅子山，不用人赶，自己就会把车拉回来。雷子去拉过几次黄豆，返回路上往麻袋上一靠，抱着鞭子就呼呼大睡，觉醒时，已在石磨豆花店门前了。

雷子拉了一车药，将驴车赶过椅子山，走上那条窄窄的牛马道，道旁开着成片的山菊花，稗草已经成熟，那是牛马的最爱，黑画眉对此视而不见，它从不在路上捡东西吃。它吃东西除了院子里的石槽，再就是蒲河边的野草滩。黑画眉步伐平稳踏实，午后的阳光似乎有催眠的效果，在沉寂世界里的雷子特别爱睡觉，不知不觉已经打起了鼾。雷子是孤儿，流浪来到甜水，到石磨豆花店乞讨被小嫚收留，他很感激小嫚，视小嫚为恩人，自觉担负起保护小嫚的责任。一次，一个货车司机醉酒在石磨豆花店纠缠小嫚，他拎着把铡刀就过来了，把那个司机吓得屁滚尿流逃走了。当然，他拎着铡刀不是来拼命，小嫚和司机发生争吵时，雷子正在给黑画眉铡草，全婶过来向他勾勾手，他没多想卸下铡刀拎着就过去了。这件事在甜水传开，街头小混混都不敢来石磨豆花店滋事，一来怕那条咬人下死口的黑贝，二来怕拎着铡刀拼命的雷子。杨光曾经在外面说，和谁打也不能和哑巴打，因为哑巴听不见，到了法庭上法官也愁。杨光说过在甜水他只怕他姐夫，后来出了铡刀事件后，甜水人都知道杨光还怕雷子。

晃晃悠悠的驴车什么时候停下的没人知道，雷子睡得太沉，昨夜他垫了磨道，又新錾了磨齿，睡觉时已是子夜。

小嫚和季子红估计雷子应该回来的时间却没有回来，便有些不放心，说去看看吧，别出什么意外。在通往椅子山草绳一样的小路上，两人看到熟悉的驴车停在路中间一动不动，快步走过去，两人顿时吓呆了。黑画眉前面躺着个人，仔细一看，是马五魁。马五魁喝醉了，呕吐后就伴着一堆呕吐物睡在了路中央。小路很窄，马五魁前面一横，驴车就过不去了。两人叫醒马五魁，又推醒沉睡的雷子。小嫚和季子红都感到后怕，若是黑画眉不停下，那么驴车就会碾过马五魁，这么重的驴车碾过去，马五魁肯定去城隍庙报到了。

马五魁明白了事情经过后，酒被吓醒大半。他和侯所长酒喝得很开，都觉得再闹下去对不住小嫚的一片苦心，人家小嫚图啥呀？人家是真心实意帮咱们，再说咱们这么对着干，让季子红也瞧不起。两人说话掏心窝，酒就下得快，结果都喝高了。侯所长在农家乐就睡了，他觉得自己还能走，便摇摇晃晃往回走，没想走到半道酒劲上来，就倒在路中央稀里糊涂睡着了。本来已经站起的马五魁，看着黑画眉好一会儿，突然扑通一声跪在黑画眉蹄前，说，仁义啊，你比人还仁义啊！人遇到醉鬼都会迈过去，你一头驴子却怕伤到我，停下来保护我。马五魁真流泪了，他知道，是黑画眉救了自己一命。

一周后，马五魁来找小嫚，还清了欠账。他说，五魁驴肉馆不开了。他上次去椅子山吃饭，发现椅子山上植被茂盛，各种野生菌类资源丰富，他准备将驴肉馆改成菌王火锅城，从此与肉类告别。马五魁信心满满，临走时说，当然，石磨豆花还是要天天进货，作为菌王火锅永远的配菜。

马五魁真的回头了，全叔的话又一次应验。

小嫚很开心，她觉得整个院子甚至整个甜水镇里都充满了紫花苜蓿的干草味儿。夜里，小嫚又做了一个梦，梦见小黑在新开的菌王火锅城门前垛草。她问，你垛什么呢？小黑说，紫花苜蓿啊，城隍庙里闹饥荒呢。小嫚说，我来帮你一起垛。她抓起一捆紫花苜蓿，闻着香甜清新的干草味儿，舍不得放手。醒来发现，自己抱着枕头睡了一夜。

原载《小说月报》2018 年增刊 1 期中长篇专号

作者简介

于永铎，中国作家协会会员，法学学士，鲁迅文学院第三十三届中青年作家高级研讨班学员。出版了长篇小说《爱情后时代》《悲情东北》《跳舞者》等；长篇报告文学《洛古河畔红豆红》《战毒》等；在省级以上文学杂志上发表中篇小说多部。长篇小说《跳舞者》获得大连市第十三届文艺“金苹果奖”优秀长篇小说奖；中篇小说《指灯为证》获第五届《中国作家》“剑门关文学奖”优秀奖。

驯马师的无罪推理

公元前510年，锡巴里斯城邦依旧存在着，有人试图给平凡无趣的生活注入一点幽默，于是，就颁布了新的驯马标准：全城的马，都将以善舞为优。不久，锡巴里斯灭亡了。谁都想知道，它是怎么灭亡的？其实，答案很简单，也很荒诞。两军阵前，对手突然奏起了舞曲，于是，锡巴里斯的勇士们在翩翩起舞的马背上就剩下颤抖的份儿了。

——有感锡巴里斯城邦的没落

一

命中注定，过了30周岁，张山峰是要惹祸的，而且，命中还注定，一惹，就是滔天大祸。对张山峰来说，判决书就是一道催命符，捧在手中的一刹那，我发现，他的灵魂就如一缕青烟，缥缥缈缈地出窍了。灵魂出窍时，他身上的每一节骨骼，都在咯咯作响。张山峰的案子梳理起来并不复杂，甚至都没有留下犯罪的证据。如果不是因为对方律师使出了绝招，张山峰的结局绝不会是这样的，也不应该是这样的。张山峰不怪我们，甚至还安慰我们，他喜欢说，命是由天来定的，是死是活，他说的不算，我们说的也不算。在我看来，灵魂出窍了的时候，活着的张山峰其实就是死了的。虽然他还活着，他却盼着早点儿死，死得痛快一些，趁他的马还没走远，他要骑着他的马上路。只要没闭上眼，张山峰的话题永远都离不开马。

他的不幸起因是一匹马，结束，还是一匹马。

那天早晨，打扫了马厩，张山峰就急着去请假，打算回去处理家庭矛盾。俊善准的假，一开始，俊善不那么痛快，想不准假。猛地，看见张山峰脸上的几道血痕，俊善就软了，还劝他回家后别急躁，好说好商量。俊善吩咐让送肥料的车捎他一程。张山峰有些心热，摸着脸上的伤口说，善呀，我真他妈的倒霉。俊善没空和他扯闲篇儿，就拿起电话，一个劲儿地吼，喂！喂！喂！张山峰插不上嘴，就出去了。驯马师们的休息室在办公楼的东头，紧挨着一排马棚，马棚早已废弃不用了，里面堆着成包的苜蓿，靠墙还码了几袋胡萝卜。这儿的视野好，便于休息，更便于工作。张山峰换上了回家穿的衣服，朝里头喊着，小宋，爱丽丝步伐不好，你得注意呀。小宋答应了，张山峰才离开了马厩。

送张山峰下山的货车，吭吭哧哧的，随时都能散架了。司机说，换辆新车吧。张山峰说，找俊善说去，我算什么呀？司机说，你是最好的驯马师，能当半个家。张山峰笑了，这话听着挺舒坦的。车子拐了个弯，张山峰一眼就看见了老好人，老好人也看见了他，突然就探出头来。两车相交的瞬间，老好人伸出前蹄，咴！咴！连声嘶鸣。张山峰脑子就热了，急喊着，停车！快停车！张山峰谎称钥匙落下了。司机说，你老婆不是在家吗？你拿哪门子钥匙啊？张山峰眼看着运马车驶过去了，就拍着司机的后脑勺吼，你他妈的给我停车！车子停下了。张山峰跳下来，扭头就朝马班紧走，走着走着就一溜儿小跑了。山路陡峭，张山峰没跑多远，就两腿发飘，额上冒出了虚汗。汗水流到伤口处，火辣辣地疼。张山峰就想起了老婆，想起了老丈人，想起了老母亲，他们都在家里等着处理纠纷哪。张山峰冷静了，想下山，想赶紧回家。几乎要扭头回去了，然而，这一劫，终究是躲不过去的。

一声嘶鸣，仿佛是一声召唤，张山峰的心就开始打鼓，鼓槌很重，震得脑袋嗡嗡地响。顾不得了，顾不得那么多了，张山峰一口气跑进了马班。靠近了，靠近了，看到了，看到了，看到了一双深邃的眼睛，真像他的眼睛，没错，是他的眼睛，就是老爸的眼睛。明知不是，明知是瞎想，这个念头却固执地印在了脑子里。

这是一匹好马，当了 10 年的驯马师，张山峰可以不相信自己的眼睛，但他相信自己的感觉。感觉不会骗人。张山峰想让俊善把这匹马留下来，这是一匹罕见的好马。驯好了，保证能四海扬名。哪怕不赚钱，哪怕白给养，也要留下来。驯马师能遇到一匹好马，是前世修来的机缘，一定要留下这匹马。俊善却不这么想，老好人每一次的腾跳，每一次的嘶鸣，都让他心生反感，担心马厩里从此不得安宁。马厩里不安宁，就会加大驯马师的工作量，就得增加开支，俊善比谁都算得清。这是一匹漂亮的好马，背阴的一面，黑中有红，红中有黑。身上的毛全都是顺着的，上足了油，闪闪发光。这是一匹心高气傲的好马，虽然在盯着你，眼瞳里却映着遥远的天空，是广袤的草地，是大江大河。每一次伸出前蹄，胸脯都会骤然隆起，浑身充满了原始的爆发力。

小宋拿着调教绳，试图靠上去，老好人警觉地回避着，朝小宋踢刨着。张山峰趁机靠近一步，身子轻飘飘地，落叶一样，站在了老好人的侧后。老好人撇开小宋，调整了方位，朝张山峰腾空而起，一起一落，像连绵的山峦。小宋一把抓住了鬃毛，再伸手，就抱住了脖子。张山峰急喊，快松手！这一声吼，人和马都吓住了。老好人哆嗦了一下，猛地就把小宋甩在了身下。张山峰出了个怪声，嘎！老好人放下了前蹄，又出了一声，嘎！老好人晃动着脑袋，倒退了两步。小宋趁机打了个滚儿，离开了险境。小秦眼疾手快，赶紧给老好人戴上了笼头。张山峰抚摸着老好人的鼻子，轻声问，是你吗？老好人脑袋探过来，拱来拱去。

二

俊善说，给咱驯马师来点儿掌声吧。马场上就响起了掌声、欢呼声，还有口哨声，连东边的几匹三河马都受了感染，朝这边摇头晃脑。张山峰心里舒坦，抱拳行礼后，还朝三河马抛了几个飞吻。三河马仰着脑袋，咴吆！咴吆！一阵嘶鸣。俊善就笑，好端端的，让你驯成大叫驴了。全场都笑了，都跟着起哄，咴吆！咴吆！

张山峰牵着缰绳，一人一马，走到障碍训练场，一边走，一边数着步伐。回头看着蹄印，估摸着这匹马的力量。牵回来后，又比量了身段，比量了身高，更加坚定了自己的判断。张山峰把缰绳交给小宋，走到俊善跟前，拉长了音调，好马呀，好马！俊善没接茬儿，介绍说，这是杨老板。胖子摆着手，别叫老板，哥们儿倒架了。俊善说，你瘦死的骆驼比马大。

马是荷兰进口的，纯血马，得过5000米比赛的冠军。杨老板买早了，原以为捡了大便宜，没想到，美元一路升值，这匹马就砸在手里了。这还不算，杨老板参与了一起集资，被警方查获，账户全都被冻结，就剩下这匹马还在手里，杨老板想赶紧卖了。回到办公室，大家就不顾忌了，杨老板说，20万欧元买的，你看着给个价吧。俊善光是笑，就是不表态。张山峰心急，走来走去的，不时停下来，盯着窗外的老好人。杨老板来了狠劲，如果不收，就送到别的马班去。实在不行，杀了吃肉。俊善一拍桌子，要杀就杀，我先定下10斤肉。杨老板泄了气，80万，80万就卖。张山峰以为听错了，80万？这么便宜？张山峰就朝俊善眨眼睛，示意着，善啊，这是纯血马，是可遇不可求的好马。

俊善没理张山峰的眼色，他放下报纸，摊开双手说，杨老板，你就是降到30万，我也买不起。杨老板说，你真逼我杀马吗？那可比杀了我自己都难受。张山峰频频点头，轻声念叨着，好马呀，好马！俊善笑了笑，照旧低头看报。杨老板说了声，走喽。张山峰一把就拦住了，痛快点儿，最低价是多少？杨老板愣住了，俊善也愣住了，都看着张山峰。杨老板迟疑着，40万，不能再少了。张山峰大手一挥，成交！俊善被夹了尾巴似的，一声惨叫，指着张山峰就骂，你他妈的疯了吗！

张山峰疯了，连声说着，就这么定了，就这么定了！拉钩上吊，一百年不许变。俊善的粗暴阻拦让他受伤，如果不是杨老板在场，他都能揪着俊善的脖领子问：我的话你还不信吗？我可是最好的驯马师呀！

其实，俊善也看好了这匹马，看好了，不等于就要下手。他担心砸在手里。这些年，俊善见得多了，大大小小的马班，起起伏伏，每天都在上演着悲喜剧。自从挑头干起了马班，俊善就定下了规矩：只寄养，不买卖。小家小户的，只想图个安稳，眼下，确实是个机会，俊善很清楚，杨老板大有便宜可占。再过几个月，赛马节开幕，好马还愁卖吗？一定会卖上好价的。可恼，可恨，张山峰的冲动，让俊善没了讨价的余地。买吧？离目标价位还有一段距离。俊善窝了一口恶气，他想治治张山峰，以解心头之恨。俊善就说他只能拿出30万，剩下的让张山峰补上。俊善还说成就成，不成就拉倒。张山峰就恼了，嚷嚷着，你这不是撵鸭子上架吗？俊善冷笑着，你老丈人有钱，找他借去。张山峰指着脸上的伤痕，你还嫌挠得轻了吗？

张山峰这些年过得挺糟心的，买了3匹马，两匹砸在手里。不是看走了眼，而是不按规矩来，养了两年，和马有了感情，马主要卖到外地去，他不舍得，人家就赌气，要他买。明知有风险，他居然就买下了，那股子疯劲上来，谁劝都不好使。说的就是追风仙子，好是好，背了个病秧子的坏名声，横竖卖不出价。张山峰傻等了两年，借老丈人的钱眼看着还不上，心里就慌。表面上还得硬挺着，还嘴硬，我张山峰就不能养匹马玩玩？

杨老板临走时强调，5天内钱不到位，就来领马走人。5天内，拿出30万，对俊善来说不容易。他算了算，30万，正好够马班两个月的运转费用。也就是说，如果两个月内不能脱手，马班的资金链就要绷紧了，就有热闹看了。拿出10万元和俊善合股买马对张山峰来说，比登天还难。老丈人是有钱，有名的豆腐大王，只要他松松口，别说10万，再多点儿也能掏出来。跟他借？借了就等同于自投罗网了。

老丈人有两个姑娘，没有儿子，刚开始，打算让张山峰入赘。老母亲不答应，吵着闹着要跳楼。老母亲问，你知道上门女婿的难处吗？你得给人家当儿，当苦儿，死了都不能认祖归宗的。张山峰就开窍了，坚决不同意。老丈人恼了，就打散了这对鸳鸯。张山峰又反悔了，托人去讲情，百般认错。老丈人松了口，不入赘就不入赘，却只答应姐姐嫁给他，那位魂牵梦萦的妹妹呀，转眼，就成了小姨子。

三

张山峰驯服过的马，都成了他的孩子。起手就是孩子，撒娇，调皮，任性，驯成了，就是贴心懂事的孩子。唯有老好人，让他起敬，让他情愿矮一辈，给它当儿子，情愿把心掏出来让它看，让它闻。张山峰是驯马的高手，是马群里的王。让马立正，马绝不敢稍息，让马前进，马绝不敢后退。站在马厩里，他是体贴入微的丈夫，是心细如发的妻子。每当张山峰进场，马们都会抬起脑袋，频频张望，那可是隔了几百米哪，居然能闻到他的味道。小宋他们说，马天生嗅觉灵敏，能闻到臊腥味。马天生的好听力，一公里外的脚步声都能听到。说的都对，也都不对。换作小宋，即便走到马厩口了，马们依然如故，该吃草的吃草，该打盹的打盹，即便走得拖泥带水，走得乒乓作响，马们也没有反应。小宋狡辩，认为张山峰身上有臊腥味。小宋三番五次地提臊腥味，让张山峰恼火。老婆也总是这么抢白他，还说鼻子都被熏坏了。张山峰就相信了，就在意了。下班后，张山峰第一要务就是洗澡，一直把自己洗得干干净净，浑身散发着沐浴露的香味为止。俊善打趣道，差不多就行了，你一个人浪费了多少水？放跑了多少电？张山峰不识逗，那张脸憋得像紫茄子一样，我一个人当几个人使唤？我一个人为你省了多少工钱？俊善再也不敢乱说了，还买了把铁椅子，让他坐着洗。

下了训练场，他是至高无上的，胆小一些的，都能让他的眼神吓尿了。无论哪一个，只要在他手底下驯，不出一个月，就会脱胎换骨，成了英雄豪杰。他厌恶懦夫，即便露出一点儿胆怯的神色，都要挨一顿皮鞭。他的鞭法和别的驯马师不一样，别的驯马师雷声大，雨点小，都是打到哪儿，算到哪儿。打惯了，马就被打皮实了，就不怕鞭子了。张山峰的鞭子长了眼睛，专盯着耳朵后头招呼，那儿神经密布，一鞭子下去，痛入骨髓。还没等着求饶，第二鞭子如约而至。三鞭子下去，马就来了勇气，来了霸气，都要拼命了。

在老婆面前，张山峰就矮了三分。以前，也不怕她，刚结婚那会儿，气不顺时也敢动手。除非小姨子来劝，否则，也敢翻江倒海地闹。后来怕了，尤其是借了老丈人的钱以后，尤其是赔了本以后，就怕得要命。老婆说，还钱！他就晕了。老婆一直吵着要离婚，理由很充分，他身上有马尿的臊味，都熏出鼻窦炎了。这个理由让张山峰挺难过的，他后悔娶了个南方媳妇。南方人没见过马，对马没有感情。老婆说，不离婚可以，不离开马场也可以，咱们搬出去住，总可以了吧？张山峰依然不说话。老婆就冷笑，就接着闹，一直闹到孩子3岁了，还是不依不饶。小姨子跟他说，我姐的心事你不懂。张山峰就求教，你姐能有什么心事？小姨子又聪明，又狡猾，你是她丈夫，不是我丈夫，我有义务告诉你吗？张山峰就哑巴了，隔三岔五，头疼、牙疼、嗓子疼。

马班里的马想什么，他能猜透，老婆想什么，他确实猜不出。老婆吵，常常吵得惊心动魄，吵得地动山摇。下班进家，老妈哭，老婆闹。张山峰还不能开口，哪个也不能说。他宁可到马厩去，听他的马嘶鸣，也不愿意回家听娘儿们的吵闹声。他郁闷，他憋屈，他无处可躲。马安慰人很有一套，有蹭脸的，有拱怀的，有叼衣襟的。先听你讲，听得特别仔细，听得特别动情。有时抬头看你，有时低头沉思，直到你说完了，才甩着脑袋，喷着响鼻，回过头来舔巴你。

张山峰进门，小姨子说，姐夫你这时候才回来，有解决矛盾的诚意吗？张山峰慌忙作揖，恳请嘴下留情。小姨子心软了，就朝屋里努了努嘴。老丈人走出来，张山峰打了招呼，老丈人哼了一声，算是回应了。张山峰钻进卧室，喊了声老婆，老婆也不理他。张山峰抱起儿子，转了几圈，逗得儿子咯咯地笑。张山峰就说起了老好人，老婆把脸扭向墙里，还捂住了耳朵。张山峰说，这匹马很有投资价值。老丈人进屋，瞪着眼睛问，骗人吧？张山峰赶紧说，眼瞅着就是赛马节了，每年这时候，大老板都要买马的，这是绝佳的投资机会。

小姨子就喊，姐夫你别胡说了，大老板买车买房，买马干啥子吗？张山峰说，买车买房的都不算大老板，大老板都买马了。老丈人问，得多少钱？张山峰心里一乐，老好人嘛，起码值200万。小姨子说，干啥子吗，你还敢买人？张山峰说，老好人不是人，是进口的纯血马。张山峰看了老婆一眼，老婆恰好也在看他，四目相对，老婆白了他一眼。张山峰心里有谱了，紧着说，连俊善老板都投了30万，你说，还能错吗？老婆又捂住了耳朵。张山峰小心地说，现在要是能投进10万，两个月内，管保翻番。老婆猛地坐了起来，挥着胳膊乱喊，去去去。张山峰有些不甘心，急着说，那可是一匹好马呀。老婆说，滚滚滚。张山峰说，将来卖出去，一下子就能把债都还上了。

小姨子喊，开饭了。

张山峰走进厨房，挽住了老妈，让老妈跟着一起吃。老妈问，老好人老好人，说谁呢？张山峰说，班里新来的一匹马。老妈就说，怪了，昨天夜里，我梦见你爸了，你爸活着时，别人就叫他老好人，其实，就是个窝囊废。张山峰不愿听，连忙引她出来。

老丈人把钱放在张山峰的面前，说这1万块钱呀，给我孙子过生日用的。张山峰纠正说，是外孙子。老丈人自顾自地说，孙子好啊，初一十五，上坟送灯，行善尽孝，外孙不行，送了也是白送，收不到的。老妈就接过话头，他爷回来了，回来就不打算走了。张山峰捅了一下，不让她胡说。老妈瞪圆了眼睛，拍着桌子说，他爷说了，谁敢奓翅儿，就把谁带走。

这顿饭吃得索然无味，双方矛盾还是没能解决。老丈人临走时，有些醉意，跟张山峰叫板，不就是缺钱吗？我有的是，我就缺孙子。张山峰也喝多了，瞄着老丈人，抬起一条腿，悬着，恨不能一脚把老丈人踹出去。老丈人还是那句话，只要小孩子跟了他的姓，以前的债一笔勾销。张山峰虚踢了一脚，你就做梦吧，不出两个月，我就能还上你的钱。

都走了，老婆意外地与他缓和了，还说了点儿别的事，都不提儿子的事，也不提钱的事。张山峰趁机和她睡了一回。完事，老婆还去煮了碗汤圆犒劳他。张山峰吃着汤圆，想把购马计划详细说说。老婆意犹未尽，抛眉弄眼的，张山峰忍不住，重来一回。这一来，就没有机会说他的买马计划了。老婆说，老大给了咱爸，将来还会有老二嘛。张山峰当即就消停了，转身就软了下来。

一觉醒来，听老婆哼哼唧唧的，张山峰摸摸她的额头，挺热的。就去找了退烧的药。老婆吃了药，起身找出银行卡，让他把钱存上。张山峰心里一动，张口就问，密码是多少？老婆有些警觉，问他想干什么？张山峰充楞装傻，他老婆居然就把密码告诉了他，还把身份证也给了他。密码是张山峰的生日。张山峰有些意外。

银行卡里能有多少钱？趁机取出来买马，后果会怎样呢？上班的路上，张山峰脑子里突然就闪出了一道亮光，两个月，也就两个月，一旦没被老婆发现呢？……

四

马班在大山里，公交车只通到山脚下，通常还得步行一个小时。张山峰很少从头走到尾，刚到半山腰，总能被俊善的车撵上。两年来，都习惯了。见了面要说，早啊。俊善先说。后来，张山峰也文明了，还抢着说。山脚下有一家银行，半小时以后，门开了，张山峰第一个进去，先让查一下存折里有多少钱。人家说有 9 万块钱。张山峰就愣住了，这么巧？他突然就起了冲动，说全都取出来。人家说，昨天存进去的，今天就全取出来？张山峰一阵阵晕眩，昨天存进去的？不多不少，加上给孩子的 1 万块，恰好是 10 万块钱？张山峰心里头突然就豁亮了，这钱和他有关系，和买马有关系，这钱就是一个信号，一个老婆放低姿态解决矛盾的重要信号。人家说，取 5 万元以上，得提前预约。张山峰就磨叽，嘴皮子要磨破了，就是不行。身后的人说，让他取吧，过了今天，这钱指不定是谁的。张山峰一回头，俊善排在后面。张山峰连忙说，早啊。俊善没有回应。里面出来一个女的，俊善说，早啊，李主任。俊善介绍说，这是我们班的驯马师。李主任就朝里边说，给他提吧。俊善也提了 30 万元现金。两个人走出银行，上了车，俊善说，早啊。张山峰跟着说，早啊。司机踩了油门，车子就像箭一样飞了出去，差一点儿和迎面驶来的一辆车撞上了。张山峰后悔没坐在后面去，这家伙，太危险了。

两人把钱放在桌上，俊善就木呆呆地看着张山峰。张山峰说，你把墨镜摘了。俊善就摘了墨镜，俊善两眼无神。张山峰说，善啊，听我的，买吧。俊善揉了揉眉骨，你真的要赌一把吗？张山峰说，为什么不呢？俊善说，我没想到，你居然是个超级大赌棍。张山峰脸就热了，善啊，你这话挺损人的。俊善说，咱马班，禁不起闪失啊。张山峰伸出两根手指，就两个月，两个月以后，咱吃香的，咱喝辣的，咱他妈的也潇洒去。俊善盯着张山峰，真的能行吗？张山峰拍着胸脯，善呀，你还不相信我吗？俊善从牙缝里迸出两个字，相信！又重重地说，敢不相信吗？你是有名的驯马师。

俊善让张山峰带他去马厩，他要再看一眼老好人。出了办公室，眼见着追风仙子在障碍场里尥蹶子，看样子是在闹情绪。张山峰就吹了声口哨，又打了几声响舌，追风仙子安静了。张山峰喊，步伐太紧了，再放出去两庹绳。小宋听从了，眨眼间，追风仙子就跑得欢实了。

马厩是旧厂房改造的，高大，空旷。张山峰早就想在棚顶上加层隔板，这样就能让马有安全感，有利于马的心理健康。每回提出来，都被俊善严词拒绝。俊善不舍得花钱，一分钱都能攥出水来。张山峰此时心情大好，也想开了，等卖马赚了钱，他自己掏腰包改造马厩。

小唐一个人在低头扫舍，扫几下，就抡着扫帚朝老好人屁股抽一下。张山峰拉下脸问，吃枪药了吗？小唐脸上红了一片，说，它净欺负人。老好人伸着脑袋，好奇地望过来。张山峰摸着它的鼻子，它怎么就欺负人了？性骚扰吗？小唐扔掉扫帚，气哼哼地说，师傅，你没喝酒吧？老好人舔着张山峰的手，又转过来舔俊善的手。俊善掐了掐老好人的脑袋，很匀称，不大不小正合适，符合好马的标准。张山峰蹲下来查看马粪，把马粪捏碎了，又放在鼻子下闻。马粪散发着酸萝卜的气味。张山峰就说，该加精料了。

老好人浑身上下黑红黑红的，灯光下，黑的多，红的少。毛细而密，闪闪发光。俊善摸了又摸，暗自叫好。张山峰突然朝小唐吼了一嗓子，怎么不放盐呢？小唐没好气地说，你也没让我管它。张山峰就急了，朝小唐踢了一脚。

小唐赶紧去拿了一块喜马拉雅盐，没好气地扔在池子里。张山峰量了量高矮，把盐块吊了起来。老好人拱开他，仰脖舔盐。张山峰说，可惜了，这马没养好，营养不良。

俊善皱着眉头，那怎么办？

张山峰说，缺维生素，缺得厉害。

俊善急了，那怎么办？

张山峰说，还能怎么办？精心伺候呗。

张山峰摘下笼头，看了老好人一眼，准备给它戴上。小唐说，这一早，全都动手了，就是戴不上，还让它给踢了。俊善说，再踢，你们就拿鞭子抽它。张山峰一瞪眼，敢？小唐说，这家伙扛打。张山峰笑了，你们那是抽鞭子吗？挠痒痒吧？张山峰伸手朝追风仙子抓去，追风仙子本能地往旁边躲闪，趁老好人分神之际，张山峰闪电般地揪住了它的鬃毛。老好人倒退了几步，屁股就顶在了墙角。张山峰打了声响舌，让它放松。老好人拧了拧耳朵，喷着响鼻。张山峰给它套上了笼头，口衔也给拘上了。老好人仰起脑袋，咴！咴！连声嘶鸣，追风仙子也跟着咴！咴！嘶鸣。张山峰打着响舌，仿佛在数落着什么，一时缓，一时急，缓时如和风细雨，急时如电闪雷鸣。老好人刨着锯末子，甩着脑袋，态度还算诚恳。张山峰继续打着响舌，抚摸着它的脖子，抚摸着它的脊梁。老好人侧脸看他。张山峰把脸凑过去，看呀，你看呀，我是张山峰。老好人脑袋伸过来，舔着张山峰的手，张山峰搂住了，蹭着它的脸。老好人一个劲儿地拱怀。张山峰趁机拿起了马鞍，老好人又有了敌意，昂起头，盯着他。小宋说，这家伙，从来没有佩过鞍子吧？张山峰打着响舌，很严厉，连俊善听了都觉得有些心慌，仿佛连人带马一起骂了。张山峰拍打着马鞍子，打着响舌，告诉老好人，一定要佩的，不佩马鞍的马，还是马吗？老好人不服，极其不耐烦地刨着锯末子。张山峰突然发起狠来，响舌越来越急，简直像刺刀见了红。老好人垂下了脑袋，抖了抖鬃毛，不敢对峙了。张山峰把马鞍搭上去，老好人尥了下蹶子，张山峰响舌中带着笑声，轻松了许多，老好人很受用，慢慢就放松了，低头叼起了苜蓿。张山峰勒着肚带，勒得很紧。老好人有些不适应，不停地朝肚子下看。张山峰扯着缰绳，牵着出来了。走了一段，老好人有些扭捏，小脚女人似的，迈不开脚。小宋问，它怎么瘸了？俊善吓了一跳，仔细观察，果然，走得绊绊磕磕的。张山峰俯身朝马腹下看了几眼，搂住了一条马腿，猛地抬起来，再放下，又抬起一条马腿，放下。再走，就稳稳当当的。俊善像个小学徒一样，都看傻眼了。

峰子，你都和它说了些什么？

我问他有没有娶老婆。嘎！嘎！嘎！

它怎么说？

它让我帮着找一个。嘎！嘎！嘎！

把你的追风仙子配给它吧。

坏了！嘎！张山峰弯腰看去，坏了！不是儿马。

俊善心里凉了半截，恼得转身就走，让手推车绊了一下。他抬腿就是一脚，差一点儿把手推车踹翻了。

五

数钱时，杨老板的手是哆嗦着的，嘴巴也是哆嗦着的，临走时，他说，有了这钱，他就可以跑路了。杨老板走得慌慌张张的，张山峰受了传染，也变得慌慌张张的。俊善搡了他一下，峰子，想什么呢？张山峰含糊地说，没想什么。俊善的心突地就悬了起来，就觉得坏了，上了张山峰的当。俊善哪里知道，张山峰的恍惚，是琢磨着如何面对他的老婆。取钱的时候，耳边一直响着“一旦”这个词，好像这个“一旦”是他家亲戚似的。“一旦”老婆没发现呢？杨老板把钱拿走，这个“一旦”就露出了嘴脸，贼一样地跟着逃了。“搞不好”就赶来凑热闹，“搞不好”贴着张山峰的耳根嚷，搞不好啊，搞不好。“搞不好”真过分，天都黑了，也不回家，只是围着张山峰乱吼乱叫。张山峰把老好人拴好，嘱咐小宋吊到8点钟以后再上料。他洗了澡，往外走时，除了食堂那边还亮着，整个马场消失在密不透风的黑暗之中。搞不好啊，搞不好！耳畔又是一阵号叫。张山峰猛击一掌，“搞不好”就遁入更深的黑暗中去了。

山里的湿气很大，一会儿走入暖气中，一会儿又走入凉气中。偶尔一阵骇人的尖叫，也搞不清是什么东西。山头上悬着月亮，看起来，病恹恹的，一阵风就能吹下来。以前的看门人喜欢亮嗓子，张嘴就是“海岛冰轮初转腾”。开始都听不懂，以为上了年纪口齿不清。老秦头儿不服，让侄子放原声的，原声的也听不懂。老秦头儿就说，这叫韵味，冰轮是月亮。张山峰想了半天，想不出韵味与冰轮有什么关系。张山峰就逗他，韵味是什么？冰轮是什么？甜酸苦辣咸？油米酱醋盐？老秦头儿就往外推，你们不懂，你们是傻子，你们看的月亮，不是月亮。张山峰就朝小秦嚷嚷，你大伯痴呆了，我们看的不是月亮，是什么？是车轮？是风火轮？是屁？众人就笑。小秦说，你就别逗他了。老秦头儿说，你们啊你们，整个都被污染了，眼睛、耳朵、鼻子，还有心，都被污染了。

走在山里，张山峰忽然就明白了，这月亮果然和城里头的不一样，是冰轮，是成千上万年冻结的纹丝不变的冰轮。城里头的，总是变来变去的。山里头的月亮啊，清凉凉的，一下子能拉远了，又一下子能拉近了。人走在月亮地里，就像跟随着母亲的孩子，时刻都被一只温暖的手攥着。张山峰想起了老秦头儿，此时，他也在看冰轮吗？恐怕看到的不是冰轮吧？也被污染了吧？张山峰感到一阵心凉，恨不能就去养老院，看一眼老秦头儿，把他背出来，和他一起看月亮。告诉他，在山里，确实有一轮真实的月亮。

转过了小桥，就是一阵急促的蛙鸣，听了一路的蛙鸣，断断续续的，却没注意，原来全都躲在桥下边，简直就是大合唱。仔细听，是施特劳斯的圆舞曲。有高音的，有低音的，有领奏的，有合奏的，五花八门。张山峰扶着栏杆朝桥下看，黑亮的溪水，哗哗地响着。仿佛大提琴，仿佛扬琴，仿佛柳琴，和着蛙鸣，脆生生的。溪水是跳着下去的，一米多宽吧，眨眼间，就去远了。再远处，模模糊糊有一个水潭。张山峰想下去，想到水潭边看看，试试水温。如果水温合适，再洗个澡，肯定爽滑。这条路，走了两年，从没有像现在这样依依不舍，以前就是个瞎子。

俊善下了车，突然就问，你不想哭吗？

俊善又问，你不想自杀吗？

俊善伏在栏杆上，也跟着朝下面看，两个人谁也不说话，向着无限远的黑暗，呆呆地看着。耳边只有轰然作响的蛙鸣，偶尔，夹杂着几声怪叫。俊善说，回家吧，你还真的想死吗？张山峰不高兴了，好好的，凭什么要死呢？俊善恨恨地说，输光了，就得死，不是自杀就是被人杀。张山峰赌气地说，我没输，我怎么会输呢？两个人就上了车。俊善说，走啊。张山峰突然怔住了，你再说一遍？俊善说，我跟司机说走啊。张山峰发了好一阵子呆，想这两年，听了无数遍“早啊”，说了无数遍“早啊”，原来，全都搞错了。人家是说“走啊”。俊善又问，峰子，真的不会输吗？张山峰摇了摇头。俊善笑了，那笑声，显然是装出来的。他使劲地拍着张山峰的大腿，你是最好的驯马师，你说不会输，那就不会输的。俊善的情绪好了起来，和张山峰聊，和司机聊。什么话题都涉及，聊人大选举，聊银行贷款，还聊马班的水电费。聊得最多的，还是一年一度的赛马节。俊善说，峰子，你比谁都清楚，如果没有赛马节，咱马班也就没了存活的土壤。张山峰还沉浸在明月、小桥、蛙鸣之中，对俊善的话题一点儿兴趣都没有。他后悔跟着上了车，一个人在山里头走下去该多清净！

老婆出奇安静，张山峰越发心虚了，递上银行卡的时候，他的心突突直跳。老婆随手将银行卡放在桌子上，说，先别洗澡了，有事要跟你商量。张山峰讨好地说，得洗得洗，别熏着你了。老婆说，以后，就不必洗了。张山峰慌了，得洗得洗，你有鼻窦炎。老婆捂着嘴，突然哭了。儿子吓着了，也跟着哭。老妈推门进来，把孩子抱了过去，连丢了几个眼色。张山峰搂着老婆，拍着她的肩膀，一时没了主意。

吃完晚饭，老婆和他亲热了一回，亲热后，又掉了眼泪。张山峰害怕了，内心里有个张山峰，挣扎着，纠结着，承认错误？不承认！争取宽大？挺着吧！老婆说，如果，我死了……她的语速很慢，张山峰没回过神，居然笑了笑。老婆突然举起了手掌，张山峰本能地缩了下脑袋。老婆破涕为笑，她抹着眼泪，也不是笑，也不是哭，她让张山峰再找一个老婆，最好找内蒙古的，新疆的也行，千万别再找长江以南的。南方女人没见过马，不喜欢马。张山峰说，你别闹了。老婆说，人都会死的，不是吗？张山峰就想起了老爸，情绪一下子就掉进了深渊。老婆说，听说人死了，灵魂就飞到月亮上边去了。老婆说，等到在月亮上也活腻了，灵魂就死了，就回来重新投胎做人了，不是吗？老婆的声调像琴声，低沉悠扬，入心入肉。张山峰的眼前，就浮现出了山里头的冷月，浮现出了海岛冰轮，那上面，真的住着灵魂吗？

清晨，老婆的情绪好了一些。张山峰想起有人跟他说过，女人到了 30 岁，很容易抑郁的。他担心老婆得了抑郁症，为此，他自己都快抑郁了。张山峰说，请个假吧。老婆说，小妹给请了。张山峰愣了一下，就摸了摸老婆的头发，你不能总哭。老婆说不哭了。张山峰就起身忙着洗漱。没一会儿，屋里发出极惨的叫声，他紧着跑回来，看见老婆跪在床头，不停地磕头。张山峰慌忙问，怎么了？老婆说，孩子给我爸吧，求你了。张山峰身上的血猛地就冲到了脑门儿，原来，还在为这个闹哪！他挥了下手，恨不能扇她一巴掌。老婆说，没妈的孩子像根草啊。张山峰气得摔门而出。

张山峰焦躁不已，马场里也受了传染，都焦躁不已。连天上的云都赶来闹腾，一块块的，一团团的，挤在一起，龇牙咧嘴，黑压压的，乌压压的，看着让人心烦。一会儿，掉下了雨点子，扔硬币似的。张山峰命令把马都带进马厩避雨，刚进了马厩，雨就停了。只得再牵出来，重新遛。这样一折腾，马场上下都噘着嘴，都无精打采的。追风仙子一直朝东走，走到场边，顶着栏杆，勾着栏杆外面的草吃，几匹三河马受了启示，也都跟着吃栏杆外面的青草。俊善就朝张山峰吼，你家的马拱坏了栏杆，你赔吧！本来是句玩笑话，俊善说的却不是时候，张山峰一股邪火就蹿到了脑门儿上。他提着鞭子跑过去，狠狠地抽了三鞭子。追风仙子疼得嘿儿嘿儿地乱叫，转了几个圈才停住。张山峰心里头疼，也不能表现出来，只是冷冷地看着，追风仙子抖着鬃毛，低着头，拱他的怀。

雨就下起来了，下得很急。张山峰没动，愣愣地，追风仙子也没动，也是愣愣地。小宋喊，师傅，回来呀。小秦喊，师傅，你的手机总响。

张山峰带着追风仙子回到了马厩，老好人一边舔着喜马拉雅盐，一边斜着眼看他。张山峰顶着它的脑门儿，逗着说，你个吃货。他打了两声响舌，老好人就住嘴了，蹭着他的脸。张山峰摸出一个苹果，咬了一口，把苹果伸过去，老好人一口叼去了。追风仙子转过来，盯着老好人，又盯着张山峰。

张山峰摊了摊手。追风仙子又看他的嘴，张山峰从嘴里掏出那块苹果，塞到追风仙子的嘴里。其他的马都伸出头来。张山峰心里不忍，喊着小宋，让他去拿些胡萝卜来，一匹马赏一个，都解解馋。小唐说，老板会心疼的。张山峰说，他抠门，别让他看见了。小秦喊，师傅，你的手机都要被打爆了。张山峰这才进了休息室。电话是小姨子打来的，小姨子说她姐失踪了。小姨子说，你儿子也失踪了。

六

你还是个人吗？老丈人指着张山峰的鼻子吼。张山峰懊恼不已。老婆的鼻子出了问题，不是鼻窦炎，是鼻癌，老丈人准备了9万块钱，打算让女儿去做手术。结果呢？张山峰就敢把救命钱拿去买马了。老丈人骂累了，就低着头拣豆子。小姨子在一旁玩手机，看样子，对她姐姐的去向心里有谱。张山峰忽然来了气，是的，他不该把钱挪用了，可他去要钱了吗？是买马，是做正儿八经的生意，是赚钱，是想还债的。为什么要玩失踪的把戏呢？不就也是想让外孙子变成孙子吗？

张山峰带着怨气离开了老丈人家。

不找了，等卖了马，还清了债，老婆自然会回来的。

老好人擅于奔跑，看它的腿，再看它的蹄子，该粗的地方粗，该细的地方细，再看身量，天生的赛马。张山峰得意，得好好驯，得使出真本事驯，驯出来就是一匹千里马。张山峰和别的驯马师不同，驯马前，也先要吊马，让马养成良好的饮食习惯。吊马，不但控制体重，也磨性子，不给料吃，干靠着。每次驯马课结束，刷洗干净了，一上午或者一下午都不再喂料。吊过的马和没吊过的马是截然不同的，吊过的马肌肉结实，有力气，还通人性。张山峰驯马的花样也多，信手拈来，随心所欲。他常说，驯马就像老妈做饭，一天三顿，得有耐心。能干的老妈，天天变着花样，热炒的，凉拌的，油炸的，清蒸的，变化多端，怎能吃够？驯马也是这个道理，得有变化，没有变化，再好的马也要毁掉的。驯马师不能懒，你懒，马也跟着懒。

马和狗不一样，马高狗矮，狗看人，要么高看，要么低看，不那么客观。马就不一样了，马看人从来都是直视的，在它眼里，不分高低贵贱，一律平等。要想养好马，就得和它拜把子，不求同年同月同日生，但求同年同月同日死。不光是勤喂料、勤擦洗这么简单，要用心呵护，像对孩子，像对父母，要知冷知热。马都懂，别看它不会说话，心里明白着哪。在张山峰的眼里，马就是个哑巴人。

好的驯马师首先要学会和马的呼吸合拍，和马的步伐合拍，和马的心率合拍。标准不在书本里写着，书本里写着的都是虚的，标准在心里头，在驯马师的心里头，也在马的心里头。吊马的同时，还要坐马，坐马更有说道，不光是训练技巧，主要是弄懂马的心理变化。你不懂，它就让你难堪，让你前功尽弃。你懂了马，就能驯出理想的步伐，驯出理想的跑姿。驯赛马和驯马术马不一样，条件好的纯血马一般都要驯成赛马，赛马要想练成如风似电的速度，坐马一环很关键。不能惯着，像小孩子一样，惯着就生毛病，有了毛病就不好板了。张山峰设计了多种训练方法，让马熟悉。刚开始，没坐过的马，都是野路子，跑起来，在即将达到极限速度的时候，四蹄总会碰在一起。别看只碰几次，很影响速度的。这时，就需要驯马师耐着性子纠正，要坐马，让马学会舒展，学会调节关节。张山峰身子重，不舍得坐马，就找小唐、小秦，一人骑一会儿。坐马对骑手的要求很高，骑手必须挺胸抬头，坐姿端正，得按照设计好的节奏起伏，得让马始终跟着骑手的节奏跑，不允许擅自调整。

这边，张山峰忙着驯马，那边，俊善也没闲着。来了几拨人，看过了训练课，都对老好人有兴趣。有询价的，有含而不露的。每当有人来看训练课，张山峰就会铆足了劲儿，穿戴整齐下场。他要亲自驯，要驯得头头是道，要把最好的一面表现出来。训练课的高潮就是跑圈，除了追风仙子，其他的马都不是老好人的对手。3000 米跑下来，都能把三河马套上一圈。

眼看着，一天天过去了，张山峰的马也驯得有模有样了。

终于来了一位买主，乍一看，挺凶的，胳膊上还文了字，仔细看，是个“忍”字。俊善介绍，这是龙哥。龙哥看了一堂课，当场拍板，两匹马都要了。张山峰还以为做梦哪。龙哥让报价。追风仙子是张山峰的，张山峰报了价。龙哥没有异议。老好人是合股的，俊善持大股，由俊善报价。俊善张嘴报了150万。张山峰就慌了，担心砸跑了买家，就满脸堆笑，说，龙哥，还可以商量嘛。龙哥摸了摸胳膊上的“忍”字，说，就这么定了。张山峰心花怒放，真想给龙哥磕个头。龙哥只有一个要求，必须要在赛马节上夺标。

张山峰说，放心吧。

按照经验，凭老好人的条件，跑赢比赛不是难事，俊善就在合同上签了字。龙哥就让人把首付款打进了马班的账户。从这一刻起，老好人和追风仙子就是龙哥的了。定金30万，俊善姿态高，全让张山峰拿去了。张山峰美啊，梦想成真了，终于赚钱了，终于扬眉吐气了。他一溜烟儿地去了老丈人家，把钱码在桌上。他坐在桌子的这一边，老丈人坐在桌子的那一边。谁也不看谁，都看着钱。老丈人说，早知养马能挣钱，多投点儿啊。老丈人找了条大毛巾，盖在钱上，算是收下了。张山峰说，还有30万，赛马节一开幕，就赚到手了。老丈人连连点头，好，好。张山峰也没问老婆在哪儿，不急，急的是他们，看怎么收场吧。

张山峰离开老丈人的豆腐房，走得急，撞上了门框，疼得直蹦。

龙哥来了，站在外场看驯马。看了一会儿，龙哥对俊善说，想骑几圈过过瘾。俊善就喊来张山峰，让他带龙哥骑两把。龙哥说，我没穿马裤。俊善说，没事的。龙哥说，我没戴帽盔。俊善说，没事的。张山峰就让小宋去库房拿帽盔和马裤。龙哥说，谁稀罕穿你们的垃圾服？张山峰臊了个大红脸，笑也不是，哭也不是。龙哥拍了拍马头，我穿的都是意大利原产地的名牌货。老好人跳了一下，甩了一下脑袋。龙哥拍着老好人的脖子说，宝贝，你得听话。老好人倒退了几步，摇晃着脑袋。龙哥拍着它的背说，如果不听话，我就剥你的皮，抽你的筋。虽然是句玩笑话，张山峰却听着不舒服，对龙哥的印象一下子就变了，变得很糟糕。这是一个马主该说的话吗？不听你的话，就剥人家的皮？你是谁？不就是有几个臭钱吗？钱在人的世界里好使，在马的世界里，是废纸，是狗屁。

张山峰恨不能收回这笔生意，告诉龙哥，不卖了！

龙哥看出张山峰的不满，就问他，知道为什么我是老板，你是马夫吗？

张山峰摇了摇头，即便知道，也不会告诉他的。龙哥说，因为我能听懂人话，你听不懂。龙哥扳住了马鞍，俊善赶忙跨出一条腿，龙哥踩住了，翻身上了马。俊善站直了，朝马屁股上轻拍一掌，老好人跑了。俊善拍打着裤子上的鞋印，峰子，想什么呢？

张山峰没有说话，心里头挺难受的。

龙哥的骑术还行，只是基本功不扎实，跑起来，习惯朝右偏。这就使老好人发不起力，一股力量总是被另一股力量抵消了。老好人纠正了几次，龙哥反倒倾斜得更加厉害。老好人一个劲儿地朝另一边挣，龙哥一个劲儿地靠缰绳板正，一人一马，斗上了气，都想按照自己的习惯跑。老好人乱甩着脑袋，龙哥就抽它，拿脚跟磕它的肚子。老好人突然站住了，抬起了前蹄，朝空中刨去。龙哥喊，怎么回事？怎么回事？俊善急着问，峰子，怎么回事？张山峰面无表情。

龙哥摆着缰绳，紧紧夹着马肚，老好人又飞奔起来，一阵风似的，留下龙哥一路惊恐的号叫声。龙哥左摇右晃，老好人左摆右挪。一人一马，扭成了麻花，斗成一团。俊善喊，小心呀！龙哥喊，停不下来呀！俊善说，峰子！快停下来！快停下来！

一连跑了十几圈，眼看着龙哥像一堆烂棉花，张山峰才打着响舌，挥舞着叫停的手势。老好人居然没理会他的手势，居然越跑越来劲。眼看着，再跑下去会出人命的。张山峰慌了，赶忙搬出了几根地杆，横在跑道上。老好人跃了几跃，疯劲过去了，慢慢停住。龙哥头发散乱，墨镜早就没影了，他扶着俊善的肩膀往下跳，老好人闪了一下，龙哥就势摔在地上。他爬起来，狠狠抽了一鞭子。老好人甩了下脑袋，看着张山峰。

张山峰说，你不能总揍它。

张山峰说，你越揍它，它越恨你。

龙哥瞪着张山峰，急吼着，你怎么知道它恨我？张山峰说，我是驯马师，我当然懂得，你想养马，就得和马交心，你尊重它，它才能尊重你。龙哥说，少来这一套，明天，我就找一个明白人来驯！龙哥说，我还有个条件，你们得无条件答应。龙哥的条件很变态，什么时候老好人变得温顺了，乖乖地任他骑，任他打，任他骂，他才交付尾款。这个条件让张山峰一阵阵难过，老好人是赛马，赛马都是有血性的，怎么就成了忍气吞声的小媳妇？况且，龙哥的骑术有毛病，让老好人改变风格，还想要好成绩，难！

俊善和张山峰开了个小会，俊善让张山峰无论如何也要想办法，按照龙哥的要求驯马。张山峰把龙哥骑术缺陷指出来，让俊善评理。俊善说，我不管那么多，你去想办法。

办法还是有的，否则就不是张山峰了。张山峰让老好人上负重训练，在它右侧背一包沙子。张山峰也清楚，这样肯定会影响步伐的，最终，还是会影响速度的。

张山峰有个疑虑没好意思说出来，他闻到了龙哥身上有一股子怪味，有些酸，还有些臭。老好人也不适应这种味道，总是喷响鼻，总是伸着头，鼻子和龙哥保持着最远的距离。张山峰由此想到了自己，也是臭的。老婆忍了几年，都熏出鼻癌了。忽然就出了一身汗，癌？真是癌吗？

不能！老丈人一家在设套哪。

张山峰心情不好，趁星期天马班休息，就在家赖床。躺了一天，想也想了，愁也愁了。临了，俊善来了。俊善和朋友应酬，路过这儿，就上来看看。老妈沏了茶，让他喝了解酒。俊善还像小时候那样，一口一个大辫姨，叫得那个甜。老妈高兴，顺嘴就把儿媳妇跑了的事说给他听，让他给拿主意。俊善含糊地说，峰子，你老丈人毛病不少啊。张山峰说，都是惯坏的。俊善说，你得赶紧把嫂子找回来，别让人家把你儿子抢去了。俊善喝了会儿茶，就提起了赌马，说得轻轻巧巧，一点儿也不张扬。张山峰也没在意，这事远在天边，和他八竿子也打不着，他都懒得琢磨。两个人又说起老好人。老妈插话，别叫老好人，就叫窝囊废，全钢厂没有不知道他的。俊善愣了，窝囊废？全钢厂？张山峰就朝他眨眼。

俊善问，窝囊废是谁？

老妈说，窝囊废就是窝囊废！

七

龙哥身旁站着一位时髦女郎，戴着大墨镜，半张脸都遮住了。女郎身材高挑，风吹过来，掀起裙边，犹如翩翩起舞的仙女。俊善围着说话，那样子，要多殷勤有多殷勤。小宋、小秦都挺兴奋，不错眼珠地盯着女郎，连呼吸都要停住了。小唐撇了撇嘴，嘿，那女的，也就一般人吧。张山峰没说话，先笑，朝女郎笑。龙哥说，芳啊，马厩里头脏，咱就不进去了吧。张山峰反驳他，你养马，就不能嫌脏。龙哥摘下了墨镜，凶巴巴地问，你他妈的哪来的废话？张山峰没敢顶嘴，转身把老好人牵了出来。老好人晃了下脑袋，鼻子朝天，咴！咴！嘶鸣几声。龙哥拍了拍马头，老好人闻不得他身上的味道，甩了几下脑袋，鼻孔一张一合。龙哥说，芳啊，你瞧，多漂亮的马。龙哥说，芳啊，下场跑两圈吧。张山峰说，先等等吧，刚吊了小半天，没准备。俊善说，骑吧，骑吧，你不是有糖吗？给它两块吃。张山峰说，都惯着，那不乱套了？俊善瞪了他一眼，张山峰退缩了，摸出一块糖，剥了糖纸，塞到老好人的嘴里。芳轻声问，师傅，你还给它糖吃？张山峰嗯了一声，算是回答了。芳摘下墨镜，露出脸来，很漂亮的一张脸。芳咬着眼镜腿，瞪着一双亮晶晶的眼睛，师傅，你不怕它得了糖尿病？小宋嘴快，小宋说，马吃了甜食，就像抽了大烟，让它干什么就干什么。小秦也抢着说，甜食能增加体能，这是驯马师的绝招。

芳笑了笑，说要去换衣服，就朝停车场那边去了。

小宋去了马具室，把装备拿了过来，张山峰把鞍具和护腿给老好人佩上。老好人吊了半天，肚子早都瘪了。张山峰煞了几次肚带，扳了几下，鞍子还是松。他顺出 4 庹长的训练绳，先训练老好人跑圈，跑了几圈，四蹄依旧发飘。张山峰又顺出 2 庹长，让它离远点儿，老好人的步伐还是不稳，看起来有些沮丧，不时地打着响鼻，不时地晃头摇脑。张山峰拽着训练绳，吆喝声越发响亮了。龙哥问，咦，老张，你怎么瘸了？俊善说，摔伤了。龙哥问，怎么摔的？小秦说，驯老好人摔的。龙哥说，狗屁老好人？要我看啊，就是老混蛋老该死老不要脸的。龙哥越说越急，你们合起来骗我吧？就这破马，总摔人，能值 150 万？

又指着朝这边走来的芳，摔了大美女，你们负担得起吗？

俊善说，龙哥，真的是一匹好马。

龙哥说，好马总摔人？

俊善说，是好马，还没驯好。

龙哥说，驯马师不行！

就像一声炸雷，张山峰被震蒙了，全身的血就朝脑顶冲。他颤巍巍地说，你要是能找个比我强的，我把脑袋揪下来让你踢。龙哥说，你脑袋值多少钱？芳拦住了他们，芳说，师傅，这马肯定能驯出来吗？张山峰来了倔劲，指天发誓，如果驯不出来，就死给你看。芳赶忙说，别死啊，驯不出来也不能死，人命比马命……她忽然变了声调，都珍贵的。芳这几句，张山峰听了个清清楚楚。这丫头有水平呀，居然会说人命和马命都一样珍贵。就冲这句话，张山峰就得服她，就和她对脾气。这说明，芳对马是尊重的，对驯马师也是尊重的，像她这样漂亮的女子，能有这个境界，很难得的。

芳说，龙哥呀，我喜欢老实的马。

张山峰说，没问题。

芳说，龙哥呀，我喜欢听话的马。

张山峰说，没问题。

芳说，龙哥呀，我喜欢温文尔雅的马。

张山峰说，没问题。

芳说，龙哥呀，我喜欢有特点的马。

张山峰说，没问题。

芳忽然一笑，说，我喜欢会跳舞的马，就像维也纳新年音乐会上会跳舞的马。

张山峰一下子就蒙了，脑子里混沌成一片烂泥。龙哥朝着张山峰吼，你他妈的吹呀，你他妈的说没问题呀。芳说，我只是随便说说，你们可别当真。芳说，我一直想不明白，马怎么会跳舞呢？张山峰收了训练绳，把老好人牵到身边，拍着马脖子，轻声问，老好人，你能学会跳舞吗？老好人盯着他，一动不动。张山峰乱扭着屁股，急着问，跳舞，你能吗？老好人仰着脑袋，咴，咴，嘶鸣，前蹄刨了几下，尾巴摇了摇。

龙哥说，真是一对活宝。

张山峰走到芳的跟前，它说能，它说保证能学会跳舞。全都愣住了，空气都凝固了。芳看着张山峰，嘴角抽搐了几下，眼里含着闪亮的泪珠，芳说，师傅，我是开玩笑的，你怎么能当真呢？芳擦了擦眼睛，又笑，笑得甜甜的，在张山峰的眼里，笑着的芳，很像他的小姨子，有着江南女子的妩媚。芳说，师傅，你千万别在意我的话。芳又说，没想到你会在意我的话。张山峰的心跳突然加速，擂鼓似的，咚咚地响。芳的笑容打动了他，芳的眼泪也打动了他，让他有了忘我的情怀。他摸着老好人的脑袋，大声说，我张山峰，吐口唾沫就是钉，我说能跳舞就是能跳舞。

龙哥朝张山峰吼着，要是不能跳舞呢？

张山峰被激得嗷嗷叫，我说能，就肯定能！

龙哥说，现在就写合同，我和你赌一把。

俊善急了，朝张山峰就打，边打边吼，你疯了吗？

张山峰一边躲着拳头一边说，就到赛马节开幕那天截止，如果我不能把老好人训练成会跳舞的马，我就……我就……

龙哥拿出纸笔，拍着小秦，让小秦弯腰，后背给他当桌子。龙哥写得飞快，小秦急得直喊，师傅，你就少说两句吧。龙哥就念，如果 8 月 1 日之前老好人不会跳舞，甲方将无条件退货。念完，朝俊善说，摁手印吧，摁手印吧。俊善急得直蹿，别呀，龙哥，他是说着玩的。芳也说，别呀，别呀，我是说着玩的。龙哥说，我就烦他吹牛，一个臭马夫，整天就是吹。芳说，吹就吹呗，也不伤人，适当吹吹牛，还能延年益寿。张山峰一把扯过合同，抬起脚，手指头在鞋底上蹭了蹭，狠狠地摁上了指印。

俊善傻了，俊善晕了，俊善晃了又晃，被小唐一把抱住了。龙哥扬着合同，马还能跳舞？谁看见马还能跳舞了？芳说，龙哥，马真的会跳舞，维也纳音乐会上的马就会跳舞。古希腊时期，有一个城邦，叫什么来着？锡巴里斯，就训练了会跳舞的马。龙哥皱着眉头，什么古希腊古罗马的，什么锡巴里斯稀里哗啦的，你胳膊肘朝哪儿拐？

芳吐了下舌头，不敢乱说了。

命运就是这样突兀，转了个弯，就急转直下了。如果早知道谜底，早知道底牌，张山峰说什么也不会打这个赌的。简直就是自杀，简直就是往枪口上撞。张山峰的所有的因果都在这个午后播下了种子。

俊善倒在沙发上，指着张山峰的鼻子，都骂累了，都骂不出声了。俊善上午听到的消息，市里决定取消赛马节。这个消息像重磅炸弹，戳在那儿，差一点儿没把俊善吓死。当时，他还庆幸自己的运气好，老好人提早让龙哥买去了。很显然，龙哥也听到信了，人家这是有备而来的，人家这是设好的套子，一个激将法，就让张山峰钻了进去。俊善那个气呀，那个恨呀。

俊善说，我上辈子肯定是欠你的，欠你妈的。

张山峰听出俊善在骂人，能怎么样呢？错在自己不冷静，错在自己大脑发热，骂就骂吧，如果骂人能解决问题，宁愿让他骂个够。张山峰万万没有想到，赛马节会停了，他万分震惊，万分沮丧。没了赛马节，马还值个毛钱？马班还值个毛钱，他这个驯马师还值个毛钱？

芳的后背九十度折弯，几乎和马背平行，她的姿势非常标准。龙哥还是那副德行，追风仙子让他拖拽得失去了平衡，一边蹄子沉重，另一边轻得打滑。4000米不到，老好人就套了追风仙子的圈。张山峰突然就明白了，脑袋里闪出一道白光，他拍着大腿说，有办法了，有办法了。俊善说，你有个屁办法。张山峰小心地说，善啊，放心吧，头拱地，我也要驯出会跳舞的马。俊善说，你就吹吧，别让马教你跳舞！张山峰让他噎得够呛，嘎巴着嘴，望着俊善苦笑。俊善说，你说呀！张山峰就指着训练场上的芳，把自己的想法说给俊善听。既然芳看过跳舞的马，这事就落在她的身上，向她请教，让她讲清楚，什么样的动作才算跳舞。芳是龙哥的人，她说圆的就是圆的，她说方的就是方的。标准就在她的嘴下。张山峰还要说下去，俊善猛地奔过来，鼻子都要顶到张山峰的鼻尖上了。俊善说，傻哥哥啊，你知道她是谁吗？俊善一字一顿地说，芳是枭龙的女人，枭龙！枭龙！

八

想教老好人跳舞，实在是无从下手，教的烦，学的更烦。只有吃了糖，老好人才能安静一会儿，才能听指挥。芳倒是隔三岔五地来，休息的时候，就和张山峰一起研究。芳下载了一首歌，乱哄哄的，谁也听不明白。小唐懂几句英语，能听懂几个词儿，也不过就是马呀马，爱呀爱的。芳介绍说，这是一首苏格兰民谣，有名的马歌。歌词充满了哲理，讲述了做人的道理，什么道理，芳也说不清楚。张山峰不敢妄加评论，人家怎么说，他就怎么听。

芳对张山峰挺看重的，做什么都先商量着来，对其他人就没那么好脾气。有时候还损人，她的嘴巴就像刀子，让人受不了。驯马师都对她有了敌意，也不配合她驯马，都等着看她的笑话。小宋私下里还说芳和龙哥的坏话，说他俩不干不净。张山峰直吼着，你知道什么叫不干不净？小宋低下头，没敢还嘴。芳怎么会和龙哥不干不净？龙哥体臭熏人，芳香气逼人，一个如花似玉的女郎，能受得了臭气？再说了，芳是枭龙的女人！

枭龙，肯定不是一般人。

张山峰就这么熬着，头发都急白了，老好人依旧原地踏步，毫无进展。张山峰急眼了，动手打了它几次。打归打，骂归骂，依然不得要领。芳来得更频了，几乎每天都来，除了骑马，就和张山峰琢磨着驯马，琢磨着马舞。芳研究过，苏格兰马歌的旋律与马的心率很合拍，也就是说，这是一首适合马听的乐曲。每当音乐响起，马厩里就炸开了，马顾不上吃草，都仰头嘶鸣。老好人只是静静地听，傻傻地听，一点儿动静都没有。芳问，吊马时，老好人的脉搏是多少？张山峰摇了摇头。芳说，你不是驯马师吗？芳的话刺疼了张山峰，他却不生气，好比让自家妹子呛了几句，哪来的火气？

芳下载了一段视频，让张山峰看，让他了解维也纳音乐会上的马是如何跳舞的。张山峰看了几次，突然就明白了，马的舞蹈，关键在步伐上。不要大步，要小碎步，要有节奏，有前有后，有左有右。芳说，只要有规律地移动，就是舞蹈。明白了这个道理，细节就好办了。张山峰让芳用摆缰绳的方式，前后左右，操控老好人的步伐。这个办法很神奇，老好人很快就熟悉了套路，只要音乐响起，骑手摆动缰绳，老好人就会摇头晃脑，左右摇摆。甩头，抬腿，倒退，前行，扭臀，一气呵成。俊善看了几回，只提出一个疑问：为什么每次动作都不重样？

张山峰急了，说，就你事多？！

俊善说，不是我事多，我担心龙哥事多。

看在张山峰的情面上，芳答应去和龙哥谈。芳总觉得对不起张山峰，她随便的一句话，就把事情搞得这么复杂。早知是这样的，说什么也不会多嘴。芳心里清楚，让马跳舞就是胡闹，就是赶鸭子上架，就是欺负老实人。

俊善说，龙哥拔根汗毛也比我的腰粗。

俊善说，凭你和枭龙的关系，帮帮我们吧。

芳的脸色变了，你胡说什么呀？芳扔下马鞭，扭头就走。俊善说，完了，得罪她了。张山峰不明白怎么就得罪了，不就是提到枭龙了吗？俊善说，小点儿声，枭龙是老黑！张山峰突然就打了个冷战，看着芳的背影，心里头有股子说不出的滋味。想象着枭龙和芳，无论如何，就是对不上点儿。芳看起来就是一个简简单单的女孩子，长得漂亮，冷丁看，挺傲慢的，其实，心里挺热乎的。枭龙？老黑？他的女人应该是那样的，不应该是这样的。张山峰咧着嘴，脸颊上的肉，一跳一跳的。

俊善说得对，为了比赛不流泪，平时就得多流汗。张山峰豁出去了，跟老妈打了招呼，说要驯马，就不回来住了。老妈嘟囔着，人都驯不了，还驯马？张山峰说，老好人可比人好。老妈就嚷，窝囊废！你们爷俩都是窝囊废！

张山峰住进了马班，就差搬到马厩里睡了。白天黑夜都不闲着，不停地放着苏格兰马歌，同时，观察着老好人的神态，琢磨着如何有效地着手训练。芳连续几天没来，张山峰就让小唐打下手。小唐紧张，与师傅总是踩不到一个点儿上。老好人跳得时好时坏，一直没有形成固定不变的步伐。张山峰气得干瞪眼，急也没有用，他对舞蹈一窍不通，不通，就找不到问题的关键所在。找小秦帮着看看，小秦也是个二百五，比小唐强不了多少，看了半天，也说不出个子丑寅卯。这天，芳露面了，没换服装，就直接走到训练场。芳看了小半天，说，师傅，你这马越驯越糟糕。张山峰一股火就顶在了脑门儿上，心里发焦，半天说不出话来。芳说，师傅，我想出了一个办法。张山峰的脑里忽然就开启了一条缝，透了一丝光亮进来，他一把将芳抱起来，丢了几个圈，抱到马上。芳羞红了脸。张山峰催促着，快说呀，有什么好办法？芳说，马怎么跳，全靠骑手怎么盘，对吧？张山峰点着头，是的是的。芳说，人没有固定的动作，你让马的动作怎么能固定呢？一句话就点醒了梦中人，张山峰一巴掌拍在了大腿上，转身朝徒弟们吼，看看人家，就比你们这些猪脑子强百倍。

芳和张山峰琢磨出了一个办法：骑手先准备好，音乐一响就数数，8 个数就是一组，每数到 8，就抖缰绳，先左后右，先前后退，都规定死了，都固定死了。这样，就是跳上一百遍，也不会变样的。这一招真好使，老好人突然就会跳舞了。每个人都坚信，这就是马舞——世界上最不可思议的舞蹈。

张山峰问芳，你为什么要帮我？

芳说，见你第一面，就想帮你。

芳的脸红了，她挺直了身子，抖了抖缰绳，老好人腾空而去。

九

张山峰朝小宋点了下头，苏格兰马歌就播出声了。张山峰数了 8 个数，抖了下手腕，缰绳朝左边甩了个花。老好人昂着脑袋，抬起左腿，朝左前侧迈了一步，同时，尾巴朝左边甩过去。一组结束了，又数到 8，又朝右边抖了下缰绳，老好人便朝右边抬腿，迈步，甩尾，扭屁股。场边爆发出一阵掌声，马会跳舞了，如果不是亲眼所见，谁能相信？音乐突然停了，老好人直愣愣地停了。老好人躁动着，喷着响鼻。小宋摁了半天手机，喊着，师傅，没电了。张山峰抬手就是一鞭子，急吼吼地骂，去死吧！

龙哥扭头就走，边走边说，退货，无条件退货。芳扯住了他的胳膊，芳说，确实是跳舞了呀。龙哥问，你看见了吗？芳点着头，我看见了。龙哥拽开车门上了车，俊善拽着车门，哀求着，真的，真的会跳舞。龙哥发动了车子，没好气地说，我没时间和你磨牙，机会给你了，你没把握住，赖不得别人。俊善说，是我们不好，千错万错都是我们的错。龙哥说，限10天时间，把定金还给我，少一个子儿，回头把你马班挑了。俊善说，别呀别呀。

龙哥愤愤地说，世界上有会跳舞的马吗？

音乐响了。

芳举着手机，放着苏格兰马歌。老好人打了兴奋剂似的，甩着脑袋，摆着尾巴，迈着轻快的步伐跳了起来。前一步，后一步，甩头，摆尾。左一步，右一步，甩头，摆尾。同样的组合做了两次。音乐铿锵，歌声激昂，老好人抬起前蹄，朝空中踢了两下，又提起后臀，朝后蹬了两下，动作连贯，一气呵成。前一步，后一步，甩头，摆尾。左一步，右一步，甩头，摆尾。重复两遍，开始走“8”字，动作轻快，如同溪边浣纱的女子，温柔多情，又如同山里采茶的姑娘，轻盈妩媚。龙哥呆呆地看，最后一个动作结束了，龙哥还是一动不动。张山峰跑过来，拍着车窗喊，龙哥，跳舞了！跳舞了！

龙哥撇着嘴说，这是跳舞吗？

龙哥说，这就是他妈的牲口犁地。

龙哥轰了油门，开车走了。芳戴上墨镜，朝马场的大门口走去。俊善跟上去，央求着，帮帮忙吧，如果龙哥毁约，我和峰子都得跳楼。俊善的话，像一根钢针，突然就扎在了张山峰的心尖上。是的，没了钱，就得倒霉，就得忍气吞声，就得妻离子散。可是，也不能光想着自己，让芳去求龙哥？那不等于把她往火坑里推吗？张山峰心尖上的疼传导下来，全身都扎满了钢针，疼得他大汗淋漓。

芳扫了俊善一眼，嘟囔着，我就是一个骑马的。俊善说，你总会有办法的。芳的脸突然红了，嚷嚷着，我说过我就是一个骑马的！听不懂吗？小唐说，还有专门骑马的活？你给我介绍一个呗，只要干干净净的就行。芳抬手要打小唐，小唐闪开了。

芳说，我得走了。

俊善说，我送送你吧。

芳摇了摇头，低头走出了马场。张山峰心里一动，霎时，那股子疼劲又上来了，他跨上马，就朝芳追了过去。芳惊愕地看着张山峰，笑了笑，又忽然捂着脸哭了。张山峰俯下身，芳就伸出手来，张山峰抓住了她的手，一把将她拎上马背。芳有些不好意思，肩膀拢着，紧紧抓着鞍上的皮扣。张山峰也有些不好意思，就尽可能地往后挺着。都不说话，却都能听见彼此的心跳声。张山峰想问，你和枭龙是什么关系？芳想说，一言难尽。

马蹄声嗒嗒，心跳声怦怦，偶尔传来一声鸣叫，引发了飞鸟争鸣。燕子低空飞过，又钻入云霄，仿佛在做着一项很有趣的游戏。拐过了小石桥，芳就看到了水潭，芳说，看呀，多像一面镜子。张山峰伸手拨开树枝，拽住了缰绳，老好人就停下了。张山峰说，夜晚，桥下有那么多的青蛙，聚在小河边，呱呱呱，像演奏着一场交响乐。芳说，我老家就有一条河，叫大树河。夏天来了，大树河就喝饱了水，河里头的芦苇荡很密实，里头藏着丹顶鹤、红姬鹤、燕雀，还有多嘴鸟、晃柳莺。晃柳莺的嗓子可好了，野孩子们就喊，晃柳莺，给俺们唱个歌吧，就唱娶媳妇的歌。晃柳莺就傻乎乎地唱了，能唱半个小时。野孩子们就趁机绕到后头，把晃柳莺的窝捅翻了，抢着捡蛋。下次去，还喊，晃柳莺，给俺们唱个歌吧，就唱娶媳妇的歌。晃柳莺傻乎乎地还唱。大树河边还有那么多的水獭，还有狐狸。狐狸最坏，总是偷吃大雁蛋，吃不了，就藏起来。人们就去掏狐狸窝，找准了，一次能掏出一筐大雁蛋。还有老虎斑，你知道老虎斑吗？吃肉的，连埋在雪地里的肉都能翻出来吃。老虎斑可贼了，一般打不着，打急了，就躲在仙鹤后边，人家就不敢开枪了。仙鹤是长寿鸟，谁也不敢打它，打了仙鹤呀，全家都得病一年。

你们家在哪儿？

北面，草原上。

张山峰朝远处望了一眼，想起了夜晚中的那轮月亮。耳边就有了看门人的唱——海岛冰轮初转腾，见玉兔，玉兔又早东升……山上边就真的挂着一轮冰轮，圆的时候，没精神头，要死要活的。不圆的时候，尤其是下弦月，锃亮锃亮的，像盏荧光灯，走夜路都不用打手电筒照亮。山里的负氧离子，大氧吧呀，让人神清气爽。还有露水呀，清凉凉的。一个人走，一点儿也不觉得害怕。走累了，下到潭边坐一会儿，撩水，洗把脸，还能解渴，水甜，好喝，一点儿怪味都没有。

在老家，大树河沿岸，不知道什么叫污染。老家与世隔绝，人都过傻了。拼命跑出来，到城里了，却又明白什么叫污染了。也害怕，怕就这么完蛋了。将来，说什么也要回老家，哪儿也赶不上老家。就在大树河旁边盖一座房子，养鸡养鸭。就住在河边，吃自己种的粮食，喝大树河的水，一定能长命百岁。

芳的话多了起来，张山峰的话也多了起来。说起老家，芳语气轻快，口齿伶俐。她靠在张山峰的怀里，还转过脸来，甜甜地笑。张山峰的脸一阵阵滚烫，一阵阵细痒，仿佛一群蚂蚁，爬来爬去。老好人打了个趔趄，芳闪了一下，张山峰就搂住了她，芳就缩在他的怀里，脑袋蹭着，头发蹭着，像只温存的小猫。从老家出来这些年，还从没有一个人如此真挚地对她，芳都醉了。她换了个姿势，张山峰也换了个姿势，依然紧紧搂着。芳说，城里的男人太复杂，尤其是有钱的，心眼都长歪了。张山峰就松开了手，觉得芳的话带着刺，是针对他的，又觉得不是针对他的。芳对城里的男人耿耿于怀，城里的男人不懂得爱，只想着索取。

这是爱吗？

不是，绝对不是。

芳悠悠地说，爱情呀，是诗歌，是音乐，是小桥流水。芳抚摸着张山峰的手指头，一板一眼地说，爱情是和生命一样真实的东西。

到了山脚，芳下了马。来了一辆出租车，芳拦住了。张山峰拨转马头，要回山。芳忽然问，知道枭龙是谁吗？张山峰愣住了，反问着，枭龙是谁？芳垂下了眼皮，说，枭龙呀，就是龙哥！说完，车子就开走了。

张山峰傻傻地立在那儿，万万没有想到，大名鼎鼎的老黑枭龙，居然就是龙哥。对呀，都带一个龙字！对呀，谁说不是他呢？张山峰心里头沉重起来，感觉前途渺茫。他后悔了，第一次这么后悔，千不该，万不该，不该买下这匹马。为什么要买呢？如果没有这匹马，就不会偷拿老婆的钱，老婆就不会抱着孩子跑了。

有了那个因，才有这个果。

形势严峻，人心惶惶，马班的资金链终于断了，驯马师开始欠薪了。小宋频频请假，不用问，肯定是熬不住，下山寻后路了。张山峰愧对俊善，好好地，就把人家拉下了水，好好的马班，就要散了。这都是他惹的祸，他觉得自己真该死。最后的时刻说来就来了，俊善宣告弹尽粮绝，连马粪都卖光了，张山峰怔怔的，傻傻的，还掉下了眼泪。苜蓿就剩下那几包，只能维持三两天，靠墙边垛着的几袋胡萝卜，都不够驯马师偷吃的。再不来钱，所有的马都得24小时吊着饿着。龙哥一去没有消息，他能给芳一个面子吗？他能放过马班吗？世界窒息了，张山峰窒息了。

俊善逼着张山峰给芳打电话。张山峰宁可被俊善狠狠地骂，也不打这个电话。张山峰替芳难过，也替自己难过。他闭上眼睛，就能看到芳披头散发的，被龙哥追着打的镜头，这个镜头如此顽固地闯入脑子里，在脑子里徘徊。张山峰一点儿办法都没有，只能干着急，只能干瞪眼。俊善只得亲自给龙哥打电话，没人接，发信息，求龙哥履行合同。俊善担心刺激了龙哥，就字斟句酌，净拣好听的写，信息发出去了，公安局重案组的找过来，谈了整整一下午。龙哥出事了。其他的，重案组一个字都不露。调查清楚后，重案组就撤了。

老好人的舞技已经练得炉火纯青，音乐响起，老好人就会情不自禁地扭臀，摆尾，甩头晃脑。人都说，这家伙真聪明，越来越像人了。

十

老爸骑马，飞驰而去。身后一团黑云。黑云面相凶恶，时而把他裹起来，时而又把他丢出去。张山峰心惊胆战，急喊着，老爸呀，老爸快跑！老爸拨转马头，朝他这边跑来。张山峰捡起长剑，摆好姿势，准备迎击黑云。老爸越来越近了，都能看见他脸上的刀疤，都能闻到他身上的怪味。

是的，老爸身上也有股怪味。

那匹马驮着老爸，冲了过来，从张山峰的头顶上飞了过去。

眼前是一束花，释放着怪怪的香味。芳站直了，裙摆飘飘，亭亭玉立。

张山峰揉了揉眼睛，没错，是芳。张山峰就慌忙爬了起来。芳说，我有一个好消息，想不想听？张山峰心里一动，想起了梦里的老爸，难道，真是好预兆？

你不想听吗？

你的老好人，有着落了！

龙哥，给你们送钱来了！

芳的脸上泛起了一片红，芳的眼睛，亮晶晶的，掩饰不住的笑意。哦！啊！嘎！张山峰不会说话了，他只会嘎嘎地打着响舌。从买马那天算起，一直到现在，一百天了吧？张山峰就像活在地狱里，下油锅了，拔舌头了，锯胳膊了，各种酷刑都尝了一遍。张山峰奄奄一息，只剩下一口气，他挺着，相信能见到像梦一样的时刻。芳带来了天大的好消息，龙哥给钱了，从此，张山峰的天就云开雾散阳光普照。张山峰抓着芳的手，他都不会说话了，他都不知该说什么才好。他只会肆无忌惮地打着响舌，肆无忌惮地狂笑、狂吼。

老好人仰着脖子，突然就跪了下来，接着就躺下了，脑袋歪在了一边。芳赶紧跪在地上，摸着老好人的脖子，惊叫着，怎么了？老好人挣扎了几下，脑袋又落下了。芳指着老好人的眼睛，看呀，都掉眼泪了。张山峰使足了劲儿，想拽起老好人，老好人伸着脖子，嘶鸣几声，就是站不起来。张山峰让芳拽着缰绳，他急速地打着响舌，双手托着老好人的肚子，猛地一带，老好人站了起来。芳指着马肚，快看！快看！马肚上鼓起了一个包，有小孩子的脑袋那么大。张山峰摸了摸，摁了摁。老好人疼得乱抖。张山峰安慰着芳，不怕，岔气了。芳说，龙哥还在马班里等着你哪，怎么办呀？张山峰就急出了一头汗，人要是岔气了，怎么办好？吐出来？对，得吐出来！张山峰就把马头掉过来，冲着山下。他摁着马肚子，使劲地往后刮。芳说，我拽不住了。张山峰又掉转马头，冲着山坡。他找了根木棍，掰开了马嘴，让它咬着。张山峰刮着马肚，先从大包的附近刮，就听老好人的肚子里面咕咕地响。刮了一会儿，老好人的脖子伸直了，呼呼地叫了几声，肚上的包就消了。

马场到处都是欢声笑语，到处都是喜气洋洋。龙哥说，要谢就谢芳。他搂着芳的肩膀，揉捏着芳光滑的肩头。龙哥说，以后，芳就给我当家了。龙哥直言不讳，他摊上了官司，资金被冻结了，欠马班的余款不能立即补齐。

他写了张欠条，约定了还款日期。这个结局也算是不幸中的万幸。赛马节取消，本地的马很是掉价，龙哥能以原价收购已经很不错了。龙哥还有一个要求，让老好人恢复训练。他私下里要搞 3 场比赛。龙哥说，赢一次，就提前一个月还债，全赢了，赛后一周之内，一次性把尾款全都打过来。

俊善给张山峰交了实底，龙哥是赌马的。俊善瞧着张山峰的脸，想从他的脸上探测到宝藏似的。俊善小心地说，芳怀孕了，是龙哥的种。张山峰心中一颤，脸上就有了运动，宝藏没显出，倒是出现了激流和险滩。张山峰想起了在马上搂着芳，想起了海岛冰轮，想起了大树河。转眼，芳就依偎在龙哥的怀里了；转眼，芳就和龙哥说起大树河，说起丹顶鹤，还有一些乱七八糟的鸟。张山峰的眼瞳里面，扑簌簌地下起了小雨。

善啊，咱们对不起芳。

善啊，芳为了帮咱们要钱，忍辱负重。

善啊，芳忍辱负重，让瘪犊子给糟蹋了。

俊善捂住了张山峰的嘴。俊善相信自己在张山峰的脸上看到了矿藏，不是什么宝藏，是火药！是可以炸毁所有希望的火药矿！俊善警告张山峰，让他离芳远点儿。

马场里来了 5 匹马，马主们也给足了寄养费，有了这笔钱，马班的危机一下子就度过去了。5 位马主都是龙哥介绍来的，5 匹马个顶个的高大，个顶个的健硕。老好人和它们站在一起，张三李四王二麻子，个头长相都差不多。龙哥有些心虚，紧着问，能赢吧？俊善也有些心虚，口风就软了，那什么，胜败乃兵家常事。龙哥就瞪圆了眼睛，眼睛里冒出了火苗，俊善就不敢表态了。龙哥再次声明，赢了，尾款立即兑现。输了？输了就拿命来吧。俊善傻眼了。俊善就给张山峰压担子，让他确保万无一失。马班的生死存亡全都在此一举，只能赢不能输！从此，张山峰就钉在马班里，每时每刻都在观察着对手的特点。经过一段时间的私下较量，张山峰心里有底了，这几匹马只能说各有特点。不敢说老好人肯定能赢，但决不会轻易就输了。

芳怀有身孕，不能上阵，这是个软肋。张山峰挑来挑去，决定让小宋上。小宋骑术还行，体重合适，只是和芳相比，柔韧性差远了。老好人习惯了芳的驾驭，对别的骑手，总是抵触。张山峰尽可能地纠正小宋的动作，让小宋配合老好人。练得差不多了，就请龙哥来看训练课。龙哥看了一会儿，就发现了小宋的缺陷，龙哥的脸色就阴了，吆喝着，不行不行。一句话，把所有人都镇住了。龙哥拨了电话，让芳速来。

芳的脸色有些灰暗，打扮得倒挺洋气，还抱了一条小狗。龙哥嚷嚷着，让你来嘚瑟的吗？龙哥就让芳接替小宋骑马。芳没有动。张山峰小心地说，她身子不方便吧？龙哥的眼珠子里突然伸出一把钩子，紧紧地钩住了张山峰，龙哥吼着，你怎么知道她身子不方便？张山峰张嘴结舌。他偷偷看了一眼芳，芳也在看他，目光碰到一起，又都闪开了。

芳走到小唐面前，摘下小唐的头盔，戴在头上。张山峰说，龙哥，还是让小宋骑吧，我保证他没问题。龙哥也犹豫了，老张！能行吗？张山峰勉强点了点头。龙哥说，老张，我就信你一回，别吹牛，弄砸了，我活埋了你。

第一场比赛，老好人跑了个第二名。小宋的弯道技术有问题，平时训练，说了多少次，就是改不了。第二名就意味着没赔没赚，龙哥气得干瞪眼，强忍着没有骂出口。第二场比赛前，龙哥撂下狠话，再输就点火烧了马班。张山峰有了压力，铁青着脸，争分夺秒抓训练。小宋脑子不开窍，还总顶嘴。张山峰就抽了他几鞭子，师徒俩闹了生分，结果，越练越差。小宋干脆甩手不干了，谁愿骑谁骑。张山峰就和俊善，一个唱红脸，一个唱白脸，让小宋务必把这台戏唱完。小宋说，都让师傅骂傻了，不知道怎么才算对，就知道怎么都不对。俊善就赔不是，还让张山峰也赔不是，总算安抚住了。

龙哥是个聪明人，他看出小宋在心理上出了问题，关键时刻急躁、胆怯，这样下去，迟早要崩溃的。龙哥下决心换人，让芳出马应急。张山峰就劝，说容易流产的。龙哥急了，我都快破产了，谁来管我？芳也着急，她真想让龙哥赚一把，起码不能让他赔钱。作为龙哥的身边人，生死存亡的时刻她不能袖手旁观。芳就去医院，让医生给拿主意，考量一下参加比赛会有多大的危险。医生安排做了各项检查，医生说，别说是骑马，你就是骑火箭也没问题。医生诊断，芳没有怀孕。芳又去了中心医院，诊断结果出来了，不是怀孕，是肾盂肾炎。医生要她抓紧时间治疗，否则，病情加重，再进一步就是尿毒症。

芳把诊断书交给龙哥，龙哥是怎么说的，没有人知道。第二天，芳就穿了骑驯服来训练了。张山峰拽着缰绳不让上马，还打算和龙哥理论。芳求他别闹。芳告诉张山峰，她没有怀孕，只是得了肾病。没有怀孕，这是个好消息。

上了马，芳就拼了。

赛前，下起了一阵小雨。赌家都跑到办公室里避雨。俊善沏好了茶，端进去，正赶上押钱，俊善就被撵了出来，臊得脸都紫了。下注后，雨停了，赌家又全都出来，站在场边。比赛开始，老好人瞬间就冲在了最前面，芳的骑术无可挑剔，她紧贴着老好人，就像老好人长了翅膀一样。照这样跑下去，十有八九就赢了。有人问，在哪儿请的这么好的骑手？龙哥说，马路上捡的。有人问，雇这个骑手一个月得多少钱？龙哥说，乡下妹子，还倒贴咱哪。

两圈以后，芳的姿势有些僵硬，似乎出了问题。跑到第 4 圈时，芳的身子开始摇晃。小宋喊，她怎么了？老好人顿了一下，芳也顿了一下，一屁股坐在了马上，这是极不正常的动作。老好人的速度降了下来，后面的马哗啦啦地超了过去。

张山峰断定芳出事了！他想钻进场内，让护场人员死死拦住了。芳趴在马背上，失去了控制力，老好人跑了一会儿，停了下来。张山峰打了几声响舌，老好人跑了过来，就算是退出了比赛。龙哥隔着栏杆，破口大骂，骂声震天地响。芳一头栽了下来。张山峰挣脱了护场人员，钻进马场，搀起了芳。芳流着泪说，师傅，我腰疼。张山峰说，知道，知道，咱这就上医院去。龙哥钻进来，抬腿一脚，踹在芳的腰上。芳惨叫一声，扑在张山峰的怀里，疼得浑身颤抖。

龙哥说，你他妈的把我害惨了！

芳捂着腰说，我不是故意的。

龙哥说，你他妈的就不能忍一忍吗？

芳捂着腰说，我真的不是故意的。

龙哥说，滚吧，滚回你的老家去吧。

张山峰急了，指着龙哥嚷，她真的病了，她腰坏了，你看不出来吗？龙哥瞪着芳，眼神刀子似的，都能杀人。张山峰说，赶紧送她去医院吧。龙哥仰着脸，抹了一把脸说，芳，你走吧，我不要你了。芳捂着脸哭了，芳说，龙哥，你答应给我治病的。龙哥冷冷地看了一眼芳，穿过人群，直接上了车。张山峰想追过去，想和他说道说道。芳拦住了。芳说，我好多了。芳扶着腰，脸上像抹了一层灰。张山峰问，哪位老板能送她去医院？赌家们怪怪地看了几眼，转身都去办公室了。

俊善问，能坚持一会儿吗？

俊善说，对不起，我的车确实没油了。

芳抬起头，望着天，似乎想让细雨冲去脸上的泪水。芳站不住了，突然跪在了地上。张山峰一把拽过缰绳，转头对小唐说，你到山下牵马。张山峰伸手将芳抱到了马上，回头问俊善，兜里有钱吗？俊善打了个愣，摸出500元钱递给张山峰。小宋也递过来200元钱。张山峰抖着钱，连连叹气。芳说，我卡里有钱。张山峰翻身上了马，伸出双臂，搂住了芳，纵马跑出了马班。芳挪动了一下身子，呻吟着。张山峰赶紧拢住缰绳，让老好人慢下来，稳稳地走。芳扭过头，满脸的焦虑，满脸的沮丧，芳说，师傅，我真不是故意要输的。张山峰说，故意又怎么样？让他输光了才好！

芳说，师傅，我真想跑赢的，赢了，龙哥就能给欠你们的钱了。

芳说，有了钱，你就能还上债了，嫂子就能回家和你过日子了。

张山峰怔住了，芳不提这个话茬，张山峰都快忘了。芳又说，如果赢了，龙哥就能给我治病。芳还听说，治这种病得花很多钱，还得做透析，将来，还得换肾。张山峰突然就慌了，有这么严重吗？芳说，我们家穷，治不起的。张山峰努力控制着自己的慌乱，他不停地安慰着芳，别怕，不管什么病，咱慢慢治，总能治好的。芳说，师傅，你是好人，可你也是穷人，你想救我，却救不了我。张山峰憋得难受，有口气被堵住了，恨不得扒开胸膛，把这股浊气放出来。芳斜着眼睛，看远处的水潭，悠悠地说，如果我没病，如果嫂子和你离婚了，我宁愿找你这样的男人过一辈子。芳说，我真是这么想的，和你在一起踏实。虽然苦一些，虽然穷一些，这都不可怕，你指定是我的，你这辈子指定都能听我的。我们可以在城里，也可以到农村去，到大树河去。师傅，你指定能听我的，我让你去，你指定能去。我们在河边盖一座房子，养鸡养鸭，种菜种粮。我们指定能长命百岁。

张山峰狠狠地喘着，一声比一声粗闷，他的胸膛被堵得死死的，都要炸开了。芳看出了他的恼火，也明白是什么让他恼火。芳握住了他的手，芳的手软得像团面，从手上摸到脸上，仿佛清风拂过，仿佛溪水漫过。芳说，我的病很难治，要花很多钱的。因此啊，我就没有想法了，我就祈祷，祈祷嫂子能回心转意，和你一起过日子。因此啊，我就努力，努力赢，让龙哥赚钱，让他还你们的钱，让他给我治病。师傅，老天爷为什么不保佑我呀？我弄砸了，让龙哥赔惨了，龙哥这回栽了，我也就完了。张山峰突然吼出了一嗓子，憋着的那股恶气一下子就蹿了出来，狗屁龙哥！狗屁龙哥！芳说，以前，他不是这样的。以前，他对我挺好的，只是现在变了。也不怪他，他摊上官司了，脾气就变坏了。这回赌马的钱都是借的，他输不起的，你得理解他。

拐过小石桥，芳能坐直了。张山峰感觉到她微微挣了一下，就松开了手，也挺起了胸膛。芳说，等病治好了，我就回去了，回到大树河。我们那儿没有污染，也不能得怪病。我们那儿有丹顶鹤，那可是长寿的鸟。张山峰朝远处看去，那边，出现了芦苇荡，出现了丹顶鹤，出现了各种鸟。温暖的季节里，万千的鸟飞来飞去，万千的蜻蜓飞来飞去，万千的蝴蝶飞来飞去。天空，绿地，溪水，都变得五颜六色，和芳一样蓬勃起来。

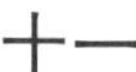

十一

芳的病很重，花了一万多块钱，也没有起色，龙哥就不再掏钱了。龙哥说他已经破产了。芳哭了，哭得那么伤心。芳说，爸妈生下我的时候，好好的，一点儿毛病都没有。芳说，到你这儿打工，也是好好的，和你在一起了，才得了这个病。芳说得够明白了，她不信龙哥会那么绝情，治病的钱，龙哥还是能掏得起的。龙哥恼羞成怒，当着驯马师的面抽了芳两鞭子，还让她快滚，有多远滚多远。芳就哭，使劲地哭。龙哥威胁说，你要敢耍赖，我就把你的照片放到网上去，寄到大树河去，让你父母羞死，让他们跳河去。芳就如同被点了穴道，突然就不哭了，只是发呆。小唐担心她承受不住，就紧紧地握着她的手，紧紧地拥着她。芳打了个激灵，灵魂回到了身上，仿佛有人帮她解了穴道。她推开小唐，朝大门口走，走得踉踉跄跄的。小唐追上去，拽住了芳，小唐说，你还没换衣服哪。张山峰吼着，你就消停点吧。芳说了一句，我不能再傻等了。张山峰就说，早就不该傻等了，早就该鱼死网破了。

芳说，不是那个意思。

芳说，他不值得我等。

芳做出了一个让张山峰错愕的选择，她放弃了治疗，决定回家，从哪儿来的，回哪儿去。她是笑着说的，笑得很凄凉，说得很凄凉。笑里总有那么一点点诡异，仿佛胸有成竹了，仿佛看破红尘了。张山峰心里难受，搞不清该留，还是默许她回去。如果留下她，就得承担责任和义务，他有这个条件吗？如果不留，眼看着花朵一样的姑娘就此枯萎了，于心何忍？真是造孽。龙哥造孽？是也不是。他张山峰不也是见死不救吗？！芳要回大树河了，要回有丹顶鹤的地方了。可惜呀，再也不是来时的那个她了。她带着被污染的灵魂回去了，带着被污染的身体回去了，能怨谁呢？

芳得回去了，即便不是得了重病，也得回去了。像她这个岁数的女孩，在大树河，都该当妈妈了。想说给张山峰听，又不想说了。张山峰和芳一样，他的嘴也被堵上了。两人静默无声。马蹄嗒嗒，仿佛踩在各自的心上。芳说，师傅，抱抱我吧。张山峰的脸热了，继而浑身都热了，他张开双臂，环抱住芳。芳贴在张山峰的怀里，仿佛要把自己印在他的胸膛上。张山峰有股子冲动，真想搂她一辈子。

他有种预感，只要搂紧了，芳就能留下来。

芳走远了，小宋他们一字排开，高声喊着，芳！芳转过头，朝他们招手，朝张山峰招手，师傅，多保重啊！小宋、小唐、小秦，你们也多保重啊！张山峰摆着手说，保重！保重！小宋他们摆着手说，保重！保重！张山峰分明看见芳的身后起了一团黑云，张牙舞爪地，蹑手蹑脚地。他就出了一身冷汗，想喊一声，小心呀！想喊一声，回来吧！

张山峰没有喊，他喊不出声来。

芳拐过小石桥，没入了茫茫的山林中。

张山峰握紧了拳头，他咽不下这口恶气。他想了好几个招，打算狠狠地报复龙哥，每招的细节都想好了，任何一招都能让龙哥付出巨大的代价。张山峰隐忍着，他像狙击手一样潜伏在暗地里，他要等着最佳时机。这个时机稍纵即逝，张山峰的突然不动声色让龙哥怀疑了，比赛前，龙哥吩咐把张山峰撵开。张山峰忍不住了，一旦离开马场，所有的计划就废了。他和护场的人推搡厮打起来。龙哥远远地跑过来，拔刀要砍他。张山峰慌忙跑开了。龙哥挥刀高喊，再靠近我的马，我就砍死你！

张山峰失去了先机，他策划的最后一招就是废掉老好人，掰断老好人的一条腿，让老好人变成一匹必输无疑的瘸马。只是狠不下心来，下不去手，张山峰想尽可能地不用这招，结果，一念之差，他失去了所有的机会。张山峰隔着马场围墙，看不见，摸不着，胸口又一次阻塞了，憋得难受，比上一次难受10倍。他围着马场转，转着转着，就上了山，这儿曾经是他和老好人歇晌的地方。

坐在石头上，马场里的一切都尽在眼中。一声发令枪响，6匹马闪电般地冲了出去。小宋一马当先，第一个弯道跑得异常完美，一圈下来，稳稳地处在第二的位置。老好人的步伐十分轻灵，照这个趋势，很快就会超过领头马的，大把大把的钱就要装进龙哥腰包了。张山峰那个恨呀，那个急呀，恨不能晴天里打个霹雳，打折老好人的四条腿才好。不能让枭龙赚钱！他是个卑鄙的小人，他是个心狠手辣的恶人，有了钱，只能让他更加嚣张。他管过别人吗？他管过芳吗？这个狗杂碎！张山峰乱转着，突然就有了办法。他掏出手机，播出了苏格兰马歌，他把音量调到最大。

老好人耳尖，老好人听见了，顿了一下，又顿了一下，连续几次的降速后，老好人偏离了跑道，一直跑到栅栏边，顶着栅栏，竖着耳朵听。场内一片混乱，小宋拼命扯着缰绳，试图让老好人恢复比赛。几个人朝场地疯跑，都想弄清楚发生了什么事。俊善跑了一半，停住了，他转身朝张山峰的方向看，他看见了张山峰。俊善顿足捶胸。意想不到的场面出现了，老好人跳舞了，左三步，右三步，前三步，后三步，摇头摆尾，挺胸提臀，像风度翩翩的绅士。

在音乐的召唤下，老好人的舞步轻盈而欢快。

张山峰傻了，在这之前，他还从来没有鸟瞰过一匹会跳舞的马。那样的身体流线的美，那样的身体曲线的美，就像眼前飘动着的一串串音符。马头高耸，马尾飘逸，展起来，就成了一条威风凛凛的赤龙。张山峰看到了全世界最优美的舞蹈，舞而蹈之，蹈而舞之，亦醒亦梦。龙哥拽过皮鞭，劈头盖脸地抽过去，怒吼着，去死吧！去死吧！小宋捂着脸，疼得大喊大叫。老好人根本就没把鞭子放在眼里，除了张山峰的鞭子，别人的，都是挠痒痒，都是毛毛雨。老好人坚持着跳舞，按照音乐的节拍，按照自己的理解去跳，浑然不顾雨点般的皮鞭。龙哥跑到马厩旁，抓起绊马棍跑回来，疯狂地抽打着老好人。老好人招架不住了，老好人的舞步乱了，老好人要完蛋了。老好人哀声嘶鸣。张山峰突然就醒了，他扬着手喊，别打它呀！别打它呀！老好人在雨点般的棍打下，坚持跳着，舞步有些踉跄，身形有些慌乱。张山峰关掉了音乐，老好人停下了，声声嘶鸣。张山峰吹了声口哨，哨声急促，仿佛一道弧线，抛向了马场。老好人抬起前蹄，虚刨了几下，扬着脑袋，咴！咴！长鸣几声，转过头，一阵风似的跑出了马场。

再后来的事就简单多了，我们有许多证据可以证明张山峰无罪。只不过，对方也有许多证据证明他有罪。最终，张山峰被判有罪，而且还是重罪。这个判决完全超出了我们的预料。

张山峰累了，老好人也累了，张山峰牵着马，来到了水潭边。老好人对这儿不熟悉，一人一马，废了不少力气才穿过了乱石滩。张山峰脱掉衣服，兜水给老好人擦洗。老好人伤痕累累，每擦一下，都疼得一惊一乍的。张山峰也跟着一惊一乍的。擦洗过了，张山峰又累又乏，躺在石头上晒着阳光，一会儿，就睡着了。醒来时，发觉自己被绑成了粽子样，几个人齐声吆喝着，把他吊在树上。龙哥从乱石滩那边过来，人没到，一股杀气扑面而来。他举着枪，死死地瞄着张山峰。每走近一步，凶光就深刺一寸。龙哥用枪顶着张山峰的脸，龙哥问，知道我是谁吗？张山峰点着头，你是龙哥！龙哥用枪戳着张山峰的额头，恨不能把枪管戳进他的脑子里。张山峰哀求着，咱们远日无怨，近日无仇，你就饶了我吧。龙哥抬手放了一枪，砰的一声响，惊天动地，一片飞鸟惊得飞上了天，黑压压的，满天如同扬起了纸屑。龙哥咬着牙，咬得嘎巴嘎巴响。

龙哥说，我跟你仇深似海！

龙哥说，因为你，我输得干干净净！马呢？会跳舞的马呢？

龙哥说，我要让你们到阴间去跳舞！

张山峰有了某种快感，死了也值的快感，他替自己快乐，更替芳快乐。他的快感是突然附身的，没有任何征兆的，按理说，他应该有痛感的，应该悲哀的。龙哥遭报应了，他赔光了！活该！活该！活该！龙哥因张山峰脸上浮现出来的喜悦震怒了，他不允许张山峰的快感继续发酵，他要折磨他，让张山峰活不起，也死不成。龙哥让人挖坑，就在小潭旁边挖，挖一个大坑。龙哥让人把张山峰扔进坑里，填土埋上，只露着脑袋。

张山峰憋得透不过气，想笑，笑不出声，想哭，哭不出声。手机响了，有人捡起来，递给龙哥。龙哥念着：姐夫，你还是男人吗？你把我姐救命的钱偷去了，你还有理了？龙哥盯着手机，怪怪地看了张山峰一眼，随手把手机扔进了水潭里。

龙哥说，去死吧，你个王八蛋！

一辆警车鸣叫着开上山，龙哥拎着枪，带着人跑了。跑出了不远，龙哥又跑了回来，他拔出刀子，在张山峰的脸上划了几下，这才恨恨地跑了。

这就算到头了吗？

张山峰感觉不到疼，只是觉得冷，从头冷到脚，连心都冷透了。悲剧的开头在哪儿呢？张山峰的脑子就飞快地转，从什么时候开始的呢？他的脑子飞快地转，就像抽丝剥茧，他要找到线头。他就想起了老婆，从让她挠了个满脸花开始的吧？想起了老丈人，从他非要让外孙子当孙子开始的吧？他想了很多，从哪儿开始的呢？线头在哪儿呢？张山峰想起了芳，真是奇怪，怎么和她有了感情呢？按理说，这是不可能的。芳的世界丰富多彩，不知要高出他张山峰多少层境界。张山峰只是个土包子，只是个浑身散发着臊腥味的驯马师。怎么会和美女有交集呢？自作多情了吧？不管怎么说，张山峰就是想起了她，想着想着，就揪心了，为她的病揪心。

假如芳没走，假如芳想他了，假如芳回来找他。

假如正走到小石桥上，芳一定会朝水潭这边看的。

一定会发现他的，一定会救他的。

命是天生的，命是神圣的，命是不可以改变的。这话是张山峰反复要说的，尤其是绝望的时候，他就会情不自禁地说这样的话，说了，就像打了一支吗啡，就会止疼，就会让自己镇静。张山峰要死了，死在他老丈人的前头，争来抢去的，儿子迟早是人家的。张山峰终于明白，这就是命，看不见的，摸不着的，总和他拧着的，总和他闹别扭的命。

假如一开始就把儿子抱过去，给老丈人当孙子，一切肯定会是另外一个样子。他会和老婆和和美美，和老丈人互相敬爱，哪会有杀身之祸？他完全可以大大方方地从家里拿钱买马，可以心安理得地养马。赔了也不急，老丈人有钱，拿出百八十万不算什么。遇到危机之时，他就有资格喊，老婆救命啊，就有资格喊，小姨子救命啊！

小姨子，你别恼，你得听我解释，想当初吧……

善，你愁什么？不就是赔了几个钱吗？……

芳啊，你还好吧？大树河还好吧？你的腰怎么样了？……

问我？我还行，一切都挺好的……

我这个人吧，胸无大志，对付着活吧……

老爸呀，老爸快来！老爸快来救我！

老爸来了，老爸团团转，老爸在想办法，想着如何才能把他救出去。老爸呀，快点儿呀，我都要憋死了。奇怪，老爸没动手，老爸咬住了绳头，使劲地拽，牙齿都要扯倒了。老爸满嘴是血，老爸就是不松嘴，拽着，拽着，土就松了，一股新鲜的空气钻进肺里，张山峰得救了。老爸呀，使劲！再使劲！老爸呀，再接再厉！张山峰就像一棵萝卜，被连根拔了起来。他躺在水潭边，他就是棵萝卜，是沐浴着阳光的大萝卜。他的大半个身子，被死神抚摸过，还残存着发霉的味道。老爸吻着他，老爸的嘴温暖有力，老爸的牙齿温暖有力。张山峰想哭，想搂着老爸哭，想狠狠地哭上一回。他都有些年头没哭过了，他真想痛快地哭一场。

老爸掉下了眼泪，老爸心疼儿子，老爸哭着咬断了捆绑张山峰的绳子。

张山峰摆脱了束缚，站了起来，一眼就看见了老好人。他揉着眼睛，确实是老好人，无论相信与否，身边就只有一个老好人。也就是说，老爸不是老爸，老爸是老好人，或者说，老好人不是老好人，老好人是老爸！

老爸呀！张山峰突然泪如雨下。

太阳下山了，林子里传来了一声清脆的枪响。老好人仰起脖子，咴！咴！朝打枪的方向嘶鸣。张山峰仿佛挨了一枪，霎时，就魂飞魄散了。龙哥喊，分头堵住，别让他们跑了。龙哥喊，我要活剥了他们的皮，点他们的天灯……张山峰慌忙捂住了老好人的嘴，张山峰拽着缰绳，蹑手蹑脚地，偷偷摸摸地朝着草木深处走去。一人一马，不敢出一点儿动静，一人一马，生怕让龙哥发现。命悬一线，躲过去，命就是存在着的。躲不过去，命就是一缕缥缥缈缈的青烟。老好人通人性，跟着张山峰，静默无声地走。这得感谢它学会了跳舞，它用舞蹈的步伐，夸张地迈腿，夸张地落蹄，居然一点儿声音都没有发出。整个世界销声匿迹了，整个世界揉成一团，化成了单一维度，化成了时间，化成了嘀嗒嘀嗒的声音。除此之外，世界是昏庸的，是无道的。

张山峰终于见到了一轮月亮，格外圆，像一块上满了弦的钟表。感谢神灵，世界销声匿迹了，感谢神灵，世界面无表情了。张山峰想起了曾经有个老秦头儿，有月亮的时候就唱，没有月亮的时候也唱：

海岛冰轮初转腾，
见玉兔，
玉兔又早东升。
那冰轮离海岛，
乾坤分外明。

谢天谢地，月亮一片清澈，冷冷的，悠悠的，不是冰轮是什么？张山峰笑了，感觉得到自己的笑容，感觉得到自己的愉悦。他浑身舒坦，浑身轻松，一下子就找到了前所未有的玄妙感觉，仿佛打通了一条通往新世界的道路。他是冷的，也是热的，是危险的，也是安全的。他进入了一个单一的维度中去了，在这个纯粹的世界里，居然也有月亮，也有森林，也有小溪，还有蛙鸣。

十二

下雪了，雪覆盖了山川大地，老好人断了口粮，这让张山峰不得不重新环顾这个奇妙的世界。在这之前，他从来没有想到会遇到这样的难题，在这之前，满山遍野的熟草蔓子可吃，运气足够好的时候，还能找到苜蓿。走进一片林子，也许没有苜蓿，走出一片林子，也许还是没有苜蓿，当你忘了苜蓿的时候，苜蓿就存在了，而且，突然地出现一片。这得表扬老好人，这家伙总能找到美食，哪怕走遍万水千山，都毫不迟疑，毫不畏缩。老好人享受这种生活，欢喜得摇头摆尾。多么好啊，多么美的大自然啊。他们成了隐者，成了单一维度里最幸福的思想家。每天只需思考着美食，思考着美食和人类的关系，思考着美食和马类的关系。张山峰的生命中从来没有过如此的轻松和惬意，他摆脱了束缚，不再把自己当成一个人，当什么都成，就是不能当人。从此，不再挨老婆的挠，不再受老丈人的气，不再为儿子变成人家的孙子而担心。也不去想赚钱或者赔钱。当然了，更不必担心枭龙的追杀。他自由自在，他自在自由，他自自在在。他是马国里的王，还是一片又一片山林中的王。他的领土完美无缺。无论走到哪儿，都有鲜花为他绽放，都有熟草蔓子为他歌唱，他就是熟草蔓子，即便不是，也是和熟草蔓子在这个维度里的亲密伙伴。他整日游荡，他乐此不疲。他想干什么就干什么，不想干什么就不干什么。他享受这种生活，甚至在找到了一片苜蓿之后，会自然而然地哼一段苏格兰马歌。哼歌的时候，老好人会跟着音调跳起欢快的舞蹈，老好人跳得绝对夸张，像猴子一样轻狂。老好人的动作是连贯的，一环套一环的，也就是说，不用骑手控制，老好人也能跳出优美的舞蹈。

张山峰从不缺少吃的，饿了，老好人就会驮着他，四处找吃的。山里头修行的人，都愿意帮他，运气好的时候，还能吃到蜂蜜。清醒的时候，张山峰总是很生气，他耻于乞讨。清醒的时候相对还是少的，太多的时候是不清醒的，或者是假装不清醒的。饿了，他就信马由缰。有时候会摸到石矿，就去找打更人，都是晚上去，这儿的人都好，都能给一口吃的。一般情况下，都是回到林子里去吃，这样，就可以少和人打交道。见到人，张山峰就会想到狰狞的龙哥，想到贪婪的老丈人，想到闹个没完没了的老婆。张山峰宁愿当一个隐者，当一棵熟草蔓子，在山林里隐居，隐居一辈子，感受着全新世界里的温度。他不相信万能的神灵会把他最后的这点儿愿望剥夺了。他认准了，只要大自然里还有苜蓿，还有熟草蔓子，他的梦想就可以延续下去。不是张山峰偏激，其实不是的，是事实教育了他。准确地说，是该死的多维度世界里的 3 个背包客，突然改变了他的预期。

这个推理绝对符合逻辑，我敢打赌，赌什么都成。我坚信，张山峰的毁灭性的遭遇和这 3 个背包客的闯入有着极大的因果关系。

3 个背包客在林子里抽烟，他们像傻子一样东张西望，他们对这个陌生的世界非常仇视，他们的眼中燃烧着火苗。张山峰担心火苗会烧着了林子，会毁坏了他的乐土，张山峰就勇敢地现身干预。人家问他，你是护林员吗？张山峰说，我是所有精灵鬼怪的国王。结果，就挨了背包客们一顿狂打。背包客们还要抢他的马。如果不是老好人跑得快，后果不堪设想。有了这个教训，他就更加坚定信心，朝着更加纯洁的单一维度的深处进发了，从此，他宁愿吃野果，也不愿意见人了。山里有的是榛子，有的是核桃，有的是黑木耳。唯一不足的是，野果吃多了伤头，常常让他眩晕。他以为体内缺了盐酱，因此，老好人舔过的石头，他都要再舔一遍。他知道，石头上有着丰富的维生素和盐酱，足以让他从容地活着。

下雪的时候，老好人总是焦躁不安。张山峰有些愧疚，怎么没想到四季更替呢？他后悔，秋天的时候为什么不备下草料呢？他怨恨大自然，为什么不提个醒呢？这是对他隐者生涯的藐视，甚至是蔑视。老好人焦躁了一段时间，习惯了，安静了。老好人接受了这个事实，比张山峰还要彻底，还要坚决地拥抱这个世界。它叼着张山峰的袖子，劝他安静，劝他忍耐。它带着张山峰走到背风的坡上，拨开雪末，是的，是用蹄子拨开的，轻轻地，像一个稳重的女人。雪里面露出一撮苜蓿，尖尖的，瘦瘦的，老好人咴！咴！嘶鸣，高兴得左摇右摆，它又跳起了欢快的舞蹈。跳过了，就朝张山峰的怀里拱。张山峰笑了，不需要发愁了，单一维度的世界里没有什么能让他发愁的。一人一马，拨出了一片翠绿的苜蓿地，虽然有些萎靡，绝对是可以食用的美味，绝对是救命的美味。张山峰忍不住薅了一撮，慢慢嚼，干涩微苦，再嚼，很苦很苦。苦过了，有了一丝甜的回味。甜替代了苦，再嚼就满嘴都是甜了。

甜的味道就充满在张山峰的心坎里，就是这样的。

你说甜就甜，你说苦就苦。

头一场雪之后，雪就连绵不断了，积雪越来越厚，吃草就成了问题。张山峰难过，却无能为力。老好人为了找到草料，每时每刻都在雪地上寻觅，有时，都能掏出个雪洞来，整个身子都陷进去了。张山峰看不到了，就喊，就哭，就号叫。找到了，找到了，老好人在雪洞下吃得香甜哪，他就笑，狠狠地笑。后来，有了经验，每当失去了老好人，张山峰都要先稳住心神，站在高岗上瞭望，哪儿冒出雪末，闪着七彩的光芒，老好人就在哪儿。

老好人发现了一个草垛子，不是梦，是真实的。月亮下面，草垛子有两米多高，像一座房子。老好人再也不动半步，老好人张开嘴，贪婪地吃草。张山峰在草垛子下面掏了一个洞，钻了进去，他美美地躺着，身下是暖和的干草，身上是暖和的干草。假如此时死了，谁会知道呢？死就死吧，尸体腐烂了，还肥了土地哪。张山峰忍不住笑了，死亡不是问题，人死了，灵魂就能飞到月亮上，去体会着另外一种生活。因此，人是不会死的，死也是生，不可怕的。谁跟他说过，月亮的背面，就住着有道德的灵魂。那儿也是一个世界，也是单一维度的世界。张山峰笑了，大声地笑了，好多草钻进了他的嘴巴里，他慌忙闭上了嘴。他闭着嘴笑，哼哼唧唧的。老好人停止了咀嚼，突然，咴！咴！嘶鸣，仿佛也在笑。

醒了，眼前，漆黑一团。老好人咀嚼的声音异常响亮。张山峰慢慢退了出去，脑袋有些晕，伸手抓住了缰绳，扶着老好人的脖子。好一会儿，不晕了。张山峰走到树下小便，一丝风都没有，尿得很远，很高。月色朦胧，像是一张脸，一张女人的脸。仔细看，是老婆的脸。老婆是南方人，圆脸，小巧玲珑，轻声细语，吵架也是轻声细语。只不过，老婆会挠人，长长的指甲，突然挠过来，防不胜防。张山峰想老婆了，想儿子了，老婆怎么样了？儿子呢？改姓了吗？一道光线，若有若无，断断续续，朝着月亮那边冲去，仿佛是一道灵魂。张山峰陡然打了个激灵，仿佛看见了老婆的灵魂。张山峰提了提裤子，裤子烂掉了，碎了。他环顾夜空，想着那道光线，载着灵魂的光线，和老婆有什么关系呢？老好人的咀嚼声异常响亮，仿佛是钟表的嘀嗒声，仿佛修行的人敲着木鱼。张山峰抚摸着老好人的脖子，老好人啊老好人，你知道发生什么了吗？

是凶还是吉？

老好人咀嚼着干草，一言不发。

等他再次睁开眼睛时，见到了刺眼的阳光。老好人舔着他的手，他一骨碌爬起来，猛地就想，这是哪儿？身下还有一片干草，老好人阵阵嘶鸣，兴奋地跳起了舞。跳了一会儿，抢着吃草。草垛子呢？两米多高的草垛子竟然没了？大风刮走了吗？老好人吃光了吗？这得吃多少个日子啊？难道自己睡了很长很长时间吗？张山峰腿一软，跪了下来，那个被遗忘了的饥饿飞奔而来，捶打着他的肌肤。张山峰疼得满地打滚，老好人伸过脑袋，把他拱到一边，吃他身下的干草。张山峰拨开马头，猛地抓起一把干草，使劲嚼着，吞咽下去。不知咽下了多少干草，胃口好受了一些。恍惚间，抓住了一团温暖的东西，放进嘴里，软的，又苦又涩。吐出来看，是马粪。想想，马粪并不难吃，比干草好嚼，好下咽。再尝，有一点儿咸味，有一点儿鲜味。

太好了，满地都是马粪，足够吃的，一直能吃到春暖花开。

最后一束干草吃光了，老好人要走了。张山峰不愿意离开。他贪婪地拾着马粪，堆在身边。只要胃痉挛，就吞下一枚，仿佛灵丹妙药，胃马上就不疼了。老好人不高兴，执意要走，叼着他的袖子，差一点儿把他的袖子扯掉了。张山峰只好妥协，答应和老好人一起走。张山峰双腿无力，站不起来。老好人趴在地上，让他爬上去，驮着他走。张山峰困了就睡，醒了，就吞一枚马粪。他的口袋里装满了马粪。老好人运气真好，居然找到了一个胡萝卜。张山峰正睡着哪，老好人卧下去，把他晃下来。张山峰醒了，就看见了一个硕大的胡萝卜。老好人伸过嘴来，拱他的嘴。张山峰张嘴吃了，甜得直流口水。

后来，他们遇到了一个人，紧接着，就经常遇到人。有了食物，就有了甜酸苦辣。口袋里的马粪，扔还是不扔？换个说法，口袋里是装马粪还是装食品呢？他无法抉择。他们漫无边际地游荡，老好人替代了他，成了国王。他彻底地放弃了权力，任凭老好人发落。老好人去哪儿，他就去哪儿。他对人还是很警惕的，担心老好人禁不起诱惑，迷失了方向，担心老好人带着他又回到多维度的世界中去。他想劝告老好人，要它注意，不要选错了方向。

张山峰时而浑身发冷，时而浑身发热，迷迷糊糊的。他不害怕，有老好人在，就死不了。他不怕饥饿，饿了有马粪，渴了有马尿。他不担心死亡，也不担心死后灵魂找不到去往月亮上的路。他什么都不担心，他把一切都交给了老好人。他趴在老好人的背上，只拼了全力和寒冷抗争。寒冷抽他的筋，剥他的皮，把他的灵魂从躯壳里驱逐出来，任他光溜溜的，在冰天雪地中东游西荡。他盼着能遇到一堆火，哪怕是一片火海，也会毫不犹豫地跳进去。哪怕烧死了，也心甘情愿。他害怕寒冷，害怕月亮，谁唱过的，海岛冰轮。冰轮是月亮，冰的世界里太冷了。他要太阳，他需要阳光。他看见了老婆的脸，圆圆的，温暖的脸。老婆的脸是有表情的，是有温度的，老婆的脸不像月亮。

张山峰张开了嘴巴，拍了拍马腿，等着喝一口热乎乎的马尿。老好人破天荒没有撒尿。老好人闪了一下，露出了星光灿烂的夜空，露出了银盘样的月亮。

老爸说，回家吧，还是家里暖和。

张山峰浑身就涌起了一股暖流，老爸像个哲学家，叼着烟斗；老爸像个哲学家，仰望着星空。张山峰琢磨着老爸的话，他看到了可怜巴巴的老妈，看到了可怜巴巴的老婆，看到了可怜巴巴的儿子。张山峰顿觉心里头暖烘烘的，顿觉充满了力量。

张山峰翻身坐了起来，老爸！老爸呢？只有老好人，静静地看着他。是你吗？是你让我回去吗？是你让我回到那个纷繁杂乱的世界中去吗？老好人拱着他的怀，轻轻地蹭着他的脸颊。张山峰脑中打了个闪念，突然就吼了起来，回家！咱们回家！老好人昂起头，咴！咴！嘶鸣，老好人又扭了扭屁股，踏着节拍，舞步还是那么轻盈。张山峰来了精神，整了整马鞍，煞紧了肚带，肚带松松垮垮的。老好人瘦得不成样子，露出一条条的肋骨，肚带煞到最后一个扣眼，还是松。张山峰叹了口气，是该回家了。

一丝风也没有，深邃的宇宙在旋转，在膨胀，在伸向深邃无边的远方。无论如何旋转，无论如何膨胀，只要定下心来看，那轮月亮啊，镶在黑天鹅绒上面的月亮啊，还是一动不动。像个灯笼，照着夜路。山里头，一匹马和一个人慢慢走着，喘息声，马蹄声，咳嗽声，清楚地传出去，传得很远很远，一直能传到夜空深处。

从黑夜走到白天，从白天又走到另一个白天。雪融化了，山坡向阳的地方，拨开衰草，下面生出了嫩草，针尖一样细小。暖风来了，绿草铺开，满山遍野，像突然打开的绿毡子，绿毡子上绣满了花朵。一人一马，一个姿势，一个步伐，越过了一道山梁，又是一道山梁。路越来越宽，一人一马，可以并排走了，昂着头，迎着和煦的春风。

这天，绕过了一道水潭，走过了一片乱石滩，老好人的腿闪了，突然就瘸了。它趔趄了一下，跪在了石堆里，惊醒了张山峰。张山峰打着响舌，嘎！嘎！语气严厉，老好人挣扎着站了起来，踉跄着走了一段。张山峰勒住了缰绳，猛然发觉，这片土地是那样熟悉。又朝前看，看见了葱郁的林间冒出来的一条小道，看见了小石桥。他的心怦怦直跳，顿觉眼花缭乱。他打着响舌，催促着老好人快走。老好人拖着伤腿，一顿一顿，每朝前面蹭出一步，都疼得浑身哆嗦。张山峰伸手拽下一条树枝，撸掉树叶，朝着老好人的耳根抽了一鞭子。手法还是那么老辣。老好人痛苦地嘶鸣着，甩着脑袋拼命地朝前拱。爬上了小石桥，老好人累得气喘吁吁，不停地喷着响鼻。那条伤腿，拖着，那条没伤的后腿，扛不住了，开始打晃了，几次要摔倒。

张山峰醒了，彻底醒了，马班怎么样了？俊善怎么样了？小宋、小唐、小秦他们怎么样了？他心急如焚，又抽了一鞭子，这一鞭子，抽在了骨髓上，老好人疼得乱扭着，阵阵哀号。张山峰恼了，又抽了一鞭子，这一鞭子，抽在了心坎上。老好人挣扎着，奋力甩着脑袋，朝山上涌去，咴！咴！一声比一声哀怨，咴！咴！一声比一声凄惨，咴！咴！老好人垂着脑袋，龇着牙，咴！咴！

走了一道弯，又是一道弯，再抽一鞭子时，老好人轰然倒了下去。张山峰顾不得那么多，爬起来，紧走几步，依稀看见了熟悉的大门，依稀看见了门前站着的一匹匹熟悉的马，依稀看见了熟悉的一张张脸。马在嘶鸣，人在乱喊。眼瞅着，一群人跑过来，眼瞅着，一群马跑过来。张山峰站住了，激灵灵地打了个冷战，扭过头，就看到了一片黑云，妖怪样的，遮过来，扑过来。黑云冲来，要吞噬老好人，老好人躺在那儿，朝他望着。张山峰紧跑几步，跪下去，趴在老好人的身上，搂着老好人的脖子，摸着老好人的脸。老好人的眼角藏着一颗泪珠，晶莹剔透，如潭如泉。

跑过去的那个人，停住了脚步，死死地盯着老好人。他笑了，满脸的狰狞，是枭龙。枭龙走过来，一把揪住了老好人的耳朵，你们还没死呀！张山峰心里头一颤，就爬了起来，龙哥，你挺好的呗？枭龙看都不看他一眼，举起了匕首，咬着牙说，你们害得我倾家荡产，我要活剥了它！张山峰乱摇着手，龙哥，千万别，我给你跪下了。张山峰当真跪下了，砰砰地磕头，磕得眼冒金星。枭龙狞笑着，会跳舞的马，去死吧！

锋利的匕首扎进了老好人的心脏。

老好人嘶鸣着，抽搐着。

龙哥拔出匕首，朝山下跑去。

张山峰傻了，眼前全都是匕首，朝他的心口窝扎来，耳边全都是狞笑声，朝他的耳鼓撞来。不对，眼前不是匕首，不对，耳边不是狞笑声，是老好人，是它的最后一声嘶鸣，是告别的嘶鸣。是哭声，是笑声，是又哭又笑的声。张山峰跪爬着，搂着老好人放声大哭。他捶着胸口，痛骂自己是个杀人犯，为什么要回来呢？回来有什么好的，回来就得死人，就得死马。老好人最后一次蹭了蹭张山峰的脸，转眼就死了。张山峰的心炸开了，炸得血肉横飞，胸膛中闷雷般地巨响着。他站了起来，他盯住了正朝山下跑着的枭龙，张山峰的眼里冒出了火，他紧追了几步，两腿打晃，他摔倒了。倒下的瞬间，看见了追风仙子和几匹三河马，正痴痴地看着他。张山峰挣扎着，打起了响舌：

嘎！嘎！嘎！枭龙杀了老好人，你们说怎么办？

嘎！嘎！嘎！枭龙杀了我老爸，你们说怎么办？

嘎！嘎！嘎！你们说该怎么办？怎么办？

嘎！嘎！嘎！嘎！

嘎！嘎！嘎！嘎！

追风仙子像鼓足了风的帆，突然，冲天嘶鸣，前蹄跃起，朝空中刨去。几匹三河马，悲痛欲绝，仰头嘶鸣！

嘎！嘎！嘎！嘎！

几匹马，龙卷风般地冲了下去，朝着枭龙冲过去。

嘎！嘎！嘎！嘎！嘎！

几匹马像乌云一样裹住了枭龙，枭龙狂叫，救命啊，老张，饶了我吧。

嘎！嘎！嘎！嘎！嘎！嘎！

原载《中国作家》2018年第3期

短篇小说

作者简介

陈昌平，1963年出生于大连沙河口区，1985年毕业于东北师范大学中文系，现居大连、沈阳两地，任教于辽宁大学广播影视学院。1984年开始小说创作并发表作品，在国内各重要文学刊物上发表中短篇小说六十余篇，曾获得第四届、第六届辽宁文学奖，第六届辽宁优秀青年作家奖，《小说选刊》2003—2006年全国优秀中篇小说奖。出版中篇小说集和中短篇小说集各两部。

耳　光

一

几分钟之前还嘟囔着要吃焖子的大爷突然之间呼吸急促起来了，一把抓住小刘，嘴巴大张，下巴抬起。小刘赶紧按下床头红色按钮，走廊瞬间响起了纷杂的脚步声。严主任匆匆赶来，一进门扑到大爷床前，一边观察着心电监护器上的几组数字，一边组织医生抢救。小刘想离开床头，给抢救腾出地方，但左手被大爷攥上了。他试着抽了几下，却发觉被抓得更死了，铐上了一般。

戴上氧气面罩，大爷呼吸略微平缓。他嘴上在嘟囔，可没人听得清他说了什么。小刘把耳朵凑近面罩，听了一下，转过头对严主任说:“他说他要回家。”

严主任安慰道：“老人家啊，病好了咱就回家哈。”

大爷继续在面罩里嘟囔。众人听不明白，都看小刘。小刘护理大爷的时间最长，熟悉他的口音。他俯下身，听了一下，对严主任说："他说他就要死了，你们都在骗他。"

这时，不待严主任说什么，大爷骤然咆哮起来，发出急吼吼的呼喊："奎子，奎子！"

"亏了？什么亏了？"严主任疑惑道。

"他在叫奎子呢。"小刘说。

"谁是奎子？"严主任问小刘。

"李总的小名。"小刘低声说。"通知李总了？"严主任问崔护士长。护士长点下头。严主任安慰道："老人家，你儿子马上就来，你就放心吧。"

"你们都骗我，奎子这畜生也骗我。"大爷猛地把面罩甩偏了，两只胳膊大幅度挥动，把身边护士长的护士帽都打掉了。他梗起脖颈，目光锐利地扫视着众人，一把将小刘拽到自己跟前："快带我回家，我给你钱。"

"病好了就回家，回家过年！"严主任安抚道。

"我求你们一件事！"大爷双腿乱蹬，把被子踹到了床下。小刘一边收拾被子一边满口答应道："大爷听话呵，你好好躺着，一百件事都答应你！"

"你们别骗我！先发誓、发誓！"大爷继续扑腾着。

"好好，我发誓我发誓！"小刘好言好语地哄着。

"你发啥誓？"大爷忽地坐了起来。

"我……我发誓，我发誓就是了。"小刘被大爷逼得支吾起来了。

"你发啥誓？！"大爷抓牢小刘，几乎吼叫道，"别骗我，你发啥誓？"

"我……我……"小刘给逼住了。

"老人家你别激动，有话慢慢说！"严主任转头看了一眼小刘，还用胳膊肘拐了他一下。

"我发誓——你说的我一定做到！"小刘想，大爷是要回家吧。

"你怎么发誓？"大爷剧烈咳嗽起来，带动着病床都震颤起来了。

见小刘还在迟疑，严主任用腿碰了他一下，于是小刘朗声道："俺用俺爹俺娘发誓，一定办到！"

“一定？！”大爷的手一紧。

“一定！”小刘坚决地说。

“你、你、你……替我扇他一个嘴巴！”声音很轻，却清晰无比。

“扇嘴巴？”小刘迷惑了。

“对，给大奎一个嘴巴，一个大嘴巴。”大爷说得很慢，却清晰无比。说罢这几句话，他似乎用尽了全部气力，握了握小刘的手，软塌塌地躺下了，跟着目光就涣散起来，张大嘴巴，开始长长地叹气。

这一瞬间，病房里一下子安静了。所有人都知道接下来要发生什么事情了。大爷的叹气一声比一声短、一声比一声浅。眼见大爷身体一懈，口里噗地吐出一口气，面部肌肉一点一点松弛下来，脸上每一条皱纹都平复了、安静了。心电监护仪上的绿线一顿一顿疲软下去，倏地拉直了。

病房里一片忙乱。只是无论如何抢救，心电监护仪上的绿线再也没有波动起来。护士长默默地看了下表，记下了大爷去世的准确时间。

二十分钟之后，李总闯进病房。这时大爷身上的管子、夹子和针头都去掉了，躺在那里就像安然睡去。李总大步走近病床，注视片刻之后，扑通跪下，大喊一声：“爹，儿子来晚啦！”言罢，扶着床帮，肩头一耸一耸地恸哭起来。

严主任站在他旁边，拍了拍他的肩头。李总哭得更厉害了，一抽一抽的声音很是骇人。严主任递上一张纸巾，又转头示意一下身旁众人。于是几个人围拢到李总身边，有的安慰，有的拉拽，有的甚至红了眼圈，纷纷宽慰着李总。

“还以为能熬过这个年。”李总长叹道，慢慢收住了哭泣。

“很多这样的患者，临终前非常遭罪。老人家是综合性衰竭，没遭罪，走得安详，吗啡也没用上，从这个意义上说，老人家也算善终啦。”严主任宽慰道。

“这些年你也尽到孝心啦，我们都看在眼里，你也别太伤心了。”护士长宽慰道。

“有给我留什么话吗？”李总问。

“老人家说什么了？今天谁陪护老人家的？”严主任巡视了一下，看到了站在角落里的小刘。李总也转过头看着小刘。

“最近一直是我陪护大爷的。”小刘小声说。

“没给我留什么话吗？”两年多了，李总很熟悉小刘了。

“嗯、嗯。”小刘嗫嚅道，迟疑地看着李总，又望了一眼严主任。

李总皱皱眉头，不耐烦地看着小刘，刚想说什么，这时，院长和书记匆匆赶来了，一个握住李总的手、轻声说着节哀节哀，一个向严主任询问患者去世前抢救的情况。

殡仪馆的灵车到了。接下来该给大爷擦洗身子和更换寿衣了。这属于殡葬一条龙的服务内容。病房里的人陆续退出。小刘临走时还冲着大爷遗体鞠了三个躬。

两年多的工作也结束了，活没了，他想。

二

腊月是东北一年里最冷的时节。天刚麻麻亮，殡仪馆停车场的车子便排满了。后来的车子都甩到了殡仪馆门口的马路两边。为了赶头炉，追悼会在七点半举行。七点一过，一号大厅便挤满了浑身寒气的来宾。一些政府官员囿于敏感身份不便出席，或遣夫人出面，或派秘书代表，当然挽金和花圈一样也不少。花圈层层叠叠，按照重要程度依次竖立，实在摆不下了，都摞到了门口。

李总请的护工，加上小刘共三人。李总付费不菲，大爷也没多少怪毛病，所以三个人很稳定地护理了两年多。轮流倒班，节假日有补助，三个人像是找了份正式工作。大爷一死，工作没了，想起来怪可惜的。小刘提议，咱们是不是也表示一下。另两个护工都说没时间——一个要回家过年，一个接了一份新的护理工作。他们可以不去，小刘必须得去。他起了大早，倒了三遍车，在门口还买了一个花圈。署名时，他还把他俩的名字带上了。

一到追悼大厅，满眼都是鲜花扎成的花圈，花圈尺寸大，花朵又大又新鲜。小刘举着纸花扎成的花圈，显得失礼失敬、丢脸寒酸。好在这只是瞬间的事，大厅里花圈都满了，小刘的花圈刚立在门口，片刻工夫就让别的花圈叠压上了。这样一来，他心里反倒释然了。只是来宾太多，有头有脸的都站在前面——肩膀厚厚的、露着雪白的衬衫领子。小刘缩在角落里，跟一些像是李总公司职员的人混在一起。轮到瞻仰遗容、慰问家属时，排在末尾的小刘们，几乎就是胡乱地从家属跟前走过，连李总的手也没碰上一下。

没说上话，任务没完成。小刘今天的任务就是把自己送到李总面前，希望他问起大爷的遗言。

这时候，小刘已经预感到这是一件棘手的事情了。

好像疾病也需要过年一样，春节将至，住院的病人少了。病人一少，小刘的活就难找了。

这两年零四个月，小刘只回过老家三次——两次过春节，一次为老爹奔丧——时间加在一起不过半个月。今年，终于能过一个清闲年了。小刘跟媳妇艳辉合计了，好好置办点年货，早点回家，好好过一个年。

艳辉在拉面馆干服务员，节前正忙。艳辉说："要不你早点回去吧。"小刘说："一起走吧，路上有个照应。"小刘提前订好了火车票——腊月二十四的车票，还有五天就回家。他和艳辉拉了个礼品单子，两头的老人是重点，两头的亲戚和孩子也一个不能落下。小刘说，走之前他就当负责礼品采购啦。

其实，他心里还揣着另一件事情。

小刘掐算好了日子，今天是大爷"头七"。中午一过，他约莫着那边该忙乎完了，就给李总发了一个短信：李总你好，今天我想见你一面。短信发出了，半晌没回音。小刘想打电话，又怕人家是不是在开车、开会或宴会什么的。小刘攥着手机，纠结开了。

护理期间，李总把他的电话号码给了小刘，要求他有事随时汇报，但是别打手机，只发短信。两年多了，小刘只给他发过三次短信。一次是大爷摔了一跤，一次是大爷半夜起来要吃绿豆雪糕，一次是指名要看一部叫《青松岭》的电影。愿意跟李总汇报的人多着呢，显不着他，所以小刘只记得这三次。三次短信，李总都迅速回话了，所以他不明白李总今天怎么回话这样迟缓。

大爷走了，李总大概不会再保留自己的电话号码了。这样一想，他马上重新编发了一个短信：李总你好，我是护工小刘，我想见你一面，汇报一下大爷的临终遗言。

过了一会儿，李总回话了：下午来公司。

公司在哪里呢？小刘赶紧摁回一个短信：请问公司在哪里？

又过了一会儿，回了一行字：人民路，富源大厦。

三

太好找啦，下午一点半，小刘来到富源大厦。

门口，一左一右蹲着两座铜狮子。雨搭上的“富源大厦”每个字都有一人高，金光闪闪。大厅里，巨大的枝形吊灯与镜面一样的大理石地面交相辉映，让小刘踌躇不前。

你找我们李总干吗？保安们用警察的目光和语气盘问小刘，其中留络腮胡的保安最凶。听口音，他是自己老乡呢，小刘有意用家乡口音来回答他。没想到“络腮胡”表情依旧，李总跟你约好了？你怎么认识李总的？问话的时候眼珠子叽里咕噜地打量着小刘。直到小刘亮出手机短信，他才给楼上打了电话。

很快，李总司机小丛下来了。小丛常跟李总去医院，自然认识小刘。小丛扶着电梯门，招招手，小刘急忙赶了过去。

一出电梯，脚下就是地毯。地毯松软，走在上面飘忽忽的。不知道经过多少门，小刘被带进了一间会议室。小丛走到会议室的另一头——小刘这才发现那边还有一扇门。小丛敲了敲门，推开门说了句什么，然后一弯腰，在门后取了一瓶矿泉水，扔给小刘。

过了一会儿，李总出来了，大声招呼着小刘。招呼之间，李总伸手摆了一下。小刘以为要握手，赶紧伸出手，但是马上发觉人家是请他就座。

“泡茶。”李总吩咐小丛。

“不用不用，我喝这个就挺好。”小刘举了下手里的矿泉水。

“你喝什么茶？”李总问。

“啥都行，啥都行。”小刘说。

“牛肉吧。”李总吩咐道。小丛哎了一声，转身忙乎去了。

“我吃过饭了，就别——”小刘正想推辞，李总的手机响了。李总看了一下屏幕，把食指在嘴巴上一竖，然后才接听电话。

李总一边打电话，一边在屋子里来回溜达。李总出来的屋子是一间办公室。门开着，小刘看得见里面黑沉沉的办公桌和墙上的字画。

小丛轻手轻脚地把一杯茶水放在小刘跟前。“没办法，市长电话。”李总坐了下来，把手机一拍，一指小刘跟前的茶杯，说：“尝尝！”

小刘轻轻抿了一口，一股浓郁醇厚的香气涌入了口腔。

“怎么样？”李总问。

“香，真香！”小刘赞叹道。

小丛插话道：“这可是纯正的牛栏坑肉桂，一万一斤呢。”

“一万？！”像头部中了一拳，小刘嘴里含的茶水扑哧一声喷了出来。就在喷出的一瞬间，他迅速低头并捂住嘴巴。茶水喷在手上，流在身上，星星点点，也溅到地毯上。

小刘仓皇站起来，奓沙着手，想找个什么擦拭一下。“没关系。”李总身子一扭，从桌上纸抽里抽出几张纸巾，递给小刘：“屋子里热，外衣脱了吧。”

小刘这才觉得，屋里真热，自己穿了件肥厚的鸭绒服，李总只穿件白衬衫。

“说吧。”

“嗯。”小刘迟疑道，看了看在一旁烧水端茶的小丛。他觉得不该让太多人知道这件事。

李总摆下手，小丛出去了。李总冲小刘点点头，意思是说吧。

“大爷临终前，交代我一件事情，要我打你一个……一个……一个……”

小刘的声音越来越低，像一个犯错误的小学生一样垂下了头。

“一个什么？”

“一个……嘴巴。”小刘声音低得如同羽毛落地，“他要我发誓，不发誓不行，我想起了你的话，就……”

“我的话？”李总疑问道。

“你曾经叮嘱过我们，无论大爷有啥要求都要满足他。”小刘提醒道。

“嗯，说过。”

“所以，大爷说的话，我们不敢不听。”小刘说完这些，似乎轻松了许多。

“就这个事？”李总哈哈一笑，“好啦，我知道了。”

“小丛！”李总冲门外喊了一声，小丛即刻跑了过来，“看看办公室还有没有过节分的东西。”

小丛应声而去。李总指着茶杯，示意小刘喝茶：“我知道你们几个护工，你出力最多。老爷子追悼会你也去了，送了花圈。我心里有数。”

小刘有点感激地看着李总——到底没白去。

李总身子一探，啪地拍了一下小刘肩头：“老爷子糊涂，你别当真。”

小刘点下头。大爷关心国家大事，每天必看中央电视台的《新闻联播》。

小丛回来了，手里拎着一桶豆油：“老大，就剩这桶豆油了。”

“拿回去过年。”李总冲着小刘，一指豆油。

“李总，以前是以前，现在不一样了。”小刘赶忙推辞道。

“不拿就是看不起我！”李总脸一板，佯作生气状，“今天就这样了，我还有事，要去见市长。”李总站起来，做出送客的样子。

小刘迟疑地站起来，他觉得话没说完呢。

高楼底下的风总是最凶猛的。小刘一出大楼就被寒风灌了一脖子。他拉紧拉链，扣好帽子，拎着沉甸甸的豆油，小心翼翼地踩着路边的薄雪。他心里有点别扭，所以走得很慢。

猛然听到背后有人喊他。小丛穿着一件毛衣，冻得直打哆嗦，啪地塞给他一个信封：“红包，老大说给你过年的。”

小刘赶忙推辞着。“装啥呀装。”小丛把信封往他口袋里一捅，转身就跑了。

小刘摸出信封。信封里装着一沓人民币。粉红色的百元大票，一数，两千块。

这是啥意思？小刘嘟囔着，为什么塞钱呢？我来这里是为了要钱的吗？发誓的事情怎么办呢？小刘心里堵上了，索性连公交车也不坐了，惩罚自己一样，一步一步地走着回家了。

其实，自打在大爷面前起誓之后，小刘也不知怎么处理这件事。打李总一个嘴巴？这是他从没想过的事情。不打嘴巴？自己又在大爷面前发了誓——还是以自己爹娘的名义。他之所以要见李总，就是因为这事难住他了、困住他了，他没有主意了。虽然没主意，但是他知道必须向李总汇报。他相信汇报之后李总会给他一个明确的指示，帮助他摆脱这个困境。此事与李总有关，李总有这个责任，也有这个能力。

今天倒是汇报了。本来就没有主意，现在除了没有主意，还多了一些说不清的心绪。

艳辉见他拎着豆油，还以为是他买的过年礼物。小刘说是李总给的，这话立即引发了艳辉的无限感慨：“还是非转基因呢！你看人家李总多讲究——到底是大老板呵。你看我们老板太抠搜了，过年过节一毛不拔。”

“还有这个。”小刘把信封掏出来。艳辉一把拿过去，打开一看，是钱。她熟练地点起来。

“两千。”小刘说。艳辉并没理会，翻过来又点了一遍，然后说：“这回差不多了。”

“啥差不多？”小刘问。

“早想着给亮亮买电脑了。本来想明年再说，这回咬咬牙……咱不能让孩子输在起跑线上。”亮亮是他们的儿子，跟奶奶在老家一起生活，明年就上初一了。

“事情不那么简单啊。”小刘叹口气，把大爷逼他发誓的事情前前后后地讲了一遍。当他讲到“俺用俺爹俺娘发誓”时，心情骤然坏了起来。

在小刘的嘴上、心里，爹和娘从来就是连在一起的。只是，爹去年走了。当时大爷刚做完支架，小刘只回去待了五天，“头七”都没烧。这事至今想起来都充满内疚。现在，一句誓言，竟然带上了死去的爹。

“谁知道老爷子说这样的话，早知道谁愿意蹚这浑水。”小刘叹息道。

“你这也是为大爷好，李总能不知道？人家这不是领情了。”艳辉喜滋滋地说。

这叫领情啊？要是真领情，莫说两千，三千也不多。小刘不想跟她说了，兀自琢磨着，我发的这个誓可咋办呢？再说了，自己以后还要在医院里找活干，这件事处理不好，怎么见人呢？！

自己费劲巴力找到李总，就为了这两千块钱和一桶豆油？当然不是。小刘更加没有主意了，但是却知道这两千块钱和豆油，现在不该收——至少现在不能收。

他还想说今天喝了名叫牛肉的茶——一万块一斤的，但是已经没有心情了。

四

再发短信，李总就不回了。打电话，响了许久才有人接——还不是李总。“我是李总司机。”“你是丛师傅吧。”“我们老大在开会，不能接你电话。”“你能不能转告——”话还没说完，对方电话就挂了。

小刘决定去堵他。

今天是腊月二十，街上的节日气氛渐渐浓了起来。所有商家都在起劲地打折促销。小店铺放音乐、播广告，大商家则在门口竖起了彩虹门，又是摸奖又是二人转的，吸引了无数的路人驻足围观，同时等候一卷手纸或一听可乐的兑奖。

小刘来到大厦门口。他知道保安脸子难看，就决定在门口等李总。等了片刻，脚就冻麻了，他就跑进大厦对面的药房，沿着柜台溜达，眼睛却瞅着大厦门口。李总的座驾是黑色奥迪，尾号 888，好认。

来了一台黑色奥迪，小刘冲过去时，车子已经走了，但是尾号看清了，不是李总。这回，小刘没回药房，就避在门口铜狮子旁边。这里离门口近，堵着方便。

从中午开始的雪，一直不停地下。门口有几个保安在清雪。一个保安不住瞟着小刘。小刘镇静自若地站在那里。脚底冻透了，寒冷穿透了全身。实在受不了，他就跑去药房，暖和一会儿，再跑回铜狮子下面。

三点半钟，“888”终于出现了。

小刘快步跑到门口，待车子停稳后，躬身打开车门。李总一伸腿，竟然看见了小刘——不是保安是小刘，另一只手还拎着豆油。

“李总……好。”小刘冻得嘴瓢，说话时，嘴里吐出一团团白色雾气。

“你来干什么？”小丛转了过来，一伸手推了小刘一个趔趄。

“嘿。”李总摆了下手，制止了小丛，随即弯腰拱出，边走边说，“来吧。”

李总就近来到一楼传达室。几个保安正挨着电暖器取暖。“你们出去一下，我在这办点事。”李总扑哧一屁股坐在铁床上。

小刘站在门口，双肩落着一层薄薄的雪花。他把豆油放在门口，又掏出信封，双手递给李总：“我想了半天，你这礼物我不该拿。这两千块钱，我也不能收。”

“嗯，少？”李总趄在枕头上，目光直勾勾地注视着小刘，像欣赏一个外星生命。

小刘感到不自在了：“不是不是，这两年你一分钱也不少我的，付的钱比一般人都多，还给加班费。”

“你还挺廉政哦。”

“李总你就别笑话我了，我就是一个护工，廉啥政呵。”小刘尴尬地说。

“那么，你为什么还没完没了打电话？”李总并不掩饰自己的嘲弄。

“我不是发誓了吗？大爷逼我说的，他当时快不行了。”这一次，小刘结结巴巴地把大爷逼他发誓的过程完完整整地说了一遍，其中还特意说了严主任两次示意、催促他。

小丛推门进来，斜了小刘一眼，递给李总一瓶矿泉水。

李总趄在床上接过矿泉水，拧开瓶盖，咕嘟咕嘟喝了两口，然后慢悠悠地来了一句：“我还想问问你呢，你说老爷子为什么对我这样？”

“我哪知道。”

“你说他是不是老糊涂啦？！”

小刘想说大爷不糊涂，却没有说出口。

“你陪护这么久，没听见他对我有什么不满吗？”李总探询道。

小刘劝解道：“你对大爷这么好，他哪能不满啊。”

李总鼓励道：“你想想，好好想想。我看老爷子最喜欢你了，总乐意跟你唠嗑。”

小刘讨好道：“大爷知道你孝顺，背后逢人就夸他养了个好儿。”

“好儿还要打嘴巴？哼！”李总苦笑道，“我总觉得老爷子对我不满呢。”

“嗯。”小刘微微点下头，似乎下了决心，“有一件事，他好像有一点点不满意吧。”

“哦，你说说看。”李总又一次鼓励道。

小刘看着李总殷切的目光，迟迟疑疑道：“那个……桂英的死，他好像对你不满哩。”

“你知道那个桂英是谁？”李总问。

“是大嫂吧，以前的大嫂。”小刘低声说。

李总抿了一口水，问：“他怎么跟你讲……她的？”

小刘摆摆手：“也没怎么讲，好像是出了车祸，大爷挺伤心的。”

“还有呢？”李总又抿了一口。

“没啦没啦，大爷就讲了这些，再没有啦。”小刘知道自己不该再说了，他赶紧调转话头，“李总，发誓的事咋办呢？”

“按你的说法，你听大爷的，就是因为你听我的话，是吧？”李总乜斜了小刘一眼，啪啪啪地捏着矿泉水瓶。

“是啊！”

“好，你现在就打自己一个嘴巴。”李总用手中的矿泉水瓶朝小刘一指，瓶口泼出了一道水花。

“打自己耳光？为什么啊？”小刘一怔。

“不是我说的话你都听吗？你怎么不听啦？”李总揶揄道。

“你说的是让我听大爷的，你还说大爷就是要天上的星星也给他摘下来。”小刘提示道。

“好，你打吧。”李总侧过身，冲小刘一伸头。

“我不是这个意思，不是这个意思。”小刘身子一闪，退后一步。

李总猛地提高了嗓音：“你什么意思？你三番五次找我，我还不知你什么意思？！你们这样的人老子见多啦！我告诉你，人要知足，不能贪得无厌、不能敲诈勒索，得知道自己几斤几两，想跟我斗？你随便找人问问，我李德强怕过谁？怕过谁？！”

李总越说越激动，后来的声音近乎咆哮了。这时，门开了一道缝，小丛警觉地朝屋里瞄了一眼。

“敲诈？我怎么敲诈啦？”小刘闻到一股酒气。李总一准喝酒了，不该这么生气呵。

“别给你脸不要脸！你有证明吗？谁听见老爷子说了？没有人听见，你就是诬告！”李总重重地一挥手，这回瓶里的水全泼出来了。

“我当然有证明了！”小刘声音也高了点。

“好，你拿证明来，有证明我就让你打！”李总说完，把矿泉水瓶子往地上一摔，一脚踹开门，大步而去。

五

其实，关于李总跟大嫂的事，小刘知道的远远不止这些。

普通病房里的电视，晚上九点便切断信号。大爷自己住一个套间，电视二十四小时随便看。大爷最喜欢看的就是中央电视台的军事频道，再一个就是《本市新闻》。后来，《本市新闻》不看了。非但自己不看，也不许任何人看。谁要是拨到本地频道，就骂。

后来小刘知道，大爷讨厌《本市新闻》里的一个主持人。而这个叫歆芙的女主持人，是李总的第二任太太，他的儿媳妇。

歆芙来过医院两次，站在走廊等李总，从来不进病房。她不是不想进，是大爷不让进。大爷一见她就血压骤升，然后指鼻子就骂。她比李总年轻十几岁，个头比李总高，漂亮得就像随时准备演出。她隔着玻璃偷偷瞅大爷的样子，看着怪可怜的。

她每次见到小刘，都说“你好”，走的时候都说“再见”。所以小刘对她印象极好。有一天晚上，趁大爷谈兴正浓，小刘委婉地提到了她。他想，如果能促成一家人和睦，多好的一件事啊。

大爷没提主持人，倒是讲起了李总前妻桂英。大爷说他刚得病那几年，端屎端尿的都是桂英。他拉不出屎都是桂英用手抠。偏偏就是这样的好媳妇，因为那个狐狸精插足，李总连家都不回了。结果桂英出了车祸——自己开车竟然翻到沟里去了。

大爷耿耿于怀的是车祸出得蹊跷，连个刹车痕迹都没有，直接开沟里去了，自杀一样。

小刘不敢接话了。这是李家的秘密，是他不该知道的事情。他不敢想象其中的复杂，甚至也不愿相信这是事实。所以今天李总问起来，他也不敢多说、不敢乱说。之所以露出这个话头，只是希望发誓的事赶紧得到解决。

晚上一回家，艳辉就喜滋滋地迎上来，掏出手机给小刘看，亮亮今天来微信了，问咱们什么时候回去，他要去车站接咱。

这倒是新闻了。记忆里亮亮从来没有主动联系过他俩。发他个红包，顶多回个笑脸。更不要说去车站迎接了。“你给他发红包啦？”小刘疑惑道。

“哪啊，他还不是惦记他的电脑。”艳辉说，“我答应给他带电脑回去。明天上午，咱俩去电子城把孩子的电脑给买了。”

小刘吞吞吐吐地说：“我把钱还给李总了。”

“两千块，都还了？”艳辉马上掉头去看昨天放豆油的地方，“豆油也还了？”

“还了。”

“李总——都收下了？”

“管他收不收，反正我还给他了。”

艳辉抬起胳膊，捣了他一拳：“刘国勤你脑子有病啊？没偷没抢，给你钱你不要。你怎么这么傻啊，跟你真是倒血霉啦！”

“那我发誓算放屁吗？！”小刘抱怨道。

“你说话都算数？”艳辉马上呛回一句。“我哪句话不算数啦？”小刘脖子一梗。

“你敢说你说话都算数？”艳辉揶揄道，“快别拉硬啦。”

小刘理直气壮地回答：“我哪句话不算数啦？”

“耳环！”艳辉反驳道，“过生日的耳环呢？”

小刘顿时语塞了，嘟囔一句：“是你不要，也不是我不买。”

艳辉数落道：“你说话算数？哼，你们家说话哪个算过数了！”

小刘不能接受她对自己家人的指责。他怒视着老婆：“赵艳辉你别胡说，我们家怎么啦？”

艳辉毫不示弱地嚷起来了：“结婚前说买房子呢？房子在哪里？把我熊到手就坐蜡啦？你说话算数……怎么怎么，你还想打人啊？！”说着，艳辉身体一倾，怒视着矮她半头的丈夫。

艳辉的脸几乎贴上了小刘。小刘好像第一次清晰地看见艳辉脸上那笨拙的眼线、生硬的文眉。这张曾经美好的脸蛋已经被她涂抹得惨不忍睹了，而她依然扬扬得意……几乎不假思索，小刘扬起胳膊就给了她一记耳光。

因为双方都没有心理准备，所以这个嘴巴打得干净利落、清脆爆响。猝不及防，艳辉被打蒙了，愣了片刻，随即爆发出尖锐的哭声，同时张开十指，朝着小刘面部抓挠过来。

小刘本能地头一偏，脸上倏地一辣，鲜血哗地流满左边脸颊。艳辉止住手，哭声更大了：“你个窝囊废，你拿我逞什么能？你有本事打李总啊！”

小刘照照镜子，左脸颊被抓破了，伤口不大，只是有点深，所以有点血流不止的样子。算是扯平了，他想。

“今天的事咱们没完，你该打的不敢打，拿老娘们撒气。”艳辉边哭边翻找创可贴。

“你放心，耳光一定得打！”小刘硬气地说。

“好你个刘国勤，你要是不打，你是什么？”

我要不打我就是王八蛋！小刘几乎要把这句话脱口而出。只是他记取了教训，硬生生地把这句话咽了下去。顿了一顿，他自言自语：“你就等着看吧。”

六

自打来到这座城市，小刘干过不少活——洗车、卖水果、刮大白、烤串、送外卖。他身材不高，体格也不壮，干来干去，最后在医院干上了护工。护工这活，收入尚可，晒不着冻不着。小刘特别庆幸自己很快就遇到了李大爷这么一个患者，绑人了点，活却稳定。一干就是两年多，跟附属一院上上下下都混了个脸熟。有时候，他觉得自己就像这里的职工一样。

小刘一到医院，就在护士台看到了崔护士长。大爷临终前，她就在他旁边。

还没等小刘开口，崔护士长就跟他打招呼了：“小刘，这几天怎么不过来了？昨天有患者要找护工，我还想找你来着。”

“谢谢崔姐。”小刘帮她家清洗过抽油烟机，跟她最熟悉了，所以直截了当地说，“我想求你帮个忙。”

“说！”护士长说话一向干脆。

“李总父亲去世时，是不是留下遗言了，要我打李总一个嘴巴，这事你知道吧。”小刘说，“谁愿意干这事啊，我这也是被大爷逼的，你不是在场嘛。”

“啊，是啊。”护士长答道。

“我找李总了，李总不信，还说我瞎说，要我证明。我就想到你了。”小刘说着，递上了他写的证明。

小刘来之前，写了一个证明。一张信纸，写了大半张。在他的署名下面，又大大地写了三个字：证明人。证明人的后面，是一个冒号。他理想的结果是严主任和护士长都签上字。签好字了，最好再盖上印。他们的印章都揣在白大褂兜里，每天都用的。

证明是折叠的，护士长打开，仔细看了一遍。“哦，这个事啊，好像是有这回事吧，嗯，我记不清了。”护士长把证明还给小刘。

“你怎么记不清啦？”

“当时在抢救，乱哄哄的，我没听清你们说什么。”护士长正了正端正的护士帽，突然说，“你脸这是怎么啦？”

“让……树枝划了一下。”小刘说着，便去摸昨晚让艳辉抓伤的地方。护士长一抬手挡了一下：“别摸，注意不能沾水，让痂自然脱落。”

小刘鼓起勇气，又一次央求道：“这也不是撒谎，崔姐，你就帮我证明一下呗。”

“大姐记不清了，咋能乱说呢？我要去换药了。”护士长严肃地说，然后就急匆匆地走了。

走廊很长，护士长的身影越走越小。小刘转念一想，抢救时护士长跑出跑进的，或许她真的就没看见当时的场面呢。

现在，小刘只能把希望寄托在严主任那里了。相比护士长，严主任算是当事人了。没有他的暗示和督促，小刘未必会答应大爷的。再说了，严主任是著名专家，门诊大厅里挂着他大大的彩照。他是这所医院里少数几个不收红包的医生。以他的正直和影响力，小刘毫不怀疑他应该站出来为他证明。

严主任耐心听完了小刘的陈述，一字一句地说：“你信守承诺，是好的。只是，具体问题具体分析。李总的父亲去世了，再纠缠这些，是不是有些节外生枝了？”说话的时候，严主任的食指和中指交叉敲击着桌面，像发报一样。

“那事情经过你总清楚吧，李总说我撒谎，我怎么是撒谎，你们不都听见了？我写了个证明材料，你看一下吧。”小刘拿出了证明，放在严主任面前。

“医生的使命就是救死扶伤，至于医疗之外的那些乌七八糟的事情，我严某人从来就是避而远之的。所以，这个我就不看了。”严主任把折叠的证明往外一推。

“但是，我不是还发誓了吗？我不想发誓，你不是还踢了我……”小刘提醒道。

“你发誓跟我无关。”严主任食指在桌面上重重一敲。

望着严主任那张保养得白皙、架着一副考究金丝眼镜的脸，小刘突然产生了一个强烈冲动——给他一个大嘴巴！

十个羊肉串、两个腰子、一个鸡架、一瓶啤酒再加一碗拉面，离家不远的三姐烧烤店是小刘最常光顾的地方。门口吊着一头割得只剩下骨头架子的羊。铁炉子里的炭火明明暗暗，屋子里客人稀稀拉拉。

地上有张脏兮兮的报纸。小刘立即被上面的“富源”两个字吸引了。他用脚尖摊开，原来是半个版面的贺岁广告。上面一行彩虹状的大字：富源集团祝全市人民春节快乐。中间是一张董事长李德强坐在办公桌后面微笑的彩色照片，下面是富源高新产业园区的全景。广告的背景照片就是气势非凡的富源大厦，这两天小刘进进出出，非常熟悉了。

小刘把报纸捡起来，看了一遍，再团成了团，扔进垃圾桶。不管怎么样，他不忍心人们这么糟蹋李总。

刚开始护理大爷时，小刘从医院上上下下对大爷的态度就知道这老头背景不一般。还没谈价格呢，他就帮助大爷按摩腿脚啦——常年不活动的病人容易肌肉萎缩。他的勤快、认真与付出，如愿得到了回报。前前后后换了七八个护工，只有小刘一直在大爷身边，以至于外人都把小刘当作大爷的亲属了。小刘知道，大爷满意是一方面，更重要的是李总的认可。

李总待自己确实不薄。只要不出差，李总几乎每天都要来探视父亲。他来的时候经常在晚上。如果是应酬之后，他经常带着打包的鲍鱼、海参、龙虾、盐焗蛇什么的，还有一些小刘叫不出名字的美味。大爷的牙口不行，所以这些稀罕东西大都落进了小刘的嘴里（他还带给艳辉不少呢）。爹去世，小刘来去匆匆，李总还塞给自己五百元。想起这些，小刘觉得自己有点难为李总了。打人不打脸啊，况且李总这样的大人物，怎么能让我刘国勤这样一个小护工扇一个嘴巴呢?

小刘不傻，他知道严主任、崔护士长他们不在证明上签字，并不是说他们不记得了。说到底他们是不愿得罪李总。你们不愿得罪，我就愿意吗？小刘愤愤地想。你们都会做好人，我就不会做吗？我发誓说做到，可也没说自己亲手打呀。我凭什么亲手打呢？再说那样不是犯法吗？犯法的事情不能做，这个道理谁都明白。

嗯，只要是打了，不管谁打的，自己的誓言就算完成了。自己不能打——那是犯法嘛，那么，只有李总自己打自己了。这个念头甫一产生，小刘顿时觉得神清气爽了。

如果李总自己打自己个耳光，他非但不失面子，还显得觉悟高，同时自己也下了台阶。多两全其美、通情达理的主意啊！这样一想，小刘高兴得又加了一瓶啤酒、五个烤串。在他看来，困扰他几天的难题基本解决啦！

晚上回家就琢磨这个短信怎么写，他想。

城市主干道的清雪相当及时，到了小刘租住的工人新村，马路骤然收窄了，几乎成了单行道。窄窄的人行道上堆满了积雪，行人只能在马路边上小心行走。这里都是二十世纪七十年代建设的楼房，当年是这座城市居住条件最好的小区，现在已经成为脏乱差的棚户区。因为地脚不算太偏，成为外来务工人员集中居住地了。

小刘没有注意到，出了烧烤店之后，就有一辆越野车一直在不远不近地跟着他。

小刘正准备穿过马路。他确认了两边没有来往车辆之后，碎步急行。就在他即将越过马路中线的时候，越野车急速地冲了过来。小刘一惊，拔腿就跑，不想脚下一滑，身子便倾倒下去。就在此刻，砰的一声，倾倒着的身体被车头撞得飞了起来。

小刘趴在雪堆上，耳边传来尖厉的刹车声，紧接着发动机轰鸣，轮胎与雪地发出刺耳的摩擦声，然后，发动机的声音就越来越远、越来越弱了。救命啊！小刘奋力呼喊着。没人应答。他活动了一下四肢。肩头剧痛，腿部剧痛，但似乎没有什么生命危险。他从雪堆里爬起来，慢慢站起来、站直了。他再一次活动并检查了一下手脚，确认自己没有生命危险。他甚至庆幸起来了。

这时候他才觉得满脸湿漉漉的，一抹，一手黏糊糊的黑雪。仔细辨认一下，竟然是血——前额在流血。

小刘被撞飞之后，头部直接撞到电线杆上。羽绒服破了，前胸裂开半尺长的口子，羽绒正被风一根一根抽走。他赶紧捂住裂口。

这是交通肇事和逃逸，小刘迅速做出判断。他不知道怎么联系交警，但知道附近有个派出所——每年办暂住证就在那里。他擦了擦前额，还不忘就近划拉了一下散落的羽绒。羽绒颜色与雪地接近，他凭着手感尽量收拢了几把羽绒，塞进兜里。

他一瘸一拐地朝派出所走去。一边走，他还一边安慰自己呢——大难不死，必有后福。他不知道，如果不是他滑了一下，如果不是身体恰好在倾倒的过程中，他即便不死，现在也爬不起来。

接待他的是一个中年警察，简单听了几句陈述，问的第一句话就是："你喝酒了没有？"

小刘从警察的脸上看到了不信任。难道我是碰瓷的不成？他不满地说："我就喝了一点啤酒，就一瓶。"

"你在哪里喝的？"警察问。"前面的一家烧烤店。"小刘答。"烧烤店叫什么名？"警察问。"我记不清了。"小刘迟疑道。"去哪儿吃饭，你都记不清？那怎么能证明你不是喝大了？"警察说。

小刘不得不说了："我想起来了，是三姐烧烤店。"

"你喝的什么酒？"警察问。"啤酒。"小刘说。"几瓶？"警察又问。

"两瓶吧。"小刘知道自己不能撒谎了。

"那么，你刚才怎么说一瓶呢？"警察笑了，笑得得意。

小刘也笑了，笑得尴尬。只是，自己喝一瓶还是喝两瓶，跟被撞有什么关系吗？

中年警察拉开抽屉，找出了半卷纱布和一卷胶布，扔给小刘："这么晚了，你先处理一下伤口，先回家休息吧，明天你确认是车撞了，就去交警队报案，我们派出所不管交通肇事。"警察说罢，指了指门口的镜子。

镜子里，小刘看清了额头的伤。皮外伤，伤口不深，有一指长。脸颊抓伤的地方结着痂，额头又伤了，年底怎么这么倒霉。他用纱布清理了一下，然后做了简单的包扎。羽绒服裂开了一个大口子。这还是他过生日，艳辉买给他的——还是一个什么十大名牌呢。小刘撕下一截胶布，粘住了裂口。

七

整整一个晚上，小刘都在琢磨着这个短信怎么写。他打了无数个草稿，斟酌着用语和语气，然后一字一字地输进手机：

李总你好，这几天我们之间有点误会。大爷让我做的，我必须做，但这不意味着我来打你嘴巴。你对我好，我哪能那么做呢？我有了一个主意，你自己打自己一个小嘴巴吧。这样，这件事就算完了。今天是小年，再一次感谢两年来你对我的关怀，先给你拜个早年啦。刘国勤敬上。

短信编好了，已是凌晨三点。他觉得应该睡觉了，但是转念一想，现在发给李总多好呵。一则显示自己的诚意，再一个，也证明这是自己辗转反侧、深思熟虑的结果。

发完了短信，他觉得自己已经完成任务啦。

在小刘看来，这是一个自己和李总双方都能接受的妥协方案。说心里话，如果李总把脸蛋伸到他跟前，他真的能打李总吗？答案是否定的。在打与不打之间，他似乎在等待另一个答案。打了，伤害的是李总；不打，难过的是自己。毕竟，因为发誓，自己拖带上了父母。

他以为李总会给出一个主意，两全其美的主意——毕竟他是大老板啊。然而，事情却偏偏朝着莫名其妙的方向发展了。先是钱和豆油，接着是说自己敲诈和诬告，然后找人证明……小刘觉得李总误解他了，也委屈他了。也怪自己没说清楚。现在，把球踢给了他，管他怎么回复，自己都算完成任务了。同意，意味着自己完成了任务；不同意，责任也不在自己。大爷能授权给我，我也可以授权给他嘛。不论怎么说这是李总的家事。只要打了——管他谁打的，自己也算兑现了誓言，完成了任务。

如果李总不打，那是他自己的事情，也与自己无关。再说，自己又不在场，他自己打自己一个耳光，还有什么难度吗？！早上洗脸刮胡子的时候，顺手就完成了；坐在轿车后座上，抬手就完成了……这般反反复复地想，小刘觉得自己终于解脱了。大爷的在天之灵，你也理解理解我刘国勤吧，我只能做到这一步了。

一大早，小刘还在睡觉，手机就响了——李总的电话。

“短信我看了，我要感谢你的一片苦心哪。你明天有没有空，来一趟公司好吗？”

小刘正迷迷糊糊呢，为难地说：“我明天回老家，票已经订好了。”

“哦，那你今天有空吗？晚上五点来公司吧。”李总随即说道。

“好咧，好咧。”小刘愉快地答道。

跟李总的通话，把艳辉弄醒了。艳辉背对着他，嘟囔一句：“你这回可别傻了。”

“我什么时候傻啦？”小刘躺在被窝里，正回想李总的话呢。艳辉用屁股撅了他一下：“李总再给啥，你就别充大个了。”

“那倒是、那倒是。”小刘答应着，心里喜滋滋地回味着李总的话——感谢你的一片苦心哪。事情总算有了结果，他长长地伸着懒腰，不觉身心通泰、心旷神怡了，一扫昨晚的狼狈与伤痛。他扳了一下艳辉的肩头。艳辉的肩头一抖。他索性坐起来，呼地掀开被子，一把搂过肉乎乎的艳辉。他很想跟媳妇分享一下此刻的喜悦。

艳辉胳膊肘使劲一拐，反手夺过被子：“去去，晚上回来再说。”

上午，小刘去了大菜市，挑了几件明天回家的礼物，又找了个服装修补的摊位。昨晚，艳辉用黄色胶带把羽绒服胸前的裂口暂时粘上了。胶带比裂口又宽又长，斜在前胸，像半条绶带。修补师傅说裂口太大了，织补的话不好看。

师傅说还有一个办法，说着拿出一沓花花绿绿的商标——米老鼠、骆驼、袋鼠和鹰等。师傅说可以补个商标，又美观又遮丑。他比照了一会儿，找到一个正好遮住裂口的商标。

这是一个支棱着两个大耳朵的兔头，白色的，下面还有一行 playboy 的外文。小刘放在胸前比画了一下，觉得怪怪的，再说价格也不便宜，还谈不下来。先这样凑合吧，只是狼狈了一点。小刘忽然觉得，狼狈一点又何妨呢？他甚至觉得如此狼狈，自己似乎占了什么便宜一样。至于占了什么便宜，他也说不太清楚了。

五点，晚饭前后，小刘戴着“绶带”，额头顶着纱布包扎的伤口，轻车熟路地朝富源大厦走去。

街上已经有了零零星星的鞭炮声。大厦门口有人在挂灯笼、贴春联。一个灯笼被风吹得像球一样滚动起来，正好滚到小刘脚下。小刘抓住灯笼，递了过去，结果发现对方正是“络腮胡”。“络腮胡”一见是小刘，凶凶一瞪，低声呵斥道：“快滚快滚，哪儿凉快哪儿待着去！”说的还是家乡话。

咋不知好赖呢？小刘暗暗骂了一句，没有搭理他，径直走进大厅。

大厅里空无一人。电梯两侧摆上了几盆高大的发财树。小刘来到电梯间，摁了下上升键。电梯门一开，他正想进去呢，肩上突然搭上了一只手。小刘一转头，看见身后跟上了一个中年男子，轻声问：“你是刘国勤吗？”

“是啊。”小刘话音一落，身边蓦然闪出几个身着警服的壮实男子。几个人哗地围上来：“我们是警察，你跟我们走一趟。”

“什么什么，你们找错人了吧？”小刘呆住了。

“你涉嫌敲诈和人身伤害。这是我们的证件。”中年男子掏出一个证件，朝小刘跟前一亮。

“是李总叫我来的，不信你们问问，你们叫一下李总啊！”小刘一边呼喊，一边本能地躲闪着。一个警察从侧后拦腰抱住了小刘，另一个警察迎面抓住小刘的肩头。没想到小刘腰身一闪，猛然一推，既摆脱了抱住他的警察，又把面前的警察推了个趔趄。小刘一蹿，迅速朝门口冲去。眼看小刘就要冲到门口，从柱子后面猛然闪出两个人——其中一个是“络腮胡”，连搂带抱地跟小刘一起摔倒在地，随即几个警察一拥而上，把小刘牢牢地摁在坚硬的大理石地面上。

按在地上的小刘不停地挣扎着。羽绒服被撕扯出更大的、更多的裂口。当他被警察扭送出门时，他的身后飘出一地洁白的羽绒，门里门外，扑扑簌簌。

警笛骤然响起，尖厉悠长。警车后轮有点打滑，车尾一拧一拧地走了。此刻，有人当街燃放起了烟花。烟花带着长长的呼啸冲向浑浊的夜空，炸出绚烂的焰火，发出噼噼啪啪的细碎声响。明灭之间，焰火映照出警车后窗小刘那张不断向后面张望、咒骂的愤怒面孔。

李总坐在传达室里，隔着玻璃，默默注视着大厅发生的一切。警车走了，他依然坐在那里，神情有些茫然。这是他不愿意看到的结果，只是他不得不这么做。多少年了，他早已养成一种习惯——该做的事情必须做而且要做绝、做透。但今天这事，总让他觉得有点蹊跷。他蓦然想到了什么，叫来小丛，问道："你说，这家伙怎么伤了？"小丛一笑："善有善报，恶有恶报呗。"李总不说话了，紧盯小丛，用表情追问着。小丛干脆地说："你就别问了老大，该我们做的，不用你吩咐。"

李总懊恼地叹口气，冲他勾下手。小丛美滋滋地凑过来，李总一抬手，啪地给了他脑袋一下。

小丛一愣，疼得咧了咧嘴，错愕地看着李总。李总骂道："我估计就是你干的。扯蛋，啥时代啦还玩这一套，法制、法制你懂吗？！"

"老大……"小丛还想解释点什么。李总又抬起了胳膊，嗔怒道："说了多少遍，以后不许叫老大！"

"是是，董事长。"小丛边说边笑。

又一轮鞭炮炸响，大地震颤，硝烟弥漫，犹如一场短促而激烈的巷战。李总从保安室踱了出来，踌躇满志地站在大厅里。他一眼瞅见了地上散落的羽绒，对保安吩咐道："还不快拾掇一下。"

保洁员下班了，找不到扫帚，保安们就用雪铲划拉着地面的羽绒。羽绒何其轻柔，雪铲一到立即触电一般飞舞起来。羽绒们在半空飘浮、旋转，像迷途的雪花，久久不肯落到光亮可鉴的大理石地面上。

二十个小时之后，小刘从公安局出来了。刚下过一场小雪，夜间一降温，路面坚硬光滑，像铺了一层不锈钢。他走到离公安局远远的地方，给艳辉打了个电话，报了平安。这时他看到了一个路边的食品摊，便要了一个煎饼果子，吃完了又要了一个。已经是晚上十一点了，公交车没了，他堵了辆三轮摩托车。车上罩着一个透明塑料棚，穿着破羽绒服的小刘冻得瑟瑟发抖。车子经过人民路，小刘猛然想起了什么，跟司机说，拐个弯，到富源大厦停一下。

很快，三轮车就来到大厦跟前。大楼里没有一丝灯光，LED灯带勾勒的庞大的楼体轮廓线，红黄蓝绿地变幻着。雨搭下的灯笼无力地亮着，在寒风里左摇右摆，在地面上投射出漫漶摇曳的光晕。小刘下了车，哆哆嗦嗦地站在楼前。他不知道自己为什么要来这里。他解开腰带，朝台阶滋了一泡尿。身后的司机按了按喇叭，他回头摆了下手，然后冲着黑黢黢的大楼挺起腰杆，努力抑制着打战的牙齿，尽可能一字一句地说："刘国勤以爹娘名义发誓，一定要给你这个王八蛋一个耳光！"说罢，像是督促自己，也像是激励自己，他用已经麻木的手掌给自己冻僵的脸上来了一个脆生生的耳光。

原载《人民文学》2018年第3期

作者简介

刘洪林，辽宁省黑山县人，毕业于解放军南京政治学院新闻系，出版长篇小说《离家的孩子》《雪路飞花》，散文集《常怀感动》《梦回柳河》《开在禁区的生命之花》。

夫妻树

老兵武长青退伍是团里的一件大事，团长不光派吉普车送他去火车站，还派连长亲自把他护送到家里。

武长青是战斗英雄，荣立过一等功。当时，全连官兵向山上的敌人发起猛攻，战友踩上敌人埋下的地雷，他把战友扑倒在地，自己的右腿被弹片炸得稀烂。

妻子明霞送走连长，又送走前来探望丈夫的亲朋好友，才摸着他那空荡荡的裤腿，忍不住流下泪水。武长青冷冷地问她："哭啥？"明霞醒悟过来，赶紧抹掉眼泪，替自己辩解："我没哭。"

武长青在野战医院的病床上，早已下过决心：他要和明霞离婚。

当他看见明霞比自己想象中的还要难过，更是铁下心来："明霞，咱俩离婚吧。"

"不离！"明霞脱口而出，斩钉截铁。

"不离不行。"

"为啥？"

"我一个人过日子，舒坦。"

那年，武长青到了退伍年限，父亲让他提前请假回家，跟明霞结婚。明霞也有这个意思。十里八村的小伙子都想娶明霞，村里人都知道明霞找了个当兵的。武长青没钱给明霞买金戒指、金项链，明霞也没怪他，只提出两个要求，一是结婚前俩人一起在家门口栽下一棵小树，二是要武长青穿着军装和她举行婚礼。这两个要求都不过分，武长青二话没有，跑到苗圃选了一棵胳膊粗的榆树，跟明霞一起栽在了自家门口。结婚那天，武长青也没让明霞失望，婚礼上，他那一身绿军装比新娘子的婚纱还抢眼。明霞很满意。结婚没到一个星期，武长青就接到部队的紧急通知，立即停止休假，马上归队。三个月后，武长青开赴南方前线。

明霞知道武长青在前线负伤了，但不知道他右腿被截掉了。军裤还是两条裤腿，左边裤腿里面鼓起一块块结实的肌肉，右边裤腿里面什么也没有。他右胳膊架着拐杖，右边那条裤腿空荡荡地吊在左腿和拐杖中间，看起来十分扎眼。

明霞觉得武长青右边的裤腿有点多余，就跑到镇里给他买回一条裤子，剪掉右边大半截裤腿，又把裤筒小心地缝起来，才把裤子拿给他："长青，我给你新买了一条裤子，你把军裤脱下来吧，省得裤腿老是吊着。"武长青总算在明霞身上找到了借口，大叫着："我不穿缺腿的裤子，你这是明显看我不顺眼，离婚！"明霞愣怔了半天才缓过神来。

村里很快传出议论，说武长青少条腿干不了活，脾气却大；说明霞命太苦，结婚还没孩子，往后的日子可咋熬？明霞的父母也劝她："不生孩子挺好，利手利脚的没啥牵挂。"这话，明霞听得明白，伤心地撂下一句话："他还有条好腿，你们不用这样劝我。"明霞从娘家回来，就跟武长青商量："长青，咱们生个孩子吧！""不生。"明霞心里苦，武长青退伍回来，不让她碰他。她忍住泪水问他："总该有个理由吧？"武长青看见明霞眼圈里的泪花，狠着心说："我是残疾人，养不起孩子。""我养。"武长青喘了口粗气，仍铁着心说："不行！"

武长青把战友推出雷区，也决心把明霞"推出"家门。武长青不跟明霞一起住，也不吃她做的饭。

武长青看见明霞站在家门口，老是望着那棵茁壮成长的榆树发呆，便拎着斧子出来砍树。明霞瞪起眼珠子问他：“你干啥砍树？”

“留着它没用。”

“这树是我栽的，你不能砍。”

“这树也是我栽的，咋不能砍！”

明霞威胁他：“这树一人一半，你不能砍到我那一半。你不是想离婚吗？你敢伤到我那半边的树，哪怕伤到一丁点，你也别想离婚。”

武长青气哼哼地收起斧子说：“这树咱俩一人一半，你要哪半？”

“可你先要。”

“我要南面那半，北面的归你。”

“行，我还有一个条件，你砍南面那半树，包括砍掉一根树枝，都得经过我同意，不然你别想离婚。”

各种风言风语比旋风还快，从村头刮到村尾。

“一条腿能干啥？就是一根会喘气的木头。”

“是呢，顶多算是半个男人。”

“半个男人也算不上，明霞打算离婚呢！”

“听说是长青想离婚。”

“哪能呢，长青又不是傻子。”

人们的议论刮进武长青的耳朵，他趁明霞下地干活的工夫，拿着菜刀把树干南面的树皮刮下一条，又用毛笔在树干上面写下 7 个大字：“我要跟明霞离婚！”

这 7 个大字像 7 块磁铁，牢牢地吸引着村里人的眼睛，也像 7 把尖刀，狠狠地插在明霞心上，她含泪问武长青：“你到底为啥离婚？”

“我是英雄，看不上你了。”

“这不是理由，也没有人相信。”

“那你说，啥理由能离婚？”

明霞回说：“咋样你才不离婚？”

武长青狠狠地盯着她：“除非我刮掉的那块树皮再长出来。”

“好，你是男人，说话算数！”

“算数！”

打那以后，人们看见明霞天天用手去抚摸那棵榆树的伤口，还经常靠着那棵树一站就是半天。冬天过去了。春天过去了。夏天也过去了。秋天来的时候，人们忙着收割庄稼，明霞也忙着收割庄稼。一天，武长青看见明霞把粮食全都收回来了，拄着拐杖慢慢走向那棵榆树。突然，人们看见武长青抱住那棵树，大叫了一声：“明霞啊！”

人们好奇地凑过来，惊讶地发现，当初被武长青刮掉树皮的树干，竟然长出一个心形的结，那毛茸茸的结，把树干上“我要跟明霞离婚”7个大字遮得严严实实。只见武长青用手指轻轻地触摸着那块新长出来的树皮，仔细搜寻着什么。可他找了一遍又一遍，也没找到他要找的东西。武长青拄着拐杖默默地走回屋里，把自己的被褥从西屋搬到了东屋，又把自己的碗筷也放进了明霞的碗柜里。

第二年秋天，明霞生下一对可爱的龙凤胎。

原载《解放军报》2018年11月9日

作者简介

马晓丽，国家一级作家，中国作家协会会员，中国作家协会军事文学委员会委员，辽宁省作家协会理事，大连市作家协会名誉顾问。主要作品有长篇小说《楚河汉界》、长篇纪实散文《阅读父亲》、长篇传记《光魂》、中篇小说《云端》、短篇小说《俄罗斯陆军腰带》等。曾获第六届鲁迅文学奖短篇小说奖、第二届中国女性文学奖、《小说选刊》双年奖、辽宁曹雪芹长篇小说奖，并多次获全军文艺作品一等奖及辽宁文学奖。

陈志国的今生

一

陈志国是在天放亮时咽气的，当时只有我一个人守在身边。

前半夜，陈志国一直在号叫，声音凄厉而惨烈。我不忍心听又束手无策，只能不停地抚摸他。陈志国趁势抓住我的弱点，以他一以贯之的顽劣秉性，不依不饶地死缠着不让我撒手。只要我的手在他身上，他就安静下来不吭气了，但只要我手一离开，他立刻就开始大声哀号，连一秒钟都不间隔。这样活活折腾了大半夜，就在我支撑不住眼看要崩溃的时候，电话铃响了。

电话是女儿打来的。女儿与陈志国感情最深，听说陈志国情况不好，赶紧说明早一定赶回来，让我先替她把《金刚经》放在陈志国身边，再点上沉香。我虽历来对女儿这些七七八八的想头不以为然，但看在今晚的情形下，还是一一照女儿的吩咐做了。我翻找出女儿的行头，先从素缎锦袋里取出《金刚经》，摆在陈志国的枕边，又从黑檀线香筒中拈出一支沉香，插入古铜莲花香座，然后小心点燃。沉香极细，缓缓地生出缥缈的烟线，及至半尺处才散开。少顷，便有淡雅飘逸的幽香在室内弥漫开来。轻呼浅吸之间，我渐觉耳畔清净，躁气渐消，内心平和……这才发觉陈志国已不知何时停止了喊叫，在经书和沉香的环绕中安静下来了。

我大概是迷糊了一会儿，半梦半醒间忽然被一种异样的感觉紧紧地攫住了。一身冷汗地惊醒过来，我赶紧先去看陈志国。果然不好，陈志国已经开始捯气了。慌乱中我瞥了一眼窗外，见天边已现微明，就大声地对陈志国说，陈志国你得挺住啊，天快要亮了，天一亮姐姐就回来了，你至少得等姐姐回来见上一面吧……陈志国竟然在我的呼唤声中睁开了眼睛，虽然我知道他其实什么也看不见，虽然此刻他眼中的光已经散了，聚不起来了，但他还是努力地大睁着……我心头不由一酸，知道他这是在等我女儿，是想跟我女儿做最后的告别。可惜无常不待，上天不肯给陈志国这个机会了。我眼睁睁地看着陈志国的呼吸变得越来越慢，越来越浅……终于，他似有不甘地长长地吐出了最后一口气。

几乎同时电话进来了，女儿的声音在暗夜里突兀地冒了出来，妈，刚刚我梦见陈志国了……心跳似乎骤停了片刻，接着我就听见了自己急促的呼吸音。女儿的嗓音有些喑哑，说，妈，我梦见陈志国躺在床上，变成了一个穿黑衣黑裤的小老头。我问陈志国，你是不是要离开我了？他不吭声。我又问他，你为什么要离开我，是因为我没有照顾好你吗？他还是不吭声。我就哭了，我对他说，如果不是因为我，如果你不怨我，那你就抱抱我好吗？他躺在那里动不了，就使劲伸长胳膊来抱我，我赶快俯下身子让他抱，结果，突然间就醒了……妈……女儿迟疑着带出了哭腔问，陈志国……是不是……走了？

二

刚知道他的大名叫陈志国时，我和女儿忍不住哈哈大笑，没想到他这么个小小的家伙，竟然叫了这么个有抱负的名字。女儿乐不可支地说，我终于明白为什么会有大而无当和名不副实这两个词了。按说，上户口时我们有权给他更名。但我和女儿一致认为，他这个大名太棒了！巨大的反差使这个名字极具喜感，俗得格外脱俗。再说了，我们也得替陈志国着想不是？他已经习惯了这个名字，习惯别人这样叫他了，改名还得重新适应。所以上户口时我们就没给他更名，还是让他继续沿用陈志国这个很有抱负的大名。对此，陈志国虽然没机会发表意见，但我相信他在心里是赞同的。

说实话，把陈志国领进这个家门后没有多久，我就开始后悔了。因为我发现陈志国除了长得漂亮，没有第二条优点。陈志国真是漂亮，他是那种醒目亮眼、瞬间吸睛、立刻就能把人拿住的漂亮。我就是这样被他拿住的。我无论带陈志国去哪儿，他都会吸引众多的目光，像明星一样被围观、被赞美，甚至被要求拥抱、抚摸。只是陈志国很老土，自己丝毫没有明星意识，对他人的热情不仅从不买账，反而还心怀敌意，永远都是一副上不了台面的小家子相。但这还算不得什么，最令我感到难堪的是，他常常在别人对他示好时，会因自己被无端骚扰而烦躁不安，冷不防就突然翻脸大发脾气，弄得人家自讨没趣不说，我自然更是满脸尴尬下不来台。我承认，我这人是有点爱慕虚荣的毛病。正常情况下虚荣点不犯病，不幸的是我的虚荣偏巧和陈志国的漂亮碰上了，两下这么一对撞，必然造成大脑短路，而大脑短路的直接后果就是智商归零。这是丈夫对我为什么会产生冲动，为什么会不计后果地抱养这个满身毛病一肚子坏心眼的小家伙给出的解释。丈夫说得没错，我是活该，活该为自己的虚荣买单。

陈志国进家的第一天就跟我杠上了。之前，我满怀爱心地给陈志国买了一个小床，为了让他温暖安心，还很大度地把小床抬进我们两口子的卧室，放在大床的旁边。没想到陈志国根本不领情，人家不稀罕小床，坚决要求上大床睡觉。我抱他上小床，他浑身乱扭两腿直蹬。刚把他放到小床上，他就一骨碌跳下来迅速爬到了大床上。我说陈志国同学，让你睡在我们的卧室就已经是对你格外开恩特别关照了，你总不能得寸进尺蹬鼻子上脸吧？陈志国不吭气，翻出两只大黑眼珠子不服气地瞪着我。我看着好笑，说陈志国你别跟我摆出一副闹平等争地位的架势，你以为你是谁？就凭你还想鸠占鹊巢呀？陈志国虽然听不懂，但知道我这不是什么好话，就使劲哼着鼻子表示不服。我见劝说无效，干脆强制性地把他往小床上抱，结果他故技重演又一溜烟跑回大床，索性缩到床角不让我碰他了。

我和陈志国一时僵在那里，互相对视了好一会儿。仔细打量陈志国，我发现他的目光里有一种蛮横的固执，是那种缺乏教养的蛮横和无理性的固执，我心里不由咯噔了一下，明白自己这下是碰上难弄的家伙了。不过没关系，我想，再难弄也不过就是个小家伙，只要用点心，迟早能把他教化过来的。我决定先让陈志国一码，倒不是慑于他的蛮横，而是因为我看出了他蛮横背后的故作强大，看出了他蛮横下掩饰的不安。我受不了他那惊兮兮的小眼神，那种弱小面对强权的无助和不甘让我看着心疼。我心一软，就决定先让他在大床上睡一晚。

坏就坏在这个心一软上了，想来这世上许多的失守，往往都是从心一软开始的。我这里心一软，陈志国那里的气势自然就长了一大截。自从那晚之后，陈志国理所当然地登堂入室，干脆就此赖在大床上再也不肯回小床睡觉了。且不说我丈夫是否愿意，我自己也无法容忍陈志国长期与我们同床共眠呀。我先采取迂回办法，把他哄睡了之后，再偷偷放进小床。但是没用，无论何时我从睡梦中醒来，都会发现小床是空的。陈志国早就偷偷地爬回到大床上，心安理得地挤在我俩中间睡了。为把他弄回小床我伤透了脑筋，说服教育没用，强制措施无果，我屡次忍不住朝他发脾气，不顾形象很没素质地大喊大叫。但是，都没用，他就是不睡小床，就是要睡大床。按我丈夫的说法，陈志国是打定主意要在我俩之间插足，立志挑战他这个户主的地位了。

我让丈夫帮我一起管管陈志国，丈夫把脸埋在书里假装没听见。我绕到丈夫身后，先故作惊讶状，说你在看纪伯伦呀？然后又格外关切地问，你看到那篇《我曾七次鄙视自己的灵魂》了吗？第三次是什么来着，我有点记不清了。第三次……对，是在困难和容易之间，我选择了容易。对吧？我笑嘻嘻挑衅地望着丈夫。丈夫抬眼看着我，淡定地夸奖道，记性不错嘛，往下背呀，接着背第四次，第四次是什么？怎么不背了？我使劲白了丈夫一眼。丈夫乐了，说，好吧，那我给你背。第四次，我犯了错，却借由别人也会犯错来宽慰自己……真没劲！我赶紧扭头走了。

我心里明白丈夫为什么不肯帮我，他虽然在我和女儿的合力劝说下同意抱养陈志国了，但心里并不情愿。好吧，不帮就算了。我放话给丈夫，你看着，没有你我自己也能把陈志国搞定！只是放这话时，我怎么也没有料到，我得与陈志国进行一场长期的、曲折的、艰苦卓绝的斗争。我更没有料到的是，在这场不对等的较量中，在我大他小、我强他弱的绝对优势下，最终举手投降的居然是我。在陈志国面前，我整个就是一现代版的黔驴，先技穷，后放弃。没法不放弃，陈志国太轴了。我发现这家伙不是不撞南墙不回头的问题，而是撞到南墙也不回头，不把南墙撞个窟窿不罢休！这货，我斗不过。

三

女儿对陈志国宠得没边，什么都尽着他让着他，话里话外还常捎带出嫌我教育陈志国的方法不当态度不好的意思，纯属站着说话不腰疼。结果可倒好，没过多久，陈志国就让女儿尝到了厉害。

那天女儿练毛笔字，我站在一旁跟她闲聊。陈志国跑过来非要挤到我俩中间。开始我俩谁都没太在意，边给他让地方边继续聊天。女儿正在抄心经，问我怎么才能心无挂碍？她抄经书起初本是为了练书法的，没想到竟看进去了。我说，这我可说不好，我只大概翻过几本佛学方面的书，里面所讲道理大体离不开个“空”字吧。女儿说，那你能不能告诉我，怎么能“空”？我说，无受想行识，无眼耳鼻舌身意，无色声香味触法——女儿笑着打断我说，好了好了别背了，我就是想知道，既然天赋予了人感知能力，怎么能想无就无了呢？我说我还想知道呢，我也想“不取于相，如如不动”，可惜……正说着呢，陈志国不知怎么就来了脾气，突然扑到我女儿身上大喊大叫连踢带打，还没等我反应过来，女儿的手臂上已经挂彩了。我冲上前把陈志国拉开，说陈志国你疯了你要干什么？陈志国挣扎着还要往前上。我气急败坏地吓唬他，再敢撒野信不信我把你给扔出去！陈志国这才耷拉头了。可气的是，女儿惊魂未定还在一边替陈志国开脱，一个劲地劝我说，算了算了他又不懂事。我一股余火撒向女儿，知道他不懂事你还不赶紧躲开？女儿看了我一眼，边抚弄手臂上的血道子边回了一句，不取于相，如如不动嘛。她倒会歪用！我哭笑不得，顿时没了脾气。

过后，我和女儿百思不解，陈志国为什么会无缘无故地大发脾气？陈志国当然不会告诉我们，他还不具备解释自己行为的能力。仔细回想，似乎每次我和女儿坐在一起，陈志国都要挤在我俩中间，我和女儿之间越亲热他就越不高兴，只不过这次的反应更强烈些。这么说来，陈志国是不是嫉妒我和女儿之间的关系？是不是在与我女儿争宠呢？不会吧？就凭陈志国那个小样，他能懂得嫉妒？他能知道争宠？我和女儿面面相觑，都觉得这个推断不怎么靠谱。丈夫悠悠地适时插了一句，你们不要低估了陈志国的智商。好吧，我和女儿说，那咱们就试探他一下。

翌日，我和女儿故意并排坐在沙发上看电视。陈志国果然又急切地跑过来，硬要挤在我俩中间。我们故意紧挨在一起不给他让地方，想让他知难而退。他偏不，干脆就坐在我俩挨在一起的腿上。他坐在两个人的腿上本来就不得劲，我俩还故意晃动让他坐不安稳。但不管多不舒服，陈志国都“如如不动”，竭力保持这种离间我俩的姿态，以显示他绝不退却的决心。我和女儿会意地相视一笑，开始夸张地表示亲热。我刚搂住女儿的肩膀，就发现陈志国的大黑眼珠子瞪了起来，警觉地看着我的举动。随着我对女儿态度的升温，陈志国的情绪越来越激动，终于忍无可忍地大叫起来。早有准备的女儿此刻迅速跳开，这才避免了又一次流血事件。这下没什么可说的了，事实证明陈志国果然是人小鬼大。他在我和丈夫之间插足争得了上大床睡觉的权力之后，又开始在我和女儿之间插足与我女儿争宠，一步步强化自己在这个家庭的地位。

看来，我还真是低估了陈志国的智商。

在我调高对陈志国智商的评分同时，我对他品行的评分却越来越低了。陈志国有太多令人难以容忍的臭毛病。比如，他脾气暴躁，说不定会在什么时候为什么事发飙，而且特别不知好歹，发起飙来六亲不认，逮谁冲谁去；比如，他不会讨人喜欢，主观意志极强，从不完全依附于谁，也从不肯屈就任何人任何事；再比如，他绝不接受教诲，你冲他喊，他就冲你喊，你厉害，他比你还厉害；又比如，他特别多疑，整天瞪着两个大黑眼珠子警觉地看着身边的人和事，常误解别人的好意，你这边正为他好呢，他那边却看成了满眼的驴肝肺，以为你要把他怎么样了呢。平心而论，跟陈志国相处真不是件容易的事。被陈志国气急了的时候，我常常忍不住指着鼻子数落他，说我真是奇了怪了，你难道就是传说中的集缺点毛病于一身之大成者吗？怎么除了长得漂亮在你身上就找不到第二条优点呢？尽管，我知道怎么说他都没丁点用，陈志国根本不在乎我对他的看法，根本不可能因为我的不满而有一点向好的改变。但手里捧着陈志国这么一块烫山芋，我扔不得又打不得，烫狠了喊几嗓子总可以吧？再说了，我这么说话虽然不太厚道，但基本还是符合实际情况的，时至今日我还是坚决地认为，“除了长得漂亮没第二条优点”，这是对陈志国最精准的评价。

四

其实，我也不是一点不理解陈志国。以他那样卑微的出身，一下子进入这样一个完全不同的环境，心里肯定会紧张。何况陈志国的心气又那么高，那么在意是不是跟别人一样平等，那么急于确立自己在这个家庭中的地位，内心当然就格外地焦虑，格外地敏感，生怕自己受到了什么伤害。所以他才会时时防范他人，处处出头为自己争，稍不如意就反应过激，认为自己受到了不公正待遇，结果自然会情绪失控，露出他缺少教养的本来面目。

但理解归理解，理解只是一种理智控制下的态度，并非理解了就能接受了，理解了就能相容了。我最不喜欢“理解万岁”这句话，太麻人倒在其次，关键是太不真实。谁能真正理解谁呀？以我的体会，“感同身受”这个词压根就是编出来糊弄人的，这个世界上根本就不存在感同身受这回事。请问，没有感同身受，哪来真正的理解？所以，我再理解陈志国，也消受不了他。

陈志国实在是太缠人，太能祸害人了。我只要出门，陈志国就要求我带他出去，不带他就闹。每次，我都得千方百计地摆脱他的纠缠，才能出得了家门。而且每次，当我关上家门的那一刻，准会听到他在门里放声大哭。最令人难以忍受的是，他哭够了就开始活动小坏心眼，变着法地想辙发泄。陈志国的发泄主要是以排泄物为工具，他特别知道如何利用不同的排泄物在不同的地方制造出雷人的效果。他会故意在客厅地毯中间的那朵花上拉一橛屎，让我一进家门心里就堵得慌；他会不嫌费劲炫技般把尿撒进沙发缝里，让我到处乱转找不到源头，除不掉臊臭味；他还常把桌面上的东西划拉到地上，往上面尽情淋尿……如此种种，不一而足。真可谓恶行累累，罄竹难书。最过分的一次，我是循着臭味在浴缸里找到他的。他居然在浴缸里拉了泡屎，然后把洗浴的瓶瓶罐罐通通扔了进去，自己就势坐在里面打粑粑腻玩呢。当时我差点气晕了，疯了似的把臭烘烘的陈志国拎出来，像个物件一样按在喷头下面使劲冲，冲得他连连呛水直打喷嚏。就这，他也不肯老实，还在喷头下大喊大叫拼命挣扎，气得我连拍了他好几巴掌。

这次我是真的后悔了，后悔自己浅薄虚荣，只看颜值不问品行，一时冲动抱养了这个陈志国。当初我先生就曾拿话激我，说你可想好了别后悔呀。我当时很咬硬，说我肯定不会后悔的，结果这才没过多久我就把肠子都悔青了。整个那一晚上，我都没搭理陈志国，一直都在想是不是应该趁早把陈志国送回去？令我诧异的是，陈志国竟也没像惯常那样来黏糊我，一晚上都离我远远的，自作孤独状。乖乖，这倒勾起我的好奇心了，难不成陈志国也会赌气？我还真不信这小家伙能有这么深的道行。我得试试他是不是真的会跟我赌气，就灵机一动抓了把瓜子，边嗑瓜子边观察他的反应。陈志国特别喜欢吃瓜子，只是他不会磕，得仰仗我。往常只要我一嗑瓜子，他第一时间就会凑上来跟我要，我自己嗑一个，就得给他嗑两个。以我对他的了解，他绝对抵御不了瓜子的诱惑。果然，我刚嗑第一个瓜子，陈志国就发觉了，他像往常一样兴奋地抬头看着我手里的瓜子，立刻就起身往这边来了。我不免有些失望，看来我还是高估陈志国了，这小家伙怎么会跟我赌气，他不可能有那么成熟的情感表达，不可能有那么深的心机嘛。但就在这时，我惊讶地看到陈志国停住了脚步，他似乎是突然想起了我俩正在赌气，拿不准此时过来是不是合适。我看到陈志国的大黑眼珠子咕噜咕噜地转了几下，逐渐黯淡下来，随后就快快地退了回去，把头别到一边不再朝我这边看了。我得承认，陈志国这一连串的表现着实把我给惊到了，也把我给逗乐了。心念瞬间大变，我一把把陈志国搂进怀里，给他嗑了一大把瓜子。

心念，大概是这世上最难捉摸、最难约束、最易变的劳什子了，尤其是我这么随性的一个人。抱回陈志国的时候，我以为能接受他的一切，但很快就后悔了。当我动了放弃他的念头后，陈志国只稍稍表示出一点与众不同的个性，立刻就搔到了我的痒痒筋，让我改变了主意。这回是连我丈夫都对我失去了信心，认为陈志国这么恶劣的行为我都能接受下来，此后肯定不会再变了。结果呢，说出来连我自己都觉得难为情，事实上没过多久我就又改了主意，真把陈志国给送走了。

起因是我们全家要去三峡旅游。起初，只是因为不方便带陈志国，就托朋友找他亲戚帮忙照看几天。结果朋友说他亲戚一见陈志国就喜欢得不得了，表达出强烈的收养陈志国的愿望。我就动心了，见那家条件很好，又有朋友这层关系，就决定干脆把陈志国转给他收养算了。我知道这事在丈夫那里自然不成问题，但女儿肯定不会答应，所以暂时没告诉女儿，只说是送去让人家帮忙照看几日。反正回来这事是既成事实，女儿闹也闹不到哪去了。

临行的前一天，我们全家一起隆重地把陈志国送了过去。陈志国的所有个人生活用品和玩具我们都带去了，还给陈志国买了一大堆他喜欢吃的各种零食。毕竟相处了这么久，一下子分开我心里还真不是个滋味，幸好有出行前的忙乱和对旅游的憧憬，把浓稠的别绪冲淡了许多。陈志国毕竟太小，从头至尾不明就里，直到我们离开也没出现任何过激的情绪和表达。这虽多少令我有些失落，但也让我离开得更安心，不仅减轻了内心的愧疚，还暗自生出了些许解脱后的轻松感。

五

第一次在江轮上赏月，天上悬挂的竟是一轮残月。此刻正是月亮最尴尬的日子，早几日是弯月，美；晚几日是满月，亮；都好过此时的半圆不圆、半明不明。我怎么看那个月亮都像是切滑了刀的萝卜片，一边薄一边厚，薄的那面残缺着，哪里有什么古人咏叹的“江月随人处处圆”啊？正心绪烦乱间，就听见女儿对着半片残月忧心忡忡地问了句，你们说，陈志国现在干什么呢？

我和丈夫对视了一眼，大家一时都无话了。

陈志国把我们给闹着了，谁能想到陈志国会像甩不掉的影子似的，活活地跟了我们一路。从出发的那一天开始，我们动不动就会提起陈志国，一会儿担心他不适应那个新环境，一会儿又担心他一身毛病遭人家嫌弃。几乎每一天，我们都会情不自禁地讲到陈志国，想起他的各种糗事和乐事。我们好像一下子记起了陈志国的种种好，突然发现陈志国居然还是有很多的优点的。

陈志国不仅漂亮还特别聪明，几乎什么都瞒不住他。起初，我们在他面前说话无所顾忌，以为反正他也听不懂，后来才发现他其实什么都能听懂。你在这边刚说要出门，他就在那边开始闹了，执着地央求你带他走。弄得我们谁都不敢在家里说“出去”“走”“外面”这类词，需要时也只能打手势互相告知。但这也不行，陈志国会观察，他能看出谁要出去。你什么也不用说，只要一动外衣他就知道你要出门了，然后就跑过来黏住你，让你难以摆脱。出门前与陈志国斗法，成了我们每日温习的家庭游戏，虽增添了小烦恼，也带来了许多的生活乐趣。

陈志国的感觉极好。他能准确地分辨出人与人之间的关系，不仅分得清家里人的辈分远近，连家人对外人的心态也能觉察出来。有一次，丈夫的一位旧同事突然到家里来。因此人品行不端还曾坑骗过丈夫，所以我心里非常不喜欢他。但人家登门拜访我没理由拒绝，只好请这人进来了。结果，从这人迈进我家门，陈志国就一反常态地开始发飙，毫无缘由地朝着人家不停地喊，使劲地闹，怎么劝都劝不住，越拦越往上上。弄得那人十分尴尬，实在待不下去，没坐几分钟就匆匆告辞了。关键是人家前脚刚走，陈志国后脚立马就消停下来了，连过渡段都没有。再看陈志国，表情那叫一个安逸，就像什么事都没发生过一样。当时我和丈夫面面相觑，心想真是奇了怪了，难道这家伙还会读心术不成。

陈志国最大的优点就是肯于承认错误，并且态度特别诚恳。只要他认为真是自己的错，就会不停地向你作揖道歉，直到你松口原谅他。陈志国作揖的样子极其可爱，两条小细腿抖抖地直立着，大黑眼珠子无辜地望着你，双手抱拳不停地拜呀拜，拜得你心都化了，无论多大的气也得消了。记得有一次，陈志国使性子不小心把我的手弄破了，他当时就惭愧得不行，长时间地给我作揖道歉。事后，在整整一个多星期的时间里，我只要一指受过伤的那只手，一句话都不用说，陈志国立刻就会满脸愧疚地拼命地给我作揖，态度那叫一个诚恳。

陈志国也不是一点不会讨好人，只是不善言辞，或是自尊心过强，过于想跟别人拉平，所以才影响了情感的表达。我能感受得到，陈志国在内心里其实是跟人很亲近的。他喜欢悄悄地依偎在别人身边，并且一定要贴紧身体。每当他这样依偎着我的时候，眼神儿里都会流露出一种无条件的信赖和心满意足的温情。那小眼神瞬间就能把人融化，让你的心变得暖暖的，软软的。

可惜陈志国不总这么乖，我长叹了一声说，不然他还是挺招人疼爱的。

丈夫瞥了我一眼故意背诵道，《我曾七次鄙视自己的灵魂》的第二次是，当我在空虚时，用爱欲来填充。

我的脸腾的一下红了，说你怎么能这么说呢？

丈夫笑道，如果不是临时用爱欲来填充，你怎么会轻易放弃他了呢？

我有些不高兴了，说你这人怎么这样？你又不是不知道陈志国多能作，不是不知道我在他身上下了多少工夫，为他付出了多少！

所以，丈夫得意地说，这就是纪伯伦第三次鄙视自己灵魂的原因——在困难和容易之间，我选择了容易。

这下我生气了，悻悻地指责丈夫说，如果你肯帮我一把，我能放弃陈志国吗？！

第四次，我犯了错，却借由别人也会犯错来宽慰自己。丈夫边继续背诵，边乐得不行，说你能不能别这么配合我？见我真生气了，就伸手搂住我的肩膀说，其实七次鄙视自己的灵魂不只适用于你，也适用于我，谁的灵魂都有可鄙视的地方，何况你我，何止七次。丈夫忽然问，你有没有觉得陈志国对自己的出身太敏感太介意了？

我说是，我总有一种感觉，他摆脱自身阶层的意识好像特别强烈。

这就是了，所以他才那么敏感易怒，那么有攻击性。丈夫沉吟着说，第五次，我自由软弱，却把它认为是生命的坚韧。这句适用于陈志国。

六

旅行回来的第二天，我们赶紧去看陈志国。我给陈志国买了一大堆他喜欢吃的东西和他爱玩的玩具，想象着陈志国看见我们还不得乐疯了。但是，我们愣是没有见到陈志国。明明事先在电话里约好了的，到了那家门口却发现锁了门，家里一个人都没有。再打电话联系，那家人说孩子奶奶家里有急事，他们临时决定带着陈志国一起去了，估计得过几天才能回来。

我感觉特别不好，总觉得这里面有什么不太对头，就给劝我送走陈志国的那个朋友打电话询问。朋友大包大揽地说，没事没事你放心，我给你盯着，他们一回来我立刻就告诉你。我这才稍稍放下心来。但是，两天之后再打电话，朋友的口气就变了，全然没有了之前的爽快劲，说话含含糊糊躲躲闪闪，态度令人生疑。我急了，就每天打电话找这个朋友，执意要求去孩子奶奶家看陈志国。被我磨得受不了，朋友终于说出了实情，原来那家人嫌陈志国毛病太多，竟然把陈志国送人了，而且是送到了偏远的乡下！

还没等放下电话，我就哭了出来。开始还克制着不想哭出声，但恰巧丈夫此时回来了。我一见丈夫就再也憋不住了，冲着他放声大哭，鼻涕眼泪抹了他一身。我哭着说我自私我不负责任我混蛋我鄙视自己，我说我对不起陈志国不该把陈志国送人。我边哭边使劲地跺着脚，说不管费多大劲我也要把陈志国找回来，否则我一辈子都不得安生！丈夫被我这副模样吓坏了，他从没见过我如此失态，如此疯魔，赶紧一迭声地答应我。丈夫说，你放心，我一定会尽快找到陈志国的，无论付多大代价也得把他要回来。丈夫说，我答应你，这次把陈志国要回来，我会跟你一起照顾他，不会再让他离开我们了。

找陈志国的过程并不曲折，但很煎熬。首先得装孙子，尽管我心里对那家人气得要命，也不敢有丝毫言语上的冲撞，还得耐着性子说好话，求人家把陈志国的去处告诉我。钱是当然要给的，不然你再恳求人家也不会答应。那真是一段揪心的日子，这颗心就像是被悬挂在了半空中，人家的口风活动一点，我的心就会往下落一落，人家的口风一收紧，我的心就又提了起来，别提有多折磨人了。但我不怨人家，我活该，谁让我做出这种事情呢？这是我该受的，我得认。

拿到地址的当天，我们立刻驱车赶往乡下。至今，我还清楚地记得辗转找到那个农家小院时的情景。大门紧锁着，家里没有人，我从门缝向里面张望，在一群鸡鸭鹅狗中间，看见了独自缩在角落里的陈志国。我激动地大喊：陈志国！陈志国！陈志国先是愣了一下，然后突然像发炮弹似的弹射过来，咣当一声撞在了门上。紧接着，陈志国就开始疯狂地往门上冲撞，在门上抓挠，拼命想要出来。我们俩隔门相望，我一声一声地叫，他一次一次地冲撞。陈志国见实在撞不开门，又想从门下面的缝隙往外钻。我见那缝隙太小，就拼命想阻止他。但此时，陈志国已经什么都不顾了，他一意孤行使劲从缝隙里往外挤，一下子把自己卡在了门下面，卡得他手脚乱扑腾。我惊叫了一声，冲上去不顾一切地用手扒土。幸亏大门下面是土地，陈志国才有可能钻出来，但他太急切了，到底还是生生地把后背蹭掉了一层皮。一钻出来，陈志国就扑到我的怀里，我一把抱起陈志国，眼泪哗哗地往下流。陈志国倒没哭，他只是非常非常紧张，两只小手紧紧地抓住我，一副誓死也不松手的架势。才半个月不见，陈志国就变得又瘦又脏。我摸着他瘦骨嶙峋的小身子骨，心疼地一个劲地对他说，对不起，对不起，对不起……

那户女主人回来了，一看到我们，呱嗒一下就把脸子撂了下来。我紧紧地抱着陈志国，就像个被老师训斥的学生家长一样，听她恶声恶气的数落。数落陈志国如何没有规矩，总闹着要上大床睡觉；数落陈志国如何不知好歹，她家小妹对他那么好，他还跟小妹耍脾气弄伤小妹；数落陈志国居然吃火腿肠！她愤愤不平地说，我家小妹都吃不上火腿肠，凭什么给他吃？数落到这里，女主人突然动了气，恨恨地甩了一下手说，你们赶紧给领走吧，这货咱可养不起！一听这话，我就得了赦令般，抱着陈志国头也不回地撒腿就跑，一直钻进了车里。往回走的一路上，陈志国都缩在我怀里，惊恐地瞪着大眼睛，两只手紧紧地抓住我。他真是被吓坏了，生怕我会再把他丢掉，再不要他了。

七

陈志国变了。

至今，我也不知道陈志国在离开我们的这段日子里都经历过什么，但我能感觉到他一定承受了非常痛苦的磨难，否则，在这么短的时间里，他不会发生这么大的变化。

刚回家的那天，为了使他感到温暖，为了满足他的心愿，洗完澡后我特地把他抱到了大床上，让他在我们身边睡觉。我知道上大床睡觉一直是他孜孜以求的，这应该是对他最好的补偿。令我没有想到的是，我刚把陈志国放到床上，他就像被烫到了似的跳起来，一下跳到了地上。我问陈志国这是怎么了？陈志国不解释，就是死活不肯上床。我蹲下身狐疑地打量陈志国，一看到他那满眼的惊恐我就明白了，陈志国肯定是被人痛打过，而且就是因为他想上床睡觉。陈志国这是被打怕了，认怂了。如同利器在心尖划过，心突然缩成了一团，疼得我眼泪噼里啪啦地直往下掉。陈志国会认怂？！我不相信陈志国会认怂，我把陈志国一把揽进怀里，嘴里不停地说，没事的没事的，咱这不是回家了吗？过几天就好了，过几天你就又会跟我耍小坏心眼了，又会跟我要坏脾气了，又要跟我闹着上床睡觉了……但我错了，陈志国从此以后再也没上大床睡过觉，无论我怎么安抚怎么哄劝都没用。我知道陈志国这是真的怕了，怕到骨头里了。我实在无法想象，凭陈志国那副不服软的死硬脾气，凭陈志国那副不畏强权的刚烈秉性，得使出怎样的暴力手段，才能把他吓成这个样子，修理成这副模样啊！说实话，我都不敢往深里想。

回来的第二天我就发现，陈志国走路的架势也变了。过去陈志国在家里是爷，从来都是我行我素，横冲直撞的。现在陈志国却成了个小媳妇，整天蹑手蹑脚地溜着墙根走，小心翼翼生怕碍着别人的事。陈志国已经不再相信任何人了，无论谁跟他打招呼，他都会先退一步跟你拉开距离，眼睛警觉地盯着你，摆出一副随时准备落荒而逃的架势。那副惊兮兮的小模样，令人看着无比心酸。

陈志国还有个变化，就是吃饭省心了。陈志国以前从来不好好吃饭，挑食得很，每顿饭都得哄半天，一副气死你的少爷派头。现在可倒好，给多少吃多少，餐餐盆光碗净。自从他回来以后，家里就屡次出现一种怪现象：常常不知从什么地方散发出一股不好闻的味道。仔细搜寻，就会在地毯下面或者花盆后面等犄角旮旯翻出一些腐败了的食物。有时是一块饼，有时是一撮菜，有时是一根骨头或一片肉。不用问，自然都是陈志国干的。可我就不明白了，天天好吃好喝从不亏他的嘴，他藏这些东西干吗？经过仔细观察我发现，他竟然只藏不吃。于是我猜测，很可能是陈志国在离家的这段日子里，有一顿没一顿的，饿怕了，所以学会了给自己储存食物，养成了偷藏东西的习惯。不信你摸摸他瘦得不成样子的小身子骨，所有骨头都顶着皮尖出来了，摸着扎手、扎心。

但变化最大的还是陈志国的眼神。过去，陈志国的大黑眼珠子明亮清澈，坦荡放肆，从不回避躲闪。现在陈志国的眼珠子虽然还是那么大，还是那么黑，但目光中显然缺少了生气。我发现他的一只眼球有些浑浊，医生说应该是受过外伤。我求医生给他治疗，医生却说太晚了治也没用了，还说这只眼睛很快就会失明。医生的话音还没落，我抱起陈志国掉头就跑。我恨那个医生，恨他那张无所顾忌的嘴，我不接受他的诅咒！就在我马上要跑出大门的时候，医生又在后面追了一句，说陈志国那只好眼睛也会受到连带影响，以后也会发病也会失明。我疯了一般破门而出，头也不回地逃离了那里。我不要听！我不相信陈志国会失明！我不接受！但不管我接受还是不接受，事实上，后来那个医生的话都不幸言中了。先是陈志国受伤的那只眼睛逐渐失明。一年之后，另一只眼睛果然受到了连带影响，发病之后也失明了。

双目失明的那一年，陈志国六岁。据说，按照他那个族群的计算方法，一年等于七岁。这样算起来，陈志国应该是42岁。

42岁，正是最好的年纪。

八

陈志国双目失明之后，与他相处就变得容易多了。最明显的就是出门前没那么紧张了，反正他看不见，只要不说出那几个词，只要别弄出太大的动静，尽可以当着他的面堂而皇之地溜出门去。陈志国显得很无奈，他常常警觉到有人要出门，紧张地竖起耳朵，捕捉每一点能判断情况的声音，但往往是在被关门声惊吓到之后，才知道有人出去了。每当这时，陈志国都会扭头朝着发出声响的方向，瞪着两只美丽的但什么也看不见的大眼睛，落寞地久久凝望。即便他提前听出了我要出门，跑来抱拳作揖求我带他出去，也常常弄错了方向。我明明在这面，他却面向另一面，两条小细腿抖抖地直立起来，瞪着两只无神的大眼睛使劲地向上仰起脸，双手抱拳久久地作揖……我不明白，陈志国为什么还是那么向往外面的世界，向往外面那个给他带来无可挽回的伤害的世界。

劝我送走陈志国的朋友来向我道歉，在我面前大骂他的亲戚。说他其实跟这亲戚的关系并不好，这亲戚自恃社会地位高，历来瞧不起低于自己社会阶层的人，把亲戚都分成三六九等来对待。朋友悻悻地说，我早就该想到，像他这种对人都没有平等意识的人，怎么可能善待陈志国呢！我什么也没说，我说不出话了，我忽然觉得朋友的字字句句好像都是冲我来的。我抬头看向丈夫，发现丈夫的脸上竟也有了窘意。我知道丈夫一定和我一样，都想起了纪伯伦第六次鄙视自己灵魂的原因——当我鄙夷一张丑恶的嘴脸时，却不知那正是自己面具中的一副。我忽然很想哭。

我是在陈志国离世之后，才逐渐有点理解陈志国的。在我们眼里，陈志国属于另一个族群，与我们完全不同。但在陈志国看来，我们是跟他一样的，所以他希望处处都能跟我们平等。我们上床睡觉他也要上床睡觉，我们出门玩耍他也要出门玩耍。他甚至吃我们的所有食物。而其中他最喜欢吃的巧克力、曲奇、葡萄等，在他那个族群的食谱中都是被严令禁食的。陈志国努力与我们扯平，做了许多他那个族群很难做到的事。他能察言观色，能久久地直立，被欺负了会告状，饿了渴了会抗议。每次忘了给他的水碗添水，他都会把水碗踢得叮当乱响以示抗议。如果踢了半天还没有人来，就会干脆叼着水碗找人要水。有一次我正跟客人说话，见他叼着水碗过来了，就故意把脸别到一边假装不理。他居然光火了，狠狠地把水碗往地上一摔，弄出了个大响动，然后又仰起头挑衅地瞪着我。把客人惊得一愣一愣的，说天呀，你家陈志国简直就是个人嘛！客人说的没错，陈志国其实早就认定自己是跟我们一样的人了，甚至为此不惜放弃他那个族群的本分。有一次，我家夜里进了小偷，在客厅里划拉一圈之后溜走了。我们关门睡觉谁都没察觉，还是第二天邻居来敲门才发现的。当时可把我气坏了，我气冲冲地责问陈志国，你是干什么吃的？你耳朵那么灵肯定能听见，听见了为什么不叫？陈志国一句话不说，一脸无辜地看着我，那神情分明是，你们大家都没听见，为什么偏怨我？我顿时就瘪茄子泄气了。

让我无法理解的是，陈志国对别人的歧视那么敏感，却从不掩饰对自己同类的歧视。陈志国从来不跟自己族群的同类玩。带陈志国出去的时候，自然会常常遇到他那个族群的伙伴。开始我还极力怂恿他去找人家玩，但他死活就是不去，不仅不去，人家来找他玩他还躲，一副不屑于与人家为伍的死样子。一位朋友见陈志国长相漂亮，想让陈志国跟他家的小宠成婚。考虑到这毕竟是陈志国一生中必走的一步，当晚，我就把他送了过去。没想到，第二天一大早，朋友的电话就过来了。朋友说，你家陈志国可真是守身如玉啊！

他根本就看不上我家小宠，被小宠追得到处乱跑，看那样子就像他是女的小宠是男的，就像是生怕被小宠强暴了似的。后来实在没处跑了，陈志国就跳到高处，开始放声大哭。朋友惊奇地问我，你家陈志国怎么还会哭？我可从来都没见过像他这样的！我无可奈何地说，那是陈志国的特长，他天生会哭，稍不如意就大哭大号。朋友哀告我说，你赶快把他领走吧，求你了，他活活地哭了一夜，嗓子都哭哑了。我赶紧去把陈志国领了回来，从此不做他想，任陈志国的童男之身保持到终生。有时候我会想，也许陈志国真的认为自己此生身处的是三善道，真的认为自己与身处三恶道的族群不是同类吧。

其实，自从陈志国回来之后，我自己也有了很大的改变。过去我对人类以外的其他族群毫无感觉。一件偶然的事，让我发现了自己的变化。那是一次坐车出行，我无意间向窗外望了一眼，忽然看到路边正在杀驴，那驴已被缚住手脚按在地上了。我的目光刚刚触到这个场景，眼泪就毫无准备地流了出来，这之间没有任何的想法思量，没有任何的情绪酝酿，没经过任何必要的心理过程。当时我自己都被吓了一跳，不知道自己为什么会这样，因为在我身上出现这样的情况，简直是太不可思议了。从那以后我才发现我变了，不知道从什么时候起，我对生命的感觉不一样了，陈志国就像是一把为我量身定做的锉刀，一点一点地锉去了我包裹着内心的外壳，锉薄了我的心包膜，让我的心变得格外地敏感，格外地柔软了。

九

陈志国是在很久之后才开始一点一点地认命的。此时，双目失明的陈志国已经上了年纪，很多事情都力所不能及了。上了年纪的陈志国，再也不像过去那样坚持直立，抱拳作揖地要求带他出去了。他也不再因为不带他出去就发泄使坏，想方设法用排泄物来恶心人了。陈志国年轻时从来不喜欢被别人抱，你把他抱在怀里，他立刻就蹬腿站起来，以保持自己的独立姿态。但现在谁都能随便抱了，无论你横着抱、竖着抱、趴着抱、仰着抱，他保证都会乖乖的。陈志国显然没有了从前的心劲，他不再与人攀比，不再耍脾气闹待遇，每日只静静地趴在那里，落寞地想着心事。

最后的几年，陈志国过得很艰难。他直肠上长了个憩室，大便总是堆在憩室里顶住肛门出不来，每次都得丈夫给他抠出来。他的身体也越来越衰弱，到最后连站都站不稳，打个喷嚏都能把自己摔个跟头。陈志国像是知道自己要走到尽头了，在最后的那段日子里，他做出了一个令我们大家十分吃惊的举动——他用尽全身力气一口一口地把自己尾巴上的毛全部咬光了。

陈志国长着一条极漂亮的大尾巴，平常他的尾巴总是搭在腰上，长毛瀑布一样披下来，跑动时他的尾巴就会高昂起来，长毛像旗帜一样飘扬。这条曾为陈志强带来过无数赞美的尾巴，被咬光了毛后蛆虫一样弯在身上，现出一副难看的怪模样。谁都不知道陈志国究竟是怎么想的，也许他是闲极无聊，也许他是跟自己较劲，也许他是想在另一个轮回之前彻底抹去自己身上的三恶道印记。

陈志国活了17年，按照他那个族群的计算方法，应该是119岁，算是少有的高寿了。我们把陈志国埋在了后山。后山有一个美丽的名字，叫莲花山。据说，当年还是李四光发现这里的地质结构状如莲花，由此命的名。这个名字很对我们的心思，况且山下还有座寺庙。女儿说，陈志国睡在这里，可以每天听到寺庙的钟声，每天听到僧人诵经，或许能近梵音得真经吧。

几日前，女儿又做了个奇怪的梦。梦中遇到了一人，那人笑眯眯地走上前问，你看看我是谁？女儿看着面熟，但却怎么也想不起他是谁。那人说，你不认识我了吗？你好好想想，你是认识我的，我们曾经很熟，不，不只是熟，我们的关系一直非常好。还没等想起他是谁，女儿就从梦中惊醒了。女儿满腹狐疑地跑来告诉我这个梦，但说着说着却两眼发直，忽然停住了。我催促女儿说下去，女儿说你等等，让我想想，然后突然大叫了一声，我知道了，是陈志国！女儿说，妈，他穿着一身黑衣黑裤，是陈志国，就是陈志国！我愣愣地站在那里，忽然记起来了，明天正是陈志国三周年的忌日！

第二天，我们一起去莲花山看陈志国。女儿在陈志国的坟前跟他说了好多话。女儿问陈志国，你是不是已经托生了？你是不是这世托生成一个人了？

女儿对陈志国说，我知道你今生一直都在为自己的身份焦虑，一直都希望别人能把你当成一个人，你终生都在为做人而努力。陈志国，你是来告诉我们你做到了吗？

寺庙的钟声突然响了，在寂静的山谷里激起一阵阵回声。

原载《北京文学》2018 年第 6 期，《小说月报》2018 年第 7 期、《长江文艺好小说》2018 年第 8 期、《中篇小说选刊》2018 年第 4 期转载

作者简介

张鲁镭，中国作家协会会员，辽宁省作家协会主席团委员，大连戏剧创作室一级作家，鲁迅文学院第二十届中青年作家高级研讨班学员，辽宁文学院签约作家。曾在《人民文学》《北京文学》《青年文学》《中国作家》《十月》《山花》等杂志发表作品。小说集《小日子》入选二十一世纪文学之星丛书。出版小说集《美丽鞋匠铺》《清凉歌》。小说曾转载于《小说选刊》《中华文学选刊》《作品与争鸣》《中篇小说月报》。

从前有座山

从前有座山，山上没有庙，山上开满了土豆花……

牛尾村不起眼儿，陈旧的老屋几十户人家。牛尾山却很高。高到半截身子都钻进云雾里去。想上山看看吗？村口那有条牛肠子小道。没看见？把眼睛睁圆了，就隐蔽在荒草和青稞下。放心吧，这个世界，只要坚定那个叫意志的东西，牛肠子小道都能通罗马——何况山乎？

这是哪儿呀？天上人间？整个山顶就是一个平坦的、硕大的花园，纷纷扬扬的花儿像天上的星星一样撒落在地上，粉的白的蓝的，好像传说中的天女散花。蝴蝶蜻蜓蜜蜂就像在自己家里那样轻松畅快，它们你追我赶地在一片片锦花绿叶上嬉戏。大马燕是蝴蝶中的佼佼者，它比一般蝴蝶要大好几倍，青紫色，羽翼上有点点的赤金。它带领一群兄弟姐妹在花丛中玩够了闹够了就朝山崖边飞去。山崖很高，一道水帘哗啦啦从上边淌下来，断了线的珍珠那样光闪闪的，下面的青石板顷刻翻出一朵朵银色的花。

山崖侧面卧着个大鸟窝，什么眼神？仔细瞧瞧，我的天！原来是座房子！它整个身子都贴在崖壁上，上面压着厚厚的干柴，把房子压得像个驼背老头。不要紧！不要紧！无论什么事物都不能只看它的表象，就像我们有些人，模样不俊但心灵美呀！

进得门里，绝对像那么回事，里外间、灶房、炕铺、被褥、桌椅板凳，以及瓶瓶罐罐和碗筷。更重要的是灶房那儿还有一口标志性的不锈钢锅，锅代表什么？饭呗！饭又代表什么？日子啊！这么好的锅当然能煮出香喷喷的日子来。不信你闻闻，都有袅袅的香气从门缝飘出来，傻蛋儿他们正忙着做饭呢！

傻蛋儿一点也不傻，他在学校里读过两年书，有数学基础，能顺顺溜溜从一数到一百，他学有所用开始数土豆，土豆可真多，远远超越了一百的范围。一百之外的事他搞不懂，傻蛋儿有办法，他把土豆装进麻袋，一麻袋两麻袋三麻袋……傻蛋儿的土豆离一百麻袋还有很远的距离，于是他便萌发了自己的人生理想，要种出一百麻袋土豆。

黎明前黑灰色的天上还闪着星星，沾着水汽的轻风像细波浪一般飘过来，喜鹊和百灵们还都在梦中，傻蛋儿二妞都下地干活了。傻蛋儿拉拉二妞胳膊，你回屋睡吧，等太阳出来再起来。不，俺可不等它，你以为那不是只大懒虫？傻蛋儿就把锄头舞起来，看俺这力气一个人就行。不，俺要帮你种出一百麻袋土豆，种出像西瓜那么大的土豆。傻蛋儿笑，到时候咱俩烤一个大土豆就够吃了。二妞在地头用石块儿垒了个圈，柴枝下埋好土豆又跑到傻蛋儿身边，俩人躬着腰低头干活，黎明静悄悄的，他们把锄头一下下敲在地上，和着哗哗的流水声，淡淡的星光把他们的身影拉在地上，烤土豆的煳香漫过田埂。

天亮了，太阳出来了，鸟儿也在树上唱起了歌，山下村子里不知谁家的驴在咴——嚯，咴——嚯地清理它的破嗓子。傻蛋儿二妞在地头用早饭，一小碟白盐面和一小碟红辣椒面。傻蛋儿挑了一个又大又圆的土豆剥好，掰开用嘴吹吹，蘸上盐面和辣椒面递给二妞。二妞去水帘下接了一瓢水，俩人一边吃着土豆喝着山泉，一边逗弄树上的小鸟。一阵噼噼啪啪的鞭炮声从山下传上来。傻蛋儿跑到山头，是谁？谁家又往屋里背新媳妇了？

一阵热闹的鞭炮后，零星的红纸屑刮得满天飞，一股浓烟飞进嗓子眼儿。大哥高高兴兴把穿着红裤红袄的大嫂背进门，那天傻蛋儿结结实实吃了一碗红焖肉。有人逗他，傻蛋儿你媳妇在哪儿？在老丈母娘肚子里。哈哈……大嫂好看不？好看，穿上红裤红袄更好看。大嫂红袄上有粒亮晶晶的扣子，大嫂一动扣子一闪，一动一闪，星星似的！傻蛋儿伸出手去……

分家，大哥虎着脸。爷爷和一头牛分给大哥，傻蛋儿和一头猪分给二哥。傻蛋儿很开心自己和猪分到一起，转年他又能吃红焖肉了。后来也是鞭炮鸣红纸飞。二哥美不滋地把二嫂背进屋，二哥当时两腿都罗圈了。二嫂是个胖子，二嫂吃饭时守着锅，她给傻蛋儿盛粥，碗里没有几粒米。那会儿傻蛋儿肚子里就像飞进去一只布谷鸟，有时后半夜还叫唤。

二哥也要分家。傻蛋儿问这回把俺分给谁？分给你自己呀！傻蛋儿已经长大，要自己养活自己了，你去找村长要块地，好男儿当自强，二哥激励他。傻蛋儿去找村长，二哥要分家，他说好男儿当自强，得自己养活自己，让你给俺一块地。扯他娘的腿，因为你和老二分家地还能多长出来一块？当俺是变戏法的。当时村长正在饭桌上吃白面饼夹猪头肉。傻蛋儿眼珠直勾勾掉到猪头肉上，没遮没拦的。村长老婆看不下去，就给他一块吧，可怜见的。村长一瞪眼，肉？肉只能解回馋，地才能让他活命，村长老婆叹气。腚大个地，早分没了，还能从人家嘴里掏出来给他？村长看看傻蛋儿把一根大葱蘸上酱递过去。村长老婆顺手塞过一张饼。想想招，还能让他饿死？傻蛋儿把大葱白饼嚼得咔咔响。他很乐观，爷爷说老天爷饿不死瞎家雀，况且自己眼神又那么好，树上一个豆大的果都能看见。看看这又吃上白面饼了。

回去二哥问他，咋样，给你地没？给俺白面饼了。傻蛋儿呀，做事一定要执着，他不给地你不走，就在那儿守着他饭桌，没准儿还能来块肉。傻蛋儿再去，村长家已经关灯睡下，傻蛋儿执着地在墙根蹲了一夜。村长老婆早晨出来吓一跳，宝他爹，就给傻蛋儿一块地，好歹有个活路。这他娘的可咋办？村长把手里的馒头攥成一个球。他爹，牛尾山顶不是有块地？那块地爬上去得个把钟头，上去腿都累断了，还有精神头种他娘的地？分地时白给都没人要。早年倒是有人在上面种过土豆，那东西皮实，你让傻蛋儿上山种土豆得了。村长一拍桌子，娘的，回去告诉你家老二，把牛尾山顶那块地给你，让老二给你预备土豆栽子外加一袋子苞米糙子，他敢说半个不字回头俺拧下他脑瓜。村长老婆问，傻蛋儿愿意上山种土豆不？愿意，烤土豆光闻闻就叫人淌口水。你要记住，种土豆土不能太浅，你没钱买化肥，多背点灶灰上山，种时先把土豆栽子抹上灰。俺知道，以前帮爷爷种过。

傻蛋儿背着背篓上山了，背篓里装着铺盖、锄头、镐头，还有一口崭新的锅，二哥送他到山脚下。路上遇到熟人，二哥就指着那口锅，俺给买的新锅，不锈钢的。看他那副得意样，倒像给傻蛋儿娶个媳妇。人家哼着鼻子一面在心里骂，你个混球，娶了媳妇撇了傻弟弟，一面就红着眼圈拉过傻蛋儿手。再看傻蛋儿高兴着呢，二哥给他一袋子苞米糙子，他可以用新锅煮饭吃，一个人抱着锅吃。

牛尾山顶是个大平场，比学校操场都大。村长一句话整个山顶就归他了，傻蛋儿在山崖背风处搭了个窝棚，就开始抡镐刨地。这里虽然开阔却多年无人问津，地面已经让荒草和树根蚕食得没了空隙，好在土质不太硬，一片片荒草被赶下山，一块块黄土地露出来。山上有好多鸟，画眉、喜鹊、黄雀、大尾莺、黑枕黄鹂，数黑枕黄鹂最漂亮，通身奶黄，两翅和尾黑色，顶着个乌黑小脑袋。鸟儿在他头上啾啾叫着，忽上忽下地跳，鸟儿唱歌就是好听，那歌声像用露水泡过，清脆得如大小银珠儿落玉盘。傻蛋儿抓一把苞米糙子撒地上，他告诉小鸟们，很快他就有土豆吃了。土豆可是好东西，既当菜又当饭，烤个大土豆吃进肚，大半天都不会饿。不过，要把地拾掇熨帖才能种出又圆又大的土豆来。没问题，傻蛋儿从小跟在爷爷后面，庄稼人的本事都握在手里。

草木根已经烧成灰拌进泥里，没化肥也不怕，傻蛋儿有力气，白天他借了独轮车收鸡粪堆在山脚下。晚上再一筐筐背上山，汗水雨点般在头顶飞，傻蛋儿的镐头成了魔术师，挥挥舞舞间荒山竟有了模样。小鸟们叽叽喳喳叫，它们在心疼傻蛋儿，傻蛋儿快坐下歇歇！傻蛋儿过来喝点水！崖壁上的山泉，凉冰冰甜丝丝。光闻闻心里就会生出一片清凉。他掬捧水喝两口浇在脸上，地翻过土拌过灰施过肥，把土豆栽子放进去，就像放进妈妈肚子里，这充足的养分怎能不催生出胖乎乎的土豆？偏偏地里有了小黑虫，傻蛋儿没有杀虫剂，好吧，就用手把小黑虫一条条捉出来。小鸟们叽叽喳喳嚷，多美的肥差，交给我们好了。傻蛋儿谢过小鸟，坐在地头喝苞米粥，太阳还没落山，月亮居然探出头来。

土豆开花了，繁星点点。土豆结果了，他把它们从地里抠出来。一个个胖乎乎圆头圆脑，不一会儿就堆出座小山。他把一个大土豆宝贝似的抱在怀里，晚上竟搂着它睡着了。

傻蛋儿背着麻袋进门时，一院子人都愣住了。他把麻袋口朝下，骨碌碌一群土豆蹦出来！看，俺种的土豆！你种的？当然，山上还有好多，快拿几个烤上，傻蛋儿自豪地又从怀里掏出来一个，再看看这个大胖子。大嫂二嫂跑过来端详，哎呀，这土豆快赶上小西瓜了，我看简直是土豆祖宗。大哥二哥愣在那儿，他们差不多把傻蛋儿给忘了。爷爷呢？咋没见他。二嫂拣上几个大土豆进屋去。在后院仓房里，大嫂不耐烦。爷爷被老牛踢了，这脚踢得不轻，爷爷站不起来了。

爷爷俺种了好多土豆，比甜瓜都大，我背你去瞧瞧。大嫂看见爷爷当时就把嘴噘成油瓶。她忽然就跳起来，今个人全俺就把话扔出来，爷爷该是轮着养，哪能可俺一家来？二嫂从屋里出来，爷爷能喂牛时可没人说这话，现在要往外推了？讲好了俺们管傻蛋儿你们管爷爷。大哥骂，净说屁话，你们管傻蛋儿他会一个人跑到山顶种土豆？大嫂叫，闹到县上去也得轮，哪有难吃的光可一家咽。二嫂笑，你爱往哪儿闹往哪儿闹，没听说好事光可一家占。傻蛋儿把那个大土豆塞到爷爷怀里，爷爷爱吃土豆不？爷爷叹口气，哎！爷爷跟俺上山吃土豆吧，俺还要种出一百麻袋土豆。大哥觉得这是个好法子，爷爷还能陪傻蛋儿做个伴。二哥鼓励说，傻蛋儿身强力壮，种二百麻袋土豆也没问题，土豆营养高，山上空气好，没准爷爷病就好了。

傻蛋儿背着爷爷和包裹上山去，包裹里是爷爷的全部家当——爷爷用了一辈子的干活家什，腿不中用，脑袋和手还好使，多少能帮这傻孙子分担点。想想从前总是忙着地里的活，也没花心思去怜惜这傻孩子。就指望老大老二能尽早成家延续香火，谁想到老来竟落得这般田地，有两颗浊泪顺着鼻梁滴到傻蛋儿脖子上，爷爷，大晴天怎么下雨了……

到了山顶，爷爷哎哟哎哟叫起来，这个傻孙子！他在傻蛋儿肩膀上拍拍，这方方正正的地拢得整整齐齐的柴垛，还有这堆成小山的土豆，爷爷心里边那份凄凉也就散了，他摸着自己那些宝贝家什，心底陡然升起一股愚公移山的力量。

爷爷指挥着傻蛋儿用石头垒了灶台、用藤条加固了窝棚，还把土豆切成片晒起来磨成粉装起来。爷爷上山时带来一个磨花椒的小磨，一个大土豆上磨转几圈就变成一堆土豆粉。傻蛋儿把土豆粉和了油盐上锅蒸，蒸出的糕比村长家白面饼还香。他把土豆糕捻碎撒地上，还把一个大土豆挖空盛上水，鸟们吃饱喝足就在爷爷头上跳舞，在孙儿肩上唱歌，太阳下面爷孙俩土黄的脸被镀上一层红红的釉。晚上爷爷在月亮地里讲古，讲张生煮海，讲花果山水帘洞。末了他总要感慨，为什么老天没收了他，因为还有好福气等着他。爷爷边讲边在腿上搓麻绳，麻绳从他大腿上一段段吐出来，不一会儿就被傻蛋儿缠成一个球。

天冷了，大地被冻成铁蛋，屋檐下挂着冰凌，没关系、没关系！爷爷和傻蛋儿过得好着呢！入冬前爷爷让傻蛋儿给窝棚一圈圈缠上麻绳，又把好些青稞码在房顶，整个一保暖御寒的大柴垛。他们在窝棚旁边挖了地窖，里面垫上厚厚的蒿草，土豆都藏在里面。爷爷让傻蛋儿下山用土豆换些油盐，竟收获了意想不到的米面，米给爷爷熬粥喝，面给爷爷烙饼吃，傻蛋儿自己一口也舍不得吃。有时爷爷看着他眼角便湿起来。

屋里火炭锅里有土豆糕，爷爷有一句没一句地讲着古。日子过得很慢，慢到一天像一年那么长。慢到傻蛋儿屁股坐不住凳，爷爷正和他说着话，嚯地就拿个镐头跑出去，当当在地上刨出几个带冰碴的白点，爷爷在屋里喊，快进来快进来。傻蛋儿要种土豆，种出一百麻袋土豆，这么闲着他心里慌，急什么，爷爷都开始给土豆催芽了，就放在纸盒箱里，白天太阳晒，晚上炕头暖，已经有嫩芽钻出来……

傻蛋儿下山去换油盐，看见河岸上围着一群人。村长和他老婆站在那儿鬼哭狼嚎，冰窟窿里小宝一只手正摇晃，村长早没了往日的威风，满嘴都是亲爹亲娘的哀求。人们手忙脚乱，有往河里撇绳子的，有往河里伸竹竿的，还有伸着脖子哭天喊地的。大伙闹哄哄地把气氛弄得很悲壮，人们只能这么表达自己的感情，不然怎么办？正值开春冰面酥松谁敢拿性命碰钉子。快看，傻蛋儿下去了，他把冰面踩得咔咔响，这个傻子在找死，真是个傻孩子！河边安静下来。咕咚，掉下去了。人们一阵尖叫。傻蛋儿拼命用胳膊肘儿砸冰往前游，河岸上有个老头喊黄继光，旁边老太太喊董存瑞……

傻蛋儿在村长家炕头烙了一天才醒过来，他睁眼时看见村长和老婆正往自己身上搓酒。老天开眼你没事了。小宝呢？他也没事了。村长老婆抹把眼泪，往后别上山了，你和爷爷都住这儿。俺得上山种土豆。村长握着傻蛋儿的手，家里地都给你种土豆。俺喜欢在山上种，俺要种一百麻袋土豆。大家帮你一起种，放心，保证能收成一百麻袋。不行，俺哪儿都不去，就和爷爷在山上种土豆。山上还有好些鸟等着俺呢！村长叹气，这个傻小子！

村长带人上山捣掉窝棚架起新屋，人们对傻蛋儿竖起大拇指，好样的，居然把荒山归置成这副模样，这就是敢教日月换新天吧！呵呵，只差一个小媳妇了。傻蛋儿看谁家的姑娘好把她背上来。俺有小鸟，傻蛋儿一指，鸟儿也来看新屋了。新屋有泥墙黑瓦，新屋有里间外间和灶屋，新屋扯了电线安了电灯，村长老婆还给缝了新被褥。

春天里傻蛋儿把爷爷背出来晒太阳，旁边备着稀饭和土豆糕，他一面干活一面还学着牛叫逗爷爷乐，累了就躺在爷爷身边望云看天。忽然土豆秧窣窣响，又是山鸡来捣蛋，一个小石子儿扔过去。片刻又响，傻蛋儿跑过去。爷爷，爷爷，不是山鸡是个姑娘。一姑娘正坐在地上嚼土豆秧。你咋吃这个？饿。饿回屋吃土豆去。烤土豆把这姑娘吃出一脸胡子，傻蛋儿让她去水帘那洗洗。傻蛋儿笑，还是洗干净脸好看。姑娘也笑，追蝴蝶追到这里，原来山上有个大花园。傻蛋儿告诉她，花园下面埋着好些土豆，比甜瓜都大。爷爷看看姑娘，天黑前给你拿些土豆下山去吧，你娘要找你的。俺没娘，家里就有爹和哥嫂，俺找不到家门了。爷爷让傻蛋儿带姑娘去找村长。傻蛋儿也觉得村长本事大，骂一句娘天大的事都给解决了。山上太好玩了，姑娘还没玩够，正和一群鸟打得火热。傻蛋儿自己下山找来村长，姑娘满山跑着和小鸟嬉戏，没办法村长也只能跟着她来回跑，傻蛋儿跟在村长后面跑，三个人狗撵尾巴似的在山上转圈，把爷爷逗得哈哈笑。村长呼呼喘着一屁股坐到爷爷身边，不行了，腿脚跟不上了。姑娘回头笑，怎么不玩了？村长骂，俺他娘的腿都跑细了，快说，家住哪里？帮俺捉个蝴蝶就告诉你。村长一边骂一边脱下衣服网蝴蝶。叫啥？二妞。住哪儿？二妞手指头一会儿往东一会儿往西。村长知道跟一个傻脑壳不能较劲。天不早了，得先把她带到村委会去。二妞不去，她等下还要吃烤土豆呢！二妞没空搭理村长到水帘那玩水去了。村长摸着脑袋，这他娘的咋办？就让她住下好了，灶上烤了好几个大土豆，傻蛋儿很认真。爷爷让村长放心，她住里间，我和孙子在外间给她守大门。

二妞会浇水会锄草，还会拿旧布给爷爷缝个褥垫。村长那边一直没消息，没有就没有吧，反正二妞在山上住得挺好。转眼又该起土豆了。傻蛋儿用镢头把土豆翻出来，二妞拿个筐跟后边拣，爷爷坐在软和和的褥垫上看光景，一瞬间竟联想到那个叫田螺的姑娘。二妞把土豆一筐筐堆到爷爷脚下，土豆越堆越高把他脸都挡住了，来，爷爷数数。爷爷笑，跟天上星星似的，这怎么数得过来？傍晚他们倚在土豆堆上歇脚，西边天空像披上一件五彩衣，云彩和晚霞交织着画一样好看。傻蛋儿二妞非要把土豆数个明白！来，先数大的，一二三四五……

村长带来一个干巴巴的老头，头上扣顶黄帽子，帽子中间还有个洞，一绺花白的头发从洞里钻出来。爹，二妞跑过去。这个被叫成爹的人一阵恍惚，他家二妞这是到了什么地方？二妞爹到水帘那儿洗脸，用帽子当毛巾往脸上抹一把，这里、这里不会是孙悟空的老家吧？哈哈，大家都笑了。二妞经常跑出去，每次找到她都像刚从鸡窝里拽出来的，现在从头到脚干干净净，脸蛋上还透着一抹红。爷爷让傻蛋儿给客人烧水，二妞爹想起家里还有猪没喂，快点儿，得赶紧往回走。二妞猫屋里不肯出来，她不愿意回去。二妞爹没工夫和她磨叽，两条腿已经朝山下走了。村长让傻蛋儿给装些土豆，二妞爹扛着土豆扭过半个身子，二妞，等你哥回来接你回家。

村长告诉老婆，二妞居然不肯回家，她爹也没辙。好事啊，不如就留下给傻蛋儿做个伴，还蛮般配。村长也觉得这事可行。老婆认为总这么在山上住着也不行，好歹人家是个大姑娘。你去找老大老二商量，干脆把二妞给娶过来。

能给傻弟弟说个媳妇当然好，这能省下多少麻烦！可老大老二毕竟是过来人，他们马上想到一个关键问题，哪家媳妇不是票子一沓东西一车换来的。傻蛋儿有什么？一堆土豆。总不能拉一车土豆当聘礼吧？两手空空往家里捞媳妇，哪有这便宜事？姑娘虽然少点心眼儿，胳膊腿齐全啊！村长也琢磨过味儿，村里牛瘸子娶个哑巴还花好几万呢。村长一急把手上的茶缸子使劲墩在桌上。当，放炮似的，水溅了满地。老大当即表态甘愿奉献一头猪，大嫂说她一瓢一瓢把猪喂得膘肥体壮，本打算卖掉置个电驴子。二嫂讲她家猪虽不剽悍，却是品种优良皮薄肉嫩的黑毛猪。村长对兄弟俩的态度还算满意，他们能这么痛快各拿出一头猪已经不容易了。当然村长的情面和威严也很奏效。

村长回家和老婆掰手指头，一头猪加上一头猪就是两头猪，还有山上那堆土豆。只有这么多了，剩下衣服被褥和零零碎碎他们承包！关键是没有拿得出手的硬头货。娘个腿儿的，那你说怎么办？到底还是女人，村长老婆眼珠在眼眶里晃两圈，这几天不是在评选模范村民吗？选出来了？哪有那么容易，现在大家伙吃饱穿暖，都想找点精神层面的东西，荣誉感大幅度提升，都觉得自己不错，争着抢着当模范。评张三李四有意见，评王五赵六不干。实在不行我他娘的自己上，谁都不敢有意见。去年你评上模范村干部，今年又评模范村民。菜和肉都成你的了！看你这话说的，我这也是没办法。傻蛋儿最应该当模范，整个村里谁敢跳冰窟窿救人，那叫见义勇为舍己救人。评了模范又给奖金又发证书。村长在老婆屁股上掐一把，你个鬼头精。

傻蛋儿当模范，大家伙又赞成又平衡。谁会和一个傻子争荣誉。况且人家可是拿命换来的。谁不服也去跳一趟冰窟窿，服，心服口服。噼里啪啦掌声很热烈……

山下人闹哄哄选模范，山上人安安静静打理着土豆。爷爷傻蛋儿切土豆片，二妞晒土豆片，土豆片儿炖肉可好吃了，等天冷拿集市上换油盐，傻蛋儿还琢磨给二妞换身新衣裳。忙完手里的活计爷爷要进屋休息了。傻蛋儿二妞还要和小鸟耍一会儿！二妞还给鸟们起了好听的名字，小胖来了，小风筝也来了，还有白头翁……小铃铛哪去了？不是在那儿！傻蛋儿朝树上一指，二妞顶喜欢这只黑枕黄鹂，叫起来铃铛般清脆。二妞从自己的红毛衣上拆线在鸟腿上系出蝴蝶结，一时间满天都是飞舞的蝴蝶结。

村长上山接傻蛋儿参加模范表彰大会，村长老婆还特意给傻蛋儿准备了一套新衣服。爷爷说穿上这衣服还真像模范，爷爷剥了一个热乎乎的烤土豆给村长，他这傻孙子也能娶媳妇了，爷爷高兴得想哭。村长要二妞一起去，找你爹提亲给傻蛋儿当媳妇，只要你爹点个头，今后这山上就是你的家。二妞高兴给傻蛋儿当媳妇，天天住山上真好，但现在不想下山去，她又跑进屋猫起来，村长拿她一点办法也没有。

会场上喊了两遍王平顺也没人应，牛尾村的王平顺没来？哎哟，村长一推傻蛋儿，快，叫你了，记住，领导给你发证书说谢谢，发啥都说谢谢。还行，不一会儿傻蛋儿就把一个证书捧回来，胸前还戴了一朵大红花，红花下面飘着一个布条，上面印着耀眼的金字——模范村民。就这些？村长觉得还应该有奖金。他小声问旁边人，确实有奖金，不过现在乡政府没钱兑现，等散会去领个欠条，年底结算。奖金也打白条？听说不是白条是红条，红纸黑字。欠条这事村长没有心理准备，原打算拿上奖金直接去二妞家提亲的！这可怎么办？本想回去和老婆商量对策，又觉得一个大老爷们儿不能遇事就问女人，就带着证书和欠条去闯闯。

开院门的正是二妞爹，村长直截了当，我是来替平顺提亲的，你们家二妞和平顺年龄相当，兴趣相投，希望您能成全两个孩子结为百年之好。二妞爹一愣，细看才认出是山上那个种土豆小伙。这小子今天人模狗样还戴朵大红花。这是唱的哪出戏？王平顺同志是我们村的好青年，模范村民，今天还参加了乡里的表彰大会，这是荣誉证书。二妞爹翻开看看，他不知道这个红本本和眼前的傻小子有什么关系。村长继续介绍，王平顺同志勤劳善良种的一手好土豆，王平顺同志勇敢机智敢跳冰窟窿救人。村长看看二妞爹没反应，从口袋里掏出那个红欠条，这个乡上说年底结算。这个吗，二妞她哥嫂都在外边跑买卖。这事最好等他们回来商量。大小子跑的什么买卖呢？狗买卖。他娘的，村长在心里骂，一个傻姑娘还这么跩！还骂人，太拿村长不当干部了。他强压怒火，琢磨是在这里软磨硬泡，还是带着傻蛋儿回去想办法。

院子大门那忽然挤进来一堆脑袋，几个半大小孩就势翻上墙头。戴着大红花的男人进了二妞家，这好戏谁舍得错过！二妞爹告诉他们，这个牛尾村的村长来给二妞做媒，他一指傻蛋儿，就是这个模范，刚参加过表彰大会。他还想说他并没有答应这门亲事，还要继续考量，还要等儿子回来，他家二妞虽然不机灵，却也不会马马虎虎说嫁就嫁。话正在嘴里盘旋，一个妇女抢下他手里的证书，还真是个模范，姓王，王平顺模范。人们把目光集中到眼前的模范身上，又好奇又惊异，这个模范怎么就看上二妞了，村里那几个全须全尾的丫头现在都没个着落。傻蛋儿今天特别精神，新裤新袄，临来村长还带他理了发。站在那儿，干干净净一个淳朴后生。骑在墙头的孩子纷纷跳下来，他们更喜欢模范胸前的大红花。有个孩子从上面拽下来一片花瓣。傻蛋儿也不恼，笑呵呵摸孩子头。一老太婆问，王模范除了当模范平时干什么营生。包山种植。村长替傻蛋儿回答。大家看出来这个模范不太爱讲话，属于腼腆型。这也能理解，头一次来女方家谁还能像机关枪似的！老太婆对包山很感兴趣，询问在哪里包山，还有没有其他合伙人，不是模范也行。可怜天下父母心，她闺女小时候得过羊角风，到现在也没寻到人家。闺女可比二妞俊气！现在好多了，一年半载才抽风一次。也罢，就豁出去这张老脸。家里闺女叫秀丽，人跟棵小树似的，脸上光滑得一个雀斑都没有，要不去家里看看？二妞爹狠狠剜她一眼，心说老太婆你还要撬行咋的？你那闺女就等着臭家里吧。他赶紧把村长和傻蛋儿让进屋，轰走那些看热闹的。

傻蛋儿的婚礼都牛到天上去了，老人们说，一辈子也没看见过这么气派的喜事，整个村子都披上红挂上彩。村长老婆买来好几捆红纸，妇女们剪完喜字剪拉花，孩子们拿了跑出去贴，猪圈牛棚电线杆子大树石磨柴火垛，生生贴出好几条街去。小宝和他爹娘一样知恩图报，他从家里偷了一块红布，用小刀划出一堆布条，一时间整个村子鸡飞狗跳狼烟四起，像日本鬼子进村了。过后人们看到狗脖子猫腿鸭脑袋鸡翅膀猪尾巴上都飘红，这红色是流动的，在人们眼皮下面跳来跳去。就有人向村长老婆夸小宝，这孩子灵光，将来一准儿当村长的材料。这话村长老婆爱听，看她这辈子的造化，嫁个村长爷们儿生个村长儿子，不知道将来孙子会不会继位？孙子的事太遥远，还是把眼前这份功德先积累起来。一撸胳膊，娘儿们干活了，锅里喊里嚓啦一片热闹。

村长那边也忙得屁颠，找屠夫去礼仪公司租借彩虹门，号召大家有一分热发一分光。即便不去号召，人们也愿意投入进来。这傻孩子可怜见的，从小没了爹娘，跟着爷爷哥哥总算骨碌大了，竟然也能凑合着成个家，听说那小媳妇也是个二百五，不过到底比瞎子哑巴强。能劳动又能针线，还能给傻蛋儿暖被窝。想到这人们心头一热，当然就有钱的捧钱场，没钱的捧人场。大家沉浸在喜洋洋的气氛里，不时还要感慨一下，他们这个村子啊，地方不大，却是邻里和谐民风淳朴童叟无欺，自己也不错哟，真诚善良有爱心。

三头肥猪把酒席办得流了油，村长也贡献一头猪，他可是群众的表率，大家都看着呢，小宝的救命恩人别说一头猪，要房子要地也得给。傻蛋儿二妞向长辈鞠躬行过礼各端一碗肉跑没影了，对这两位大家也不会计较。村长负责招呼二妞爹和哥嫂。二妞哥瘦，瘦得腰都快挂不住裤子了，却牵了一条胖嘟嘟的肥狗，油亮的黄毛大大的眼睛。这光景看上去有些滑稽，像主人勒紧裤带把好吃喝都奉献给狗了。肥狗脖子上系块红布，二妞哥郑重宣布把钱多多送给二妞当新婚贺礼。对，它叫钱多多，吉利有前途的名字！嫂子抱着钱多多嘬个嘴。

二妞哥挥舞着酒杯，知道养狗的好处不？看家护门、愉悦精神、还能降血脂、降胆固醇。总之要想生活有滋味，家中养狗是必备，大喜的日子统统八折。他从兜里掏出名片，大家伙儿明白过来，感情这小子是倒腾狗的。嫂子白了他一眼，瞎广告，也不看看地方！她正往钱多多嘴里塞四喜丸子，钱多多张着大嘴一口一个，分分钟造掉一盘子，嫂子愤愤地又拧下一只鸡腿给它。

他们忽然给叫回来说二妞结婚。哥看看那张欠条，就算年底结账也没几个钱。好歹把姑娘养这么大，家里从没缺过她吃穿，是不是太草率了？爹说他当时就怕被撬行挖墙脚，你没看见老太婆一个劲儿围着王模范转。那秀丽一天天见好，好一阵子没抽风了。哥一咬牙，干脆把钱多多贡献出来。嫂子不乐意，一条土狗就能打发的事，非要贡献出钱多多。前年她外甥结婚就送了条土狗，去年她表弟生孩子也送了条土狗。靠山吃山靠水吃水，这几年家里的人情往来都靠狗。偏偏到二妞这里升级成钱多多。凭多多的品相应该到有钱人家里过好生活，自己钱包也跟着鼓一鼓。钱多多肚皮耷拉到地上，它已经吃不动鸡腿了，干脆用舌头舔着玩。村长看不惯，旁边人也看不惯，却都不敢言语，娘家客惹不起！就算把一头猪喂了狗又怎样？

宴席持续热闹，村长已经喝到桌子底下。傻蛋儿二妞要带爷爷回去了。哥嫂也要去看看，傻蛋儿背着爷爷，二妞在前面开道。山真高，钱多多爬不动躺在地上装死，哥拽起来扛在肩上。什么鬼地方！嫂子唠唠叨叨，坏了，一不留神脸让青稞划了一道，哥脸也给划了。二妞回头笑，两个花脸猫。

哥认为这山顶圈起来都能卖票，嫂子正张嘴接山泉喝，钱多多在一旁像个小老头似的踱来踱去，爷爷看见他们这样喜欢山顶，心里也轻松了。喝茶时一群鸟呼啦啦飞过来，哥说哪来这么多鸟，傻蛋说它们就住在这里。二妞还给它们取了好听的名字。这些鸟一点都不怕人，它们围着茶桌又蹦又跳。钱多多晃晃悠悠扑过来，鸟四处逃窜。钱多多今天绝对吃撑了，不然的话……嫂子撇撇嘴。二妞表示拒绝接受钱多多，下山时哥背一袋子土豆，嫂子抱着钱多多，钱多多对她又舔又亲，弄得满身狗毛。

飘雪了，山顶盖上白茫茫的被子。被子下面添了一个土包，里面住着爷爷。爷爷在大雪前走了，他走得很安详，当天还喝了二妞做的热乎乎的土豆汤。村长要接爷爷下山，傻蛋不让。之前爷爷嘱咐，他喜欢这山上，要一直留下来陪傻蛋儿。冬天的日子简单慵懒，吃吃饭睡睡觉喂喂鸟，有时候二妞还让鸟进屋坐坐，它们哪里肯坐，扑棱棱从灶台飞到窗台，有个淘气的家伙还在炕头拉泡屎……

哥深一脚浅一脚爬上山，这回脸倒没花，棉袄让树枝划开一条口子，里面的白绒雪花一样飞出来。他要傻蛋儿和二妞下山做工。做工？他一个朋友在镇上开了个木艺加工厂。很容易的，就是把木头的边角余料按图形粘在一块木板上，其实呢！都是些中看不中用的东西。没办法就有人喜欢这些小玩意儿，跟这叫工艺品。大的三块小的一块。你们俩一天赚上百八的不是问题。赚钱干什么？傻蛋儿不想去。二妞也不愿意，镇上她去过，闹哄哄的没意思。呵呵，哥挠挠后脖颈。他不知道如何向这二位阐述赚钱的意义。赚钱这件事嘛，怎么说好，外面的许多好东西，你通过钱就可以搬进自己屋里，吃喝玩乐享受生活。愁人，这事可怎么掰开了揉碎了讲？傻蛋儿不是喜欢红焖肉？二妞不是喜欢看电视？这些赚了钱都能搞定。傻蛋儿眼睛一亮，电视可是好东西，里边红红绿绿又是秧歌又是戏。大哥二哥屋里一人一台。婚礼那天他们溜进去看得正来劲，大嫂进屋不乐意。可是他们还得种土豆呢！这冰天雪地的，不如就下山干一阵，天暖和回来也不耽误！哥又耐心又着急，要他们赶紧下山去。等一下，他们还要跟爷爷和小鸟有个交代。傻蛋儿告诉爷爷，他们要下山做工了，很快就能赚个大电视回来。二妞炒了苞米楂子装进罐头瓶分散着放在屋檐下。

加工厂就是个小作坊，算上傻蛋儿二妞才五六个人，老板个矮头大像个冬瓜。早晨他把一大编织袋材料哗啦倒在桌子上，墙上有粘好的样品，有花鸟鱼虫还有牛马猪羊，大家围在方桌前照样子粘就是。这活好玩，拿毛刷蘸上强力胶在木块上涂抹均匀，再根据图案找准位置把它们粘在一张三合板上，跟小孩拼图差不多。二妞一推傻蛋儿，看，像不像小铃铛，可不就是小铃铛嘛！通体奶黄，乌黑的脑袋。小铃铛模样俊，这还给做成画了。对于小铃铛他们更用心，手上也更有分寸了。绿叶红花小草还有两只小蜜蜂，很快小铃铛便站在了花丛中。不过家里的，小铃铛还是喜欢土豆花，不知道它们现在怎么样了？看，还有村长家的、牛红婶家的马。他们一边辨认一边念叨着，老牛老牛你别急，一会儿就让你吃草。马儿马儿你别闹，粘上马腿你就能跑。何止能跑，马儿都仰着脖子嘶鸣了。傻蛋儿二妞不自觉就形成了一条流水线，一个刷胶一个粘贴，转眼牛马成群、山羊满圈，连母猪都下了一堆崽。

二妞嫂子来看他们了，带来满满一盒红焖肉。嫂子骑一辆新电动车，突突突特别气派。嫂子笑模笑样的，她平时不这样，哥偶尔多赚儿张票子嘴角才翘一翘。傻蛋儿顾不上这些，红焖肉的油汁已经挂在下巴上。香不？香死了。赚了钱不光红焖肉，红焖鸡红焖鸭连红焖鹅都有的吃。所以呀，你俩要安心赚钱！说到赚钱傻蛋儿二妞就特别佩服顺子。谁是顺子？一起做工的，天天都拿第一名。第一名？他粘的活最多，老板说活多钱多。二妞讲顺子是馋鬼，整天忙他那张嘴，又是花生豆又是油炸豆，总是咯嘣咯嘣嚼。顺子还唱歌，唱得比驴叫还难听。傻蛋儿想起来，花婶子背地里总骂他盗取劳动成果丧良心。嫂子听后也骂了一句。

老板让傻蛋儿二妞以后就在他们住的房间里干活，每天一早他把材料送来。他们住处很小，就是车间后面一个偏厦。没有桌子只能在床上粘，粘好放在一个大纸盒箱里。没等天黑箱子就满了，傻蛋儿捧着去找老板，老板竖起大拇指，很好，三个月，三个月后大的涨到三块五，小的一块五。三个月？那可不行！他们赚了电视马上回去。

嫂子脖子上披着新围巾、耳朵上挂着叮叮当当的耳坠子出现在门口。二妞伸手扒拉，从领口那儿摘下一根羽毛。傻蛋儿讲他们就快赚到电视了，然后就回山上种土豆去。嫂子从背包里掏出一个饭盒，这红焖肉和土豆哪个更香呢？还有那红焖鸡红焖鸭，嫂子答应下礼拜送红焖鸡过来。

休息日傻蛋儿二妞在镇上找到一家卖电视的，里面大大小小挂了一墙，一个小伙子问要买电视吗？得过些日子，现在钱不够。电视正播一台古装戏，一个电视里装着两个仙女，一二三……满墙都是仙女。俩人磨磨蹭蹭不想走，小伙子也没往外轰。又陆续进来几个人，他们也不买电视，都是来看仙女的。仙女真神通，大半天云里雾里地折腾。把傻蛋儿都给看累了。他们可不是神仙，需要吃一点东西了。小馆子太贵，一碗拉面要七八块，二妞想起来街口有一家烙火烧的，五块钱就能让俩人撑肚皮。

一个穿棉大衣的男人迎头走来，胸前鼓鼓囊囊像揣着口锅。他两手护着胸口，生怕别人撞到。是顺子，傻蛋儿二妞嚼着火烧迎过去，顺子本来不愿意理这俩二货，又想今天这积德的日子，对人对事都需用些善心才好。你这里装了什么宝贝？顺子把大衣掀开一条缝，里面竟藏了个鸟笼子，有叽叽喳喳的声音跑出来。你喜欢鸟啊！我们山上有好多。顺子讲今个正逢天赦日，等下他要到山上去放生。什么是放生？顺子将一口痰狠狠吐到地上。妈的，他这阵子别提多背运了，他老娘去三叔家鸡窝里掏蛋，让三叔家狗从腿上撕下来好大一块肉，打针吃药花费一千多，他媳妇刚刚生个丫头，已经是第三个丫头了，之前算命的说是儿子。还有上个星期他又让老板……听人说放生能消灾化煞赐福赐寿。他在林子里跑了三天才捉到这些，他老娘说放生十三条性命就可以消除罪业，这才九只。你不知道现在的鸟多精明。看见人跟看见鬼似的。妈的，穷人积个德都这么困难！有钱人在市场上一笼子一笼子买，什么鸟都有！

旁边一个老太太凑过来，你们这些年轻人净跟着瞎胡闹。放生即护生，救护那些个要被杀害的生灵，你捕鸟放生有个球用？老太太怀里抱个猫，猫脖子上挂串玻璃球。她看看怀里的猫，这个小可怜在烧烤店，差一点就给剥皮做成肉串了。还有猫肉串？顺子好奇。坏蛋们把猫肉刷上羊油。现在我也去山上把它放掉！放猫？对。猫应该有自己的生活。听说十三只才……老太太把猫对着顺子掂两下，猫生来是九条命，再说这分量怎么也抵得过十几只鸟。这个还能按分量算？那当然，赶紧的，放生也讲究时辰，错过吉时可不好。

傻蛋儿二妞跟着去瞧热闹。路上碰到不少人往山上去，今天是天赦日又是星期天，人格外多。顺子眼睛四处踅摸，看能否有运气碰到流浪的猫狗。傻蛋儿不明白啥叫天赦日。现在的年轻人，老太太摇摇头，天赦日嘛每年有四个，春夏秋冬各一个，冬天这个叫甲子日。在天赦日放生比平时福报更大，更有利于消灾化难，天赦日除了能赦免众生的罪过，这天也是天地交融的日子，凝聚了天地的浩瀚气场与能量，并且上天有好生之德，在天赦日放生更能将天地间的吉利气场加持在人身上。傻蛋儿二妞听不懂，顺子倒认为这事和节假日加班差不多，凡是节假日上班都给双份工。平时哪有这好事？

山上有不少人对着鸟笼子念放生咒，天罗开地罗开，轩辕老祖降临来，天地生汝无猜疑，弓弦断绝刀兵避，火光照耀威灵台……鸟儿从笼子里逃命般呼啦啦飞出来，它们对自己的施救恩人一点不留恋，争抢着离开樊笼朝天空飞去。

顺子不会念咒，但不念又怕福报被打了折扣，出去三天才逮到这么几只，多不容易！没办法老太太念一句他学一句，顺子费劲嘟嘟囔囔念到一半，鸟自己掀开笼子飞了。老太太的猫趴在树下不动，老太太叽里呱啦又念一遍。猫仍旧就稳稳当当地趴在那儿。老太太摸摸那串玻璃球，孙子小时候的玩物，就送给你了，愿老天能福报给他个媳妇，最好呢！模样俊一点，挣钱多一点！傻蛋儿觉得猫是舍不得救命恩人。有只黄鸟从笼子里跳出来落到旁边的树杈上，噌，猫一个健步跟上去。小铃铛，是小铃铛。二妞喊。这鸟通体奶黄，脚上还系着蝴蝶结，小铃铛翅膀断了，不过看见猫还是本能地往前扑腾，结果一头栽到地上，傻蛋儿二妞奔过去，他们跑不过猫，猫叼上小铃铛转眼没了踪影，二妞坐在地上哭，脚都崴伤了。

傻蛋儿背着二妞回到山上，他们用锄头捣烂了一张张天罗地网，网上还粘着鸟毛。屋檐下挂着一件棉袄，上面有二妞缝过的针脚。那次哥上山来……这个坏东西，嫂子的电动车是鸟换的，连红焖肉也是鸟换的，说到这，两人胃肠一阵翻滚，就有汤汤水水从嘴里吐出来。山上那些鸟没了！不光老朋友，连新朋友也没有。偶尔几只打头顶飞过也不肯落下来。二妞哭，傻蛋儿安慰，等山上的土豆花开了它们就会回来。

耕地开沟浇水施肥……傻蛋儿二妞只想土豆花快点开，鸟们快点来。没有鸟的山上就像蒸土豆糕没放盐，没滋没味的。村长来了，还带来两个陌生人。陌生人后面跟着哥。这可不行，俩人拿着锄头往下轰，没办法村长让他先到村委会去。这是个坏家伙，他害了山上好多鸟！村长这会儿没工夫听，带着陌生人在山上来回转，他们叫了声我的天！还说到负离子这个新鲜词。村长问负离子是啥东西？负离子吗，一个人正在水帘那儿接水，他脚跟儿没站稳一个趔趄撞上村长，满满一瓶水都让村长衣服喝下去，像被小孩儿尿了一胸脯。村长没蹦高更没骂娘，他小心扶过对方，自己捡起瓶子替他接了水。奇怪，他今天简直都不像村长了。

傍晚村长又来了，怀里捧着一口锅。人没坐下红焖肉的香味先钻出来，傻蛋儿二妞哇啦哇啦吐起来，怎么回事？老婆做好他先尝了一大碗，好吃得很！村长拿水杯接水递给他们，没想到，真没想到这水还是个宝。傻蛋儿是这样，爷爷呢，他应该住到山下的祖坟里，那边一大帮亲人兄弟，聊聊闲天说说家常，这山上孤零零的。不是还有我俩？你俩怎么能一样？爷爷在那边多好，没准还能他娘的找个相好！你们两个嘛，也应该住到山下去。村委会边上的瓦房，随时可以搬过去，宝他娘已经置办好东西，再让他们给安个大电视。傻蛋儿告诉村长，要不了多久山上土豆花就开了，那时候小鸟蜜蜂蝴蝶都回来了。村长把土里的黑虫拣出来放鞋底下面碾，傻蛋儿呀，村里人不知苦了多少辈子！忽然裤兜嘟嘟响，村长摸出手机说着话朝山下奔去。傻蛋儿让他下次带杀虫剂过来。

村长还没来，他好像把杀虫剂的事给忘了。傻蛋儿下山，看见村委会门前多了一块牌子，上面写着花果山什么公司，有几个字他认不出。有人说村长去联系推土机了，傻蛋儿去找村长老婆，小宝说他妈带着女人们去做饭了，推土机来了。他们来到村口，看见好几辆怪模怪样的推土机停在那儿！孩子们蜂拥过去，有个孩子跳进前面的翻斗里，推土机猛一下轰隆轰隆响，翻斗被举起来，那孩子吓得鬼号。有人叫小宝快去找村长。小宝镇定，他倒要看看推土机能不能把人举到天上。不一会儿翻斗落下来，那孩子屁滚尿流爬出来。司机从驾驶楼里伸出脑袋哈哈笑。有人问小宝村里要成立旅游公司吗？小宝把手背在后面点头，还有农家乐和度假村，爹说以后村里天天有肉吃。天天有肉吃？孩子们又蹦又跳，糖果和油条呢？笨蛋，肉都天天吃，油条算老几？傻蛋儿对肉没兴趣，看见肉还反胃，他甚至连电视都不稀罕了，得赶紧办正事去。一群老头围在树下聊得起劲，推土机来了？来了，来了，就停在村口。那玩意儿力气抵得过十头牛。推土机一响黄金万两，老来不怕没人养。有人问傻蛋儿干吗去？买杀虫剂。买什么杀虫剂？推土机都来了。傻蛋儿没工夫和他们扯，日杂店要关门了。路上他听见女人们说，推土机来了，那家伙轰隆轰隆几下子就开出一条道来。到时候鸡蛋要好几块钱一个！别说鸡蛋，萝卜白菜也一样，水涨起来，船就高了。日杂店里卖货的两个姑娘正交头接耳，推土机来了……有模有样的男人跟着来了，他们穿西装打领带，腋下夹着大皮包……

杀虫剂打好已经深夜了，傻蛋儿告诉二妞推土机来了，前边老大一个翻斗，开起来隆隆响。听说那是个厉害家伙。二妞也想去看看，不过要等忙完地里的活。这时候远处传来一阵轰隆，傻蛋儿说下过这场雨土豆花就开了。当晚在梦里他还笑了！

从前有座山，山上没有庙，山上开满了土豆花……

原载《中国作家》2018 年第 1 期

诗 歌 卷

作者简介

白一丁，原名张世安，曾用笔名方华，生于辽宁瓦房店渤海之滨小村落大排石。现居大连。20 世纪 80 年代中期开始摆弄一些分行文字，陆续见诸《诗刊》、《中国作家》、《青年文学》、《作家》、《星星》诗刊等百余种报纸杂志。曾做过 5 年职业地质队员，后改做编辑、记者至今。有诗集《白一丁的分行文字》出版。

苔花凋零的黄昏

有火烈鸟的黄昏，天空
更配落寞的心情
从一只梯子的空隙处
爬出闲暇的影子，和
许许多多催眠的音符

花瓣会落在哪一张桌面
闪动的烛光无所适从
像突变的表情，抑或
是从前丢弃的玩偶
静静在已故的时间里
铭记生生灭灭的苔花

什么的香？细腻得像瘦弱的风

会在一阵咳嗽声里被湮没掉
闻香的人异常敏感，他的头发
偶尔会不自觉地摆动
让孤单的氛围合拢起来
成为一记响亮的耳光

冲突明显升级，火气
还在可控范围
日渐式微的风气
和环境格格不入
和世道孤帆远景
流失的浪花，溅起了
谁人的泪水
让黄昏猝不及防

如此善良的景色，黄昏
或者循循善诱
或者絮絮叨叨
正在接受所有的风言风语
以及所有的猝不及防

原载《海燕》2018 年第 6 期

作者简介

杜玮，笔名维拉，现居大连。电影编剧。中国诗歌学会会员，辽宁省作家协会会员。在《海燕》《诗潮》《诗歌月刊》《延河》《辽河》《参花》《湛江文学》《中国诗人》等报纸杂志发表诗歌、散文、小说。有作品入选《大连市优秀文学作品集·诗歌卷（2012—2017）》《中国朦胧诗（2018卷）》《中国新诗百年精选》等。

蔚蓝之上

一排排浪，是海的鲜花
我就在它们中间，它有时似
西窗烛火映照情人的细语
有时像成群绵羊朝岸边奔跑
有时笑对远航的人儿
更多时朝低翔的海燕鼓掌

浪花是咸的，它必须是
而盐是它的木乃伊，生命须臾
吻着它的死亡，才能活下来

这些鲜花，前仆后继
嘻嘻哈哈，围绕着我跳舞，唱歌
全不考虑瞬间的跌落

勇气，不只存在于人类
我弯下腰，要捧起它们
是徒劳的
它们永远在蔚蓝之上

傍晚，我坐在傅家庄的沙滩上看海

傍晚，在傅家庄看海
它不同于我在青岛看海
也不同于我在雅尔塔看海

这是我家乡的海
就在我的眼前
只是我常常像忽略
身边的人和事一样
忽略了它

于是，我钟情于这个傍晚
珍惜并爱上这短暂
而漫长的欢愉

就像烛光，在黑夜里一闪
我看到了你，熟悉的脸

原载《诗歌月刊》2017年第12期

作者简介

郭海，笔名邑水，生于鲁西南平原，现为大连市公安局民警，一级警督。1987年在《宇宙风》发表诗歌处女作，后在《人民日报》《辽宁日报》《人民公安报》《海燕》《芒种》等报纸杂志上发表诗歌、散文、小小说等。

一条沟，插进山里

一条山沟，不在九寨
旅顺中路，像一截躺着的树干
南岔沟是树上的一根杈子
斜插进青山绿水
夏风吹进沟里
吹乱山的头发
吹皱水的皮肤

一只水生物，潜在湖里

湖水清澈，像孩子的眼睛
水面平静，有一圈圈涟漪在移动
噢，水纹下面有一个家伙
它时快时慢，波纹时大时小

多像案中的一个卧底
怎么看也看不清
尼斯湖水怪，大概也是如此

原载《海燕》2018年第11期

作者简介

季士君，辽宁省作家协会会员。作品见于《诗刊》、《星星》诗刊、《绿风》、《诗潮》、《诗林》等报纸杂志，多次获《诗刊》社等联合主办的征文一等奖等奖项，入选《中国年度优秀诗歌（2016卷）》《当代新现实主义诗歌年选（2015年卷）》《朗诵诗选》《辽宁诗歌大典》等多种选本。著有诗集《倾斜》。

假山（组诗）

冬日的阳光

这是冬日里难得的好天气
阳光照着地上的落叶
也照着树上光秃秃的树枝
照着一条被绳子牵着的宠物狗
也照着蹿上栏杆的流浪猫

阳光还同时照在
坐在台阶上的老人
和御风而行的神祇身上
老人不时拍打着厚厚的棉衣
钻进衣褶里的阳光便兴奋地跳跃着
而神祇正在借助于风

将阳光带向更远的远方

小区院里的保洁工
认真地清扫着墙角的残雪
他想为阳光
空出更多的位置

收废品的外乡人
咧着干瘪的嘴角微笑着
正将那些被人们
挥霍之后又遗弃的阳光
装进空空的编织袋里

假 山

石头摞叠在石头上
镂空的故事在回廊里曲折
一道月亮门能隔开
千年以前的月亮
一座假山
却挡不住戏台上传来的唱腔

有小亭翼然
有宝塔玲珑
但是没有飞鸟盘旋
没有一条小路
通往罗扇里蜿蜒的春天

山不在高
水有时比山还高
一滴露珠
从山上滚落到山下
就会成为静静流淌的泪水
堆成假山的石头
在泪水里浸泡
并接受一座庭院的围困

山前你是他的沟壑
山后他是你的峭壁
在这个以假乱真的园林里
良辰美景应是虚设
你和他将借助假山的掩护
虚构一场约会

两个路人

一个路人与另一个路人
只有在路上
他们才会相遇

相遇的时候
他们似乎有很多的话题
需要探讨和交流
譬如沿途的风景和路过的人
譬如各自行走的欢乐和疲惫

相遇的时候都是在半路
所有的话题也总是
在谈论到一半时
便戛然而止

在路上相遇也在路上告别
在路上结识也在路上相忘
我一直在怀疑
路上相遇的两个人
一个是我
另一个还是我

原载《满族文学》2018 年第 5 期

作者简介

姜凤清，中国音乐文学学会会员、中国大众音乐协会会员、中国音乐著作权协会会员、辽宁省作家协会会员、辽宁省音乐家协会会员、辽宁省音乐文学学会常务理事。主要从事诗歌、歌词、散文、文艺评论、电视专题片、大型晚会撰稿等写作。多首歌词或诗歌入选《中国年度歌词精选》、《中国当代歌词精选》、《2017 年中国新诗排行榜》和《辽宁诗歌大典》。出版歌诗集《律动的心弦》。

西行速写（组诗）

杨家岭窑洞

杨家岭上散落的一排窑洞，是毛泽东等中央领导同志在延安居住时间最长的驻地，狭小而简陋。

怎么也没想到
领袖的住所
竟这样狭小
窑似的土洞
一张桌子、两把椅子
仅此而已
或曰空空荡荡

——不不
窑洞还装着
大地、河流
与飘着信天游的天空
因为它总是
向着阳光洞开

唯有洞开
就有了洞察
就有了洞见
就有了对中国的洞彻
就有了对历史的
洞　穿

杨家岭窑洞的确很小
可又很大、很大
谁能数得清
一个个惊世的伟大
就是从这洞口里
稳健地走出……

2015.9.22 参观革命圣地延安

壶口瀑布

天上的神壶
倾倒了
那一脉洪荒之水
从壶口
汹涌飞泻

远远的
我听到
不是瀑布的喧响
而是群山的大合唱：
风在吼，马在叫……

眼前
黄河又在咆哮
水中
是冼星海甩动指挥的手臂
是钢琴协奏曲飞扬的音符
是奋力东渡的羊皮筏子
是刻骨铭心的黄河绝恋……

九曲黄河
这一段
最黄河
倔强中华
这一段
最中国

2015.9.22游览黄河壶口瀑布

虎跳峡

1935年5月，中央红军主力在虎跳峡附近抢渡金沙江，摆脱了数十万国民党军队的围追堵截。

身影与红军重合
脚印与红军相叠
金沙江
我是你虔诚的拜谒者

山峡如削
江水似箭
我在寻找
哪里是红军的渡口
哪里有指挥的岩洞

三万将士
七条小船
吼出了七天七夜的壮歌
还有石碑上
三十七名船工的英名
向我讲述
共和国不会忘记的故事……

就像这虎跳峡
再凶的激流再恶的险滩
猛虎红军

总能借助虎跳石
一跃
而过

2016.2.10 记于金沙江虎跳峡

609级台阶

位于松潘元宝山顶的红军长征纪念碑，被誉为“中华第一金碑”。609级台阶，象征红军长征所经过的609次战役。

真不想攀登
这长长的台阶
并非腿脚老迈
而是每上一级台阶
就会聆听一场
险恶的厮杀
就会目睹
一排排倒下的战士

其实，战士们
没有倒下
仍在这海拔3100米元宝山上
高高矗立
一手举着步枪
一手举着花束

“V”字的造型
宣告胜利

尽管，我期望这台阶
少一级
再少一级……
然而，609 级台阶却对我说：
走过艰难，才能走向胜利
不然，怎能叫长征

于是，我毫不犹豫
朝圣般地
攀登一级又一级台阶
向着前方红军战士铜像
庄严地
行
注目礼……

2015.9.25 写于松潘红军长征纪念碑碑园

原载《诗林》2018 年第 2 期。其中《虎跳峡》入选《2017 年中国新诗排行榜》

作者简介

姜秀莎，笔名大连点点，教师，辽宁省作家协会会员，大连市金普新区作家协会副主席，有作品发表于《诗刊》、《星星》诗刊、《鸭绿江》、《诗潮》、《绿风》、《海燕》等，有作品收入《中国年度优秀诗歌（2016卷）》《2018天天诗历》《2019年中国新诗日历》等诗歌年选，著有个人诗集《点点感觉》。

数沙子

我能做的一件
有意思的事情就是，坐在沙滩上
数沙子

沙子细而光滑，我只取
一指头，摊在掌心
它们温顺得像一些
稚嫩的孩子，等着我
命名或指认

一颗，两颗，三颗，四颗，五颗……
整整十七颗。没错
我数过它们三回！
每一回，我，都能，把它们
数完

我知道了：不能要得太多
如果，给我全世界
我，决不接受

雨　水

雨水日无雨，今年是个例外
天稍阴，有小风，欲言又止的样子

抬眼，一抹远山，素描般干练
慵懒的云，仿佛漫无边际地调侃

我的碎花棉袄瞬间成蝶翅，成飘起的画布
而你，将敞开的衣襟无所事事地扣上

必有深意！看起来简单的东西
往往藏着玄机，比如你，比如节日

原载《诗潮》2018 年第 9 期

作者简介

李皓，国家一级作家，文学硕士。中国作家协会会员，辽宁省作家协会理事，辽宁省作家协会第十届签约作家，大连民族大学客座教授。现任《海燕》文学月刊主编。

我得坐车去一趟普兰店（组诗）

七夕雨

一滴雨就是一个诺言
而一个诺言
则是你的一滴泪

泪有五味，而雨只有一味
唯其寡淡，方显率真
唯其执念，方显恒久

一滴雨让天地迅速交合
一滴雨让两颗憔悴的心
贴得更紧

我有一万个诺言
今天我只说出一个

剩下的统统寄存在神明的银河

你把它看在眼里
我把它举过头上三尺
一滴雨与另一滴雨相拥而泣

2017.8.28

雨越下越大

你把自己
潜伏在一场雨里
我走向你的时候
雨越下越大
你越来越多

我的周围
满世界里都是你
你弄疼我了
我一遍遍喊着
好雨，好雨

一场爱
要怎样淋漓尽致
才刻骨铭心
每一滴雨
都是你

再大的雨也会停下来
而我心里的雨
一直不停
无数个小拳头
在擂鼓

2017.7.7

皓月三章

1
即使少一个人，你也照样心如止水
你说，只要照耀就是呼应

天上一丝云也没有，你也不感到孤独
没有人知道云朵为什么消失

我就是你的一个形容词，月啊
我用十年的旧情踮起脚——够你

2
对于团圆，欢笑是多余的
你看那秋风声音再大，也是凉飕飕的

要说就说说月饼吧，它身上洋溢的气息
与享乐主义无关，与浪漫主义有关

那些年我像一个小商贩一样，到处搜集
各种各样的月饼，只是它经不住秋风轻轻一吹

3
多么虚伪！宁可在空洞的往事中作茧自缚
也不愿像吃掉一块月饼一样吃掉悲观与绝望

月光是用来吮吸的。是谁?
用一个形容词，将它涂抹得一片虚无

月亮越升越高，那一张半明半暗的脸
是深渊！在那面不合时宜的窗帘背后，喊我

2012.10.1

过王山头桥

过了王山头桥
我就是秋生了
乡亲们
请喊我的乳名

故乡的桥是爷爷的皮鞭子
每经过一次
它就抽打一遍我
变异的口音 虚伪的洋装

不复存在的河水
被那一夜贪杯的我
都倒进脑海了
放浪形骸或者胡言乱语

我到哪一只麻雀的翅膀上
去寻找淘气的影子
我们爬过的涵洞
流着那一年的逝水

河里的细沙，至今
还风干在一条鱼的鳞片上
像胎记，更像疮疤
怎么也　拍打不掉

我无法迁怒于王山头桥的重建
它美妙的前世 丑陋的今生
都足以比一根绳索，更容易
缠着我　一步一回头

我偏爱鸡肋一般的友谊

我越来越觉得
友谊像一根无形的骨头
被某条狗叼在嘴里
一会儿叼到这个聚会的饭桌上

一会儿叼到那个蝇营狗苟的圈子里

所谓的情和义
被一小撮意淫成带血的肉屑
只消三寸不烂之舌
就能轻易将从前相濡以沫的东西
舔舐得干干净净

这时的骨头已经索然无味
扔掉了又让人怅然若失
索性就让它叼来叼去吧
像叼着一枚勋章
像叼着五湖四海

相比于那些义薄云天的善举
我偏爱鸡肋一般的友谊
暴风雨过后
那些潦草的云彩让人唾弃
我必须屏蔽我的骨髓

那些年，我们仗义过
我们都把彼此当作了友谊的全部
那些美好的注脚
正在被一只只叫作嫉妒的蛆
蚕食着

你我四目相对的时候
我已骨瘦如柴

而你显然是个不错的厨师
你把我的一举一动都当作了佐料
为今天的陌路添油加醋

在一根鸡肋面前我已别无所求
这个世界只有爱情让人绝望
我喜欢用你递过来的刀子
心平气和地刮骨疗伤
直到疼痛变成了我的一种生存方式

原载《作家》2018 年第 5 期

作者简介

李硕，辽宁省作家协会会员。先后在《鸭绿江》《诗潮》《营口日报》《辽河》《大连日报》《海燕》等报纸杂志发表诗歌百余首，出版诗集《绽放》。

乡　村

尽管雨后绚丽的彩虹
再也支撑不起若即若离的黄昏
尽管多思的季节
再也无法用心把爱测量
我仍要感激春天
感激这蹒跚而来仰望的高度
让一些往事在咀嚼中被牵引

你说，让阳光回归自然
让梦独自回家
让心和云彩一起飞翔
当花儿再次盛开的时候
你就出现在焦急不安的琴弦上
如同让我无法拒绝
这春天的温存与诱惑

透明的情节
就像一束暖和的阳光
轻轻地洒在年轻的河床
我聆听到踽踽而行的脚步
一次次惊醒缠绵悱恻的梦
峡谷就这样
被你无止境地困扰着
唯有山坡上的那片嫩绿
和一块长满青苔的岩石
静静地陪伴着我
守望那个春雨绵绵的山庄

原载《海燕》2018年第12期

作者简介

刘驰，大连市金普新区评论家协会副秘书长。有散文、诗歌发表于《海燕》《沈阳日报》《大连日报》《辽海散文》等报纸杂志。

遥想父亲

十五岁的父亲
长着水乡人白皙的脸庞
瞒着爹娘　来到沈阳
开始了一生的背井离乡

他用并不粗犷的胸膛
面对铁石的碰撞和巨响
也曾下井、上井
把绿树阳光歌唱

偶尔，他会讲起
故乡河水的轻漾
和年轻姑娘的体香
湿漉漉的石板路上
飘荡着的　阳春面叫卖的回响

只是　我不太懂得

为什么美好的回忆
会有笑容伴着泪光

如今我五十岁了
常把十五岁的父亲怀想
水乡　是何等温柔的水乡
北方　又是怎样凛冽的北方
最难将息　孤灯下父母的目光

思乡　思乡　多么苦痛的思乡
我隔着太平洋
方才懂得一点点
父亲的衷肠和离殇

我要回到家乡
回到父母身旁
请他们再带我去一趟
回不去的中山广场
还要尝尝
拐角的那家酸梅汤

原载《海燕》2018 年第 8 期

作者简介

刘浩涌，笔名大路朝天。大连市诗歌创作委员会副主任，大连市沙河口区作家协会副主席。作品入选《大连优秀文学艺术作品选》《中国最佳诗歌》等选本。2007 年，入选“大连市十位有影响的文艺人物”。2009 年，诗集《写到舒服为止》获第六届辽宁文学奖。

雪开始落下

当雪开始落下
我说
等春天的时候
我们这一段好时光
会变成一枝芦苇
钻出残雪
绿在化冻的堤岸上

蛰伏的大河
会毛细血管一样从细微地裂开
到轰然崩开
恣情成野马冲撞的春水

那时候
整个的辽河平原都绿了

我们这一枝芦苇
会消隐在春风里
但为了望得更远一点儿
它必须努力长高一节

原载《诗潮》2018 年第 10 期

野　营

被月亮和冰封的大河照亮的
是一匹黑马
它站在荒废的渡口
沙滩上木船的旁边
踢踏着
鼻息化成了雾气
剪影被镶了一圈儿银边

它的主人在林中宿营
前半夜传来歌声　诗　碰撞的酒瓶
后半夜飘来了乌云
天地间开满了雪花
那匹黑马失去了光亮
一个儿童丢失了它的银铃

其实这只是一个穿越的隐喻

当宿醉醒来我们钻出帐篷
那辆黑色的吉普车
像一只白熊
蹲伏在辽河的岸边

原载《诗潮》2018年第10期

作者简介

刘丽芳，近年来开始诗歌创作，作品见诸《海燕》《芒种》《诗选刊》等。

窗　外

黑夜抛弃了白昼
它紧紧地拥抱着万家灯火
星星和月亮
是天空的装饰品
日子，在黑白交替中
品读人间真情

年轮上的印记
是我们脸上的皱纹和白发
不知不觉中
梦想已经一动不动
能走动的
只是我们的笑容

原载《延河》2018 年第 2 期下半月刊

作者简介

马强，大连市作家协会会员。高中时期开始写诗，1991年在《鸭绿江》发表处女作。2008年重新拾笔写作，作品见诸《鸭绿江》《海燕》《东北之窗》《大连日报》等。

我爱着万顷碧波的爱（组诗）

老　屋

这幅漂亮的
渔家旅店牌匾
让我与老屋之间
隔着一道金字招牌

我久久地伫立着
急于猜出老屋和牌匾
这两个名词的内心
彼此有着怎样的牵挂

那时的老屋被喊作家
与大海只是一朵浪花的距离
那时庭院辽阔
夜空斟满四季的星光

老屋破旧
而温情滴水不漏
简朴的风总在黎明时分
吹旺锅台的灶火

墙头上吊瓜的藤蔓无拘无束
这饥馑岁月的宠儿
扶摇直上的幽梦
往往是被我忽略的细节

恍惚间门口的叮嘱还在
窗玻璃上缝补的身影还在
神秘的屋顶炊烟还在
种豆得豆的豆秸秆还在

老黄狗的忠诚还在
苦口婆心的辘轳还在
溜冰车拾草筐鸟夹都在
空气中齁咸的味道都在

愚昧的杂草踏在杂草之上
与半堵老墙面面相觑
身后的海浪轻轻拍打着沙滩
声音和多年前没什么两样

一张旧书桌

卧室的角落里
静立着一张旧书桌
那是一张来自学校的
单人的旧书桌

这张旧书桌在我的卧室里
已静立多年
这张过了时的旧书桌
已变得沉默寡言
关于破旧的来龙去脉
我们彼此心照不宣

每个写诗的夜晚
桌面上暗红的纹路
如新娘脸庞羞涩的红晕
偶尔泛起枝繁叶茂的往事
都让轻浮的鸟鸣无地自容

而我，只有看着你
才感觉自己
曾经是个读书的人

原载《海燕》2018年第9期

作者简介

宁明，国家一级作家。中国作家协会会员。辽宁省作家协会第六至八届签约作家。曾被评为“首届中国十佳军旅诗人”，获首届中国屈原诗歌奖特别奖，辽宁文学奖诗歌奖、散文奖，第四、六届全国冰心散文奖。

大连的脚步（组诗）

在跨海大桥上望月

今夜的月亮是属于大连的
无论它爬上山顶，还是跃出海面
都会让每一双仰望的眼睛
在月光下，举起两颗闪烁的明珠

大连的月亮，在一幅辽阔的画卷中
是最引人入胜的部分
它选择在恰到好处的高度上悬停
为大地镀上一层朦胧的月色
一道蜿蜒的霓虹大桥，以行书的笔势
写下了今夜大连波涛汹涌的心情

爱美的大连人，最会创造出新的美景

把一轮圆月镶在翠绿的山顶上
装载到巨轮般的海岛上
高挂在扬帆启航的桅杆上
大连仿佛与这颗最大的月亮，签订了
永不离弃的相爱盟约

而我，更愿让今夜的月亮做证
看一座城市正以披星戴月的姿态起跑
以形势逼人，时不我待的雄心
绘制一张奔向 2049 年的宏伟蓝图
是的，大连人已决心花上几十年的工夫
层层着色、添彩，直到让世界的目光
在它面前驻足、惊叹，而不愿离去

大船驰向深蓝

站在这艘大船面前
我更想探究一下它的内部结构
比如，在哪里安放远大理想
在哪里焊牢辉煌的未来

大船在船坞的怀抱里
很像一个加班加点长大的孩子
它的身躯长胖变长的过程
建造者们都在用鬓角新添的白发
一根一根地记数清楚

一艘胸装远方的大船
身子骨就会被使命打造得格外结实
一块骨头与另一块骨头之间
大船人用自己最炽热的责任心
将它们分毫不差地焊接牢靠

大海的呼唤从历史深处传来
甲午的海浪撞击着银灰色的船舷
发黄的旧日历里，搁浅着昨天的太阳
大船昂起头颅，开始了驶向深蓝的征程

今天，大船的表情格外庄重
它将在一张崭新的海图上，用最深的航迹
描绘出一个大国的远航梦想
用甲板上翘的角度，去比喻一个民族
正在加速起飞的仰角

在大连商品交易所读书

登上大商所的四十九楼，打开一本书
风一吹，书页就会像叶子一样
哗啦啦地议论开来
一棵经济大树放眼世界的高度

我把书架上的一本《诗刊》轻轻卷起
做成一支单筒望远镜

向着大商所年轻的历史探望
忽然发现，每一行脚印都是一句诗行
每一棵勤劳的树上，都结满了果实

辽阔的星海湾就在窗前
无论我把书本以怎样的姿态打开
它都像两页被风鼓满的白帆
为乘势前行的航船，高调地助力

远航，注定是船的宿命
每一本厚厚的书，就是一艘知识的航船
船舱里载满了迷人的梦想
被如此多的精神食粮涵养的大商所
用积蓄下的巨大力量，会使
自己的航程越来越远

一缕咖啡的香气沁入肺腑
我屏住呼吸，对四壁的书山仔细打量
一个能够坐拥书城的人，心里怎能
不装着千军万马，十万里山江

原载《诗刊》2017年第10期新时代专号

起飞中国
——祝贺国产 C919 大型客机首飞成功

我的生命注定要写进这一天的日历
从跨进驾驶舱那一刻起
我就把自己都交给了 C919
它也把命运交给了我
这一天，上海浦东机场的天空阳光明媚
把试飞现场几千人激动的心情
也映照得像五月一样晴朗

我调匀呼吸，再次仔细检查每一项座舱设备
仪表板上的每一只指示灯
都向我意味深长地眨着明亮的眼睛
它们像刚踏上花轿的新娘，眼神儿里充满了
难抑的激动，和掩饰不住的一丝紧张
而此刻的我，心情和 C919 一样
彼此怀揣着好奇，一次次把对方深情地凝视

我了解 C919 不平凡的身世
也听说过它背后藏起太多的动人故事
它是一个“吃百家饭”长大的孩子
血液里流淌着几千名设计师的腾飞梦想
就连身上穿的衣裳，也是来自祖国的四面八方
——有成都的帽子，江西的上衣，哈尔滨的鞋子
还有西安的风衣，沈阳的裤子，上海的领带……
这样的完美组合，才更具一副中国的气质

我还知道，C919是一个腹有诗书的才子
据说，它有六项学问至今无人可及
能与这样的优秀者做合作队友
是我的荣幸，更是一种信任的依托
我和C919神情肃穆，静静地昂立在起飞线上
只待那一句“起飞”的口令

发动机涡轮叶片的旋转比思绪更快
我收回想象，目视笔直的通天大道伸向远方
将心中按捺不住的冲动，用刹车止住
C919在静止中积蓄着冲刺的力量
我的心和它一起震颤，一起渴盼
巨大的轰鸣声淹没了外界的一切窃窃私语
一个大国的自豪，即将起飞

我感受到了C919的巨大推力
它正在让一个民族的伟大梦想不断加速
跑道两侧的障碍物统统被甩在了身后
速度表上的数字在迅速攀升
我在耳机里仿佛听到了自己的心跳
加速滑跑，再加速、加速——
C919终于盼到了昂首挺胸的时刻

我双手握紧驾驶盘，像轻轻托起
一颗初升的太阳，又像托住了一个初生的婴儿
飞机挣脱大地怀抱的那一刹那
我的心倏然下沉，虽意志决绝，而又依依不舍

这多像十月怀胎的母亲，猛然听到了
那一声让人喜极而泣的幸福哭喊

今天，所有的云朵都格外洁净、安详
它们轻轻擦拭着C919修长的双翼
像抚摩一位新过门的蓝天女儿
C919尽情地沐浴在万里春风和灿烂阳光下
比游弋在大海中的大白鲸游姿更美

飞翔中，我的意志被插上了自由的翅膀
其实，我就是一只巨大的白鸟
用羽翅在蓝天上描绘一幅最美的图画
我要让日月星辰和所有仰望的眼睛
都能看清，并牢牢记下C919潇洒的身姿
记住2017年5月5日这个神圣而庄严的日子

是的，我用使命把C919送上了天空
我的生命，从此注定要和China焊接在一起
天空不再只会掠过A字头和B字头飞机的身影
更多C字头的飞机，将跟随我一起起飞
一个庞大的机群，将穿行在地球未来的上空
用一条条纵横交错的航线
编织出一张巨大的天网，为全人类
日夜打捞，最吉祥、美丽的礼物

原载《诗刊》2018年第1期

着　舰

——贺国产001A航母下水

我调匀呼吸，将尾钩轻轻放下
目光微微抬起
操纵飞机，再一次扭动身子
将机头对准甲板上的跑道
然后，大声报告——
请示着舰！

飞机缓缓下降，我的心
却在一点点提起
清晰的四道拦阻索，神经绷紧
它们都想成为
第一个把我前冲的身体
一下子抱住的勇士

那个站在指挥塔上微笑的人
心情并不比我轻松
他从眼镜后面也伸出了两道钢索
紧盯着舰场上的一举一动

我收小油门，让机轮贴近甲板
想象着尾钩将与哪一道钢索相握
从下降到停止
在这十二秒钟的着舰过程中
只有两个字，可供我选择——

一个叫生，另一个叫死

面对极短的甲板跑道
在最应减速的境地，我却要
义无反顾地加速
前冲、前冲、前冲——
只有拼命地前冲
才能焕发新的生命

我终于品尝到了“撞墙”的兴奋
折叠的翼尖高举成胜利的形状
向欢呼的手臂致意
那位面带微笑的总设计师
在高处向我招手
可谁都不知道，这次猛烈的撞击
把满头银发的他
撞成了一个兴奋的青年

战机向起飞的位置昂首滑行
途经那面红色的旗帜时
我以军人的注目礼，向它致以
最深的敬意

原载《人民日报》2018年6月20日

作者简介

孙甲仁，大连市作家协会主席团委员、诗歌创作委员会主任。20世纪80年代开始文学创作，小说、诗歌、散文等散见于《人民日报》《解放军文艺》《昆仑》《青年文学》《萌芽》《海燕》《鸭绿江》等报纸杂志，著有诗集《永远的蔚蓝》等3部，小说集《蓝鸟》。作品被收入《中国短诗选》《中国当代短诗鉴赏》《中国年度诗典（2012–2013）》《海军优秀作品选》《辽宁诗歌大典》等多种选本，多次获奖。

苍生（组诗）

自由行走的风

风的本质　不是飘　不是流浪
是自由地行走　是自由

风的行走　漫无目的
风鄙视永远不动的石头
甚至鄙视高耸入云的山峰
风最大的诱惑　是未竟之旅

风可以披着阳光走
也可以披着雨走　披着雪走

风经过蓝天　便高远
经过大海　便辽阔
风经过孤灯只影　就说——
帘卷西风——卷的不是我
是渴盼锦书的相思
是暖玉生烟的寂寞
风经过墓地　便与墓碑上的名字
谈生死　谈超度

风有酒也醉　无酒也醉
一直东摇西晃　找不着北
风不相信北斗星
其实根本就不在意东南西北
只要行走就够了——自由地行走

风不是布道者　但所经之处
万物都会竖起耳朵　并极度兴奋
波涛在跳舞　帆在跳舞
花朵在跳舞　树叶在跳舞
优雅的蒲公英和朴实的尘土
都迷乱得一塌糊涂

风不识人的字　但能看懂天地之书
风的一生就是在天地之间阅读
对随处可见的人间苦难　风无语
却会让整个天空　飘飞着泪水

风没有自己的睡眠　风的睡眠
总存在于人的睡眠里
只要人醒着　风便一直行走和阅读

风一靠近人　就会让人的眼睛
情不自禁地闭上　或亮起来

风生于青萍　死于云端
风不需要谁的思念
只希望在它经过的时候
那些沉睡的门和封闭的怀抱
能够　一一打开

行走在端午的山路上

是否花朵一样地绚烂过
此刻只见即将枯萎的孤独
风自东面来
我该向何处去
错过了紫丁香槐香之后
初夏的草木莫名抒发着秋意
天低云暗　雨将来未来
一些鸟儿
在林子的深处歌唱或哭泣
而路旁的爬山虎
趋炎附势　竞相绿得凶猛
路漫漫其修远兮
我将左右而踟蹰
然后　古船夕阳汨罗江的水
便由远而近
迅猛地漫了过来

原载《海燕》2018年第12期

作者简介

万斌，做过媒体，写过诗。在《海燕》、《绿风》、《飞天》、《星星》诗刊、《诗刊》、《诗歌月刊》等处发过诗。获过国家级奖，入选若干诗选本。

青蛙与瓦罐（组诗）

对一只青蛙的描绘

现在终于有一只青蛙
把岸转了过来
露出河的正面

以前也有一群水鸟
它们只是河的反光
直到一条鱼游来
河才抬起了水

有些动词
没有一只是青蛙
有青蛙才会有对岸
再宽的人世间也会有分离
让青蛙一跳
一条河就会合好

青蛙也有过不去的水
比如岸上的草
和水里的蝌蚪
即使不面对面
也会让水相撞

春天桃花一开
哲学就不灿烂
每次遇上河水
一只青蛙
要比一个黑格尔
更要占据中心

在偶尔的河里
不要去说一朵莲的开放
就是整个鱼的必然
每一个苹果的出现
都是一个苹果的打算
红与不红
总有一个脸蛋是好看的
与其活在别人的描绘中
不如自己更着素颜

另外的手

有时青蛙不张嘴
河再多的水

也流不出来

好的河岸
让你和哲学
一看到河
就隔着一些水

一个瓦罐
要面对很多河
才会是一个瓦罐
只要鱼眼眨着
河就会不停

在一些水面
河也有最高建筑
常常是不等蛙鸣堆起
一只青蛙
已轰然倒下

每年桃花没开
总有一位少女先红
没红的是个村妇
她的衣角一碰到河
就是另外一个人
伸出的手

原载《海燕》2017 年第 10 期

黑格尔的牙齿

我认识的黑格尔
一颗牙齿
正好是一节课

哲学被讲白的时候
就和教授的头发
混为一谈

下课的时候
一排黑格尔的牙齿
也要排队
才等来晚饭

他最美味的餐
是他先前的一颗牙齿
从牙床上飞出去
哲学才留下空位

多少年以后
窗外的一只鸟
一直没有插入到
我的班级
但是我看见它鸣叫
它的嘴里
也有黑格尔的牙齿

原载《诗歌月刊》2017年第12期

作者简介

王婧华，生于内蒙古通辽市，内蒙古作家协会会员，通辽市作家协会会员，科尔沁历史研究学会会员。文学学士学位，内蒙古通辽市广播电视台记者、编导。现定居在大连市。

午　后

暖阳在空气里跳舞
窗外的大海蓝到了天际
他偷偷扔掉了我珍藏的书
我看到了那些文字哭泣着
在海里，粉骨碎身
从此不再与我纠缠

我也不想再与他纠缠
海边的山上
花儿开得自由，散漫
儿时的我
那个乡下散乱头发的野丫头
穿着母亲做的薄底布鞋
漫山遍野
洒下银铃般的笑声

吊在树枝间的蜘蛛

让人屏住呼吸
生怕一不小心吹散了蛛网
那是一只绝不会再生出翅膀的虫子
因其欲望太多，肉身沉重
悄然从一个人的生命里走过
不留一丝痕迹

原载《海燕》2018年第12期

作者简介

王雁，教师。有诗歌、散文散见于《鸭绿江》《诗潮》《海燕》《延河》等，出版六人合集《群岛时空》。

去老网场看杏花（组诗）

枣子熟了

老屋门前的枣子熟了
像穿成串的铃铛
在秋风里摇晃
抬头望去
天空瓦蓝瓦蓝的
一朵云也没有
而枣枝低垂
一伸手就可以摘到
可是
我找不着当年盛枣子的
小竹篮了

一杯红酒

没有烛光
没有高脚杯
没有昂贵的标签
但有太多喝下它的理由
譬如今晚的气氛很好
譬如窗外寒风凛冽，不见一片雪花
譬如来到年关，大家都说一些过年话
对面的男人说，你喝了这杯我就干掉这一瓶
大家就不怀好意地鼓掌
马上。这个词总给人以希望
一杯红酒我分三次咽下喉咙
大家说，好，痛快
就喜欢女人这个样子
你看面如桃花有多好看
恍惚中，他们说女人微醺的样子最美
面对眼前空着的酒杯
我突然不合时宜地
翻江倒海地
想你

去老网场看杏花

在公交站下车，步行2公里
土路，春风的脚步太快
时不时扬起一些尘土

柳枝新绿，干净
有淡淡的远山做背景

院落整齐
新砌的篱笆墙
影子很好看
菜畦里码着的脚印是旧的
疏疏落落的阳光好像也是旧的

从屋前绕到屋后
漆着红漆的铁门是熟悉的
窗台上那只眯着眼的猫咪是熟悉的
哦，每一处杏花也都是熟悉的

嘘，亲爱的，别说话
让我在这熟悉里旧一会儿

原载《鸭绿江》2018 年第 10 期

作者简介

颜梅玖，笔名玉上烟。现供职于宁波未来作家报社。著有诗集《玉上烟诗选》和《大海一再后退》。有作品被译介到日本、美国和中国台湾等国家和地区，曾获《人民文学》年度诗歌奖和辽宁文学奖等奖项。

颜梅玖的诗

旋　舞

我再次途经这里——
几年过去了
岁月有了许多变化
而北斗河边的白樱树
还是十六棵
不多一棵，也不少一棵
我依然和当初一样
喜欢在这里坐上半个下午
每一片花瓣都是那么纯粹
但现在，时间显然
已经让它们失去了控制
它们旋转着
在落寞的光与影之间翻飞

最后落在草地上
也落在河里，梦一样消失
像夜里
曾经落在我们耳边的那群词语——
密集，濡湿
带着绝望的甜美
记得那年四月
你第一次带我来这里
我是那么开心
现在我一个人
我还是那么开心
前面群山苍茫啊
右面河水滔滔
当我躺在樱花树下
当命运的纸牌，旋转着
一遍一遍落在我的脸上

怀疑之诗

那些点燃田野的油菜花
一片金光闪闪的大海
它们无声的奔腾是真的吗？

香樟树的叶子被雨撞落了一地
在对抗和逃离的欲望之间
它们闪烁不定的飞翔是真的吗？

疾飞的鸟儿彼此热烈地叫唤
这纯粹的交谈在我的大脑中停留了3秒
那愉悦的停顿是真的吗?

乌桕果炸开，像一树灰白的念头
此刻它们组成了天空的美学部分
这沉默的诉求是真的吗?

倒在无花果树下的奥古斯丁
终于拔掉了情欲的荆棘
他痛哭流涕的绝望是真的吗?

河水消失在河床中
如果消逝才能成为真正的存在
存在又是真的吗?

我充满怀疑的对视
像雨水一样把自己淹没
我的满腹怀疑是真的吗?

唯一可以确定的是
我身上那件古旧的，铅灰色衣衫

龙卷风

那是五月的一个傍晚
看起来天快要下雨了

为了孩子的事儿，我们一直在争吵
车子开到山区时
天色更加昏黄
我似乎闻到了风暴的气息
突然，一团灰色气旋形的涡流
出现在不远处
“龙卷风！”我们同时喊了出来
它正在半空高速旋转并向前方移动
我们停止了争吵
一道闪电
猛然照亮了悬崖上一棵倾斜的刺槐树
凌乱的褐色树杈愤怒地伸向空中
由于害怕
我本能地抓住了你的手
你什么也没说
只是将方向盘转了九十度
那边是低洼地
有一大片开花的苹果树
风暴很快过去了
我们的孩子面含笑意
在梦中睡得十分安稳

愉悦的一天

我又搬家了
六年间我搬了四次家
我坐在洁净的餐桌边，哼着歌

忘记了连日来搬家的辛苦
房间的一切都是干净的
新买的木床头、带着阳光味道的被子、一大束
漂亮的紫色洋桔梗
玻璃窗贴上了红色的雪花
这花了我十二个硬币
崭新的抽烟机，炒锅，电热水壶
客厅的墙壁，贴满了孩子们喜爱的墙纸
活泼的，我一看到就笑了
我系着围裙，晾晒着一篮子刚洗过的衣服
满心愉悦
我扔掉了一直生锈的铁锅，一条毛毯，过期的药
一堆旧衣服和三箱杂志，还有
前一个房客留下的避孕套
仿佛这次，我又扔掉了所有的愁闷

原载《诗刊》2018 年第 1 期下半月刊

月亮之歌

它高踞在幽暗里，漫溢出
辽阔的光辉
它均匀地亲近世间所有的事物
仿若一座神圣的庙堂

从香樟树的枝叶间
它均匀地将光洒在我的床前

在我和它之间
一切都消失了

生命之河水渐渐趋于平静
除了眼前这一层薄薄的金黄，仍闪烁着
纯粹的光芒——
那是所有人无法抵达的寂静

厌　倦

如李淼所说，我不再将日子过成
西西弗斯推动的石头
我变得懒散
我厌倦了努力
厌倦了语法、哲学，掌声和批判
甚至，厌倦了悲伤
昨晚，我不小心又被一块木头弄伤
我厌倦了伤口
创可贴只是一种敷衍
厌倦是一条充满欲望的狗，它盯着我
我的伤口在呻吟
但呻吟的不是我
我面无表情地走着
我想起昨晚我读的一首诗
诗中说到一个孩子
用弹丸气枪一次次射向田鼠的故事
后来，那只田鼠再也跑不动了

只能拖着肚子
在草地上慢慢移动。它小小的内腔
灌满了铅

春天和许多事情一样

那二人坐在山顶上，沉默了很久
像两块很难移动的石头
身边的草茎，轻轻摇晃
杜鹃花正盛，春风又一次把她们点燃
山脚下，碧蓝的湖
像一颗奇异的斯图亚特蓝宝石
它嵌在深山里，伸出溪流去远方
“亲爱的”，那男子一遍遍擦着那女子的眼泪，
“哪个人的一生没有一些委曲求全”
“譬如那湖，你看，那么蓝，那么静
它有着我们无法想象的忍耐”
无奈的话，饱含狡黠
那女子望着山下的湖
渐渐趋于平静。哦，四月
春风浩荡，林间万物青翠
风吹动的花和她们的影子
轻抚着人们的脸颊和内心
她把手心交给他
他开始教她认识芥菜、车前草和蒲公英

骨　朵

江南是从柳芽开始的
今天我靠近她们三次
一次在小镇的桥上
一次在奉化江边。还有一次
是你打来电话时
她们在我心里又出现了一次

春天真美好啊
翠绿又回到了我的心里
布谷鸟，轻柔的空气
丝绸般的云朵成群结队
我骑着单车，风一样穿过花开的小镇
作为回归春天的一个居民
我顺从明媚的光照
迎春和玉兰
一排排的香樟、紫荆和海棠
环绕我的植物
都像夜晚你的絮语一样含蓄，丰满

我心里肯定也萌生了一个花骨朵
亲爱的，路上我一直在想：
三月开还是四月开呢？当然
我还可以像迷迭香那样
拖到夏天开

喜欢的样子

屋子里的水壶吱吱作响
风在葡萄架上打盹，花生在薄薄的红被子里做梦

今晚的星星好像比前一天更多了。每一个星星
都貌美。它们都能忍住不坠下去

立秋了。米兰落了一些叶子
有一些新叶子，又长了出来

一棵新住进来的宝石花，像芦荟的表妹
寡言，内向，最近开始有些发胖

草籽躺在花盆里七天了，样子含蓄又湿润
像害了相思

推开窗户的时候
她想起了她画的一扇窗户下，那个偏执的书生

手里拿着一封三百年前的来信
脸颊微红，半晌才开口说了一句话

这恰恰，是她喜欢的样子

傍晚快结束时

傍晚快结束时，风带来了雨的消息
它吹翻了窗前一只生病的花生壳

雨来得有些缓慢
植物都站在窗外，它们很久没有听到
雨水的发音
刚开的两朵铃兰，紧挨着
一朵湿答答的，另一朵也湿答答的

我坐在藤椅上
开始给远方那个染了半生孤独的人写信
那些薄凉的词，脚掌很小
身子骨很轻
一个词爱上另一个词，要用上一整个夏天

原载《星星》诗刊 2018 年第 3 期

作者简介

杨庭安，笔名左岸。辽宁作家协会会员。作品见《人民文学》、《人民日报》、《诗刊》、《作品》、《诗歌月刊》、《星星》诗刊等百家报纸杂志。出版诗集《一只晴朗的苹果》《灵魂21克》，小说集《小鸟是冬天树上的果实》。

岸边来回（外一首）

我所看到的涌浪没有一次相同
即使在岸边，你也看不清它的面庞
它把它隐匿在自己的白色胡须里
要说那儿的空间，足以让我闭上倦意的诗页
偶尔有鱼群通过，我的额头总是不知不觉跟着变形
潜入呼吸的深处，包括鹅卵石的道德
去造访共同的母亲
可是蓝色的水纹，不给我怀想我的双鳍
到底漂流何方。它以轻烟的方式，漫进我的花园
在爬满藤萝的墙壁下，与一个人交谈
大概是关于海贝壳的善良
我一时难辨认那个人究竟是我的父亲
还是我的儿子

反动力

惆怅到无边时，看见什么什么都在飞奔
船越来越小，海鸥在天空渐渐燃成了灰烬
“每一粒沙子都是渴死的水”
我幡然醒悟，毫不迟疑地和铁要回锈

原载《扬子江》诗刊 2018 年第 6 期

每一次想你都骨瘦如柴（外一首）

每一次是多少次
想你时，在原野上疯狂奔跑
或把脸浸在冰冷的
居山洞吟诗，也无法逃避

什么都少了，黑发，小巷，马车
眼镜后面的海子
琴声与牵牛花爬上小小的栅栏
用两个人的篝火
制造炊烟
旧电影票的座位至今还紧挨着

想你时是吃饭，是拉开黑白电视剧
是走进大理石的花纹
不易觉察的战栗

当折磨自己变成一种生活
我慢慢变成一个极端主义者
我没有假设
每一次想你都骨瘦如柴

远去的大海还会回来

世界因你的出现安静如水
大地宽广得可爱
什么都开始发出温暖的光芒
远去的火车不带一点忧郁
有多少频频招手的火焰
就有多少心从里甜到外
当黄金的天空从我身边走过
远去的大海还会回来

《星星·诗歌原创》2018年第4期

作者简介

于龙，笔名丁一，号一鹤，斋名无为，佛赐通肯居士，自称关东鲁人。现为中国生产力学会名誉会长，中国国际孔子学院联合会秘书长，香港卫视文化总监，哈尔滨市书法家协会名誉主席，关东书画研究院院长，中国于右任书法研究会会长，中国传统文化研究院院长，中国国际名人书画院院士。曾担任《四库全书》总编辑八年，被誉为“当代纪晓岚”。

江山胜迹

江山诗画随处吟
名胜古迹犹可寻
家国情怀托物志
壮志何酬方化心
边关岁月烽烟滚
盛世承平百姓因
悲歌一曲屈子怨
风情万种忆何人
中元遥祭先人志
七夕夜半雨情深
田园再奏鸳鸯谱
渔歌菱唱荷花心
群芳竞艳梅兰蕙
花草虫鱼自有神

春夏秋冬四季景
东西南北五方人
风花雪月夜炉话
对景舒怀晚抚琴
萧疏空吟贬谪赋
俳谐戏谑笑古今
羁旅乡愁离别泪
闺情隐逸故人魂
年华豆蔻结芳草
琴棋书画慰君心
泪洒青楼哭剪影
幻化红尘笑浮云
婉约豪放谁定论
今人难知古人心
遗珠弃璧君自捡
补联合韵待后人

《唐宋遗韵》七言长诗一首。写唐宋诗风词韵所含之内容，言之物类，抒怀之情，鼎铭之心，无一遗漏，广而贯之……供诗词爱好者参考。无为斋词话之十二。

原载《诗酒年华》，南海出版公司 2018 年 3 月出版

作者简介

臧思佳，中国作家协会会员，全国公安文联签约作家，全国公安文联诗歌学会理事，北京音乐家协会会员。出版诗集《橄榄树的红果实》《住在云朵里想你》《爬上云朵采阳光》，长篇报告文学《极殇》《丹心》。

月光下的普救寺

月光下，普救寺掩映于漫天的氤氲之中
温婉，寂静，绵远，成就了词汇：香馨……
如果不是一只远游的鹳雀，在头顶
画过一道含羞的弧线，反着光
消隐于远处茂盛的松柏丛中，可能不会惊动
枝头摇摇欲滴的相思，和它孕育的
晶莹剔透的爱情；更多茂密的小草醒了过来
踏着这古典的韵律，欲说还羞
瞬间翻过了一道道诗歌的斜坡
此刻，一枚细小的新月
在天边的草丛中，怀孕，发芽，萌动……
在微风摇曳的草尖，轻轻探出头来
让一个独自凭栏的伊人，深陷于一种

战栗的，寂静的，无言的美……

明月持续清照，月光下的普救寺
我走过一次，就梦醒一次，回眸一次……

原载《诗刊》2018年第10期上半月刊

作者简介

曾晖，辽宁省作家协会会员，大连市作家协会理事。有作品发表于《诗刊》、《人民日报》（海外版）、《星星》诗刊、《绿风》、《鸭绿江》，出版个人诗集《失语的灯笼》，作品曾入选《中国诗歌年鉴（1997 卷）》。

小　站

不仔细看
地图上普兰店三个字是找不到的

很多列车像发达了的朋友
斜视着扬长而去
从不停留

有人在这里
远走他乡
有人荣归故里
上上下下的一刻
瞬间
演完了一生

天天看离别
看到自己的心都碎了

这个世界没有比小站更忠实的了

一直在原地
从未离开过

每一次在外面久了
出了小站
看着小城的慢生活和依次点亮的灯盏
就觉得一切都没那么坏

雪一直下，空空的出站口
有人还在举牌
等待归人

原载《辽海诗典》，辽宁教育出版社 2017 年 10 月出版

作者简介

张俊，笔名白瀚水。写诗多年，多次在《诗刊》、《星星》诗刊举办的诗歌大赛中获奖。现供职于一家外资银行。

故　乡

布谷鸟叫的时候，父亲把一根柳条插进地里
明亮的柳枝在他额前拂动。时间在他额前
刻下一道道皱纹
父亲插一根柳条，就念一个名字
父亲的声音像在井里投下石子，没有波澜
持续的沙哑的颤动却令人悲伤
他念起的名字有些已经消失，有些还在人世
黄昏的低微的光照在脸上
灰色斑鸠在林中穿梭
父亲插一根柳条就念一段往生咒
林边的黄花生长，枯萎。疏朗的天空
从父亲眼中析出盐分，析出故我，析出加尔各答
寄宿在泥土里的衰老。我跟在父亲身后，捧起清水
淋落柳条

原载《诗刊》2018 年第 7 期下半月刊

作者简介

宗晶，满族。辽宁省作家协会会员，中国诗歌学会会员。有作品在《诗刊》《鸭绿江》《诗歌月刊》《中国诗人》《诗林》《诗潮》《海燕》《散文诗》等报纸杂志发表。有诗作入选《新世纪辽宁诗典》《大连市优秀文学作品集·诗歌卷（2012—2017）》等。出版诗集两部。

天空，晃动着星星的影子（组诗）

静物吟

一天里它们附在墙上的影子
或大或小，或高或矮，或方或圆
或清晰或模糊，而且
即使它们扭结在一起
也没有高潮没有低谷
只是在光线里纤巧地移动
像迷雾一样甜蜜着或黯然着
从夜里走出来
又原封不动地坠入夜里
除非中途，按照我的需求
给它们换了位置
换上了我的喜怒哀乐

当然，那是夜晚
除了自己，一切都很奢侈

渔人码头的黄昏

秋风静下来了
它们静下来的时候
那些岸，学会了倾听
冒冒失失的，似乎只有夕阳
她的热情在海面上跳动
水草底部，是一些小生命
它们的存在感也很随意

远处，有海鸥或飞翔或停息
它们的动作轻缓，像爱情
那对相拥的恋人被幸福抱着
他们很在意每一分钟里的温暖

同样在意的还有漫步渔人码头的我
有一种想躺下来的冲动
身后，是一片柔软的海
揽着你的后腰

原载《海燕》2017 年第 10 期

散 文 卷

作者简介

津子围，本名张连波。出版长篇小说《收获季》《口袋里的美国》等14部。小说刊发于《人民文学》《当代》《十月》《上海文学》等，近百篇小说被《小说选刊》《小说月报》等选载。获《小说选刊》“贞丰杯”全国优秀小说奖、中国人口文化奖、中国作家大红鹰文学奖、全国梁斌小说奖、辽宁曹雪芹长篇小说奖提名奖等。

岛上的树

小卢一直到了24岁才对自己的家世有所了解。其实不只小卢，很多人不仅是在小的时候，甚至一生都对自己的家世缺乏深刻而透彻的了解。每个人都是照不远的烛光，看不清身后的事，身前的事也很模糊。

当然，有记载历史方面的家谱，范例上基本是春秋笔法，但那多半是被局限的、被风干了的文字。小卢上大学之后才对父辈口头讲述的家世产生了怀疑。我们在一个宿舍，脱课那个下午他亲口跟我讲的。后来一些日子里，我在高大杨树飘絮的操场上和在窗前结满霜花的图书馆里看到过他孤独的身影。以至于他错过了一双美丽而忧伤的大眼睛，那个西北女子留给他一段身影、一个碎片的记忆和一缕青春在体内酝酿的气息。据他自己讲，那个气息浮荡在他身边很多年，袅娜不散。

小卢在大学的最后一年决定放弃对家世的追问，原因十分暧昧也十分明确。他在调查时发现，自己的先祖是南方人，后来做了北方人。南方和北方的划分是隔了一条江，那条长长的江水不慌不忙、慢慢地推送着岁月的磨盘，使得人类设定的时间现出几分可笑和几许滑稽。

小卢仿佛成了一只没有方向的孤雁，在校园外的街道上踯躅，街灯把他的影子拉长或者缩短。也就在那年初秋，我们毕业班的同学离京踏上了返乡的火车——小卢没和我们同行，他买了去舟山的火车票。他悄悄地对我说，我要去普陀山。我以为他想在工作前做一次旅游，也没多想。多年后，我才知道后来发生了什么。

小卢在颠簸和摇晃的绿皮火车上一夜没睡，早晨起来迷迷糊糊地跟着人流下了车，又坐人力车到了码头，买了渡海的船票。那天中午，下了船的小卢才知道，他去错了码头，他脚下的岛屿不是普陀山，而是一个叫岱山的岛屿。尽管已近初秋，海边的中午仍旧潮湿闷热。小卢在街上漫无目的地走着，他的目光在流动的人群中跳跃着、闪烁着。那是一个古朴、宁静、整洁的古镇，在一条标牌为解放路的老街上，小卢走过了青石板，走过了老商号，然后，坐在一座灰墙斑驳、檐角残损，但砖雕精致的木刻门楼前的台阶上，脚下是石板缝中冒出的如古钱般暗绿的青苔，闻着刺鼻的鱼腥味儿，眺望波光粼粼的大海。小卢身后的山峦上是郁郁葱葱的林海，有杉木、马尾松、毛竹、木荷、枫香……特别是离他三米远的地方有一株老香樟，他无法判断那棵树的树龄，不过他想，起码上百年了吧。

海岛的气候瞬息万变，云层越来越厚，起初，海面的颜色比天空还明亮，而到了傍晚，小卢面前渐渐有了雾雰。他站起来，发现怀抱群山的不是大海，群山飘浮在云雾之中。天黑之后，浓雾散尽，天空悬挂着朦胧的月亮，小卢隐约听到了海潮的声音，他静静地坐在那里思考着，仿佛枕着涛声，不知不觉就睡着了。

天蒙蒙亮，小卢醒来第一眼就看到了那棵老香樟，他的衣服已经是湿漉漉的，伸一下舌头，发现舌尖也是咸涩的。那天早晨小卢做出一个决定，他决定要留在岛上。

真正的哲学在民间。小卢这样说，可事实上，他并不能说出一个令人信服的理由，但他的确留在了古镇。作为名牌大学哲学专业的大学生，他也许是“81届”唯一选择小海岛定居的人。

在古镇，小卢找不到专业对口的单位，当然，他不在意这些。后来通过市人事局办理改派手续，他被派到县中学教政治，讲课并不是小卢的强项，不能展现他的学问和才能，所以，一个学期下来，他在老师和同学眼中的神秘感消失了，渐渐地，“桑叶岛”上很多人都知道，北师大的毕业生，也是徒有虚名，表里不一啊。小卢并不是有意，却不折不扣地损害了母校的声誉。

尽管如此，给小卢介绍对象的热心人还是不少，小卢也乐此不疲地看了几个，他不挑工作，只挑长相，看过的一些却都不满意。一个偶然的机会，小卢在岛上东沙镇邮电所看到了邮递员小林，他一下子被她“锁”住了，当时他想，小镇上居然还有这么漂亮的姑娘，也许上帝早就给他准备好了。打那以后，邮电所就成了小卢频繁出现的地方，两人的情感生活也拉开了“序章”。

小卢经过多方打探，基本探明了小林的情况。小林的父亲是渔厂工人，家境一般，小林是家里的老大，身下还有两个妹妹两个弟弟。对于小卢来说，这些都不是问题，而对于小林，她的想法也许更实际一些，所以，当小卢托的媒人上门说合时，小林当时就拒绝了。从那一天开始，小卢的夜晚变得漫长而惆怅，他买了一把吉他，一边弹奏一边歌唱，旋律总是凄凉和忧伤的。当然，小林的拒绝反而激发了他的斗志，他几乎天天去邮电所看小林，无论烈日曝晒还是刮风下雨，就这样，他苦苦地追了半年，小林终于坚持不住了。小卢抱着吉他对着小林唱情歌，围观的人像看祭海活动一样，而小林却晕倒了。醒过来，小林流着泪说，你为什么这样？我不值得你这样，我们不般配。小卢跪在宗祠台阶前，对小林说，你是上帝赐给我的礼物，我永远爱你，不离不弃！

古镇人当笑柄一样风传小卢求爱的逸事时，小卢已经喜气洋洋地带着新娘子回家乡了。小卢自豪地对妹妹说，怎么样？哥娶了最漂亮的女人。妹妹对这个衣着老土的嫂子不以为然，她说这样就算最漂亮？在咱们这儿可以找出一个加强团。小卢不管那些，他认为自己的感觉才是最重要的。

新婚之夜，小林羞涩的表情令小卢更觉得神圣，他甚至不忍心亲吻小林的眼睛，他说，多么漂亮的一双眼睛啊，一碰都要碰出水来。小林立即哭了，她说，有些事情我还没跟你说透彻，我的眼睛有问题，是先天的，医生说如果生孩子我就有可能失明，概率在一半左右。小卢拥抱着小林，安慰着她，让泪水和激情一起升腾着。

小林是善良的，就如同她的父亲，尽管她的父亲对鱼开肠破肚，可他总是虔诚地、默默地为它们祈祷。小林决定给小卢生一个孩子，她偷偷地怀孕，坚持到六个月时才不得不告诉他。

孩子出生后，小林真的失明了。深秋的夜里，小卢又坐在老香樟树旁的台阶上，夜里的台阶是空寞的，忽明忽暗的路灯下偶尔出现三三两两的人影，听到空旷的自行车铃声。一个老头儿路过，小卢递给他一支烟，他们一边抽烟，一边看星星。小卢说，这地方的天空真干净，看到的星星都是真的。老头儿笑了，他说你这人说话真有趣。小卢十分认真，他说我小时候就生活在大城市，城市夜晚的天空是朦胧的、模糊的，不像这里这样透明、清澈。老头儿看了看小卢，不笑了，他说，我生在这个岛上，活了78年，说实话，什么也不做就看星星，我还是第一次。

女儿卢滋的降临，增加了小卢的生活负担和责任，他也从县中学调到了镇小学，而那几年，小林家的事一件接一件地发生，父亲中风住院，妹妹离婚，弟弟惹祸，小卢那点工资就是杯水车薪。在生存压力面前，他这个读书人不得不自食其力，在社会上找一份兼职。由于小林的关系，他家在码头承包一个“流动商亭”，主要推销岱山“三宝”：香干、沙洋晒生、硬糕。时令季节，他还卖小吃，蟹糊、葱油泥螺、蝴蝶虾什么的。每天早晨他在码头上翘首以盼，一班轮船停靠，客人从栈桥上一下来，小卢就迎了上去，推推搡搡、跌跌撞撞地吆喝着，日子久了，他已经没有了书卷气，粗糙的皮肤、粗大的嗓门，微笑中透露出低级的狡黠。

日子是一副扑克牌，最初拿在手里觉得很多，可到了后来，觉得越来越少了。回过头看，日子是经不起抽的，不知不觉中，手里可以打出的牌就越来越少了。

老卢送卢滋去上大学。老卢对老林说，女儿是天下最漂亮的女孩儿，尤其她那双眼睛，一碰都能碰出水来。老林很难过，老卢扶着老林，自豪地说：你应该高兴才对，卢滋的眼睛没问题，生一百个孩子眼睛也没问题，明白我的意思吗？生一百个孩子都没问题。老林用手捂着嘴，不停地点着头。

20 年后我才见到老卢。我对他说，毕业 20 周年同学聚会只有你联系不上，你怎么能一下子失踪了呢，像一颗露珠一样蒸发了，一点痕迹都没有。这些年，到底发生了什么事？老卢很平静，他说没发生什么特别的事，他生活得很好。我想不出他能在那个岛上生活了 20 年，十分不理解，你学的专业跟这个小镇有什么关系呢？老卢笑了，他说大家不都一样嘛！

老卢的消息在同学中裂变一般爆炸。有的同学写信打电话，邀请他去工作，有几个女同学聚会时还为当年的才子喝酒、惋惜落泪，相邀一起去看他。这些都没改变老卢的生活。老卢只淡淡地对老林说了一句，他们以为我过得不好。

的确，老卢一直没什么大的作为，没有显赫的名声，也没有什么研究成果，他只是过着一种简单的生活，像一枚随风飘落的树种，飞过海峡，落到岛屿。老卢知道，树并不像人们想象的那样有目标和方向，它们不过是大自然的一部分，无声地伫立在那里，树荫匝地。

老卢最初的记忆停留在家乡那个城市的喧闹中，很多快乐的和不快乐的事都发生在那里。原本他信誓旦旦，是要回故乡的，他觉得自己是故乡的一棵树，有很多姜黄的秋天和青白的冬天在等着他。事实上，老卢的确成了一棵树，只是后来发生的事情与他的初衷没有关系。

我还记得我和老卢在古镇牌坊下看海面余晖，牌坊外面就是一望无际的大海。渔船归港，东海休渔了！

老卢说，大自然和人都在呼吸之间，吸进黑夜，呼出白昼，呼出生，吸进死，其实，我们都会淹没在历史这卷泛黄的线装书里，唯有这起伏的山峦、这无垠的大海，还有岛上的树……

原载《国酒文萃》春之卷 2018 年第一期

作者简介

老藤，本名滕贞甫，中国作家协会会员、中国作家协会全国委员会委员，辽宁省作家协会党组书记、主席。1983 年开始在报刊上发表文学作品，出版长篇小说《腊头驿》《鼓掌》《樱花之旅》《刀兵过》等，小说集《熬鹰》《没有乌鸦的城市》等，文化随笔集《儒学笔记》《探古求今说儒学》等。作品多次被《小说选刊》《中篇小说选刊》《长篇小说选刊》《新华文摘》《小说月报》等转载。

掬一捧笑容慰流年

庆祝改革开放 40 周年，我该拿什么奉献给你？这是我参加中国作家采访团前往皖、浙、湘期间一直在琢磨的事情。从大别山深处的岳西、霍山，到长三角的淳安、桐庐、安吉，再到湘西的花垣、泸溪、吉首，一路走来，采访团一行如同一队从周代穿越而来的采诗官，在村寨阡陌中游走，在商贾村民间访谈。尽管脑子里总在幻想古时采诗官信马由缰的洒脱，但十余天下来，我并没有采到诗，也没有听到原汁原味的民间歌谣，但让我欣慰的是，我采到了一捧鲜花般的笑容，这笑容是风雅颂无法比拟的。

桐庐，隐逸文化的重镇，元代画家黄公望的《富春山居图》就取材于此。在这个美丽的康养福地，我被下姜村展室里一张妇女的照片吸引了。照片中的妇女置身栀子花丛，正采摘栀子花，她笑得很开，露出了并不整齐的牙齿和淡红的牙龈，她的眉眼、颧骨、高高绾起的头发以及蓝色的坎肩上仿佛都带着笑，整张脸都红透了，连毛细血管似乎都激动得要怒放，这是一个把笑容诠释到极致的劳动妇女，她让我联想到春天漫山遍野的红山茶。

似乎没有谁说某一种笑容像苔花，因为苔花太小了，小如米粒。在皖东岳西县石关乡茭白合作社交易点，我发现了一个苔花般的微笑。那是一个正在包装茭白的中年女人，个子娇小，圆脸，穿蓝色工装，我悄悄给她起了个很文艺的名字——茭白女。我问她茭白价格如何？茭白女说了价格后微微笑了一下，这是一个需要仔细捕捉才能发现的笑，如同细密的苔花，隐藏在眼神、眼角和两腮浅浅的酒窝里，茭白女苔花般的笑容告诉我，她是开心的。

不知何时，盲目的怀旧情绪似乎变得时髦起来，有些人喜欢重温已经烟云般散去的民国梦。在网上看到过一些民国老照片，我发现照片中的人物很少笑，不管是摆拍的达官名流，还是随意街拍的市井人物，其表情大多十分木讷，笑容哪里去了？一个被小资们津津乐道的所谓美好时代，笑容竟如此匮乏。

浦市，曾经是一个繁华的古镇，明清时有“小南京”的美誉。随着公路运输的开通，沅江里樯桅林立的古渡已经不再，进步的潮流似乎与这座古镇擦肩而过。多年来，这里如同一口无人汲水的古井，日夜张望着蓝天流云，变得停滞，甚至有些混浊。我们来到河堤边一座始建于明朝的建筑——万寿宫，这里正在表演傩戏，因为不收门票，百姓可以自由出入。我看到一位老人看戏很入迷，不时跟着哼上几句，便过去与老人聊了几句，老人叫郑必涛，72岁，去年刚刚做完肝胆手术。老人在邻县工作，退休后回浦市养老，平日里和老友喝喝茶、听听高腔，照顾一下上小学的孙儿，日子过得挺闲适。我说，现在人们都进城养老，您怎么还从县城回到乡下？老人说，浦市好呀，水好、空气好、青菜也好，看傩戏听高腔，凭啥不回来？老人说完这段话朝我笑了笑，我被老人的笑瞬间打动了，这笑容像一朵百日菊，老人脸上的皱纹如同花瓣层层泛开，给人一种幻灯的效果。

与郑必涛老人百日菊般的笑容不同，花垣县十八洞村八十余岁的施成富老人的笑则如同向日葵一般灿烂。施成富老人是当年坐在总书记身旁聆听总书记关于精准扶贫讲话的村民，“为了能吃点儿想吃的好东西”，他特意装了一口假牙，大概没有想到有客人来访，我见到他时他没戴假牙，正坐在院中小凳子上晒太阳。老人笑眯眯地望着我，把一张眼角下弯、嘴角上翘的笑脸呈现给我，这笑容太像葵花了！我忍不住用手机将它定格下来。

韩凤娇的笑则可以成为十八洞村魅力的标志了。韩凤娇本来在西子湖畔生活和工作，因为爱上了十八洞村一个小伙子，毅然远嫁到这座千里之外的苗寨，当起了义务导游员。给采访团留下深刻印象的是韩凤娇的笑容，尤其是她将自己爱人的照片分享给大家的时候，她笑得无半点掩饰，如同一朵阳光下绽放的荷花。这本来是盛开在西子湖里的荷花，是什么让她盛开在了群山深处的十八洞村？答案很清楚，如果十八洞村依然是多年前的老样子，韩凤娇还会嫁过来吗？让我联想到矢车菊的笑容是小岗村表演花鼓舞的姑娘们，她们在表演过一段凤阳花鼓后，簇拥着著名作家铁凝说说笑笑。姑娘们的笑容明亮、幸福，充满快乐。如果时光倒退40年，一天只能吃两顿稀饭的姑娘们是否会有这样的笑容？

有人用白玉兰来形容女性含蓄的笑，在见到了被称为“豆腐西施”的石清香之后，我认为这个比喻无比贴切。石清香是吉首市矮寨镇坪朗村人，苗族，她家的石磨豆腐采用当地青皮豆为原料，泉水泡豆、手工石磨磨浆、柴火铁锅熬浆，这一技艺已经被当地政府列入非遗项目加以保护。采访团与村民座谈时，石清香很端庄地微笑着，她的笑含蓄内敛、恬淡自然，有着白玉兰般的气韵，是一种雅而适度的笑。“仓廪实而知礼节”，如果湘西的土家族、苗族兄弟姐妹不脱贫致富，这雅致的白玉兰怎能绽放在群山深处？

在湘西，我也遇到一位不笑的老人，她是龙大娘，家在坪朗村文化广场后面几十步远的地方。龙大娘坐在自家的大门前静静地看光景，她家的房子旧但不破，一看就是老宅。我向老人打招呼，经过一番手口并用的交流，我得到了如下信息：老人姓龙，82岁，儿子在镇上打工，她和孙子住在村里，生活虽不富裕，但吃穿用都不愁。让我疑惑的是龙大娘一直没有笑，黧黑的脸色十分凝重。我问她有什么困难，她指指自己的小腿说，腿不行了，不能出去走走。我这才明白，老人是为自己不能出去走走而伤心，她也许从电视中看到过近在咫尺的矮寨大桥，也许知道十八洞村几位与她同龄的苗族老人进了北京，上了电视里的《星光大道》，而她因为腿不好，却不能出去走走。

我猜想龙大娘内心一定在渴望一种笑，只不过这种笑是孕育在心中的蓓蕾，尚在成长之中。

采访归来，在盘点十几天的收获时，那些自然美景和人文景观仿佛云霞流霓一闪而过，脑海里反复浮现这些花一般的笑容，它们带着芳香、带着雨露，也带着希望，构成了一捧绚丽多彩的花束，我懂得应该把这捧花束献给谁，同时，我也悟出了一个道理：最美的风景是笑容。

原载《辽宁日报·北方副刊》2018 年 12 月 26 日

作者简介

李皓，国家一级作家，中国作家协会会员。曾获全国冰心散文奖、中国·曹植诗歌奖等，著有诗集《击木而歌》、《怀念一种声音》和散文集《一个人的辞典》等。现为《海燕》文学月刊主编，大连民族大学客座教授。

岱山磨心

舟山群岛于我算不上太熟悉，但也并不陌生。十数年来，我多次到普陀山观光游览，留下诸多美好的回忆。然而，每次来去匆匆，普陀山以外的岛屿竟无缘驻足。有时候坐在往返于沈家门与普陀山的客船或快艇上，望着舷窗外一座座大大小小的岛屿，突然就有一种怅然若失的感觉。

这是一种什么感觉呢？是渴望相识、渴望抵达的感觉吗？是，或者不是。汪洋里那么多岛屿，哪里会有那么多机缘，让我一一去踏上这大小不一的国土？这正如茫茫人海，各色人等，难道我们都要去挨个儿相逢相识吗？

况且，对于岛屿，身在黄渤海之滨的我，终究算不上陌生。大长山岛、小长山岛、广鹿岛、獐子岛，即使是远离大陆的海洋岛，我都不止一次去过。对海岛人的生活，我已经较为熟悉，不少憨厚的海岛人，甚至成了我生命中不离不弃的好友。

但是，对于东海那片海域海岛人的生活，我终究是陌生的。我期待有一个机缘，走上普陀山之外的另一座海岛。

这样想时，岱山就款款悠悠地走进了我的视线。

一

其实直到离开岱山，我也不知道岱山群岛上的哪一座山叫岱山，或许这里的每一座山都叫岱山呢！

岱山之名的来历，诗人谷频说来源于被称为“岱宗”的泰山。我不知道远在山东的齐鲁名山和汪洋里一群小岛如何扯上关系，但《现代汉语词典》里对“岱”字的解释除了作为姓氏外只有一个：“泰山的别称。也叫岱宗、岱岳。”如此看来，岱山就是“海上的泰山”咯。泰山在五岳当中不是最高的山，但名气可是最大的。岱山在国内的海岛中排名第五，虽不是最大，但一定是藏了名扬四海的雄心的。古人对地域的命名，显然不是轻率的，这里面一定有这样那样的渊源，只是时光久远，这些故事都散佚在民间了。

还有一说，岱山古时又叫蓬莱山。相传公元前219年，方士徐福为秦始皇求长生不老药，率领童男童女和百工数千人，分乘几十艘大木船，从慈溪达蓬山出发驶向东海，寻找仙人居住的瀛洲、方丈、蓬莱三神山。经过十几个昼夜的艰苦航行，徐福的船队终于在一处海湾的东北角靠岸。据考证，徐福要寻找的三神山之一的蓬莱山，就是今天舟山群岛的岱山岛。

对于这个说法，我倒是颇有几分认同。世间多有传说徐福最后到了日本，并以日本各地有不少徐福寺且有专门节日祭祀徐福为证。我不是历史学家，无意做这方面的研究。且不说那时国人的航海技术能否轻易抵达那个岛国，如若不是万不得已，有几个人愿意背井离乡漂洋过海？那一定是一次绝望的航行，况且还要带着童男童女和百工，那是去赴死，而绝不是求生！这样的传说，究竟是被谁误读了呢？

联想到岱山的方言，我这个东北人连一句都听不懂。置身于他们当中，简直就是身在异国他乡的感觉。我更愿意把岱山人当作徐福的后裔，他们智慧善良、心灵手巧，男的帅气，女的漂亮，冥冥中似乎还有一些神秘。他们过着幸福自足的生活，不事张扬，安分守己，诗书传家，这才是真正的中国人，这才是背井离乡的徐福们需要传达给邻邦乃至世界的！

记得在鹿栏晴沙景区海边的小山包上，一根金光灿灿的“定海神针”赫然矗立。我想，徐福就是岱山的定海神针，世世代代，护佑着岛上风调雨顺，衣食无忧，尽享大海的供给和恩赐。

二

海岬，多么富有诗意的名字！

岱山多海岬，那浅浅的小巧的港湾，面粉一般的细沙点缀在海滩。可惜我们来得不是时候，冬季的海岬里暗流涌动，海水是昏黄的，混浊的，人去滩空，让人心生落寞。但这并不妨碍你想象海岛的夏日，晴天碧海，来自各地的游客在这里尽情戏耍，尽享大自然赐予的如梦如幻的假期。

而此时此刻，夕阳已在海天一线的地方跳跃着，愁绪像涨潮的海水一样灌满我们的心房。

岱山的文友们这时把我们领到海岬边，一定是有所谋划的。果然，他们发给我们每人一个精致的漂流瓶。瓶子里有笔，有白纸，有一个小小的信封。我们写下了自己的“留言”，然后装进小信封，塞进漂流瓶，把瓶塞塞紧，然后在众人的欢呼声中，奋力掷进大海里。把心事托付给黄昏的大海，期待“海枯石烂”，期待漂流瓶“漂过海岸线，回到最初的遇见”（某电视剧片尾曲歌词）。更重要的是，所有人都记住了这个诗意无限的日子：2017 年 12 月 23 日。

岱山人很会“搞事情”，岱山的文朋诗友们更会“搞事情”，他们不动声色地留下了我们的“心事”，让岱山从此在我们的生命里魂牵梦萦。

一起来的著名诗人大解是个收藏石头的专家，不管走到哪里，他都能捡到中意的石头，然后费尽周折运回石家庄，让石家庄更像“石”家庄。不过这一次，大解失算了。细沙绵绵的海滩，见不到一块石头；干净的街道，古香古色的渔镇，石头都砌在墙里头。更重要的是，这里的海鲜，这里的“岱山三宝”——沙洋晒生、东沙香干、倭井潭硬糕，这里的美酒，让大解早已将石头置之度外，他恍然觉得自己是那汉高祖刘邦了，即兴吟诗一首：大风起兮云飞扬……

三

岱山有仙山，名曰摩星山。

山不在高，有仙则名。摩星山海拔仅有 260 米左右，这在陆地上就是一个小小的山丘，但是在岱山县城，这可是最高峰了。

中巴车盘旋而上，山上植被极好，不乏参天大树。山谷间，储备淡水的水库像高山湖泊景观一样，把摩星山点缀得灵秀毕现。再往山下望去，宁静的海岛小城尽收眼底，炊烟淡淡。山路边上的茶树，大概是沾染了佛性，颇有些仙风道骨，并且拥有一个很好的名字：蓬莱仙芝。

意念中隐隐有茶香飘过，车子便抵达了慈云极乐寺的阶前。这是一个以慈云庵为背景、依山而建的寺庙建筑群，面向大海，层次清晰，极其雄伟壮观，据说这里有“小布达拉宫”之称。据说慈云庵为清朝所建，位于山的高处。在慈云庵前面，后来修建的慈云极乐寺三圣殿、藏经楼、大雄宝殿等依次排开，或琉璃生辉，或庄严肃穆，或神秘莫测，或巍峨壮丽。我们拾级而上，登到慈云庵古建筑门前，恰好那里正在重修，我们便顺着墙边的青石路，向蓬莱玉佛宝塔走去。

蓬莱玉佛宝塔高 60 余米，一层入口处供奉着据说是从缅甸请来的汉白玉观音佛像。我们没有登塔，在友人的引领下，来到宝塔侧面的一个僻静的院子里，进屋小坐，与寺庙现任住持谨慎相谈。谈话间，住持安排工作人员给我们沏上蓬莱仙芝茶，茶香袅袅，苦中藏甘，是我极为喜欢的绿茶的味道。三四道茶之后，我们不便更多打扰，即刻辞行。住持以已故悟道老和尚法语《蓬莱拾遗》相赠，与我们一干人不问姓名，淡然相别。出得门来，我看见院子里的矮墙上摆着一溜多个花盆，里面栽着各种梅树，多半已经打了骨朵儿，其中竟然绽放了一朵，我用手机拍了下来，心中甚为欢喜。

下山路上，谷频告诉我，摩星山也叫磨心山。

多好哇，磨心山，多么富有禅意！想不到在另外一片海上，竟有这样一个神性的去处，让我瞬间安顿下来，把自己打磨得越来越接近一杯绿茶，抑或一滴海水。

原载《中国财经报》2018 年 1 月 20 日

作者简介

马晓丽，国家一级作家，中国作家协会会员，中国作家协会军事文学委员会委员，辽宁省作家协会理事，大连市作家协会名誉顾问。主要作品有长篇小说《楚河汉界》、长篇纪实散文《阅读父亲》、中篇小说《云端》、短篇小说《俄罗斯陆军腰带》等。曾获第六届鲁迅文学奖短篇小说奖、第二届中国女性文学奖、第六届辽宁曹雪芹长篇小说奖、《小说选刊》双年奖。长篇小说《楚河汉界》入围第六届茅盾文学奖，并被改编为电视剧。中篇小说《催眠》由北京人民艺术剧院改编为话剧并演出。

所有的卑微

我其实是个特别不自信的人，只是我一直撑着面子不敢把底细露出来，结果掖着藏着久了竟撑出了个貌似自信的壳子。躲进壳子的我，不仅没能从卑微的自我中解脱出来，反倒缩得愈发紧了。当我想把实情说出来的时候，却发现有个自信的壳子在那儿撑着，已经没有人相信我了。如果我告诉别人我不自信，人家不仅不信，还认为我是在邀宠，是矫情。于是，我只好闭紧嘴巴继续撑下去。

只有在父亲面前，我才无所顾忌。有一次我问父亲，你说我聪明吗？父亲问我为什么这么问？我说，我一直觉得自己不够聪明，但还是有人会说我聪明。父亲想了想说，聪明有很多种，有真有假，有内有外，不同的人对聪明的理解和判断是不一样的。我问父亲，那你看我是真聪明呢还是假聪明？

父亲反问，你自己觉得呢？我说我不知道，反正别人一说我聪明，我就特心虚，总觉得人家是一时被我蒙住了，所以就一边在心里暗自庆幸，一边担心人家迟早会发现我其实并没有他想象的那么聪明。父亲忽然笑了，发现同案犯似的看着我，很知近地对我说，我跟你一样！当时我一下就愣住了。我不相信父亲会跟我一样，父亲可是个公认的聪明人，他幼时读书就名震乡里，连中学都没上过就敢去考大学，而且每考必中。民国时大学随便考，父亲连续报考了好几所大学，竟悉数把录取通知书收入囊中。即便在晚年赋闲之后，父亲也是干休所里尽人称道的聪明老头，无论是象棋、桥牌，还是书法、篆刻，只要父亲出手，尽能拔得头筹。但父亲却告诉我，他也跟我一样怀疑别人是被自己给蒙住了，才误以为他聪明。我说你是真的聪明嘛。父亲说，也许是吧，眼看我这一辈子都要过去了，至今还能蒙住别人，就说明我可能是比周围的人要聪明一点吧？父亲笑看着我说，你也可以这样想嘛，这样想会对自己有信心。至今，我也忘不了父亲这番话带给我的内心震撼。在此之前，我怎么也没想到父亲也会有同我一样的不自信。得知真相的那一刻我如释重负，顿生“德不孤，必有邻”的窃喜，在心里大大地为自己松了口气。后来我想，也许就是从那一刻起，我明白了这世上所有人的内心里都有个卑微的自我，都会时常在自信和不自信之间挣扎，只是程度轻重不同、表现方式不同而已。

从某种角度上看，我与陈志国的卑微感是一样的，只不过陈志国的壳子更硬一些，反弹的动作更激烈一些。按阿德勒的心理分析，就是“由于自卑感总是造成紧张，所以争取优越感的补偿动作必然会同时出现”。其实我挺赞许陈志国的，他始终执着于自己的追求。尽管在我看来，他追求的那个结果未必就比现在的好，但对陈志国来说，结果也许并不重要，重要的是他以卑微之躯一直在与这个世界、与自己较劲，重要的是他以一己之力一直在为改变自己的身份、处境、地位而不懈努力。陈志国让我看到了卑微生命的无奈与无望，不甘和不屈。

与陈志国不同的是，我从不敢跟自己较劲，更不敢与这个世界较劲。由此看来，我比陈志国的内心还要卑微，还缺乏自信。一个不自信的写作者笔下的障碍就格外多，我总是不断地怀疑自己的所见，不断地怀疑自己的所思，不断地怀疑自己的表达，很难写出令自己满意的文字，其结果就是无节制地拖延，造成很少写出作品的尴尬现状。我最怕朋友见面问我最近在写什么，每被问及，我都脸红心跳张口结舌，壳子里那个卑微的自我瞬间无限放大，惭愧得恨不得钻地缝。对自己发表出来的作品，我也缺乏自信。我不知道是否还有作家像我这样，不敢看自己发表出来的东西，看不出好，满眼都是毛病，永远无法抵达我向往的高处，只能为我质疑自己的天分、才气、功力提供证据。曾经，我以为获奖会把我从卑微的自我中解脱出来，事实上并不能。我获奖了，我也很高兴，但远没有想象的那么高兴。究其原因大概是我觉得获奖只是个偶然事件，至少落到我身上是个偶然事件。我相信有太多与我不相上下和比我好的作家的作品被埋没了，这种情况很正常，毕竟获奖需要太多的偶然和必然的因素，我只不过比别人更幸运罢了。这种想法看起来很豁达，可惜我这样想并不是因为豁达，而是因为不自信无法认可自己，说到底还是那个卑微的自我在作祟。

我是在很久以后才想起，在当年的那次交流中，父亲还对我说过另一番话。父亲说，你还是太在意了，其实一个人聪明不聪明并不重要，别人对你的看法也不重要。你记住我这话，什么时候别人把你当傻子你都不往心里去了，才说明你真是聪明了。记起父亲这番话是在我长了大把的岁数，懂得了应该包容生命的缺陷之后。我相信是生命都有缺陷，女娲造人其实很随意，用不同的泥巴不同的手法，于是人便形形色色千姿百态。每个泥人都有瑕疵，每个泥人的瑕疵都不尽相同，瑕疵其实就是生命不可或缺的组成部分。那么，既然如此，我们为什么不能坦然地接受呢？我喜欢那个叫克里希那穆提的印度哲学家的说法，“不要对抗习性……根本不要注意它，不要对它产生挂碍，因为你愈是挂碍，它愈有力”。他说，“任何一个抗拒，都会助长习性”，“破除某个习性就是在培养另一个”。他说得真好！

我不知道自己是从何时起，是如何改变的，也不知道这样的变化究竟算是好还是不好，我只知道我不再像过去那样撑着了，不再那么执念于对抗卑微的自我了。也许，就是从我开始接受卑微的自我，开始用生命常态的目光看待卑微、体恤卑微之后，卑微就越来越多地进入了我的视野，成了最能牵动我的神经，最能触动我心中柔软之处的生命现象之一。也就是在这之后，我看到了这个令我百感交集、唏嘘不已的陈志国。

原来，苍穹之下，所有的生命都是卑微的，所有的卑微都是可体恤的，无论是自己还是他人。

原载《北京文学》2018年第6期

作者简介

宁明，国家一级作家，中国作家协会会员。辽宁省作家协会第六届、第七届和第八届签约作家。出版诗集《态度》、散文集《飞行者》等。曾被评为首届中国十佳军旅诗人，获第八届辽宁文学奖诗歌奖、第九届辽宁文学奖散文奖、首届中国屈原诗歌奖特别奖、第四届和第六届全国冰心散文奖、两次空军蓝天文艺创作奖。

飞行手记

一

迎接我的是飞行教官丁天男。

我在来“老虎团”报到前，就听说过他的传奇故事。他是中国空军第一批“双学士”飞行员，不仅被派到俄罗斯加加林空军军事学院留学过两年，还和俄罗斯当代最著名的飞行员之一普加乔夫在同一架飞机上飞过“眼镜蛇”机动！更奇妙的是，丁教官还是一位小有名气的军旅诗人。他常用笔名天男在各种报刊上发表从蓝天白云间采摘回来的诗篇。那些像浪漫云朵一样美丽动人的诗歌，不仅赢得了许多年轻飞行员的青睐，更赢得了那位戴近视眼镜，也喜欢写诗的女航医的崇拜。据说，她悄悄收集丁教官发表的诗歌，剪贴了厚厚一大本子。我临来“老虎团”报到前，还专门从当当网上邮购了一本丁教官的飞行散文集《飞天者》，想从中了解一些他飞行中的“内心世界”。

丁教官个头不高，眼睛不大，但给人以体操运动员般机敏的感觉。他有力地与我握手，笑着说：“欢迎你来‘老虎团’接受战术训练！以后的一个月时间，咱俩就朝夕相处啦！”

我抑制不住对他的崇敬心情，迫不及待地想知道当年他飞“眼镜蛇”机动的经历。

当我说出普加乔夫的名字时，丁教官问我：“你了解普加乔夫？”

我急忙说：“知道的呀，他是俄罗斯功勋试飞员，俄罗斯的飞行大英雄！”

“那你知道‘眼镜蛇’机动是怎么回事吗？”

我入伍当飞行员之前就是个“飞行迷”。为了展示我知道的飞行知识，便滔滔不绝地开始解释：“‘眼镜蛇’是一种非常态下的飞行，是一种过失速机动，主要用于——”

丁教官听后向我摆摆手，高兴地说：“没想到你讲的还很专业呀，咱们以后有时间再详细讨论‘眼镜蛇’机动吧！说不定我还会教你飞一次‘眼镜蛇’……”

我随丁教官走进飞行楼大厅，一座高大的雄鹰铜雕拦住了我的目光。雄鹰高扬的翅膀像两把乌黑锃亮的利剑直刺天空，而它那回望中的犀利眼神，像已搜寻到了将要捕捉的猎物。鹰的整个身子正要从铜雕的底座上一跃而起，好像一架战斗机欲向地面俯冲攻击。

飞行楼一至三层是三个飞行大队的飞行员办公室兼宿舍，四层是团领导办公室兼宿舍，五层是飞行教室、飞行模拟器练习室，还有“飞参”判读室。丁教官回头看了我一眼，说：“这个‘飞参’判读室就是飞行员飞行回来后，专门解读飞机‘黑匣子’里各种数据的地方。你在天上飞了什么动作，飞得是不是标准，一判读‘黑匣子’记录下来的数据就清楚了。”“黑匣子”，随时随地记录飞机全部数据的“档案柜”，而且坚硬无比，不怕摔，不怕水，也不怕火。其实，“黑匣子”是因为长得面相太黑而被人们取的“绰号”，它也有自己的学名，叫飞行参数记录仪。

飞行教室的墙上挂满了五颜六色的飞行空域、空靶或地靶航线图，还有各种穿云实施方法、特殊情况处置示意图。画展中的每一幅作品上都标注着密密麻麻的飞行数据，有的画面上还贴着一架架小飞机。挂在投影屏幕旁边最醒目的一张图是飞机座舱图，彩色的，立体感很强，站在座舱图前就会有坐进飞机座舱里的感觉。丁教官说，这是由一位飞行员花费半个月业余时间手工绘制的，看上去非常漂亮吧？我一边点头说真漂亮，一边在心里再次发出对“老虎团”飞行员们的啧啧赞赏。

丁教官宣布：“从明天开始，你进入十天地面准备倒计时。你的飞行代号是○○二。”

“教官，那您的代号呢？”我好奇地问。“当然是○○一！”丁教官回答。

丁教官将一张印制清晰的黑白座舱轮廓图交给我，只说了句“你先看看”，转身就回宿舍取东西去了。

丁教官取来一张彩色的座舱图，放在我面前。我看着密密麻麻的仪表、电门、把手、开关、按钮、拉环、控制盒……面目陌生又似曾相识，一下子难以叫出它们的名字。座舱图的右侧列出三排字号很小的数字编号，每个编号旁边都写着一个或几个设备名称。飞行员只要看到这些设备的学名，便能知道它们的基本用途。有的设备因长相奇特，被飞行员们起了约定俗成的外号，比如“鸭嘴开关”“猫眼信号灯”“王八盒子”，等等。也有的电门，掌管着好几项用电设备，比如，一个编号为三十三的电门后边，就密密麻麻写着“一表七灯五按钮”字样，说明这个电门分管了十三项用电的设备内容。丁教官说：“这些座舱设备都是我以前交下的‘朋友’，现在介绍给你，也要变成你熟悉的好‘朋友’哟！”

我瞄了几眼座舱图，感到无从下手，不知道该先选择哪一项内容来交“朋友”。这时，我看了一眼数字最后一行的编号，竟然是“二二五”！一架飞机设计二百多项座舱设备，让飞行员怎么操纵呢？若是再加上那些多用途的电门、开关，项目还不止这么多。飞机的座舱设备太复杂了！

丁教官把一沓印好的座舱轮廓图放到课桌上，让我用红蓝铅笔在各区域内填充设备形状。为了让我尽快进入状态，掌握画图要领，他说先示范画一张。他边画边向我讲解：“飞行员正前方这一片仪表叫中央仪表板，左边这两排电门叫左配电板，下边是左操纵台；座舱右侧与左侧基本是对称的，只是设备不同。”我数了一下被丁教官划分出来的红色条框总共十二处，这些陌生的“地盘”我要在未来两天内全部占领。丁教官要求，我两天内要熟记这二百多项设备的名字，不能出现失误。

丁教官仿佛看出了我的为难情绪，拿过一张座舱轮廓图放在自己面前，向我下达口令：“计时，开始！”我还没反应过来，他已开始用红蓝铅笔在纸上的框子里龙飞凤舞起来。三分二十秒，丁教官把一张画好的座舱图推送到我面前。我把这张图与彩色的座舱图对照一遍后，一项不差！丁教官说，他还可以双手用粉笔在黑板上“左右开弓”画座舱图，速度比在纸上画得更快。

我打算从座舱左侧最小的那块“地盘”开始开垦，巩固一块，再开辟一块，逐渐扩大战果，最终取得全面胜利。

我白天画，晚上也画，第二天下午五分钟就能画完整张座舱图了。丁教官说，突破四分钟，即可过关。

当我画过一百二十多张座舱图后，感觉座舱图就像印在脑子里一样，再画一张时只需三分五十秒即可完战。连我自己都不敢相信，练习仅两天时间，就能这么快地画出一张内容不缺、位置准确的飞机座舱图了。

二

“地图作业是飞行员飞行前必须完成的一项工作。”丁教官一边将一张崭新的比例尺为一比一百万的航空军用地图展开，一边让我拿出准备好的向量尺、计风仪、红蓝铅笔。这样的航空军用地图我并不陌生，地图上不仅标有最高山峰的高度，还用等高线标有山腰各阶段的高度，其他诸如铁路、公路、河流、水库、村镇、岛屿，更是一应俱全。那些弯弯曲曲不规则的等高线和等深线，把一张军用地图渲染得格外神秘而丰富。

在同样图幅上，比例尺越大，地图所表示的范围越小，图内表示的内容越详细，精确度越高；比例尺越小，地图所表示的范围越大，反映的内容越简略，精确度越低。

我问丁教官，航空军用地图都用比例尺一比一百万的吗？丁教官说当然不是，如果飞低空课目，就要求飞行员在地图作业时更详细地研究地面障碍物分布情况，比如哪里有个小山包，山头是多高；哪里有高压线电塔或工厂高大的烟囱，以及它们的高度是多少。这些信息在地图测绘时都会详细标注出来。这种地图叫大比例尺地图。低空飞行中一般用比例尺一比五十万的地图就够了，偶尔也会使用一比十五万的。比例尺一比五十万，就是指地图上一厘米代表地面五千米。

“地图作业主要是四个字：画、量、算、标。”丁教官在黑板上写下这四个大字后，还在每个字的后边又画出好几个长长的箭头，每个箭头都指向一句阐释性的话。我看着这四个被丁教官用彩色粉笔画过圈圈的大字，感觉从它们身上长出的箭头很像风筝迎风摆动的尾巴。

丁教官用手中的向量尺当教鞭点了点第一只“小风筝”，说：“画，就是画航线，或画空域位置。要画得规范，颜色不要搞错！”他一边用向量尺比画，一边讲“画”的要领。他让我在地图上先找出预设的航线地标位置，然后指着飞行速度为每小时八百千米的转弯半径的圆圈，示范如何将地标套在正中间，再用红铅笔在圈的内侧均匀地画弧线。“这个红圈就是飞机以每小时八百千米在地标上空盘旋时的航迹。”丁教官指着向量尺上的两排大小不等的空心圆圈接着说：“每个圈上方的红字代表飞行速度，右下方的红字代表转弯半径，周围一圈的黑字代表转弯角度所对应的飞行时间。”我拿起向量尺，仔细观看每个圈上的数字，从速度每小时六百千米至九百千米不等。

丁教官将如何用向量尺量航向、距离，如何根据量出的距离用计风仪计算应飞时间，如何在航线旁标注距离、时间、航向“三要素”，以及标注机场导航台位置和无线电方位线的方法等，不厌其烦地讲了一遍。我花了半个多小时向丁教官问清楚了导航台和无线电方位线是怎么回事。丁教官画了一张示意图，用一个“△”表示导航台位置，还在“△”头上画了两根“N”形状的“带电”的小辫子，用来表示导航台发射出来的电波。丁教官用向量尺一头压住导航台，一头压住航线上的一个地标，仔细对准两端的位置后，用红铅笔画了一段与航线交叉的线，然后又轻轻转动向量尺上端的方位刻度盘，读出这个地标的电台相对方位角是二百三十度。也就是说，飞机沿预计航向到达这个地标上空时，座舱里的无线电罗盘指针应指在二百三十度位置，以此可检查飞行航迹是否正常。

接下来，丁教官让我自己独立完成地图作业，规定时间是四十分钟。“计时，开始！”丁教官把手表放在桌上，转脸望着窗外那片蓝得像水晶一样的天空。

我的一声“报告”把丁教官从深陷的思绪中拉了回来。他先看了一眼手表，时间三十六分钟，然后开始仔细检查我做完的地图作业，并不时颔首，最后在地图边界的空白处写下了一个“5”，还在下边重重地画了两条横杠。五分，是每个飞行员都努力追求的“优秀”。

丁教官将一本像《新华字典》一样大小的蓝皮书交到我手里，并用激将的口吻说：“这本关于特殊情况处置的蓝本子里收录的方法一共有一百一十一种，你几天能背下来？”我看了看这个足有一拇指厚的蓝本子，反问了一句：“能给我几天时间？”“三天，只能给你三天，能行吗？”丁教官依然是激将的口吻。“三天就三天！”为了能早一天在“老虎团”飞上天空，我必须在地面准备阶段争分夺秒。

当我翻开《歼击 × 型飞机飞行特殊情况处置》这本小书的目录时，感觉刚刚燃起的那朵自信的火苗被兜头泼了一瓢冷水。“飞机自动转入‘电操纵’处置”“力臂调节器故障”“调整片效应机构故障”“代偿服自动充氧”……这些夹杂在特殊情况中的陌生名词，简直就像两个特务在接头时嘀咕的一连串暗语，把我搞得一头雾水。我只好硬着头皮从“开车、起飞、着陆”逐项、逐条地背记。好在有丁教官为我讲解这些特殊情况，我提问他解答的问题远比这本小书里写下的内容要多。

在累得头昏脑涨时我不免在心里嘀咕，飞行中真的能遇到这么多特殊情况吗？用得着把它们像小和尚念经一样一条一条地背诵下来吗？丁教官仿佛猜透了我的心思，很严肃地强调说：“不怕一万，就怕万一。这些特殊情况你可能一辈子也遇不上一条，倘若哪一天飞行中遇上了其中的某一条，你因不会处置或处置得不熟练犯了操纵错误，就可能造成机毁人亡！”丁教官末了又说：“飞行员最大的敌人是侥幸！”

丁教官给我讲述了他自己飞行中遇到的一次特殊情况。那天，他驾单座机飞战术航行，飞机到达预定高度后，发现速度表指示越来越小，而飞机仍劲头十足地向前奔跑着。他想，可能是速度表故障吧，继续飞行，待观察一下情况变化再说。但他并没有意识到此时飞机已严重积冰，当观看左右炮口、机翼前缘和副油箱头部时，才忽然发现这些部位早已被裹上了一层厚厚的冰盔，若不及时采取措施，飞机继续在这个积冰的高度层长久飞行，最后可能连副翼、尾翼也被冰层冻住，使飞机失去操纵，酿成飞行灾难。他顿时感到心情紧张起来。一边请示塔台指挥员下降高度、增大速度，脱离积冰的高度层，一边间歇性地按下除冰按钮，用喷洒酒精的办法消除座舱风挡上的积冰。这时，他才恍然大悟，原来是积冰堵住了测量飞机动压大小的空速管，使速度表指示出现异常。他立即打开空速管加温电门——为即将堵死的空速管化冰。

机头前方那杆长枪似的家伙叫空速管，主要负责为座舱内的速度表、高度表、升降速度表等设备收集并传递动压、静压方面的“情报”，使这些仪表能准确地指示飞行时的数据。当然，空速管肩负的特殊任务还不仅仅是这些，它可是个责任重大的“大忙人”。

我问丁教官：“飞机怎么会在空中积冰呢？”丁教官指指我手里的蓝本本解释说：“若飞机在云中小速度飞行，外部气温在二摄氏度至七摄氏度时，飞机的突出部位首先就会出现积冰。”这使我忽然想起以前在航空网上看到过的一条信息，某国一架试飞中的预警机，因长时间在积冰层飞行，飞行员判断错误、处置不当，加之指挥员思想麻痹、指挥不力，导致了新机坠毁、多人遇难的惨案。

第三天吃完晚饭，丁教官在灯火通明的飞行教室里对我进行笔试。笔试比口试要容易些，当遇到一个一时不知该如何回答的问题时，还可以让笔尖在思考中停下脚步，通过广泛回忆和苦苦思索，也许还能寻找到那条“柳暗花明”的曲径。而空中遇到特殊情况时，则需要飞行员立即做出判断，迅速进行处置，且要求动作准确，不能失误。果然，笔试之后，丁教官临时决定增加口试。前两个问题是关于“失速螺旋”和“空中停车”，我回答得很流畅，丁教官很满意。第三个问题是“夜间跳伞注意事项”，我回答时就有点吭吭哧哧了。丁教官笑了，告诉我说：“这些注意事项的确不包含在蓝本子的一百一十三条里。但是，作为一名合格的飞行员，要学会触类旁通思考问题，把最复杂的危险情况力争事先都想到，因为飞行中瞬息万变的特殊情况远比这个小本本里写的复杂。”

三

第一次座舱实习，我就捅了个大娄子。

座舱实习前，因有了默画座舱图的基础，我已对座舱里的二百多个电门、开关、把手、按钮、仪表、信号……背得滚瓜烂熟，且随手就能指出它们分布在座舱里的位置。丁教官为让我牢记这些座舱设备的相互关联，还帮我编了一些简单易记的口诀。比如，座舱右侧玻璃盒里有上下两排电门，功能复杂，名字古怪，可丁教官用一句话就能说出上排五个电门的名称，而且顺序不会颠倒。这句口诀叫：“一灯二臂三爆四投五应急。”如果把它们的名字展开来说，仅“一灯”就包括“着陆灯、滑行灯及起落架放下标志灯”，而“五应急”则包括“应急投弹、投副油箱、投火箭发射器”。这两个电门若忘记打开，上述设备就全部“闹罢工”。

“歼击机的座舱空间都很狭窄，如果不把这些设备合并在一起，而是一项任务设立一个工作岗位，要占据座舱不少的位置，那样座舱内将会更加拥挤不堪，甚至达到无缝插针的地步。”丁教官曾这样解释说。

在去机场的路上，我嘴里念念有词地背诵丁教官教我的口诀。但有的设备是编不出口诀的，只有靠死记硬背。

按照规定，飞行员进入飞机座舱必须穿飞行服、飞行靴。这些只有拉链没有扣子的飞行服，是为了防止飞行员将钥匙、衣服扣等“外来物”遗落在座舱里，在飞行中卡住操纵系统而发生危险。我在飞行楼里早早就将飞行服穿戴整齐，拉紧拉链，心里掠过几分激动。

到机场下车后，丁教官对我讲了许多进入座舱后的“不准”，比如不准扳动起落架红色保险销，不准触碰红色座椅弹射手柄，不准拉动红色布帘把手，等等。凡是涂成红色的设备，触碰后都是危险的。

我终于登上飞机，跨进了座舱，心怦怦跳得厉害。

座舱内的味道充满了神秘的气息。我极力控制自己的情绪，把心情平稳下来，放缓语速，一字一句将口诀兑现在具体的座舱设备上。

我摸了摸丁教官几次提过的那个“管事”最多的电门——“一表七灯五按钮”，它处于左座舱壁后配电板前数第二个位置。这个其貌不扬的小小电门，竟然承担着这么多的责任。

我开始模拟开、关车动作，直到得心应手，准确无误。今天的座舱实习内容全部完成，效果不错。我的心情也像白云擦拭过的天空一样，感觉阳光格外灿烂。

反正还有剩余时间，那就提前熟悉一下军械设备吧！我先打开总电门，又打开军械电门，接着打开了“平显”，橘黄色的光环像一朵花一样盛开在我的眼前。我看了一眼那三个被涂成红色的装弹按钮保险盖，竟鬼使神差地把左手伸了过去。但我马上意识到，现在是通电状态，按下装弹按钮，炮弹就会上膛。于是，我伸出右手关闭了军械电门，想在断电状态下体会一次按下装弹按钮的滋味，确切地说，是想模仿一下那些英雄前辈在空战中曾经的潇洒动作。他们在空中装弹时的动作一定是迅速有力，充满了神圣感！

“咣当”一声巨响，把我吓了一跳！我按下装弹按钮的左手触电般缩了回来。

丁教官“噌”地蹿上了飞机，厉声大喝：“不要动！”说着，他伸手关闭了飞机总电门。这时，我才看见军械电门依然处于打开位置，而旁边的另一个电门却被我刚才关闭了。我关错了军械电门！

机务人员也赶过来了，迅速把“有病”的飞机推到安全地带，以防炮弹“走火”。

我心里懊悔极了，低头向丁教官承认自己的错误。当我说到自己关错电门，按下装弹按钮的思想动机时，丁教官居然哑然失笑，说：“想当空战中的英雄？别急，总有一天你会有机会参加空战的！”

回到飞行楼，我主动写了一份检讨，交给了丁教官。丁教官说：“飞行员都是在不断犯错误中，被批出来的。没挨过批的飞行员，世界上一个也不会有！”但他又说：“飞行员不能犯严重的错误，那样会付出血的代价，甚至生命的代价！”

四

丁教官给我安排的模拟飞行时间是三小时。他补充说：“你自己还可以利用中午或晚上休息时间‘加厚’练习。”说罢，把飞机模拟器练习室的门钥匙递给了我。

当我第一次跨进那架没有机翼、没有尾翼，甚至没有机头的“飞机”时，心情还是有一种异样的感觉。毕竟这家伙是个“活物”，而且不用像在飞机座舱里那样，担心触动那些红色设备。在模拟器上练习飞行，谁都可能遇到“机毁人亡”的灾难，只要重新启动一次，又可重返蓝天。那些从座舱图上“走”下来的各种仪表、信号灯，不仅能发出逼真的工作声音，还会“挤眉弄眼”地与我进行交流。这架永远也飞离不开地面的模拟器，座舱设备和飞机上的完全相同。只是，它的“飞行”是靠电动的。

在模拟器座舱后方，有一个开放式座舱，这两套指示系统是联动关系。座舱里的飞行员若操纵飞机上升，前后舱两个仪表就都指示上升，且数据分毫不差。后方仪表板前还放了一把折叠椅，是专供教官观察前舱飞行员的飞行情况的。此刻，丁教官就坐在后方的椅子上，观看我的一举一动。

我像真实飞行一样，按照程序逐一检查相关设备。检查座舱设备分为：进入座舱前检查、进入座舱后检查、开车前检查、滑出前检查、起飞前检查。飞行员每个阶段检查设备的内容都不一样，各有侧重。比如，滑出前检查是“四、四、四”检查法，即座舱左侧检查四项，前方检查四项，右侧检查四项，这十二项内容中若有任何一项不在规定状态，就不允许滑出。

发动机的轰鸣声是模拟出来的，目的是让飞行员有身临其境的感觉。飞机开车成功，一切检查完毕，我报告：“〇〇二请示滑出！”我松开右手紧握的刹车手柄，加油门至转速每分钟七千转，使发动机增至规定的转速，可是飞机却并未向前滑动。我继续加大油门，发动机发出“嗷嗷”的尖啸声，飞机，仍然纹丝不动。

丁教官在后边发话了：“〇〇二，检查应急刹车手柄位置！”我在“四、四、四”检查时看过一眼应急刹车手柄，没发现异常。我迅速找到位于中央仪表板上方的应急刹车手柄，发现此时它果然在“拉出”位置。当我用力“推回”这个红色手柄时，飞机“噌”的一下子蹿了出去。原来，不知什么时候应急刹车手柄被丁教官放置在了“工作状态”，尽管我松开正常刹车手柄，但机轮仍处在应急刹车控制下，飞机当然就不能滑出去。我明白了丁教官的意图，他设下的这个“陷阱”，是在考验我能否及时发现情况，准确判明原因，果断处置。

飞机歪歪斜斜地在跑道上奔跑，不断出现偏转，我左右蹬舵不停地点刹车修正方向。一眨眼工夫，飞机滑跑速度迅速增加到每小时二百三十千米，我急忙模拟转移视线到机头正前方，看好风挡与天地线关系位置，向后拉动驾驶杆，飞机的前轮“呼”地抬了起来。直到飞机起飞后收起起落架上升高度到一百米以上，我才稍稍喘了一口气。

但刚才起飞抬前轮时的异常情况，委实把我吓了一跳。我没想到模拟器的电动操纵这么灵敏，“呼”的一声就把“机头”翘了起来！幸好我及时向前推了一下驾驶杆，稳住飞机上仰的惯性，不然就造成了“小速度离陆”的特殊情况。

五

飞行楼前有一块平整的水泥场地，四周围着一圈涂过蓝漆的矮矮的栏杆，栏杆上镶嵌着昂首飞翔的小飞机。场地外立着八块白底红字的牌子，上边用油漆写着醒目的“地面苦练　空中精飞”。场地足有三个篮球场那么大，地面上用五颜六色的颜料画出一幅地图，有山川、城镇、海岸，还有用白瓷砖镶嵌进水泥地里的机场跑道。我和丁教官站在这幅巨大的地图上，把机场周围方圆三百千米的主要地标尽收眼底。

我跟随丁教官编队“飞”进演练场时，脚步一直小心翼翼，生怕飞行靴踩脏了这幅色彩斑斓的美丽图画。我们各自手里拿着一架飞机模型，拉开架势，将要在这张地图上进行一场期待已久的带领性空战。

丁教官说，带领性空战要循序渐进，先分练几个战术动作，然后再合练，最后才能达到自由发挥的程度。

丁教官和我站成并肩位置，开始向我讲解“背向分合”战术动作的操纵要领和安全注意事项。两架编队飞机在同一高度、速度条件下，各自外转一百八十度，都使用发动机最大推力，谁能先绕到对方尾后并占据有利攻击位置，就要看他压坡度快慢和拉杆形成载荷的大小了。“转弯半径越小，越会争取主动！”丁教官已把飞机的坡度压到六十度以上，加满油门开始急转。我也迅速压坡度，并将飞机的坡度压到七十二度。这是飞机水平转弯的极限坡度！

丁教官回头望了我一眼，用微笑示意：“继续增大载荷！”我边拉杆使飞机尽快转弯，边想象如果空中实际飞行，飞机应该已经出现轻微抖动了。在极限坡度盘旋中，飞机像只陡立翅膀的苍鹰，耳边一定挟带着“呼呼”的风声。

我终于绕到丁教官飞机的身后，并提前减小坡度，准备逐渐形成尾随态势，为下一步攻击奠定基础。丁教官显然已看出了我心中的小九九，不露声色继续大坡度转弯，很快我们之间的主、被动态势发生了变化。本来是我即将占据主动位置，不承想丁教官转到一百八十度并未减小坡度而是加速急转，少顷，他即抢占到了我尾后的有利位置！而此时，我再想重新增大坡度挽回主动态势已不可能。

丁教官停下来，分析我由主动变被动的原因：“你在刚刚看到胜利曙光的时候就放松了警惕，所以，你败了！”丁教官接着具体解释：“在对手没有停止转弯前，一定不能抱有侥幸心理去提前占位，要在运动中不断寻找机会，直至最终牢牢咬住对方，并抓住对手减小坡度时两三秒钟的有利时机，立即攻击！”

下一个要演练的战术动作是“S”形急转弯。我紧跟在丁教官飞机身后，目不转睛地注视着他的动向，防止他狡猾地突然做动作。我不能在起跑线上就让他把我打败。果然，丁教官还没有完成“S”形转弯的前半部分轨迹，就猛地压反坡度进入了后半部分的急转弯。如果，我尾随距离过近，他就可能把我逼到自己的机头前方，构成攻击态势；若我距离过远，他在完成后半部分“S”形转弯后继续急转，也有可能绕到我的尾后，对我构成威胁。但我牢记刚才他的警告：“不到最后时刻，决不放松警惕。”直到丁教官连续做了三个“S”形急转弯，既没把我甩掉，也没逼我冲前。我始终咬住他的机尾不放，占据着主动位置。

这次，丁教官笑了，回头赞扬我：“○○二，干得好！”

“高手对决，比的就是谁先发现对手的失误。不要盲目乐观暂时的优势，任何一个小小的失误都可能导致态势的逆转，产生的后果将是致命的危险。”丁教官停了下，又接着说，“胜负看似在空中，决战其实在地面。飞行员在地面研究好各种战法，空中人机合一，才能实现先敌出手，出手即胜！”

六

今天是夏至。今天的日出时间是四点二十八分。按照作战条令要求，担负白天战斗值班的飞机必须在日出前三十分钟完成各项准备。值班室有一只嗓门洪亮的马蹄闹钟，头天晚上值班参谋已将闹铃时间定在日出前一小时位置，以便准时叫醒飞行员起床，保证检查飞机有充分的时间。

担负今天值班任务的是王参谋，一个很机灵的大学毕业生军官。当他在睡梦中被巨大的闹铃声惊醒后，马上跳下床去敲值班飞行员的门，并大声喊：“起床！检查飞机！”此时，停机坪上各种用于检查飞机的车辆设备已经到位，机务人员已将飞机身上穿着的绿色蒙布解开，两架担负战斗值班的飞机在灯光照耀下静悄悄地停放在黎明前的夜色中。王参谋把我和丁教官喊醒后转身像兔子一样“噌”地蹿回了自己的屋里，重新钻进被窝里。但他绝不敢睡回笼觉，只是在床上懒一会儿。王参谋必须等飞行员检查飞机完毕，确无问题，才能向上级指挥所电话报告，并在值班日志上登记好飞机号、飞行员代号、准备好的时间。按照作战值班规定，各类值班人员进入值班状态后是不准卧床休息的。他之所以敢这样违反规定，是因为天还没亮，至少还有半个小时的夜色做掩护。

夏至是日出最早的一天，也是我跟随丁教官参加战斗班的第一天。在王参谋敲响我们的房门之前，我已听到了停机坪上各种车辆行进的声音和机务人员为飞机充冷气的声音，这些声音虽然被窗帘过滤后剩下的很小，但已醒来的我依然能听得清清楚楚。我不是不想再多睡一会儿，而是因心情兴奋实在难以睡着。准确地说，我是一直在等待王参谋前来敲门，并静静地躺在床上，像放电影一样一遍遍默想着检查飞机的程序。我期望早一刻踏上停机坪、跨进飞机座舱，体味在夜色中为飞机通电的神秘与激动。而丁教官却心情坦然，细微的鼾声，均匀地从他的床头传来。

别看丁教官从睡梦中醒来得比我晚，当听到敲门声后，仅用十几秒钟便穿好了飞行服，蹬上飞行靴，拎起飞行头盔就往外走。我为追上丁教官，一只飞行靴的拉链还没顾得拉上，脚步就匆匆跨出了门口，一路小跑直奔停机坪。丁教官曾给我说过，一旦遇到战斗起飞，去停机坪的路上不能跑得太快，飞行员气喘吁吁跨进座舱后由于心情极不平静，容易出现操作差错；但也不能太慢，超过规定时间没有报告“准备好”，就是严重的误时误事。飞行员轻则受到通报批评，情节严重的还会受到纪律处分。

我跟随丁教官奔向停机坪的路上，虽然是小跑，但呼吸基本上还是像快走一样均匀。我们各自跨进飞机座舱。他是长机，停机位在左边；我是僚机，飞机停放在右边。机械师怕我因天黑踩空了梯架，一手扶稳梯子，一手扶着我的身体。

在座舱里坐稳后，我扶正飞行头盔，插好无线电接头，打开飞机总电门，飞机的各种用电设备开始发出“嗡嗡”的和鸣声。飞机通电后发出的嗡鸣声与模拟器上的声音不同，它们各有自己的曲调。我在嗡嗡作响的奏鸣曲中开始检查各项座舱设备。此刻，座舱内的红色、绿色、橘黄色信号灯交替闪亮，显得格外刺眼而缭乱。我知道这些信号灯大都是可以通过旋转灯帽的方向来调节亮度的，但检查验收后的飞机是供白天执行作战任务使用的，所以，我只能眯着眼睛阻止部分刺眼的光芒，而不能将它们调至“夜间位置”。

我在逐项检查用电设备时，特别注意检查飞机的“电操纵系统”，这是飞机的备用大脑中枢神经，一旦正常操纵失效，就要靠它把飞机从死神那里抢救回来；我还重点检查了“发动机供油系统”，它是飞机的血液和心脏；调试好无线电台和无线电全罗盘也很重要，它们一旦失灵，飞机就失去了耳朵和眼睛；而“军械系统”是必须检查的，导弹、火箭、火炮相当于战斗值班飞机的佩剑和飞镖，是攻击敌人的主要武器；最重要的仪表是地平仪，它是仪表之王。飞机的所有飞行姿态都要通过它反映给飞行员的眼睛，并依据它的指示操纵飞机。通电检查十五分钟后，我用无线电向丁教官报告，同时也是检测无线电联络是否畅通：“〇〇一，〇〇二通电检查完毕！”“〇〇一明白！”丁教官回答后随即关闭电门，跨出座舱。回值班室的路上，我跟在丁教官身后问：“你发射过导弹吗？”“当然发射过啦！白天、夜间都发射过，而且是多次发射过！”丁教官轻描淡写地回答。

当我和丁教官走进值班室向王参谋说明检查飞机一切正常时，他已整齐地穿好军装，佩戴上值班臂章，端坐在电话机旁了。王参谋在值班日志上做完记录，抓起直达线电话向指挥所报告：“‘老虎团’战斗值班双机二等准备完毕！”

丁教官向我介绍说，战斗值班分一等、二等、三等和后续值班状态，当由低等向高等值班状态转进时，都有严格的时间规定。我们平常在机场战斗值班室的值班为“二等战备值班状态”，即指飞机准备好并停放在规定位置；启动飞机使用的电瓶车到达飞机旁待命；飞行员的飞行服穿好，手枪、伞刀携带在身上，并随时准备听候转入一等的电铃警报。

七

上午八点是指挥所与飞行员进行指挥协同的规定时间。

八点整，战斗值班室与指挥所间的直达线电话铃声准时响起。我和丁教官已经提前来到战术研究室的台桌前，摊开地图，准备接受指挥所的电话指令。

今天的协同内容与往日不同，不再是常规的出航、返航，天气变坏时穿云下降方法等内容，而是一次未知条件下的对抗空战。指挥所引导员介绍说，据侦察到的可靠情报，有两架敌机将于今天某时偷袭我方机场，敌机飞行高度、来袭方向和具体时间不明，上级命令“老虎团”适时出动两架值班飞机于距机场一百五十千米外围拦截，破坏敌方来袭行动，力争将其歼灭在途中。战区指挥所明确规定，此次对抗空战不使用超视距导弹攻击，不使用机载和地面电子干扰设备，目的是锻炼双方飞行员在指挥所引导下搜索发现目标、近距空战的能力。很显然，这是一次由幕前和幕后两套指挥班子分别指挥的一次对抗性战斗行动，总导演是战区指挥所。这种未知条件下的对抗空战，不仅检验敌我双方飞行员的技术和战术水平，也检验幕前、幕后指挥班子的判断能力与指挥作战能力。我和丁教官的拦截编队由指挥所的幕前指挥班子指挥，而来袭的敌机则由幕后指挥班子指挥。

我俩认真记录着幕前指挥所下达的每一条战斗指令。指挥所设想了三套拦截方案：一是敌机从山区方向中、高空来袭；二是敌机从陆地较平坦地带低空来袭；三是敌机从海上超低空来袭。指挥所的判断是，考虑到第一种方案敌机飞行高度较高，极易被我方雷达发现目标，过早暴露行动意图，不太可能被敌人选择；第三种方案从海上来袭，虽然超低空飞行隐蔽性强，但海上长途奔袭风险系数太大，敌机也不大可能选择；而第二种方案即低空从陆地平坦地带来袭，既有利于敌机隐蔽，又避免了途中崇山峻岭或海上低云对飞行带来的影响，所以，指挥所的作战决策是：在陆地平缓地带设置拦截区域，歼敌于来袭途中。

经过反复研究，指挥所下达具体命令：我们双机起飞后，以中高度出航，到达拦截区域后再下降高度到五百米至一千米，如果地面引导雷达能“看到”我机，则以雷达引导为主；如因距离远或受盲区影响“看不到”我机，则以游弋巡逻的方式自主发现敌机。我和丁教官按照指挥所给定的四个坐标迅速进行地图作业，很快便画出了像一块橡皮大小的拦截空域。这是一个距机场一百五十千米的长方形框子，正好位于山区和海岸线之间的平缓地带。如果敌机从我们设定的拦截空域穿过，航迹和空域边界线就是一个巨大的“中”字。我和丁教官相视一笑，各自在心中猜想这个“中”字有什么寓意，是“中埋伏”的“中”吗？

我和丁教官按照指挥所意图进一步细化协同战术动作。丁教官指着地图说：“如果我们搜索发现敌机比较早，我从尾后接敌攻击，你在侧上方掩护；如果发现敌机晚，我们就采取双机大角度拦射的方法同时攻击。”我问：“如果敌机提前发现我们攻击的意图怎么办？”丁教官果断地说：“那就冲向敌机，近距离格斗！”

敌机果真会从指挥所设想的方向来袭吗？我们无法知道幕后指挥班子究竟在做何打算。丁教官思忖了片刻，突然问我：“如果我们在拦截空域发现不了敌机怎么办？”我说：“一切听从指挥所的指挥，发现不了敌机，我们就按命令返航呗！”丁教官瞪了我一眼：“飞行员又不是机器人，不能只知道按指令完成机械动作，要开动脑筋，根据实际敌情，主动寻找战机，去完成任务！”然后，我们继续分析，如果敌机飞行员是两位经验丰富、训练有素的“老飞”，他们冒险从海上绕道以超低空的方式袭击我方机场，我们在拦截空域守株待兔不就扑空了吗？而飞机在海上超低空飞行，我方雷达是很难提前发现目标的。“这么复杂啊，那该怎么办？”我心里顿时没了主意。丁教官想了想，抓过向量尺又在海上画了一个长方形的拦截空域，说：“若在陆地拦截空域超过预定时间五分钟仍未发现敌机，我们就主动分开行动！我快速飞至海上空域搜索拦截可能来袭敌机，你继续留在原空域搜索。谁先发现敌机都要及时报告，主动进入攻击，后机进行增援！”

八

丁教官说，飞行员从走进战斗值班室那一刻起，就面对着各种“规定”的包围。这些规定基本都是为了在战斗转进时节省时间。当飞行员接到“二等”转“一等”命令后，将飞行装具全部穿戴整齐、跑到停机坪前、上飞机跨进座舱、接通飞机各种用电设备、向塔台指挥员报告“准备好”，这个过程不得超过三分钟。

首先让我感到新鲜的是装具摆放的规定。丁教官将氧气面罩、飞行头盔、衬帽、救生背心、飞行夹板、腿带、抗荷衣按顺序摆放在装具柜上，并要求我也这样摆好。而且，我还看见丁教官把飞行白手套特意用氧气面罩上的金属夹子夹好，我不解地问：“为什么要把飞行装具这样摊开摆放呢，还要用夹子夹住手套？”丁教官反问我：“你说应怎么放置这些装具？”我说：“将体积小的装具统统放进头盔里，一旦有情况，拎起头盔就走，既省时省事，还不容易落下东西。”丁教官没有反驳我的意见，而是让我把几种小装具按照自己的想法在头盔里放好，然后说：“现在我们做个试验，假如‘一等转进’电铃拉响，咱看谁先穿戴好规定装具并到达飞机的座舱。”还没等丁教官说“开始”的话音落地，我便拎起头盔抱起抗荷衣和救生背心就往门外跑，而丁教官却紧张有序地按照装具摆放顺序由后向前一项一项往身上穿戴，待把头盔扣上头顶后，才抓起氧气面罩往外跑，边跑边摘下氧气面罩夹子上的手套。当两只手套都戴在手上时，正好也跑到了飞机梯架旁。丁教官望了我一眼，迅捷踏上梯架，跨进了座舱。我虽然先于丁教官跑到飞机旁，因左手拎着头盔右手抱着抗荷衣和救生背心，在奔跑的路上根本无法去做别的事情。由于奔跑时匆忙，抗荷衣拉链和救生背心的肩带还缠绕在了一起，这就更耽误时间了。我终于将飞行装具全部穿戴完毕，但已超过了规定的三分钟。

除摆放飞行装具有规定外，还有飞行员中午休息时，除可以脱掉飞行靴外，身上的飞行服连同手枪、伞刀都是不能解下的。

我故意问丁教官："飞行员若正在解手，突然'一等转进'怎么办？"对我问这个问题，丁教官似乎并不感到意外，他认真地说："小解没有影响，中途只要停止'唱歌'转身就跑，不会耽误太多的时间；若大解就要事先有所准备，你可以提前将救生背心穿好，把抗荷衣穿到半截位置，拉链不要全部拉紧，既不影响下蹲，也可弥补可能耽误的善后时间。但飞行头盔、氧气面罩必须摆放到卫生间的窗台上，跑回休息室去取根本来不及。"

在战斗值班室，飞行员连散步都要穿戴上飞行装具，而且是不能向飞机停放的反方向散步的，一旦听到"一等转进"的电铃声，再掉头往回跑就会耽误时间。在休息室，飞行员若实在是"休息"得困倦了，就会带上飞行装具，拎着飞行头盔慢慢往停机坪方向走，若恰在此时听到转进的电铃声，只需神情自若地走向飞机就是了。

听丁教官说，以前飞行员因去停机坪散步还闹出过笑话。一天，两名飞行员午饭后去停机坪散步，他们穿戴整齐，手里拎着飞行头盔和氧气面罩，无意中被一名趴在窗口望天的机务新兵发现了，他顿时大喊："飞行员'一等转进'了！"正在饭堂收拾碗筷的几名机务新兵听到喊声，赶紧放下餐具冲出门外，拔腿就往停机坪方向跑去。跑出屋外的机械师一时也摸不着头脑，虽然没有听到电铃声，心中迟疑，却又怕万一真有情况而误时误事，便也加入到奔跑的队伍中。楼上的值班参谋在窗前发现机务人员自动"一等转进"，脑袋也有些发蒙，竟然下意识地要去拉响电铃，手刚举起又缩了回来，这时才清醒过来：不对呀，我才是"一等转进"的下令人！我都没接到指挥所的命令，他们这些人大呼小叫地往停机坪跑什么呢？值班参谋用双手合拢成喇叭状对着人们高喊："都回来吧，你们瞎跑什么呢！"机械师回头一看是值班参谋在喊，才把一帮新兵带了回来。后来，凡是有新兵值班时，机务干部都要对他们进行"电铃和信号弹才是转进的命令"的教育，避免再出现这种笑话。

九

战斗值班室门外不远处有棵大槐树，夏天热得厉害，飞行员和机务人员吃过午饭都喜欢坐在树下的水泥凳上侃大山。由于我的再三恳求，丁教官便绘声绘色地讲起了他与普加乔夫飞“眼镜蛇”的经历。

“‘眼镜蛇’可不是什么飞机都能飞的，当年只有像苏–27这样的三代机才能飞，而歼–7、歼–8这些二代机都不具备飞‘眼镜蛇’的能力。”他边讲边把左手当作飞机模型，比画出飞机的运行轨迹，而右手做着向后猛拉驾驶杆的动作。这是我第一次听丁教官详细讲解“眼镜蛇”机动的操纵要领、动态特征、战术意义，仿佛自己也坐在了苏–27的座舱里，心里充满着好奇。尤其是丁教官讲到他和普加乔夫在空中同机飞行的情景时，自豪的表情洋溢在脸上，像刚刚走下飞机的英雄。

我忍不住问：“只有苏–27能飞‘眼镜蛇’吗？”丁教官说：“当然不是！老普首次表演‘眼镜蛇’机动，是在一九八九年六月的巴黎航展上。后来，世界上一些先进的飞机也开始试飞‘眼镜蛇’机动。现在苏式战机系列中的苏–27、苏–30、苏–35、苏–37以及米格–29都可以飞‘眼镜蛇’机动，连美国的F–22和F–16AFTI技术验证机也可以飞。”丁教官停顿了一下，接着说：“我们国产的歼–10飞‘眼镜蛇’要比苏–27好得多！苏–27能把迎角飞到一百一十度，我们的歼–10能飞到一百六十度！”丁教官尽力把左手掌向上举起，手背都快向上窝到极限了。“看看，大约就是这样的角度！什么意思呢？就是说飞机发动机的尾喷口朝前飞，而机头则指向后方！”丁教官把实在向上窝不动的手掌停在空中，问我：“你说歼–10做‘眼镜蛇’达到最大迎角时的速度是多少？”我回答大概有每小时一百千米吧！丁教官说：“是零！速度降低到几乎是每小时零千米！”

丁教官继续介绍说，当年老普飞这个动作时，是在机动过程中进行的。老普快速向后拉杆使机头上仰至一百一十度至一百二十度之间，形成短暂的机尾在前、机头向后的平飞状态，然后，飞机机头自动向前“平拍”，重新恢复到原来水平状态。整个“眼镜蛇”机动时间很短，仅四秒至五秒钟时间。在整个机动过程中，飞机的飞行高度几乎没有什么变化。

说起“眼镜蛇”机动，对老普来说是个意外的收获。当时他在做大迎角飞行试验，为了测试飞机大迎角下的飞行能力，老普主动关闭了迎角限制器，要看看苏 -27 改变迎角时到底有多大的能耐。当他拉杆使飞机迎角达到六十度至八十度时，没想到飞机居然仍能稳定地飞行！而对最大迎角仅有不足三十度的二代机来说，简直是不可思议！老普在惊讶中突发奇想，如果我继续拉杆怎样？干脆将杆拉到底又会怎样？他决心一试！老普继续拉杆，飞机机头上仰很快，迅速达到了一百一十五度！老普看了一下空速表，发现速度由每小时四百多千米在不到五秒钟内骤然降至每小时一百五十千米，飞机依然平稳。

丁教官说他和普加乔夫飞“眼镜蛇”时，动作很简单，他按老普口令先将飞机速度调整到每小时四百二十五千米，然后保持飞机不带侧滑，迅速向后拉杆到底，并保持在这个位置上，飞机很快就进入了“眼镜蛇”机动。这时飞机载荷可达 4G！当机头“平拍”下来时，飞机速度表的指针指在每小时一百二十五位置上，这对于一架二十五吨重的大型超音速战斗机来讲，该是多么让人惊叹。

“‘眼镜蛇’除了用于飞行表演，有没有实战意义？”丁教官自问。他把两只手当作两架飞机模型，一前一后进行“空战”，语气坚定地说：“在近距空战中，当我机蛇形转弯时发现后方较近距离的敌机时，适时使用‘眼镜蛇’机动快速减速，可使敌机‘冲’到前方去，我机由被动转为主动位置。”我听得有些兴奋，牢牢记住了丁教官讲解的这个战术动作。我甚至有一种特别想立即升空与敌作战的渴望。

我问丁教官：“如果敌机向我机发射导弹，我可以使用‘眼镜蛇’机动迅速改变姿态进行摆脱吗？”“当然可以啊！”丁教官肯定地说，“空中没有一成不变的战法，也没有固定套路的战术动作。高手过招，决定胜败的往往是抓住变化中的细节。要审时度势，灵活运用各种战法，才能克敌制胜。”

丁教官提醒说：“别以为掌握了‘眼镜蛇’机动这个‘一招鲜’，就牢牢握有了战胜敌人的‘撒手锏’。它只适合在小速度条件下使用，不是任何情况下都可以发挥作用的。”

十

上级指挥所与战斗值班室之间不仅有直达线电话，还有视频监控。尽管如此，我们还是经常遇到上级指挥所用“一等转进”的方式，对值班兵力的快速反应能力进行抽查检验。飞行员把这种战斗转进叫作“跑一等”。这个“跑”，在飞行员的心里是“空跑”的意思，并不是真的“狼来了”。

丁教官说：“飞行员真正做到常备不懈是很难的，常常会出现不知不觉就松懈了的现象。”他讲到自己有一次“跑一等”的经历，因遗忘氧气面罩而险些酿成大错。

那天中午，天热得要命，在战斗值班室门外担任警卫的战士，汗水把上身的迷彩服都浸透了。蹲在树荫下的警犬，伸着长长的舌头，拉风箱似的大口喘着粗气。机务人员围在大槐树下吃午饭时，不时用筷子从脸上往下刮汗，一串串汗珠噼里啪啦就落在地上。

机场正在组织飞行训练，丁教官飞完自己的任务后来到值班室，替换今天值班的飞行员去参加飞行训练。刚飞完战斗特技的丁教官非常疲惫，将飞行头盔和氧气面罩往茶几上一扔，仰在休息室的沙发上就满头大汗地睡着了。

丁教官刚睡着，突然战斗值班室的电铃大声呼叫起来。丁教官弹簧似的从沙发上跳了起来，蹬上飞行靴、抓起飞行头盔就往楼下跑去。待他跑过烈日曝晒过的水泥停机坪，气喘吁吁地跨进座舱时，飞行头盔里的白衬帽早已湿透贴在了脸上。丁教官穿好降落伞、扣好安全带、打开各种电门，刚要按下无线电发射按钮向塔台报告“准备好”，忽然感觉鼻子和嘴上少了点什么——没戴氧气面罩！

怎么办？让机务人员返回休息室去取，等取来氧气面罩也超过规定时间三分钟了。丁教官当时想，既然来不及弥补所犯的错误，那就索性将错就错、铤而走险吧！丁教官硬着头皮向塔台报告：“○七一准备好！”○七一是丁教官当时的飞行代号。飞行员的代号是定期更换的。他报告完毕“准备好”，就有些后悔了。因为“准备好”就意味着他的飞机随时可以听令开车，并在三分钟内滑出、起飞，升空作战。如果，这次“一等转进”是空中真有敌情，丁教官的飞机就可能会被命令起飞，而空中没有氧气面罩该是多么可怕！缺氧，头昏，晕厥，这些情况随时都可能发生！

丁教官头上的汗出得更多了。幸好塔台指挥员并没有向丁教官下达“开车”的口令，几分钟后，值班参谋接到上级指挥所命令：解除一等，恢复二等值班状态。

此时，已是下午一点半钟，我和丁教官正要收起摆放在树荫下的飞行装具，乘着侃完大山的余兴回屋休息，突然从值班室的窗口传出来一阵“呜——”的电话铃声，这种不同于普通电话铃的响声，正是专用线电话的声音。紧接着便传来值班参谋接电话的声音：“我是‘老虎团’战斗值班室王参谋！明白，双机转一等！”旋即，值班室的电铃声响作一片。

我和丁教官一下子从水泥凳上蹿了起来，一边穿戴飞行装具，心里一边猜想，这回该是真的“狼来了”吧！

果然，值班室王参谋从窗口探出身来，对着天空举起信号枪，“砰”的一声发射了一颗绿色信号弹。这颗绿色信号弹是告诉飞行员和全场人员，今天的战斗起飞采用无线电静默方式。

十一

无线电静默是指飞行员与塔台、指挥所之间不使用无线通话的方式交换信息，而是依靠其他手段传递指令，完成战斗起飞和接敌，目的是最大限度地避免敌人侦听，从而达到出其不意、克敌制胜的战术目的。

我们向值班参谋的窗口望了一眼，果然，王参谋正在窗口晃动一面蓝色信号旗。晃旗的颜色和方式不同，寓意也不同。王参谋将旗子在空中不停地顺时针画大圈，这是在传达指挥所的指令，让我们双机立即开车！丁教官将头转向我，右手拇指向我举起，我也迅速将左手拇指向他举起。丁教官的意思是："我准备好了，你呢？"我的意思是："我也准备好了！"我们随即启动发动机，两架飞机同时发出沉闷的低吼。仅用五十秒钟，双机均一次启动成功。我和丁教官一样，放下襟翼后一边活动减速板，一边前后左右活动驾驶杆，以检查飞机操纵系统是否工作正常。从飞机外部看，飞机不停地摆动水平尾翼，就像两只猛虎摇着尾巴正欲一跃而起。

关闭座舱盖。机务人员取下轮挡后迅速离去。机务指挥官手举蓝旗和机组人员整齐地站在飞机正前方的停机坪上。此时，王参谋正向停机坪方向左右水平晃动蓝色信号旗，机务指挥官手中的蓝旗立即水平指向飞机滑出的方向。

丁教官曾说过，很早以前，机场出现过一次旗语使用错误而导致误时误事的"事件"，受到上级指挥所的通报批评。后来，上级为机场各联络点配备了对讲机，作为辅助手段，以弥补旗语指挥中可能出现的失误。丁教官说："对讲机也不是万能的。如果飞机发动机已经启动，作战参谋用对讲机向停机坪下达指令，机务指挥官根本就听不见。一部小小对讲机发出的微弱声音，在发动机震耳欲聋的强大声浪面前还不如一只蚊子的叫声！"

在飞行员开车完毕，等待允许飞机滑出的指令时，大家突然发现值班参谋的窗口探出一面红色信号旗在左右水平晃动。机务指挥官顿时愣住了，红旗是表示"禁止"，难道是上级指挥所有新的命令"不要飞机滑出"？可旗子分明是在左右水平晃动，表达的是"允许滑出"的意思。旗语规定，红旗交叉挥动才是"禁止飞机滑出"。究竟是值班参谋拿错了旗子的颜色，还是打错了旗语的动作？机务指挥官不敢擅自允许飞机滑出，又不能继续等待，以免贻误战机。于是他灵机一动，将左手的红旗与右手的蓝旗同时高高举起，朝着值班室方向一起挥舞，那意思是："你打的旗语是怎么回事啊？"值班参谋见此情景，开始有点发蒙，随即他便反应过来，原来是自己忙乱中拿错了信号旗的颜色。他马上改换成蓝色信号旗，拼命地左右摇动，意思是："飞机快点滑出啊！不然来不及了！”

丁教官观察了一下我的飞机，大概是唯恐我有什么疏漏。我向他点了点头，意思是：“放心吧，没问题！”当丁教官的飞机滑过我的机头正前方时，我立即松开刹车手柄，飞机像影子一样以密集队形跟随丁教官的飞机滑向跑道。

塔台指挥员并没有像往常一样下达起飞口令。我从飞行头盔的耳机里除了能听到轻微的无线电杂音外，其余什么也听不到。采用无线电静默方式战斗起飞，即使我方机场的战斗气氛已经热火朝天，空中窃取到我机无线电频率的敌人也依然不会有丝毫察觉。这样，就为我机出其不意地升空作战赢得了时间，也为闪电式的攻击敌人创造了机会。

塔台上的蓝色信号旗已向我们下达了起飞的口令。两架飞机像两支离弦的银箭，闪过两道白光，呼啸着直指蓝色的天空。

十二

丁教官在协同时专门强调，战斗起飞或执行重要任务时，要做好暗语指挥的思想准备。我把飞行夹板里的暗语逐条看了一遍，已有了初步的印象，但尚不能够完全背诵下来。丁教官提示说，一旦记不住暗语的含意，就低头扫一眼绑在左腿上的飞行夹板。

飞行夹板是用有机玻璃制成的，多层，每层都装有各种飞行数据，最后一层装的是“通信密码”，就是在这张表格里，填满了指挥暗语。飞行员向地面指挥员报告或地面指挥员向空中飞行员下达指令时，使用的暗语均是由上级下发的，这些暗语要定期进行更换。

我和丁教官起飞后，一直保持无线电静默方式出航。今天空中能见度很好，机翼左侧的山峦像一群奔腾的野马，从远方向海边呼啸驰来；机翼右侧是一望无际的大海，如铺开的一匹巨大无比的蓝色绸缎，在阳光的照射下闪着幽静的光泽。我们的飞机飞行在山与海之间的平坦地带，在高度三千米后改为平飞，以每小时八百千米的速度飞向预定的拦截空域。空中静极了，两架银光闪闪的飞机从云朵旁划过，像在播放一段无声电影。

突然，我在耳机里听到指挥所向丁教官下令：“〇〇一长剑！”

丁教官的语气很沉稳，仿佛在压低声音回答：“〇〇一明白！长剑。”丁教官遂向我下令：“〇〇二，长剑！”那意思是说，现在是暗语指挥，指挥员已经命令我们开“加力”快速飞向拦截战空域！我并没有低头扫视飞行夹板，因我对“长剑”后边的注解还有印象。我下意识地向丁教官点了点头，其实，在一百五十米的疏开队形下，丁教官根本不会看见我点头的动作和表情。我也仿效丁教官沉稳的声音回答：“〇〇二明白！”

飞机打开“加力”后，推力突然增大，我的身体由于惯性向后方微微仰了一下。我看见丁教官飞机尾部喷出一条蓝色的火舌，这是开“加力”后发动机燃烧时的火焰。飞机顿时劲头十足地加速前进。飞机发动机共有四种工作状态：空中飞行时，一般处在小于额定状态或额定状态；带副油箱起飞时，飞机重量增大，使用“最大”状态；特殊时机，如战斗起飞或空中快速爬升时才使用“加力”状态。

指挥所下令：“〇〇一，天河七（guǎi）〇（dòng）！”丁教官迅速回答：“明白！”可我一时想不起来“天河”是什么意思，是航向？还是高度？抑或是速度？我翻开飞行夹板最后一层，刚扫了一眼，目光立刻收了回来。我竟把暗语表格的方向插颠倒了，那些倒置的字我一时也辨不清楚。我必须集中精力操纵飞机与长机编队，顾不上立即纠正自己马虎大意犯下的错误。何况，在空中全身披挂飞行装具的情况下，我想用戴着手套的左手掏出一张小卡片是多么的困难，而握驾驶杆的右手是一刻也不能离开自己工作岗位的。我只能抱定一个念头，不管是否听懂指挥所的暗语，只要跟着长机走，就没错。我扫了一眼座舱仪表，高度迅速增至七千米，速度每小时九百千米。我们已到达拦截空域。丁教官把飞改为平飞。哦，原来“天河”是高度的意思，“七〇”是七千米的意思。

指挥所为什么让我们上升高度、增大速度，谁也不能在无线电里去用明语询问，但从突然改变高度的迹象分析，指挥所很可能已发现敌机从中空来袭的意图了。看样子，我们预先设想的敌机从低空来袭的作战方案落空了。

敌机为什么要在中高空来袭呢？这样明目张胆地暴露目标，就不担心我机在中途把他们“干掉”？

我们以“水平 8 字”的飞行方法在高空搜索。我也趁此刻不太忙乱，快速调整了暗语卡片的方向。五分钟后，果然指挥所向丁教官下令：“〇〇一，庄河二八〇，明阳三五！”我扫了一眼已纠正过来的暗语表，立即明白了指挥所的意思：敌机在二百八十度方位，距我机三十五千米。我和丁教官同时在指挥所通报的方向看见了一条像教鞭一样长短的白线，那是飞机尾后喷出的白色烟带。看来，敌机不仅选择从中高空来袭，而且还麻痹大意地飞在了拉烟层的高度里！这样，就更利于我们提前发现目标，早做攻击准备了。丁教官向指挥所大声用暗语报告发现了目标：“〇〇一，明灯！”

按照地面协同的攻击方法，我迅速上升高度五百米，占据有利掩护位置。丁教官转弯抢占尾后攻击位置。正当我们即将“咬”住敌机的时候，敌机突然压坡度回转。就在此时，我和丁教官惊讶地发现，我们“咬”住的只是一架拉烟的敌机！难道敌人改为只出动一架飞机来袭击我们的机场？还没等我想明白究竟是怎么回事，就听到丁教官在无线电里大声向我用明语命令：“〇〇二，分开！你攻击，我脱离！”情急之下，丁教官也顾不上用暗语下达口令了。

丁教官一个半扣式急转弯下降，掉头向海上飞去。我这时才恍然醒悟，丁教官一定是断定这架在高空故意拉烟暴露目标的敌机仅仅是诱饵，而且还故意从海岸的反方向来袭，让我们搜索、拦截目标时正好背向大海，而此时，海上发生的一切情况均不在我们搜索的范围之内。试想，趁我们与诱饵敌机纠缠在一起之际，若一架敌机从海上超低空来袭我机场，必然轻松得手。若果真这样，我们双机只与这架诱饵敌机纠缠在一起进行空战，即使完全有可能将其击落，没有拦截住偷袭机场的敌机，也让其达到了战斗目的。

丁教官边向海上预定的空域做大角度俯冲，边改用明语向指挥所报告敌人的偷袭“阴谋”。指挥所立即同意了丁教官的行动。我的任务也很明确，就是死死缠住这条“诱饵”，并力争把它“吃”掉。即使“吃”不掉，也决不让它去追赶丁教官的飞机。

我加满油门向敌机冲过去。

按照指挥所规定，本次对抗空战不使用超视距导弹攻击。我决定再次开“加力”，尽快增速接近敌机，创造近距攻击的条件。飞行速度很快达到每小时一千千米！敌机尾后的白烟由一根教鞭渐渐变成了一条飘动的哈达，并在继续加长。敌机越来越近了。

我与敌机保持大约一千米的间隔，准备达到射击距离后，突然转向敌机进行拦截射击。我检查“平显”瞄准光环，一切工作正常。敌机终于进入我期望的距离范围，我压坡度转向它，并提前三十度改为平飞，放下减速板，调整攻击速度。

拦截射击是提高首攻命中的一种战术手段。第一次进入拦截射击时，我并没有感到敌机的运动角速度过大。我一边调整高度差，将光环的下缘置于敌机运动线的前上方，一边收起减速板，平衡好飞机，力争以较大的进入角和正速度差对敌机进行扫射，并期望能“首枪命中”。

随着与敌机的距离越来越近，我感到双机间的相对运动速度越来越大，甚至有钻向敌机腹部的趋势，但我并不想放弃这次攻击机会，仍硬着头皮向敌机冲去。还没等我瞄准射击，飞机已冲到了敌机腹下。我猛地抬头观察敌机，一道黑影从头顶迅速闪过。我立即压杆蹬舵顺航向，但飞机早已冲过了敌机的航迹线。我首战失利。

敌机开始转弯并加速下降高度。想“逃跑”？还是在耍花招？我顾不得多想，急忙回转进入第二个回合的拦截射击。

随着“前置点”迅速抵近，我发现敌机正以略低于我机的高度、带大交叉角像条白鲸一样冲过来了。我来不及改平坡度，猛地拉杆使机头仰了起来！此时，敌机飞行员立即回转，将我置于前上方位置，对我“咬尾”成功！

我决定做极限坡度转弯下降，向海上飞去。这样既可能摆脱敌机，又可以对丁教官进行增援。敌机主动放弃对我的“咬尾”，一推机头径直向海上俯冲而去。敌人的战术目的越来越明显了，想用一架飞机诱导我两架飞机转移视线，并死死缠住我们，而海上才是它们来袭的真实方向，那里一定会出现一架偷袭我机场的超低空敌机！

飞机上的副油箱是飞机随身携带的空中小型加油站。我的飞机上有三个副油箱，两个悬挂在左右机翼下方，一个安装在机身腹部。飞机不悬挂副油箱时，在同样的悬挂架上可以挂相应重量的炸弹。敌人袭击我方机场的飞机，在机翼和机身下一定悬挂着沉甸甸的炸弹。

我在拦截射击时与充当诱饵的这架敌机擦肩而过，分明看见它的机翼下有悬挂物，但究竟是副油箱，还是炸弹，由于相对运动速度太大，我来不及看清楚。如果这架飞机侥幸未被我和丁教官中途发现，冲过拦截空域的封锁，直奔我机场实施突袭，它携带的炸弹就会派上大用场；假设这架飞机只是悬挂副油箱，即使飞临我机场上空，也只能用仅有的机炮对地射击，对机场造成的破坏程度必将大大减弱。

敌机现在将机头对向大海，这说明它没有携带用于袭击我方机场的炸弹，而是要去为真正带炸弹的海上飞机“解围”。眼看敌机从我机翼下方穿过，我立即做出一个“半扣式”俯冲，拼力追击敌机。我检查了一下速度，已达每小时九百五十千米，此时，机头上仰力矩很大，我右手用力向前顶住驾驶杆，并使用调整片效应机构尽量减轻推杆力。飞机像一头发疯了的野牛，我必须让它低头朝着大海的方向奔跑。

我死死盯住远方那个“小黑点”，不让它跑掉。但我感到与敌机的距离缩小得并不像期望的那么快，这说明我们两架飞机间的速度差并不大。看来，敌机也在加速向海上飞行。我决计投掉副油箱，使飞机继续加速，以最短的时间追赶上敌机。

副油箱投放由两套系统控制，一套是打开“投弹／投副油箱”电门，将“投放方案选择开关”扳到“全投”位置，再压下驾驶杆上的“射击投弹按钮”，三只副油箱才可全部投掉。但时间来不及让我做出如此烦琐的操作，我决定选择“应急投放”方式，即打开座舱左上方的红色保险盖，直接摁下“应急投弹／投副油箱”按钮。

我扫了一眼军械仪表板上的副油箱油尽信号灯，这两只像绿色猫眼似的信号灯还没有亮，表明副油箱里的油量尚未耗尽。我听丁教官说过，以前飞行训练时，有一名飞行员误投副油箱，将两只各装七百六十升航空煤油的副油箱投落在了一座长满松树的山包，引起了一场大火。我望了一眼机翼下的大海，果断打开红色保险盖，按下了这个黑色的按钮。

飞机的身体顿时感到轻便了许多。我加大油门增速，轻装上阵，冲向敌机。我得意地遐想，投掉副油箱后，我机再做快速机动时，最大载荷可达8G，而带副油箱的敌机最大载荷只能达到5G。我与其近距格斗，凭借着优越的机动性，定会把它打败。

正当我即将追上敌机成功“咬尾”的时候，没想到它竟会向大海的反方向上转弯。我看了一下机翼下的位置，我们正处在海岸线的上空。我一边跟随转弯，一边快速判断敌机意图，思索对策。难道敌机不去海上增援、掩护那架带炸弹的飞机了？它为什么要转向陆地飞行？难道没带炸弹也要去“恐吓”我方机场？

此时，太阳就在我的右上方，这样边上升、边转弯，迟早会造成我与敌机、太阳三点成一线的结局。这种情况一旦出现，在刺眼的阳光下，我便睁不开眼睛，无法保持正常的“咬尾”跟踪，即使我放下飞行头盔上的墨绿色风镜，观察敌机时也只可隐约看见一个黑影。

果然，敌机直接正对着太阳飞去。我不敢加大油门靠近敌机，太阳光已经非常刺眼，我已渐渐看不清敌机的轮廓了，只好左右摆头，企图稍微错开自己眼睛与敌机、太阳的角度。可惜，飞机座舱的空间太小了，即使有足够大的空间，我的脖子也没有足够的长度。我清楚，靠这样小幅度摆动头部的办法，根本起不到避开阳光的作用。在这种情况下，休说攻击敌机，只要不与敌机相撞就是万幸。

我只好向右侧转弯，与敌机取出一定间隔，放弃即将构成的“咬尾”攻击态势。

就在我取出间隔、调整占位、准备回转进行再次拦截射击阶段，敌机突然一个大坡度左转向我机场方向飞去。我立即压反坡度回转尾随敌机转弯。突然，我发现敌机左右机翼下方有两只鸡蛋一样的黑影向外侧翻滚下坠。不好，敌人也投掉了副油箱！看来，敌机也要轻装上阵，欲与我进行近距缠斗了。

事实上，我估计错了敌人的意图。敌机不仅没有掉转机头与我格斗，还打开“加力”，尾部喷出两股黑色的烟圈，拖着两道火光向我机场方向拼命奔去。

我一边打开“加力”穷追不舍缠住敌机，一边判断敌人这番举动的真实动机。少顷，我恍然大悟，刚才敌机投下的只是两侧机翼上悬挂的副油箱，并没有投下机身腹部的那只大个头的“副油箱”啊！莫非那只“副油箱”不是副油箱，而是货真价实的炸弹？若果真是炸弹，仅这一架敌机突袭我方机场成功，即可宣告战斗的胜负。

毫无疑问，敌机机身腹部悬挂的正是炸弹。不然，敌机不会奔命飞向我方机场，更不会抱着这只没有用途的副油箱飞行，而使飞机机动性能大大降低。

敌机下了三步棋：先是利用“进太阳”的招数企图甩掉我的“咬尾”；再用投掉机翼副油箱的“遮眼法”来掩盖其携带炸弹的真相；最后利用我求胜心切、创造瞄准攻击条件之机，突然掉转方向蹿入我方机场，实施突击，达成最终的战斗目的。

十三

丁教官独自向海上空域俯冲而去，他盼望能尽早发现那架偷袭的敌机，将其歼灭在茫茫大海之上。我在心里暗暗为丁教官竖起了大拇指，越发佩服他对敌情的准确判断和机智果敢。

丁教官下降到高度一千米时将飞机改为平飞。他判断，敌机应该还没有进入海上拦截空域。理由很简单，钓鱼者一定会把诱饵抛在前边，而把尖利、阴险的鱼钩隐藏在后边。这架还没到来的敌机，就是他要斩断的那只隐蔽的“鱼钩”。

丁教官仍然采用“水平8字”的方法搜索目标。由于敌机来袭时高度太低，地面雷达无法搜索到目标，丁教官只能靠目视搜索、拦截。用“水平8字”的方法搜索目标，最大好处是搜索范围大、不留死角。由于飞机是水平状态飞行，操纵动作简单，牵扯精力少，丁教官可以把更多的精力分配在搜索目标上。

终于，丁教官在深海方向发现了一个移动的“小黑点”，偶尔在阳光的照射下，还能看见一束反射过来的微弱光芒。丁教官立刻判断一定是敌机来了，随即掉转机头向“小黑点”方向飞去，一边下降高度，一边调整与敌机的相对位置，待距离达到射击范围时，实施首次拦截射击。

因我机和敌机是由幕前、幕后两个指挥班子指挥引导，敌我之间分别使用两个无线电波道，相互听不到对方的口令。如果不出意外，充当诱饵的敌机飞行员一定早已向幕后指挥所和带炸弹实施主攻的飞机进行了通风报信。丁教官飞向海上拦截的行动，敌方已经知晓，敌机果然选择在紧贴海面的超低空高度飞行。丁教官已将高度下降到一百米，将瞄准光环对向敌机运动的前上方，距离在不断缩小，射击条件即将构成。

丁教官决计在敌机即将进入射击范围之前开始射击。他迅速心算瞄准点位置，把瞄准光环有意向上增大一个角度，以修正因距离过远炮弹弹道下坠的误差。飞机快速向敌机接近，丁教官的右手食指已放下扳机，只待瞄准点稳定，随时准备击发。但是，丁教官的战术意图还没有来得及实现，敌机突然上升高度，开始做蛇形机动飞行。海面上空偶尔飘着几片并不抱团的云朵，稀稀拉拉地撒向天空，敌机瞅准这个机会像泥鳅一样朝着软绵绵的云朵钻去。丁教官只好放弃射击，急转弯改变方向，继续追踪时隐时现的敌机。眼看着敌机就要飞越海岸线，距离我方机场越来越近，如果此时不把它干掉，一旦它飞到陆地上后，在障碍物的掩护下，我机就更难以对它进行攻击了。

终于，前方没有了云朵，敌机失去了掩护，晴空下，敌机既要躲闪丁教官在尾后的攻击，又要尽快接近我方机场，只好重新又下降到高度五十米的超低空飞行。敌机飞行员心里清楚，对这样低的目标攻击，攻击机是不敢从上方大角度进入的，因为攻击机在俯冲过程中既要完成射击，又要掌握好退出俯冲时机，一不小心飞机的运动轨迹就会“画”到海平面底下去。即使我机以小角度俯冲进入攻击，下降率也有近四十米，在高度五十米时若未改平飞，只需一点二五秒，飞机即可钻入海水里。

丁教官平衡好飞机，使机头略有上仰的趋势，目的是防止攻击时精力过于集中，飞机悄悄下降高度发生危险。在这样低的高度，丁教官居然打开“加力”，使飞机迅速增速，决心在进入海岸线之前追上敌机。他早已将瞄准光环套住敌机，只等进入有效射击距离，即可开火。敌机在丁教官的光环内由一只苍蝇大小逐渐长大到一只蝉，很快又长大成一只麻雀，待长大到一只乌鸦时机翼就可充满光环，最佳射击的距离就到了。在尾随攻击中，只要丁教官光环里的中心光点瞄在敌机座舱上方，一个连射，必将敌机打得空中开花！但丁教官心里着急，担心敌机再要什么新花招，而错过射击机会。于是，他决定提前开火。丁教官将光环里的中心光点瞄在敌机上方，扣下射击扳机，一个连射足足用了两秒多钟！由于射击距离远，刚才能否击中敌机，丁教官并无太大把握。受惊吓的敌机立即转弯，加大油门向靠近海岸线的一座小岛飞去。这座小岛距海岸线只有三千米，距我方机场跑道头仅六千米。丁教官虽心急如焚，但又必须要求自己沉着冷静，再一次寻找攻击的机会。

敌机仿佛又在下降高度。丁教官望了一眼机翼下的海面，汹涌的浪花一次次跳起来想咬住飞机翘起的翼尖。丁教官和敌机仿佛都处在由海水围成的巨大盆地里，四周都是惊心动魄的深蓝色水墙，他开始下降高度。

前方的小岛越来越近。这个小岛，丁教官非常熟悉，它的东侧是陡峭的悬崖，西侧是平缓的丘陵。敌机正对着悬崖飞去，而且高度比悬崖还低！丁教官惊愕，敌机飞行员难道不要命了？但同时，丁教官心里又暗暗佩服他精湛的超低空飞行技术，在海上能飞到十五米至二十米高度的飞行员，应该是位“金头盔”飞行员。

敌机的机翼即将擦过黑色的悬崖峭壁，飞行员突然压大坡度，使飞机机翼瞬间“立”了起来！这一惊险举动让丁教官大吃一惊，高度这么低，敢让机翼这样“立”起来的飞行员该拥有多么精湛的技术和过硬的心理素质！而且离峭壁这么近，一旦操纵飞机有稍许的失误，必是在一团火光中机毁人亡。丁教官立即也压坡度与悬崖擦肩而过。

就在敌机机翼“立”起来的瞬间，转弯中的敌机一下子钻进了丁教官的瞄准光环里。套住他，开火！丁教官又一个连射！敌机飞行员仿佛意识到了自己的失误，灰心丧气地上升高度，继续飞向我方机场。

敌机以高度五百米越过了海岸线，将机头对向我方机场跑道，丁教官在距敌机六百米时再次开火，一直射击到二百米才松开扳机。

十四

我在无线电里听到了丁教官兴奋地向指挥所报告："○○一报告，海上敌机已被击落！"指挥所即令他飞向陆地，增援我去攻击充当诱饵的敌机。

我开"加力"继续追击敌机。在距敌机一千米时，我刚准备放下减速板，以防再犯首次拦截射击时大速度差冲到敌机腹下的失误，突然发现敌机的机头猛地上仰，也放减速板减速，并以大坡度进入"S"形急转弯。我的飞机由于速度还没减下来，只好带着很大的速度差被动地跟随转弯。敌机看出了我的速度差，更加拼命地做"Ｓ"形急转弯，三次交叉后，我已被逼到了敌机前方，敌机不失时机地立即回转，成功对我"咬尾"。我顿时紧张起来，一边继续做"Ｓ"形急转弯，避免遭到敌机攻击；一边思忖采用什么战术动作才能扭转被动局面，反败为胜。

我想到了丁教官讲过的"眼镜蛇"。我若用"眼镜蛇"机动，能否让敌机冲到前边呢？但是，我以前从未飞过"眼镜蛇"机动，我能像普加乔夫那样幸运吗？这是在和敌人空战，不允许我患得患失、犹豫不决。

我马上下定决心，并为做"眼镜蛇"开始悄悄创造条件。在我做完第四次"Ｓ"形急转弯后，飞机速度已降至每小时四百二十千米。这个速度是做"眼镜蛇"机动的最佳时机。我回头望了一眼敌机，希望它跟踪我的距离更近一些。我甚至用短暂改平坡度的"破绽"来引诱敌人上钩。敌机见我改为平飞，以为对我实施攻击的时机终于捕捉到了，也改平坡度，立即对我进行瞄准。就在敌机刚刚对我瞄准的那一刻，我突然快速向后拉杆到底，机头顿时蛇立起来，仅仅两三秒钟已上仰到一百一十度以上！机尾冲前，机头向后，而且一点也没上升高度。

丁教官讲过，在实际空战中，只有敌机离我机很近，且速度比较小的时候，做"眼镜蛇"机动效果才最好。我机突然"急刹车式"减速，敌机措手不及，一下子就冲到了前边，使我机由被动瞬间变成了主动。如果敌机距我机比较远，我机做"眼镜蛇"机动就达不到把敌机"甩"到前边的效果。甚至，因"眼镜蛇"

机动时间较短，高度几乎没有变化，对敌机瞄准没有什么影响，加之其减速的奇效，很可能还给敌机追赶距离、实施瞄准射击以可乘之机。那样，我机可就是弄巧成拙了。丁教官还说过，如果我机使用全方位导弹攻击，利用“眼镜蛇”机动可在更大范围攻击敌机，与常规机动相比，可为飞行员提供更多的发射导弹的机会。当然，当我机受到敌机导弹攻击时，也可用“眼镜蛇”机动迅速改变姿态，减小遭受攻击的可能性，甚至规避掉敌机导弹的追踪。

当我将机头拉起来时，感到飞机明显地抖动了一两秒钟，这是飞机在“过失速”状态下机翼和机身出现气流分离引起的正常现象。此时，我的飞机仰立在空中，速度迅速减小，仿佛要在原地停住。敌机飞行员果然来不及反应，“噌”地冲到了我的前边。我立即推杆，放下机头，增速跟踪敌机，并迅速修正光环位置，欲将敌机套住。此时，我扫了一眼速度表，表速仅有每小时二百千米。

敌机被我做的“眼镜蛇”机动吓了一跳。“眼镜蛇”机动显然是高难度动作，风险性极大，做不好会使飞机进入更复杂的状态，危及飞行安全。据说，空军只有少数几位飞行员能够完成这一高难度动作。此时，敌机飞行员一定以为他遇到的对手是一位“超级”空中杀手。可是，连我自己也没想到，初次做“眼镜蛇”机动，居然成功了。

我再次向丁教官通报与敌机空战的位置，他用无线电告诉我，正向这里飞来。按照指挥所指令，我们双机将联手对诱饵敌机实施攻击，阻止它投弹，力争将其一并击落。

敌机并不甘示弱，立即做了一个“半滚倒转”，向我方机场方向扑去。敌机的这一举动也着实让我吃了一惊。因为敌机现在是带弹飞行，飞机最大限制载荷是 5G，超过这个载荷炸弹就有可能被甩掉。即使是小速度条件下做“半滚倒转”，飞机退出俯冲时至少需要 4G 以上，如果拉杆量控制不好，飞机载荷就会超过 5G，它“抱”了一路的炸弹就会在途中被甩掉，这次作战任务即刻宣告失败。而此时，敌机用这个特技动作摆脱我的追踪也是最明智的选择，它不仅可以迅速改变飞行方向，同时还可以在最短时间内降低高度，为即将飞临我方机场上空投弹创造条件。

我飞机的副油箱已投掉，现在是发挥飞机机动性优势的最好机会。我跟随敌机“半滚”后，并没有急于拉杆“倒转”，而是先观察它是否转入倒飞俯冲。我想晚一点切半径，先拉大些距离，以便在敌机退出俯冲时，迅速切半径，骑在它的运动轨迹上方攻击。用这种方法攻击，敌机无法观察到我跟踪时的确切位置，容易为瞄准射击赢得时间。当我机和敌机的运动轨迹都越过垂直向下九十度后，敌机先于我机开始转入正俯冲，我迅速压杆蹬舵往敌机后上方靠拢，并及时回转，很快就骑到了敌机的“脖梗子”上。机会难得！我立即转动测距把手，将光环缩小，并让光环从敌机机头前上方逐渐回落，待光环下沿与敌机头相对时开火。这个瞄准点位置，我是根据敌机距离概略估算出来的，炮弹的轨迹对于敌机来说要“宁前勿后”，若都打在了敌机尾后，连一丁点威慑力都没有。

看来，敌机飞行员一定是位空战经验丰富的“老飞”，就在我扣下扳机射击的同时，他突然压了一个很大的坡度向侧方偏移，那个本已被我光环套牢的黑影，触电般迅速跳出圈外很远。

我决定调整战术，放弃穷追不舍的打法，改为放长线钓大鱼的“钓鱼”战术。即在较远的距离上跟踪敌机，不贸然用大速度差冲向敌机攻击，以防不慎冲前反被敌机“咬尾”。我只要远远地跟踪敌机“咬”住不放，随时有可能寻找到瞄准射击的机会，始终对敌机构成威胁。即使敌机飞临我方机场上空，它在不断摆脱机动中也根本没有机会瞄准投弹。我只要彻底破坏了敌机的投弹计划，胜者就属于我方。

此时，丁教官正在向我靠拢。我们双机可以用钳形夹击战术，使敌机难以同时招架左右两个方向的攻击。敌机一旦稍有失误，露出破绽，必被我双机其中一人先开火将其击落。

敌机被我跟踪“钓鱼”几十秒钟后，突然提前投弹，放弃了对我方机场的突击。这实在令我大惑不解，中途投弹放弃执行任务意味着什么，敌机飞行员难道不清楚？这岂不是“临阵脱逃”？我分明看见那颗长着椭圆形脑袋的炸弹从敌机腹下旋转着向地面坠去。

我把这个意外情况报告给丁教官。敌机竟然把完成任务的最后一线希望主动放弃了，投弹后猛地拉杆跃升减速，旋即以一百二十度坡度做“斜半扣”式急盘旋下降，动作凌厉无比，一看就是个训练有素的“快刀手”。显然，他现在非常迫切要摆脱我的追踪。看来，敌机要拉开架势与我决一死战，并想在丁教官赶来之前以技术优势将我解决掉。丁教官已率先在海上击落了一架偷袭的敌机，若这架敌机能尽快将我击落，虽然总体上没完成突袭我方机场的任务，但从击落对方飞机数量看，是一比一平，也算为自己挽回了一些面子。

敌机飞行员的特技动作太棒了！一连拉了几个“斤斗”后，我和敌机的距离渐渐拉远。几圈下来，敌机已切半径绕到我的尾后。我预感到，若照这个样子再继续做“斤斗”，敌机很可能在“斤斗”中捕捉时机将我真的解决掉。情况万分危急，我不能陷入圈套、束手待毙。

当我机以每小时八百千米的大速度退出俯冲时，我没有继续拉杆进入“斤斗”，而是突然间压杆蹬舵使飞机反扣了过来。我要做一个大速度“半滚”，将载荷拉到极限，与敌机拼一次抗黑视能力。

飞机滚转一百八十度后，我立即放下减速板，用力向后拉杆，飞机边减速边急剧增大载荷，两秒钟后，载荷已达到 6G 以上！我的眼前一阵发黑，我继续拉杆，很快眼前已漆黑一片。但我心里明白，飞机是沿垂直面运动。

像预计的那样，我出现了黑视。如果敌机跟随我也做大速度“半滚”，同样，他也必然出现黑视。由于敌机进入“半滚”后减速比我晚，敌机的载荷可能比我更大，黑视程度更严重。在黑视中，飞行员什么也看不见，更谈不上瞄准攻击对方了。

飞机在做特技时，飞行员一般要承受高于自己身体重量几倍的载荷。在强大离心力的作用下，飞行员身体里的血液就会像“甩温度计一样”迅速向下肢流动，头部出现严重缺血，轻者导致灰视、黑视，重者还可能出现空中晕厥。所以，特技飞行时，条令规定飞行员必须穿上抗荷衣。

我深知黑视对于飞行员来讲是很危险的。我正是想利用这一冒险举动来摆脱被动。

我刚飞特技时，对付黑视的经验不足。一次飞特技编队，长机退出俯冲时动作比较急剧，载荷较大，而我事先又未做“吸气、憋气、鼓肚子”的对抗性动作，飞机刚跃出天地线，我的眼前便灰蒙蒙一片了，旋即，进入了黑视。我向长机大声报告：“我看不见你了！”正在做跃升的长机以为我编队队形不好，发生了空中丢失，马上下令：“改平飞、保持状态！”待他回头一看，我的编队队形很好，双机间的距离仅仅一百米左右，怎么能看不见长机呢？两三秒钟后，载荷减小，我眼前渐渐明亮起来，视力恢复后，重新看见了长机。虽然是短短几秒钟的黑视，因为是发生在双机编队中，我还是被吓出了一身冷汗。

现在，敌机正在跟我“编队”，只不过“队形”太大了些而已。黑视中的敌机飞行员无法知晓我下段的运动轨迹，因我既可以做一个正规的“半滚倒转”，由反俯冲过渡到垂直俯冲，再从正俯冲退出；也可以在反俯冲途中突然滚转一百八十度，改为相反方向的正俯冲。黑视中的敌机既无法猜测我的动作，更无法进行跟踪。

随着大载荷的时间增长，我的黑视也越来越严重。在俯冲中发生黑视，一两秒钟的时间都会让飞行员感到异常漫长。我已不知道飞机运动到什么角度，但心里还清楚，飞机一定正以每秒几百米的下降率损失高度。我的心理压力和身体压力都达到了极限。

我用在心里数数计时的方法，估算飞机已改变的角度。当我黑视五秒钟后，立即推杆制止住飞机的上仰角速度，迅速压杆滚转，使飞机改为正俯冲。我做这一切动作时，都只能像盲人一样凭感觉进行。

飞机载荷减小后，我的眼睛由发白渐渐到明亮，又能看清东西了。我恢复视力后第一个念头，就是检查高度。机头前的山峦正扑面而来，我边拉杆退出俯冲，边开始寻找敌机的位置。我上下左右搜索了一遍，也没看见敌机的影子。

我立即将倾斜俯冲的飞机修正到正常状态，并扩大搜索范围，继续寻找丢失的敌机。我判断最大可能是，敌机和我在黑视中俯冲的方向不一致而分道扬镳了。

丁教官听到我丢失目标的报告后，也在扩大搜索范围寻找敌机。

丁教官报告发现了“目标”。但他不敢确认，这个“目标”是我机还是敌机。

“〇〇二，你向右转一下！”丁教官向我发出口令。如果丁教官看到的飞机，听到口令后开始右转，说明是我机；若没有反应，则是敌机。

我赶紧压坡度向右转弯。耳机里又传来了丁教官的声音：“〇〇一发现敌机！”指挥所遂命令丁教官“接敌”。丁教官遂又通报：“〇〇一位置碧流河水库上空！”我将机头迅速转向了碧流河水库方向，与丁教官会合。我看了一下机翼底下的地标，是明阳镇。这样看来，我距丁教官至少还有三十千米的距离。我加速向丁教官靠拢过去。

丁教官已投掉副油箱，快速扑向敌机。指挥所传来指令：“〇〇一，敌机可能要返航，拦住它！”我遂调整航向，向敌机返航的斜前方飞去。

两分钟后，我报告到达敌机返航途经的朱家隈子水库上空。丁教官听到我的报告，向我通报：“〇〇二，敌机高度六千米，你取正高度差拦截！”我立即回答：“〇〇二明白！”

空战中，长僚机的默契配合至关重要，即使不用下达口令，彼此也能准确领会对方的意图。现在，丁教官一定是与敌机在缠斗中不好得手，如果我在途中拦截敌机后主动充当诱饵，把敌人稳住，引诱敌机来对我进行追踪攻击，而给丁教官在尾后攻击创造有利时机，岂不即可大功告成！

决心已定。我向丁教官报告：“〇〇一，〇〇二发现目标！我前你后……”“〇〇一明白！”还没等我把战术意图说完，丁教官已经心照不宣。

敌机果然向我直扑过来。

我在敌机前方不规则机动，令它无法稳定瞄准。

丁教官在攻击海上敌机时，几个连射，炮弹已剩余不多了。他必须准确射击，确保将敌机击落。

为了避开敌机的有效观察和摆脱，丁教官决定由负高度差攻击改为正上方攻击。从正上方进入攻击，当然要比尾后下方攻击难度大得多。光环与敌机相对运动速度较大，飞行员不仅瞄准困难，而且容易遮盖目标。但正上方攻击隐蔽性强，我机处于敌机飞行员观察的死角，可以从容地进行瞄准射击而不被敌机觉察。

我在飞行头盔的耳机里终于又听到了丁教官洪亮的报告声:“○○一报告,第二架敌机被击落!”指挥所以兴奋的声音下令:“○○一,○○二,双机返航!”我和丁教官异口同声地回答:“明白!”

此刻,我检查了一下飞机的剩余油量是七百升,离红色的“油尽警告灯”闪亮还有一百五十升的余地(飞机剩油五百五十升时红灯开始闪亮)。飞机通场后建立正常航线着陆,保证发动机正常供油一点没有问题。

当我们的飞机下降高度至二百米飞过海岸线的时候,机翼下是一片长满碱蓬草的湿地,这片碱蓬草每年夏天都在海边铺一条蜿蜒的“绿地毯”,秋天变成一条“红地毯”。左机翼下方闪过了一群白色的翅膀,它们是迁徙而来的天鹅,是这片海滩最尊贵的客人。

双机越过海岸线的湿地后,丁教官回头望了望我,意思是马上就要通场了,把队形编好。我立即加油门把编队间隔、距离由原来的疏开梯队五十米乘以一百米缩小成基本队形三十米乘以三十米。此时,我已能清晰地看见丁教官的飞行头盔在阳光照射下闪着银色的光芒。我把编队中的主、辅标志线卡好,不出现一丁点的错位。僚机飞行员只要卡好这两条标志线,编队数据就会一米不差,队形就是标准的五分。但丁教官似乎并不满意,又一次回头望我。他见我只顾埋头编队而对其投来的目光并无反应,竟举起右手向我的前方指了两下。他的白手套非常明显,像一个白色的箭头。哦,丁教官原来是嫌我编队的队形偏大,让我再往前赶一赶距离。我点点头,迅速往前“蹭”了过去。现在的队形是十五米乘以十五米,已是密集队形了。

编队是一个比绣花还要仔细的技术活,要求飞行员每一个细小的操纵动作都必须精准无误。两架高速飞行的歼击机,要做到编队中的一米不差,对飞行员的技术水平必然会有很高的要求。凡心浮气躁、粗枝大叶的飞行员是飞不好编队的,也无法保证编队中的安全。同时,编队还是飞行员的脸面,更是一个部队训练水平的脸面。一个编队技术不过硬的部队是不会有什么战斗力的。

丁教官向塔台指挥员请示继续下降高度。我全神贯注操纵飞机,努力做到精确无误地编好密集队形。丁教官忽然提高嗓门报告:“○○一,请示超低空通场！”塔台指挥员迟疑了两秒钟后才说出：“可以。”指挥员这两秒钟的迟疑自有其“深奥”的道理。今天，整个空战我方大获全胜，只有双机平安落地，指挥所和塔台指挥员心中悬着的石头才会落地。“编筐编篓，重在收口。”在这即将“收口”的节骨眼上，有谁不想避难就易、“见好就收”呢！

指挥员当然明白丁教官的用意，他要让我经受一次“全程”的不掺水分的实战锻炼，从而了解“老虎团”的战斗作风。

丁教官将机头对向跑道头，修正好方向，双机像两只捕猎的苍鹰开始扑向机场。这是我第一次以密集队形做超低空通场，感觉手心有些潮湿。

十五

丁教官在全团不仅飞行技术一流，胆量也是一流的。他在用无声的眼神不断命令我：“下降，再下降！”飞机高度表指示三十米后，地面上的树林一闪而过，仿佛那些高高举起的树梢再稍踮一下脚就能摸到我的翼尖。丁教官继续用自己的行动下达无声的命令：“推杆！继续下降！”此时，飞机速度表已指向每小时七百五十千米，并在继续增加，而高度表的指针正向“0”逼近……

多么不可思议！高度表指“0”时，本应出现飞机触地的惨烈景象，而我们却依然在继续下降！

此时，飞机像头被激怒了的斗牛，正憋着一腔怒气向着跑道头后边的那片青草地拱去。我暗示自己的右手坚决不要减小推杆的力量，坚持，再坚持几秒钟飞机即可抵达跑道上空。

我感觉驾驶杆越发沉重了。一是因为速度增大到每小时七百千米后，为制止机头上仰，杆力自然加重；二是人在精神高度紧张时，惶恐心理也使“杆重”成为感觉中的真实。

高度表指针已指向负十米！飞机正在仪表指示的“地狱”中穿行。我多么渴望丁教官别再继续“逞能”，使飞机早一秒钟转入上升！丁教官仿佛早已预料到我会产生这种“没出息”的念头，回头瞪了我一眼。当高度表指针指向负三十米时，飞机终于停止了下降。

两架银色的战机以真实高度十米从跑道上空一掠而过。飞机在高速下发出的那种撕心裂肺的尖啸声，既让人心惊胆战，又让人热血沸腾。我清晰地在耳机里听到了塔台指挥员向我们发出的口令：“通场高度好！保持住！”

丁教官让我过足了超低空通场的“瘾”后，终于拉杆上升。此时，我再次扫了一眼油量表，向丁教官报告：“〇〇二油量六百！”丁教官语气平稳地回答：“〇〇二，小航线着陆！解散！”显然，做小航线着陆早已是他计划之中的事。小航线是一种应急着陆方法，它比五分钟的正常起落航线高度低、速度小，因转弯半径小，时间明显缩短。通常情况下，小航线着陆时间不超过三分钟。

丁教官的机翼霎时“立”了起来，看样子坡度至少有七十度，这在超低空飞行中已是极限数值。飞机几乎是贴着地面在旋转。我明白，丁教官是要把小航线做得更小些，以便给我留出足够的航线空间。我们解散还不到一分钟，丁教官即报告：“〇〇一起落架放好！”而从放好起落架到飞机落地时间不会超过一分钟。丁教官的小航线时间竟不足两分钟！

在丁教官压坡度将飞机“拉”走后三秒钟，我迅速使飞机形成了近六十度的坡度，用扩大半径的方法与丁教官拉开距离。飞机以大坡度加入小航线时，上挑的机翼在阳光下像一柄寒光闪闪的利剑，对迅疾靠近的云朵劈斩而过。

小航线外侧有一座一百八十八米高的西山，山头很快已高过了我的机翼。我扫视了一下座舱内的高度表，表高一百米。我一边继续下降高度，一边放下起落架。但我并未减小飞机的坡度，继续以急转弯的角速度向跑道头的外侧旋转。我想把三、四转弯连起来做，更多地缩短小航线的时间。

我抬头看了一眼跑道头。我让机头向跑道头后方一百米处的草地“画弧”，并用坡度控制飞机的运动轨迹，收小油门，放下大角度襟翼准备着陆。我要在飞机“拉开始”前（高度七米至八米）改平坡度，一次对正跑道，着陆成功。如我预计的一样，飞机几乎是刚改平坡度便闯进了跑道。

这是我最漂亮的一次小航线着陆，它漂亮的程度绝不会逊色于珠海航展上的飞行表演。

飞机接地后，我迅速刹车，放开了减速伞。飞机尾后那朵在气流中不停抖动的洁白伞花，为今天的对抗空战画上了圆满的句号。座舱内，剩油五百五十升的红色“油尽警告灯”已开始闪烁。此刻，它根本不像一个报告危险的警告信号，倒像一朵绽放在仪表板上的礼花，把座舱内的一切映照得一片通红。

原载《解放军文艺》2018年第4期

作者简介

素素，中国作家协会会员，辽宁省作家协会顾问，大连市作家协会主席，大连市文联副主席，大连大学硕士生导师。散文《佛眼》获中国作协全国散文大赛一等奖，散文集《独语东北》获中国作协第三届鲁迅文学奖全国优秀散文、杂文奖，散文集《张望天上那朵玫瑰》获第三届中国女性文学奖，散文集《流光碎影》入选新闻出版总署第二届“三个一百”原创出版工程，《旅顺口往事》获第八届辽宁文学奖散文奖。个人获第四届辽宁优秀青年作家奖、辽宁省首届最佳写书人奖、大连市文艺“金苹果”奖等，出版十多部散文集。

功到雄奇即罪名

一

1996年夏天，我第一次站在辽宁兴城的古城墙上时，思绪一下子飞回到三百多年前宁远大战现场。彼时，兴城的名字叫宁远。城头上，明朝的蓟辽督师袁崇焕神色肖然，城垣下，后金大汗努尔哈赤怒目圆睁。然而，即使是对手袁崇焕，也不会想到这将是努尔哈赤一生中最后一场战役。宁远守军只有一万人。得知强敌逼近，袁崇焕立即布置守城，为了鼓励士气，他刺破手指写成血书，还向士兵下拜，激以忠义。另外，他还把老母和妻子搬到城中，以表示全家与宁远共存亡的决心。激战之时，努尔哈赤见宁远城固若金汤，就命士兵掘挖城墙，竟将城墙挖塌了一丈多。袁崇焕则令守军发射红夷大炮，这在当时是最新式的武器，一炮打去，后金军便死伤一片。血战三日，袁崇焕以一万大明将士，使一万七千后金军战死沙场，努尔哈赤因为被炮弹皮给擦出了一块伤，不得不鸣金收兵。

其实，炮伤并不厉害，最致命的是心伤。对于努尔哈赤，这是一场有辱尊严的失败。对明起兵伊始，他率后金军在马上征战了数年，还从未输给过明朝军队。想不到宁远一战，让他突然遭遇了克星。约八个月后，这位久经沙场的后金之主便在由辽阳向沈阳的移驾途中撒手人寰。不但他自己入主中原的梦想被袁崇焕挡了道，他的继承人皇太极也没把这个梦做成，而且也被这个南蛮子打得一塌糊涂。正所谓，英雄不可能总是英雄，因为在英雄的对面，永远站着一个对手。

当年去宁远古城旧址踏访，我要写的人是努尔哈赤，而不是袁崇焕，所以我一直站在努尔哈赤的角度，从山海关外向中原看去，对盘踞在宁远城上的袁崇焕甚至产生了一丝说不清楚的怨恨，认为是他中断了努尔哈赤的英雄之路。

也许那一瞥印象太深，在后来的阅读里，我便有意去搜看有关袁崇焕的文字。于是，袁崇焕的形象一点点变得清晰，甚至变得高大。其实，他与努尔哈赤、皇太极都堪称英雄，但就生命结局而言，袁崇焕的死，更让我心惊肉跳，周身寒彻，不忍卒读。中国五千年的文明史，由在朝和在野的中国人共同书写，可是袁崇焕所在的朝廷、所处的民间，我相信任何一个中国人都不敢也不忍回头去看。因为正是那个朝廷、那个民间，让袁崇焕之死成为中国历史上最悲惨的一幕。

袁崇焕，字元素，号自如。在中国各类字典、辞书以及史籍里，都称他为明代著名的军事家、政治家。可是，看这位袁大将军给自己取的字和号，骨子里还是一个文人。在古代的中国，一个真正的文人若是当了军事家和政治家，历史大都把它最无情的一面留给他消受。

明万历十二年（1584 年）农历四月二十八，从广东东莞水南村传出一个男婴的啼哭，仍然年轻的父亲给刚出生的男婴取名叫崇焕。在此之前，男婴已有一个哥哥，叫崇灿，后来又有了一个弟弟，叫崇煜，可见这位年轻的父亲喜欢明亮，喜欢光芒，希望他的儿子们将来能耀祖光宗。

袁崇焕十四岁那年，祖父和父亲带着一家人离开了世代居住的水南村，沿着门前那条东江，划舟去了广西的藤县，在一个名叫白马的小村子定居下来。住在这里也并不是种田，而是下江泛舟，往来两粤，做木材生意。随迁的袁崇焕，则在这里做了个小小的读书郎。

万历三十四年（1606年），二十二岁的袁崇焕在桂林参加乡试，且一试中举。于是，当场作诗一首："战罢文场笔阵收，客途不觉遇中秋。月明银汉三千里，歌碎金风十二楼。竹叶喜添豪士志，桂花香插少年头。嫦娥必定知人意，不钥蟾宫任我游。"风流才子，尽显青春得意之态。

按旧例，做了举人即入士大夫籍，也就是可以做官了。袁崇焕却意不在此，他一直在关注着北方的战况，习武，读兵书，以图报国。有一首游桂林《咏独秀峰》为证："玉笋瑶簪里，兹山独出群。南天撑一柱，其上有青云。"然而，他因为痴迷于练武，日后去京城赶考进士，居然连败三场，黯然回乡，郁郁写下一首《落第》诗："遇主人宁易，逢时我独难。八千怜客路，三十尚儒冠。出谷莺偏媚，还枝鸟亦安。故园修竹在，归去想成竿。"

当然，袁崇焕不是一个轻易就能放弃未来的人。万历四十七年（1619年），袁崇焕年已三十五岁，他又一次万里赴京，竟连过会试和殿试两关，成了己未科第三甲第四十名进士。然而，《左传》曰："君以此始，必以此终。"正是这一场为求功名仕途的赴京科考，给袁崇焕日后的悲剧命运埋下了伏笔。

在袁崇焕考中进士这一年，明军和后金军在萨尔浒发生了一场历史性的大会战。努尔哈赤以区区六万后金军，大败号称四十万的明军。后金军陷广宁、克沈阳、下辽阳，取得了一场场具有决定性意义的胜利，从根本上改变了辽东的战略态势——明军由进攻转为防御，后金军则由防御转为进攻。辽东边塞的态势，刚刚通过了殿试的袁崇焕不可能不知道，即使头戴三甲进士的光环离京去福建做邵武县令的路上，也肯定是一步一回头的。因为史书上说，邵武县令袁崇焕"少好谈兵，见人辄拜为同盟，肝肠颇热"。"为闽中县令，分校闱中，日呼一老兵习辽事者，与之谈兵，绝不阅卷"，以至于因熟知塞上险要，在人前便常"以边才自许"。初入仕途的袁崇焕，看上去有点野心勃勃，或者说不那么安分。

天启二年（1622 年），袁崇焕奉命进京朝觐。为官之后，这是他第一次去京城。彼时，辽东边事比上一次更坏，努尔哈赤大败明朝辽东经略熊廷弼和辽东巡抚王化贞，十三万明军覆没，四十多座城池失守。明军上下，可以说谈后金色变，畏后金如虎，甚至发生了整营整营逃跑的事件，朝廷派哪个将领出关，哪个将领哭着不出。明末大散文家张岱在《石匮书后集》云："时广宁失守，王化贞与熊廷弼逃归，画山海关为守。京师各官，言及辽事，皆缩朒不敢任。崇焕独攘臂请行。"

其实，此次朝觐是朝廷例行的全国官员大考核，袁崇焕不费力气就考了个"上等县令"。可他对此并不在意，因为辽东边事大崩的坏消息再一次刺痛了他，积蓄已久的尚武之心、救国之念，一下子被激发了。知遇者是朝廷御史侯恂，他向天启帝大力举荐，奏请破格选用袁崇焕。于是，一场朝觐，让袁县令改变了身份，被提升为兵部职方主事，就此留在了北方的抗敌前线，并且一上任"即单骑出阅关内外。部中失袁主事，讶然，家人亦莫知所往。已，还朝，具言关上形势。曰：'予我军马粮谷，我一人足守此。'廷臣益称其才"。就是说，袁崇焕不但进入角色的速度令人难以置信，进入的方式也与别人殊异，他不是坐在兵部的办公桌前等看前线战报，而是"千里走单骑"，独自出马考察军情。鉴于他的表现，朝廷不久就提升他为山东按察司佥事山海监军。先驻山海关，后移驻宁远。袁崇焕的名字，自此就与宁远重叠在了一起。

宁远在山海关外二百余里处，居辽西走廊中部。袁崇焕一到这里，就手定规制，亲自督责，营筑宁远城，此城遂为关外第一重镇。与此同时，他很快就募练了一支以辽人为主体，含骑、步、车、炮、水多兵种的新辽军，使其成为明军中唯一的一支劲旅。

天启五年（1625 年），熊廷弼因兵败失地而被斩，传首九边；王化贞也因兵败弃城而丢官下狱，按罪论死。熊廷弼之死，令袁崇焕深感痛心，情不能已，曾作《哭熊经略》诗两首。其一曰："记得相逢一笑迎，亲承指授夜谈兵。才兼文武无余子，功到雄奇即罪名。慷慨裂眦须欲动，模糊热血面如生。背人痛极为私祭，洒泪深宵苦失声。"斩将是朝廷所为，袁崇焕却自撰此诗，可见他的内心独立而清醒，并与朝廷保持了距离。他哪里知道，几年后当他功到雄奇之时，竟如出一辙，也被这个朝廷论罪处死。

天启五年十二月，袁崇焕升任按察使，仍主事宁远前线。天启六年正月，就出现了那历史性的一幕：努尔哈赤亲率十三万精兵直扑宁远，却被袁崇焕一万明军和红夷大炮折戟沉沙。时隔三个月，袁崇焕就升任辽东巡抚。此后，他做了两件事：一是征得朝廷同意，派人去沈阳为刚刚伤重不治的努尔哈赤吊丧，并以朝廷之礼恭贺其八子皇太极继位；二是固城养兵，建设宁锦防线。皇太极心里虽燃烧着杀父之仇，也只能顾全大局让来使捎信给袁崇焕，表示要与明朝议和。为了弥补明廷与后金之间的裂缝，袁崇焕言辞诚恳地给皇太极写了复信。然而，袁崇焕非常清楚，他与皇太极不久就将有一场恶战。只是皇太极正在打朝鲜，写信议和属于暂时性的休战。

果然不出袁崇焕所料，皇太极占定朝鲜之后，立即挥兵西进宁锦城。袁崇焕早已在宁锦城上列好了大炮，严阵以待。当气势汹汹的皇太极率后金军出现在城下时，袁崇焕便命令明军齐发大炮，猛轰狂炸，只几个回合，皇太极的复仇之师就铩羽而归。就是说，继“宁远大捷”打赢了努尔哈赤之后，又以“宁锦大捷”打赢了努尔哈赤的儿子皇太极。

自萨尔浒大会战以来，明军还从未有过打败后金军的记录，袁崇焕却连获两胜。按理说，创造出这个神话的人应该受到重赏，可是明廷朝政正被阉党魏忠贤把持，他以“调度有方”为由，贪天功归己有，连他三岁的小孙子都被封了侯，反以袁崇焕“不救锦州”之名相诬陷，逼其交出辽东兵权。

入仕以来，这是袁崇焕遭受的第一次打击。一气之下，去职还乡。时间是天启七年（1627年）七月，辽东巡抚袁崇焕黯然离辽。南归之前，他写了一首《边中送别》：“五载离家别路悠，送君寒浸宝刀头。欲知肺腑同生死，何用安危问去留？策杖只因图雪耻，横戈原不为封侯。故园亲侣如相问，愧我边尘尚未收。”归里之后，袁崇焕仍心有不甘，又写了《归庾岭》：“功名劳十载，心迹渐依违。忍说还山是，难言出塞非。主恩天地重，臣遇古今稀。数卷封章外，浑然旧日归。”失意之时，最难掩文人本色。

天有不测，花有明时。听由阉党摆布的天启帝突然驾崩，十七岁的弟弟崇祯继承皇位。刚刚还乡半年的袁崇焕，马上就被崇祯帝召回了京城。时间是崇祯元年七月。皇帝在紫禁城内的平台亲自召见了袁崇焕。据说，望着这个黑瘦精干的中年人，崇祯竟“慰劳甚至，咨以方略”。袁崇焕也非常激动，他当即表示说，我受皇帝特殊眷顾，刻骨铭心，倘若假我以便宜，五年便可恢复全辽疆土。崇祯很是高兴，说，你能五年复辽，朕绝不吝惜封侯之赏。

崇祯说到做到，直接就让袁崇焕升任兵部尚书，蓟辽督师，并赐尚方剑。兵部尚书是最高军事行政官，督师则是最高军事指挥官，袁崇焕一身兼两职，他的军旅生涯自此达到了顶点。于是，在京城只待了月余，即驰赴辽东，再次走马上任。在此后七个月里，他集中了辽东四镇的指挥权，报请皇帝撤销了山东登莱巡抚一职，以直接控制登莱和天津舟师。与此同时，日夜操练兵马，制造火炮，积存粮秣，征集战马，修缮锦州、大凌河、右屯、宁远诸城，旋即完成了辽东四百里大防御。

然而，袁崇焕的悲剧，也在此时开始了。

二

在袁崇焕的命运里，注定要遇到毛文龙。

毛文龙是朝廷正式任命的东江总兵。东江就是鸭绿江近海口的皮岛。在金庸小说《鹿鼎记》中，那个大名鼎鼎的假太后毛东珠，就是毛文龙的女儿。早在天启三年（1623 年），盘踞在黄海诸岛的毛文龙率部上岸，攻陷了辽东要地金州。此举不但打通了从辽东走水路到登州的粮道，还从陆路牵制了后金军队，使他们不得不从辽南退至辽中。毛文龙也由此功升任左都督挂将军印，并拥有了一把尚方剑。毛文龙作为封疆大吏，手握重兵，又孤悬海外，飞扬跋扈是难免的，无论是前朝的天启帝，还是当朝的崇祯帝，都对他十分倚重。袁崇焕被再度起用后，听说这位东江总兵攀附朝中权贵，屡屡不听调遣，且治军不严，公然在军营中蓄养倡优，还一向虚报部队员额，冒领巨额军饷。尤其可恶的是，他居然多次以军饷不足来要挟刚上任的袁督师。因为被惹怒了，袁遂生杀毛之心。崇祯二年（1629 年）五月二十九日，袁崇焕赴双岛会见了从皮岛赶来的毛文龙。六月三日，毛总兵陪同袁督师饶有兴趣地检阅了岛上的军队。六月五日，袁崇焕在自己住的营帐中，当着毛文龙诸多亲信的面，列举其十二大罪名，并用尚方剑取了他的首级，收回了他的将军印和尚方剑，而且吞并了他的部队。

一个督师用他的尚方剑，杀死了另一个同样拥有尚方剑的总兵，应该算是那个时代的一条爆炸性新闻。据记载，崇祯在京城听说了此事，也被吓了一大跳。可是木已成舟，朝廷毕竟还要依靠袁崇焕经略辽东。所以，崇祯决定站在袁崇焕一边。既然皇帝是这个态度，朝臣们也都不作声了。

在袁崇焕的命运里，注定要面对皇太极。

皇太极早已领教过袁崇焕的厉害，在宁远和宁锦之战中，八旗劲旅尸横遍野的惨败景象，告诉他这样一个事实：袁崇焕这厮不好对付。正当皇太极无计可施之际，眼前冒出了一个范文程。这个人曾是大明儒士，早些年投奔了努尔哈赤，却一直未被重用。在努尔哈赤眼中，汉官比一般汉人的地位只高出一小点，不过是变了相的奴才。皇太极却与其父不同，他极善于招降纳叛，继汗位之后，对汉官也是大加赏赐，委以官职。于是，范文程咸鱼翻身，曾官至内秘院大学士，此为清朝汉人任相之始。熟悉朱家天子习性的范文程，的确也没有让皇太极失望，他给出这一招就是反间计，即借崇祯之手，将袁崇焕除掉。他笃定地认为，崇祯像他的先祖们一样猜忌多疑，肯定会中圈套。后来的事实则证明，袁崇焕的确被皇太极借崇祯之刀所杀。

那是1629年深秋，当皇太极把蒙古、朝鲜以及辽东的汉人抚定之后，便亲率十万后金军，于十月二十日深夜悄然开拔。这一次，他避开了袁崇焕坚守的宁锦防线，绕道漠南蒙古，毁边墙而入，揭开了远袭大明京师的帷幕。皇太极这一招很高明。因为明军一直将重兵布防于宁远、锦州一线，山海关以西城垣颓落，军备废弛，边防形同虚设。皇太极出此奇兵，简直如入无人之境，让袁崇焕所镇守的宁锦防线变得毫无用处。

然而，皇太极率军刚一开拔，就被袁崇焕在漠南蒙古设下的骑哨探知了。袁崇焕见后金军精锐尽出，先是觉得突然，旋即就有了一个大胆的构想：正可趁机去端皇太极的老窝沈阳！可是，后金军的从天而降，顿时就把崇祯吓得龙颜失色。他一连下了几道圣旨，催袁崇焕回京救驾。袁崇焕只好改变方向，带上部将祖大寿，急点九千铁骑，士不传餐，马不再秣，疾驰三百余里，赶在皇太极之前到达了蓟州。猛见袁崇焕率军迎面拦路，皇太极先是大吃一惊，然后决定不与袁崇焕交锋，而是绕过蓟州继续西进。袁崇焕则急率兵马，前去护卫京师。当他抢先抵达京城东南的左安门，后金军的前哨也逼抵到了城下。接下来的情形，就是袁崇焕率九千部将与十万后金军在京郊广渠门外发生了一场血拼。

彼时，后金军与明军分别对阵于德胜门、永定门和广渠门，而以广渠门之战最为激烈。广渠门外一片旷野，皇太极在这里亲自督战，站在他左右的八旗军将领是莽古尔泰、阿巴泰、阿济格、多尔衮、多铎、豪格，他命令贝勒们要不惜一切代价与袁崇焕死拼，因为只要有袁崇焕在，后金军就别想前进一步。可是，在这场战斗中，任凭贝勒们怎样叫喊催战，身先士卒，任凭后金军骑兵如何左冲右突，前仆后继，袁崇焕军阵形却始终不乱。战斗一直打到傍晚，仍没有出现令皇太极满意的局面。暮色苍茫中，他居然看见袁崇焕登上了战车，亲自擂响了战鼓，即使身上中的箭已经像刺猬皮一样，这个家伙还在镇定自若地指挥着战斗……这一幕，袁崇焕简直就像一个战神，把皇太极看得目瞪口呆，他无论如何也不敢相信，自己的十万铁骑居然奈何不了袁崇焕区区九千兵马，气得他又一次下令攻击。然而，激战竟日，后金军伤亡更加惨重。皇太极终于不敢再恋战下去，只好率部撤至南海子扎营。

在袁崇焕的命运里，生之荣因崇祯，死之耻也因崇祯。

正是袁崇焕星夜驰援，赶在皇太极之前到达京城，后金军才被阻挡在广渠门外。见袁崇焕如此拼命，崇祯总算心安了一些。他更知道，此时此刻，别人都不行，只有袁崇焕能保住京城。所以，他又一次在平台亲自召见袁崇焕，不但好言慰劳，还在委任孙承宗总揽军事的第二天，就改叫袁崇焕来指挥各路援军。

大敌当前，崇祯临阵委任袁崇焕的目的，不过是催促袁崇焕快点出战，把皇太极挡回关外。脑筋不转弯的袁崇焕，却没有揣摩出崇祯的心事。他当上了京城保卫战总指挥，居然主张停战等待，想在各路援军到齐之后，再一起反击后金军。袁总指挥的按兵不动之策，立刻被朝廷内的一些人认为是居心叵测，挟君求和。于是乎，各种各样的流言，很快地就从朝廷传入了市井。北京城内的老百姓，亦因不明真相而民怨汹汹。最后的说法竟是，皇太极的后金军之所以能打到京城，都是袁崇焕故意给放进来的，因为他暗中引贼，才让京城受困。崇祯原本就是个猜忌心极重的天子，当朝里朝外的议论传入耳中，就越发地由怀疑转为相信。当在城外一直按兵不动的袁崇焕请求打开城门，让连日鏖战疲惫不堪的部队轮流进城休整之时，崇祯断然拒绝开门。由山西赶来增援京城的大同总兵满桂一到城下，却立即被获准率领部队进城休息。

就在此时，范文程献给皇太极的反间计奏效了。事情原委，在《清太宗实录》里所记甚详：

先是，获明太监二人，令副将高鸿中，参将鲍承先、宁完我、巴克什达海监守之。至是还兵，高鸿中、鲍承先遵上所授密计，坐近二太监，故作耳语云："今日撤兵，乃上计也。顷见上单骑向敌，敌有二人来见上，语良久乃去，意袁巡抚有密约，此事可立就矣。"时杨太监者，佯卧窃听，悉记其言。

这其实是一个明朝版的"蒋干盗书"。然而，已经疑虑重重的崇祯听了杨太监的密告后，马上就把袁崇焕以往对后金主和的态度，现在城外按兵不动的迹象，城内朝官和市井百姓们的议论，统统串联了起来，确认袁崇焕已经变节投敌。崇祯甚至认为，几个月前，袁崇焕擅杀被后金恨之入骨的毛文龙，也是在"斩帅践约"。于是，十二月一日，他召袁崇焕、满桂、祖大寿等人前往紫禁城，谎称开会议饷。袁崇焕等人毫无戒心地来到了城下。然而，守城禁军居然不给开城门，而是从城上扔下三条绳子，让他们各自横腰绑在身上，由禁军们给一个个吊上城去。

袁崇焕万没想到，他一到了平台，立刻就被诏下狱。

三

袁崇焕明白，他的人生已经走到了尽头，悲剧的天幕上只写了两个字：

死亡。

然而，当袁崇焕被捕的消息传入辽军将士耳中时，三军“彻夜号哭，莫知所措”。城上的明军看他们聚到城下，一边炮石乱打，一边骂辽将辽兵个个都是奸细。部将祖大寿见袁崇焕蒙冤下狱，以全家人的性命担保，说袁督师决无通敌嫌疑。可是，崇祯却丝毫不为他的担保所动。一怒之下，祖大寿率军弃城而去。崇祯知道，皇太极还没有退兵，守城绝不可缺了祖大寿，便急下一道圣旨，召祖大寿回军。祖大寿却去意已决，根本就不听什么圣旨。崇祯又急又怕，只得去找狱中的袁崇焕相劝。虽身陷囹圄，仍对大明朝忠贞不贰的袁崇焕写了一封亲笔信，令祖大寿回军护城。彼时，祖大寿的兵马早就破关而出，见到袁崇焕的手书，一边读，一边哭，将士们也跟着他一起大哭。他知道，一旦他发兵救了京城，袁崇焕就会被崇祯杀死，所以，他下不了这个决心。正进退两难，他那八十岁的老母亲说话了，她说，儿啊，你跟袁将军这么多年，他的话总是对的呀。老母亲的一句话，让孝子祖大寿低下了头，当天即回师入关，不用向崇祯报到，就率领辽军一举收复了永平、遵化一带，解了京城之围。之后，他又与陆续来京的援军一起，将滞留在京畿的后金军彻底逼回了关外老家。

袁崇焕下狱后，另一个极力为袁崇焕辩解开脱的是大同总兵满桂。满桂是蒙古族人，素来忠勇，当年在宁远城，他曾是袁崇焕的副将，后因二人失和而调离别任。如今，与袁崇焕有隙的满桂居然要求释放袁崇焕，让这位冷血的明朝天子感到非常费解，对待满桂也像对待祖大寿一样，不但拒不理睬，还命令满桂出城与后金军决战。京城明军虽有数万人之多，但战斗力极差，只会守城，不能野战。满桂毕竟是久经沙场的老将，深知自己与后金军打野战必定是凶多吉少，便找了各种理由一拖再拖。崇祯看到这等情形，使出最后一个撒手锏，就是以袁崇焕之罪相威胁。满桂被逼无奈，只得带着四万乌合之众出城决战。最后是满桂战死，四万大军无一生还。

袁崇焕之狱，在当时就震动了朝野人士。就在他被崇祯下令入狱那天，七十岁的礼部尚书成基命居然在会极门长跪了十二个钟头。兵部一个小官员钱家修，冒死向崇祯上奏，说他愿替袁崇焕受刑。他在上疏中写道：“臣查袁崇焕自握兵以来，第宅萧然，衣食如故，犹更加意寒生，恩施井邑，恤贫扶弱，所在有声。”袁崇焕做了总指挥后，退任督辅的孙承宗也为袁崇焕抱冤叫屈，他曾写诗道：“东江千古英雄手，泪洒黄龙半不平。”还有一个名叫程本直的平民书生，直书《白冤疏》和《旋声记》为袁崇焕抱不平，他说，如果你们杀袁将军，我甘愿陪着将军一起赴死。然而，在当时的明廷，站在袁崇焕一边的人十分弱势，而站在崇祯一边的人万分强大。这点小小的正义声响，早就被“杀袁”的滔天巨浪给淹没了。

崇祯三年（1630年）八月十六日，皇帝下诏，将袁崇焕“磔刑于市”。磔刑即凌迟，也就是千刀万剐。在中国古代，磔，堪称酷刑之最。崇祯诏令一下，袁崇焕立刻就被推上囚车，出午门向西市刑场走去。

元大都以后，北京城内曾有三个地方做过古代的刑场。元朝的杀人刑场设在柴市口，写有《正气歌》的南宋状元、宰相文天祥，就是在柴市口被砍下了头颅。清朝的杀人刑场设在菜市口，谭嗣同等“戊戌六君子”，就是在那里被斩首示众。而袁崇焕所在的明朝，杀人刑场设在了西市。西市又叫“西四”，即西四牌楼。那里曾竖有一根比牌楼还要高的木杆，专门悬挂被杀者的首级。这叫悬首示众。

在古代的中国，不论是以哪一种方式杀人都有特定的仪式。北京城里的老百姓，对杀人仪式非常熟悉，而杀人仪式也培养出了中国人爱看热闹的习性。就说明朝吧，在此之前，京城百姓已经在西市见过许多血淋淋的人头。有该杀的，也有不该杀的，他们都看见了。最不该杀的一次，发生在明天顺元年（1457年）。在危亡关头救了北京城、救了明王朝的兵部尚书于谦，被明英宗以“意欲迎立外藩”的“谋逆罪”，押赴西市问斩。这是另一个痛心的故事，我不想多说。因为于谦比袁崇焕好多了，他被冤杀不久，就被下一个皇帝明宪宗给昭雪洗冤，并将他的故居改为忠节祠。固然是一场悲剧，可于谦毕竟很快就成了正剧的主角。

就在于谦案一百多年后，袁崇焕被押上了西市刑场。同样是兵部尚书，同样是保卫北京城的功臣，却是两种完全不同的景象。所谓的不同，指的是京城百姓的表现。于谦赴死，京城百姓倾城出动，一路哭送；袁崇焕告斩，京城百姓也是倾城出动，不是哭送，而是买他的肉吃。我一直不能相信，人类早已告别原始的茹毛饮血时代，距文明最近的皇城根下的百姓，怎么会返祖生食人肉？然而，明末大文人张岱对此情此景做过实录：袁崇焕刚被绑上刑场，刽子手还没有动刀呢，那些听信袁崇焕是内奸的京城百姓就扑了上去，抢着撕咬他的肉，一直撕咬到了内脏，人们吃一口，还要大骂一句。依照规定，刽子手要把他身上的肌肉一块块地割下来。众百姓紧紧地围在旁边，竟纷纷出钱买袁崇焕的肉吃，因奇货可居，一两银子，只能买到一块，最后，竟连一根骨头也没剩下。那被割了数千刀的袁崇焕，惨叫之声不绝，终于肉尽而死。还有一个令今天的我十分动容、却令当时的京城百姓十分费解的场景，袁崇焕在这边受千刀万剐之刑的同时，旁边不远的地方，书生程本直慨然践誓，朝廷也真就成全了他，他的人头也被咔嚓一声砍了下来……

袁崇焕被杀后，朝廷按惯例马上去抄他的家，居然是“家亦无余赀，天下冤之”。据记载，袁崇焕出任邵武县令时，竟“一钱不入”，擢为佥事监军仍一贫如洗。在其离家的七年中，嫡兄、嫡叔相继病死，他们留下的家口只能依靠袁父一个人来养活。而当父亲病死时，袁崇焕要求回籍奔丧，竟然穷到“不能为行李”，以至于要靠同僚们解囊相助。袁崇焕曾对天启帝说：“臣为令至今，未尝余一钱，以负陛下。”在狱中，袁崇焕无比感叹地说：“予何人哉？十年以来，父母不得以为子，妻孥不得以为夫，手足不得以为兄弟，交游不得以为朋友。予何人哉？直谓之曰大明国里一亡命之徒也！”在他被押往刑场之前，还从容地作了一首《临刑口占》：“一生事业总成空，半世功名在梦中。死后不愁无勇将，忠魂依旧守辽东。”死到临头，仍初心未改，良知不泯。大厦将倾的明王朝，以自己的愚蠢，让一个真正的将军青史留名。

抄家之后，一定是灭族。这时候，朝中又有人冒死向崇祯求情。崇祯终于给了一点面子，袁氏三百家口可以不死，罚“妻子流放三千里”。据说，袁崇焕当时留在辽西的家属，先是被罚充军浙江，后又改往贵州；留在广东的家属，则被罚充军福建邵武。袁崇焕自己没有子女，妻子黄氏在流放南下的途中投水而死，尸体被冲到了下游，幸有乡人给捞起来埋葬。

另据《明史·袁崇焕传》载：“自崇焕死，边事益无人，明亡征决矣。”

蛮夷叩关，自毁长城，这种事在大明一朝先后发生了两次。第一次是于谦，第二次是袁崇焕。朱家天子的刻薄寡恩，可见一斑。

然而，崇祯最终知道错了。杀了袁崇焕之后，他不停地反省自己，先后四次下诏罪己。后来更一度避正殿，居武英殿，减膳撤乐，如不遇典礼之事，平日则着黑衣理政，与将士共甘苦，至寇平之日为止。只可惜亡国的命运已不可逆转，再加上天子个人心理偏激，已无法建立起一个同心同德的政治集团。可悲而无助的崇祯，就这样让大明王朝走到了终点，他也成了亡国之君。

崇祯十七年（1644 年），农民领袖李自成率义军攻入北京，孤独绝望的崇祯从紫禁城后门逃出，爬到煤山的一棵树下，上吊自尽。也就在这一年，皇太极的子孙在山海关打败了李自成的义军，由于吴三桂背叛明朝，八旗军接着就占领了北京。自此，历史翻开了新的一页。

阅读袁崇焕的生平，让我唏嘘不已，久久不能言。我明白了，远在台湾的张学良将军为什么会在读了明史之后，把自己变成了一个虔诚的基督徒。他也算有自知之明，既不能自救，更不能救人，不论是虎气，还是王气，自家老帅都比不过，何谈袁崇焕呢？所以，在巨大而黑暗的政治面前，只有求助于万能的上帝了。

四

原以为，袁崇焕的故事到此已经结束。原以为，站在三百多年后的今天，我只要记住那一段历史，记住袁崇焕这个人，尤其记住他那赤子般的辽东情结，也就足够。然而，因为在中国的北京有个一直为袁崇焕守墓的家族，袁崇焕身后的历史便被拉长了。

时间是 2005 年秋天。一位主编朋友来电话，说他们出版社想做一套人文中国丛书。出版社拟了几个选题，想要我写一写为袁崇焕守墓的佘氏家族。彼时，我正在北京大学做访问学者，不假思索就答应了。因为我曾在电视上看见过守墓家族的故事。接受采访的是个女人，她对着镜头说，她是佘氏家族的后人，她们家族世代蜗居于京城的东南隅，不离不弃地为袁崇焕守墓，时间已长达三百七十多年。但是现在，袁崇焕的墓和祠不再需要这个家族来守护了，政府已经派文物部门来接手管理，佘家人要从袁祠所在的大院里迁走，佘家世代守墓的资格被取消了，所以她一直在四处奔走，八方呼吁，以至于成了当时的一个大新闻。记得，女人面孔文弱，六十多岁，名叫佘幼芝，自称是佘氏第十七代守墓人。

当年的电视镜头，给我留下了深刻的印象，所以朋友一提这事，留在脑子里的画面立刻就被激活了。我马上就去网上百度。一敲键盘，眼前立刻闪现出一片图文，关于袁崇焕，关于佘家守墓，长长短短的讯息居然有几十万条。

由此知道，在袁崇焕被处以磔刑并骨肉尽光之后，只剩下了一颗滴血的头颅，高高地悬挂在西市牌楼前那根木杆上。朝廷原本要在第二天“传首九边”，可在当天深夜，西市刑场发生了袁崇焕首级被盗的事件。而且，这个事件自此就成了一个悬案，直到明朝灭亡，清朝入关，当年那个勇盗袁崇焕首级者，也没有被官方缉拿归案。

却原来，就在袁崇焕被杀当夜，袁将军帐下一佘姓谋士，悄悄潜入西市刑场，避开戒严卫兵的耳目，飞身上杆，盗取了袁将军那颗死不瞑目的头颅，并将其秘密地埋葬于广渠门内，那里有一片草深如盖的广东义地。

自明代以降，旅京的外省人在京城建了许多会馆，经常到会馆里相聚或留居的人，不外是在京做官的士大夫、来京应试的举子以及南来北往的行商坐贾。据载，明朝永乐年间，旅居京城的广东人，在广渠门内建了一座“广东会馆”。天启四年（1624 年），广东会馆由广渠门内迁到了前门的打磨厂，会馆原址便改为“广东义园”。义园即墓地，也称“义地”。从中华民国十二年（1923 年）《北京内外城全图》可以看出，当时的南城外，大都是外省的义园或义地。所以，旅居北京的粤家客，因为去世后遗体不能运回原籍，就埋在了广东义园。

1629 年冬天，袁崇焕率九千辽军与皇太极所率的十万后金军厮杀的战场，就在广东义园附近。身为广东人的袁崇焕做梦也不会想到，他的头颅会被佘姓下属埋葬在广东义园，让他与客死北京的广东同乡为伴。彼时，全国上下尽人皆知，袁崇焕犯的是叛国大罪，而佘姓下属从刑场盗走他的首级，冒的是灭杀九族、满门抄斩之险。可是，这位忠而护主的侠义之士，自此辞官回家，隐姓埋名，以义园里的荒草和坟头为掩护，率一家人傍墓而居，默默地守护着含冤于九泉之下的袁将军。

时间在一年一年地过去，佘姓下属也由黑发而白头。他曾以为，大明朝廷总有一天会给袁将军平冤昭雪。可他在袁将军墓侧一直等了十四年，等来的却是李自成攻进了紫禁城，皇太极的儿子和兄弟们入主中原，大明王朝彻底垮台。1644年以后，他一定望见了满街的大辫子兵。这些兵是大明朝的对头，袁将军的死敌，而他作为袁将军的守墓人，只能把地下这个天大的秘密继续隐藏下去。当他知道自己的生命已走到了尽头，才把儿孙叫到身边，像颁布军令状一样留下三句遗嘱：袁将军没有后代，我死后就埋在将军墓旁；佘氏子孙从今以后只许读书，不许做官；世世代代为袁将军守墓，不许回南方老家。这个遗嘱自此成为佘氏子孙世代谨遵的先祖遗训。

清乾隆四十七年，即1782年，踌躇满志的大清皇帝命朝廷官员修订《明史》，官员们在查阅本朝清太宗档案的时候，看见了那一段精彩的形色兼备的描述，始知袁崇焕的死，与太宗当年所设的反间计有关。于是，官员们如实将此事奏明乾隆皇帝。盛世天子，总是有一些大胸怀。乾隆皇帝立即下诏：

谕军机大臣等：昨披阅《明史》，袁崇焕督师蓟、辽，虽与朝为难，但尚能忠于所事。彼时主暗政昏，不能罄其忱悃，以致身罹重辟，深可悯恻。袁崇焕系广东东莞人，现在有无子孙，曾否出仕，著传谕尚安，详悉查明，遇便复奏。

从皇太极的“实录”，到乾隆的“谕”，前后相隔了一百五十二年。一个是设计，一个是昭雪，竟出自一朝天子，真令人有说不出的感慨。只听说人生如戏，想不到历史也如戏！

据说，尚安当时正在广东巡抚任上，他立刻遵照圣旨去袁崇焕原籍东莞做了访查，并于乾隆四十八年（1783年）上奏说：查袁崇焕之五世孙名叫袁炳，粗晓字义，人尚明白，可依照熊廷弼裔孙之先例，叫他做个佐杂之类的小官。史载，袁崇焕并无己出，袁炳是从弟裔孙，明朝既没有给袁氏平反，也没有抚恤袁氏子孙，而清廷却能给明臣雪耻，并给其裔孙安排官职，实在是一种高姿态。明朝将军袁崇焕之冤，也自此公之于天下。

与袁崇焕案相关的还有佘家。彼时，佘氏家族守墓已经一百五十二年。可以想象，在这漫长的岁月里，一代又一代的佘氏子孙每天都是在藏与守的煎熬中度过。藏，需要一个家族同心同德；守，需要一个家族锲而不舍。袁崇焕的赤子之心，可以一个“忠”字彪炳；佘氏家族的践约守誓，可以一个“义”字概括。然而，佘氏为袁将军守墓的秘密，究竟何时为天下所知的呢？

最早的记载，写在佚名的《燕京杂记》里。其载：“明袁督师崇焕坟，在广渠门内岭南义庄寄葬，相传督师杀后，无敢收其尸者。其仆潮州人佘某藁葬于此，守墓终身，遂附葬其右。迄今守庄者皆佘某子孙，十余代人卒无回岭南者。岭南冯渔山题义庄有云：‘丹心未必当时变，碧血应留此地坚。’”此文于1880年收入《小方壶斋丛钞》。经后人考证，《燕京杂记》大约写于乾隆后期至嘉庆、道光年间。其仆籍属潮州亦有误，应为顺德。

其实，佘氏家族是平民百姓，不需要谁来奖赏，因为守墓不是官府的事，而是佘家自己的事。佘家既然没有被谁加过罪，也就无所谓翻什么案。所以，这个秘密即使由隐而显，也是在民间传播的范围内。再说，佘氏祖训有“不许做官”一条，此事止于民间也可作另一种解释，就是佘家不与官府交集。所以，守誓如守墓的佘氏子孙，即使听说清朝皇帝给袁将军平了反，也不会希图朝廷给佘家什么好处。据我所看到的记载，在1952年以前，此事从未见官，也从未被官所见。

然而，就在其后的某一天，藏的历史终于结束了，只有守的使命还在继续。最确切的记载，见于道光十一年（1830年）三月。有一天，在袁崇焕的墓前，赫然竖起了一块青石大碑。有人说，之所以是青石碑，而不是雪花石碑，主要是清人给明人立碑，总得有些保留，以免遭遇不测之灾。青石碑正面，以古代标准的“馆阁体”刻了七个大字：有明袁大将军墓。右上刻的是“大清道光十一年二月”，左下刻的是“乡后进吴荣光拜题”。吴荣光是广东南海人，工书画，精金石，对碑帖颇有研究。道光年间，其官职曾升至湖广巡抚兼湖广总督，后因官场失利，寓居北京。就是说，吴荣光与袁崇焕同籍，他在宦海落寞之时为袁大将军题碑，也是自己心有所寄，吴氏只代表他自己，而不是官方。然而，有一点令我不解，不论是立碑的人，还是题碑的人，都忽略了旁边那座埋着佘氏先祖的小墓。那一天，义园里肯定来了不少很有身份的广东籍人士，可他们对这位默默无闻的乡亲冷漠得几乎有点不近人情。

同治七年（1868 年），因地处广渠门内的广东义园不能再葬新坟，旅京粤人便在广渠门外东南不远处的龙潭湖，开辟了一座“新义园”，广渠门内的广东义园就成了“旧义园”。因为旧义园内有袁将军的墓，他们便在同乡中募集资金，对旧义园大加修葺。这实际上是一次前所未有的扩建，绕着旧义园的四周筑起了一道宽远的围墙，并在墓前方几米处建起了一座享堂和一座大门，这就是后来所说的袁祠。另外，他们还在袁祠的西院盖起了八间房屋，除了停放灵柩，还让已在此守墓二百多年的佘氏家族有了个舒适的居所。总之，旧义园就此形成了一个疏朗而又庄重的格局。

中华民国四年，也就是 1915 年，由京城名流、东莞人张伯祯出面，对袁祠、墓又进行了一次修改和扩建。至此，袁墓由土堆改为砖砌灰抹，墓冢也变成了圆台式馒头顶，并在墓前设了一张石桌，在墓前墓后栽松植柏。最令佘家感动的是，终于给佘氏先祖竖了一块石碑。当年，因为佘氏先祖既怕暴露了袁将军墓，也怕连累了家人，在世时隐姓埋名，去世后也不许对外人言，致使后世子孙没人知道先祖的名字。此次刻碑，大家想来想去，只能叫他“佘义士”。全篇碑文，由张伯祯亲自撰写。张伯祯是康有为的弟子，他还有一个收藏家儿子，名叫张江裁（也叫张四都、张次溪）。清末民初，张氏父子曾是研究和宣扬袁崇焕事迹的重要人物。中华民国四年，他们在主持修护袁墓的同时，还在龙潭湖边的新义园建了一座袁督师庙。张氏还请康有为给袁庙题记作联。联曰：“自坏长城慨今古，永留毅魄壮山河。”可以说，至少从道光十一年开始，袁崇焕的墓已经由一家人独守，渐渐变成了众人共守；由在荒草中深深地隐藏，变成在光天化日之下高高地耸起。

即使这样，我仍然认为，唯有佘氏是袁崇焕的守墓人，别人只能算袁崇焕的崇敬者。如今，这个世代守墓的佘氏家族，仍有后人生活在北京城里，守护在袁崇焕墓旁。现在的守墓人，已是佘氏第十七代子孙。我就想，如果没有袁崇焕的死，就不会有这个家族世世代代的守。如果墓中的袁崇焕不是蒙冤而死，守墓的佘氏家族不是守而不去，这个故事也不会如此地绵长，如此地悲壮。

记得，张爱玲在《传奇》一书的序言里说过："这是普通人的传奇，传奇里的普通人。"在当下的中国，佘家第十七代守墓人佘幼芝其实就是一个传奇，而且是传奇里的普通人。以我的理解，传奇的意思，就是曲折。因为这个身单力薄的佘家女人，已在这曲折里走了几十年，直到现在，她也没能从曲折里走出来。正因为曲折，这本书我没有如期交稿。在相当长的日子里，我不但一次次地去她家采访，还和她去了一次顺德和东莞。在顺德，见了佘氏现在的族人，在东莞，则拜了袁氏故居和袁氏墓园。知道得多了，便发现佘家守墓的事涉及了太多的人，也涉及了太多的机构，尤其是袁大将军墓已被宣布为国家级文物保护单位，官方名正言顺地取消了个人守墓权，佘家人却坚持要谨遵祖训，说守墓是继承和发扬中国传统美德。直到现在，民与官双方仍各执一词。我发现，我不但断不了这个官司，还可能会因此惹上官司。于是，这部书稿至今仍压在我的案头。

五

此后，我就开始了《旅顺口往事》的写作。辽金元时代，旅顺口叫狮子口。明初，朱元璋派马云、叶旺渡海到辽东击剿蒙元残军，上岸之后，因旅途平顺，遂将狮子口改为旅顺口。

记得，那是2008年深秋的一个下午，我去了黄金山下的黄龙墓。万料不到，有一根神经突然就被拨响，浮现在我眼前的不只是黄龙一张面孔，而是许多张明朝镇边将军的面孔，并且每一张面孔都似曾相识，每一个名字都振聋发聩，他们像早就约好了似的，一个一个，由隐而显，由远而近，穿过逝去的岁月，接踵而至。

在马云和叶旺身后，站着辽东总兵刘江，站着东江总兵毛文龙和黄龙。

正是毛文龙，让我再一次看到袁崇焕，旅顺口虽不是袁氏的驻防之地，却是他矫诏杀死毛文龙之所。

以往对袁崇焕的了解，大多来自于书本。这一次，我用了百度。一个新的发现，立马就让我震惊了：清末吉林将军富明阿，是袁崇焕的六世孙，其子黑龙江将军寿山，是袁崇焕的七世孙。这是真的吗？我马上又去维基百科，它也这么说。

在别人那里，这可能是个旧闻，在我的阅读经验里，却压根就没有这一说。不过，我很为他高兴，虽然死得那么惨，却把将军的基因留下了，让袁氏一门接连出了一个吉林将军，一个黑龙江将军，真是天不灭袁啊。

然而，此事未完，后面还有更大的惊喜。那几日，我正为这一发现兴奋不已，却看到一个本市史志办专家发表的一篇文章。据载，在发妻黄氏之外，袁崇焕还有个小妾，姓赵，原籍胶东，虽非大家闺秀，却也不是一般女子，知书达礼，深得袁氏宠爱。袁氏获罪之时，她已身怀六甲，后来回山东隐居，为袁崇焕生了一个儿子，儿子又给她生了两个孙子。在她行将就木之前，她给儿孙们讲了袁崇焕，并嘱两个孙子各买一条小船，系在海边，以防不测。不知过了多久，袁氏子孙果然听到外间传言，朝廷知道了他们的身份，马上就要前来抓人。于是，已经长大的两个孙子，各自带着家眷，摇船出海，逃到辽东半岛。一支继续北上亡命，另一支隐居在旅顺口……

于是，历史在旅顺口撞出了一声令人惊怵的巨响。在旅顺口，有一个地方叫北海，还有一个地方叫双岛，过去是两个镇，现在是两个街道，地理上比邻，且都面海。世上竟有这样的巧合，留在旅顺口的这一支袁氏后人，隐居在北海的一条山沟里，因袁氏聚族而居，村名就叫袁家沟。袁崇焕杀死毛文龙的地方，则在双岛湾的龙王庙附近，在杀毛遗址处，还立有一碑。毛袁二人，可真是冤家路窄，生前身后，难分难解，看上去像虚构，却是确凿的事实。

我马上就去了袁家沟村，也果真就有袁氏后人拿出了家谱，还带我上山去看了袁家沟辽东先祖的墓碑，斩钉截铁地说，这里就是袁氏子孙当年避乱藏身之地。就是说，两条船都从山东半岛漂向了辽东半岛，都在半岛最南端的旅顺口上岸，一支留在北海，另一支继续北上。之所以要北上，就是如果被朝廷发现，不会一起死。正是北上的这一支，在大清朝的龙兴之地做了将军。

最早听说寿山的故事，也是在1996年夏天，但不是在山海关外的兴城，而是在黑龙江边的瑷珲。其实，我是初夏去的瑷珲，盛夏去的兴城。在东北的版图上，瑷珲和兴城都属于并不多见的古城，也是有故事的古城。正是在这里，我先后与袁氏家族两位将军相遇，也算是难得的奇缘。不过，在瑷珲历史陈列馆，我并不知道寿山与袁崇焕的关系。我只知道，正是在瑷珲的悲剧里，寿山给自己的生命画上了完美的句号。

瑷珲的悲剧，发生在1900年夏天。按照中国的天干地支，那一年也叫庚子。这一年的夏秋之间，历史给了俄国人一次可乘之机。列强们合伙瓜分中国，中国政府还没发怒，中国老百姓先发怒了。义和团拳民的反帝风潮从京津波及了东北。一直想把东北变成“黄俄罗斯”的哥萨克们高兴得顿足大叫：这将给我们一个占据满洲的借口！于是，在近代人类的灾难里，就有了海兰泡大屠杀、江东六十四屯惨案、瑷珲的冲天大火。

这是一场哥萨克方式的屠杀。海兰泡是中国人居住的地方，1858年被沙俄强行占去，改叫布拉戈维申斯克。因为刚刚签订的那一纸《瑷珲条约》，海兰泡的中国人一夜之间由主人变成了华侨。1900年夏天，尼古拉二世一声令下，做了四十二年华侨的中国人便被哥萨克用刺刀驱赶着向黑龙江边走来。据《瑷珲县志》载：俄驱无数华侨，圈围江边，喧声震野。细瞥俄兵各持刀斧，东砍西劈，断尸粉骨，音震酸鼻，伤重者毙岸，伤轻者死江，未受伤者皆投水溺亡，骸骨漂溢。惨杀溺毙华侨五千余名。

江东六十四屯惨案，其实是海兰泡的继续。有了黑龙江的南拐，才有肥沃的江东。六十四屯所拥有的土地，相当于当时沙俄阿穆尔州已开垦的全部土地，所以它让陆盗们想入非非，即使条约上白纸黑字地写着中国人享有永久的居住权，中国政府享有永久的管辖权，他们杀人的方式以及所有的场面，也都与海兰泡一样。《瑷珲县志》载：沙俄先放火烧了补丁屯，其他各屯未及逃走的中国人都聚于大屋中，焚烧无算。黄童离家长号，白叟恋产叫哭，扶老携幼，逃跑瑷珲对过，长江梗阻，绕越不能，露守不能，群号惨人。溺死者七千余人。凡没有逃走的中国人全部被杀死，房屋被烧光。

瑷珲大火，发生在两场大屠杀之后。哥萨克们在对岸已经杀红了眼，他们长驱直入跨过黑龙江，径直向瑷珲扑来。继1860年秋天英法联军火烧圆明园之后，欧洲人又一次成为中国土地上最大的杀人犯和纵火犯。有二百多年历史的瑷珲城是木制的，瑷珲人是血肉之躯。它们一起在哥萨克的大火中涅槃了。

庚子之夏，我唯一能记住的一个军人就是寿山。他那时是黑龙江将军，也是曾经抗击过日俄侵略军的爱国将领。他一边与俄作战，一边却又接到北京与俄缔和的电报。但他已经发过誓，绝不“改隶夷籍，反颜事虏”，所以当他看见眼前已不是哪一个将军而是他的王朝打出了白旗，便以洁身自好的方式赴死。据载，他是自己“从容卧于柩中，取金器吞入腹中骤不死，命其子开枪击之，其子手战不忍发，误中右臂不死，又命其家将继之枪，中小腹犹不死，呼声愈厉，家将顾曰：如此，宜令速死免受痛苦。乃再开一枪，洞胸而亡”。这样的殉国，是因为绝望。而那个关头，有几个将军舍得以这种方式表示绝望呢?

记得，当时是瑷珲历史陈列馆的吴馆长引我到小院的一角，说那里有一尊寿山将军的塑像。想不到如此忠勇的寿山，那么矮小，矮小得令人心疼，一只手臂，还不知被谁砍掉了。我想，或许因为他是清朝将军，今天的人不能给他当代英雄般的尊敬；或许因为资金不足，艺术家没有把他塑造得高大伟岸。

“上将由来无善死。”此句出自袁崇焕在狱中写的《忆弟》诗。站在寿山像前，我只认定一点，在当年的抗俄前线，寿山没有辱没袁氏先祖的英名，从某种意义上说，一个是被杀，一个是自杀，他比袁崇焕活得更有尊严，死得更有气节。当然，也是因为前者无法选择自己的命运，后者却可以做命运的主宰。

关于袁崇焕生前的哀与荣，身后的悲与喜，写到这里确该收笔了。但是，按以往的经验，或许还会发生什么，也未可知。

原载《满族文学》2018年第2期

作者简介

孙郁，本名孙毅，辽宁大连人。1988年毕业于沈阳师范学院（现沈阳师范大学）中文系，文学硕士。中国作家协会第九届全国委员会委员，中国鲁迅研究会会长，长江学者特聘教授。做过知青、文化馆馆员、记者。2002年到北京鲁迅博物馆主持工作并担任北京鲁迅博物馆馆长。2009年起任中国人民大学文学院院长。20世纪70年代开始文学创作，80年代起转入文学批评和研究，长期从事鲁迅和现当代文学研究。《鲁迅研究月刊》主编，《中国现代文学研究丛刊》副主编。主要著作有《革命时代的士大夫——汪曾祺闲录》《鲁迅忧思录》《鲁迅与周作人》等。

夏家河子

夏家河子是渤海边的小村，南面是鞍子山，北面有一片很美的海。一条从大连过来的铁路在海边蜿蜒而去，直通旅顺。二十世纪七十年代的时候，这里看不到多少民居。印象深的是那个小小的火车站，典型的俄罗斯风格。一到这里，第一感觉就是寂静，有一点世外桃源的味道。

这个殖民统治时期遗留下的村落，有一所师范学校。四十年前，我在这儿读过一年多的书。

那时候刚恢复高考。在乡下劳动了两年多后，忽然有了读书的机会，着实是种意外的惊喜。大多数新生都来自乡下，开学那天，我们的身上还带着泥土气。

师范学校只有一栋楼，走在楼道里，地板颤颤悠悠，好像随时可以塌陷下来。我们吃、住、学习都在这个楼里，教室的对面便是宿舍，一个宿舍挤进二十多人。一年中，竟没有见过像样子的图书馆，可见条件之苦。唯有晚上能够听见大海的涛声，像催眠曲，那算是天赐的浪漫。

不久便领略到各位老师的风采。给我们上课的先生，有的刚从乡下返回教坛，有的刚摘掉右派帽子不久，他们对学生都很客气。师生们彼此都有种新鲜之感，荒废了十年的光景，总算有了读书的时间。许多老师的学术之梦，也随着我们的到来重新开始了。

那时候百废待兴，众人的观念还在慢慢转变的过程中。比如，讲先秦的文学，概念还在阶级意识的影子里；讨论希腊神话，结论的东西把丰富的存在遮掩了。但毕竟让我们睁开眼睛，好似从昏暗里走出，满眼明亮。被冻僵的躯体，也慢慢蠕活着。

终于可以看到域外的新电影了。最早是日本影片的引进，电视里偶尔也播几部。学校只有一台电视机供大家观看，所以显得很热闹。记得有一次看《望乡》，满操场的人静坐在那里，均被剧情深深吸引。故事涉及妓女的生活，由此折射出彼时日本女性的不幸。刚播到一半，众人看得入迷的时候，教导处的一位老师突然站起，说，这片子没有意义。随手把电视关掉。下面一片寂静，几百名学生带有点抱怨的目光望着这位老师，却没有人敢去抗议。大家散去后，给这位老师起了外号，叫“没有意义”。

“没有意义”的理念没有坚持多久，不知什么人突然组织大家学习跳舞。这一次没有老师出来阻拦，操场上播放着圆舞曲，胆子大一点的都跑了过去。渐渐地，队伍扩大起来。几个羞涩的同学，面对着那个热闹的场面，有些不好意思，只好退了出来。我自己也属于这类人。后来许多人学会了跳舞，我却一直是舞盲，直到现在，还不及格。多年后与妻子说这件事，她说我过于拘谨。说是拘谨，也是很对的，那时候对开放的生活，一时不知所措。

改变我们思路的是报刊上的文章。1978 年夏，“实践是检验真理的唯一标准”的讨论开始，有同学对讲义里的思想便开始怀疑起来。几位年龄大的同学，思路活跃，有时候在一起聊天，吓得我不敢开口。比如言及二十世纪三十年代上海的文坛，我的思路都在书本上，他们却有另类的理解。对历史的看法，溢出了当时的语境。有人提及了胡适，有人推荐尼采的著作，阅读的天地也随之宽广起来。

数学专业一位王姓的同学，是我的老乡，身上带一点诗人气质。他有点不务正业，常写一些小说。那些作品的调子有点阴郁，投稿多次，却不能发表。我把他介绍给自己最崇拜的叶老师，希望叶老师指点一下。叶老师是杭州人，二十世纪三十年代在林语堂主办的《人间世》发表过文章，在国内鲁迅研究界有一点名气。他看了王兄的小说，认为不错，就悄悄地对我们说，这作品有亮点，看看文坛有没有伯乐吧。类似的作品，过去没有人敢写。

王兄总能借到一些未曾见过的书籍，有时转给我。他谈起海明威、契诃夫，眉飞色舞，并讥笑当时的几位流行的作家的浅薄。有时候约我到海边聊天，也愿意把最隐蔽的思想透露给我。他不太喜欢数学专业的氛围，希望到中文系来。那时候学中文，有一点时髦。文学的力量，好似是最重要的。而我们的梦也有点离奇，不食人间烟火的一面也出来了。

在学校的一年，对文史哲只能是一知半解，看的书实在有限。大家喜欢写作，然而还戴着“镣铐”，出笔缩手缩脚。暑假期间，我有了去文学杂志实习的机会，经常往返于夏家河子与城里之间，帮助编辑看看稿件。那时偶尔也能看到名家的手稿，读起来大开眼界。有一次主编转来了谢冕先生谈诗的文章，有点别林斯基的味道。文字讲究，内觉能够抽象出一些学理，真的漂亮。才知道，批评的文章应是美文。我的审美的天平，就这样倾斜下来。

同学中也有特立独行的，美术专业与外语专业的同学有点时髦，学中文的则散漫一些，与时风略有点距离。班里有位老高同学，大概是逃课最多的人，平时喜欢研究文章之道，写点散文和小说。考试前看看别人的笔记，便犹如神助，还成绩不错。老高一般不参加各类活动，看到我忙些杂事，以为是真正的“没有意义”。他看不上死读书的人，觉得过于迂腐。因不迷信书本，喜欢思考一些问题，后来写了许多好作品。几十年后，他创作的《闯关东》《北风那个吹》几部剧本，都有力度。这是我们这些书呆子写不出来的。

但我那时候没有这样的领悟力，看重的是学历和所谓的学问。我的朋友王兄大约也染有相似的情结，不久我们两人再次高考，去了不同的学校。他成了批评家，只是小说不写了。见面的时候彼此自嘲：做了学问，还不及夏家河子的一些老同学，除了写点读后感，别的武功都废了。

三年前王兄去世，引发了我念旧的感伤，便让一位朋友送去花圈，遥寄哀思。想起当年一起在夏家河子的日子，好像都在梦中。我想，如果他一直像过去那么写下去，可能会有很大的成就。可惜，我们都迷信学院派，后来未能再做年轻时喜欢的事情。得失之间，一生就这样过去了。

夏家河子的海水很好，每年七、八两月是游泳的季节。但学校的一位年高的老师，天还冷着的时候就下海了。那时候冬意未尽，老人却淡定自若，身带仙气，在水里变换着姿势游来游去。许多同学也试图随之进水，都吓了回去。如今想来，那水中的独影，真的是海边的奇观。离开学校这么多年，时常想起那片引起幻觉的海和几个有趣的人。在寒潮里击过水的人，悟得出冷暖之经，阴阳之纬。可惜，冬泳的本领，我一直没有学会。

原载《文汇报·笔会》2018 年 2 月 27 日

作者简介

赵冬妮，作家。在《人民文学》《诗刊》《青年文学》《散文》《星星》《散文世界》《鸭绿江》《黄河文学》《海燕》等文学刊物上发表过散文、诗歌、小说等。出版诗集《以一个词走近你》；随笔集《跑题》；散文集《从一数到一》，并获第五届辽宁文学奖散文奖，被评为2007年度大连市“十件有影响的作品”之一。

在海湾

一

热浪袭击了海湾。燠热持续三周不散，牢牢封锁住了海面，潮涨潮落不再那么饱满有力，它声音喑哑，昏昏沉沉。立秋一周后，迟迟来了一场暴雨，从早至晚雨脚未歇，人一夜安睡，清早醒来天空又是夏天里的那个太阳，热辣灼人。还在伏中，高温已降至30摄氏度，蝉鸣仍旧各种声线交织一片，聒噪喧天。

这场雨盼得辛苦。徐连君说：“昨天手机上的天气预报就不断预报着什么时候有雨，到点了雨没下，预报有雨的预报又往后推迟了几个小时，到时候了还是没有雨……一而再再而三的，说是半夜时分有雨，到了凌晨我起床后，老天只是阴沉着脸，雨还是没下。”

若是南风向北，刮过海湾，南风的尽头是大黑山，徐连君住在山脚下。他每日晨起泡茶，然后早课行文千字，天蒙蒙亮就发文到朋友圈里去，“以飨各位”。这次暴雨中雨连带小雨，他都一一盼过了，极度渴望的背后是要水洗天地，生养万物，随后一番清秋。上午未及十点钟，暴雨终于践约而来，再三懒惰，来就铺天盖地，一时间海湾三面轮廓顿消，唯有近处长长一线白浪在拍打海岸，涌上来又退回去，放宽又收窄。我喘口长气，风雨交加时，人终于在热浪里爬了出来。

偶尔雨生白花，隔着玻璃窗，能看到它们被风扬起，又急速地斜落，在空中画出各种短促的白线。海天一色，一阵阵迷雾变幻，时明时晦。风停住脚步。风急速行走时，东海岸那片山岭就会显露出来，山脚几抹暗绿在灰蒙蒙中飘浮，半山腰往上去直至山顶，是一根根直线形建筑物，天色晴朗时可以看清它们像纸牌，一张张竖立，直刺向天空。西海岸和尚岛始终模糊一片，我却能在意识深处辨认出，那一个隐约的灰色物体，其实是客货运码头。

夏天并没有走远，暴雨过后，一丝风没有，仍是又闷又潮。纪文君却在电话里说，气温并不是很高，今天才 30 摄氏度。她对温度很满意。不管咋说，它总算降下来了，热浪滚滚、旷日持久的 35 摄氏度太让人绝望，眼下它终将远去，比起来，30 摄氏度气温真是根救命的稻草。可是没有风，喘不上来气。她的声音传来，我却觉得电话的那头，有个细小的人，正在用力打捞着自己。最终生命所需要的，大约就是那一口气，她使我领会到，人知道自己是脆弱的，才奋力保全自己，就算一寸寸退让，也仍是种不屈。

到底，雨不撒谎，夜终究有了凉意，好过起来。尤其夜深人静，枕畔的海浪声驱走了燠热，似乎只在一瞬间，我感到海湾挣脱了热浪的囚禁，在微风中回到往昔。我几乎忘记了那些清凉的夜晚，我住十七楼，早晚听惯了有节奏的海浪的喧哗和潮水耐心冲刷海岸的阵阵唰唰声，它们缓慢低沉，从窗外遥遥传过来，有一种从不松懈的节律感——这本身多甜美呀，可惜很少有人知道。

二

无论从哪个方向看，我都觉得这海湾是一个侧面看的苹果。与乔布斯的苹果不同的，是它缺少被咬去的那一口，没有那一小块美妙的暗影，相反，在它的西侧，反倒多出个一滴眼泪形状的小海湾，但由于我站在窗前，视域受限，那一滴泪直接被建筑物抹去了，没法看到，收不进眼底，也常被忘记，于是这个苹果就非常完整，它的边缘，即那些海岸线，流畅而圆润，要是剔掉后来修建的那些码头，那多出来的人工冗余物，浑身上下就没有一笔直线，这个苹果左右弧线对称，上方有限度地敞开，形成出海口，直接通向外面一个更大的海湾——海湾中的海湾，说的就是我们这里；在底端，若真是一个苹果，底端就会有一小丛黑褐色丝梗，那是花柱和萼片的残留，类似于这个地方——我大概就住在这儿，住在苹果或是海湾的底端，一整片海在我眼前翻涌，而身后是寂静的东山。

我常想，乔布斯的苹果具有的动感，就在于它被咬过一口，又随手被放下了，永远处于未完成时。这或许就是它的状态，它是种打开，也许同时就是伤口？比起来，我们这里，海湾这个苹果，没有被随手搁置的那一瞬间。它古老苍凉，像是在说地老天荒，被拿起和被放下，这些都没有。它是一个柔软的固定物，嵌在大陆里。它也是敞开的，有时连岸边的礁石都是软的，有着木性，可以被修补，或被砍伐。经历告诉我，海湾上空是条固定航线，每次从外面飞回大连，飞机都要载着我沿海湾斜斜兜大半圈，我在空中先回一次海湾，我看到我住的那幢高楼与另外的两幢比肩而立，灰色而突兀。我像蝉从薄壳里爬出来，又回头反观身后，从另外的角度去看自己的蜕去物，那里有可想念的气息，却丝毫嗅不到，肉体的余温尚存，在那一刻却是凉的，我只是在心底里知道它，知道那是家。随后那滴如眼泪的小海湾也出现了，它正好挂在苹果外，一小半躺在桥下，一大半躺进了建筑群，它有它的世界，有它自己的人群，他们在那里睡觉，在那里唱歌。苹果两侧都建有码头，透过舷窗看到的灰色码头，一律直线条，唯有伸进海里时才会有转弯，大钝角像臂肘，使直线向海湾内紧扣。黄昏使海面黑沉，直线们凝固不动，隐隐发出石灰色微光，飞机即便仅仅掠过，从空中也可看出，它们一根根有多像鞭毛虫。

我先生总说，至今为止，人类只有三个苹果，伊甸园、牛顿和乔布斯的，三个苹果。我偏偏独自多出一个苹果。我刚遇到它的时候，它的内外充满了风和赶也赶不走的咸腥味。一开始我受不了那股咸腥，空气里全都是，就差没捏着鼻子走路，小时候我很少吃鱼，突然间空气里全都是鱼。前年领命做一部专题片，我去附近另一个海湾采访，海滩上，妇女们围坐着用餐刀剖海蛎子，她们脚下铺满厚厚的蛎壳和一层层白贝壳，踩上去就咔咔作响，是空气里的咸腥突然唤醒我，我开始大口喘气，让空气反复深入肺腑，才想起差不多有二十多年了——而今海湾只用清新和不清新来衡量，用有雾霾和没雾霾来衡量——我忘记了那气味，那些鱼。海湾里少一样什么东西，我就少动用一样器官，相反，多一样什么东西，我则不能生出更多的器官。总之，身体在做减法，也在偷懒，忽略。我知道那滴泪一样的海湾是被挤出来的，是不断填海之后的塑形。傍晚在那里散步，夏夜习习的海风、静谧的海水仍叫我深深感动，但我还是长久地在忘记它，把它当作不存在。尽管它没法擦拭。

在它上边，是客货两运码头。那是和尚岛码头，家与它斜对，遥遥相望，很长时间里，我一直很难把岛看清楚，只知道那里有码头。然后有一天醒来，突然发现码头伸过了海面，向这边海岸弯过来，离我竟如此之近，就像在鼻子底下。我常忍不住惊讶问我先生，那码头在扩建时，我怎么从没见到，从来不知道，我在哪儿，干什么去了。他一律回答不了。有时候他也会站在我身后，与我一同隔窗观看。码头贴近只是因为它扩大了一倍，它几乎填出与半岛同等的面积，半岛获得了另一半身躯。可以看到，面向我们的这一侧，那些刀切过似的低矮深灰立面，货船缓慢朝它们靠上去，贴紧，泊牢，然后卸料臂开始工作。巨大的黄色铁臂在空中举起又放下，看上去大而笨拙，却有着难以想象的力气和灵活，庞大的货运船在它身边小小的，变得像个乐高玩具。卸料臂并非总是在工作，很多时候它们中的三四只长臂张开，高举进半空中停住，似乎在考虑下一步，向上还是向下，永远就那样考虑着；而其余那些多半是收缩起外臂，像一个人怕冷似的紧紧抱住自己。几年看下来，我对它们已极其熟悉，那些分作上下两截的黄色手臂，有力或迟疑不决的样子，无论远近在哪儿都可以看到，开车路过或在家里，我习惯了去看或凝视它们。

晴空万里，和尚岛码头近在眼前，像是我的一个邻居，日渐熟悉。一个又一个长方盒子依次排列，那是库场建筑物，大都是白色，也有的被漆成天蓝。那天蓝色是那么新鲜、明亮，比周围所有自然的色彩都耀眼。它们身后露出的山丘，每逢秋季变色，从墨绿转入明黄赭红，到冬季就全部变光秃秃的，露出一副更加诚实的面孔，到那时蓝色就是海湾唯一的色彩。奇怪的是，长方盒子的蓝与周边所有的蓝又都不是一回事，既不在海的色域，也不在天空的色域，在它一块块凝固的蓝色里，没有空气性，没有流动感，然而它会老去，生出幽暗——蓝的丰富性带给我的总是惊讶，一方面也总是失落。也许真是这样，习惯了就好了，习惯是一种驯化。

晴空万里时海湾美得惊心，有时我在忙碌中，或在屋里走动，一抬眼无心地望到窗外，海面上一望无垠波光粼粼，我顿时凝固住了。这种相遇经历过无数次，而每一次永远都有如是第一次，瞬间地被击中，死死地被钉在原地，凝固不动，甚至连一个字也说不出，只是久久看着它：如此静谧，如此虚空。

三

那些炎热，里面没有风，只有火。热空气凝固，草木纹丝不动，海湾败下阵来，神情倦怠不起一丝波澜，日间如果不是海面上波光闪耀，就会以为那是一块巨大的铁板，深深嵌进了陆地。唯蝉鸣有力量冲破密不透风的热浪，天还没开始放亮，蝉鸣便摸黑响起来，在黎明前四下里横冲直撞，夜幕被打成一张筛子网，像接连中了无数密集的子弹，然后退到地球的另一面。太阳落山后，男女老少一齐涌向海湾，海湾周围的道路——附近大街小巷，全部被车塞满，开始车还被贴罚单，很快违停胜出，车继而抢占上了人行道。人们都不敢在家，下班后带上吃喝直奔海上，海湾整晚上人声鼎沸，一直闹到深夜，才安静下来。

暴热第一天，父母就来电话，要求我们不要过去。等两天后，终于忍不住去了，他们在家只能穿件薄内裤，这就是不叫人去的原因。隔两天再去，门从里面反锁上了，钥匙拧不开。我站在门外，拨通屋里电话，父亲开门接下食物，随即又把门关上。我跑下楼坐进车里，看到三楼上，母亲站在厨房阳台上，正隔窗看着我，我朝她挥挥手，她也举起右手，向我轻轻摇晃。车驶上了大道，眼泪飞迸出来，我转过脸朝向窗外，不给我先生看到。两场雨后，终于可以去看他们了。妈妈说，我还算是熬过来了。她几乎不吃什么，体重掉了两公斤。父亲也掉了两公斤，我也同样，我先生似乎掉秤更多。她不要人去送吃的，也不要人过去给烧吃的，中心是怕我们热，受煎熬。父亲一只手的手指按在桌沿上说，我就是感到很颓唐。他刻了一辈子木刻的手，指节一直粗大，现在看也瘦了下去，并且苍白。八十多岁，真是都老了，可无论是怎样的老态，他们看着都是知识分子的样子，清癯瘦弱，安详儒雅。

看到父母能从这个夏天走过来，毕竟还有份安慰。下一步就进入秋天了，每年 10 月开始，退休老人要到所住社区做身份认证。前些年曾经这样：A4 纸大本，每人一栏，填写姓名、家庭住址、电话号码，纵项有一栏，只需填写一个字：生。不填生就意味着死，相当于被一笔勾销，养老金过月即刻停发。认证一年有两次，一次管半年。证明生原来如此简单，不过，半年又似乎没谱，这场酷夏中，我知道就有几个人离世，他们叫我看到，倒地而亡是分分钟的事，分分钟都是无常。父母随我迁居海湾，以其高龄回老家去，做一次认证没有可能。有几年电话认证，父母工作过的学校分别打电话过来，父母各说几句，自报家门，姓名年龄，还有声音，都可以证明你还在，还在呼吸。比起英国电影《我是布莱克》还好很多，失业者布莱克的所有经历，都是数据时代的绝望表达。我，是布莱克。父母还不需如此，不必站在街头上大声宣告我是谁。近两年可以拍照、视频，然后微信传过去就证明了自己，银行一再更换，退休金如期打入卡里，这全都是活着的证明。无论方便还是不方便，不管怎么折腾，父母始终是人淡如菊，让我想起本质上完全可以视为相通的两句话，一句是“如得其情，则哀矜而勿喜”，另一句是张爱玲的，“因为懂得，所以慈悲”。2016 年是给父母拍照，2017 年改拍视频，我母亲手捧一张当日的《大连晚报》，把它抵在下巴颏儿，在手机视频里笑着大声说：“我还活着……”

四

有一只鸡，好长一段时日里，去年以至于前两年，每到黎明时分，便开始打鸣。我在黑暗中醒来，知道该是卯时了，再看看墙上的钟表，果然时针正指向五点。窗外海湾灰蒙蒙的，看不清什么，那鸡好像藏在黑暗的深处，隔一阵打一次鸣，直至把日头叫出来，天下大白。第一次听到鸡鸣，正是我生病后出院刚刚回家。离开病床，躺回到自己的床上，从短暂的睡眠中醒来，我想起忘却了的病痛，感到一阵痊愈后的舒适。这时鸡鸣响起，从楼下院里的什么地方传来，我几乎没有力量去惊异，只躺着不动，就这么静静地接受了它。

就在十七楼。很久我都没法相信，这鸡鸣响起的地方，既不是在一个村庄里，也不在我儿时楼院邻家的矮木栅内。尤其在冬日，整夜呼啸的北风在晨曦前停住脚步，第一声鸡鸣随即响起，我蜷在被里，还不需要起身，也不睁开双眼，心中贪恋那一刻，朦胧中觉得自己是身处往昔。同样，更不跟我先生提起，我偷偷保留着黎明中这段隐蔽的时分，像藏起一小块孤单的糖，根本无法与人分享。偶尔我会克制不住好奇，想在小区里挨个楼找找，弄清楚鸡养在哪幢楼，高楼大厦又如何养，可是一到白天，就全忙忘了。去物业取快递时，有过一两次很想问问，话到嘴边又咽回去，觉得鸡鸣这事太复杂，尤其发展到了我这儿，根本就难以说清。有时在莫名的忧惧中睡去又醒来，鸡鸣在不知名处响起后，沉入黑暗，又重新响起，“风雨如晦，鸡鸣不已”，这老句就会随之到来，我体会到那种古老的不安原来从未停歇，尽管仍是孤身一人的感觉，但血液里积蓄起的，似乎已不仅仅是力量。天长日久，我就想那养鸡者，该是个特别怀旧的男人，否则他在鸡鸣里还能得到什么呢？他喂养它，每天要给它剁饲料，他站在砧板前，扎着帆布围裙，一天三遍。第一年如此，第二年如此，第三年还是如此。他在过旧日子。是不是像诗人柏桦早年写过的那样，唯有旧日子带给我们幸福？

不知为什么，在最后半年的时光里，那只鸡身体里的晨钟突然紊乱了，它开始不分时辰，从早鸣到晚，唯独夜间的几小时，被留出来，留于寂静中。天已经大亮了，它还在唱。上午八点钟打鸣，九点钟又打，然后是十点十一点。起初我惊疑不定，放下手中在做的一切侧身谛听，直至相信耳朵千真万确没有出错。接下来鸡鸣进入午后，一天天过去，两次鸡鸣之间越挨越近，间歇越来越短，越来越不分光景，四十分钟，或者半小时。我由一次次反复确定中转入了忧惧，手头在做的任何事都开始漂浮，或是在水面的旋涡中打着转不肯沉落。意识深处始终处于等待之中，好像一只鞋子落下了，永远还有另外一只，随时准备落下。鸡每打一次鸣，我不觉就要去看一下灰绿墙上那只静静转动的挂钟。明知道大概是几点，根本不用看，但还要去看，确认是几点。秒针无声地划过，永无停歇地围绕着一个圆心转动，细小的针尖是一只小黑蚂蚁，急遽地吞噬自己脚下的金色刻度。我在跟着它走。没办法忘记，更没法拽住。时间大张旗鼓地流逝，生活这块布被切割成碎片，寸寸露出它的线头。坐立不安堆积日久，慢慢会成为一种习惯，习惯这枚钉子钉进身体里，成为身体的一部分。它与周围到底是什么关系？这只动物，它把我拽进放大的时间里，我没法走出来。我没法对抗，终日顺从。永远是三个音符，每个音符长短变化不一，头一个音符通常是嘹亮的，时常也会喑哑，像没有清理好嗓子，最后一个音符永远拖得最长，有时几近呜咽，一直沉下去，像锁在大地的喉咙里。我立在屋地里听着，最终似乎能听出其中所有的情绪，每一道鸡鸣，高兴还是不高兴。

去岁除夕前，鸡鸣莫名消失。海浪声又一次不再作为背景响彻窗外。大概那鸡不想进入戊戌年。

五

烈焰当头，我去见姜振庆。他远远朝我走过来时，我心里想跟他开个玩笑，告诉他这天出来会朋友的，一般都是生死之交。拿句现成的段子当开场白，跟那热辣天气很吻合。可是并没有。彼此只是笑笑。十年未见，二十年未见，似乎都不要紧，饮过半壶茶，他拿出苹果笔记本，退居山里后他拍大海少了，拍海岸少了，他要给我看他拍的那些农民，最后的农民，全部存在苹果里。

他彻头彻尾地像个山民，自己盖房挖水塘，植树种菜，所有的集市他赶去拍照片，附近的农民都认识这个摄影师，却不知道他有多著名，他们站在他的镜头前，眼看着他的镜头拍下自己。他很少回海湾，五月份时回来过一次，要找一幢曾经熟悉的小楼，就在五彩城A区。他开车转来转去，前后半个多小时，不大一块地儿，就是找不到，最后只好把车停在一家海鲜酒楼前，等人前去接他。越野车很壮阔，人依然瘦而有力量感，山高水长，在海湾他曾几乎踏遍了每一寸土地，拍下了每一寸土地，最后竟然都找不到他想要找到的。这似乎是说，消失是件很奇怪的事，消失不是人可以完全掌握的。它不在人手中。

过去在海湾时，他永远比别人更瘦。柯尼卡美能达-800相机挎在肩上，他右手扣住它，左臂甩动幅度很大，前后自由的时刻似乎要挣脱身体。像很多大连男人一样，或者说像足球运动员一样，他走路脚尖向内扣，每一步都很有力，都很坚毅，有一种特别矫健的东西推动着他，也使他走路时身体有些左右摇晃。摇晃中有股子坚毅，这也许更叫人感到吃惊，但姜振庆他自己不知道，他神情里都是坚毅不可被打败的样子。他沉默寡言，嘴巴不善于表达。一旦笑起来有些不知所措，眼睛不去看任何人，但笑容会久久不散，会叫人觉出那是真的，他是真的在开心，发自内心的。

入伏后海湾全是人，我们这儿不叫游泳而是叫洗海澡，那时姜振庆天天傍晚去洗海澡，一路上他把自行车骑得飞快，那是精神上的大撒把。他爱海吗？特别爱。所以他后来用二十多年时间去拍海，拍海岸，拍岸上的人。他甚至是心疼海，所以才拍海，拍海岸，拍岸上的人。那时海湾沿岸还有些荒凉，没码头也没建筑物，没建筑物表面上的蓝色，东西两侧远处的海岬向内环抱，西海岬则更突出，更长更向内弯曲，缓缓伸进大海，岬角几乎与天际线相交。海滩有一块开阔地，礁石稀少，傍晚过后，经过日晒的海水温暖而平缓，岸上经年累月泊一两只破渔船，男人们躲在船后换上泳裤，然后踩着刺脚的礁石，趔趄着纵身扑进大海。

人不能了解大海，特别是海底深处隐藏着什么，永远也无法预知。但人会信任大海，不知这是不是出自于祖先的记忆，或是某种遗传密码？姜振庆总是向海湾深处游去，然后折返游回岸边。几只渔船泊在海里，有如生根一样。他会一口气游向它们，用手把住船帮，再爬上去，随后再跳回海里。有一天在一只船上，在他往海里跳的那一瞬间，他习惯性地把身体拉成一个弧线向海底穿击，突然有种什么东西被拽断了的感觉，他想也许是泳裤，他迅速浮出海面，看到了血。巨大的铁锚沉在海底，它是船咬住锚地的牙齿，而渔民们不需要再出海捕鱼，它差不多已被忘记了，深埋在海底。海那么深，几乎看不见它。想不到锚的铁爪如此锋利，几乎一瞬间它就撕开了他，泳裤断了，大腿腹部全是血，他立刻明白发生了什么，巨大的疼痛袭来，几乎使他昏倒，但他立刻抓住清醒，让自己奋力向岸上游去。几百米左右的距离变得漫长，海水终于变浅，他站立起来走向海滩，天色还没完全黑透，不断地有人迎面而来，准备投入大海，在剧烈的疼痛中，姜振庆还能认出熟人，他对每一个走过来的人点头招呼，竭力让脸上挂出微笑，双手捂着下身。他是不想给人看出他受伤，伤得有多惨烈。疼痛压在意志底下，稍一放松，就会翻身把他击倒。如果时间再早一点，天色再亮一些，走过的人会看到他下身已鲜血淋漓，但那些急切向前跑的人眼睛里只有大海。

海岸变得漫长，每迈一步都是剧痛。他找到自行车，一路骑回机关二层红砖楼。一路摸到娱乐室，他跟顶头上司说想要一辆车，轻描淡写地说肚子不舒服得去医院看看。他带车就近去了县医院，可伤势太恐怖了，下身已是血葫芦，值班医生束手无策，根本无力救治，让他即刻去市内医院，姜振庆带车又往市内医院跑。伤口又深又长，缝合用了多少个小时，就连他自己也说不清，最后麻药药性过去，伤口缝合还没结束，已是下半夜，手术不能中止，麻药也没法再打。只有硬缝，就得硬挺。最可怕的是，生殖器几乎全断了，除了细细的尿管还完好无损。男人的致命处，命根子。要说疼，是会疼死人，还有什么比这种缝合更痛不欲生？姜振庆让医生缝下去，在长夜，他救了他自己一命。这样惊涛骇浪的事，始终没几个人知晓，知道的人神情痛楚咬牙切齿地说：姜振庆真他妈是条汉子。那是 1987 年。

六

人在火炉中停摆，海湾时而晃动。唯独潮汐循环，昼夜不息。初一十五涨大潮，而后延两日才是最大潮。白天我们看不到月亮，但月亮响潮水涨，海水能听到月亮隐约的密语，并在密语声中逐渐上涨。海水像是盛在盘中的水银，从自己的身体内部开始鼓胀，表面上则微微凸起，在日光下隐约涌动；其边缘尤其光圆饱满，几乎就要四下滚淌了——以最大的力量，只要能够，海水似乎要把自己甚至连同陆地整个都提起来的样子，涌向天空。美得惊人，看到的人不免要倒吸口长气。也像画在一张粗糙的水彩纸上，蓝色由远及近由浅入深，由于用笔迅速，纸上一片片留白，其实那是太阳洒下的世间最轻的物质，一把把的光，又碎银似的拼命拥挤，争抢水面上最明亮的色带。

暗蓝堆到窗前，那是海面的低音部。但它不稳定。它逐渐喑哑，转身后退，在月亮逐渐收起的密语声中，海水松弛下来，开始退大潮。依海湾的海岸线算起，要直接退到几十米以外远，要退到底退到大干，退到海枯，所以这周围左右，退潮不说退潮，说枯潮。海水被一瓢舀尽了，裸露开始，被覆盖着的海滩像手一样摊开，沙泥礁石大小砾石，全部是湿漉漉的暗黑色，看了同样让人感到惊心，忍不住后退一步；而蓝色成为一道背景，被推到滩涂的身后，这就是退潮后的景象。

其实在景象里，我们能得到什么呢？荒瘠，我不能这样断言，如果这样说了，就是站在我这一边，站在我自己的窗前。海湾是种实在，甚至是一些人曾经的食粮和记忆。火烧火燎的酷暑里，这些人似乎也消失了，并没有如常出现，即便枯潮，她们的身影也如鸟飞绝，而以往，枯潮本是她们的集聚地，甚至是她们的欢庆。还有，我们说的大潮，是她们说的老潮。我也试着跟她们一样，说老潮，但远不是那么回事。我天生失重，没法像她们那样理解风，理解风的脚力和速度。她们这些赶海的女人，从小就熟悉自己的出生地，这海湾，这追随日月而涨落的潮汐。在以往，她们曾站在海边新漆过的木栈道上，俯卧栏杆，等待潮水退得更彻底，退到水中矗立的标志性大礁石以外，还要再远一些，要抵达全部的枯黑，全部的沙泥和砾石。她们不急，总之是老潮。潮水退得慢，是风脚不够力。尤其昨夜，如果风大，一阵工夫就潮水枯尽海石见底了。

好多年前的冬天，我跟她们站在一起，等待枯潮。她们是三伙人偶然遇到，却不陌生，很快就开始彼此询问，过去住在哪里，现在住哪儿，是哪个屯的，说起来不远，却也不认识。方围巾对折成三角形，系在头上，感觉不到风，大半张脸被牢牢遮住，唯鼻子和嘴角露出来，半藏在阴影里；一律白雨靴，肥厚的裤脚塞进靴口，线条是圆的或直的，像毕加索画笔下的一类女人，粗壮结实。脚边塑料桶一一空着，里边耙子各有不同，长齿短齿，两齿多齿，后来她们认定，那把生锈的两齿耙子最好，在这儿好用。特别是挖蚬子，遇到了蚬子窝，一下可挖到几十斤。几十斤，要么一桶，要么两桶。几十斤可不容易，但是能遇到。遇不到塑料桶就空空如也，那些空桶叫我神移，想得远了，想到了能不能飞，能不能骑着它回家，现代版的神话。我当然知道，最好还是拎着它回家，最好沉到拎不动。叫她们咋舌的是，那种黑边白肚子的大蚬子，竟没有了，早见不到了。是啊，海蛎子也不行，都是绿的那种鸭粑粑色的。她们要挖的该是牛奶色的那种吧？年龄最大者七十三岁，老伴陪她前来。老伴陪衬着说她赶海也累呀，累得没抗没抗的。她打断话头说，就是想来，也不要多，有大蚬子十个就够，回去晚上包包子。旁边五十岁上下的女人突然触景生情，像从晴天冲进了雨幕，雨幕尽头是马路对岸一段斜山坡，她指着上边几幢矮红楼，连声说就在那儿，我家原来的房子就在那儿，原先我就住那儿，后来房子扒了他们就建这楼了。

越是退大潮，海水越有大的退让，蚬子蛏子海蛎子或许全都会有。随后就又是海水的覆盖，风脚缓慢，覆盖力仍旧从容不迫，是渐渐的，一寸寸的。一阵阵涌向岸边，又一阵阵退回去，又涌上来，月亮开始低语。若下午潮，若冬日将晚未晚，圆月初现，露出一张薄得透明的脸，天将黑未黑，还剩有最后的沙泥和砾石，在等待海水的覆盖和养育。随后，几盏灯亮起来，一团团昏黄，零星分布在暗黑的海滩上，偶尔有些移动，远看像夜在同时吸着几颗烟头。是女人们还在沙泥砾石里，还留恋着赶海，迟迟不肯离去。直至月白浓重，夜才在海湾里深下去。

所有这一切，在燠热难熬的漫长夏夜里，全部成为记忆中的星光，一次次闪烁浮现。过去我曾写过海湾的夏夜：“我的印象里，夏夜一直是个幽深寂静的潭。夜空蓝得发紫，星星清晰沉静，闪闪发光，看它们看得久了，星星的颜色就不再是那种耀眼的白，而是点染了明黄色。我想这都是空气造成的，星光闪烁，色泽变化，都是因为空气的颤动。”现在，这夏夜从我笔下逃遁了。是煎熬没了那种心境，还是有些夏夜本就十分稀有，十分难得，的确不好说。海湾斜对面仍旧亮起一排灯光，我曾同样写过的，它们似乎仍是副老样子，没多少改变：“灯光的倒影使那片海面波光粼粼，如果一艘货船破海而出，灯光碎裂，但很快又重新融为一片，归于静谧。灰暗的海面上，十几盏红灯绿灯交替着一闪一灭，我想那就是航标灯吧，船驶离码头，在红绿灯之间缓慢穿过，绿灯一会儿被船身遮住，一会儿又显露出来，而红灯一直到把船送出了海湾，始终是立在那里，很诡秘的样子，一下下闪烁。”深夜，或者黎明，沉闷的汽笛声仍旧会响起，发出一阵长长的低鸣，我弄不清船是在出港，还是准备驶进港口，船身体笨拙，行动缓慢，永远是这样子，无论酷暑严寒地出发，或者归来。

原载《散文》2018 年第 12 期，收录于《散文 2018 年精选集》，百花文艺出版社 2019 年 1 月出版

作者简介

周立民，1973年出生于辽宁庄河。文学博士，现为巴金故居常务副馆长、巴金研究会常务副会长，中国现代文学馆首批客座研究员之一，天津大学冯骥才文学艺术研究院兼职教授，辽宁省作家协会特聘签约作家。主要作品有《世俗生活与精神超越》《人间万物与精神碎片》《闲花有声——当代文学研读札记》《巴金画传》《〈随想录〉论稿》《〈随想录〉版本摭谈》《甘棠之华》《躺着读书》等。

迷雾中的阅读

——四十年来的书与回忆

1. 外乡孩子的阅读起点

“年轻的人想着三十年前的月亮该是铜钱大的一个红黄的湿晕，像朵云轩信笺上落了一滴泪珠，陈旧而迷糊。老年人回忆中的三十年前的月亮是欢愉的，比眼前的月亮大，圆，白；然而隔着三十年的辛苦路往回看，再好的月色也不免带点凄凉。”这是张爱玲《金锁记》的著名开篇，朋友命我回顾一下四十年来的读写情况，陈旧而模糊，倒不觉得，欢愉和凄凉，也谈不上。四十年前，老家小曲屯初冬田垄上升起的薄雾，通往镇上的大路两旁的晨霜，在脑海里清晰如昨。只是，四十年的时光漫长得无法丈量，我已经看不清自己当年的模样。那时，我虚岁六岁，房前屋后玩泥巴的年龄。是真的泥巴，团成一团，捏成一个碗的形状，用尽力气，摔到地上，砰的一声，中心的泥土膨胀而出，谁中间摔出的洞大，就算谁赢。这个游戏，我们叫“摔娃娃”。农村孩子是“泥巴孩”，手上身上常常沾满泥。不到入学读书时，父母很少有什么“学前教育”，更未听说过“输在起跑线上”这种话，那段日子，就是孙猴子的花果山岁月。

四十年前，我应该会写几个字，也渴望读书了。跟我一起的玩伴都比我年龄大，他们上学了，放学归来也不漫山遍野撒欢了，而是静静在做一个叫“作业”的东西。本来大家热热闹闹做混世魔王，现在剩下我孤家寡人，这怎么行？我也要像他们一样读书、写字，模仿他们做作业，没有人布置，我自己安排。识字的隐秘快乐与混世魔王的生活无缝对接，尽管只会写百八字，我很快就用来“写标语”，从本子上撕下一页纸，写上“某某某是大坏蛋”，“蛋”字不会写，问上了学的小伙伴，歪歪扭扭写上去。趁着晌午人们都在睡午觉，我蹑手蹑脚地贴到邻居家的后门上。做坏事的兴奋，像喝了好酒，从嗓子眼爽到脚后跟。

家里有些书刊，我只能一知半解地猜一猜图画的意思，这让我很不甘心。记得，每年都有一本细长的《农家历》，有节令、农时和生活常识，等等，这些都跟日常生活有关，大人们经常翻动，我在一旁也跃跃欲试。小人书对我是更大的诱惑，《大闹天宫》《鲁智深》两本不知道翻了多少遍，我央求大人们一遍遍地给我讲上面的故事，烂熟于胸还百听不厌，自己不识字不能自由阅读还是很扫兴。两本《看图识字》，是爸爸出差时买的，窄窄的横翻本，彩色印刷。上面有火车、电车、公共汽车、飞船，等等，还有天安门、故宫、颐和园、长城之类，对于玩泥巴的小孩来说，这些都是天宫里的事物，它们离我的现实生活十分遥远——我熟悉的，是鸡、鸭、牛、马、猪，是蝴蝶、蜻蜓、稻田、小溪……显然，两本小册子里的“新世界”对我诱惑更大，我由此也毫不费力地记住了旁边的汉字。转过年，七岁了，通常都是八岁上学。这时，爷爷从亲戚那里给我借来语文课本，开始教我识字。第一课是“人、口、手、山、石、土、田”，接下来是“春天来了……”人生识字忧患始，不，我很兴奋，我可以自己看书啦，由此，更广阔的世界才慢慢地向我展开。

作为一个外省孩子，不是“省”，是外乡，文化上讲的偏僻外乡，我的阅读始终与最前沿的文化环境不同步。比如，当一个时代结束，一个新时代开始时，我的阅读说不定还在过去的时代中。上小学时，我的课外读物里竟然有五卷《毛泽东选集》，以及批判“叛徒、内奸、工贼”刘少奇的材料，还有那个年代的《红旗》杂志。这是爷爷的书，能够找到的书也很少，我饥不择食，“有啥吃啥”。当《读书》杂志已在大呼“读书无禁区”时，我根本不知道有这么一份杂志，我读到这篇文章，是在它发表的十五六年后，它已成为研究资料。再如，20 世纪 80 年代初，“朦胧诗”潮起云涌，直到 80 年代末、90 年代初上高中，我才有机会雾里看花朦朦胧胧。一个人的成长，并不是有一份历史地图摊在面前，让你把握方向、掌握趋势，沿着康庄大道向前走。虽说众流归大海，可是默默地独自流淌的小溪还是很多，历史从来都不是单一层面推进，地域、阶层、个人境况的差别都会体现在各自的境遇上。阅读的不同步，还有个人性格和选择上的原因，我们这一代人疯狂流行的琼瑶、三毛，金庸古龙的武侠以及汪国真，等等，我在当时根本就没有认真读过，那个时候，我的心思在另外一些阅读对象上。

乡下、城镇里，新华书店里出售的书非常有限，完备的图书馆也不存在，我的阅读偶然性很大，与哪一本书相遇，仿佛是命定。我们镇上的供销社文化柜台里，摆着一本《传奇》（人民文学出版社 1986 年 2 月版），好几年都无人问津。我要找的是托尔斯泰、巴尔扎克、鲁迅、巴金这些人的书，根本不知道这个叫“张爱玲”的人是谁。那时，张爱玲在学界早已是大红人，可是乡间一片宁静听不到那些喧闹的学术锣鼓。柜台里的书，长久不更新，我实在没书可买，才买本《传奇》充数。书前书后，都没有介绍，我读了一两篇，又觉莫名其妙，后悔错买了一本书。念高中时，张爱玲的书成了大众读物，安徽文艺出版社出版的《张爱玲文集》畅销一时。哟，这不就是写《传奇》的那个莫名其妙的人吗，有眼不识祖师奶奶……当这个现实由最初的“外乡”文化环境养成后，随着我渐渐向城市和文化中心移动，我的性格中也形成了远离流行的意识，最初可能有些是反叛式的拒绝，现在则是理性的自决，特别是文化多元化之后，沉渣泛起，我不能照单全收，只能选择自己喜欢的书。

行走在大地上，哪怕是荒无人烟的西伯利亚，也不可能彻底远离春夏秋冬，春花秋月会以不同的方式融入生活。书店可获不多，邮局订阅的刊物却送来最早的春风。感谢父亲，他订了不少刊物，《大众电影》《美化生活》《八小时以外》，还有旅游杂志，我不识字时，早已翻来翻去。它们再次提醒我：外面的世界很精彩。读书后，他又继续给我订不同的刊物。我订过《新少年》《少年科学》《中学生》，在镇上的邮局买《散文世界》《中学生阅读》。“舌苔事件”发生后的第二年，家里开始订阅《人民文学》；上高中前的暑假，我从镇上的文化站借了几年里的《小说选刊》，把当时走红的中短篇小说看了一遍。上高中后，我又是《收获》的长期订户，并在我们县城的邮局每期追着买《随笔》，看过之后，几个爱好文学的同学还经常讨论。在这里，我似乎又没有脱离某种文化潮流，而是渐渐在向它的中心奔去。

2. 马南邨：《燕山夜话》

（合集，北京出版社 1979 年 4 月新 1 版）

《燕山夜话》，米黄色的封面，衬底是花草图案，上面是手写的隶书“燕山夜话”四个字，下面是作者的名字，紧跟是一个红色的刻印。整个封面，文雅又大气。翻开书，是一张黑白照片：邓拓同志一九五八年在北京。他穿着中山装，一个口袋插着钢笔，面孔有些消瘦，照片印刷得有些黑乎乎，更显得这个人脸上有些沧桑感。我当时对邓拓后来的遭遇知之甚少，直觉上感到他一脸苦相。

这书是小学三四年级（1983 年、1984 年间）时，父亲送给我的，不清楚他是什么时候买的，封底上盖的印章是“庄河购书纪念”。父亲一起给我的还有《陈毅诗词选集》《沫若诗词选》。正像前面所说，我可读的书并不多，拿到什么书都会从头读到尾，当时，这部《燕山夜话》给我印象尤深。这并不是一部太适合小学生读的书，很多最基本的东西我都弄不懂，比如邓拓怎么又叫“马南邨”，为什么“邨”不写作“村”？书前有一篇丁一岚写的《不单是为了纪念——写在〈燕山夜话〉再版的时候》中提到的：“邓拓同志是万恶的林彪、‘四人帮’一九六六年大兴文字狱的第一个牺牲者。从那时起，揭开了这个革命历史上黑暗的一页。”这又是什么意思？我应当问过父亲，他的回答我已记不清楚，只记得，邓拓曾是全国人民批判的对象，一多半人根本没读过这本书，但是大家都在念这个顺口溜：“邓拓吴晗廖沫沙，反革命有他仨儿。”对这些事情，我也并非一无所知，别忘了，我看过一大堆《红旗》杂志。我还看过刚刚出版的《邓小平文选》，这是爷爷领的党员材料，里面有起草《关于建国以来党的若干历史问题的决议》的谈话，对于那个特殊岁月里发生的事情，邓小平都有论断。我看这些书时，风雨早已过去，我是在朗朗晴空下悠闲阅读。这不是修辞，而是实景。我家房后有一片地，拔了的地瓜秧子，砍倒的玉米秸子都堆在地里，我躺在那上面，拿着《邓小平文选》似懂非懂地浏览历史风云。秋天，北方的阳光十分和暖，湛蓝的天空下，白白的云朵亲切又厚絮，在这样的环境中读书，历史的严酷对于我来说只是一知半解的知识。

《燕山夜话》，当年是“反党黑话”，换一个时空阅读，我不但找不到任何“反动”之处，反而把它当作少年时代的励志书。第一篇《生命的三分之一》就说：“古来一切有成就的人，都很严肃地对待自己的生命，当他活着一天，总要尽量多劳动、多工作、多学习，不肯虚度年华，不让时间白白地浪费掉。”（第5页）我当时很喜欢这样的话，也常常为不能约束住自己而有一种“虚度年华”的自责。那时候读书学习，一时兴起，热情洋溢，两天过后，又丢在一旁，很多计划都半途而废，对此，我十分苦恼。看邓拓的文章，引明代学者吴梦祥的话，讲读书学习，没有什么“秘诀”，不过专心致志，不出门户，痛下功夫而已。“或作或辍，一暴十寒，则虽读书百年，吾未见其可也。”（《不要秘诀的秘诀》，第29页）这是当头一瓢凉水，让我警醒、自诫。他的《新的“三上文章”》又提示我，该怎么抓紧时间学习；《“半部论语”》则让我明白，读书不必求多，而要求精。

在方法之外，这书里还有很多知识、情趣，也让我受益。那时，男女老少都喜欢听评书，收音机、电视里，刘兰芳、田连元等人讲个不停，《杨家将》是经典书目，《燕山夜话》中《两座庙的兴废》中讲到历史上的“老令公”杨业以及他儿子杨延昭。武侠小说，我没有读过，可是金庸小说改编的电视剧断断续续看了不少。想不到《射雕英雄传》里的道长丘处机也实有其人，还被成吉思汗委任为“掌管天下道教”的要角。（《谈“养生学”》）小学生很爱穷根究底，邓拓满足了我的这个兴趣。除夕古人是如何守岁、怎么饮“屠苏”，在过年的时候读一读，向往一下古代生活，也让我见识大增。（《守岁饮屠苏》）《燕山夜话》俨如一部历史文化的小百科，我经常拿它查一点什么，随便翻开哪一篇都读得津津有味。

常看到有人回忆，在读书求学的过程中，遇到怎样的“名师”或“高人”指点，让他醍醐灌顶，直抵大道。在乡间，能识文断句就是高人了，大多数人家，别说书，除了月份牌，连个纸片都找不到，谁肯指点我呢？这时候，《燕山夜话》这样的书带给一个少年的帮助和力量就不可低估。它讲的并不是什么高深的道理，即便是常识，对于一个在蒙昧中寻找道路的人，也需要有人捅破这层窗户纸。在以后求学的道路上，通过书本向前贤“请教”，是我最根本的学习方法。杨绛先生曾把读书比作“隐身”的“串门儿”：“要参见钦佩的老师或拜谒有名的学者，不必事前打招呼求见，也不怕搅扰主人。翻开书面就闯进大门，翻过几页就升堂入室；而且可以经常去，时刻去，如果不得要领，还可以不辞而别，或者另找高明，和他对质。”（《读书苦乐》，《杂写与杂忆》第 281 页，生活·读书·新知三联书店 2010 年 7 月版）我从未因为不是什么世代书香、名门学府出身而自卑，只要有书，站在我身后的就是那些代表着人类文明顶峰的大师，还有谁能比他们更给我底气？

20 世纪 80 年代初，是结束过去开辟未来的时代，在这样的时代中，我与《燕山夜话》相遇，现在想来，大有象征意义。书的前面有邓拓手书的《合集》自序，最后一段颇有豪情，也让一颗少年的心跃动不已：

> 我们生在这样伟大的时代，活动在祖先血汗洒遍的燕山地区，我们一时一刻也不应该放松努力，要学得更好，做得更好，以期无愧于古人，亦无愧于后人！

3.《朱自清散文选集》

（百花文艺出版社 1990 年版）

我的初中，在一个高高的山冈上，四周是高高低低的杨树、槐树和绿油油的玉米、高粱。站在操场上向南望，眼下是稻田、村庄，远处是与蓝天交接的大海。学校不大，只有前后两排房子，每天上午第二节之后的间操时间，我们都围在位于两排房屋中间的排球场，打排球的是老师们，这时候他们筋骨舒展，不似课堂上那么严肃。广播里传出的歌声照例是《童年》，应该是成方圆唱的。每逢听到那几句歌词，我都会心一笑："总是要等到睡觉前 / 才知道功课只做了一点点 / 总是要等到考试以后 / 才知道该念的书都没有念。"

这是一所十分简陋的乡村初中，不是重点，不是名校，然而，我遇到的都是多年在教学第一线各怀绝技的老师，虽然考试的压力始终存在，然而，他们却能把课堂变成欢乐的舞台，让这些野孩子在笑声和兴奋中记住一个个知识点，傻呵呵地度过每一天。语文老师赵福德，居然是我父亲读书时的老师，教材中名作家的文章的精彩段落，他可信口背出，这又诱使我想早一点读到那些文章的全文。读初中期间，我特别想得到的三本书是《呐喊》、《朱自清散文选集》和《红楼梦》，我们学过的很多课文都选自前两本书，我自然想一睹为快。《红楼梦》是中国人津津乐道的"四大名著"之一，另外三部，我都翻过了，唯独《红楼梦》找不到，没有见过的风景更有诱惑力，我千方百计想找到它，终于从一位姓王的女同学手里借到，算是如愿以偿。《呐喊》，在镇上的文化站图书室里有，还有鲁迅其他作品的单行本。可是，朱自清的书，却没有。我估摸，镇上的人，更喜欢读有情节的小说、传奇、演义，朱自清的书，要么是散文诗歌，要么是学术著作，即便重印不少，书店也不愿意进货。

我只好自己"编辑"朱自清散文选，采取的办法是中国古人的传统办法：抄书。可是，我连整本的朱自清散文选都借不到，只有从中国现代散文选之类的选本中，把能够找到的朱自清的文章抄下来，有的书里只选了某篇的片段，先抄下，以后再找机会“补全”。选本中出现最多的是朱自清早期的抒情散文，《匆匆》《温州的踪迹》《背影》《荷塘月色》《桨声灯影里的秦淮河》等。抄书，是最坚强的诵记方法，很快，文章中的句子就挂在我的嘴边：“燕子去了，有再来的时候；杨柳枯了，有再青的时候；桃花谢了，有再开的时候。但是，聪明的，你告诉我，我们的日子为什么一去不复返呢？”“我第二次到仙岩的时候，我惊诧于梅雨潭的绿了。”“这几天心里颇不宁静……”

为什么对朱自清这么感兴趣？因为初一课本中有一篇他的《春》：

> 盼望着，盼望着，东风来了，春天的脚步近了。
>
> 一切都像刚睡醒的样子，欣欣然张开了眼。山朗润起来了，水涨起来了，太阳的脸红起来了。

它一开头就以非常有节奏感的语句抓住了我的心。一个在农村生活的孩子，没有公园，没有少年宫，没有小提琴，他最为可怜也最为奢侈的就是有享受不尽的大自然。在北方，结束漫漫冬夜，春天是最欢乐、最鲜明和最有动感的季节，朱自清的短文抓住了这一切，他笔下写的每一个细节，都仿佛是我的亲历，是在道出我的心声。山，水，草，树，花儿，风儿，鸟儿，可不就是这样吗？《春》是要求全文背诵的课文，我在上学的路上情不自禁地吟诵。这一路上，有小水库，春波荡漾。经过一个小果园，鲜花怒放。迎着风念“吹面不寒杨柳风”，对着雨，“看，像牛毛，像花针，像细丝，密密地斜织着，人家屋顶上全笼着一层薄烟。”眼前的景有文字相佐，变得空灵起来；纸上的文字有实景印证，变得立体了。那时，我也在读《红楼梦》，“牡丹亭艳曲警芳心”一节，“原来姹紫嫣红开遍，似这般都付与断井颓垣”，“良辰美景奈何天，赏心乐事谁家院”这样的情景，不用作者过多描绘我都能理解，不就是我们村子、我们家房后的风景吗？梨花开时，蓝天下的白雪；旁边的桃花，给大地点染了颜色，还有槐花，香气四溢……是曹雪芹、朱自清这样的作家，唤起我对文字的感觉和对文学的痴迷，并且从一开始就不是概念上的，而是来自生活，来自实际感受，那些文字，是风，是雨，也是花。

直到读高中，我才买到一本《朱自清散文选集》，这是百花文艺出版社出版的百花散文书系的一种，这套书虽然是选本，但是对我最初接触现代作家的作品提供了很多营养，有很多喜欢的作家，我最初都是从这套选本中开始阅读他们的作品的。上大学时，在大连天津街新华书店前的书摊上，我惊喜地发现一套《朱自清全集》（刚出了八卷），虽然六十几块钱，在当时也不便宜，我还是毫不犹豫地拿下。朱自清这种“传统”散文家在当时已经风光大减。不再有“阶级斗争”，不再为过年吃一顿饺子忧心忡忡，20 世纪 90 年代初，整个 80 年代忧国忧民的激情被转移到对具体而微的生活的热情中，由生存到生活，人们开始讲究格调、情趣、品位，吃苦茶的周作人，谈吸烟的林语堂，雅舍里的梁实秋，他们的散文和各种选本风靡书市。沈从文、张爱玲，边城风光，奇异的风俗，大家族的神秘，女性内心的幽曲，让当年迷恋三毛、琼瑶、席慕蓉的人又找到新的寄托。这个时候，买来装帧精美的《朱自清全集》，似乎不合时宜，而且，再也不像当年，现在我可读的东西太多了，眼花缭乱目不暇接。我还是要买朱自清，这是偿还心愿。

写到这里，我不由得怀念起天津街当年的那些小书摊。新华书店，白天营业，很多书上货并不及时。下班之后，摆出来的小书摊，却把握了读者心理，都是读者盼望已久的书。从含金量而言，我始终认为 20 世纪 90 年代才是当代文学真正的繁荣期，而我的 90 年代最激动人心的阅读都是书摊提供的。如《苏童文集》《陈染文集》，长江文艺出版社《跨世纪文丛》中的很多书，华艺出版社出的当时作家的集子，张炜、张承志、余华、韩少功、李锐……还有各种重印的外国文学名著，这也是图书发行体制改革之后的结果，原来由国营体制一统天下的局面被打破，文化纷乱且繁荣。

那时，吃过晚饭，坐 23 路公交车到友好广场，走到天津街，这些书摊在街两旁一字摆开。春天，北方的风很大，吹得书和招贴哗哗作响，也吹得我的头发一片缭乱，然而，风是暖的了，吹着人有一种张扬的快意。每家书摊都不大，用木板搭在三轮车上或箱子上，卖的书各有侧重。我一家家逛过去，常买书的摊位摊主渐渐都熟悉了，亲切地打声招呼之后，他已经能根据我的喜好告诉我，哪些是新上的书。很久就要找的书突然从眼前跳出来，那种兴奋溢于言表，赶紧抱在怀里，生怕别人抢去——两个人同抢一本书的事情也不是没有过，小摊进的书册数都不会太多，抢不上就得等下次进货，而读书人得了“秘籍”谁不想先睹为快？穷学生，囊中羞涩，想买的书又是那么多，鱼与熊掌不能兼得，不得不扳着指头算计买哪本舍哪本，有时候还红着脸请摊主给留哪一本，摊主也都通情达理地爽快答应。现在买书，打开手机，点几下就行了，要想买什么书，钱好像也不缺，方便倒是方便，然而寻书、翻书、买书、背书那种过程、实在感、快乐也随之被简化了，直奔结果的事情，这个结果总让人感到茫然而不真实。因此，我常常记不清哪本书是怎么买来的，也经常不能确认自己是否买过某一本书，在过去，这种事情绝对不会发生。

我忘不了在这些书摊中穿梭和流连忘返的日子。不知道什么时候，一夜之间，它们都消失了。大约是城市升级改造，更强调秩序吧？我总感觉越来越豪华的城市，少了许多沁入人心的温暖。这种温暖就像朱自清写的乡野雨夜：“傍晚时候，上灯了，一点点黄晕的光，烘托出一片安静而和平的夜。乡下去，小路上，石桥边，有撑起伞慢慢走着的人；还有地里工作的农夫，披着蓑，戴着笠的。他们的草屋，稀稀疏疏的，在雨里静默着。”（《春》）

4. 詹姆斯·乔伊斯：《尤利西斯》

（萧乾、文洁若译，译林出版社1994年4月、6月、10月分三卷出版）

这套书，我也是在天津街书摊里分卷买的，拿到上卷时心花怒放。

我刚刚在北京见过两位译者。1994年4月，我出席在北京召开的巴金国际学术研讨会，认识很多研究者。从初中开始，我就迷恋巴金的作品，整个高中学习紧张的灰色岁月里，是巴金的书给了我无尽的力量。进大学之后，我尝试开始写一点关于巴金的文章，能够在那样的盛会见到很多仰慕已久的师长，真是眼界大开。萧乾先生，是作为巴金先生的老朋友被请来的，他受关注，还因刚刚杀青的《尤利西斯》的翻译。这部“天书”将以完整的面目出现在汉语世界中，是文学界的一件大事。在它之前，普鲁斯特的《追忆似水年华》已经出版。20 世纪 80 年代，“现代派”是一个可以引起争议甚至批判的名词，十年之后，有两部巨著中译本降临，人们不再闻之色变，而是如逢甘霖，不能不说风气大变。萧乾说，美联社的记者曾经对他专访过，后来的通讯稿上是这么写的：“今天中国政府居然准许译这本书，是更大的惊奇，因为乔伊斯的意识流技巧早就以太主观的罪名被共产党否定了。”（序言，上卷，第 25 页）西方人把它当作检验中国思想言论尺度的一把尺子了。

我在《世界文学》上读过《尤利西斯》的选摘，似懂非懂，却大有兴趣——年轻人就是这样，越不懂越神秘的东西越有兴趣。在北京，会议就餐我恰好与萧乾夫妇坐在一起，禁不住问了他不少翻译的情况，对我这个什么都不懂的“孩子”，他还是认认真真地谈了不少（我总认为，我给《大连日报》写过一篇《与萧乾谈〈尤利西斯〉》这样的稿子，可是查不到）。有这样一层关系，我特别关心这部书的出版。它是分卷出版的，盼望下一卷的心情犹如一日三秋般漫长。初版本是三卷平装，出齐后又出了两卷精装本，我喜欢精装书，便跟书摊的摊主商量，拿平装补差价换精装，他同意了。我记不得，当时一个月的生活费是多少，还能买很多书，靠的是零星写稿子的稿费，还有就是节省。不然，精装、平装两套齐收才对。不过，去年，我还是从网上把三卷的平装本又买了回来。平装与精装封面设计差别很大，平装那个米黄色的封面，很具现代感的设计，才是我熟悉的《尤利西斯》。

我曾带着书，在风和日暖的时候，到劳动公园去读。一进公园大门有卖大碗油茶的，两三块钱一碗吧，我和太太当年都吃过，前两天还在一起感慨：再也没有吃过那么好吃的油茶。其实，是再也没有那么好的年华了，我拿着书，心无挂碍，一读就是一个下午。从公园高处俯瞰城市，高楼不算多，车流熙熙攘攘，傍晚时分，华灯初上，小说主人公布鲁姆的感觉袭上我的心头。我也是这个城市里的流浪者、游荡者，这里没有我的家，没有亲人，身边过往的人好像很亲密又很疏离，年轻人的自负、倔强又让人觉得全世界没有人理解我，那种孤独尖锐地刺痛了我，让我怅然不已。

有时，我也会到海边走走，《尤利西斯》里也写过海边：

> 夏日的黄昏开始把世界笼罩在神秘的拥抱中。在遥远的西边，太阳沉落了。这一天转瞬即逝，将最后一抹余晖含情脉脉地投射在海洋和岸滩上，投射在一如往日那样厮守着湾水傲然屹立的亲爱的老霍斯岬角以及沙丘海岸那杂草蔓生的岸石上；最后的但并非微不足道的，也投射在肃穆的教堂上。从这里，时而划破寂静，倾泻出向圣母玛利亚祷告的声音。她——“海洋之星”，发出清纯的光辉，永远像灯塔般照耀着人们那被暴风颠簸的心灵。（中卷，第 299 页）

大连是一个被海环绕的城市，不论怎么走，都会走到海。我们学校在白山路，星海广场刚刚开始动工，常去的海边是南大亭、星海公园、金沙滩、黑石礁，等等。小说里的海，我不陌生。下午没有课，我经常一个人到海边去转一转，看人捡海菜，捞海带，好像没有遇到小说里写的少女吧？都说《尤利西斯》是“天书”，难读，有五六千条注释帮忙，已经容易多了。不过，要深入理解，的确需要很多相关知识和阅读才行，我自不量力，那几年一直在乔伊斯的海洋里遨游。这书是热气腾腾的豆腐，心急吃不得，还会烫着，完后大骂：这是一堆什么乱七八糟的东西！当代读者最大的挑战恐怕是耐心和细心，有了这些，你才能在迷宫里不断发现精彩绝伦的细节。每次去海边，看的都是这片海，可是每一次都有新的发现，《尤利西斯》也能做到这一点。一头扎进乔伊斯文字中时，是在肢解作品，而放下书，又会觉得，它的结构编织得浑然一体，这个作者真了不起。

中译本前面有一篇萧乾题为《叛逆 · 开拓 · 创新》的序言，他介绍的乔伊斯，很符合我的想象，让我对这个人充满好奇和敬意。1907 年，乔伊斯在的里雅斯特的演讲中，这样评价他的祖国：“爱尔兰的经济和文化情况不允许个性的发展。国家的灵魂已经为世纪末的内讧及反复无常所削弱。个人的主动性已由于教会的训斥而处于瘫痪状态。人身则为警察、税局及军队所摧残。凡有自尊心的人，绝不愿留在爱尔兰，都逃离那个为天神所惩罚的国家。”（上卷，第 9 页）这个大师的名号，不是仅仅靠玩点什么“意识流”手法得来的，他的目光何其敏锐、深刻。《尤利西斯》出版后，据说爱尔兰一位国务大臣登门拜访乔伊斯，表示要把它推荐给诺贝尔奖委员会，乔伊斯的答复是：“那不会给我带来那个奖金，倒会使你丢掉国务大臣的职位。”（上卷，第 23 页）乔伊斯说得没错，保守的诺贝尔奖最终没有授给乔伊斯（也可以说，乔伊斯没有给诺贝尔奖显示荣耀的机会），哪怕名声大噪，乔伊斯总是“异端”“非主流”。我认为在 20 世纪 90 年代，我的精神成长期，乔伊斯的选择（包括他后来执意要写的一部《芬尼根的守灵夜》）给了我很大的暗示、鼓励或者说精神支持，我需要一种力量告诉我：走自己的路，头也不要回。

二十多年来，我买了能够买到的所有的中文版乔伊斯作品、传记和研究著作，塞满了书橱好几个格，而且遇到新出的，还是一如既往掏腰包。直到去年在台北，厚厚的两大卷九歌版的金隄译本，我还是依旧不计重量地背回来，哪怕，家里早有了人文版的，可见，我对乔伊斯的热情始终不减。研究资料最初并不多，传记就是薄薄的小本，后来艾尔曼的《乔伊斯传》中译本出版，让我饿狼般大快朵颐。可是，我还是要提到陈恕的《〈尤利西斯〉导读》，这虽然是一本小册子，当年读《尤利西斯》，却帮了我大忙。后来，我有幸多次见到温文尔雅的陈恕教授，他是冰心先生的女婿，我们在一起开会谈的都是冰心。我很希望有机会跟他好好请教一些与《尤利西斯》有关的问题，我总认为自己没有准备好，没有资格跟他谈。去年十月，我突然得到他去世的消息，非常懊悔失去了当面向他请教的宝贵机会。然而，他的书带给我的恩惠我永远不会忘。在漫漫阅读之路中，不知道有多少这样的学者给了我不同的帮助和启示，每逢从放他们著作的书架前经过，我都会向他们投去充满感谢和敬意的目光。

读《尤利西斯》，再次激起我写小说的热情。初中时，我就尝试写小说，到高中时，学习压力很大，只要有机会，我还是会沉浸在虚构世界中，在毕业时，还在本地刊物上发表过作品。大学，读的是中文系，中文系干什么？就是正大光明地读小说、写小说嘛，乔伊斯又点燃我雄心勃勃的烈火。我记得《尤利西斯》中提到爱尔兰的民歌《夏日的最后一朵玫瑰》，这是一个好题目，我就拿它写篇小说，表达在炎热的夏天里，我穿行在城市中的感受。情绪凌乱，不可捉摸，文字也充满跳跃性，严重模仿乔伊斯。我还写了很多，大学毕业前，还在炮制长篇小说。不过，作品的命运和人的命运一样，有时候是不由自主的。那时候，精力充沛，写小说的同时，我开始写书评、短评，还有很多研究计划，没多久，这些写作占据我更多时间，所有的编辑都让我写这写那，没有一位约我写一篇小说。好吧，就这样，脑子里不知道有多少小说的题材都被我搁下了。我要像灰太狼那样说一句：我还会回来的。——咱要对得起乔伊斯。

不过，读《尤利西斯》时，作为《大连日报》的通讯员，我写了很多杂七杂八的文章，采访出租车司机啊，画廊啊，等等，都是耿聆老师布置的任务，是命题作文。它们从未收入我的作品集中，时过境迁，我想没有人会读这些文字，然而，我非常怀念那些写稿的日子，也从不认为白写了这些文字。作为练笔，它们对于我学习使用文字起到关键的作用，人生从来没有白走的路，写作也一样。我曾在一本书的后记中，写过当年路过人民广场，看着苏军烈士铜像，去世纪街报社送稿子的难忘经历：

> 我也曾无数次从它脚下走过，特别是读大学的一年冬天，每周都要有一次早起去报社送晚上赶出来的稿子，再赶回学校上课。一来一回，从铜像前经过的时候，我都要多看它几眼，寒风中是稀稀寥寥的几个老人在晨练，是那个持枪迎着风雨的铜像的孤独身影，灰蒙蒙中还有几只白鸽掠过战士的头顶展翅高飞，或是默默站在枪管上静思。那正是我内心比较孤寂的一年，清晨的这幅画面至今仍常常在我眼前浮现。（《忧思与行动——冯骥才周立民对谈录》第249页，漓江出版社2015年10月版）

1994、1995年之后，再一次集中阅读《尤利西斯》，是我工作之后，即将再一次走进校园读研究生时。我还记了半本笔记，笔记上显示，2002年7月9日午间开始读第一章；读到第十七章时，已经是次年的6月16日午夜。我还写了一段感慨：“布鲁姆日午夜12点，读这一章，看街头万象，此套书是去年布日，文洁若女士寄赠给我的。不想时光流逝，岁月如梭，断续阅读，至今已一年了，尚未结束，甚为徒费时光而懊悔。当自励自强，不浪费时间，勤思苦读为好。”这次重读，跨越两个城市，是在我的生活转换期。2002年

7月，我正在为告别生活了十年的城市大连而手忙脚乱，记忆中那个夏天很热，除了带点冰碴的东西，我什么都吃不下。我住在泡崖新区，经常去一家冷面馆吃冷面，谁知道，9月中旬来到上海，已经立秋，还天天挥汗，而大连的冷面，我又吃不到。2003年的布鲁姆日，我写下那段话，应当是在上海复旦大学北区的宿舍里（现在有位复旦的网红老师陈果，那些年就亭亭玉立地在通往宿舍的大道上晃啊晃啊，我们都知道她，就是这个北区。可惜当年网络没有今天这么发达，不然，她早就是网红了）。刚刚过去的冬天多雨，春天多阴天，让人的心头阴云密布。北区宿舍外面，有一家卖打折书的小书店，每有新书，大家奔走相告。我隔三岔五就往宿舍拎回一包包书，其中有孙周兴编选的一部《海德格尔选集》（上海三联书店1996年12月版），厚厚两大卷有一百万字。这时，海德格尔风早已刮过，而我在读《尤利西斯》同时，那些阴郁的日子里，还捧着这两卷海德格尔读个不停。我的读书，采取的是涸泽而渔的办法，喜欢这个人，就买来他所有作品的译本，直到最近还在买商务印书馆出版的海德格尔的文集。他对技术的追问、科学与沉思的思考、语言本质的探讨，给我观察身边光怪陆离的消费世界和无所不在的技术控制提供了依据。

转眼间，我离开大连已经超过十五年，在上海生活已经超过我在大连市区里的生活时间。然而，闭上眼，我发现，跟乔伊斯对都柏林的了如指掌一样，在大连，我从不迷失方向；而上海，我从来都没有这种把握。这就是故土？大连，是我的都柏林吗？

5. 米兰·昆德拉作品

布拉格，是什么样子，照片上看，很精致，很漂亮，不过，提到米兰·昆德拉，我想到的总是，读大学时，光线不足的宿舍，我是在那里读的这些书。宿舍很狭小，中间有一排公用的桌子，两边是上下床，一个房间有八个人。走廊里混合着水房里飘出的各种气味，某位老兄拖鞋与水泥地摩擦的慵懒声音，还有录音机放出的流行歌曲。我们宿舍里曾有一台破录音机，循环不断放送的是郑智化的《水手》《星星点灯》。我的书都堆在床下的纸箱和皮箱里，每个学期结束带回家，有时候撑不到一个学期，父亲到市里出差时也会帮我捎回去一些。在这样的环境中，坐在书桌前看书显然不大适合（那书桌的更主要功能是打牌），每个人都是躺在床上——这算是私人空间——看书。这个学校显然不是什么好大学，清华、北大学生那种要到图书馆抢座位的情形，我从来没有见过，尽管这里图书馆座位很少，但请放心，座位不用抢，除了完成老师的作业，好像没有谁喜欢泡在这里。这个学校里，下了课，女生们都花枝招展地买零食或会情人去了；男生们是打扑克，逛大街，看录像，踢足球。这些事，我都不大在行，我所能做的只有在城市街巷中漫游，在教室里写作（教室里常常还有一位女同学，在抄写、背诵英语单词，偶尔，我们会聊两句，然后又接着各做各的事情），在宿舍的床上看书。

20世纪90年代的中国，比之前少了很多禁忌，或者说，潮水涌来，再也挡不住了。像米兰·昆德拉的小说，20世纪80年代上半期估计很难在中国顺利出版。尽管到了90年代，书上还印着“内部发行”，但这只是标签，有一阵子他的书摆满街头的书摊。这批作品大部分是放在“作家参考丛书”中，由作家出版社出版，32开本，压膜的封面，印制比较简陋，但是封面设计醒目、有特点。我不知道，那几年它共印了几次印了多少，我看的第一本昆德拉的小说是《生活在别处》。昆德拉，何许人也，知道不多，盛传他的小说里性描写很多。那时候，写“性”成了文学作品不可缺少的佐料，亨利·米勒的书印得花花绿绿，到处都是。《查泰莱夫人的情人》反复被盗印，我买了一本，看完后塞到床下，没过几天就被同学偷走了。所谓的“陕军东征”那些作品，《废都》《白鹿原》，等等，好像都在比赛把“性”写得惊世骇俗。可是，昆德拉的小说，我一看，就是蜻蜓点水嘛，大失所望。失望之后，发现我没有看懂，不知道他在写什么，书里有大段的议论或曰哲学思考，这叫写小说？继续读他的其他作品，仿佛又明白了一点什么，特别是看到极权主义下人的扭曲、惊惧和不同选择，似乎也不难理解。当时还有一股昆德拉的语言潮流。比如“媚俗”这个词，不知多么频繁地出现在论文中、媒体里。那是一个商品大潮刚刚开闸的时代，人人一面洋洋自得地“媚俗”，一面故作高雅地批判它，这是很有意思的文化现象。昆德拉的小说题目，也变成流行语：生活在别处，生命中不能承受之轻，为了告别的聚会……大家不问究竟，脱口而出。

十多年后，上海译文出版社推出米兰·昆德拉作品的新译本，我相信从准确度上，它们更可信，可是看到有教授出来辩书名，觉得他可能陷进昆德拉引用的那句犹太谚语中了："人们一思索，上帝就发笑。"《为了告别的聚会》译为《告别圆舞曲》，《生命中不能承受之轻》译成《不能承受的生命之轻》，或许都更符合作者的原意，可是，他忘记了，人们的情感记忆中早已接纳了前面译名的语言节奏，语言除准确之外，语感、语调甚至美感更重要。当年的《生命中不能承受之轻》是韩少功、韩刚译的，教授跟作家争辩语言，你说读者会更相信谁？我真担心是自取其辱。是啊，《告别圆舞曲》或许更体现昆德拉对作品音乐性的思考，然而，总让人想到这是一部古典作品，"为了告别的聚会"，相反相成中有一种语言的张力。这是多么棒的书名，当年，我还曾送给一个女生一本这书，就是看中这个书名，结果，未曾"告别"成功，后来天天"聚会"。人，无法反抗自己的命运。

我追随昆德拉阅读，一直到前两年他的《庆祝无意义》，很难说昆德拉就是多么伟大的小说家。然而，他的小说，尤其是他的小说论，对我是产生过很大冲击的，它们动摇了我过去接受的很多思想教育，动摇了固有的、单一的小说观念。昆德拉说过："小说家跟这群不懂得笑的家伙毫无妥协余地。因为它们从未听过上帝的笑声，自认为掌握绝对真理，根正苗壮，又认为人人都得'统一思想'。然而，'个人'之所以有别于'人人'，正因为他窥破了'绝对真理'和'千人一面'的神话。小说是个人发挥想象的乐园。那里没有人拥有真理，但人人有被了解的权利。"（《人们一思索，上帝就发笑》，《生命中不能承受之轻》第 339 页，韩少功、韩刚译，作家出版社 1991 年 3 月 1 版 4 印本。本文也是《小说的艺术》最后一章，但我对比了孟湄、董强和韩译三种译本，决定还是选用韩译）他还说："小说的母亲不是穷理尽性，而是幽默。"并强调："我觉得今天欧洲文明内外交困。欧洲文明的珍贵遗产——独立思想、个人创见和神圣的隐私生活都受到威胁。对我来说，个人主义这个欧洲文明的精髓，只能珍藏在小说历史的宝盒里。"（同前，第 340、344-

345 页）这些观点渗透在他的那些谈论“小说的艺术”的随笔中，《小说的艺术》《被背叛的遗嘱》《帷幕》《相遇》，我认为这些作品的贡献不低于昆德拉的小说。我最初读《被背叛的遗嘱》，用的是上海人民出版社、牛津大学出版社 1995 年版那个本子，封面是深蓝色的，有昆德拉黑白照片，那张面孔似乎很特别。孟湄的译文有些疙疙瘩瘩，但是，还是震撼了我。我明白了什么样的小说才是真正的小说，好小说，伟大的小说。这些随笔，比大多数中外学者的“文学理论”更让我领悟文学的真谛。读那本书时，大概正是世纪之交，2003 年余中先的新译本（上海译文出版社），我也读了好几遍。它直接诱发了我的当代文学评论的写作，有昆德拉树立的这些标准，我对阅读的中国当代小说有了一点点感受和判断，也充满激情地写下一篇篇阅读感受。这要感谢昆德拉，连文章该如何分章节，调整节奏，并形成统一格局，教我的师傅都是昆德拉。

甚至在我的第一本书后记中都能找到阅读昆德拉的痕迹，这篇写于 2001 年 1 月 1 日，也就是新世纪第一天的后记中，我直接引用昆德拉的话：

> 巴金的许多岁月是和我们一起走过的，在这些岁月中，我们又做了什么，我们又是否挺身而出了？对此，巴金感到羞愧，我们就可以大言不惭？这令我想起了前不久看到的一段米兰·昆德拉的话，他说：“人是在雾中前行的人。但是当他向后望去，判断过去的人们的时候，他看不见道路上任何雾。他的现在，曾是那些人的未来，他们的道路在他看来完全明朗，它的全部范围清晰可见。朝后看，人看见道路，看见人们向前行走，看见他们的错误，但是雾已不在那里。”“看不见马雅可夫斯基道路上的雾，就是忘记了什么是人，忘记了我们自己是什么。”（《被背叛的遗嘱》第 222 页）我们没有权利因为今天烟消雾散就去嘲笑昨天还在烟雾中跋涉的人们。评判一个历史人物需要放在具体的历史情境中进行分析，说这些并非是推卸历史责任，而只是强调对历史人物所活动的历史环境的了解和认识的必要，对巴金也同样，我们不需要造神，但更不应随便将

我们精神和思想文化上应有的积累一笔勾销。（《另一个巴金》第225-226页，大象出版社2002年3月版）

回想自己四十年的阅读，我觉得与“在雾中前行”的比喻很贴近，很多书，最初接触时，我并不十分明了，读过了也不见得清楚，但是，在大家一路相伴前行中，偶尔回头时，雾消云散，一切都明晰了。这也不等于说，当年的相遇都是错误的，每一段经历都有不可替代的记忆，经历就是不枉的财富，彼时彼地的体验照样值得珍惜。回首来时路，那些带给我深深记忆的书，不可胜数。比如有两套全集，一直与我相伴，《鲁迅全集》《巴金全集》，它们是我精神的水源。还有的书，带着记忆的伤痕，我不敢轻易翻起，比如赵振江译的两本洛尔卡的诗集《深歌与谣曲》与《诗人在纽约》（上海译文出版社2012年3月版），2012年3月，我在季风书园买的，放在枕边断断续续地读着。当年，8月3日清晨，我得到爷爷去世的噩耗，而前一天晚上，我读的就是这诗集，我再也不敢翻开它。近六年过去，我最近才有勇气读下去，读到的一首居然是：“谁能说曾见过你并在什么时候？ / 被照亮的黑暗令人痛心疾首！ / 钟表和风同时发出声响 / 当失去你的黎明升起在东方。”（《悼何塞·德·西里亚·伊·埃斯卡兰特》，《诗人在纽约》第275页）爷爷去世在“黎明”即将升起时，也是上海台风来袭时，文字与心情，有时候真有一种冥冥中的牵扯。记得那天，在机场候机，我发出这样一则微博：

> 多少年前，他用借来的小学课本教我最初认字：人，口，手，山，石，土，田……前几年，眼睛失明，我的书他都读不了。今天清晨，他突然离去。他是我的爷爷，一个月前还跟我说，一辈子吃了很多苦，还做过日本人的劳工，现在终于结束了八十六年的人生劳役，祝福他从此快乐。正赶回家乡路上，据说那里大雨倾盆……（8月3日13:06来自Android客户端）

那一刻，记忆和情感，再一次照亮了最初的路。

原载《海燕》2018年第8期

儿 童 文 学 卷

作者简介

李广宇，现在大连广播电视台工作。出版纪实文学作品《大山深处——一个青年志愿者的手记》（获第七届全国优秀青年读物一等奖）。先后在《青年文学》《北京文学》《天津文学》等刊物上发表中短篇小说。参与电影、电视剧剧本创作和拍摄，作品有《马三的礼物》《致命女主播》等。

深　井

一

刘松鬼使神差地跟着张新华下了地铁。这里不是刘松每天回家的那一站，而这一天也不是平常上学的日子，这一天是星期六，下午还有语文补习课。但刘松不想去上了。前一天张新华跟他说："明天带你去工地玩，怎么样？"张新华是刘松的同桌，一个满脸青春痘的高大男孩。刘松想了想，说："明天还有补习课呢……"他心里的犹豫全写在了脸上。张新华有些不屑，说："差一堂课能怎么？我带你去的工地可是地铁工地，2号线，我爸在那里。"张新华脸上露出得意之色。刘松嘴里"嘁"了一声，心里已经松动了。

张新华是借读生，但他从来不说自己的老家在哪里，即使班上的小霸王把他按在地上，往他嘴巴里塞石头，他也绝不说。小霸王又瘦又小，可拳头硬，他骑在张新华的背上，大叫道："你说，你是不是从三十里堡来的？"那可能是小霸王唯一能想到的乡下。张新华挣扎着，紧闭着双眼，紧闭着嘴巴，脸憋得通红，青春痘好像要炸开了似的，却始终不吭声，也不反抗。

最后总是小霸王先觉得无趣，指挥着身后几个男生："你们！一人一脚！使劲踢！"

刘松是最后一个踢张新华的人，小霸王凶神恶煞地吼："不行！你踢得太轻了！"刘松迟疑一下，小霸王恶狠狠地瞪了他一眼，刘松不敢再犹豫，抬起脚用力踢过去。他的脚指头感觉到张新华坚硬的肋骨。踢完了，刘松有些心虚，看看张新华，发现他已经睁开了眼睛，正目不转睛地瞪着自己。

两个人站在地铁站里，刘松有些茫然。

这里是一个新设立的站点，各种标识还不齐全。空荡荡的站台上，下车的乘客只有他们两个人。一个工作人员靠在角落里打了一个哈欠，然后认真地看着两个孩子。张新华拉了一把刘松，说："跟我走吧，这里我熟。"说着在前面带路。转过两个弯道就有楼梯，手扶电梯停了。刘松抬头往上看去，深深的楼梯顶端是亮得刺眼的天空。

刘松不喜欢张新华，其实是看不起他。张新华似乎除了那件污迹斑斑的校服，再没有换洗衣服，还有他那张宽大的、油腻的脸，长满了令人作呕的青春痘。张新华喜欢用手纸擦脸，手纸的质量很差，经常被起伏的青春痘勾住一些白色的纸屑，老师见了，总是满脸厌恶。

张新华却不以为意，依旧对每个人笑出满口白牙。即使是小霸王，张新华见了也笑，跟大家一起喊他"豪哥"。刘松有时不理解，问张新华："他打你打得那么狠，你怎么不生气？"张新华不吭声，笑容却凝在脸上，好像冻住了一般。刘松就摇头，觉得他那是乡下人的麻木。

刘松和张新华终于爬出了地铁站，放眼望去，周围一大片烂草滩，草丛半人多高。草滩的尽头是阴沉沉的大海，冰冷的海风吹来，刘松打了一个冷战。刘松说："这里好荒凉。"张新华跳下台阶，站在草地上说："以后就好了，等曼哈顿大厦建起来，这里会特别热闹。"刘松撇撇嘴，却没说话，顿了一下才问："你说的 2 号线在哪儿？"张新华指着远处建了一半的高楼说："过了那栋楼就是了。"

烂草滩上只有一条行人踩出来的土路，坑洼不平，两个人一前一后走着。刘松问："你爸在工地上干吗？"张新华说："他是电工，专门给地铁配电。"

说着，张新华转过身来，兴奋地比画着，“每天他都穿着防电服，就像防弹衣一样，特别厚，他还有一根电杆，这么长……”刘松心不在焉地听着，脚下深一脚浅一脚。他心里有些担心，下午不去补习课，会不会被老妈知道。

二

刘松觉得自从老妈离婚以后，她就有些神经质，比如补课这事，开始老妈非要送刘松，担心他被车撞，担心他被人拐走，反正各种担心。刘松无数次抗议之后，老妈才勉强答应让他自己去上课，不过没几天，他就发现老妈在跟踪他。还有张新华跟他同桌这件事，老妈从家长群里得知刘松跟学习最差的张新华同桌，疯了一样跑到学校，找班主任谈，找校长谈。

刘松真替老妈脸红。课间时，老师找刘松谈话，第一句就是：“你妈可真厉害！”这话让刘松真想找个地缝钻进去。老师接着说：“我会考虑给你换座位，你放心。”刘松却突然说：“不用了，我就和张新华坐一起。”

老妈当然拗不过刘松。

有时，看着张新华那张坑坑洼洼的脸，刘松真的有些后悔。想到这些，刘松猛地打断张新华的滔滔不绝，问：“还有多远？”张新华愣了一下，抬头向前张望，说：“快到了。”

在两个孩子的不远处，停工的高楼像一个赤身露体的武士，挺立在杂草中间，海风吹过，巨大的脚手架发出喘息一般的呜呜声。刘松问：“这是什么地方？”张新华反问：“你不知道？”刘松点点头，张新华说：“这是曼哈顿大厦啊！”顿了一下，张新华又说：“夏天停工了，老板跑了。”刘松觉得奇怪，问：“你怎么知道这些？”张新华笑了，反问：“我怎么就不能知道？”

“张新华很笨，什么都做不好。”这是老师的评价。但张新华却喜欢孙婷婷。张新华在自己的本子里写孙婷婷的名字，在校服里面也写。孙婷婷是校花，谁见谁爱，不过张新华喜欢她，却让刘松感到好笑。刘松问：“你想吃天鹅肉吗？”张新华懵懂地看着他，刘松大笑，拍着张新华的肩说：“你怎么会这么幼稚。”谁都知道，小霸王还能来学校上课，唯一的原因就是想每天见到孙婷婷。

被刘松发现了秘密以后，张新华哀求刘松，只要不把这个秘密说出去，他可以给刘松当牛做马。当牛做马！只有乡下人才能想出来的话。刘松听这话大笑起来，笑过之后，他真的答应了张新华，不过没多久，他就忍不住把这事跟要好的同学说了，当时只当作玩笑，却没想到引出了大麻烦。

小霸王被拘留的那几天，张新华也没来上课，等他再出现，刘松几乎认不出他来，他的脸是肿的，青着眼眶，走路一瘸一拐。那天，一直到放学，两个人都没说话。出校门时，刘松像逃跑一样快步走着，这时，有人在喊他，听声音就知道是张新华。

那天，张新华说要请刘松吃汉堡，刘松推辞，张新华却突然抓住他的手腕，张新华的手很有力气，刘松挣脱了几下，却挣脱不掉，他有些恼，抬头瞪着张新华，张新华的脸上还带着笑容，说：“我请你。”张新华的语气里有种不容抗拒的东西。刘松软了胳膊，好半天才说：“好吧。”

刘松拿着汉堡，吃不下，对面的张新华却吃得津津有味，白色的牙齿快速地撕咬着汉堡里的鸡肉，大口嚼着，好像很久没吃饭似的。吃完，张新华抬头看着刘松，问：“你不吃？”刘松把汉堡放在桌子上，摇摇头。想了想，把汉堡推给张新华。张新华犹豫了一下，拿起汉堡，扯开包装纸，一口咬下去，汉堡里白色的沙拉酱挤了出来，溅在张新华的嘴角，他却不在意，继续大口嚼着。

他们一直没说话。

从汉堡店出来，张新华挥挥手，说：“再见。”张新华转身走了，留下刘松呆呆地站在那里。刘松想过道歉，但他不知道怎么开口，慢慢地，那种负罪感在变淡，淡到如果他不故意去想，都想不起来。

三

走过那栋未完工的曼哈顿大厦，依旧是一片荒草地。刘松有些累了，站在那里喘着粗气，问："你说的工地呢？"走在前面的张新华停住脚步，伸手指着前面的某处说："快到了。"刘松说："什么也没有啊！"张新华说："你当然看不到了，在地下，有一个很深的隧道，从那里才能到地下。"刘松抬起头，看看天，阴阴的，黑云遮住了太阳，风更大更冷了。刘松说："算了，我不去了。"张新华有些吃惊，说："都走到这里了，你怎么不想去了？"刘松在路边的石头上坐下，赌气似的说："反正我不去了。"

两个孩子坐在路边，有些无聊。张新华问："现在就回去？"刘松"嗯"了一声。张新华说："出来都出来了，还是去吧。"刘松摇摇头。张新华想了想，说："要不我带你去一个地方，很好玩。"刘松问："远不远？"张新华说："不远！不远！"刘松有些犹豫，问："那儿有什么好玩的？"张新华跳起来，说："走吧！你去了就知道了！"

张新华带着刘松绕过那栋大厦。他们来到烂草滩的中间。那里有一口巨大的深井，井边用水泥砌了半米宽的台子，风吹日晒，有些破败。张新华跑过去，趴在井台上，兴奋地说："就是这里！"刘松慢吞吞地走过去，探身向井里张望。一股恶臭迎面扑来。井里还有水，很脏，漂浮着各种垃圾。刘松皱了皱眉，没有一点儿兴趣。

张新华却兴致勃勃，指着水里的某个东西说："你看，那是一辆自行车，那个，是一个凳子，还有那个漂着的，是一只死猫。"刘松看了一眼，问："哪里有死猫？"顺着张新华的指点，刘松果然看到一只身体已经腐烂的猫的尸体，混在一大堆垃圾里。刘松说："你的眼睛倒是好，连这都认得出。"张新华有些得意，说："那只猫是我扔进去的。"刘松吃惊地看着张新华，张新华却笑了，说："逗你玩呢！"刘松没说话，转回头又去看那猫的尸体，看着看着有些恶心。

刘松实在无法理解，为什么张新华死也不肯说自己的老家在哪儿。学校里那么多借读的孩子，天南海北，哪个人也没像张新华一样，对自己的老家守口如瓶。刘松忍不住好奇心，问过一次，张新华只是摇摇头，目光警惕地瞪着他，反问：“你问这个干吗？”

越是这样，刘松越是好奇，甚至忍不住偷偷翻张新华的书包。可张新华的书包里，除了书本别无他物。只有一次，他翻到了一部手机，那种很古老的、可以砸核桃的诺基亚手机，他试着按键，通讯录里只有一个号码。

刘松犹豫了一下，轻轻拨通了那个号码。

很久，才有人接电话，一个老男人的声音，问，是谁？刘松吓得赶紧挂断。后来刘松又翻过张新华的书包，却再也没发现那部手机，这反而让刘松有些后悔——那大概是最接近张新华秘密的一次，他却失去了。

张新华在附近找了一些石块，堆在井台上，一块一块扔进井里，脸上还挂着有些蠢的笑容。井水之下大约充满了垃圾，石头打在水里，甚至激不起水花。刘松有些无聊，坐在井台上荡着腿。风很大，吹动周围的荒草，发出一片扰人心魄的沙沙声。

张新华突然说：“看我！”刘松转头去看，见张新华正站在井沿上，神气活现地看着刘松。刘松吓了一跳，说：“你快下来，多危险！”张新华却“哼”了一声，反问：“这叫危险？”张新华瞪着刘松说：“我可以走一个来回。”他的手划过整个井沿。

刘松吃惊地看着张新华，想再劝时，张新华已经开始绕着井走了，他伸开双臂保持身体平衡，脚下迈着小步，小心翼翼地跨过那些破碎的井沿，一步一步，有停顿，却没有停止。

刘松觉得张新华简直是疯了！

张新华还在走，他似乎已经熟悉了脚下的井沿，他抬起头，不再看着脚下。风把他的校服裤子吹得鼓鼓囊囊的，还掀翻了他的上衣领子，但他却不在意。没多久，他就走到了刘松的正对面，他站定，向刘松挥手，刘松盯着他，下意识地攥紧了手。

张新华转过身继续走，终于，他跳下井沿走到了刘松的身边。刘松有些气恼地说：“你这是玩命！”张新华看着他笑，脸上一片涨红的青春痘。他的笑让刘松内心生厌，刘松摆摆手，说：“随便你！”说着，把书包背在肩上。这时，张新华突然抓住他的书包带子，说：“该你了！”刘松挣了一下，问：“什么？”但他没有挣脱，他听见张新华说：“该你走了！”刘松有些恼怒道：“为什么该我走？！”张新华还在笑，说：“我走完了，你也得走！”刘松更恼了，他用力拉书包带子，但张新华不放手，两个人僵持着。张新华突然松开手，刘松摔倒在地，坚硬的地面磕疼了他的腿，他用手揉着。

张新华走到刘松面前，脸上的笑容已经消失，他说：“你！必须走！”

四

刘松站在井沿上，他根本不敢往井里看。污浊的井水发出的臭味让他胃肠翻动。大风在他周围呼啸而过，他几乎迈不动脚。刘松闭上了眼睛。耳边，张新华问：“怎么还不走？”刘松嘴巴里呜咽着，说不出一句完整的话。张新华说：“睁开眼睛！”

刘松慢慢睁开眼睛，他看到张新华正拿着一根棍子站在他的脚旁边，他冷冰冰地看着刘松。刘松说：“我不敢……”张新华大声喝道：“快走！”刘松的声音里已经有了哭腔，说：“我真的不敢。”说着，他想蹲下来，手还没有触到井沿，张新华手里的棍子已经挥了过来，刘松一个趔趄，差点儿摔倒。

刘松大叫一声，好像从身体里释放出了什么似的，他开始号啕大哭：“求你了！求你了！我不敢！我不敢了！”刘松用尽全身力气喊着。但换来的只是张新华冷冰冰的声音，他说：“走吧！你不是想知道我的老家在哪儿吗？等你走完，我就告诉你！”刘松声嘶力竭地说：“我不想知道了！求你让我下去吧！”张新华却说：“晚了！”一时间所有绝望的情绪包围着刘松，这让他有些歇斯底里，他号叫道：“我真的不想知道了！求你放了我！我知道错了！知道错了！我不该跟着别人一起踢你！不该跟着别人一起骂你！我不该传你的小道消息！也不该翻你的书包！我真的错了！求求你……”

哭得太用力，刘松感到有些头晕，他在井沿上晃了几下，但这也让他清醒了一些，他慢慢止住了哭声，低头看着张新华，张新华却在笑，笑得那么开心，笑得脸上绽开了花，只是那笑容在刘松眼里，依旧很蠢。

就在这时，他们身后有人大喝一声："你们在干什么？"

两个人都吓了一跳，转身去看，只见一个拿着铁棍的老头走了过来，走近了，两个人都看到老头右臂上戴着的红色袖标。老头用铁棍指着刘松说："你！快下来！不想活了！"刘松愣了一下，从井沿上跳下来。老头打量着两个孩子，问："学生？"见他们点头，老头似乎松了一口气，语气生硬地说："这里是施工区，你们进来干吗？赶快走！"

张新华迟疑了一下，扭头看着刘松，刘松却不看他，从地上捡起书包，拍了拍上面的泥土，背在身上，转身头也不回地走了。张新华大声喊着刘松的名字，刘松却加快了脚步，他就这样一口气走到了那个地铁站。

地铁站里依旧空空荡荡，那个工作人员还站在那里打着瞌睡。

刘松坐在长椅上，慢慢回忆刚才的一幕，恍然如梦。这时，他听见身后有脚步声。脚步声停在他身后，是张新华。他绕过椅子，挨着刘松坐下，刘松下意识地躲了一下，张新华却不以为意，再次挤靠过来，还把一只胳膊搭在刘松肩上，他的手上使了力气，压得刘松动弹不得。

刘松不去看张新华，张新华却歪着头看着刘松，脸上一如往常，带着笑容。

张新华问："生气了？"刘松猛地抖落张新华搭在自己肩上的胳膊，把后脑勺留给张新华。张新华有些难堪，收回胳膊，说："对不起，刚才是跟你开玩笑……"

地铁来处的隧道里一片黑暗，但黑色的深处还是有一些淡红的亮点闪闪发光，刘松盯着，有些走神。突然，张新华的手伸到他面前，手里攥着一个苹果。

张新华将苹果硬塞进刘松的手里，然后自己从脏书包里掏出另一个苹果，大口咬着。刘松拿着苹果发呆，他听见自己的心里轻轻的叹气声。他旁边，张新华咽了一口苹果，说："你不是一直想知道我老家在哪儿吗？我告诉你。"

这已经不重要了。刘松心里这样想，把那个苹果放在嘴边，用力咬下去。

苹果有点儿酸。

原载《少年文艺》2018年10月期，该文章获第七届"周庄杯"全国儿童文学短篇小说大赛优秀奖。

作者简介

滕毓旭，中国作家协会会员。出版儿童诗歌集、童话集、寓言等80余本，图画书近70本。《一株紫丁香》等多篇儿童诗被选入人教版、香港版等十几个版本小学《语文》教材中。《醉人的春风》等儿童诗被翻译到日本。作品获全国优秀科普作品奖、陈伯吹儿童文学奖、冰心儿童图书奖、全国优秀童谣一等奖等。

儿童散文四篇

小草的赞歌

我赞美小草，因为它以自己的翠绿给大地以美化，以自己的柔嫩给世界以美好，以自己的顽强给人以激励。

当冰雪初融，寒风还在料峭的时候，小草就已经钻出地面，为光秃秃的大山绣上点点春色，让刚刚苏醒的大地呈现勃勃生机。

夏天，是个多雨的季节，当暴雨倾盆，洪水从山上奔泻而下，发出震耳欲聋的咆哮时，你会看到大树被连根拔起，河坝被轰然推倒，然而此时的小草却岿然不动，把身下的泥土牢牢抓住。

秋风来了，满山树叶都纷纷飘落。这时，小草虽然也开始枯黄，但它的根依然深扎在泥土里，保持着旺盛的生命力，即使在那些狂风怒号、大雪肆虐的冬日里，它也不停地积蓄力量，准备迎接春的到来。

啊，小草，我赞美你的不屈和顽强，更赞美你不因瘦小而自馁，不因体弱而自弃的精神。

原载《少年月刊》2018 年第 4 期

十二岁，多彩的花季

像多彩的风，似多彩的雨，香喷喷，湿漉漉，啊，十二岁，是多彩的花季。

十二岁的年龄最富于幻想，说不定什么时候，脑子里就冒出一个个古怪的问题；说不定什么时候，眼睛里就闪过一个个有趣的神奇。明明是一辆无轨电车，却说那是长辫子的阿姨；明明是座电视发射塔，却说那是威力无比的魔术师。

十二岁的年龄，常常会异想天开，想上天，想下海，想入地。男孩说：“有一天我要飞上火星，看那里有没有水和空气。”女孩说：“我要把卖火柴的小女孩从天上请回来，让她在中国安家落户，天天都有吃不完的烤鹅、烧鸡。”

十二岁的男孩，总想快快长大，长成一个大哥哥，潇洒得让人眼气，让女孩夸一句“真帅”。踢足球，争当中锋，新年晚会，争当主持，男孩说：“不敢开拓进取，将来准没有出息。”

女孩想得却比男孩实际，每天都从小事做起，她们说：“‘小太阳’就要发光发热，把温暖送到每个人心里。”在家里，帮妈妈洗衣、刷碗、扫地，爸爸感冒了，赶紧拿出体温计；在外面，助人为乐，还把攒下的零花钱寄到灾区。有时候也想打扮自己，让男孩夸一句“真美”，走进商店，两眼像蝴蝶在花衣上飞来飞去。

啊，十二岁的花季，是缤纷的花雨，每个人都想拥有一块属于自己的天地。

女孩把秘密悄悄锁进了抽屉；男孩心直口快，不自觉把它泄漏了出去。他们想当科学家、文学家、总经理，想当外交官……说再过十年八年，这世界，就是属于他们的。还说今天不好好学习，长大靠什么去建设祖国；没有棒棒的身体，将来怎能去把重担挑起！他们用勤奋、用汗水，去染红童年的花季；用先辈们的精神，去塑造闪光的自己。

啊，十二岁，多彩的花季，充满了浓浓的诗情画意。十二岁的少年，就像小鸟，从这里展开腾飞的双翼！

原载《少年月刊》2018 年第 6 期

圆鼓鼓的豆乖乖

豆叶黄了，豆儿熟了，豆蔓蔓结满一嘟噜一串的豆荚荚。尖尖的豆荚荚，弯弯的豆荚荚，饱饱的豆荚荚，里面住满胖胖的豆乖乖。

当秋风路过豆地的时候，便轻轻敲着豆乖乖的门："喂，豆乖乖，快醒醒，农民伯伯的马车就要来接你们了！"

豆乖乖都叽里咕噜爬起来，隔着门侧耳一听，哇，真的，远处传来了马蹄踏踏，车轮滚滚，鞭儿声声。一个个急得使劲去推门，大声叫道："门儿开开，门儿开开，我要出来，我要出来，请你快快，请你快快！"

豆乖乖终于如己所愿，坐上农民伯伯的马车来到场院里。它们从尖尖的、弯弯的豆荚里跑了出来，乐得又打滚儿，又翻跟头，把个场院简直要闹翻了。

谁在喊："豆儿们，别闹了，快快入囤啦！"

豆乖乖早就盼着这一天，他们立刻排起大队，"一二、一二"，走进了农民伯伯的粮囤里。

请不要以为这是童话，它就发生在现实中的秋天。不信去那里看看吧，你准会看到家家户户的粮囤里都挤满金灿灿、圆鼓鼓、沉甸甸的豆乖乖。

原载《幼儿 100》2017 年第 10 期

红红的枫树叶

秋风是一位魔术师，它把嘴巴一鼓，轻轻一吹，所有的枫树叶都变红了，红得就像秋海棠那样，盛开着秋的火爆和美丽。

也许秋风还嫌秋意不浓，又鼓足劲儿用力去吹，满树枫叶立刻像红蝴蝶一样飞舞起来，千只万只，闹闹嚷嚷地落到地上。瞬间，地上铺起红红的地毯。

清晨，我背着书包跑出家门，被脚下的枫叶迷住了，弯下腰拾起一枚，呀，好美好美的红枫叶，微黄的叶梗和微黄的叶脉，擎着红红的五只角儿，宛如天上闪烁的星星。我仿佛听到，它在讲述关于春天的故事，和关于秋天的童话。

蓦然，我生出一个想法：把红枫叶送给班里的同学，让他们和我一起分享秋的快乐！

于是，我弯腰又拾起一枚红枫叶，心想，该把它送给谁呢？对，就送给同桌小胖吧，让红枫叶变成书签儿，带他遨游书海，去领略知识大海的渊博。

我又拾起一枚，这一枚送给谁呢？对，就送给爱照相的“翘翘辫儿”吧，把它夹进相册里，让她的回忆给生活涂上迷人的色彩。

这一枚呢？就送给不好动的“乖乖豆儿”吧，把它压在玻璃板下，时时提醒她：要爱惜身体，让生命之火像红枫叶一样炽烈！

我拾起一枚又一枚，我要把红枫叶送给班里的每一个同学，让他们知道：秋的硕果，永远来自于春的耕耘！只有珍惜时间，才会让自己走向成熟！

原载《少年月刊》2018 年第 10 期

儿童诗歌两首

一株紫丁香

踮起脚尖儿
走进安静的小院，
我们把一株紫丁香，
栽在老师窗前。

老师，老师，
就让它绿色的枝叶，
伸进您的窗口，
夜夜和您做伴。

老师——
绿叶在风里沙沙，
那是我们给您唱歌，
帮您解除一天疲倦。

老师——
满树盛开的花儿，
那是我们的笑脸，
感谢您时时把我们挂牵。

夜深了，星星困得眨眼，

老师，休息吧，
让花香飘进您的梦里，
那梦呀，准是又香又甜。

原载义务教育教科书（部编教材）《语文》
二年级下册，人民教育出版社2017年12月出版

尾巴本领大

大森林，绿一片，
一群动物好悠闲，
坐在一起比尾巴，
举着小手争发言。

猴子说：
“我的尾巴细又长，
细长尾巴真灵便。
能捡面包能摘果，
送到嘴里当早点。”

松鼠说：
“我的尾巴长又粗，
靠它平衡树上玩。
跳下它是降落伞，
冬天盖它好温暖。”

小兔说：

“我的尾巴短又短，
好像一个小绒团。
敌人来了使劲摇，
通知伙伴有危险。”

山鼠说：
“我的尾巴尖又尖，
长长尾巴脆又软，
一旦被咬忙扔掉，
我会趁机逃得远。”

斑马说：
“我的尾巴像蝇拍，
专拍蚊蝇大害虫。
一鞭下去扫一片，
吓得它们到处窜。”

小孔雀，不吱声，
尾巴开屏像把扇，
好像彩色小眼睛，
亮亮闪闪真好看。

刺猬身后没尾巴，
遇见危险怎么办？
别担心，别着急，
身上长满尖尖刺，
保护自己最安全。

本文已由甘肃少年儿童出版社2017年10月出版

儿歌四首

窗冰花

北风小娃娃，
骑匹大白马，
一家一家走，
想找孩儿耍。
孩儿睡着了，
为啥笑哈哈？
梦见北风娃，
给他讲童话。
天亮起来看，
窗上留冰花，
那是北风娃，
送他一幅画。

获 2018 年全国第七届优秀童谣评选二等奖

春天好

春天好，
春天好，
雨儿唱小曲，
风儿吹小调，

唱绿小小草，
吹开小花苞；
小河乐得翻跟头，
小鸟耍欢蹦蹦跳！

本文已由甘肃少年儿童出版社2017年10月出版

立夏

立夏了，立夏了，
绿色舞台真热闹，
蝴蝶绕着花儿飞，
云儿绕着小树飘，
大肚蝈蝈唱小曲，
螳螂大哥耍大刀，
太阳公公在天上，
捋着胡子眯眼瞧。

本文已由甘肃少年儿童出版社2017年10月出版

怪

南边来了一个怪，
身上背着大锅盖，
一步一步爬着走，
脖子长长来回摆。

北边来了一个怪，
满身刺儿挓挲开，
遇到下坡腿一蜷，
叽里咕噜滚起来。

东边来了一个怪，
胸前缝个大口袋，
袋里装着小宝宝，
一蹦一跳跑得快。

西边来了一个怪，
戴副眼镜好气派，
拿着竹笛不去吹，
张着嘴巴吃起来。

小朋友，猜一猜，
它们都是什么怪？

本文已由甘肃少年儿童出版社于 2017 年 10 月出版

作者简介

车培晶，中国作家协会会员。出版童书《神秘的猎人》《班主任糗事记》《捡到一座城堡》《装在橡皮箱里的小镇》等30多部。作品有的编入全国中等师范学校大专班教材，或被译成日语、英语、越南语。曾获第三届全国优秀儿童文学奖、中宣部第六届“五个一工程”奖、第十一届中国图书奖、首届中日友好儿童文学奖、陈伯吹国际儿童文学奖、冰心儿童文学奖、《儿童文学》金近奖等。《捡到一座城堡》入选全国第十二期“百班千人共读活动”书目。

像稻花一样香

一

“你什么都可以没有，但不能没有朋友。”这是爸爸常说的一句话。后来，爸爸死了，他这句话我牢牢记着。只是，我一直没有朋友。

其实，我很想和甫皆成为朋友。我和他在一个班，每天我都跟在他屁股后面和他一起上学。是的，跟在他屁股后面，因为他是大个子，我是小个子，他走路快，迈一步，我需要迈两步，所以只能跟在他后面了。

我羡慕大个子的人，和大个子在一起有安全感，尽管会受些委屈。甫皆总爱指使我做事情，比如，帮他抄黑板上的作业题，帮他拿篮球、背书包。他管我叫“小斑鸠”。我不喜欢这个绰号，可他还是叫。我管不住甫皆的大嘴巴。

甫皆家是老北京人，从他家的窗户望出去能看见我家的小矮房——他告诉我的，我一次也没去过他家。我能想象出来，从楼上往下看，小矮房一定支离破碎。

我家什么时候才能住上和甫皆家一样的楼房？我常常思考这个问题。我还经常思考，我和甫皆算不算朋友？

一天，学校举办淘宝会，甫皆让我替他值日，他去参加淘宝会。淘宝会就是同学们互相换东西，比如，拿一只你不需要了的旧足球和别人换一件你喜欢的什么东西。我没有东西换别人的东西，不如在教室里值日。

我正在擦地板，甫皆跑回来了，说："小斑鸠，我帮你淘到一件宝。"他从衣服里掏出一条小狗狗，稻花色。

我说："我不要，我妈不让养狗。"

"嘁，我好不容易帮你淘来的，你不要？"甫皆不高兴了，嘴角使劲扭动着。

怎么办？最好不要惹他生气。我接过了小狗。

甫皆高兴了，"好好养它，不许抛弃。"他说，然后又去淘宝会那里了。

我把小狗放在地上，想遛遛它，可它趴着不动。这时我才发现它的两条后腿断了，它就等于瘫痪了。唉，真可怜。这工夫，俞蕊回到教室，她是我们班的文艺委员，走路像跳芭蕾舞。

"小瘫狗怎么在你这儿？"她奇怪地问。

"是甫皆帮我淘的。"我说。

"他帮你？嘻嘻——"俞蕊笑笑，"你受骗了。"她告诉我，小瘫狗是她表弟飞飞的，让车轧断了腿，飞飞不愿养它了，就拿到淘宝会上想换一件什么东西，可没人愿意换，白送也没人要。

原来如此。谁都不愿意要的小瘫狗，又不好扔掉，飞飞就让甫皆当作淘来的宝送给我。一个骗局。我很生气。飞飞是三班的，我想把小狗还给他，可又担心甫皆会生气。既然想和一个人成为朋友，就不要惹这个人不高兴。

二

小瘫狗好像哭了，眼角湿湿的。它身上有一股我喜欢闻的稻花香味儿，那稻花色的尾巴尖儿摸上去有点儿扎手，让我想起老家秋天的稻穗儿。“就叫你稻穗儿吧。”我对它说。我想说服妈妈收养它，但妈妈不答应。自从爸爸死后，妈妈的脾气变得很坏，看什么都碍眼。她让我把小狗送走，我不肯。“那你别吃饭！”她火了。

我没吃晚饭，空着肚子，搂着小狗蜷曲在沙发上。那是别人家扔掉的旧沙发，现在变成了我的床。我哭了，很难过，为小狗难过，更为甫皆和飞飞合伙欺骗我难过。后来，我睡着了。半夜里，饿醒了。这时妈妈上夜班去了，她要干到次日上午才能下班。小矮房里只留下我和小瘫狗。我想找点儿吃的，也让小瘫狗吃点儿。

锅里有剩米饭，冰凉。保温瓶里的水也冰凉。冬天里的小矮房像冰库。敢情我们家不用买冰箱了。

“稻穗儿，我们将就着吃点儿吧。”我把冷米饭端来，还有冰冷的菜。“谁来吃第一口？”我问。

小瘫狗摇了摇尾巴，忽然，闪起一片耀眼的金光，之后，一碗冒着热气的蛋炒米饭摆在我面前，香极了！

是小瘫狗变的，因为小瘫狗没有了！我万分惊异。

我可舍不得吃这碗蛋炒米饭，因为吃它就等于把小狗吃了。

小狗既然能变蛋炒米饭，也能变别的吧？比如，一双名牌跑鞋。我正想着时，唰！又闪起一片耀眼的金光，一双稻花色跑鞋摆在我面前。

是那碗蛋炒米饭变的，因为蛋炒米饭没了！

我可舍不得穿这双鞋，穿它就等于穿小狗了。

“我不要跑鞋，也不要蛋炒米饭，什么都不要，只要小狗！”我这样说。

唰！跑鞋又变成了小狗。太神奇了！

天亮了，太阳升起来。我家的小矮房可别想见到阳光，高楼把阳光全遮住了。

我背上书包，抱着小狗去找甫皆，我要告诉他小狗会变魔术，让他把小狗还给飞飞。甫皆没等我，他和飞飞走在一起，两人勾肩搭背，嘀嘀咕咕说着什么，时而哈哈笑，像在为一件事得意。我快步追上他们。

“飞飞，你的小狗会变魔术！”我说。

飞飞也斜了我一眼。甫皆也不屑地看着我。

“小斑鸠，昨天说好了，你收养小狗，不许反悔，反悔你就是小狗。”甫皆说。

“真的，它会变米饭和跑鞋。”我说。

“我们不是好骗的。”飞飞说。

他们都认为我不想养小狗才这么说，唉，真没办法。

我当然愿意拥有这条神奇的小狗了，问题是它属于飞飞。飞飞是甫皆的朋友，我想和甫皆成为朋友，那我就不该“贪污”甫皆朋友的宝物。尽管他们合伙骗了我，但那也不能成为“贪污”的理由。

可是，自从那天以后甫皆开始嫌弃我了，我一跟他说小狗的事，他就恼火，说：“不许反悔，反悔你就是小狗！”还有，妈妈反对我养狗，我担心她偷着把小狗扔了。当然，我要是告诉她小狗会变蛋炒米饭和跑鞋，她会改变主意，会说，快让它变呀，还等什么？但我没必要说出这个秘密，小狗是飞飞的，必须还给飞飞。

问题是飞飞不要，而妈妈又不让我养狗，我左右为难。如果身边有一个朋友，朋友会帮我出主意。可是，我在北京没有一个朋友。只好向老家的朋友求助了。

三

老家的朋友叫大雷，我原先和他一起在村小上学，后来，我跟妈妈来北京打工，和他分开了。我好想念大雷。

我给他打电话，用学校走廊里的投币电话打，一元硬币是我吃午饭节省下来的。

大雷说："你没必要把小狗还给飞飞，自己留着。"

"不行不行。"我说。

"你还那么傻，以为你到了北京会变聪明呢。听我的没错，反正小狗是被飞飞抛弃的，他对动物没有爱心，你要是把小狗还给他，就等于鼓励不善良的人。"

"不行不行。你不知道，我在北京没有一个朋友，我很想和甫皆成为朋友，甫皆个子高，篮球打得好，我想跟他学打篮球——"

电话断了，响起忙音，一元钱打光了。再没有钱了。但我想好了，我肯定不采纳大雷的主意。"你什么都可以没有，但不能没有朋友。"爸爸的这句话我忘不了。

看来，我必须求助文艺委员俞蕊了。飞飞是她的表弟，让她把小狗还给飞飞，当然，我要告诉她小狗会变魔术。

可是，我对她说了，她不相信。

我说："我发誓，我说的是真话。"

她还是不相信。我急了，用牙齿咬大拇指头，使劲咬，咬，咬。"你干什么？"她瞪大了眼睛。我说："写血书，让你相信我！"

她拽住我的胳膊，不让我咬手指，可我还是咬。就在我和她撕扯的时候，一片金光闪过，小狗变成了一条稻花色的裘皮围脖，绕在俞蕊的脖子上。

俞蕊瞠目结舌。

四

当天晚上，俞蕊帮我把小狗送到飞飞家。

半夜，我正睡着，觉得肚皮发烫，睁开眼睛一看，小狗睡在我的被窝里，紧紧贴着我的肚子。一股好闻的稻花香。它是什么时候跑回来的我不知道。但我一点儿不感到吃惊。一条会变魔术的小狗，什么奇迹都会发生。

“稻穗儿，你不是我的，你应该回到飞飞家。”我对它说。

它一定听懂了，但不肯走，紧紧贴在我的肚子上，像要和我融为一体似的。

太阳刚出来时，有人敲门，敲得挺重，小矮房有点儿摇晃。

打开门一看，是飞飞和甫皆。门是飞飞敲的，甫皆站在飞飞身后，有点儿不好意思的样子。

“小斑鸠，看没看见我的小狗？”飞飞急火火地问。

“在这儿。”我指指被窝。

飞飞跑过去抱出小狗，他“呀”地叫一声。

原来，他的手让小狗咬了一下。

他忙把小狗放回被窝。他的手被咬伤了，想包扎伤口，问我：“你家有创可贴吗？”

我摇头。

他又问：“有绷带吗？”

我又摇头。

“你家一贫如洗。”甫皆替飞飞说。

这时，俞蕊带着飞飞的妈妈和甫皆的爸爸跑来了。这么多的人一起进到小矮房里，小矮房拥挤得很。甫皆的爸爸个子高极了，他需要低着头，不然头会触到棚顶。

“飞飞，还是让小狗留在这里吧，”飞飞的妈妈说，“就算我们扶贫帮困了。”最后这句话声音很小。

“好吧。”飞飞勉强同意了。

可我不同意，我说：“它不是我的，我不要，你们拿走……”不等我说完，闪起一片金光，小狗变成了一株仙人球，金黄色的刺儿，很尖，密密匝匝。屋里的人全惊呆了。

五

后来，这株仙人球摆在飞飞家窗台上，它再也没变回小狗。飞飞很惭愧。据说，他妈妈每天都要让他面对这株仙人球忏悔。

甫皆成了我的好朋友，俞蕊和飞飞也成了我的好朋友。他们都说我为人忠诚，值得信赖。

我和甫皆、俞蕊经常去飞飞家看望那株仙人球，它长大了很多，刺儿更硬更尖了，在有阳光的时候，它依然散发着稻花一样的香味儿。飞飞家住的楼比甫皆家还高，是25楼，从窗户上能俯视到我家的小矮房，它破烂不堪。然而，我不在乎，只要有朋友就好。

原载《少年文艺》第2018年第9期

作者简介

刘东，中国作家协会会员，国家一级作家，辽宁省签约作家，大连市作家协会副主席。

至今已发表各种体裁作品超过450万字。著有长篇小说《镜宫》等20部，采访小说集《轰然作响的记忆》等5部。另著有影视剧作品多部。作品被翻译介绍到日本等国。

作品曾获得第六届全国优秀儿童文学奖、“夏衍杯”优秀电影剧本奖等国家及省市级奖励数十次。曾获得大连市第十三届文艺“金苹果”奖，辽宁省“最佳写书人”等光荣称号。

天　线

在学校里，刚入学的一年级新生被人戏称为“小土豆”。

作为一颗小土豆，包小诺才上了一周课，就已经是全校闻名的人物了。学校里上上下下，从校长到老师，从六年级毕业生到一年级的小土豆，几乎是无人不知，无人不晓。

第一天上课，全班的小土豆都在老老实实地听讲，包小诺突然站了起来，旁若无人地当着老师和全班同学的面，从容不迫地出了教室。老师愣了一下神，直到包小诺已经到了走廊上，才反应过来，急忙出去拦住他。

老师问他：“你去哪儿？”

包小诺皱皱眉头，说：“不关你的事！”

老师乐了：“不关我的事？那关谁的事？”

包小诺想了一下，然后说：“反正不关你的事！”

老师问他："你想上厕所吗？"

包小诺又想了一下，然后摇摇头："不想。"

包小诺被老师带回了教室里。

可过了没有五分钟，包小诺再次站起来，兀自走出了教室。

反复几次，老师被折腾坏了，课都没法上了，可又没办法把包小诺绑在椅子上。

老师找到包小诺的爸爸。包小诺的爸爸跟包小诺谈了两次，也没啥效果。

包小诺的爸爸很抱歉，跟老师说："这小孩脾气倔，随我。不瞒您说，我小时候也经常干些没头没脑的事。"

老师没话说，只是看着包小诺的爸爸。

包小诺的爸爸很窘，试探着说："不行，您甭管他。看看他到外面到底要干什么？"

老师不敢做主，跟校长汇报。校长说："行啊。他再出来，你甭管，我跟着他。"

有了校长这句话，老师放心了。

果然，包小诺又在上课的时候，从教室里走了出来。这一次，老师没去拦他，给校长打了电话。

包小诺不紧不慢地顺着走廊，走到了外面的一个平台上。跟在他身后的校长吓了一大跳，差点儿冲过去拉住包小诺。可包小诺并没做什么出格的事情，只是坐在一块水泥台上，静静地朝西边看着。校长好奇地伸长脖子也往西边看了看，可没看出什么端倪。西边只有一片高高低低的建筑，并没有什么特别的东西。

校长沉住气，站在走廊门口，等着包小诺。

大概十分钟之后，包小诺站起身，往回走。校长等他走回走廊的时候，小心地问他："包小诺同学，你刚才在看什么呢？"

包小诺看了校长一眼，然后说："不关你的事！"

正好有位校工路过，批评包小诺："这个小同学，怎么跟校长说话呢！这么没礼貌！"

包小诺不认识校长，但显然他知道校长是做什么的。他犹豫了一下，然后说：“校长，不关你的事！”

从那以后，学校的保安大叔有了一项特殊的任务，就是每天在包小诺的教室外面等着。等包小诺从教室出来了，就跟在他的身后。然后包小诺就会走到平台上，在水泥台上坐下来。保安大叔就会在他身后的走廊门口看着他。然后，再跟着他，看着他回到教室里。

好在，包小诺外出的时间相对比较固定，一般都在上午第二节课的时候，在平台上待的时间也都不会太长。偶尔哪天，他没有去平台，反而让保安大叔心里不安。而且，包小诺不去平台的原因也让人猜不透，貌似跟天气一点儿关系也没有。有时候外面下雨或者下雪了，他也会去外面待一会儿，保安大叔就得事先备好雨伞。可包小诺不让他跟在身边，他只好把雨伞交给包小诺，让包小诺自己打着。有时候，天气好得让人在屋子里待不住，包小诺却不出去了。保安大叔实在摸不着他的规律，赶上哪天过了时间包小诺还没动静，就会主动去找包小诺，跟他确认：今天还上不上平台了？包小诺的态度倒挺好，不再说“不关你的事”了，而是痛快地说“不去了”，看上去心情挺好的样子。

转眼，一年过去了。已经上了二年级的包小诺突然不再上平台了。保安大叔记得很清楚，是从十月八号，也就是国庆长假回来之后，包小诺就不再上平台了。其后的时间里，包小诺慢慢地不再是学校里一个独特的话题了，但却变成了一个难解的谜。知道这件事的人都在猜，包小诺去平台上到底看什么呢？有人问过包小诺，可包小诺什么也不肯说。问急了，就还是那句“不关你的事！”

二年级下半学期，校长要调走了，调到别的学校工作了。有一天在走廊里遇到包小诺，包小诺破天荒地主动跟她打招呼，“校长好！”

校长愣了一下。

然后包小诺又给校长鞠了一躬，说：“谢谢校长。”

校长笑了，不知道怎么搞的，竟然笑出了几滴眼泪。

校长一时起了童心，拉住包小诺：“包小诺，你真想谢谢我，可以答应我一件事吗？”

包小诺愣了一下："什么事？"

校长说："告诉我，你为什么要上平台？你去看什么？为什么又不去了？"

包小诺愣了一下，没吭声。

校长笑着说："好吧，你不想说就算了，我就不问了。"

校长离职那天，没有课的老师们聚在小会议室里为校长送行。忽然，门开了，包小诺站在门外。保安大叔跟在他身后。保安大叔有点儿不安，说："校长，这孩子突然又从教室里出来了，老师通知我，我还以为他又要去平台，没想到他跑到这儿来了。"

包小诺拉起校长的手。校长跟老师们示意了一下，就跟着包小诺走出了会议室。

包小诺把校长拉到了平台上。那天的天气很晴朗，站在平台上，远远近近高高低低的楼房都可以看得很清楚。

包小诺用手指着不远处对校长说："看那儿！"

校长顺着他的手指看了看："什么呢？"

包小诺说："天线！"

校长仔细看了看，在一座类似塔楼的建筑上，立着一根高高的天线。校长此前从没注意到那座建筑以及上面的天线，也不知道那是做什么用的。

校长问："你看天线做什么？"

包小诺说："不是看。天线可以发射信号，也可以接收信号。"

校长说："然后呢？"

包小诺说："然后我就可以跟妈妈联系了。"

校长愣了一下，立刻想起来，包小诺的妈妈一直在外地工作。

校长问："那后来呢？你为什么不来了？"

包小诺说："我妈妈回来了，我不用再用天线跟她说话了。"

校长沉默了一下，然后说："我知道了。"

包小诺说："这是个秘密，我爸爸都不知道。连我妈妈也不知道。"

校长笑了，说："你妈妈也不知道？"

包小诺说："是呀。她能收到我的信号，也能给我发信号。可是，她并不知道是通过这根天线。”

校长恍然大悟：“哦，原来是这样！”

包小诺有些担心，问校长：“你能替我保密吗？”

校长说：“当然！”

包小诺放心了，说：“谢谢校长！”

包小诺被保安大叔送回教室去了。校长独自留在平台上，又站了一会儿。

一位年轻的老师发现了校长，走过来，有些好奇地问：“校长，您看什么呢？”

校长说：“哦，你看见那根天线了吗？”

年轻的老师看了一眼：“那是干什么用的？”

校长说：“发射和接收信号呀！”

年轻的老师说：“嗯，那个，是不是，已经废弃了，不好用了？”

校长说：“不会的。好用！”

年轻的老师有些迷惑。

校长看出来了，就笑着补了一句，说：“真的，真的好用！”

原载《文学少年》2018 年第 7 期，入选《2018 冰心奖获奖作家年度优秀作品选·小说卷》，北京联合出版有限公司 2019 年 6 月出版

作者简介

钟墨，原名王茵梦。著有长篇小说《钻石王老五的艰难爱情》《私人生活》等，另有中短篇小说二百篇左右。著有青春文学“无敌王小猪”系列、“我的青春有点痛”系列。《恩雅的礼物》曾获2007年冰心儿童文学新作奖和大连市第十届文艺优秀创作奖中篇小说奖，短篇小说集《经过藤萝》2013年荣获第九届辽宁优秀儿童文学奖、2014年大连市“三个十”优秀作品奖。

裙摆上的小铃铛

“徐晓铃！晓铃！”一个男人的声音在夏令营基地大门口出现。他的声音有些怪异，故意压低，却又抬高声音，以至于声音有些尖细，可能是怕有人听见，又想让人听见。

我刚刚由妈妈和外婆带着在领队老师那里报完名，她俩进去查看宿舍情况，我故意留在外面，就是为了等这个男人。

他是我爸！

可是我得等妈妈和外婆离开基地才能去见他，于是紧张地对他摆了摆手，他可能是明白了，转身就跑。那是条很短的路，然后会向两边分岔路，所以，这边的人很快就看不见他了。

一

我来这里是参加小学生“小明星夏令营”的，因为我的梦想之一是成为大明星。我妈本来不支持，听说这是我的第二梦想，第一梦想是当教授，就想开了，也觉得我太内向羞涩，上课不爱发言，也许通过这个活动能让我胆子大起来。

那天早晨的阳光真好，我在宿舍门外等妈妈和外婆的时候，伸出右手掌，接着从树叶的缝隙里透过来的阳光时，手上是形状各异的光影，光影处的手掌纹路特别清晰，最大的那个光影很像我今天的裙子形状。

我很爱我今天穿的粉色裙子，宽吊带，收腰，下面是“A”字形，还蓬蓬的。这倒没什么稀奇。可最漂亮的是我裙摆的下端，五个直角三角形的纯白色蕾丝片隔开了粉色的裙布，而五个蕾丝片的下端坠着银铃铛，让我走起路来与众不同，因为会发出清脆的“叮当”声。

哦，铃铛是我某年的生日礼物，本来是拴在一个银项圈上的，我觉得我长大了没法再戴了，铃铛便被我拆下来；而裙子是我今年的生日礼物，是我昨天央求外婆帮我把铃铛缝上去的。

“你真是个怪孩子，玩手都能玩得津津有味！”不知道什么时候，我妈来到我身边，张口就是这话，虽然声音很轻，但我还是有些反感。接着她说：“我们回去了，你自己照顾好自己，明天早上起床可别忘了往身上喷花露水，这基地在海边，蚊子实在是猖狂。”

“可不，我在外面和你妈签字的时候两条胳膊就被咬了五个包。晚上老师才会把手机还给你们，到时记得告诉我们你在这里的情况。”外婆接着我妈的话说。

我点点头。

看她们的身影走向大门的时候，我长出了一口气，一想到接下来五天我要在这里度过，不免心中窃喜。

二

当我看着她们的背影消失在短马路左侧岔路时，飞快地跑向大门口，停在那里，高高地蹦着。随着我的动作，五个小铃铛发出声音，我加快了速度，铃铛的声音变得有些杂乱。

我爸终于从短马路右侧岔路出现，我拼命向他摆手，他向我跑了过来。

基地所谓的“大门”，其实是折叠式钢条门，能让汽车通行的那种。现在为了家长送孩子方便，一直开着。

我们终于四只手拉上了。

他很激动，我的情感很复杂。

他是我爸，但是听我妈说在我三岁时他们就离婚了，我妈说他“没正事”，都有孩子的人了，还每年有十个月跑北京当群众演员，梦想成为王宝强，从群众演员上升为男主，然后大名远扬于全国。可是当群众演员能有几个钱往家拿呀！他的孩子——我，怎么养活？再说他也不是科班出身，长得也一般，个子还小，在造船厂当工人，稳当地不是挺好的吗？瞎折腾什么呀？

我妈抱怨完他之后总是说：“做人要脚踏实地！没有金刚钻，别揽那瓷器活儿！”

我妈不让我和他见面，怕他带偏我。当然我们偶尔会见面，只是记忆中没有长期持续共处过。我和他的联系基本上是在手机上的微信，因为手机多数时间是在我妈手里，像现在这样外出才能到我手里。而且我妈早在我的手机里将他删除，是我记住了他的微信号，偷偷再加上，讲几句话后再删除他。这样我妈就不能发现我们的联系了。如果我们互相打手机，我妈十有八九是会发现的——从话费单上发现的。

天底下的妈妈可都是有当侦察兵潜质的人哪！

我告诉他我要参加“小明星夏令营”，封闭式训练，他说他会借此良机回来见我。

三

“你居然像我一样想当明星！”他摸了摸我的头发，又蹲下去摸我裙摆上的小铃铛，“你真有心，把这个缝上啦！这还是你周岁时我送你的银项圈。你妈没起疑心吗？”

“没有。我告诉你吧，我是希望我们有个暗号能随时联系上，白天手机是不在我手里的。”我仔细看着他，仿佛第一次看到他，发现他真的真的，一点儿没有当明星的外貌潜质。

“几点集合？”

“九点半开营仪式！”

“还有一个半小时，那我辅导辅导你吧！”

我睁大眼睛狐疑地看向他，直到把他看得不好意思起来。

“本来想给你个惊喜，现在告诉你吧，许争的新片《阿甲在旅途》我是男二！下个月就开机！”

“哇！你好棒啊！他导演的电影都能用你，而且是男二！上部电影可是十亿票房啊！全国第一！”我又用狐疑的眼神看向他：“为什么选你？”

“因为我……”他挠挠头，“我天生有喜剧细胞。”

我没发现，真的没发现，倒觉得他额头上天生的三条皱纹让他看上去像有点儿悲剧细胞。

“这几年我读了中戏自修班，白天打工演戏，晚上上课，所以没怎么来看你。去年的毕业话剧《想吃麻花现给你拧》我的男三演得好，他发现了我。咱先出去到那条路上，我告诉你表演最重要的几点。”

我紧紧拉着他的手就往外走，后面传来了带队老师的呼唤声：“那位同学，进了基地不可以再出去了。”

“他是我爸！”我大声回答。

老师大喊回应我：“快点儿回来！”

我们赶紧小跑着到了他说的地方：“我早选好了地方，就告诉你重要的三点，我自己总结的——”

“嗷——”疯狂的声音和人一起扑了过来。

可是事先我们谁也没发现有人过来。

四

我妈一只手紧紧拉着我的左胳膊，外婆的一只手也紧紧地拉着我的右胳膊，她俩腾出的手不约而同地抓住了我爸的手臂。

只听我妈狂风暴雨般地吼叫：“你怎么知道这里？你怎么来了？做你的大明星梦去！碰我女儿干吗？你还嫌害人不够吗？你这人自私自利，只知自己的狗屁梦想，不管孩子不管家！钱呢钱呢钱呢……”

外婆也在一旁帮腔。

我受不了这样的场景，换哪个孩子也受不了：一个大男人被两个女人前后左右摇摆撕扯着，要是布娃娃早就撕碎了，况且他是我爸！

我也发出“嗷——”的一声：“别拉我！也别拉他！”

她俩先撒开拉我的手，接着撒开拉我爸的手，睁着吃惊的眼睛望着我，不敢出声了。

这时候，夏令营带队老师也过来了，她俩像看到救星一样扑了过去。

我妈说：“老师！你们怎么不看好孩子，就这么跑出来了？要是坏人拐走孩子怎么办？这样子哪个家长能放心？我要退营！”

老师的脸都吓白了：“这不是孩子爸吗？当时就告诉我了。我是听见吵吵声才过来看的。”

我妈和外婆还是不依不饶吧啦吧啦地说个没完，那架势好像刚才我真是被坏人拐走了。

我爸掏出一张银行卡递给我妈：“这是二十万，密码是晓铃的生日，这几年的生活费够了吧？我还会继续给你们。”

我被老师拉着手要往大门那边走。我假装不耐烦地原地晃了几下身体，铃铛又响了。

我爸轻轻地点点头，然后大声对我妈说：“我现在马上就回北京，那边有个剧组等我呢。”

不是这样的，我们约好的，他“陪”我五天。

五

夏令营基地不算大，有一面都是房子，一个侧面是特别高的石头墙壁，其实就是山体，估计得会轻功的人才能飞过去，另一面是大海。我们的宿舍是一排平房，正建在不算高的崖壁上，海鸥在窗边飞翔着，我推开窗往外低头看，原来窗外有两个书包宽的地方，铁栅栏围护着，地上有点儿香肠粒，吸引着海鸥过来吃。

第一件事，是怎么和我爸每天多见面，我爸肯定会在大门口张望我，我们室外活动场所是个两层错开的圆形操场，但是不和大门相对，他在门口是看不到我的。

其实，我挺想和爸爸多待的。因为平时，他也没有机会带我出外游玩。我也想知道他当演员的经历，还有，他见过我的偶像鹿含吗？许争本人幽默吗？演员哪来那么多眼泪流出来，被导演掐的吗？

六

食堂离大门很近，老师带我们去吃午餐，我就往那边看，真看见我爸了！他对我摆摆手，我蹦了几下，铃铛发出声音。

老师说，午餐后要回宿舍午休，不可以在外面待着。

我飞快地吃完饭，手里举着没舍得吃的炸鸡排就要往食堂外面跑。

“徐晓铃！不可以边跑边吃东西！”老师在后面叫我。

“嗯，我现在不吃，待会儿吃。”

我三步并作两步就跑到大门口，将鸡排从钢门缝隙处递给外面的我爸。

我说：“给你的！别的炒菜我也拿不出来。”

“闺女你自己吃吧！我吃完饭了。”

“这个好吃啊！同学都最爱吃这个。”

“小孩子喜欢吃的东西大人未必，我就不爱吃。”

我狐疑地看着他，下意识地把鸡排从钢门缝隙中收回来，咬了一小口鸡排的边，小心翼翼地嚼着，说：“特别好吃啊！大人也肯定爱吃，我妈就会吃的。”

我爸笑了，接过我从门缝递过去的鸡排，咬了一口：“那咱俩合吃！”

吃完鸡排，我爸从裤兜里掏出钱夹，从里面摸出一张照片，递给我，说：“鹿含签名照，我请许争导演帮忙，中间绕了七个人才拿到的，收好别折了。”

我兴奋地吻了好几下照片，我爸收住了一半笑容：“他比你爸亲吗？”

印象中，我没有亲过爸爸。

我爸好像眼睛湿了，说：“你带队老师和我说了，不让我这样看你，怕影响你。”

“真的不行吗？”

我爸点点头。

我回宿舍就把裙子换了下来。

什么时候能见我爸，什么时候我再穿它。

同宿舍的谭艾说我没出息，好不容易摆脱父母，何必自讨苦吃？

哼！她懂人世间复杂的情感吗？我不想和这么幼稚的人讲我家的事情。

七

“小明星夏令营”的重头戏是小品表演，练好了，才正式表演，会录视频再刻在光盘上给家长做纪念。

女生们拿到手的本子是张子栋演过的巨搞笑的《招聘演员》：导演要求应试者一个人表演出两个人和两千人的场面。这是专给女生准备的本子，男生的却是马丽演过的小品片断。

表演老师说："就是要反串！这样难度就会很大，可要是没有难度，你们来有什么意思啊？要的就是挑战自己！成就自己！"

这个小品女生演都挺不好意思的：就一个人在那里蹿来蹦去地表演，像个傻丫头！

表演老师说："演员还会顾及面子吗？需要哪个大明星往泥水里躺时，他也得躺！都要有这个过程，不吃苦怕丢人就能当明星，那真是梦想了！"

我下意识地学张子栋的动作，可他那两条大钉子似的细长腿这么弯过来，那么绕一下的，我实在是不好意思完全给做出来。就这么轻微地动一动，我的脸都红了。

可表演老师说只能给半天的训练时间，明早就正式录像。

八

晚上，一拿到手机，我就跟我爸说了表演小品的事。

我爸赞同老师的意见："你们花钱出来得值！这样的表演实际上是双重练习，一是练习表演，二是练习胆量，有意义的。你在表演的时候放弃自我，把自己当道具，搬哪儿是哪儿，演什么是什么。好不好？"

话是这么说，其实我也懂，可是我放不开啊！

我爸在附近的宾馆住，他让我打开微信视频，看他表演。我没同意，因为我知道怎么表演，张子栋的视频就在手机里存着，只是不好意思，不敢啊！

我爸想了想，说："你等着！"

毕竟我爸是演员，毕竟我爸要出演票房导演许争的新片，毕竟我爸还算是中戏毕业的！他一定会想出办法来的。

九

我听见窗户外面好像有人叫我，还故意压低了声音："徐晓铃！你在哪个房间？我在窗外，你打开窗户！"

天哪！是我爸的声音！是真的吗？是叫我吗？这个夏令营基地算是封闭空间，难道他真是爬上悬崖到这里的？

我打开窗户，真的是我爸！他一看见我，欢喜极了。

"爸，你是怎么上来的？"

"悬崖下有条鹅卵石砌的小路，你没发现吧？即使没有它，我也会爬上来。"

我突然觉得我爸他好伟大！

"我现在就给你表演，你看好了！"

谭艾也跟我到窗户前。我爸在窗户外面那两个书包宽的地方表演起来，两条腿左弯一下，右绕一下，时不时地碰上后面的铁栅栏，他表演两个人和两千人的场面呢。

我爸让我表演给他看，这时我才想起来：我要换上我的粉色裙子，因为我要在表演时让铃铛响起来，让大家完全关注台上的我。

铃铛随着我的动作叮当作响，谭艾在我身后跟着我的动作。

"对！你们忘记自己，把自己当道具，当……铃铛！摄像机才是第一位的。忘记自己，才能忘记周围的人，铃铛在响，周围的人都不存在，就好好表演就行了。"

我爸那么大个人都忘我了，我俩当然也跟着忘我表演着。

直到带队老师站在我们的面前，我们才发现。她吃惊地看着窗外："你怎么在这里？"

然后带队老师迟疑了一下，说："那你从窗户进来吧！外面不安全。半个小时后你走吧，别影响孩子休息。"

万岁！我和谭艾抱住了带队老师。

我爸跳窗户进来后，我发现他的身上无数个被蚊子咬的包。

表演老师说我表演得特别好，完全不像本我——羞涩的小女生，甚至有些二愣子的感觉。我爸说，那就对了，张子栋就那样呗！

带队老师将我表演的视频作为代表特意上传到夏令营家长群里，我妈发了一大堆的伸大拇指的表情！还有一大堆的哭泣的表情！

十

我妈来接我时，我很郑重地和她在路边站着谈话："你以前对我爸的评价我觉得是错误的。他不是没正事，是有梦想；他不是不管我，是你不让他靠近我。然后，至少吧，你不应该这样控制我的生活，我有权利，他也有权利，我们要见面，相处。如果你再不同意，我可能会自己去找他，现在手机就可以订机票。"

当然，我也把我爸出演许争导演新片的事告诉了她。

她一路上不说话。

我也不说话。

只听铃铛自己在说话。

进我家小区时，她说："你告诉他，晚上一起吃饭吧！"

原载《文学少年》2018 年第 2 期

小幸运

以为你只是
我生命中经过的
万千人中的一个
后来才发现
遇到你
是我的——

高一入学典礼那天，我遇见了苏梦奇。

他当然知道我满眼写的惊诧，甚至还有恐惧是怎么来的。

“安琪，我说过——你逃不掉的！”苏梦奇依然像初中时那样坏笑着直勾勾地看着我，眼睛都不眨。

我下意识地看看他的身后。幸好，他的那帮小兄弟考不上这所重点高中，估计在这里他也很难再有那样的“死忠粉”。

可是，他有神助吗？他怎么能考到这里来？

没天理呀！

一

晚上回到家中，我心有余悸，想起苏梦奇初中两年多对我的“骚扰”，几近失眠。

大家说苏梦奇上初中就喜欢我，他还常说什么“冥冥之中我妈给我起的名就预见了现在，梦奇——梦琪”！

可他那是什么示爱的方法啊！缠着老师从最后排坐到中间排我的后面，不是冷不丁拉一下我的头发就是随便拿我的作业本抄，跟拿他自己的东西似的；最可气的是，每当在走廊或者课桌过道我俩是前后左右的位置，他就故意轻轻用身体碰我，完全不顾同学们的哄笑。

苏梦奇还有三个“死忠粉”，和他一样都不好好读书，成绩在班级三十名开外。他们崇拜他各种球技一流，唱功一流，手机常换新款；最重要的是小小年纪会炒股票，据说选好一只，投进压岁钱三万，放那儿没动，一年之后居然翻到三十万。这三个“死忠粉”是他多出的六只眼睛，经常告诉他我的位置和他潜在的竞争对手，搞得他不是突然出现在我的面前就是威吓了哪个男生。

我也缠着老师告状，才把我俩分成对角线的位置。可我有了走路一定前后左右地看他在不在的毛病，完全不给他碰我身体的机会，那种感觉我就跟个贼似的。好不容易挨到初三上学期期中考试后，作为借读生的苏梦奇，回到他应该在的学区学校参加中考。

“哼！从此我必将永不再见到他！”得知他走的时候，我有些愤愤地想。

可是这个念头刚一出现，他就像知道似的，瞬间神奇般地出现在我的面前，大声说：“我会和你在一所高中的！”

哼！累残你也考不上！那所重点高中只看成绩，你家有再多的钱也没用！

可是，苏梦奇是货真价实考到这所高中的。虽然成绩几近垫底，可是他的数学却是满分！我还差三分呢，要知道，我是全校入学成绩第十一名啊！他和我差了五百多名呢！

好在，学校高一上半年按成绩分班，我在一班，他在十班，中间隔着——八个房间！

二

“安琪，三年之内，我肯定还会和你一个班的，你信不？”可恶的苏梦奇在放学时竟敢在一班门口等我，看见我，就直直地迎上来，低声对我说这句话。他笑的表情坏坏的，一边嘴角上扬，这是他的标志性特征。

我冷笑地看着他，心里叫道："想得美！"

不出一个月，至少一班和十班的同学都知道苏梦奇追求我，甚至他还被请了家长到校。可据我的班主任说，他家长只是微笑着面对老师的批评，对此事完全不表态。我老师对我轻叹口气，摇摇头。

我知道老师是担心他影响到我，所以对老师说："苏梦奇不是坏男生，他只是直接一点儿而已。没事的，老师，我有定力。"

除了不可抗拒性因素，真没有能影响到我成绩的事情呢，我也是的确从初中就习惯了苏梦奇的纠缠。而且，这里都是学习好的同学，大家不是很关心别人的闲事，看见苏梦奇那样对我也跟没看见似的，没人起哄。

苏梦奇在初中没让我们女生觉得有什么值得喜欢的，学习差、人品可疑，甚至是我们眼中不可救药的那拨人。可在这所高中，听说有好多女生喜欢他。正所谓"彼之砒霜，吾之蜜糖"，二班的姚艳艳就找到我，一脸花痴地说："他好帅好帅的呀！"向我要苏梦奇的各种联系方式，可怜巴巴地说哪怕一种也行。

姚艳艳是标准的美女模样，我心生一计，把他的微信和手机号给了她，没忘告诉她我初中时就拉黑了苏梦奇。我还昧着良心说他好话并且鼓励她："哎呀，苏梦奇在我们班，不，我们学校简直是神一般的存在！歌唱得好，球玩得好，自己赚的钱够念完大学的了！平时不怎么学，可关键时刻就能蹿上来！简直是指哪儿打哪儿的神枪手！放心，他永远不是我的菜，我会帮助你的。"

姚艳艳感激涕零。

哈哈！从此，我要解放了！

三

我和姚艳艳平时也没多少时间见面，顶多是回家微信聊几句。

姚艳艳于苏梦奇，简直就是苏梦奇于我。当然，女生示爱的方式是不一样的。她是各种关注他，想各种办法吸引他，艺术节上，得知他有独唱，她便自制写有他名字的小条幅甘当台下“奇粉”；他打球时，她会组织几个女生为他当啦啦队；她会把老师布置之外的、好的练习册多弄一份给他送去，外加一份提拉米苏之类的东东。

她说，苏梦奇虽然会不耐烦，但不会当人面让她下不来台，只是轻轻警告她“不要这样啦”。

她说，苏梦奇在家学习状态一般人比不了，很能熬夜的，对语文和英语这样的弱项，家里请了本市顶级名师进行一对一辅导。

她说，苏梦奇的家在近郊，一幢白色别墅，花园很大。

她说……

我成了姚艳艳的感情倾诉对象。

她居然被邀请到他的家参加生日 party，可是他都没有邀请我！当然，我也不屑知道他的生日。

可是，为什么，我心里有点儿酸酸的呢？

后来，我告诉她，不要再和我谈论苏梦奇了，我不想听学习以外的任何事情。这所学校里，对一班的学生，大家都理解这样的想法。

四

哦，苏梦奇好久不纠缠我了，至于姚艳艳，我也不好意思问她情感的进展。

我真的清静了好长时间，几乎看不见苏梦奇，他就像淹没在五百多个穿统一校服的学生当中。

偶尔，我会胡思乱想：他怎么不缠着我了？他被姚艳艳打动了吗？

可我是谁？一班的尖子生安琪，是挨上北大门边的安琪，未来的命运在自己手中的安琪，是只有天灾人祸才能击垮，不，也许也击不垮的安琪！

直到期末，我们在看红纸大榜时，我发现看完自己之后，我下意识地寻找“苏梦奇”三个字，一百六十六名！这小子硬是前进了三百多名！

苏梦奇，你真的是有神仙相助吗？

要知道，这是全市最优秀的高中，三百多名的进步，没有神助那是为什么？我一刻不放松还后退了三名呢！

“六六大顺！你是不是想我是奇迹呢？！”身后传来了轻轻的声音，我回头一看，苏梦奇！

我刚要说话，就听见有人嗲嗲地说“苏梦奇，你好棒呀！”

姚艳艳不知什么时候过来，不，也许他们就是一起过来的，只是我没注意到。然后我看见他们暖暖地相视一笑，肩并肩说笑着离开我，也可以说是离开了大红榜。

我突然有种眼睛热了一下的感觉。

五

放假在家的我下载了今年的新电影《我的少女时代》看，看到一半，我已哭得稀里哗啦。

一部怀旧的青春片，差不多是写我妈那个年龄段少女时代的故事：林真心和徐太宇约定，帮助对方追上心仪的人——欧阳非凡和陶敏敏，组成“失恋阵线联盟”，可最后，却万万没想到对彼此动了心。

当林真心在天台上，拿着毕业纪念册想要主动靠近徐太宇的时候，陶敏敏拿着雨伞到了他的身边。徐太宇祝林真心“好运”！然后，大雨滂沱，林真心仓皇跑开。

那么，我到底是林真心还是陶敏敏？

电影里的歌曲《小幸运》实在太好听了，最喜欢那句歌词：与你相遇 / 好幸运 / 可我已失去为你泪流满面的权力……我听了几十遍后，被我设成手机铃音。

我想起一直被我微信拉黑的苏梦奇，因为当时他时不时地给我发信息说他如何喜欢我，我如何好。现在我“放”他出来，想看到他内心的蛛丝马迹。可这家伙真懒，朋友圈一条都没有。

我下意识地写消息给他：“你好！在吗？”在刚要发过去的时候又被我删除。我定定神，旋即又拉黑了他。

可是，我控制不住自己，按了他的手机号。

天哪！他的铃音居然也是《小幸运》！不会这么巧吧？这部电影再好，也不是太适合他这个男生看。

我赶紧按手机屏上的红色“挂断”。

可是，苏梦奇的电话打进来了，我犹豫了片刻，接了起来。

“嗨！铃音一样，这么巧啊？安琪能主动找我，稀奇！什么事？”

听到他的话音，我大大的两滴眼泪挂在腮上。我忍着不再流泪，问他：“想知道你为什么成绩如有神助。”

“明知故问！呵呵。”

我的胆子大了起来：“姚艳艳，她，好漂亮。是不是？”

那边停顿一下，才说话：“没注意。真的。”

我再也控制不住，哭出了声。

那边安静了足有一分钟，才有声音：“嗨嗨嗨，原来伟大的安琪也会吃醋！徐太宇和林真心那是三十多岁才交心的！我现在也不想太早，我还想加油进一班和你在一起呢！”

六

我开学再见到苏梦奇，他像变了性格，看见我居然会脸红。

然后，我们心照不宣地保持现状。

原载《中学生》2018 年第 1 期

文 艺 评 论 卷

作者简介

陈颖，1974年出生，文学博士，大连大学文学院副教授，硕士生导师，主要研究文艺美学，主持完成3项省部级科研项目，发表诸多作品。

论中国古典美学中的灵感言说

中国古典美学中的灵感范畴，多以经验性的体验和旁述而呈现，虽欠缺西方美学表述上的明晰通透，但自有其意蕴丰赡、生动空灵的特色，充满着“一”与“不一”的辩证之美。本文以西方美学的“他者之镜”来反观中国古典美学中的灵感言说，在文艺创造心理学的视阈下探究灵感的潜隐孕育、产生的机缘、获取的途径以及诱捕的方式等内容，为揭示灵感思维的内在之谜，为打通古今中西的灵感言说，进行一次绵薄的探索与尝试。

一、灵感的潜隐孕育：“妙手偶得”与“积学储宝”

中国传统美学虽然没有直接提出“灵感”这一概念，但却存有关于灵感思维的大量理论言说，“兴”、“感兴”或“兴会”作为灵感的代名词被突出地加以强调。如谢榛《四溟诗话》：“凡作诗，悲欢皆由乎兴，非兴则造语弗工。”陆机《文赋》：“若夫应感之会，通塞之纪，来不可遏，去不可止，藏若景灭，行犹响起。”中国古人每每强调灵感的突发性和难以预料性，兴到神来，不受主体控制，非人力所能左右，如贯休《言诗》：“几处觅不得，有时还自来。”有些作家甚至不相信或不承认灵感勃发而成的佳作为自己所作，而认为仿佛是“天成”或“神助”之作，亦即“得意之作不信己出”。如谢灵运自称其“池塘生春草”的诗句“有神助，非吾语也！”陆游《文章》亦云：“文章本天成，妙手偶得之。”……

莫逆冥契的是，西方美学中也有描绘灵感之特殊创作力量的论说，而且进一步把灵感神化。如法国神甫白瑞蒙将诗秘与神秘并举，视灵感为神意或他物附身之举：“诗之感通于神秘之感，皆精微秘密，洞鉴深隐，知不可知者，见不可见者，觉不可觉者。如宗教之能通神格天，发而为先知预言也。”[1]表面看来，中西方传统美学视野中的灵感都被不约而同地“神化”，都被视为超验维度的神秘现象，然而实际上二者不尽相同。西方传统美学往往把灵感的源泉追溯为神，是“诗神附体”使得艺术家进入完全失去自我的迷狂创作状态。如柏拉图认为，诗人能否创作出伟大的作品，关键是他能否获得诗神所输送的灵感。古希腊的灵感之神是酒神狄俄尼索斯，在以酒神命名的酒宴上，狂饮者们相信自己是在酒神的附体下达到了诗性的迷狂。[2]与西方“视为神助”的灵感论不同，中国古典美学视灵感的光临“宛如神助”，同时更为重视灵感闪现瞬间的偶然性背后所隐藏着的必然性因素——“妙手偶得”，更为强调创作主体自身积久功深、厚积薄发的日常功夫，强调知识经验的积淀和对思维对象锲而不舍的艺术追求。

首先，深厚广博的学问根底、长期深入的审美体验、艺术实践和生活积累是灵感产生的先决条件。如陆桴亭《思辨录辑要》：“人性中皆有悟，必功夫不断，悟头始出，如石中皆有火，必敲击不已，火光始现。”灵感的灵光霍闪离不开厚积薄发的日常功夫。灵感产生之前，丰富的生活感知体验、厚重的才学知识积累、勤奋的审美专研实践，会内在积淀到创作主体审美心理结构的深层，潜移默化地刺激着潜意识信息的活动，敏锐主体思维的触角，催化出富于创造活力的精神因子。因此，刘勰在《文心雕龙》中强调创作主体要“积学以储宝，酌理以富才，研阅以穷照，驯致以怿辞”，视其为“驭文之首术，谋篇之大端”；陆机在《文赋》中要求创作主体既要关注感怀自然万物的纷纭变化，也要博览群书，开阔视野：“伫中区以玄览，颐情志於

[1] 钱锺书：《谈艺录》，北京，中华书局，1984，272页。
[2] 朱狄：《美学·艺术·灵感》，武汉，武汉大学出版社，2007，49页。

典坟，遵四时以叹逝，瞻万物而思纷”；张镃在《诗学规范》中强调生活是灵感取之不尽的源泉：“诗思在灞桥风雪中驴子背上”；……有了以上这些来自生活和艺术的厚重积淀，创作主体才能善于激起潜意识层的心理活动，调动起丰富的记忆表象，孕育出灵感之花。即沈德潜在《说诗晬语》中所谓：“土膏既厚，春雷一动，万物发生。”亦即李贽所说：“蓄极积久，势不可遏。一旦见景生情，触目兴叹。”[1]

其次，触发灵感需要持久的思维努力和对思维对象锲而不舍的艺术追求，这是灵感萌生的动力条件。中国古人意识到，飘忽不定的灵感格外垂青于“为伊消得人憔悴”的惨淡经营之人，创作主体刹那间的灵感迸发、霍然有怀，离不开他平日的苦思积累和潜隐孕育。严羽《沧浪诗话》云：“酝酿胸中，久之自然悟入”；方东树《昭昧詹言》亦言：“思积而满，乃有异观，溢出为奇。”灵感总是经历着艺术酝酿由量变到质变的跃升过程，作家对思维对象越是锲而不舍地追求，大脑中存储的信息就会越来越丰富，某些点上所累积的意象就会越来越密集，从而带来思维领域中质的飞跃。因此，管子说“思之思之，又重思之。思之而不通，鬼神将通之，非鬼神之力也，精气之极也”。创作主体强烈的追求欲望以及持久的努力，使得灵感获得了加速度。所以，古人反复强调没有“踏破铁鞋无觅处”的艰辛，就没有“得来全不费功夫”“妙手偶得”的灵感喜悦。

再次，灵感的产生需要良好的生理条件和心理条件。刘勰《文心雕龙》中曾言：“率志委和，则理融而情畅；钻砺过分，则神疲而气衰；此性情之数也。”精力充沛，神气旺盛，心意情志自然谐和，思维才活跃舒畅；反之，精神疲劳，气力衰竭，思路自然会滞涩。除此之外，创作主体虚静澄明的心理条件也很重要。灵感的获取有赖于审美主体摆脱外物的干扰和感官的局限，以虚静空明之心沉冥入神，体悟深层的生命意识。故而刘勰言“陶钧文思，贵在虚静，疏瀹五藏，澡雪精神”。在虚静清明的审美心境中，脑神经排除了外来的干扰，动员了全部的能量，储存在脑海中的各种各样的信息材料被翻检、排列、加工，一旦时机成熟，就冲出了潜意识深渊，浮现于显意识层面。因此，不同于西

[1] 郑钦镛，李翔德：《中国美学史话》，石家庄，河北人民出版社，1987，139 页。

方美学强调主体迷狂的灵感获取状态，中国传统美学更为重视主体审美心境的培养，重视在物我情契、天人合一的虚境状态下澄怀格物，意静而后神旺。如唐皎然在《诗式·取境》中所描绘的："有时意静神王，佳句纵横，若不可遏，宛如神助。"因此，创作主体要以自由放松的心态来保养精气，为灵感的出现提供最佳的身体条件和心理空间。

二、灵感的获取途径："即景会心"与"神游默会"

不同于西方美学神赐灵感的"神人二元对立"论，中国古典美学从"天人合一"的哲学本体论观念出发，历来重视跃身大化，感悟宇宙自然的深幽微旨，在当下随缘兴发的心物感应中去主动获取灵感。

如果说潜意识活动中信息的蕴蓄是形成灵感的内部力量或内因的话，原型启发则是灵感迸发的外部力量或外因。现代心理学研究成果表明，灵感是主客体之间不约而至的一次愉快遇合。外界偶然因素的有力刺激，会使得大脑神经中枢形成强烈的兴奋点，搅动激活起潜意识层中的各种沉淀物，使它们朝着这个兴奋点聚拢组合起来，发挥高能的活动效应，触发脑神经的电位变化和化学物质变化，激发起灵感。此时，负责形象思维的人脑右半球会迫使分管抽象思维的左半球让步并失控，进入"心与物游"、主客一体化的物我难分之境，即王国维所说的"不知何者为我，何者为物"的境地。

中国古人从灵感出现的规律性出发来把握审美主体与客体触遇感应的机缘，在他们看来，这种感应的引发不外乎两种：或即景会心，或神游默会。前者是直观感悟式的触发灵感，后者则是直觉体悟式的自发灵感，两种形式共存互补，共同构成了中国古典美学中的灵感思维范式。

首先，现实情境的意外触动是激发灵感的重要动因或枢纽。中国古典美学视自然万物为触发灵感的有力契机，当审美主体的心理模式与自然景物的内在机理产生了某种契合，就有可能出现情思波动、创造力空前的"兴会"之状，即葛立方《韵语阳秋》中所说："观物有感焉，则有兴。"在缘景而发、触物兴怀的瞬间，创造主体凭着对客观事物的艺术直觉能力，瞬间领悟偶然对象物所深蕴的美学意蕴，直接潜入了审美物象的生命内核，将自己的生命情感融入对象的生命之中，心与物应，情与景合，在瞬间直觉中激发出兴会的审美体验。这一生发过程正如袁守定在《占毕丛谈》卷五《谈文》中所描述的：“触景感物，适然相遭，遂造妙境”，以及刘勰《文心雕龙·总术》中所言：“按部整伍，以待情会，因时顺机，动不失正。”

在这种即景会心的直观感悟式生发模式中，物境是天人沟通、触发灵感的重要媒介和契机。这一物境，不拘于景物，它也可以是一个人，一种自然现象，一件意外之事，一个故事，一则逸闻……作为灵感触媒，这一偶然出现的人、事、物，往往新鲜、生动，容易引发直觉感悟，而非晦涩难解。同时，这一刺激物所传递的信息与创作主体潜意识中积淀的审美经验与审美势态，一定具有某种同形同构的对应关系，或补足了新表象组合中缺乏的某一要素，或启发了作家构建新的表象联想，进而发现新的艺术意蕴。如明人宋镰在《叶夷仲文集》中所说：“夫物有所触，心有所向，则沛然发之于文。”当然，不是所有的幸遇外在机缘都能催化出灵感之花，这就要求创作主体具有良好的艺术素质和直觉能力，能够对周围环境具有特殊的感受力和捕捉力，能够一下子抓住对象身上突出的特征和美学意蕴，完成生活表象向艺术表象的飞跃。正如谢榛所言：“诗有天机，待时而发，触物而成，虽幽寻苦索，不易得也。”因此，中国古典美学极为重视“妙悟”，重视学养之外的主体灵性，往往以“天机”“神来”“顿悟”等语词来描绘艺术创作中的灵感思维。平平淡淡的物境在平常人眼中无足为奇，但在高度敏感的艺术家眼中却别有深意，成为艺术构思的发轫点和灵感降临的“天机”。

当然，偶然物的触发并不是灵感获取的唯一途径，主体也可不以客体为凭借和契机，而是从记忆表象出发，借助于高度活跃的创造性想象完成艺术表象的创造，即静思神游、内观本心的直觉体悟式自发获取。如谢榛《四溟诗话》：“凡作文，静室隐几，冥搜邈然，不期诗思遽生，妙句萌心，且含毫咀味，两事兼举，以就兴之缓急也”；张彦远《历代名画记》：“守其神，专其一”；谢徽《缶鸣集序》：“冥默觏思，神与趣融”。创作主体在默思冥想中玄览天地万物，感受宇宙及生命大化的自然律动，体验积淀于心理深层那些似忘而实存的回忆表象，让潜存在心灵深处的纷纭繁复的意向、思想、情思、印象等活跃起来，相互连贯融会，摆脱原初的朦胧混乱状态，达至莹然开朗的豁然贯通之境，进而物我冥合，兴到神会，洞鉴宇宙万物的肌理毫发。

由此看来，灵感的得来或由外界事物作为触发媒介而引爆，或由潜意识直接孕育。当然，无论是直观感悟式的触发灵感，还是直觉体悟式的自发灵感，都是不以推理为架构的直觉体验，都是大脑中潜存的信息被激活，潜意识向意识的转化，都是诗人艾青所说的“诗人的主观世界与客观世界最愉快的邂逅。”[1]

三、灵感的激发诱捕：“不以力构”与“急追亡逋”

灵感对于创作的成败得失固然具有举足轻重的作用，但却不是召之即来，挥之即去的。中国古典美学家们在谈及灵感时，每每强调灵感的兴到神来非人力所能左右。如杨万里《冬至前三日》：“酒不逢人还易醉，诗如得句偶然来。”《梁书·萧子显传》：“每有制作，特寡思功，须其自来，不以力构。”古人们看到，苦苦寻诗未必就会得诗，但同时他们又以辩证的思维积极寻觅打通灵感之泉的有效渠道，从自身的创作体验出发，对灵感的激发诱捕等思维过程做了真实生动、曲尽其妙的揭示。

他们首先强调要顺应人的生理和心理机制，张弛有度地使用大脑。刘勰在《文心雕龙·养气》中对创作主体提出忠告：“是以吐纳文艺，务在节宣，清和其心，调畅其气。烦而即舍，勿使壅滞。意得则舒怀以命笔，理伏则投笔以卷怀，逍遥以针劳，谈笑以药倦。”在刘勰看来，过长时间的思考会使得作家大脑过度疲劳，文思枯竭，百思不得其解。这时如果违反生理机制勉强为文，只会使得头脑越加昏乱，所以务必在生理和心理的调节疏导上下功夫，使内心清明和顺，性气调和畅通时才命笔写作。如果心烦意乱、思路壅塞阻滞时，应立即让紧张的活动暂时停下来，使用逍遥自在的方法来解除劳累，在谈笑风生中赶走疲倦，这样才能催化出别具一格的灵感之花。

今天看来，古典美学家们“不以力构”的见解与现代心理学的研究成

[1] 艾青：《诗人必须说真话》，《南方日报》1979 年 3 月 11 日。

果十分契合。现代心理学认为，大脑的兴奋与抑制调节到最佳状态，是灵感产生的生理基础。当长久思索的大脑区域一直处于高度兴奋状态时，就会导致精神极度疲惫，反而抑制了大脑皮层的活动，这时如果创作主体放弃了专注的沉思，转而休息或放松，就会将注意力转移，使得原来的兴奋中心暂时处于抑制状态，但是脑细胞并未完全停止活动，原周围皮层细胞转入兴奋状态，兴奋中心外围的潜意识就会激发出来。这时，神经细胞的活性大大增强，大量丰富的潜在存储信息被激活起来，摆脱了常规思维路向的限囿而纵横驰骋，打破了平常惯性思维定式下所形成的固定神经联系，各种表象被打乱并重新组合，建构起不合常规的联系和自我认识。这时，一旦异常活跃的潜意识活动受到某种因素的作用，就会一触即燃，如火山喷发般突发性地升华到意识域层面，孵育出灵感之花。谢灵运说自己梦中所得的佳句“池塘生春草”“此语有神助，非吾语也”，正是他“思诗竟日不就”转而去睡觉时灵感乍现的所得。因此，作家如思维迟滞，大可不必苦苦揣摩，勉强为之，而是不妨另起炉灶，尝试“旁思”，所谓“用笔不灵看燕舞，行文无序赏花开”。

灵感偶然突发，恍惚而来，稍纵即逝。苏轼将灵感的偶发性和瞬息性形容为“兔起鹘落”“弹丸脱手”“骏马倏忽”“系风捕影”，若不及时获取，就会立刻消失得无影无踪，所谓“作诗火急追亡逋，清景一失后难摹”。此时，顿悟式的遐想里漂浮的意象具有极大的不稳定性、不确定性和模糊性，它们若隐若现，时浮时沉，急需显意识活动的冷静观照、筛选加工和提炼融会使得它们清莹澄澈、明晰生动。因此，创作主体此时需要用自觉的显意识去适当地驾驭、调动和组织所有的信息材料，及时地以文字形式物化下来，使得潜藏在潜意识深处的集群化的意象被有序化和结构化地组合排列，一一呈现出来，或发现了主题思想，或完善了艺术形象，或启示了情节构思，或催化了意境感发，或拾来了好词佳句，等等。对此，宋代哲学家邵雍有形象的描述：“忽忽闲拈笔，时时乐性灵。何尝无对景，未始便忘情。句会飘然得，诗因偶尔成。天机难状处，一点自分明。”（《闲吟》）

四、结语

总之，中国古典美学家从自身的创作体验出发，本着朴素的心物感应论，对灵感的思维特质、艺术功用、获取途径、心理机制、孕育捕捉等做了真实生动、曲尽其妙的描绘和揭示。与西方灵感说相异，这种揭示不重逻辑、思辨和体系的建构，而注重对灵感的鲜活体验、直觉感悟和现象描述，重视创作者的生活经验与才学积累以及学养之外的主体灵性，重视主体的内在精神、创作情绪和审美心境的培养，重视审美主客体之间的精神契合与心灵互动，重视在当下的随缘兴发的心物感应中去主动获取灵感。这种灵感论尽管没有西方美学的明晰透彻，却自有其丰赡、灵动、辩证的阐释空间，是对文艺创作心理特点的准确认识和把握，与西方的灵感说具有可通约性，二者并行不悖，交融化生。因此，以现代美学和心理学理论作为参照，深入掘发出中国古典美学耀眼的理论光芒，寻绎出中西文学艺术共同的美学法则，在当代世界文化语境中无疑是一个值得深入探究与关注的学术领域。

原载《广西社会科学》2017 年第 12 期

作者简介

董阳，人民日报主任编辑，大连金州人，2008 年研究生毕业于北京师范大学文学院。从事新闻和文艺评论 10 余年，发表大量作品，作品曾获中国新闻奖。

网络文艺处在“雅化”关键期

网络小说在改编过程中，不仅需要艺术形式转换，同时也隐含着青少年亚文化向社会主流文化的转换。

截至 2017 年 6 月，我国网络文学用户规模达到 3.53 亿，根据网络小说改编的电影、电视剧、网络游戏铺天盖地。据清华大学课题组发布的《2016 中国 IP 产业报告》，中国 IP 影响力排名前 100 位，网络小说就占了 61 部。这意味着，无论你读不读网络小说，将来你看的电影、电视剧，听的歌曲，玩的游戏，很可能都跟网络小说有关。可以说，我们正处在“网络文学 +”——一个由网络文艺“接管”大众文化的时代。

这不是危言耸听，从文化发展史角度看也并不奇怪。一时代有一时代之文学，网络文学其实就是互联网时代的通俗文学。今天被我们奉为经典的元杂剧、明清小说都是通俗文学，都是在底层文人大量的民间创作基础上，于勾栏瓦舍的频繁演出中，涌现出来的大众文艺精品。远的不说，金庸武侠本来就是在报纸上连载的通俗小说，它继承了晚清民国以来通俗文学传统，最终融入主流文化，而我们看到的许多武侠小说衍生的电影、电视剧、流行音乐、网络游戏、漫画，其核心的创意正是通俗小说本身。今天我们将《西厢记》、四大名著奉为经典，把金庸小说放在很高的位置，将来某部网络小说被奉为新名著，某部由网络小说改编的电影被奉为新经典，完全是有可能的。

有人说，网络小说怪力乱神、子虚乌有，怎么能够担当这样的重任？在我看来，网络小说在发展初期，有过放任自流的阶段，确实存在泥沙俱下的问题，有的还很严重。但“风物长宜放眼量”，今天正是包括网络小说在内的网络文艺从亚文化向主流文化转换的关键阶段。对此，我们既要有信心、有心胸，也要对问题和难度有足够的清醒意识。

目前，“网络文学”在数量上已经“+”得够多了，但在质量上还有更大空间，现在的重点应该从“+”得多转向“+”得好，从增量转为提质。这三四年来，“IP”这个英文缩写在中国的媒体上频频出现，几乎到了妇孺皆知的地步。“IP”的本义是“知识财产”，在我们使用的过程中，主要是指网络小说的授权改编和衍生。这主要是因为，中国网络文学体量实在是太庞大了，中国年轻人的想象力和创造力大量投入网络文学中，其规模在全世界首屈一指。而且随着网络视听和传统影视市场不断扩容，各路资本纷纷介入，大量收购 IP。网络小说身价水涨船高，据说有的网络小说 IP 估值几个亿。之后就是我们今天看到的现象，海量网络小说改编项目上马，大有“狂轰滥炸”之势。

从经济效益看，网络小说自带粉丝，根据网络小说改编的作品会有市场保障。但从实际情况看，真正实现口碑与票房双赢、社会效益和经济效益双丰收的情况并不多见。以至于一些网络小说的粉丝，一听说要改编成网络剧，就预感挚爱作品将要被糟蹋的负面反应。这种现象非常值得注意，它意味着如果“+”得质量不好，口碑与票房分歧过大，“粉丝经济”的游戏很可能就玩不转了。

中国社会物质生产正在经历从重“量”到重“质”的转型，文化产业也到了瓶颈期和转型期。那种“得 IP 者得天下”的想法是非常外行的，即便从经济效益上来说，也是十分片面的。网络小说向其他艺术形式的改编，难度并不亚于原创，丝毫不能掉以轻心。只有“+”得专业，“+”得有品质，才能实现双赢，也才会产生正面的社会效益，把票房成功转化为文化成功。

我们还要认识到，相比于网络小说，影视和游戏作品影响更为广泛，网络小说改编过程中，要在价值观表达上具有清醒认识。一部网络小说动辄上千万字，更新速度极快，文字水平参差不齐，价值表达未经深思，此类问题普遍存在，即便所谓“大神级”作品也不能免俗。影视改编不能停留在照搬的层次，而应当在文化品质和价值内涵上做出有效提升。

此前网络小说读者主要是青少年群体，他们正处在价值观形成阶段，并不具有成熟的判断力，而且由于这个群体相对封闭，小说中存在的价值观问题往往不容易察觉和公开。一旦推送到大银幕和小荧屏上，其价值观冲突就格外激烈，比如某些“宫斗”作品所宣扬的“丛林法则”，某部“穿越”作品出现的“乱伦”问题，等等，都曾引起社会舆论激烈争议。要强调的是，这种争议并不意味着社会不宽容，我们要清醒地意识到，网络小说在“+”的过程中，不但需要艺术形式的转换，同时也一定程度上隐含着青少年亚文化向社会主流文化的转换。改编者在价值观表达上应当具有底线意识，以正面价值观给人以积极健康的文化影响。

大众文艺的兴盛是文艺高峰形成的广大基础，对大众文艺进行吸纳和提炼，正是文艺高峰形成的必由之路。经过20年快速发展，中国网络文学已发展成“庞然大物”，并对我国文化生态起着越来越显著的塑造作用。从早期的野蛮生长到前几年的规范管理，再到最近的IP衍生，网络文学所“+”的内容越来越多，其影响更是无处不在。对此，我们不仅要从产业的角度去看它的体量之“庞大”，更要从文化的角度看它的影响之深刻。宋词、元曲、京剧、小说，都源于民间疯长的俗文化，经文人提炼萃取而成经典文艺样式，今天的网络文艺，也正处于“提纯”“雅化”的关键阶段。事物发展往往“起于青滔之末”，这个事实越早看到，我们就越有文化自觉，就越能顺势而为，引导创作，从而繁荣社会主义文艺，筑就新时代文艺高峰。

原载《人民日报》2017年11月17日24版

作者简介

古耜，《海燕》文学月刊原主编。在《人民日报》《光明日报》等报纸上发表大量评论文章。出版著作《分享生活的诗意》《鲁迅和他的周边》等6部。

该把什么留给童心

一

《给孩子们的散文》出版后，市场和口碑总体不错，但也传出质疑的声音，即认为入选该书的一些篇章，尽管系名家手笔，但题材生僻，语词艰深，并不适合儿童阅读，因此不能算作真正的儿童散文。

那么，真正的儿童散文该是什么样子？回答这个问题需要先弄清何为“儿童”。在现实生活中，不少人习惯把“儿童”和“小孩子”画等号。殊不知由联合国通过的国际《儿童权利公约》早有阐述：“凡18周岁以下者均为儿童。”既然是国际公约，其条文内容无疑具有权威性、规范性和指导性，也理当成为我们诠释儿童概念和划定儿童范围的最终依据。不过，“18周岁以下”仍然是个笼统的说法，涵盖了儿童从咿呀学语到韶华初现的整个成长过程。在这期间，儿童的心智和情趣经历着不断变化，真正的儿童散文该从哪里出发？换句话说，儿童散文家究竟应当以哪个年龄段的儿童作为预设读者？这仍需做进一步探讨和厘清。

已有研究成果告诉我们：儿童散文是儿童文学的重要样式。儿童散文虽然以儿童命名，但不是散文的初级版或业余版，而是散文世界的有机构成。

就儿童散文的基本元素与主要品质而言，它与成人散文并无绝对的高下难易之分。即使从传播和接受的角度看，儿童散文的读者也很难说仅仅是儿童，而应至少包括他们的教师和家长。大量的创作和阅读实践证明：一流的儿童散文佳作，亦常常是上乘的成人散文精品。一些经典的、优秀的，常常被看作儿童散文范本的作品，如鲁迅的《从百草园到三味书屋》《风筝》，冰心的《寄小读者》《小橘灯》，汪曾祺的《昆明的雨》《故乡的元宵》，等等，都既有儿童性，又有成人性，既令小读者心驰神往，又让成年人津津乐道。它们所呈现的是一种长幼咸宜的审美特点，一种与时光和生命同行的艺术魅力。

唯其如此，窃以为，儿童散文的读者群，应该主要是 14 至 18 周岁的“大儿童”，即初中二三年级和高中时期的学生。之所以做这样的划分，其依据有二：一是初中二三年级和高中学生，已经能够熟练掌握二三千个常用汉字，这从工具层面，保证了他们可以顺畅地、无障碍地阅读和欣赏大部分散文作品，其中包括儿童散文。二是在信息化、电声化强势崛起的今天，14 至 18 周岁的“大儿童”从生理到心理普遍早熟和早慧，他们和成年人的边界日趋模糊，因而有充足的情商和智商同散文对话。当然，这并不意味着 14 周岁以下的“小儿童”就没有或不需要阅读，只是考虑到其尚显稚嫩的主体条件，更适合他们阅读的，应该是简单浅显的儿童读物，而不是承载了生活和人性深度的文学散文。

如此说来，儿童散文岂不是没了自己的特性？不！作为儿童文学和散文世界的独立品种，儿童散文当然拥有自己的特性。这种特性主要体现在两个方面：一是就思想内容来说，儿童散文应针对青少年心灵正在成长的事实，多提供诚挚、善良、温暖、向上的作品，努力培养他们的道义观念与悲悯情怀，帮助其守护清洁亮丽的人性源头；二是就艺术表现而言，儿童散文应针对青少年输入量大、可塑性强的特点，多提供格调高雅、趣味纯正、意境优美、质地精良的作品，引领他们及早养成取法乎上的鉴赏习惯和澄澈健康的审美眼光。

二

在很多时候，儿童散文是对儿童生活的再现性书写，它所呈现的是儿童所熟悉的生活场景与生命经历。只是这种呈现对于优秀的儿童散文家来说，并不是单纯的时光回溯或心理怀旧，而是在从容梳理人生轨迹之后的经验反刍与记忆重构。这当中会很自然地融入一种“过来人”的眼光，一种在自我成长中获取的经验、感悟与认知，进而构成作家同小读者的对话或潜对话。

譬如，鲁迅的《五猖会》打捞出作家儿时的一段故事：“我”兴奋急切地想登船去看迎神赛会，可父亲偏偏在这时叫“我”背开蒙书，直到背出才放行。这当中不无作家对刻板生硬的旧式教育的讥刺，但更重要的恐怕还是揭示了一种迄今仍普遍存在的现象：孩子的天性好玩与父亲的“望子成龙”，永远是一对无法化解的矛盾。朱光潜的《谈升学与选课》借助作家的求学经验，直接寄语莘莘学子：选校“应该以有无诚恳和爱的空气为准”。选课须问问：“这门功课合我的胃口么？”学习要潜心专业，但也要注重通识，要把专业知识建立在宽大稳固的基础之上，以利于日后多方面发展……都是别具只眼的金玉良言。高洪波笑谈“我”与艺术的缘分：没学会吹笛子，也谈不上真懂音乐和京剧，但轻柔俏丽的口哨为“我”找回了面子。这看似自嘲的文字，实际包含着另一种识见：人生的艺术化并非单单意味着技艺或爱好的生成，其更为重要也更见本质的，是一种像吹口哨那样融入日常境况的快乐精神，一种充满自由与诗性的生命状态。陆梅的《致安妮》以书信的方式，跨越生死界河，向二战时躲在纳粹枪口下，写出《安妮日记》的犹太小姑娘致敬。其剀切、睿智和深情的言说，不仅凸显了安妮坚强、勤奋、不肯屈服的可贵品质，同时也告知今天拥有幸福的小读者，应该拒绝遗忘，学会感恩，永远保持对生活的热爱和希望。显然，这些或语重心长，或别有寄托的篇章，因为携带着清晰的童年印记或浓郁的青春气息，所以很容易叩开小读者的心扉，使其在直观自我的过程中，获得心灵成长所必需的精神甘露与人文素养，进而健康自信地走向明天，创造未来。

当然，儿童散文并非只能表现童年记忆和青少年生活，就题材和内容而言，它自有开阔的天地和多样的空间，甚至不存在绝对的禁区。只是在营造具体文本时，仍必须保持与既定对象的生活连接和审美感应。如基本主题要植根青少年的心理现实与精神生态，表达方式要新颖、俊朗，体现童心童趣等。在现当代散文史上，有些作品并非作家专为青少年而写，但由于其自觉或不自觉地具备了以上特征，所以仍然受到小读者的欢迎，不失为儿童散文的精粹乃至经典。

孙犁的《小同窗》讲述了作家与一位李姓的中学同学长达几十年的诚笃交往。其中写到更迭多变的历史场景，也写到“我”和李同学不同境况下不同形式的心心相印，但所有这些都隐含了作家对真正的同窗之谊的理解与珍重，因而值得青少年静心一读。梁衡《跨越千年的美丽》，以发现放射性镭元素的居里夫人为主人公。其笔墨所至，既热情礼赞了其伟大成就，更精心展现了其亮丽人格，于是，主人公作为年轻漂亮的女性，却毅然选择经年累月、含辛茹苦、献身科研的文学形象跃然纸间。这对于当下生活中一些年轻女性的虚荣、浮躁和投机心理，既是一种针砭，又是一种昭示。张立勤《痛苦的飘落》披露了女作家刚上大学时，因患癌症接受化疗后的独特心境：勇敢地直面秀发飘落，达观地走向未来生活。这样的话题进入花季少年的视野，也许有些沉重，但却有助于他们及时认识人生的不虞和不幸。贾平凹的《养鼠》为一只潜入书房的小老鼠画像：它会挑食，不贪婪，听得见主人喊话，看得懂主人心情，甚至能接受室内的文化气息，鬼使神差地朝着书架上的佛像作叩拜状……这样的妙文，单单那份幽默、好奇与想象力，就已经激活了童心童趣，更何况字里行间还贯穿着与世间生物平等相处的理念。诸如此类的作品，把儿童散文引入了一种相对深刻也愈发丰赡的境界，使其更具有艺术的表现力和感染力。

三

就散文欣赏而言，儿童和成年人由于心理和阅历的不同而存在明显的差异，这集中表现为：前者常常由形式进入内容，而后者则大都相反。这便要求儿童散文在把握精神格调的基础上，必须充分注重形式的圆满，必须在构思和手法上精益求精，以便先入为主，先声夺人，吸引小读者的审美关注。而事实上，大凡优秀的儿童散文作品，也总是在这方面或精雕细刻，或匠心独运，力臻艺术的高格。冰心的《说几句爱海的孩子气的话》，以一个在山中养病但喜欢大海的孩子的口吻，展开山与海的比较品评。其列举山“比不起”海的种种理由，也许不那么客观——连“我”也承认“人心之不同，各如其面”的道理——但言谈中传递的对大海的那份理解和向往，却包含着智慧，更凸显了个性，有益于启发小读者的新奇思维与灵动想象。夏丏尊的《白马湖之冬》写记忆中的白马湖。其用笔尽管异常简约，但由于作家准确地捕捉到冬日湖畔的突出特征——风以及由风带来的景物不同和气候变化，所以依旧堪称形神兼备的风景画，其中包含的写景状物的奥妙，很值得小读者揣摩。《荔枝蜜》是杨朔的名篇。该篇的主题今天看来或许略显直白和单一，但其手法与技巧依旧流光溢彩，如对蜜蜂的欲扬先抑，对荔枝的移步换景，对荔枝与蜜蜂的象征性开发和互为映衬，以及结尾处的化静为动，化“我”为“蜂”等，都显得文心超卓，可给青少年写作带来恒久的启示。

如此精美出色的儿童散文在当下文苑亦屡屡可见。彭程的《岁月河流上的码头》，把一年的日子比作潺潺汩汩的河流，而把大大小小的传统节日比作河流之上的码头。作家让记忆之舟顺流而下，不但描绘出诸多码头上各自不同的旖旎风光，更重要的是，揭示了这无限风光中蕴含的中华民族的精神密码与文化基因，从而使身处全球化浪潮的年青一代，感受到来自大地和母亲的温暖与惬意。毕飞宇的《水上行路》把“我”儿时水上行船的经验与青少年的人生历练联系起来，由船帆的顺风、逆风讲到成长的顺境、逆境；由撑船的注重“感受”讲到学习的掌握要领；由划船的不停息讲到上进的有“耐心”……这一系列精妙的构思、丰富的联想和恰切的开掘，对于小读者来说，既是善的启迪，又是美的陶冶。这样一些质文兼备的儿童散文，对于培养和提升青少年的审美能力，自是十足的正能量，因而很值得重视和珍惜。

原载《文学报》2018 年 3 月 15 日 9 版

作者简介

韩传喜，文学博士，现任东北财经大学新闻传播学院院长，教授，辽宁省鲁迅研究会副会长，辽宁省作家协会特邀评论家。在《人民日报》《当代作家评论》等发表大量学术论文，被《新华文摘》等转载或摘编多篇。

欲望羽翼遮蔽下的成长寻踪

——孙惠芬《寻找张展》的多棱面透视

向来以乡村生活为书写对象的孙惠芬，却于2016年创作发表了一部全新题材的长篇小说《寻找张展》。小说以寻找“90后”年轻人张展为主线，全面而深刻地观照并反思了一代人的成长历程。这部小说是作家创作题材与风格的全新拓展与突破，正如《人民文学》在“卷首语”中所言，该作“成为作家自己文学履历上的现象级力作”，同时亦是中国文坛“近些年创作中的一个异数”，它的出现甚至“也许会是一个具有文学史意义的事件”。此种所谓“异数”，并非赞其写作技巧的特异与艺术风格的奇异，更多的是对其表现内容独特性的推崇。已然成长起来的“90后”一代，在当代作家的笔下鲜有正面表现，而其自身及其所承载的家庭社会的全面影响，父母师长的着意塑型，呈示着两代甚至三代人的生活样貌与心理状态，及其所构成的复杂的社会生态。因为长期以来，孩子的抚育，已然成为当代中国家庭乃至整个社会的中心和重心，因而孩子养成的身心姿态，可谓全社会意识形态的凝缩与显影。直面现实并逼视灵魂，全面而深入地认知与剖析这一中国社会的核心问题，是一个作家独特而理性的创作意识的体现。全书四字题名简单直接，上下两部结构简洁明了，上部为“我”四处寻求张展的人生真相，下部为张展给“我”写信坦荡剖白心迹，前后对照呼应，间杂各种人事，在两代人的复杂纠葛中，探求着“90后”一代的成长真相，特别是心灵蜕变轨迹，却以社会现实的丰富呈示，作者思悟的深入推进，人物形象的独到塑造，隐秘情感的饱满传达……共同完成了一次过程艰难而意义复杂的“寻找”历程，构成了“一部镜面清晰可鉴而棱面立体感十足的文本”。“清晰可鉴”的表层故事之下，小说内在的多层次透视与探求，被巧妙统摄于作者的整体构思之中，如同折射作品深层意旨与繁复蕴涵的“多棱镜面”，成为细部探察与全面理解作品整体风貌的最佳视角。

代际寻找：心灵隔膜与理念冲突

在小说中，一共有三位各具代表性的母亲形象，相较而言，父亲形象的展示相对阙如，因而，一代父母的角色与概念，在小说中主要由母亲承担与涵盖。小说主要线索人物“我”，受在国外留学的儿子的委托，寻找他久已失联的高中同学张展。虽然对于儿子的要求也有诸多不解和私心里的抱怨，但像所有“中国的独生子女妈妈，子女任何一个小小的要求，在她们心里都是一场风暴”。如同一个永不可解的魔咒，即使远隔万里，孩子的愿望仍是她生活的重中之重。此细节颇具普遍性意味，从此意义而言，“我”可谓一位“普通妈妈”。此外，给予张展生命，同时给予他诸多痛苦与负面影响的“亲生妈妈”，以及张展异地上学时承担起照料监督责任的“交换妈妈”，在作者精细的笔致下，成为当下极具典型意义的三类“妈妈”形象。她们以不同的方式和姿态介入孩子的生命当中，全方位地影响甚至决定着孩子的成长轨迹。作者正是通过她们应对孩子的言行心态的典型化描写，为父母推开了一扇坦露着儿女成长印痕的心门，也为读者打造了一窥当今社会亲子关系真相的魔镜。

在常人观念中,“我”是一个典型的“好妈妈”。对待儿子可谓全天候地陪伴,全身心地关注,无保留地关爱,不遗余力地帮助,但在寻找张展的过程中,在阅读儿子日记及联想往日情景之后,却于懵然中惊觉,自己并不真正了解儿子,甚至在很多方面,自己与孩子完全处于相互隔离的状态。儿子青春期爱情萌动时“辗转反侧,痛哭流涕”[1]的痛苦,与同学朋友交往的情景与经历,甚至儿子情绪波动的缘由、心理变化的原因、身心成长的迷茫与探索……作为母亲的“我”,也多如蒙鼓中,特别是从儿子当初有意告知妈妈张展家错误地址等细节,我们更可看出,表面胶着的母子关系之间所深隐的疏离与隔膜。而此种关系状态,在中国当今社会的亲子关系中,是一种极具广泛性与代表性的常态。父母过分的关爱、保护与期望,常常变成了无形的干涉、压力甚至侵犯,换来的是孩子的防范、戒备、遮饰乃至厌烦、欺瞒。而张展的亲生母亲,则是另一类父母的典型。他们将官场仕途的成功作为人生奋斗的唯一目标,为此不惜牺牲正常的家庭生活。他们可以将年幼的孩子寄放在外婆家,可以放弃陪伴孩子的所有责任与义务,甚至在张展表姐被上级开车撞死时,为了讨好领导,竟打压全家让他们三缄其口,毫不理会目睹这一事件的张展所遭受的情感打击与心灵戕害;另一方面,他们又以自己的世俗标准,严苛无情地要求着张展,从张展的性格,到他的学习,再到他的绘画爱好,他的交友情况,他们无不力图置于自己的现实框架中进行自以为是的规制与不容分说的改造,一旦孩子稍有违逆,便大发雷霆甚至暴力相向;更为可怕的是,他们从不曾了解孩子的真实想法与感受,张展的离家出走、与流浪女结伴以及为女同学画像,在他们眼中都是大逆不道,常轻率而主观地认定孩子怪异、叛逆甚至品德败坏。而张展的“交换妈妈”,本身是一个私心甚重的小官员,为给自己孩子换取异地求学时的照顾,她才承担起照顾张展的职责。这样一个“交换妈妈”,自然毫无父母之爱心,而在她自以为是的对张展的关照中,又屡屡遭到张展的冷淡与拒绝,因而对于张展的所作所为,无论是对绘画的热衷与痴迷,还是与同学的聚会欢闹,她都严厉地予以禁止,不分青红皂白地判其胡闹。她不由分说地悉数收缴了张展的绘画工具,甚至粗暴地将生日

[1] 孙惠芬:《寻找张展》,沈阳,春风文艺出版社,2017。

蛋糕砸在聚会同学的身上，而对于张展与发廊女的交往，她更是痛心疾首，妄加揣度。因而在她的描述中，张展是一个“没有道德感”的孩子，甚至是“杂碎”“畜生”“社会渣滓”。此外，小说中还简短插叙另一类妈妈，“她把所有阳光都给了外面，回到家就是个疯子”。[1]她的亲生女儿朵朵哭诉：“从小到大，她除了管我打我骂我，就没说过一句温暖的话。”而这位一旦女儿犯了错，“关在屋里一打就是两小时”的妈妈，打女儿的理由一是因为“对他们好，当然不给他们好脸儿”。[2]另外竟是为报复“自私透顶”的丈夫，“发泄命运对她的不公”。[3]而其畸形心态的根源，“我”一言而蔽之：“你爱的是你的女儿，而不是朵朵”——将儿女当作自己的私人“物品”而非独立平等的“人”，此为当今很多父母内隐而蔽固的心态。

谈到创作体会时，孙惠芬坦承：“伴随儿子成长的这个母亲角色”在创作中“起了很大的作用”，甚至说“没有这么些年来与儿子搏斗的疼痛和与周边环境搏斗的切身感受，根本就写不了它”。[4]这一方面坦承了亲子关系中无可回避的矛盾与痛苦，另一方面也表现了一个优秀作家深厚生活经验的积累，对于创作的重要意义。但于丰厚鲜活经验之上所养成的敏锐的问题意识，自觉的理性思索，深刻的认识能力，独到的观照视角以及深厚的艺术传达功力，才是赋予文学作品独特而深广的透视维度与现实意义的主观条件与根本保障。透过这几位妈妈不同的身份性格，各异亲子关系的模式，作者把握住了其言行之中的共通心性，通过几种“类型化典型”的塑造，概括表现出当今绝大多数父母处理亲子关系的通常状态：将自己诸多的主观“欲望”，无论是自己未曾实现的理想、现实世俗的追求目标、毫无依据的对孩子的期望，抑或是成人世界是非莫辨的通行标准与繁杂无尽的各种欲求，不由分说地强加于孩子身上。“当然这里有环境的因素，在人人都在追逐文明、都在扩张欲望的开放时代，父母也是受害者。”[5]但这种以爱和教育的名义强制孩子的做法，

[1] 孙惠芬：《寻找张展》，沈阳，春风文艺出版社，2017，72页。
[2] 孙惠芬：《寻找张展》，沈阳，春风文艺出版社，2017，72页。
[3] 孙惠芬：《寻找张展》，沈阳，春风文艺出版社，2017，74页。
[4] 逄春阶：《孙惠芬：我们和孩子都在同一条船上》，《大众日报》2016年8月19日。
[5] 逄春阶：《孙惠芬：我们和孩子都在同一条船上》，《大众日报》2016年8月19日。

带给他们的是重负、挤压甚至扭曲。父母无意之间成为伤害孩子的“同谋”甚至“主犯”。在谈到自己作为一个母亲的经验与遗憾时，孙惠芬恳切而坦诚地说：“孩子最需要的是自然的、没有任何焦虑和恐惧的祥和环境，然而我和我们同时代父母一样，因望子成龙心切，往往在孩子的成长过程中，释放了太多的焦虑、不安和恐惧，因而或多或少给孩子留下负面的记忆影像。”[1]这也正是此部小说的重大意义之所在，它警醒更多的父母反思自己的育儿理念，理性回溯孩子生命与心灵的成长历程，真正寻回父母之爱与家庭教育的真谛。

《寻找张展》艺术构思的巧妙与传达的有力，凸显于作品表层叙事与内在意蕴的多重比照中。外在形式而言，上部“寻找”中不同人关于张展印象的表述，与下部“张展”中主人公经历心迹的自述，及其所呈现的强烈反差，构成了鲜明对照，令读者在震惊之余，会更为自觉地直面当今中国的代际关系状况，冷静而理性地思索其所透视的深层社会问题。内在意蕴而言，上部“寻找”中，同龄孩子故事的彼此映衬，不同父母典型的相互比照，全面涵盖了一代父母与孩子的共同生活与彼此“造就”的心路历程，特别是彼此间的隔膜、遮饰、误解甚至欺骗、伤害等。其行文的深远性与广泛意义在于，这种“寻找”，既是父母对孩子过往的重新寻找，亦是父母对自我角色的再度寻找。张展在“我”的头脑中，初始时“没有身高，没有五官”，只是儿子读中学时会提到的一个名字。但在头绪纷繁、纡曲费力的寻找过程中，张展的形象渐渐丰满立体起来，时时牵引着“我”的情感与思绪，并和自己儿子的重要人生成长阶段相互纠缠、印证，彼此渗透、影响，让“我”在两个孩子的相互比照中，不断撼动并更新着作为母亲的感性认知，因而探究张展“异常”成长轨迹的过程，同时也是还原自己儿子完整形象的过程。表面反差巨大的所谓“异常”与“正常”的两个孩子的故事，合成为一代孩子成长的立体影像，经过复杂微妙的成长历程的“90后”一代，被从全新的视角清晰而丰满地呈现出来。

[1] 逄春阶：《孙惠芬：我们和孩子都在同一条船上》，《大众日报》2016年8月19日。

同代相寻：情感支撑与观念互动

如果说《寻找张展》是一部充满冲突与挣扎的冷色调的小说，那么申一申和张展，以及同龄人之间的相互接近与相互触动，则为小说涂上了明亮的暖色。

在父母师长小心翼翼地呵护、无微不至地关注与声色俱厉地管束中，孩子们却在想方设法做着逃离与“出轨”的尝试，他们努力寻找属于自己的自由空间与时间，以恢复和舒展自己被压抑扭曲的个性。张展多次离家出走也好，申一申为与同学聚会，向母亲隐瞒实情甚至说谎也罢，都是为此而做出的举动。在拥挤肮脏的火车站、在黑乎乎的铁皮房小吃部、在张展简单的租住房、在斯琴发廊的里间小屋……在与同龄人无拘束的交流中，他们收获着感同身受的理解、自然温暖的安慰、真挚适需的支持。他们寻找机会聚在张展独立租住的房子里，自由自在地聊天、做土豆饭、大声唱歌甚至尝试喝酒，在高考学业压力与家庭亲情压力的缝隙间，自己“创造”暂时解脱与自由挥洒的时空，获得“某种逃逸感的安顿”。他们互相倾吐从不向父母道的秘密，交流学习与生活中的困惑及应对经验，分享内心的喜怒哀乐，并从同伴的友情中获得情感慰藉，乃至全心全意且行之有效的帮助。小说中浓墨铺叙的张展与斯琴的独特情爱暂且不论，单从儿子恋爱中的一个细节，便轻巧写出了同龄友谊的独特感染力。面对视早恋为洪水猛兽的父母，孩子们多是极力隐瞒，不敢也不可能向父母提及，但这些事却是同学朋友间公开的秘密。而在彼此相对坦诚的交流中，恋爱中遇到的种种困惑与痛苦，也或多或少地得到化解。在申一申因误解而与初恋女孩彼此不予理会万分痛苦时，是张展、斯琴善解人意而又热心巧妙的帮助，使他从矛盾的困境中解脱出来，认清了自己的真实内心，在青春期的爱情中品尝生命的百味，在情感的历练中获得成长的力量。

申一申对昔日同窗好友张展的寻找，是小说最外显的线索之一。远在美国的申一申委托妈妈寻找张展，是对中学时独特友谊的怀念，对青春期美好记忆的回味，对张展现状的关切，同时也是在寻找与反思自己曾经的、并不遥远的成长踪迹；每当妈妈因为各种困难想要放弃寻找时，他总是会以各式方法予以鼓励与帮助，因而，这种同代寻找也是整部小说情节发展的推进力量。而张展在长辈眼中匪夷所思、离经叛道的多次“出走”及伴随的叛逆行为，根源似乎是在寻找车祸死去的表姐梦梅，寻找梦梅曾经温暖的怀抱，其实质也是一个有父母却没有天伦亲情的孩子，对于同代人温情与默契的执着追寻：多次出走去找因被拐卖却不甘人贩子控制而四处流浪的女孩月月，经常逃课去找一个人掌管小吃部全部工作的“长着大板牙的黑脸男孩”，不顾忌世俗的眼光与“交换妈妈”的严厉禁令而多次去发廊小屋找斯琴，以及课余孤独时找同学特别是申一申聚会聊天……这一持续而执着的寻找过程，亦是小说全部命意顺序呈示的过程。整部小说以“寻找”张展为主线，串联起了各种遭际的同龄人，他们有着不同的命运轨迹，却在生命的某个节点相遇、交会并擦身而过，用张展自己的话来说，这些同龄人在他的人生中就是不停地“得到”、“告别”与“失去”，却构成了小说所着意刻画的时代青年的群像谱系。因被拐卖后不甘被利用来乞讨而多次逃离流浪的月月，长大后成了小偷并日渐堕落，最后因艾滋病而失去年轻的生命；独自支撑小吃部会做各种美味土豆菜、会拉胡琴、独立能干的小黑哥，与张展最后挥别后，转身带着发财梦进入了传销的黑窝；为爱而失学的发廊女斯琴，最终怀着所爱之人的孩子踏入平静的家庭生活，而将张展推上了他热爱的艺术之路后，清醒而理智地与长大的他告别……这些生命中匆匆的过客，却都在张展的人生中留下了各自特别的影响，甚至可以说，是他们的出现与存在，警醒并拯救了时时处于沉坠危机边缘的张展，让他更懂得珍惜当下的生活与学习机会；是他们的倾心帮助与情感支持，让张展青春期快速成长的身心得到了全方位的温暖呵护与强力支撑。这个特定的成长阶段，来自同龄人的影响远远大于父母的影响，在共同成长的时光里，他们相互成全与造就，在彼此的生命中留下了深深的刻痕。

小说之所以能在主线之上，将这些同龄人及其故事交叉串联，穿珠缀玉般结为一体，在于作者在行文中运用了“书信”这一书写形式。作者对于这种传达形式似乎别有钟爱，在《后上塘书》等小说中，也将它作为进行艺术传达的重要方式。如果说在《后上塘书》中，“书信”还只是整部作品的一小部分，用以释解前文的悬念、揭示人物的内心、展露生活中某些特定的隐秘，那么在《寻找张展》中，“书信”则成了小说叙事的主体部分与主要传达形式。整个下部，除了偶尔穿插“我”读信时言简意赅的感慨与画龙点睛的议论外，就是一封超长篇幅的书信。书信作为文学传达的一种形式，有其特定的优长。它可以让表达主体自由出入于客观与主观、过去与现在、现实与想象、物象与心灵，可以将细节叙述与氛围渲染、感受传达灵活组接，把叙事与抒情、议论有机统一，整体叙事可在不同的人物与事件中自由穿行、自如铺展。

自我寻找：反思叛逆与反哺世人

小说对于主人公张展的正面塑造，应该说主要展开于下部之中。上部中在“父母”眼中极为不堪、在老师眼中“乌啦巴涂”、在同事眼中沉静神秘的张展，以书信的形式向“我”、也向所有读者打开了一个繁复曲折的内心世界，展现了一个与上部众口传说中迥然有异的独特形象，从而打造了这个当代文学中“最为罕见的饱满可感、真切可信的新人典型”。[1]借助于书信这一特殊表达形式，主人公将自己的生活故事、情感经历与心理变迁，在看似简洁明了的叙述中，进行了细致入微的传达。张展的成长过程，以“父亲空难事件”为转折点，因而其自我成长过程自然地分为两个阶段，其内心追寻亦同时呈现出两层内在演进。

其一是与父母及其所代表的“异化”现实的直接对抗。这种对抗在其成长的第一阶段以各种外化方式表现出来，其直接诱因是表姐梦梅遭遇的车祸，而其深层原因则较为复杂。细读文本，一是张展自幼关爱的缺失及其所带来的安全感的缺乏。孩子对于外部世界的最初感受，多源于其本能天真的直觉，

[1]《人民文学》“卷首语”，2016 年第 7 期。

在最需要父母细心呵护关爱的幼年，张展被寄放在外婆家，表姐梦梅的呵护与怀抱是他唯一的温暖与支持，因而目睹表姐血染全身而死，对于年幼的张展的精神刺激可想而知；其次也是最重要的原因，是父母处理车祸时的态度与行径。因为车祸司机是“县里最大的官儿”，父母便编造谎言，要求全家人不许告状，“统一口径，就说是孩子自己走错路撞了车”[1]，因而对于七岁的张展而言，“家庭遭遇破产，那是对爸妈信任的破产，感情的破产。”[2]从此，他的童年充斥着“哭声”、孤独、怨怒与“深不可测的悲愤”。冷眼旁观着父母虚荣疲累、追名逐利的所作所为，本着一个孩子对冷暖爱恨是非的直觉，他开始了孩子方式的反抗与寻找：父母眼中的与流浪女离家出走，其实是在寻求梦梅般的温暖怀抱；从补习班逃课到土豆饼小吃部，是因为享受它的接纳、单纯、独立与平等；偷偷地着迷于画画，是为了寄托魂牵梦绕的思念与充盈的想象和情感；对“交换妈妈”的冷漠与抗拒，是对成人世界虚伪、势利与无情的持续叛逆；与发廊女斯琴的交往与“鬼混”，是因为她带来的母性温暖、爱与美的启蒙以及无条件的精神支持。在张展真实坦率而情感丰沛的追忆中，读者看到了一个孤独无助但倔强不屈的孩子，如何以一己之微力拼命挣扎，对抗被权力与利益绑架了的成人世界，在混乱而冰冷的社会中，在父母“欲望的羽翼下”“畸形成长”。[3]

其二是在反思与反哺中寻获新生的力量。父亲空难去世，是张展成长历程的一大转折点。本能的痛苦之外，他开始冷静而深入地审视父母一代的命运与人生，并在回老家寻根的过程中，渐渐打开了父亲被遮蔽的本真心态，了解了父亲在现实抉择中的些微无奈，触碰到了父亲原本的生命温度，加之血缘与亲情的紧密联系，种种复杂情感体验加诸内心，让张展与“陌生”的父亲之间，达成了某种和解甚至理解，并促动其以日渐成熟的心智，渐次渐深地反思父辈及自己身上所折射的社会症结与时代症候。更为重要的是，张展开始为自己的人生寻求真正的意义与目标，而独特的阅历与思悟，又让他

[1] 孙惠芬：《寻找张展》，沈阳，春风文艺出版社，2017，98 页。
[2] 孙惠芬：《寻找张展》，沈阳，春风文艺出版社，2017，99 页。
[3] 孙惠芬：《寻找张展》，沈阳，春风文艺出版社，2017，198 页。

做出了不同于常人、超脱于世俗的抉择。大学毕业时，他拒绝了“交换妈妈”安排的各种体面工作，毅然选择到“特教学校”教残疾孩子画画，并在业余时间坚持到特护病房为临终病人按摩，以减轻病人的痛苦，并为其送上最后的慰藉。这是张展人生成长的一种延续与更高层次的飞跃。因为他在身体忙累中获得了内心的宁静，在体力付出中获得了内在的支撑，在病痛死亡中获得新生的启悟，在反哺他人中获得了强大的力量，在助人中实现了自助，在苦难中进行着救赎。

孙惠芬此部小说艺术上的重要成就之一，便是通过周围人的观察，特别是张展的自述，塑造了张展这一独特人物形象。其本来的生活原型是一个大学生志愿者，据作家接受访谈时所言，从对命题作文的排斥到对人物行为的探究，促动她创作的一个重要动因是对这一代年轻人的深切关注。“我不认为志愿者是个简单的高尚行为，一个大学生如果高尚到能天长地久地去做一件事，一定有生命遭遇的引领，一定是遭遇深渊的本能需求，如同一个落水者攀住石壁。”[1] 正是因为作者思维的拓拔与意识的超越，促使她潜入生命的底里，才能“在满地蝼蚁般的无力青年形象过剩的情形下，在密密麻麻零余者书写已成为一种‘纯文学恶俗’之时”[2]，发掘出一个刻满时代印记而又充满内蕴特质的鲜活形象——以其特立独行的抉择、坚韧不屈的持守与沉静不懈的行为，成为正在完成自我建构的一代人的代表性形象。关于人物的外在形象，只在“我”初见张展时有寥寥数笔的描写：“脸盘很大下颏很宽，眉眼不但开阔，还有一个蒜头鼻子，鼻子下方厚厚的嘴唇向外翻翘，有一种原始的野性——那种暗藏着诚实、敦厚的野性。”[3] 这完全不同于他人的描述带给自己的想象，“我”在惊讶的同时，从他身上看到了一个正常、健康的孩子，“最应该有的自然野性”[4]。这更像是一种象征，作者以其充满关爱与智性的眼光发现了孩子的本真品性，而他的亲生父母与亲近之人，却从未注意到，“这一代父母之所以看不到他的正常他的健康，是因为他们自己已经不再正常不

[1] 孙惠芬：《他就在那儿》，载《长篇小说选刊》，2017（4）。

[2]《人民文学》“卷首语”，2016 年第 7 期。

[3] 孙惠芬：《寻找张展》，沈阳，春风文艺出版社，2017，65 页。

[4] 逄春阶：《孙惠芬：我们和孩子都在同一条船上》，《大众日报》2016 年 8 月 19 日。

再健康。”[1] 正是从此透彻的视点理性而广泛地探察开来，《寻找张展》这部小说，才能被赋予如此深厚的社会意义。

“写作的深度到达的其实就是自己的命运深度”，[2] 作为一位有着多年创作经验的作家，孙惠芬此语可谓感慨由衷。也许创作过程中，作家意欲传达的切身感受与理性思考倾泻而出，因而整部作品特别是下部，读来抒情与议论的成分稍盛于叙事。然就整部小说的创作意图及其呈现的丰赡意蕴而言，这部小说的成功之处，更在于作家将一位母亲鲜活饱满的切身体验与一位作家的自省意识与社会责任感巧妙融会，通过对于孩子成长历程的自觉观照、关于家庭亲子关系的深刻反省及其所折射的诸多社会问题的理性拷问，构成了这部“多棱面透视”当下社会现状的现实主义风格力作。

原载《当代作家评论》2018 年第 1 期

---

[1] 逄春阶：《孙惠芬：我们和孩子都在同一条船上》，《大众日报》2016 年 8 月 19 日。
[2] 逄春阶：《孙惠芬：我们和孩子都在同一条船上》，《大众日报》2016 年 8 月 19 日。

作者简介

纪秀明，大连外国语大学教授、文学博士。辽宁鲁迅研究会理事。主要研究生态文学与比较文学、文艺理论与批评。发表学术论文50余篇。主持国家、省部级科研项目16项，获辽宁哲学社会科学成果奖等多项奖项。

民族性、历史观与人民美学

——新时期文艺的人民立场及叙事刍议

一、引言

新时期中国文艺批评受“西学东渐”语境影响，忽略了作为本民族批评话语的自觉与理性思辨。随着20世纪西方启蒙现代性的内在悖论日益暴露，本民族现代化过程中的文化主体意识逐渐觉醒和增强，结合新时期文艺语境和社会文化语境，“正视并尊重‘中国案例’和‘中国经验’”，开展中国文艺批评话语的本体性反思与重建势在必行。文艺立场是文艺的首要问题和指向坐标。如何适应本土文艺形态、文艺实践、文化现实等方面的变迁，实现基于人民立场的、新时期文艺与思想的融合与实效性拓展？本文拟从民族性、历史观及现代审美维度等角度做粗浅探讨。

二、民间与民族性

毛泽东在延安文艺座谈会上高度强调了文艺的人民大众立场，探讨了人民立场的文艺方法可行性，确定了人民文艺的民间本位，明确了当时认知上尚存模糊的关于创作“源泉”、“普及”、“提高”以及“中国作风中国气派”等重要问题。这对于我们思考新时期人民立场与民间的问题具有极大启示。如果说新中国文艺探索了一条从民间性到人民性的文艺维度转化、以民间性作为对人民性的实现途径的话，新时期人民与民间生活的复杂血脉、当代人民性与人民立场的中国化实践，又再一次发起了对民间赋意以及辩证思考的历史吁求。我们从新时期人民立场与民间的关系、文艺的民间形式与民族性辩证，以及作为艺术形式的民间再阐释等问题思考。

（一）人民立场与民间

毛泽东《在延安文艺座谈会上的讲话》奠定了人民立场的民间本位属性。不论民间的文化空间属性如何被民族现代性所规约与阐释，也无论其边缘区域性如何成熟实现文化对接，谁也无法否认“民间”与生长生存于斯的人民血脉相连。人民立场的民间表述与映射、人民立场的民间文艺实践一直是绵延到当代与新时期的文艺大事件。延安文艺以民间的归来与文艺的民间形式借鉴，实践了新民主主义革命时期人民文艺的意识形态普及与民族性设想。新时期的民间文化形态与人民文艺的关系则随着时代文化语境的不断变迁，兼容了更丰富的民族美学与叙事期待与内涵。

其一，民间生活是文艺创作的源泉

人民来自于民间，艺术创作根植于民间社会。“人民是文艺创作的源头活水，一旦离开人民，文艺就会变成无根的浮萍、无病的呻吟、无魂的躯壳。”列宁说：“艺术是属于人民的。它必须在广大劳动群众的底层有其最深厚的根基。”[1]人民与民间的生活是创作的源泉。一切文艺的发生与创作、创作情感的熔铸与审美体验的形成发生于民间生活的由“物”及“象”的运化。文艺的创作历史证明，没有民间生活的土壤，就不会有文艺作为意识与美学的产物出现。《古诗源》《先秦汉魏晋南北朝诗》收录的上古时期的歌谣都是民间劳动行为与生产经验、祭祀、战争与日常生活的总结。《诗经》内容丰富，是周代社会生活的复写与映象，被誉为“古代社会的人生百科全书”。《山海经》等中国上古神话与希腊神话的“自然神化”与英雄“人神合一”特征是文艺民间生活的艺术产物。中西先民在生产劳动中，对自然的敬畏在对“太阳、月亮、水、风、雷、鸟、兽、草、木”的“泛神化”中体现得淋漓尽致。中西方现当代的文学作品，不仅仅众所周知的现实主义的、自然主义的、批判现实主义的、新写实主义的文艺是来源于生活，即使是现代派、后现代派、先锋等文学创作，也不外乎生活的艺术化变形与抽象化改写。发端于西方国家20世纪初野兽派、立体派、未来派、达达派、表现派、超现实主义、抽象主义、波普艺术等现代派，也不外乎是艺术家对外部社会反传统的主观“自我表现”。“求木之长者，必固其根本；欲流之远者，必浚其泉源”，扎根人民与民间，文艺才可根深叶茂。

其二，民间文化价值体的复合与扬弃

文艺基于人民与民间，但是并不代表认同与膺服于民间的所有价值内涵。向林冰认为，“现代中国（现存的民间形式）它的内部还包含着大量的反动的历史沉淀物”[2]。陈思和也指出了民间的变动、复合性甚至糟粕成分：“民间在社会发展、变化过程中，其形态总是有所变化的……既然民间文化形态拥有民间宗教、哲学、文学艺术的传统背景，用政治术语说，民主性的精华与封建性的糟粕交杂在一起，构成了独特的藏污纳垢的形态。”[3]这就需要我们文艺创作在坚守人民立场的同时，甄别、价值估衡民间文化形态的良莠与利弊，坚守优秀的，去伪存真，拂尘固清，对糟粕与落后的进行扬弃。而这其中重要的价值判断标准，就是“最广大人民的根本利益”，以人民的利益为准则。

此外，还要考虑民间审美形态基本属性的局限与自我价值提升。民间文化形态具有自身自发性、娱乐性、通俗性的审美属性。这种审美属性是由其社会内部人民底层以及农业文化背景所限定的。这种轻松、自在随性的文化在具有通俗、大众化的同时，也因其自发性而缓释了对品位、格调、艺术风格体系化以及受众接受审美体验的严谨，甚至芜杂与承袭着旧文化、庸俗文化与落后意识等等。不同于新文化运动以及革命时期的民间文艺普及与提升的现代民族国家革命的历史背景，当代民间文化建设的目的，重在社会国家的文化现代化转型，以及民族国家文化复兴。以民间文化形式为抓手，如何把握新时代民族文化话语独立性、夯建中国叙述经验、实现人民文化的民族性，是我们思考的重点。

（二）民间形式与民族得失辩证

关于文艺形式的“民间”与“民族”关系问题的讨论，诸如如何看待文艺的民间形式与民族形式的关系、区别、现实择取的标准以及未来的发展取向等问题的讨论，由来已久。向林冰提出了“以民间形式为民族形式中心源泉”的命题，引起了争议。胡风以五四文化精神的决绝，坚决反对向林冰将民间形式置于民族文艺形式的起点位置。以文化形式建立文化内涵的新文化精神，推动他对新民族文艺形式的理论新构想。对于向林冰所提到的新文化“新质脱胎于旧胎”的基础关联，他主张断裂。他强调“民间形式”作为传统民间文艺的形式，只能起借鉴或“帮助”作用，强调由于新文艺民族形式所依据的文艺革新与发展的物化基础的不同，民族形式的创造应该适应于当代中国民族的现实斗争的内容。事实上，向林冰论述民间形式与民族形式关联的时候，已经注意到了民间形式的局限与旧文化积弊，但是他也看到了民间形式与大众的不可或缺性，看到了民间与民族的不可割裂性，看到了民间与民族的矛盾统一性。所以他提倡以“民间形式”通过了“旧质的自己否定过程而成为独立的存在”，达到新民族形式的本性改造与焕新“因而它也就赋有自己否定的本性的发展中的范畴，亦即在它的本性上具备着可能转移到民族形式的胚胎”[2]。

如果说抗战时期的民间与民族“形式”论争的焦点与内核，还主要围绕作为形式的民间对五四文化的态度，以及其对于民族革命意识形态传递与国民观念塑造功能的话；那么艾思奇的《旧形式新问题》对于我们理解新时期人民文艺与民族性、民间形式的关系启发很大。他从文化传统的沿袭与新中国文艺愿景的角度分析了民间与民族的关系。他客观分析了五四新文化运动对传统民间文化的割裂现实，基于五四文化运动的为大众、为平民的根本属性，指出了割裂民间传统与民间形式的“背离平民”结果：“五四的新文化运动，在中国文学史上，是开辟了一条新的道路，是向着创造新形式的路上走，然而这一运动的根本主流，还是为着使文学成为大众的、‘平民的’东西。

五四文化运动的一般的缺点是：由于要打破旧传统，于是抛弃了、离开了旧的一切优秀传统，特别是离开了中国民众的、大众优秀传统。”[4]他提出了将旧文艺传统与新文化观念结合的观点。他跳脱出五四文化运动抵制旧文艺形态的偏激，也跳脱出机械文艺宣传论的功利，指出旧形式的提起，绝不是简单地要恢复旧文艺，也不是暂时应付宣传的需要，而是中国新文艺发展的一个新阶段的标识。提出了新中国文艺格局性设想“要把五四以来所获得的成绩，和中国优秀的文艺传统综合起来，使它向着建立中国自己的新的民族文艺的方向发展。”[4]这就肯定了旧民间形式与文化传统适应新时期人民文艺需求的合理性，也肯定了对新内容、新观念中国化的吐故纳新之必然与可行。毛泽东在《中国共产党在民族战争中的地位》中，主张按照“中国的特点去应用它”，形成“新鲜活泼的、为中国老百姓所喜闻乐见的中国作风和中国气派”[5]，把国际主义的内容和民族形式结合起来，更是一次文化与艺术形式的世界性大格局构想。尽管当时“民间形式”并不仅仅是一个“审美”的问题，“民间形式”本身具有某种非文艺本身（特别是非审美本身）所必然要求的社会功能、文化效应和政治价值（民族的特殊性以推进内容的普遍性）；我们认为，这只是文艺作为当时民族时代选择的一个必然，但是马克思主义文艺理论家对新文艺的文化愿景更具有民族与世界视野。

（三）作为叙事艺术的民间辩证

作为内容的民间，我们思考了它的源泉性与复合性，也探讨了民间形式在现代被寄予的民族性载体期待。但是具体到叙事艺术美学上，作为艺术的民间有着不同时期的叙事美学特征。我们应该辩证审度这些艺术方法的用度与局限，实现内容与形式的两结合。

在《在延安文艺座谈会上的讲话》文艺民间形式的倡导与方法论指导下，大批具有启蒙立场的五四作家慢慢靠拢或转型于民间。通过立场与语言的转换，这种民间形式在艺术上收获了赵树理式民间叙事成功经验的同时，也存在着很多矫枉过正的倾向。这其中的形式与美学得失，理论界已经探讨很多。此不赘言。

我们着重分析当代文艺对文学民族形式的创作探索与得失。当代的以民间形式探索民族性的代表案例，莫过于寻根文学及其后。寻根文学的本质是对民族文化与文学民族形式的探索。“万端变化中，中国还是中国，尤其是在文学艺术方面，在民族的深层精神和文化物质方面，我们有民族的自我。我们的责任是释放现代观念的热能，来重铸和镀亮这种自我。”[6] 面临新时代西方文学的现代化话语推进，韩少功以对瑰丽楚文化的寻找为呼唤起点，以民间边缘文化为土壤的根的寻找，旨在通过文艺内涵与形式的双重民族探索，来实现现代西方话语与文化中包抄的本民族文艺现代性突围，寻求重铸的、镀亮的文艺民族自我。事实上，寻根文学的这种努力在形式与内容上都没有达到预期。就形式而言，问题出在哪里？形式化与符号化民间在民族文化意义阐释上的成败使然。

作为意义的符号化的民间形式在寻根意义上具有写作合理性，无论是《爸爸爸》的亘古不变的荒闭与符号化的人物设置（丙崽），还是《棋王》《小鲍庄》对民族文化精髓的寓言化图解、陆文夫与冯骥才对民俗旧貌的记忆钩陈、李杭育“葛川江系列”幽婉的民歌民谣吟唱，都体现了接地气的、以民间拓进民族、以民间形态表述民族性、以民间实现本土经验对民族文化复兴的叙事预期。但是，民俗与民间思维具有程式化特点，也就不可避免程式化审美形态的凝固性。《美食家》等虽钩沉了传统民族形态，却以程式固化的民间美学形态阻碍了对现世的理性关照，时间的叙事角度多留恋踯躅于民俗的传统记忆。汪曾祺《大淖记事》以观念性的人性美模糊了作为本土经验的空间区度。《爸爸爸》充斥亘古不变的荒闭与符号化的人物设置，以悲剧结构和象征手法主观预设一个貌似宏大其实僵化的寓言能指，《棋王》《小鲍庄》的对传统儒释道哲学的人物阐释，静止而孤立。王一生孤独自在于喧嚣的火车场景之外，就是一个意义不在场的重大隐喻。审美形态的程式化、寓言意义的预设性与僵化、民间符号化的现实意义剥离，注定寻根派的民间民族形式与意义探索行之不远。“不是出于一种廉价的恋旧情绪和地方观念，不是对方言歇后语之类浅薄地爱好；而是一种对民族的重新认识、一种审美意识中潜在历史因素的苏醒，一种追求和把握人世无限感和永恒感的对象化表现。”[6] 当形式与当下意义刻意剥离，仅仅寻求韩少功所理解的审美意识与静止的、回归的、永恒的传统文化感时，这种民间抑或民族的形式就行之不远，不论其形式有多瑰丽，寓言审美设置如何故事与传奇化。

习近平指出：“文艺创作方法有一百条、一千条，但最根本、最关键、最牢靠的办法是扎根人民、扎根生活。”[1]只有立足人民立场，以人民性与时代性进行艺术创作，才可实现文艺的民族性重建。疏离了新中国文学的以反映论为原则、以现实主义为创作方法的写作传统、疏离于时代人民与时代生活的历史在场，仅迷醉于从“民族的深层精神和文化特质”向度去想象中国，很难对中国民族文化的发掘和重构做出建设性推动，这种“民族的自我”也很难实现有生命的现代热力。

三、人民立场与历史在场

（一）重返现实主义

中国作家自古就有以文章“经世致用”“诗言志”“兴观群怨”“春秋笔法”现实主义传统，强调文学对政治、社会、伦理进行现实关照。强调“文不甚深，言不甚俗，事纪其实，亦庶几乎史”[7]的时代与生活书写功能。尽管我们说，文艺作品的功能是多元的、复合的，时代与社会书写功能是重中之重。现代中国时代与社会生活的丰富性、文学道德与现实担当精神，呼唤当代文艺的对人生与时代命题的现实主义回归。

现实主义的人民艺术，要求创作为了最广大的人民群众，直面社会、直面人生、真实描绘现实生活、反映民生诉求、展示底层生存状态、书写时代语境的社会场景浮世绘。虽然“客观地再现”现实，对受众进行感知上的全面展示是现实主义常用且有效的主题表现方式。但是这种现实表现方式并不仅停留于生活现象的平面展示与细描。优秀的时代作品应该有丰富的内涵与巨大的多向阐释的空间。我们强调艺术创作要表现时代与生活，但同时不能局限于对生活的完全“再现”，而是应该超越具体的现实的生活，杂糅进主体的艺术感悟与思考，发挥创作者的主观能动性，进行思想、艺术价值的拓深，丰富创作体裁的主题内涵，丰富作为意义阐释的可能性，为受众提供多层面的、富含精神积淀价值的艺术文本。所谓丰富性一般指：蕴藉着使后人从不同视角打开的可能性。事实上，文学对生活的反映不是对社会生活的机械模仿、简单再现，更要注重主体创造性介入的“表现”功能与价值。作家需要跳出再现的“自然主义”倾向，超越具象直观感知，透过艺术审美的角度来书写人民现实生活与本质。

新时期尤其要有历史在场感，介入人生，更要介入时代，“书写和记录人民的伟大实践、时代的进步要求”[1]，要让文艺与时代接壤，反映与书写火热的时代生活。如果规避了对生活与时代现象的历史情怀与理性判断，文学艺术的生命力是十分可疑的。20 世纪 90 年代新写实主义的弱点就在于过于纤细而琐碎地展示了平庸的日常，以生活的表象尘浮了内在本质的旺盛与坚韧。在零度展示的同时，丧失了对筋骨与力量的信念。先锋文学的失败，也莫过于脱离了现实与人生的关照，过度夸大形式的美学价值，以对形式的偏执性痴迷，忽视了对居于生活与时代的人的生存与精神境遇、内在情怀与生命体验的关照。

（二）历史与历史叙事

以历史在场感投入创作的同时，在历史观上，我们要坚定马克思主义人民历史唯物观，反对文艺历史虚无主义，在认同作为手法的微观历史叙事的文学性与文化性价值同时，坚守人民史观。

首先，史学转向与反抗虚无

世界范围内的历史学研究转向，冲击了新时期文艺创作与批评的历史观。传统的社会历史理论肯定宏观主题，以历史重大事件与英雄人物为着眼点，考察与关照历史的进程与规律，表现为对国家、阶级、革命等宏大命题的认同。自历史学从传统向社会学以及文化学范式转型后，私密微观的个体经验进入了历史史学言说的范畴，这些理论对理解历史的质感与丰厚性具有积极效用。但是当后现代哲学以反“中心”、消解“宏大”与“崇高”的偏激抛弃社会历史本质与规律以及意识形态客观实在性的历史观时，理论转向就具有了虚无性与反人类性特点。

历史学研究范式进入文学域，对文学创作影响较大的是法国人雅克·德里达与美国史学家海登·怀特。自尼采所信奉的“不存在事实，只存在解释”后，德里达解构了话语意义的整体化计量单位，真实性的单位聚锁到符号与个体。而海登·怀特则从后现代的语言学的艺术叙事性入手对历史意义与本质进行了相对主义阐释。但是以内部语言与形式定位本质本身就陷入了阐释的悖论。“哲学家和历史学家都认为，历史学家如何讲述故事——他们发现的哪些事件具有历史新闻价值，值得在他们的故事中提及——这依赖于他们特定的意识形态（包括政治义务）、他们的道德视角以及联系于某个特定学科分支的兴趣。”[8]266 可见，无论从解释主体的社会文化血脉根源而言，还是语言的社会性根源以及人类社会学、人类意识形态的主导地位而言，以“故事”“修辞”“叙事性”来虚化历史叙事的社会属性，企图以形式来剥离文艺对语境意义的关联都是不可行的。怀特还看到了单纯以隐喻、转喻、提喻和反讽四种语言形式探讨历史“深层次结构性内容”的叙述无根性。所以，当他论述了编年史、故事、情节化模式与论证模式之后，他也无法回避对文艺的“意识形态蕴涵式解释”，尽管这四种意识形态的选择是饱受争议性的。但是，以叙事行为作为表现实在的形式、以时间碎化直线历史的意义，这种后现代虚无历史观是行不通的。

马克思历史观强调以物质实践而非观念解释历史的客观性，“始终站在现实历史的基础上，不是从观念出发来解释实践，而是从物质实践出发来解释各种观念形态……历史不是作为‘源于精神的精神’消融在‘自我意识’中而告终”。[9]544 我们要坚定马克思主义人民历史唯物观，抵制文艺创作与批评的历史虚无观，承认历史的客观性，正视民族历史，高度认清人民历史的主导地位、人的实践是历史发展的根本推动力。历史的发展离不开人与社会物质的互动行为与实践。此外，还应该站在人民的立场看历史，看到“人”与国家与社会民族的归属特征与文化精神属性，“引导人民树立和坚持正确的历史观、民族观、国家观、文化观，增强做中国人的骨气和底气”[1]。

其次，微观辩证：作为叙事的历史

当代的微观历史叙事创作方兴未艾。从文学性的坚守而言，作为手法的历史微观叙事具有合理性。“小人物、小叙事、小感觉构成了小说的基调，而文学需要进入到人性更隐秘的深处，需要在生活变形和裂开的瞬间抓住存在之真相本质，文学性的意味只有这样时刻涌溢而出。……构成最真实的审美感觉”[10]凭借文学叙述、修辞、时间切换艺术以及故事本身，打动我们对生活的特殊体验。文学性可以在小叙事层面存在、生成或呈现出来。就文艺的文学性而言，这是具有美学功能的。同样，以小叙事进入历史写作，以复写的形态（histories）将“历史学的主题从社会的结构和历程转移到广义的日常生活的文化上面来”，对历史文本中零散的逸闻趣事、偶然事件等流于表象的“社会景观”有着被忽视的文化意味，对其历史内容的话语性阐释可以显示出文本与社会世风、意识形态的复杂纠葛，重构文本产生的“文化氛围”或“历史语境”。[11]微观历史叙事可以实现文学对文化的一种独特关照。

但是，一部好的微观史作品“同时也会揭示出与在它之外的其他进程和事件的关联”。反之，这个故事就可能是“对逸闻逸事的发思古之幽情”立足于“奇闻逸事”无法说明更广泛的事情，“最重要的是坚持某种历史发展的视野”。[12]如果没有对历史发展的正确的视野，没有或明或暗表露期间的对历史、社会与人民现实生活本质的关照与审视的话，这种零散的逸闻趣事与社会景观的描述，就是无意义负载量的碎片。脱离了坚实历史与大地的历史表述，很可能就是修辞的把玩与个体情绪非理性的流淌。

这就要求我们的历史叙事，“艺术可以放飞想象的翅膀，但一定要脚踩坚实的大地”。不论宏观还是微观历史叙事，都需要坚守人民史观，反映与折射社会主流形态和历史发展规律的。“必须着力构建依托背景呈现实质的宏大叙事或总体叙事”，不可以“孤立讲细节、讲表象、讲局部”，泯灭了历史的庄重性和真实性。[13]我们提倡宏大与微观的叙事艺术结合，提倡以文学的方式，通过个人的悲喜剧，于人性的隐秘深处，于生活边缘抑或断裂的地方管窥历史社会的大格局与大规律；以人物、故事、情节、意象、序列、修辞等带入对时代精神的喜悦、悲伤、静默与共鸣。《人间喜剧》是巴尔扎克的胜利。它形象地再现了十九世纪上半叶法国新的资本主义制度代替旧的封建制度的历史进程。恩格斯在《致玛·哈克奈斯》的信中，指出巴尔扎克的《人间喜剧》，以“中心图画”，“汇集了法国社会的全部历史”。[14] 463马尔克斯的《百年孤独》描写布恩地亚家族七代人的传奇与细化的现实生活片段，小人物的故事见证了马贡多小镇一百多年来的兴盛与衰亡，进而折射出哥伦比亚乃至整个拉美地区的沧桑历史演变和社会现实。《战争与和平》以所有个人生活历史的细节的相连得以凝聚作品历史与社会的厚重感，装载着“整个人类的生活”（亨利·詹姆斯）。

四、崇高美学回归与重构

人民立场的美学，是对人民美学的时代阐释与发展。作为政治话语与美学理论相结合的概念，人民美学是相当时间以来国内文艺的一种审美追求，是马克思主义美学理论在文艺领域的实践，它以人民大众的审美追求为本位，视人民大众为表现对象和审美主体，呈现鲜明的“人民性”价值取向。如果说，毛泽东的人民的美学内涵具有与农民为主体的大众化民间美学的价值通约性的话（比如新年画运动），其中还肩负着普及与提高的技术与观念上的重要文艺建设使命。而后来的人民文艺观则以现实主义创作原则，实现了人民作为主体的对马克思美学的社会实践品格。我们认为，随着时代的发展、人民的知识层普遍提升以及当代民族文化自信观的提出，新时期文艺人民立场语境下，文艺美学除了继承人民美学的传统内涵（大众化民间的、社会现实主义原则的、宏大叙事、崇高等）之外，还要与时俱进，发掘传统人民美学内涵的时代性的美学新质。一方面，要加权作为民族国家的民族美学特征，挖掘与凸显积淀于民族审美价值岩石层的、被民族文化历史证明具有核心价值凝聚力的民族美学观的正名与建构价值。另一方面，新时期美学要以中国时代本土经验为基石，在对西方文艺美学甄别与批判的基础上，批判吸收，增进人民美学的包容性与开阔性。我们以崇高美学的回归与民族重建为例。

崇高，作为一个审美范畴，自王国维近代《哲学概论》“壮美”的对译进入中国学术思维前，已经历了由朗吉弩斯、柏克、康德、席勒等的不断丰富。其在经由了鲁迅、蔡元培、周杨、冯雪峰等一大批中国理论家的理论中国化阐释后，到新中国“十七年”时期，达到了审美思维与方法被奉为圭臬的文化引领鼎盛期。以典型化、英雄书写、“高大上”形象塑造、现实主义创作手法进行宏大叙事成为时代崇高美学的内涵品质。20 世纪 80 年代伴随着历史与经济的转型，崇高美学受到了前所未有的冲击。立足于日常生活、人性解放与感性体验理论基础上的以及语言学形式结构与解构基础上的“反崇高”潮流，从文学与艺术的现代形式探索开始。“现代派小说”、“新写实”、“第三代诗”、“先锋小说”、“王朔热潮”、各种“身体写作”……在“一地鸡毛”、“无主题变奏的喧嚣”、民间写作形式的回归以及对身体与欲望的情绪宣泄中，传统“崇高”的美学规范、方法、深度与庄严受到了来自文艺的颠覆性反转。

伴随着新时期文艺价值体系的重建、中国经验对西方文艺思潮的辩证的反思浪潮，我们此刻需要对“崇高”等传统人民美学观与方法论进行回归与重构思考。

（一）回归崇高，是理论与现实的需要

解构“崇高”的后现代理论主要聚焦于三个角度：日常美学、个体美学以及语言对意义的所指不确定。但是这三点的理论虚无与审美幻象，再次呼唤新时期文艺的崇高回归。

日常美学以日常生活的人民主体价值的高扬来抵制文化专制，是具有文艺积极意义的。但是日常并不代表对价值的疏离与抵制，也不可以日常细碎反理性崇高。西方后现代思潮无限度消解意义与崇高，以“日常”取代整体、历史与宏大。庸俗化、日常碎片写作使人向自然文学逆流而行，一次又一次消解尊严与精神独立品格，走向人的意义的消解与文明的反动。放弃了“庄严伟大的思想，强烈动人的激情”(朗吉弩斯)的日常碎片与价值意义的消解，将使人作为人的本质被淡化。

将个体美学从整体美学中凸显，是基于历史审美经验与审美本体论的多样性的辩证考虑。但是并不代表要以个体美学反人民整体美学。人民整体美学域下，对象的广泛性、聚焦问题的时代性以及反映事物的广阔性，是个体美学的个人化私人化美学容积所无法企及的。尤其当个体美学过分追求情绪的私密与体验的私我，当个体美学放缰远驰于主流意识形态，追求精神纯粹个体性、将个人体验圈为精神飞地的时候，势必陷入毫无依傍的无政府主义与虚无主义认知樊笼。文艺作为精神产品的社会属性以及社会基础的“关系复合”属性，再次强调美学整体性原则，强调美学的生活实践与人们大众的贴近，强调对宏大与崇高的缅怀。

以符号和形式对反意义，真相真理在语言与文字的游戏里，碎片化或零度悬置，瞬间感性愉悦。对感性欲望的解放和扩张，则把艺术引向经常停留在低浅感性层次上的庸俗文化消费之上，使文化与艺术的精神品格沦陷。同时，尼采“把理想化的基本力量(肉欲、醉、太多的兽性)大白于天下”[15]，善与伦理以及终极实在被丢置。叔本华脱离崇高的同时，超感性将目的嫁接给了纯艺术的“感性”，理想的力量被定义为个人情绪与生命的沉醉，终究难逃先验的唯心。唯有崇高的重拾可以拯救他的“感性”，因为崇高是超出“任何感官尺度”的“那种哪怕只能思维地表明内心有一种超出任何感官尺度的能力的东西”[16]。

此外，回归崇高是纠偏文艺问题、突破文艺创作瓶颈的迫切需要。当下“在文艺创作方面，也存在着有数量缺质量、有‘高原’缺‘高峰’的现象”。“有的调侃崇高、扭曲经典、颠覆历史，丑化人民群众和英雄人物”与逃避崇高相关。“搜奇猎艳、一味媚俗、低级趣味、‘为艺术’而艺术”与逃避崇高相关。“只写一己悲欢、杯水风波，脱离大众、脱离现实”与逃避大主题大叙事相关。“有的是非不分、善恶不辨、以丑为美，过度渲染社会阴暗面”也与对西方“崇高”美学的“审丑”滥用相关。“艺术并不是单纯的娱乐、效用或游戏的勾当，(而是要)使绝对真理显现和寄托开感性现象，总之，要展现真理。这种真理不是自然史(自然科学)所能穷其意蕴的，是只有在世界史里才能展现出来的。”(黑格尔)如果没有崇高美学的重新在场、重新高蹈，人民文艺的高峰很难抵达，时代的文学经典很难诞生。高峰作品与经典的艺术作品是具有历史内涵与审美力量的“有筋骨、有道德、有温度”的作品。就精神品格而言是体现历史进程、揭示人类命运与时代发展规律性的、具有史学理性的作品；是揭示人类精神、道德发展之痛与爱、激情与梦想、隐秘与生命体验的作品。就美学意蕴形态而言，是体现了崇高审美力的，可以“让人动心，让人们的灵魂经受洗礼，让人们发现自然的美、生活的美、心灵的美”。[1]

（二）以民族美学重构崇高

我们往往习惯于站在现代性的立场上对中国传统美学加以审视、判断和继承。事实上，这种思维本身存在着将传统美学与现代性割裂的误区，这或许也是五四运动以来将现代性作为一个时间概念的误区。事实上，当西方现代化及其现代美学走入困境之时，挖掘民族传统思想观与美学观，对现代性与现代美学进行补正可能是我们另一种更开阔的思维方式。比如关于崇高美学的回归与重构问题。

以道德进入崇高审美评判体系自朗吉努斯《论崇高》开始。他将崇高定义为“伟大心灵的回声”，首先强调“庄严伟大的思想、慷慨激昂的感情”。康德深化了“人格与道德行为”的“合目的性”。以崇高的“依存美”完成了对“纯粹美”的超越，赋予美以超越形式的道德与意识形态属性。但是这种美善的对象，或者是符号化的主体人或者是资本制度为基础道德的伦理人。在这一点上，中国传统美学的“至善至美”具有更宽阔的认知视野。民族美学的真善美是一体的，崇高的道德力量与美学价值积淀于三者的结合。所以老子主张“大制不割”。习近平“追求真善美是文艺的永恒价值”[1]与传统这种整体性“生生”“大制”美学观是呼应的。尤其是，中国的传统美学“善”与“美”互为佐证，强调美学的社会与道德人伦、人格完善功能，强调艺术的社会与意识形态属性。诗歌“先王以是经夫妇，成孝敬，厚人伦，美教化，移风俗。”（《毛诗序》）孟子“浩然之气”是兼容“善、信、美、大、圣、神”的“大美大善”。这种传统的美学观契合了马克思和毛泽东“艺术的阶级与社会功能属性（含道德功能）”判断。“我们要通过文艺作品传递真善美，传递向上向善的价值观，引导人们增强道德判断力和道德荣誉感，向往和追求讲道德、尊道德、守道德的生活。”[1]当这种崇高的美学俗世关照从个体道德提升到对国家、集体、政治意识形态的认知高度时，就再次论证了宏大叙事之美学合理，正名与加权了新时期“崇高”美学的人民凝聚力与向心力。同时，“各美其美，美人之美，美美与共，天下大同”实现理想中的大同美的人类文明善与美的大同构想，完全超越了康德的崇高美学的“伦理共同体”的规约局限，已经深刻到了民族与国族文化融合与尊重的人类文明高度。

（三）后现代西学甄别辩证

我们反对后现代日常美学、个体美学以形式主义的绝对化，批判用其作为武器对崇高的颠覆与消解；但是，我们也承认其对崇高美学重构的补充价值。此外，后现代思潮中的利奥塔发展了康德的绝对精神美学与非规则美学的先锋异质性内涵，强调作为“力”的崇高的精神向度，深化黑格尔式的迥异于“优美”与“静穆”（朱光潜）的“冲突美学”。这些美学理论对我们的人民崇高美学内涵建设是具有启发性的。但是以利奥塔为代表的后现代崇高观依然存在对阶级与社会的悲观虚无倾向，需要我们用马克思理论进行甄别与辩证（限于篇幅，另文探讨，此处不展开）。

五、小结

新时期开展人民文艺及美学探讨，探寻中国叙事与美学经验担当是历史的呼唤。以毛泽东、习近平为代表的中国马克思主义文艺观具有现实指向性、时代感和科学实践品质。本文仅以马克思主义文艺观为指导，从民族民间、历史观与美学三个维度对人民文艺问题作粗浅探讨。才疏学浅，实难笼万一于笔端，就教方家。

【参考文献】

[1] 习近平 . 在文艺工作座谈会上的重要讲话［R］. 2015-10-15.

[2] 向林冰 . 论“民族形式”的中心源泉［N］. 大公报，1940-3-24.

[3] 陈思和 . 民间的沉浮［M］// 陈思和自选集 . 桂林：广西师范大学出版社 ,1997.

[4] 艾思奇 . 旧形式，新问题［J］. 文艺突击，1939（1）2.

[5] 毛泽东 . 中共六届六中全会政治报告：中国共产党在民族战争中的地位［R］.1938-10-14.

[6] 韩少功 . 文学的根［J］. 作家，1985（4）.

[7] 朱一玄，刘毓忱．三国演义资料汇编［M］．天津：百花文艺出版社，1983.

[8] 斯威特．历史哲学：一种再审视［M］．魏小巍，朱舫，译．北京：北京师范大学出版社，2008.

[9] 中共中央马克思恩格斯列宁斯大林著作编译局．马克思恩格斯文集：第一卷［M］．北京：人民出版社，2009.

[10] 陈晓明．小叙事与剩余的文学性：对当下文学叙事特征的理解［J］．文艺争鸣，2005（1）.

[11] 海登·怀特．元史学：19世纪欧洲的历史想象[M].陈新，译．南京：译林出版社，2013.

[12] 伊格尔斯．二十世纪的历史学：从科学的客观性到后现代的挑战[M].何兆武，译．沈阳：辽宁教育出版社，2003.

[13] 史岩．站在人民史观的立场上［J］．红旗文稿，2016（7）.

[14] 中共中央马克思恩格斯列宁斯大林著作编译局．马克思恩格斯选集：第四卷［M］．北京：人民出版社，1995.

[15] 尼采．悲剧的诞生：尼采美学文选[M].周国平，译．北京：三联书店，1986.

[16] 康德．判断力批判［M］．宗白华，译．北京：商务印书馆，1964.

原载《东北师范大学学报》2018 年第 4 期

作者简介

李大为，大连民族大学文法学院副教授，主要研究当代文学、新闻。辽宁省作家协会会员，大连市文艺评论家协会理事，在《人民日报》《戏剧文学》等发表论文多篇。

感受闪烁的诗意

——读散文集《一个人的辞典》

放在我案头的李皓的散文集《一个人的辞典》，以闪烁的诗意和特有的抒情基调，一点一点地让人柔软起来。书里的文字，荡漾着浓郁的诗意，自然、亲切、平等，在娓娓道来的叙述氛围里，传达出一缕缕饱含生命哲思的人生况味。

弗吉尼亚·伍尔芙说："一个写作者，必须要打开自己的记忆之河，并且以最为恰当的方式还原自己的梦境。"在梦境般的语境里写作，抒写自己主体的审美感受，进而打开自己的心灵空间，是李皓散文的鲜明特征。在这些栩栩如生的叙述里，作者真诚地袒露着自己的内心，深切地打量着岁月的过往云烟，用澄澈的话语去打开阅读者的心灵！

思维是瑰丽的，语言是瑰丽的，童年是瑰丽的，梦境也是瑰丽的……这些明媚的瑰丽汇聚在一起，形成了他特有的抒情意象：瑰丽的阳光。

在《横草不拿竖草儿》一文中，他写道：妈妈不再唠叨我是不是"横草不拿竖草儿"，我却倍加珍惜手中的笔。对于百无一用的我来说，这是我今生唯一的粮草。

这些闪烁着烟火气息的盎然诗意，一点一滴进入读者的阅读视野里，充满了正能量和岁月的质感。《照相的故事》和《雪乡杂忆》是我喜欢的两个短章，极具情感张力，又颇有生命暖意，既书写了个体生命体验，也展开了情感蕴藉的深度。《照相的故事》是他在故乡读书时，对照相馆和照相的神往。在那个物资匮乏的年代，一个少年面对着海鸥照相机，该有怎样一份心灵的欣喜？这个心灵的底片，由此埋在作者记忆的深处。《雪乡杂忆》落脚点不在描写雪乡的盛景，而在于作者丰盈的人生体验。去过的地方，因为一些人和一些事，就成了自己心中永恒的远方。我们在这样深情而明亮的文本中，与作者相遇。

在个体抒怀之外，我们还能望见李皓对这个世界审视性的眺望，对人生意义的追问和找寻。他是一个诗人，但写出来的散文作品不是简单的诗性叙述，抒发的更不是浅显的个体情怀。他的作品中，蕴含着大气象、大情怀。他的文字很安静、舒缓，也很节制，关注点却有着鲜明的指向性意义。这其中，既有文化反思，也有对人性的探寻，还包含着作者的自我反省。这些追问与反思，体现出他负责任的写作姿态和深刻的文化自觉。《诗人们，站出来》，是很有文本深度的一篇美文。作者由汶川地震展开联想，已经触及了诗人们内在的生命表征。在大的灾难面前，诗人们需要拿出心中的大爱。

如果诗性的文本，不被这样的语句照亮，怎么能在意义的层面让读者深情地解读？

李皓散文的叙述策略与叙述风范也值得一说。好散文与好小说一样，都需要不落俗套的叙述视角。在《一个人的辞典》中，作者采用的是回溯性的情感叙述视角。这里面有两层含义：一是作品所讲述的内容大多是过往的故事，是回溯性的讲述；二是作品所运用的叙述手法是诗性的情感视角。前者，让故事和叙述有了更为广阔的释放空间。后者，让故事和叙述更有情感张力，更加细腻和唯美。

李皓回溯的空间很大，从童年往事写到辽南往事，从青春往事写到军旅往事。这其中，有他少年时五彩斑斓的生活场景，有他对军旅生涯的动情回顾，有对祖国各地民俗的细致描摹……这一切，经过他特有的诗性笔触的打磨，无一不闪着岁月的光亮，更闪着沉甸甸的人性光辉。人性，就这样被岁月点亮。岁月，就这样被人性照耀。《一段名言》所追忆的，不是过往时光的流风遗韵，而是能荡起他心灵回响的似水流年。情感视角的介入，使得李皓的叙述生动而嘹亮，在纤细而丰实的文字里，在充盈而诗性的情境里，我们欣赏到的是作者磊落的情怀，是对生命和过往岁月的忘情抒写。

原载《人民日报》2018 年 8 月 21 日

作者简介

梁海，哲学博士，主要从事当代文学研究与批评。现为大连理工大学人文与社会科学学部教授，博士生导师。主持国家社科基金、教育部人文社会科学基金等科研项目10余项，发表学术著作多部，论文100余篇。

阿来的意义

“那一天，一个雪后的下午，村子里的人们都看到格拉突然返身，迎着下冲的熊挺起了手中的长刀。

“格拉刚一转身就感到熊的庞大身躯完全遮蔽了天空，但他还是把刀对准了熊胸前的白点，他感到了刀尖触及皮毛的一刹那，并听到自己和熊的体内发出骨头断裂的咔嚓声。血从熊口中和自己口中喷出来，然后，天地旋转，血腥气变成了有星星点点金光闪耀的黑暗。”

这是我们这部选本中《格拉长大》里的一段文字。12岁的藏族少年格拉，在一个漫天飞雪的午后，跟着几个比他大几岁的“狂傲的家伙”上山去打猎。他的母亲马上就要分娩了。他知道“刚生娃娃的女人需要吃一点好的东西”。这个可怜的女人“有些痴呆，又有些优雅”，所以成了村里轻薄的男人们欺辱的对象。而自出生就根本不知道自己父亲是谁的格拉，自然也就沦为那些“狂傲的家伙”欺辱的对象。然而，当这些家伙“牵着父亲们的狗，背着父亲们的枪”，打伤一只狗熊，慌不择路地奔逃时，格拉却勇敢地引开了狂怒的熊，如我们开篇引用的那段文字，他以一种悲壮的方式过早地完成了自己的成年礼。《格拉长大》是一个关于成长的故事，这个故事发生在半个世纪前的西藏，无论是时间还是空间，格拉似乎都离我们如此遥远，但是，恰恰是这种陌生感，可以让我们暂时脱离庸常的生活来反观自己的成长。格拉长大的过程如同母亲的分娩，是漫长阵痛后倏忽间的化茧为蝶，残忍而又美丽。相比之下，我们的成年礼又是怎样加冕的呢？成长是生命中最富有能量的动词，而阿来则在一个藏族少年的身上，阐释了成长的意义。

藏族作家阿来所有的创作都是以西藏为背景的。他曾说：“我想写出的是令我神往的浪漫过去与今天正在发生的变化。特别是这片土地上的民族从今天正在发生的变化得到了什么和失去了什么。”他要让人们读懂西藏人的眼神，带我们走进一个真实的西藏，而不是如萨义德所说的那个“他者”的，被粉饰、被遮蔽的西藏。阿来出生在四川省阿坝州马尔康县的一个只有二十多户人家的小村庄里，从小学开始便学习汉语，童年时代就在两种语言与文化之间“流浪”，产生了文化身份认同危机。所以，建构文化身份实际上已经内化为阿来文学创作的一种自觉选择，借助文学，阿来实现的是自己的精神原乡。从2000年获得茅盾文学奖的《尘埃落定》开始，阿来笔下的一个又一个关于西藏的故事便清晰地进入我们的视野：从20世纪初摇摇欲坠的康巴土司世界，到20世纪50年代至90年代经历了时代沧桑巨变的机村，再到21世纪以后由“山珍”引发的骚动，还有那个遥远到“家马和野马刚刚分开”的格萨尔王时代，阿来用传统所能传递的意象及意义的力量，为我们营造了一个独一无二的西藏。

收录在这部选本中的21篇作品，包括10部中短篇小说和11篇散文随笔，延续了阿来创作一贯脉络，尤其是小说部分，属于“机村传说”系列，延展了长篇小说《空山》中那个孤独机村的存在维度。《格拉长大》《水电站》《马车》《瘸子》《报纸》《马车夫》等，在故事、人物、情节之间，有着颇具意味的神秘联系，显示出作品的连续性。如果我们将这些故事串联到一起，便是一段机村的发展史。在这个小小的村落里，那些经常被孤立思考的事件彼此交互作用，以互文的形式交织着某种隐喻，由此，通过机村，我们获得了对整个西藏真实而连贯的印象。阿来曾在大连理工大学以“我只感到世界扑面而来”为题做过一次演讲，在我看来，这也是阿来梳理西藏现代性进程的切肤感受和深刻反思。所有的新生事物在人们猝不及防之际，铺天盖地地扑面而来，接受是被动的、来不及消化的囫囵吞枣。尽管如此，这个社会还是在被动中被大大地向前推进了。

《水电站》正是以一个孩子的口吻告诉我们世界是怎样扑面而来的。在这个机村孩子的眼里，入驻机村的地质队给他印象最深的是，“他们真是些神气的家伙”“他们自己带着一队骡子，驮着帆布帐篷，可以折叠的床、桌子和椅子，还有各种各样的尺子和镜子”“他们还在一个箱子里装上一些漂亮的玻璃容器，每天，都有人爬到上面，在一个厚厚的本子上记下瓶子里装了多少雨水或露水。他们还把一把长长的铁尺插在水里，每天记录水涨水消时，贴着水面的尺子上的刻度”。当然，这些家伙的神气，不仅是体现在吃穿用度和行为方式上，还表现在他们对机村人的态度上，“他们赶着驮着各种稀奇东西的骡子队直接就从村子中央穿过去了，对这么大个村庄视而不见。完全是一种见过大世面的样子”。尽管村里的孩子们被地质队邀请去他们的营地，参加科学主题活动日，但在机村人眼里，这些地质勘探队员依然是难以接近的“神气的家伙”。当机村的大人们也进入他们的营地，“勘探队的人并没有因此摆出要与机村人特别亲近的意思。他们自顾自忙自己的事情”。他们无疑是矜持而骄傲的，在机村人面前有着毫不掩饰的优越感，毕竟，他们的“神气”是有理由的，他们带给这个村庄有史以来“从未有过的光亮”。我觉得，这部作品非常耐人寻味的是，文本自始至终在强调地质勘探队员的傲慢与矜持，显示出他们与机村人情感与精神上的隔膜。这让我联想到王维的诗句“野老与人争席罢，海鸥何事更相疑”。的确，对一种新的生活状态的接受，是心灵交融，而不是外在事物的强行介入。所以，《水电站》所带来的光明是一种怎样的光明呢？它能照亮机村人的心灵吗？

与《水电站》类似，《马车》再一次写到了世界的扑面而来。“机村有马，也有马上英雄的传奇，但没有车，没有马车。其实，哪里只是机村，方圆几百里，上下两千年，这个广大的地区都没有这个东西。”然而，忽然有一天，当农业合作社的社长去乡里开会回来，便带回了一堆奇形怪状的东西，这些东西最后被木匠南卡组装成了一辆马车。藏语中是没有“马车”这个词的，于是，已经夹杂了很多汉语的藏语又增添了一个新的名词“马车”。在我看来，外来文化的侵入往往是以语言为表征的。大量新名词的诞生，标志着新的文化与文明正在悄然兴起。所以，尽管机村人从未见过马车，但当“马、车。这两个音节在喉、舌和齿的联合作用下，艰难地从机村人的口中吐了出来。他们就相信这个名词所指称的东西是一个真实的存在了”。于是，佶屈聱牙的“马车”在人们猝不及防中载着机村滑入了现代性的轨道。然而，另一方面，新名词的大量涌入也势必遮蔽，甚至消弭那些曾经辉煌过的“旧名词”，新旧之间的冲突在所难免，新名词搅乱了人们的神经，吞噬了他们固有的认知模式，最终剥夺了他们用自己的语言来解释世界的能力，由此导致现代性的强行介入与当地传统文明之间“水土不服”引发的错位。这一点，在《马车夫》中得以形象的阐释。在某种意义上，我们可以把《马车夫》看作是《马车》的续篇。当机村有了马车之后，“一直蜗行于机村的时间也像给装上了飞快旋转的车轮，转眼之间就快得像是射出的箭矢一样了”。而一度默默无闻的麻子也因擅长驾驭马车而得意到一脸坑洼闪烁着红光。然而，谁料想，“马车这个新事物在机村还没有运行十年，就已经是被淘汰的旧物了”。而麻子还有他引以骄傲的马车也自然被人们遗忘。在此，我想到了阿来的长篇小说《空山》中所描绘的：大量政治的、经济的、科技的新话语涌入机村，机村人在眼花缭乱、应接不暇中，用新的话语埋葬了自己的过去。显然，阿来是深刻的，也是善于思考的，他以文学的形式还原了世界“扑面而来”时的历史现场，让我们看到在人类整个现代文明的进程中，西藏作为一个弱势文明地带所经历的蜕变与阵痛。这种阵痛往往是悲壮的，一如少年格拉的成长。但有时，又会流于荒诞，呈现出新旧文明摩擦出的变异色调。《报纸》讲述的就是，一张报纸，却决定了一个人一生的命运。“报纸刚到机村头一两年，那可是高贵的东西。那时，机村人眼中，报纸和过去喇嘛们手中的经书是差不多的。”可是，随着机村人渐渐见多识广，他们便不再把报纸当回事，开始用来卷烟或包裹东西了。然而，一天，倒霉的扎西东珠无意间用鸟枪把报纸上“领袖的下巴、额头和腮帮子都打坏了”。结果，他被宣布了两项罪名，“一项叫反革命恶攻，一项是非法持有枪支”。更为荒诞的是，等到10多年后在监狱服刑期满，他出狱时的行李依然是用一张报纸包裹的。

在上述几个短篇中，阿来是在讲述一个村庄存在和即将消失的故事。从中，我们可以感受到来自村落外部和内部两方面力量的汇集和冲撞。这样看来，机村，既是一个具体的村庄，又是一个巨大的存在的隐喻体。尤其是，呈现了在一个荒诞或者说是多元的年代里，一个村庄在遭遇社会政治、现代文明的浸入时惶惑的神情。其实，阿来从来没有停止过对于现代性的思考，这一点，或许与他的民族身份有关。毕竟，在世界文化的格局中，藏民族文化处于边缘地带。因此，在文学中塑造一个真实而富有历史感的西藏形象，让这一形象承载西藏的文化，以及这一古老文化面对现代性、全球化等世界文化格局变化所做的反应，便成为阿来写作的文学自觉。阿来曾说："我所能做的，只是在自己的作品中记录自己民族的文化——在全球化的背景下她的运行，她的变化。文化在我首先是一份民族历史与现实的记忆。我通过自己的观察与书写，建立一份个人色彩强烈的记忆。"

当然，这份"个人色彩强烈的记忆"不仅是对历史的追溯，还有对当下的思考。创作于2016年的"山珍三部曲"——《三只虫草》《蘑菇圈》《河上柏影》，书写的便是当下消费主义时代，欲望的悸动和精神的浮躁，即使边远的藏地也无处藏身。阿来选取了藏地三种稀有的山珍：虫草、松茸、岷江柏，以它们被人类疯狂掠夺的命运，折射出物性正在无情地吞噬着人性。阿来说："消费主义盛行的时代，如果边疆地区不具有旅游价值，基本上已被遗忘。如果这些地带还被人记挂，一定是有一些特别的物产，比如虫草，比如松茸。"所以，《三只虫草》里的那个藏地小镇，在一年的大部分时间里被都市人遗忘，而在采摘虫草时节，却裹挟在城市的欲望中。当一年一度的虫草季到来的时候，小学生桑吉偷偷逃课跑到山上采摘虫草。毕竟，"一家人的柴火油盐钱，向寺院做供养的钱，添置新衣裳和新家具的钱，供长大的孩子到远方上学的钱，看病的钱，都指望着这短暂的虫草季了"。然而，虫草对于这个孩子来讲"的确有点纠结。是该把这只虫草看成一个美丽的生命，还是看成三十元人民币，这对大多数人来说也许根本不是一个问题，但对这片草原上的人们来说，常常是一个问题"。显然，生活在这片古老草原上人们的思维有着“独特性”，春暖花开，斗转星移，一切自然的律动都融入他们的血脉，即便是拜金主义的狂潮也很难从根本上彻底割裂他们生命中的自然之根。所以，面对扑面而来的世界，他们难免困惑，难免纠结。但外部世界是如此强大，就连生长在雪域高原上的虫草，也命中注定要“走出”草原，更何况有着七情六欲的人呢？文本中的桑吉是学校里最爱学习的学生，还是成绩最好的学生。他能从母亲纺羊毛线团时，领悟什么是“纠结”；在去山上采虫草抽签的关键时刻，他能立刻用上数学课上学过的“概率”；他甚至已经模模糊糊感受到哲学的妙趣。这样的孩子必定是志向高远的，所以，当他第一次看到《百科全书》时，一个无法想象的广阔世界进入了他的视野，再回望他生活的小村庄，心里便生出一点点的凄凉。文本的最后，凝结着桑吉爱心的三只虫草，在被算计和欺骗中开始了它们通往外部世界的旅行；桑吉必定也会走出草原的，因为，算计和欺骗已经让桑吉获得了无比强大的内心。

阿来在《三只虫草》中讲述的既是虫草的命运，也是人的命运。实际上，在对待世界扑面而来的问题上，阿来并非抱以一种二元对立的决绝态度。他在谈到《尘埃落定》中傻子的形象时曾说，现代性就像一列突然加速的列车，通常人们会做出抵抗性的反应，由此重新获得一种平衡，但加速度会重创这种抵抗性，最终的结果必然是失败；而傻子的态度却是顺应，这是明智的选择，因为他没有能力去抵抗。我认为，这也是阿来对待现代性的态度。当然，顺应并不意味着必须割断自己民族的根，尽管现代性与民族传统之间有着诸多难以调和的矛盾，冲突在所难免。但阿来在他的文字中，重新复现了一种有关故乡、生命和存在的精神记忆，其中所蕴藉的，远远不是个人记忆所能承载的异常强大的精神力量，而是关乎一个民族或者整个人类的沉浮与兴衰。这使得阿来的文字是深沉的，又是富有诗意的。

当然，这样的诗意也播撒在他的散文中。这部选本中的散文，有不少是描写各色花卉、植物的，如《蜡梅》《丁香》《玉兰》《芙蓉》《桐》《李》，等等。它们大多选自阿来的散文集《草木的理想国》。2010年，阿来生病住院，手术后一时无法上高原。于是，热爱大自然的阿来每天在成都市区那些多植物的去处游走，当时正是蜡梅开放的季节，阿来被那些馨香明亮的黄色花朵所吸引，带了相机去将它们一一拍下。拍过蜡梅后，玉兰、海棠、梅、桃、杏、李次第开放，阿来便一发不可收拾，决定“要把自己已经居住了十多年的这座城中的主要观赏植物，都拍过一遍，写上一遍”，于是，便有了《草木的理想国》。在这个“草木的理想国”里潜藏着两个阿来，一个是痴迷而狂热的植物学家，他用高像素的相机拍出每一株花朵细微区别的色彩和层次变化，从中我们甚至可以嗅到泥土和种子诱人的气息。他可以辨认并说出一千种以上的植物名字或习性，为了获悉一种未知植物的知识，他不惜花去大量时间查阅各种资料。这个阿来让我联想到美国电影《回到未来》中那个痴迷于各种机械的癫狂可爱的科学家布朗博士。另一个阿来，则是诗人兼哲学家。在他的笔下，玉兰花“像是一朵朵将要向着那淡蓝的天空飞升，顺着倾泻下来的明亮光线向天空飞升……就是这样，极致的美带来一种怅然若失的伤感”。芙蓉则是“在树上，每一枝头顶端，都有更多的花朵正在盛开，或者即将盛开，还有更多的花蕾在等待绽放。芙蓉的花期还长，而蜀地成都的秋天也一样深长”。还有热烈的梅花，“当阳光驱散薄雾，下楼就望见那团红云更加浓重，步步走近，那红艳并不消散。因此知道，这一树红梅花真的开了。的确是长得好看的那一树热烈地开了”。这些文字让那些在我们日常的匆匆步履中被忽略的美一下子绽放出来，如此绚丽！如此诗意！令我们内心生发愧疚，惭愧自己因各种无谓的忙碌践踏了良辰美景。可以说，阿来欣赏存在的一切事物，而且尊重所有现象无尽的可能性，这使得他的散文获得了一种从容和安详。

卡尔维诺说过：“大自然是外在于人性的东西，不过它跟人类心灵的最深处也是不能分开的，其中存在着人类的梦想字符及幻想密码，若是没有它们的话，我们不会有理想，也不会有思想。”所以，阿来《草木的理想国》带给我们的绝非仅仅是良辰美景，还有很多深度的思考，关于自然，关于人类，关于历史，这些无法承受的生命之重，以如此轻盈的方式滑进我们的内心深处。其实，阿来始终是一个善于思考的作家。文学批评家谢有顺曾说：“阿来的散文，在某种程度上说，就是一种多维度交织的散文，一种有声音的散文，也是一种重的散文。它的重，就在于他那干净的文字后面，从来就没有停止过对世界、人生和存在的追问。”像本书中所选的《我只看到一个矛盾的孔子》《善的简单与恶的复杂》《三思〈阿凡达〉》等均是如此。

阿来为我们营造了一个如此丰盈的文学世界，我们有什么理由不去阅读呢？他的文学创作让我们看到大地阶梯之上的那一片雪域高原。其实，一位作家的全部努力正是在整体的文化脉络中获得意义。

原载《海燕》2018 年第 6 期

作者简介

乔世华，文学博士，辽宁师范大学文学院副教授，硕士生导师，主要研究方向是儿童文学。在《中国现代文学研究丛刊》《光明日报》《文艺报》等报刊上发表文艺评论文章100余篇，出版6部学术专著。

兰溪散文：对精神世界的深情凝望

熟悉兰溪的人喜欢用“清气若兰”或“空谷幽兰”一类词语来形容其精神气质和为人风范，而“文如其人”这话用在兰溪身上是再恰切不过的了。因为她笔下一篇篇清新脱俗、纯净温馨且意蕴醇厚的文章，也正是从其心底流淌出来的真情结晶，既散发着兰蕙的气息，也有着溪水淙淙的清响。迄今为止，兰溪已先后出版了《枫林叶雨》、《生命的芳香》、《心灵的圣殿》和《回归伊甸园》等四本散文集，单从这几部书的命名就可以窥见其写作的核心所在——关注自然、关注生命、关注精神，这是兰溪散文不变的写作宗旨。

《回归伊甸园》是兰溪的第四本散文集，依然难能可贵地保持着其散文一贯的优雅与悠闲、恬淡与达观的气度。依我看，其给这本散文集如是命名，是有以下几个层面的意思考虑在其中的。

其一，《回归伊甸园》是一部游记，“伊甸园”是具体有所指的——兰溪在不到一年时间内先后游历了以色列、澳大利亚和新西兰三个国家，书中所收录的文章都记录着她在这几个国家的见闻感受。而这几个国家便是她所说的“伊甸园”：耶路撒冷虽然是弹丸之地，却是世界三大宗教的发祥地，犹太人、阿拉伯人在此会聚，在这一宗教圣地的行走，于兰溪来说是一次心灵的洗礼、一次揭开心中重重疑团的良机；至于澳大利亚和新西兰，其优美的自然环境和丰富的人文精神让人流连忘返，也让兰溪看到了当地人民对伊甸园的寻找、对家园的呵护，由此确信了现实世界中依然有伊甸园一样美好的地方。一切都如兰溪所说的那样，这本书“不仅是我用心血写出来的，也是我用脚走出来的”（《跋——回归伊甸园》）。因此，说起来，《回归伊甸园》属于兰溪开启“文化苦旅”的产物。当然，她无意写那种气势恢宏的文化大散文，而是愿意以轻盈的步态、灵动的智慧走近她所心仪的地方，也走近挚爱她的读者。

其二，“伊甸园”是宗教层面上的，“回归伊甸园”对作者来说是在实践中检验自己习得的文化知识。以书中第一辑《沙仑玫瑰》来说，当兰溪来到约旦河，勾起的是其对《圣经》相关典故的阅读记忆，这个曾经发生过数次奇迹的地方，可能通常人会觉得这是神话，但是兰溪从中领悟的是一种宝贵精神的昭示：“当一个人充满信心、勇往直前踏入生命中的约旦河时，生命中软弱、怯懦的城墙也必然会倒塌”（《约旦河水青幽幽》）；来到山城耶路撒冷，由《圣经》中经常提及的各种“谷”而钩沉了百合花的美丽传说和百合谷的由来（《谷中百合花》）；在耶路撒冷圣殿、哭墙上触目所见的“所罗门”的名字，进而想到所罗门王的箴言和丰功伟绩（《广大智慧的心》）；走到耶稣带众门徒上橄榄山时，在客西马尼园跪下祈祷的巨石旁，想到的是这位在这里镇定扛起十字架，走向苦路的灵魂的博爱精神（《小园香径独徘徊》）；走过耶稣当年受刑的漫长苦路，不仅以广博知识和生动想象还原耶稣的受难历程，也征引了高尔基、泰戈尔等人对苦难的精辟解说（《苦路》）；感受以色列的赎罪日之际，也信手拈来《圣经》中有关守赎罪日的典故（《感受赎罪日》）……兰溪在书中扮演着一个文化导游的角色，她在行万里路的过程中重新读万卷书——梳理自己日常的宗教文化历史阅读，也拿出其中的精髓与读者共同分享，意在以此激励读者对异国文化尤其是世界宗教文化有更深入和更切近的认识与思考。

其三，“回归伊甸园”是兰溪给当下人、当下社会开出的一剂救治心灵疾患和危机的药方。兰溪看起来很文静纤弱，但却有着一个正直而严肃的知识分子的良知与责任感。写作于她来说，绝不是面对风月而吟诵时的自我消遣，而是有感而发、不平则鸣。这个“动”喜欢唱歌跳舞和旅游、“静”热爱读书思考和写作的女子，对物质生活并无奢求，相反，她特别看重精神的营求、注重心灵的丰盈，在动静相宜中保持着旺盛的写作激情，荡涤着心灵尘埃，并苦苦追索着真知灼见，她不仅仅是要通过写作悟道修行“善其身”，也希望以写作为剑为烛而“济天下”。

当今社会，战争威胁、环境污染、精神委顿、信仰迷失、人情冷酷、金钱至上、钩心斗角、焦虑疯狂，各种各样的问题层出不穷，极大地困扰着人类。兰溪清醒地意识到现代社会这种种痼疾的源头：“人的自私、贪婪、欲壑难填才是导致战争的根源，大多数冲突是经济利益的原因”（《朝见锡安山》）；“在物质极大丰富的今天，生活的苦难不再是困扰人们的主要原因，精神的困扰，心灵的不宁，恶势力的猖獗，超级病毒、生物核武器威胁着人们的生命，蚕食着人们的灵魂，使人焦虑、烦恼、痛苦”（《伊甸山》）；“多少人在自相矛盾中煎熬着，自我设置了心灵的监牢，被捆绑不得自由”（《卖艺的教授》）……怎样解决这些问题，从而让人类能获得真正的幸福和安宁？兰溪给出了明确的回答：“人类需要纯正的信仰”，“回归心灵的家园”（《朝见锡安山》），“人类应在自然中寻求和谐生存，而不是攫取式、破坏式地生存”（《敬畏自然》）……“回归伊甸园”是兰溪向人类发出的深情而持久的召唤——召唤人类回到自然中、回到对心灵的探视中、回到对家园的守望中：“回归伊甸园就是从浮躁归于安宁，从无度归于节制，从无序归于有序，从巧取豪夺归于和睦相处，从贪得无厌归于知足常乐，从自私狭隘归于广大心灵，使人类真正走向和谐、自由、博爱，诗意地歇居，美丽安适，回到理想家园的怀抱。”（《跋——回归伊甸园》）

兰溪是一个至真至纯至善之人，时刻愿意掬捧一颗至纯之心面向世界，微笑着绽放心灵；即使她个人可能会在现实中遭遇种种委屈、不平甚至恶意，她也愿意努力穿透黑暗，就如同她笔下的沙仑玫瑰那样“芬芳着这片寂寥的荒漠大地，彰显着心灵的纯美高洁”（《沙仑玫瑰》）。呼唤心灵回归，感悟生命智慧，这是兰溪散文的特有精髓。

原载《文艺报》2018年7月27日2版

作者简介

孙郁，生于大连。著名学者，中国鲁迅研究会会长，教育部长江学者特聘教授。主要著作《鲁迅与俄国》《革命时代的士大夫》《民国文学十五讲》《椿园笔记》等。

与幼小者之真言

——《狂人日记》的副题及其他

对于百年前的读者而言，鲁迅的《狂人日记》是一篇逆天的文本。由于它的幻觉式的自白和反逻辑的叙述，审美话语里奇思突起，传统小说的面容顿失。鲁迅坦言这里有尼采、迦尔洵、安特莱夫的影子，忧患之音深埋其间。后来的研究者以为那文本是驳杂丰富的，甚至从中看出流动着繁多的意象。这作品给人惊讶的感觉，沉眠的内思被其所唤起。而且重要的是，关于“吃人”的发现，似乎冥府里的幽光，惨烈之气的背后，审判了对象世界的同时，也审判了叙述者自身。

多年后，鲁迅在回忆此篇作品时说，“意在暴露家族制度和礼教的弊害”[1]。这种解释影响了后人对于该作品的判断，无意间回避了词语另类的隐含，审美的先锋性所包括的复杂性被一笔带过。小说家的发散思维所指，并未被作者自己陈述出来。

早有人说，鲁迅作品有陀思妥耶夫斯基小说复调的意味[2]，虽然人们并非都认同此点，但其作品的一腔多调，一影多形的特点是显而易见的。我个人以为，《狂人日记》除了鲁迅自己承认的反礼教的主题外，还隐含着“对幼小者痛感的凝视”这一副题，这与鲁迅对儿童研究的兴趣有关。只是作品的尼采的味道过浓，掩饰了副题的线索。它类似于卡尔维诺所说的“非线性思维，靠一句格言，靠点状的、互不连接的思想火花来展开故事”[3]。对于传统的文学而言，所写的作品属于非小说的小说，以朴素的方式构建出繁复的话语结构。

我自己在重新阅读鲁迅的日记和相关资料时发现，鲁迅在创作《狂人日记》前的几年间，除了读佛经、抄古碑外，偶有一点翻译。在从事文物研究的同时，也参与过儿童艺术展览会的策划。这六年的翻译内容都与儿童教育有关，日本学者上野阳一的《艺术玩赏之教育》《儿童之好奇心》《社会教育与趣味》和高岛平三郎《儿童观念界之研究》，带来的是认知的新风。传播这些从社会学与心理学出发的儿童教育研究的文章，鲁迅有很深的用意，那些刺激心性的审美之光和对于世界好奇打量的超功利的凝视，在中国少年的教育里是从未有过的。

如此关注儿童问题，可以看出鲁迅的精神的兴奋点。一个有趣的现象是，在《狂人日记》发表之前的四个月，《新潮》刊发了鲁迅所译的有岛武郎的小说《与幼小者》。该作品是一篇父亲致子女的信札，对于失去母亲的孩子的诸多祷告和寄语。小说悲哀于孩子不幸的生活，抵挡苦难的独白牵扯出以幼者为本位的思想亮点。

在有岛武郎的文本里，无所不在的担忧感散落在字里行间。厄运到来的时候，父母为孩子们抵挡着风风雨雨。作品里关于医院、病人、死亡的描绘，都在暮色之中，可我们却体味到了无奈中的暖意。当母亲离世时，并没有让孩子来到身边。“因为怕将残酷的死的模样，示给你们的清白的心，使你们一生增加了暗淡，怕在你们应当逐日生长起来的灵魂上，留下一些较大的伤痕。使幼儿知道死，是不但无益，反而有害的”。小说的解放幼小者的期许在悲凉之雾里缭绕不已，父母希望自己能够救救孩子，但也鼓励孩子自救。小说的陈述，染有托尔斯泰的气息，诗一般的独白，也带出思想者的爱意。此后不久，鲁迅还译介了有岛武郎的另一篇作品《阿末的死》，也是幼小者不幸的故事。这篇小说在调子上更为凄惨，作者对于十四岁的少女阿末的自杀的描述，笔触沉郁。有岛武郎看到了日本社会结构中对于儿童压迫的不幸事实，在令人窒息的环境里，孩子找不到自己的欢乐之所。在父亲、哥哥相继去世后，由于绝望于环境，自己服毒离世。

这两篇小说的儿童都生活在黑色之中。受到托尔斯泰影响的有岛武郎在作品里不断释放自己的幽思。日本没有中国式的礼教，但社会结构与风俗，有碍于生命价值的存在亦时常可见。命运不幸与家庭不幸，导致孩子的无爱的生活。作者在无声的画面背后，是浩茫的情思，其中《与幼小者》的结尾叹道：

> 幼小者呵，将不幸而又幸福的你们的父母的祝福带在胸中，上人世的行旅去。前途是辽远的，而且也昏暗。但是不要怕。在无畏者的面前就有路。
>
> 去罢，奋然的，幼小者呵。[4]

《狂人日记》是否受到有岛武郎情绪的感染，作者自己未说，但相关的色调通过辨析还是能够察觉一二。我们对比内在的主旨，当会感到鲁迅文字脉息里的日本文学元素。至少有岛武郎对于孩童世界的关怀之意，渗透在鲁迅的文本里。《狂人日记》的框架总体不同于有岛武郎的两篇作品，受到果戈理的形式的暗示是显然的。但果戈理的作品没有幼小者的话题，这一点或许受益于有岛武郎吧。鲁迅的忧愤明显高于有岛武郎，也非果戈理可以比肩。只是借鉴了有岛武郎的父与子的母题，余者属于自己的独创。在小说的情绪与内觉的变形表述里，还是迦尔洵、安特莱夫的影子居多。加之尼采式的独白的移植，有岛武郎的痕迹自然显得模糊了。

多年来人们一致认为，《狂人日记》呼应了陈独秀等人非孔的思想，目标直指礼教的自身。如果我们沿此延伸下去，就会发现这礼教最大的受害者，是青少年，他们是这种形态的牺牲者。鲁迅从日本作家那里受到暗示，以为警惕对幼小者的吞噬乃知识人的使命。有岛武郎写儿童之苦，有对于命运的防范，没有鲁迅笔下狂人的地狱般的惊恐。这不仅仅是命运的抵抗，而是对于习惯的表述空间的抵抗。狂人的语言既不是士大夫式的，也没有新文化人的书卷气。鲁迅使用了一种看似平白，实则带有反讽结构的语言，它颠覆了孔教下的汉字书写的文脉，精神衔接了天地之气的别样光泽。

和《与幼小者》《阿末的死》一样，鲁迅的《狂人日记》流动着童年经验的痛楚。主人公的年龄是三十多岁，但所写的片段多纠缠着儿时记忆。狂人的少年记忆一片灰色，乃至无所不在的死亡之气。那些奇怪的幻觉有儿童式的色彩，好似儿童画里的变形与夸张。但最根本的是，独白融入了绝望的气息，那是孩子内心灰暗的一幕：

> 我捏起筷子，便想起我大哥；晓得妹子死掉的缘故，也全在他。那时我妹子才五岁，可爱可怜的样子，还在眼前。母亲哭个不住，他却劝母亲不要哭；大约因为自己吃了，哭起来不免有点过意不去。如果还能过意不去，……
>
> 妹子是被大哥吃了，母亲知道没有，我可不得而知。
>
> 母亲想也知道；不过哭的时候，却并没有说明，大约也以为应当的了。记得我四五岁时，坐在堂前乘凉，大哥说爷娘生病，做儿子的须割下一片肉来，煮熟了请他吃，才算好人；母亲也没有说不行。[5]

无疑，这是积蓄内心已久的感受的喷吐，小说的幻觉与谈吐，带有病态儿童的感觉。在家庭里，除了死去的妹妹，“我”的年龄最小。母亲、哥哥都参与了“吃人”的过程，连自己的孩子都不放过。叙述者失望于无爱的青少年教育，他将幼小者受难的经历，象征性地表现出来。即便后来很少小说写作的时候，作者一直在杂文里重复着其间的意象，甚至以清晰的方式向读者解析自己小说朦胧难辨的题旨。不妨说，《狂人日记》是对醒着的人的内心的描述，那是被虐待的受伤的尼采式影子的另一种表达。

与自己熟悉的俄国作家和日本作家的书写不同，鲁迅在浸染在域外文本之后，寻觅到属于自己的经验的表达。用了果戈理和有岛武郎所未有的惨烈，直逼中国人的日常生活。狂人在生活里有两个发现，一是仁义道德“吃人”，二是不仅对象世界“吃人”，而且自己也是“吃人”的人。这时候他希望能够在这个世界看到“真的人”，但一切都茫然无序。在这个发现之后，经历了惊讶、恐惧、不安，便发出了“救救孩子”的声音。从对于“吃人”的发现，到喊出“救救孩子”的声音，鲁迅“人”的思想的本然之色就全部呈现出来了。

在《狂人日记》问世前，《新青年》同人那时候多关心青年、妇女的问题，能够深入了解儿童问题的是周氏兄弟。早期《新青年》关于家庭、性别研究的文章很多，但几乎没有关于儿童的文章。周作人此前所作《儿童研究》以及翻译的安徒生童话，尚未被陈独秀等人列入编辑话题。周作人还没有来北京之前，就与鲁迅通信说过自己的儿童研究心得，两人的互动中，都强化了彼此的见识。《狂人日记》是《新青年》同人里第一篇折射幼小者记忆的小说，儿童研究的心得自然也在文体之间跳跃。小说的感觉多半是非成年的，“月光”“赵家的狗”“狮子式的凶心，兔子的怯懦，狐狸的狡猾”等词语的闪动，均带有年幼者的印记。但它不是明快的，而是死灭的，在跳跃性的表述里，有着异样的审美韵致。倘若我们从作者对“儿童经验”的点缀里看待这篇作品，小说的副题自然就浮现出来了。

鲁迅抨击礼教吃人的主题与凝视幼小者悲苦之状的副题是伴随在一起，且一直延伸在不同语境中的。新文化运动不久，他写了大量的文章，其中包含的主要内蕴，就是重复《狂人日记》的几个题旨，点明传统文化的问题。我将此看成他对《狂人日记》后续注释。这些是无意间的重复，为我们了解其心结提供了依据。我们看这些后续的文章，读到了作者对那篇白话小说题旨的照应，直到晚年，这种照应一直存在。他的变中的不变的精神之光，在现实性里延伸到繁复的精神世界中去了。

1925 年鲁迅写下的《灯下漫笔》，就指出中国古代的曾经把人不当人的残酷现实。在此，鲁迅再次指出人伦秩序的“吃人”：

> 但我们自己是早已布置妥帖了，有贵贱，有大小，有上下。自己被人凌虐，但也可以凌虐别人；自己被人吃，但也可以吃别人。一级一级的制驭着，不能动弹，也不想动弹了。[6]

《狂人日记》说身边的人“吃人”，后来发现自己也是“吃人”的人，就带有一种罪感。这与卡夫卡对于己身的审视时的眼光有许多相似之地。卡夫卡承认早期教育与身边的犹太教对于自己是失败的，他的恐惧、绝望、不幸，来自于犹太文化畸形的教育[7]。卡夫卡通过对话与自言自语，指出自己的叛逆的表达恰是正襟危坐的伦理逼迫的结果。传统伦常的无差异化教育产生的压迫性，导致了个体生命感受的压抑、痛楚乃至死灭之感。这是中西文化共有的问题。不同的是，卡夫卡经由许多日常的细节表述了这一点。鲁迅在《狂人日记》中的描述超越了细节，用的是神秘的精神体验的方式，有一种总括的描述。所以后来他认为自己的作品的空泛感，乃内省后的真言。

批判旧礼教，是新文化人那时候的主要任务。对于礼教吃人的表述，在吴虞、胡适、陈独秀的文字里亦有。吴虞看到鲁迅的《狂人日记》时，曾联想起历史的沿革里阴森的片段，认为“吃人的就是讲礼教的！讲礼教的就是吃人的呀”！[8]胡适在《〈吴虞文录〉序》一文也呼应了《狂人日记》的主题，指出礼教的吃人本质：“这个道理最明显：何以那种种吃人的礼教制度都不挂别的招牌，偏爱挂孔老先生的招牌呢？正因为二千年吃人的礼教法制都挂着孔丘的招牌——无论是老店、冒牌——不能不拿下来，捶碎，烧去”[9]。这其实比《狂人日记》更为激进，不仅仅说礼教“吃人”，还号召砸掉孔家店，那是彼时知识人痛快之语。扫荡旧遗存里非人道的存在，是整个同人共有的意识。

礼教“吃人”，在《狂人日记》里只是象征性的表达。鲁迅此后所写的杂文，对于“吃人”问题就有深化的描述。他首先注意到幼小者爱的权利的丧失。在爱情问题上，礼教下的中国到处是没有爱情的婚姻。1919年年初所发表的《随感录四十》，鲁迅就爱情、婚姻作了沉痛的陈述，他从青年的来稿里审视到己身的存在，感叹在婚姻问题上，老人的撮合却成了百年盟约。这种强制性的婚姻，使青年失去了爱的愉悦。鲁迅透视这法则的残酷，那结果是无所不在的苦痛和畸形的人生之旅。无爱的婚姻乃反人性的枷锁，所以鲁迅再次勾勒出狂人的心境，并证明这呐喊的合理性：

然而无爱情结婚的恶果，却连续不断的进行。形式上的夫妇，既然都全不相关，少的另去姘人宿娼，老的再来买妾：麻痹了良心，

> 各有妙法。所以直到现在，不成问题。但也曾造出一个“妒”字，略表他们曾经苦心经营的痕迹。
>
> 可是东方发白，人类向各民族所要的是“人”，——自然也是“人之子”——我们所有的是单是人之子，是儿媳妇与儿媳妇之夫，不能献出于人类之前。
>
> 可是魔鬼手上，终有漏光的处所，掩不住光明：人之子醒了；他知道了人类间应有爱情；知道了从前一班少的老的所犯的罪恶；于是起了苦闷，张口发出这叫声。[10]

上述的话似乎也是《狂人日记》的主题再现：对于罪的发现，于是苦闷，于是叫喊。而且鲁迅说要销了这历史的旧账。在论述此话题的时候，作者不经意间重复了《狂人日记》结尾的那句话：

> 旧账如何勾消？我说，“完全解放了我们的孩子！”[11]

这是《狂人日记》发表七个月后，鲁迅又一次对于“吃人”文化的提及，也是狂人反抗精神的重构。对比两篇作品，不难看出后者对前者的重复与延伸。这种对于礼教的反叛的主题的复制，恰如尼采对于基督教文明批评的多次回环，乃自己的使命使然。毫不妥协批判旧的不合理的文化遗存，在他们的文字里诞生了强力意志下的精神风暴。

五四运动前后的知识人讨论家庭问题，与传统士大夫的思维完全不同。那突破口是从弱者的视角考虑问题，便把儒家思想的逻辑颠覆了。那些弱者首先是女子，对于女子不幸生活的关注，成为一时的风气。此后，这话题在鲁迅那里一直没有消失过。在传统的礼教结构之中，节烈观更带有残忍性的一面，鲁迅在小说和杂文中不止一次强调了此点。所谓“仁义道德”的非道德性，就在于让女子未曾有过独立的地位和人的资格。1918年8月，鲁迅在《新青年》杂志发表了《我之节烈观》，进一步阐释礼教“吃人”的本质。传统道德希望女子为丈夫守节，丈夫可以纳妾、多妻，女子则不能有更多的选择。“女子死了丈夫，便守着，或者死掉；遇了强暴，便死掉；将这类人物，称赞一通，世道人心便好，中国便得救了。”[12]这种反人性的规则，纠缠在儒家的语境里，使儒家思想由高远的天际落入封闭之境，是大有问题的。于是鲁迅叹道，我们的道德，在基本取向上出现了问题。那么，什么是合理的道德呢？鲁迅认为：“道德这事，必须普遍，人人应做，人人能行，又于自他两利，才有存在的价值。”[13]那时候他一再强调“人各有己，自他两利”，就是看到旧道德的非人道性后发出的感慨。说这观点乃《新青年》同人共同认可的伦理观，也是对的。

面对礼教对于弱小女子的摧残，鲁迅的文字带有诅咒般的口吻，通篇有压抑里的突围，仿佛空漠里的寒光一闪。这种韵致在后来的《野草》中被再次放大，成了对于荒诞存在的一种对抗。鲁迅对于礼教下的女性的不幸的描述，在同情中滚动出悲愤之音。这在他的杂文中极为罕见，以致后来在《祝福》里再次流出类似的意象。这篇小说对于礼教“吃人”的话题进一步细节化了。

幼小者的问题在日本属于社会学的范围内的话题，在中国则牵扯出幽深的历史记忆。比如父与子的关系，中国就比日本的学者要有更为沉重的历史感。除了女子的不幸外，在父子关系上，传统道德也是窒息人性的一环。父与子间构成的对峙，乃礼教反人性的天然性的再现。《狂人日记》发表一年半之后，鲁迅在《新青年》上又写下了《我们现在怎样做父亲》，对于家庭中的非人性的价值观念提出疑问。他从人类学的角度出发，在进化论的参照下，认为在中国的家庭结构里，那时候还不是以幼者为本位，长者一手遮天，让孩子没有自由的天地。家庭伦理中有许多不合人情的地方，这带来了青年的不幸。造成此种病态原因的是，不能从生命价值的角度思考问题，将许多存在道学化的理解。当对于一切还在蒙昧主义的层面进行思考的时候，生命个体的价值便空缺了。人是生命，连古人都知道，食色，性也。但后来正当的欲求竟演变成罪感的存在，饮食是罪恶，性交为不净，所以鲁迅叹道：

> 夫妇是“人伦之中”，却说是“人伦之始”；性交是常事，却以为不净；生育也是常事，却以为天大的大功。人人对于婚姻，大抵先夹带着不净的思想。亲戚朋友有许多戏谑，自己也有许多羞涩，

> 直到生了孩子，还是躲躲闪闪，怕敢声明；独有对于孩子，却威严十足。这种行径，简直可以说是和偷了钱发迹的财主，不相上下了。我并不是说，——如他们攻击者所意想的，——人类的性交也应如别种动物，随便举行；或如无耻流氓，专做些下流举动，自鸣得意。是说，此后觉醒的人，应该先洗净了东方固有的不净思想，再纯洁明白一些，了解夫妇是伴侣，是共同劳动者，又是新生命创造者的意义。[14]

在鲁迅眼里，中国的孩子，那时都在黑暗之所，没有光明所在，其实是铁屋子里的不幸者。而这铁屋子，岂不也是囚人的牢笼？伦常噬人于前，风俗阉子于后，人性之光，悉尽于暗。一代代青年窒息于此，被礼教所厄，那么也就没有了明天。

鲁迅笔下的狂人，在一些研究者笔下是觉醒的反叛者。他对于“吃人”的发现不是来自理论，而是生命的感觉。但鲁迅后来解释认知世界的方式时，坦露出狂人式的思维方式的形成：

> 历史上都写着中国的灵魂，指示着将来的命运，只因为涂饰太厚，废话太多，所以很不容易察出底细来。正如通过密叶投射到莓苔上面的月光，只看见点点的碎影。但如看野史和杂记，可更容易了然了，因为他们究竟不必太摆史官的架子。[15]

野史里关于“吃人”与暴政的记载甚多，这是鲁迅借主人翁发出呐喊的依据之一。至于正史里以礼教名义杀人的记载，也颇为众多。所以，对于世界本质的透视，往往是那些反本质主义者们进行的。我们在鲁迅文本里可以看出许多狂人的影子，这些分别在《孤独者》《长明灯》《过客》《墓碣文》等作品里有所体现。我们看这些非常态的人，都经历着炼狱之苦，而且自己背着沉重的罪感。恰是这种在死灭、绝境里，精神的裂变一次次出现：“向自我内部的这种‘抉心自食’是前所未有的创举。作者将人性矛盾看作艺术的根本，坚定地向纵深切入，用残酷的自审的压榨促使灵魂的裂变发生”。[16]

熟悉鲁迅作品的人会发现，在多年的写作里，其作品一直存在着两个题旨的交织。一是对不合理的制度的抨击，即制度“吃人”问题；二是为幼小者的未来开路，也就是“救救孩子”的父爱之情。这些思想在《狂人日记》里是观念性的，象征性的，后来的文章所指虽有变化，而内蕴却是一致的，只是更为具体，更有现实的直接性。他所译的域外小说，有许多内容也可以归入这两个题旨中。

域外近代文学里一个重要主题，是个体人对于外在的异己的力量的对抗。这是鲁迅自己最为欣赏的部分。另一方面，童话中对于孩子想象力的描述，也是吸引鲁迅的原因。童话对于黑暗的对抗以及童心的表达，是鲁迅最为看重的内容，中国几千年来被抑制的幼童思维，在他看来是要激活的部分。《狂人日记》之后，鲁迅所译的作品童话比例很大，除了爱罗先珂外，望·靄覃、高尔基、至尔·妙伦、契诃夫等人关于儿童内容的作品，都有分量。

这些童话一个突出的特点，是出离无聊的漫游，在无趣里建立人的趣味。他后来在《朝花夕拾》里的陈述，一方面在延伸《狂人日记》的韵致，一方面受了域外童话作品的影响，在奇幻的笔墨里，辐射出对抗礼教遗风的忧思。鲁迅的幼小者话题其实直面的是成人世界的恶习，抵挡阴风冷雨的时候，孩提视野里的梦幻方得以昭显。

如果我们在其生命气质里看不到父爱的暖意，真的不能进入其世界最为柔软的地方。即便在 20 世纪 30 年代的反“围剿”中，他依然保持对于幼小者的关怀，儿童教育与青年培养的话题常常出现在其文字中。在大量的杂文里，一直不忘对复古主义的警惕，另一方面，时常抨击的就有伪道学的遗风和虚伪的意识形态话语。在鲁迅看来，复古主义与伪道学，以及虚伪的意识形态，也构成了中国社会“吃人”的精神结构。国民党所谓的民族主义文学，以国家主义的理念排斥国际主义，不过是麻痹人心的手段。而知识界的读经、复古思潮，与前者的效果颇像，让人变成一种机器。在《新秋杂识》一文中，就感叹国家机器制造者对于孩童的摧残：“然而制造者也决不放手。孩子长大，不但失掉天真，还变得呆头呆脑，是我们时时看见的。”[17] 统治者的统治术众多，其中之一就是尊孔读经。从袁世凯到蒋介石，官僚界的旧道德的提倡，与明清的统治者差别不大。1935 年，鲁迅有感于河南省省长赠送孔子像给日本，直陈传统的惰性之大。他列举袁世凯、孙传芳以来官僚界对于旧道德的推崇，指出奴化教育的可怕。“不错，孔夫子曾经计划过出色的治国的方法，但那都是为了治民众者，即权势者设想的方法，为民众本身的，却一点也没有。”[18]与民众无关，又让民众服从，那结果就是奴才的出现。当现代统治者借了国家机器推广这类学说的时候，民生的晦气笼罩四野，剩下的只能是“无声的中国”。

一个社会最可怕的是没有孩子的喧嚷。但孩子世界的丰富与奇妙，大人往往并不在意。王富仁与钱理群都认为，鲁迅感受事物的方式与表达方式，有儿童的特点[19]。这是对的。鲁迅认为孩子有一种超功利的想象，他们在凡俗里看到花与海，灵魂飞到遥远的星际。那种好奇与敏思有精神哲学的胚胎。鲁迅自己直到成年，依然没有放弃这种感受生活的能力。他晚年对于表现主义艺术的引进，以及浮世绘的点评，恰有上野阳一所云的“好奇心”。世俗的观念毫未污染他的世界。

深味世俗，又远离世俗，便掠过暗云进入澄明世界。他和青年与孩子在一起时朗然的笑声，振落了思想围墙里的杂尘，引来清洁的精神。在身体很弱的时候，依然翻译童话作品，便与恶魔周旋时引来一片绿地。不了解鲁迅的这一点，就无法得知其暖意的部分。鲁迅一生的选择里，“救救孩子”不是口号，乃是行动。他后来与青年人一起搞出版，支持民间的木刻运动，力挺受压的左翼青年，都是非常人能够耕行的功业。他翻译大量童话作品，内含着诸多寄托。但“救救孩子”的内容并非那么简单，随着时光的流逝，鲁迅对于其间的内涵不断扩展着。五四运动前后，是挣脱礼教的束缚；北伐过程，乃鼓励青年到实际中磨炼与自救；日本侵华时期，在反抗异族统治时，又提防国际语境里的主奴意识。他在《上海的儿童》《从孩子的照相说起》诸文里，一再提及《新青年》时期的思想，对于现代教育压抑孩子的智商提出批评：

> 但中国一般的趋势，却只在向驯良之类——“静”的一方面发展，低眉顺眼，唯唯诺诺，才算一个好孩子，名之曰“有趣”。活泼，健康，顽强，挺胸仰面……凡是属于“动”的，那就未免有人摇头

> 了，甚至于称之为“洋气”。又因为多年受着侵略，就和这“洋气”为仇；更进一步，则故意和这“洋气”反一调：他们活动，我偏静坐；他们讲科学，我偏扶乩；他们穿短衣，我偏着长衫；他们重卫生，我偏吃苍蝇；他们健壮，我偏生病……这才是保存中国固有文化，这才是爱国，这才不是奴隶性。[20]

对比几十年前写下的《随感录》，思想与情感都惊人地一致，几乎没有一点变化。也就是与他翻译有岛武郎《与幼小者》的心境极为相似。在与形形色色人物对峙的时候，鲁迅不忘始初的愿望，而自己童贞般的生命之流，使对手的污染的灵魂露出丑相。

1936 年 9 月 23 日，鲁迅在生命最后的时刻，再次提及“救救孩子”的话题。他发现，奴性思维不仅仅在内部文化中顽固地存在，面对洋人的时候，主奴的情感方式照例深厚。传统的礼用于对外活动时，扭曲的神态依然不能保持人的尊严：

> 这“大国民的风度”非常之好，虽然那“总禁不住”“同情的愤慨”，还嫌过激一点，但就大体而言，是极有益于敦睦邦交的。不过我们站在中国人的立场上，却还“希望”我们对于自己，也有这“大国民的风度”，不要把自国的人民的生命价值，估计得只值外侨的一半，以至于“罪加一等”。主杀奴无罪，奴杀主重办的刑律，自从民国以来（呜呼，二十五年了！）不是早经废止了么？
>
> 真的要“救救孩子”。这“于我们民族前途的关系是极大的”！
>
> 而这也是关于我们的子孙。大朋友，我们既然生着人头，努力来讲人话罢！[21]

此时重复“救救孩子”的话，语境已经比先前有所拓展，人的尊严不独在民族内部秩序中适用，国与国之间的关系亦然。因为有中日关系、中俄关系、中美关系的对比，鲁迅发现，域外一些知识分子对于强制性的文化的抵抗，其实是保持人的独立，他们的反抗一定程度缓解了弱小者的苦痛。而我们的读书人，还没有意识到在世界主义范围内，同样存在着反抗奴役的使命。世界主义者们也是反对主奴精神的，鲁迅从罗曼·罗兰、巴比塞、纪德那里意识到，各国知识分子面临着相似的精神挑战。

在生命最后的时候，鲁迅儿童般的纯真感觉与老到的认知语言，汇成精神的旋涡，散出无穷的内力。《狂人日记》的题旨与左翼精神交织起来，便有了旷远之气。可以发现，这时候他无数次谈及死亡问题，与《新青年》时期不同的是，由对他者的关顾，回到了自身。可是凝视幼小者的目光，依然穿过茫茫的黑夜，照出人间的谎言。以杂文《死》为例，对于生命的终结的思考，已溢出了一般的汉语语境。与《狂人日记》中关注“被死”不同，鲁迅谈的是病死与自然的死。但通篇没有恐惧与消沉，他对于死亡是坦然、平静的。不过在遗嘱涉及孩子的部分，那些忠告与有岛武郎《与幼小者》有许多相似的地方。不依附于别人，走自己的路。不去求圣，而是普普通通地过活。鲁迅对于儿子的叮嘱，与先前对于青少年的态度，都含着一致的情思。作品《死》流动着几十年一以贯之的思路，在“吃人”的社会还没有消失的时候，对抗伪善，不宽恕怨敌，是精神界的战士不能没有的选择。

悲伤于幼者之死，而淡然于己身之亡，鲁迅有着佛一般的慈悲。他知道，惰性的国度，如果不从儿童开始启蒙，那必然在精神的轮回里。作为父亲与长者，没有别的选择，也还是早期所说：“自己背着因袭的重担，肩住了黑暗的闸门，放他们到宽阔光明的地方去；此后幸福的度日，合理的做人”[22]。启蒙时期要这样，革命时期也未尝不该这样。

这是显然的：从新文化运动初始，再到左翼时期，贯穿鲁迅世界的是度己与度人的大德。他在漫长的世间里的奔走与呼号，多么像一个圣者。从《狂人日记》走来的鲁迅，在作品的内外之间，贯通着其世界一个持续的思想。即对于黑暗不妥协的斗争和对于幼小者的爱意。鲁迅以生命之旅，记载了不安于固定的内心寻找新生之路的觉态。这个吃人制度的破坏者，指示了“真的人”的路途。自己留在了黑暗的过去，却把光热传递给了幼小者的未来。

【参考文献】

[1] 鲁迅 . 鲁迅全集：第六卷 [M] . 北京：人民文学出版社，2005：247.
[2] 严家炎 . 论鲁迅的复调小说 [M] . 上海：上海教育出版社，2002：131.
[3] 卡尔维诺 . 美国讲稿 [M] . 萧天佑，译 . 南京：译林出版社，2012：113.
[4] 鲁迅 . 鲁迅译文全集：第二卷 [M] . 福州：福建教育出版社，2008：37.
[5] 鲁迅 . 鲁迅全集：第一卷 [M] . 北京：人民文学出版社，2005：454.
[6] 鲁迅 . 鲁迅全集：第一卷 [M] . 北京：人民文学出版社，2005：227.
[7] 卡夫卡 . 卡夫卡全集：第八卷 [M] . 石家庄：河北教育出版社，1996：282.
[8] 李长之，艾芜，等 . 吃人与礼教 [M] . 石家庄：河北教育出版社，2000：4.
[9] 胡适 . 胡适全集：第一卷 [M] . 合肥：安徽教育出版社，2003：763.
[10] 鲁迅 . 鲁迅全集：第一卷 [M] . 北京：人民文学出版社，2005：338.
[11] 鲁迅 . 鲁迅全集：第一卷 [M] . 北京：人民文学出版社，2005：339.
[12] 鲁迅 . 鲁迅全集：第一卷 [M] . 北京：人民文学出版社，2005：122.
[13] 鲁迅 . 鲁迅全集：第一卷 [M] . 北京：人民文学出版社，2005：124.
[14] 鲁迅 . 鲁迅全集：第一卷 [M] . 北京：人民文学出版社，2005：136.
[15] 鲁迅 . 鲁迅全集：第三卷 [M] . 北京：人民文学出版社，2005：17.
[16] 残雪 . 残雪文学观 [M] . 桂林：广西师范大学出版社，2007：146.
[17] 鲁迅 . 鲁迅全集：第五卷 [M] . 北京：人民文学出版社，2005：287.
[18] 鲁迅 . 鲁迅全集：第六卷 [M] . 北京：人民文学出版社，2005：329.
[19] 钱理群 . 鲁迅与当代中国 [M] . 北京：北京大学出版社，2017：94.
[20] 鲁迅 . 鲁迅全集：第六卷 [M] . 北京：人民文学出版社，2005：84.
[21] 鲁迅 . 鲁迅全集：第六卷 [M] . 北京：人民文学出版社，2005：659.
[22] 鲁迅 . 鲁迅全集：第一卷 [M] . 北京：人民文学出版，2005：145.

原载《文艺争鸣》2018 年第 7 期

作者简介

于苗，副教授，辽宁大连人，辽宁师范大学影视艺术学院副院长，主要研究影视文化创意理论。中国电影家协会会员，中国电视艺术家协会会员。

传统文化价值观在中国动画电影中的现代表达

“传统既是分享性的，过去的艺术与当下的艺术一起拥有的——‘传’；又是在特定的精神高度上保持连续性和一致性的——‘统’。”[1] 近年来，中国动画电影在视觉符号上越来越多地开始将传统的文化元素与当下的视觉艺术表达相互融合，在体现民族风格的同时，融合时代精神，实现传统文化与现代技术的结合，不断推动传统文化价值观在动画电影中的现代性转化进程，向内实现中国动画的文化担当与文化使命，向外实现中国故事与中国声音的国际传播。

一、历史与现实：传统文化价值观作为内在依托

中国动画电影自诞生以来，就与中华优秀传统文化水乳交融，并将中国传统文化价值观与动画艺术表现形式进行有机的融合。传统文化价值观，是一个民族在长期的历史实践中，在文化层面形成的对客观事物的意义、重要性的惯性评价标准和看法，源于深厚的民族文化积淀，诸多有价值的思想理

[1] 邵杨：《国产动画的文化传统重构》，浙江大学博士学位论文，2012.12。

念和道德规范，伴随历史进程，以现代表达方式得以彰显，并成为艺术创作的内在依托和文化根脉。中国动画电影从传统文化形式和内涵中汲取养分，从《哪吒闹海》《九色鹿》《天书奇谭》中的传统文化元素在视觉上的丰富表达，到《兔侠传奇》《大鱼海棠》《小门神》等影片在传统文化上的传承创新，传统文化价值观深植于动画电影之中，成为唤起观众历史记忆、文化认同、价值生成的关键所在。

“动画电影是民族精神与社会现实的晴雨表，更是特定时空下社会文化的艺术表征。”[1]1961 年上映的《大闹天宫》、2015 年上映的《西游记之大圣归来》，这两部相距半个世纪的现象级中国动画电影，均以传统文化题材《西游记》作为故事背景，充分将中国传统文化融入电影制作之中。《西游记》在展现孙悟空善恶分明、敢于担当的性格特征的同时，也深刻暴露了同封建势力斗争不彻底的妥协性，作品始终无法摆脱世事轮回，因果报应等唯心主义思想，这是由创作者所处时代的局限性造成的。显然，此文化价值观已经不能与新中国成立初期特定的时代语境相适应。1961 年创作的动画片《大闹天宫》改变了《西游记》原著中孙悟空被压在五行山下的悲惨结局，通过孙悟空大闹阎王殿、勾销生死簿、扰乱蟠桃盛会、偷吃老君仙丹、踢翻八卦炉等情节，突出孙悟空“大闹”天宫的主题，由此暗喻劳动人民自我奋起挣脱枷锁的反抗精神。影片创作正处于“大跃进”的历史时代背景，鼓舞了人民斗志，鼓励从压迫中走出来的人民勇敢战胜自然灾害，克服国内外的各种困难，使人民群众感受新政权体制带来的自由与欣喜。《大闹天宫》将中国传统文化的精髓与当时的社会语境相结合，明显带有此一时期文化价值取向的历史烙印。《西游记之大圣归来》颠覆了“齐天大圣”的传统形象，采用虚构的手法，在人物性格、情节设置方面加入时尚元素，在不改变故事基调的前提下满足当代观众的品位，建构具有现代色彩的影像境语，赋予了孙悟空这一经典动画形象以全新的、现代的价值观内涵。孙悟空一路保护“江流儿”前行，在经历重重磨难中互帮互助，建构起对家园的渴望、对亲情的向往、对成长

[1] 饶曙光、常佼俐：《互联网时代中国动画电影的文化与美学》，载《中国文艺评论》2017(12)，34 页。

的追求、对勇敢的参悟，真实体现“家天下”“家文化”的文化内涵，彰显扶正扬善、扶危济困的价值观念。在恢宏华丽的视觉效果包裹之下，影片“不忘初心，自我救赎”的现代主题很容易增加代入感，唤起观众与影片的精神共振和情感共鸣。

无论是《大闹天宫》，还是《西游记之大圣归来》，都根植于《西游记》这一民族传统神话故事，“孙悟空”已经作为文化符号构型为艺术表达的视觉符码，其所具有的永不妥协的反抗精神和战斗意识，以及敢作敢当、处事乐观的价值观念，成为作品生成的文化内力与根本依托，其形象内涵和身份来源，成为传统文化与现实语境相互作用的内在动力。

二、重构与表达：传统文化价值观的现代转换

传统文化是中国动画创作的营养源泉和资源宝库，中国动画电影在接受和吸纳传统文化的同时，应根据当代观众的审美趣味和思想认知，对传统文化价值观进行重构与表达。20 世纪 50 年代起，中国动画从传统文化、民间艺术中汲取营养，开启了享誉世界的“中国动画学派”，呈现出本土化的美学风格，孕育出《大闹天宫》《哪吒闹海》《阿凡提的故事》《三个和尚》《山水情》等具有中国风格的作品，深受当时观众的喜爱。然而，从 20 世纪 90 年代起，“中国动画学派”逐渐消隐，当下中国动画电影欲再创辉煌，则迫切需要重构故事内涵和艺术表现形式，运用现代视觉技术重构并表达传统文化价值观，既要重新认识优秀传统文化的经典内容，又要做好传统文化价值观民族化与世界化的现代转换。

“中国传统题材动画片缺乏精品的根源不在传统文化本身，而在于创作者的创作理念和表现手法……动画创作人员需要发挥主观能动性，打破旧有的改编模式与创作思路对动画风格的有效发挥的限制，在新的时代背景下赋予传统文化新的生命。”[1] 国产动画电影在表达传统文化价值观时，其设计必须符合当代审美、精神、文化要求，呈现出时代发展的主流趋势。动画影片

[1] 高薇华、青语潇:《中国传统文化题材动画片创作的历史、现状及趋势 1926—2008》，载《现代传播》2010（9），61 页。

中的人物塑造、情节设定、场景设计等都应在传统文化符号的基础上进行现代演绎，融合当代时尚视觉元素，以适应现代观众的审美趣味，呈现不同时代的价值内涵。2016 年上映国产动画电影《大鱼海棠》收获了 5.65 亿元票房，其英文版也于 2018 年 4 月在北美公映。《大鱼海棠》剧情设定主要以《山海经》和《搜神记》的典故为蓝本，借鉴已有的艺术形象按照现代审美进行再度创作。如《山海经》中的句芒，鸟身人面、外表凶悍，创作者根据时代审美需求进行改良，以翩翩公子的形象展现出影片营造的神仙世界和谐美好的氛围。后土大神原本是慈祥的老奶奶的形象，根据影片的整体风格，作者将其设置为椿爷爷，在影片中起到至关重要的作用。“照着自己的心意走”，椿在面临人生重大选择时听从椿爷爷的教导，坚持自我，完成关于生命、关于人生、关于选择的深度思考。创作者借鉴传统文化，打造与现代文明遥相呼应的影像表意空间，以现代的视觉美学展现了唯美的东方意蕴和中国风情。中国动画电影正承担着在新时代向世界传播人类美好愿景、输出社会主义核心价值观的历史使命，因为中国文化历久弥新，“现在世界所需要中国的，不只是中国向世界提供电视机，而是能够吸引世界和感召他人的思想理念和价值体现。”[1]

重构传统文化价值观并进行创意呈现，实现现代转换与表达应重视以下几个方面：一是，改造和拓展传统优秀作品。具有鲜明民族风格且多次在国际上获奖的作品，受制于当时的创作条件，多数是对各种形式、题材进行实验和探索的动画短片。时至今日，这些动画短片无论是从形式上还是从故事内容上进行改编和拓展，均可成为当下动画电影创作的良好素材。如水墨动画《牧笛》《山水情》等，剪纸动画片《金色的海螺》《猴子捞月》，木偶动画片《神笔马良》《阿凡提的故事》等极具民族识别性的影片，均可依托现代数字技术使传统故事重新走入世界动画视野。新时期的动画电影可以通过对文学经典的再创作、民间传说的再整理、古代典籍的再演绎，在角色造型、场景设计等方面营造丰富的意象世界，如《大鱼海棠》借鉴大量古代典籍中

[1] 胡惠林：《文化“走出去”的战略转型》，《人民日报》2010 年 9 月 21 日。

的元素，将“北冥有鱼，其名为鲲”的典故引入人物设定，并营造出《滕王阁序》中“秋水共长天一色”的意象，创建出古色古香的跨越人神两界的和谐世界。中国动画电影以视觉表达方式使受众对传统文化有更进一步的认知，实现传统与现代思维的对话；二是，采用现代的表达方式演绎传统故事。每个时代的审美观念和文化表达均带有其时代印记，动画因技术变革、艺术创新的嬗变，价值观呈现也随之变化。如《狮子王》取材于《哈姆雷特》，彰显责任与担当；《功夫熊猫》借鉴中国元素却体现美国价值观倡导的个人奋斗与成长。动画电影的创作需要将视听语言与当代审美相结合，观照当下人们的心理诉求，呈现时代潮流发展趋势，将传统文化符号演绎为现代视觉形象；三是，创新“寓教于乐”模式。中国动画电影须打破以“教”为中心、“乐”为细枝末节的传统思维定式。应结合时代发展、受众审美心理，展现精彩纷呈的故事、赏心悦目的趣味、生动形象的角色，使主流价值潜移默化地植入受众认知、情感、行为和记忆的方式。《宝莲灯》中沉香与三圣母的对话——“幸福就是妈妈和沉香在一起啊”“我懂了，我和妈妈在一起最高兴，和妈妈在一起，就是幸福”，单调、苍白的对话感染力不足，无法使观众感同身受；再看《狮子王》中木法沙与小辛巴的对白——“过去那些伟大的君王都在星星上看着我们，所以当你寂寞的时候，要记得那些君王永远在那里指引着你”，“爱”或“信仰”的抽象语词暗合于对话之中，意境悠远、耐人回味。中国动画电影须通过恰当的造型手段和审美符号，弥合原有传统文化的局限，对传统文化价值观进行重构和现代表达，以适应受众的审美需求，赋予传统文化价值观以生命，展现角色的深度与灵魂，

三、借鉴与启发：跨文化价值观的话语表达

动画电影是一种特殊的文化产品，既因其媒介属性而成为承载民族形象、文化精神和意识形态图景的文化载体，又因其传播属性而成为输出民族符码、审美范式和文化价值观的世界性的跨文化话语。

作为世界“动画强国”的美国，其动画作品跨文化价值观的表达，是一

个从纵向到横向逐渐扩展、从传统到现代不断融合、从器物到文化渐次展开的过程。美国的国家历史较短，缺乏成熟的文化积淀，而多民族、多种族的实际情况又造就了美国动画电影文化的包容性和杂糅性，表现为标准商业化模式解读与呈现各国历史与文化的鲜明世界性特征。如动画电影《埃及王子》以西方《圣经》中《出埃及记》为蓝本，影片《花木兰》取自中国古代北朝民歌《木兰辞》，影片《阿拉丁》出自阿拉伯民间传说故事集《一千零一夜》。美国动画电影虽然大量借用其他民族的传统故事素材，却从未将创作停留在故事所属民族的文化价值观上。而是将其提炼、升华为美国意识形态价值特征而进行文化渗透与价值观传递，如实现自我、个人英雄主义、人权平等、正义战胜邪恶等等。对美国动画电影而言，其他文化的基本精神是陌生的，而且东方哲学对生命个体的认知与西方哲学的态度完全不同。如果深入挖掘诸如中国传统文化的精神特质，那么影片的叙事就不会得到美国市场乃至西方市场的认可，因此，必须在“拿来主义”的基础上，弱化异域文化价值观的表达，并进行深度创作与文化转移，把故事的内核包装成符合美国利益的价值理念。动画电影《花木兰》就是典型的例子，花木兰是中国家喻户晓的民族英雄，她替父从军的故事体现了中国传统文化中的“忠孝之道”，既弘扬了对国家的忠诚，又颂扬了对家父的孝义。而好莱坞把这个故事“拿来”后，根据美国文化价值观进行了电影产品的精神再塑造，动画电影中的花木兰不再是因为忠孝而替父从军，而是为了实现自己的人生价值，显然，这一源于中国传统文化故事的经典人物形象已经被塑造为现代美国精神的代言人。“当然，这对于迪士尼来说无可厚非，因为它从未试图让这部美国动漫去表达中国的话语结构。而它极富有典范性地证明了美国的民族性话语，证明了作为无意识的结构何等强大地将一个纯粹中国的故事融化其中。”[1] 由此可见，好莱坞动画电影所宣扬的尊重个体价值，追求自由平等，都是捕获大众情感、引发情感共鸣、博得观众认同的重要因素。2017 年由华特 · 迪士尼电影工作室皮克斯动画工作室出品的动画电影《寻梦环游记》全球票房达到 8 亿美元，

[1] 夏莹：《中国动漫电影的民族性话语构建：困境及其出路》，《文艺研究》2017(10):20。

中国内地票房突破12亿人民币。2018年该片获得第90届奥斯卡金像奖最佳动画长片。影片将墨西哥传统文化元素与现代美学风格相结合，以墨西哥传统节日亡灵节为背景，跨越国家与种族，表达关于生死、爱与亲情等人类永恒的命题。

美国动画电影《功夫熊猫》的跨文化表达同样值得借鉴，功夫是中国特有文化元素，而熊猫更是典型的中国文化形象，但“功夫熊猫”却成为中西方文化价值观融合的产物。影片贯穿浓郁的中国传统元素，如中国的古代服饰、传统美食、京剧造型、山水风景、水墨书法、功夫武学、传统民乐等等，故事情节从表面上看仿佛也在表述中国传统思想文化，如中国传统家族式的子承父业、虚静自然的道家思想等。但影片的主人公熊猫阿宝却将美国文化精神“搅入”其中，东西方文化价值观的碰撞，产生出新创意，诸如长子为什么非要继承父业；贪生怕死的市井小人物为什么不能成为英雄；好吃懒做为什么不能练成绝世神功，等等。影片导演用种类丰富的中国传统文化素材为世界观众做出一桌丰盛美味的美国料理，正如有的学者所言，“美国文化本身就是一种异质的、民族同化主义的文化大杂烩。‘好莱坞电影’是一个不断短暂地在时空上进行(再度)民族化的过程；这个过程并不碾碎这些电影产品的美国味道，而是沟通了他们的转换，并且在理解‘外族’精神的观念和规范中被同化。”[1]这种同化并非是占有，而是一种认同，是超越一切国家和民族层面的共同情感特性的认同，而动画电影在全球的传播正是要从文化层面建构一个传统文明现代化、价值取向多元化并存的人类情感与命运的共同体。

四、结语

习近平总书记在党的十九大报告中指出：“深入挖掘中华优秀传统文化蕴含的思想观念、人文精神、道德规范，结合时代要求继承创新，让中华文化展现出永久魅力和时代风采。”[2]动画电影具有传承民族文化传统，传播文

[1] 陈一恿:《试析〈功夫熊猫〉里中国传统文化符号的转换》，载《安徽文学》2009(5)，346页。
[2] 习近平：《决胜全面建成小康社会夺取新时代中国特色社会主义伟大胜利》，见《中国共产党第十九次全国代表大会文件汇编》，北京，人民出版社，2017，34页。

化价值观的重要功能，已经成为阐释民族精神、传递国家话语的重要载体。保持中国动画的“民族特色”“文化身份”，助推中国动画从民族化向国际化的内容升级，将民族文化与时尚元素相融合，用动画语言讲好中国故事、传播中国声音成为当下中国动画建构与发展的重要命题。完成好这一重要命题，关键的创新点不仅仅在于艺术形式的呈现和技术手段的更新，还在于对独特的民族精神和民族文化自信的深层挖掘与创造性表达，对时代话语与价值观的恰切展现与跨文化传播。

原载《当代电影》2018 年第 9 期

作者简介

张兴德，辽宁省作家协会会员。在《人民日报》《光明日报》《文艺报》等报刊发表700余篇各类作品。多篇文章被中国人民大学《复印报刊资料》《新华文摘》等转载。有学术专著《文学的哲学——红楼梦的第三种读法》等。

勿让古籍整理的乱象成为文化尴尬

祖国历史留下的丰富的文化精品和典籍，是中华民族优秀传统文化的重要载体，是我们弘扬祖国优秀传统文化、坚守文化自信的必读典籍。整理、校勘、注释、出版这些文化精品和典籍是我们这一代人义不容辞的历史责任。前不久人民文学出版社隆重推出“珍藏版”四大名著，就是出版社为传承中华优秀文化的举措之一。值得钦敬和称赞。但是，有一个原则问题需要讨论，即如何选择和对待古籍的版本。这不仅仅是学术问题，其实质是关系到如何正确传承文化精品和典籍的一个重要原则，如何认识评价《红楼梦》的一些原则问题。

毛泽东曾高度赞扬这部旷世名著。而被毛主席赞扬的这部《红楼梦》，是由清代乾隆年间学者程伟元、高鹗抢救、整理、修葺并印刷出版的，被俗称为“程、高本”《红楼梦》（因出过两个版本，被俗称“甲、乙本”）。在这之前，《红楼梦》是以手抄本的形式流传，处于“无全璧，无定本”“繁简歧出”“漶漫不可收拾”的状态。程、高二人经数十年的多方收求，然后“细加厘剔，截长补短，抄成全部，复为镌板，以公同好。”——是程伟元、高鹗经过多方努力，收集、整理，摆印成书。自此《红楼梦》才作为一个完整的文艺作品，以定本形式流传。很快扩大了流传的范围和地域，迅速传播到海内外，远至美国、日本、俄罗斯等国和我国香港、台湾地区。自此，程、高本《红楼梦》作为“国宝”级的文化典籍，影响滋润一代又一代的后人，包括像毛泽东、鲁迅、巴金、茅盾、陈独秀这样的政治、文化大家。他们读的都是程、高本。这期间的一些关于《红楼梦》的说唱、戏剧、绘画等“红楼文化”，也是以此本为据的。就是在20世纪20年代胡适发现八十回本《石头记》（俗称“脂评本”）手抄本，并经过1954年的“批俞评红”大讨论以及70年代的“全民评红”时期，流行版的《红楼梦》仍然是这一百二十回本的“程、高本”。“程、高本”这种“文学的文物”“国宝”地位从未动摇。人民文学出版社此回隆重推出“珍藏版”《红楼梦》，本应以此本为准校勘出版。谁知这个珍藏版《红楼梦》其前八十回用的是被红学界称作“脂砚斋评本”的“庚辰本”《石头记》抄本，后四十回则用的是程、高本的后四十回，但署名为“无名氏”。这样留给后人的珍藏本《红楼梦》，其版本实际既不是流传了二百多年的程、高本《红楼梦》，也不是所谓“庚辰本”抄本的《石头记》。而是一个“合成本”。人们通常称作八二年“人文版”或称“红研所”本。

事情溯源是这样的：在20世纪70年代末，随着胡适的《红楼梦考证》再度被肯定，其书中在没有足够充分的证据的情况下，硬说程伟元是“书商”“伪纂牟利”，高鹗说了谎话。前八十回是“假本”“改篡本”，后四十是高鹗的“伪续”等等。这些结论被一些红学家们接受并宣扬。于是，在1982年强势推出用庚辰本取代程、高本前八十回的新一百二十回本的《红楼梦》，后来又将后四十回的署名为“无名氏”。就这样，流传了二百多年的一百二十回本的程、高本《红楼梦》的“著作权”（整理、修葺）“版权”均被彻底否定、剥夺。程、高本《红楼梦》等于被彻底否定。对此，知道内情的专家、学者当时就有人提出质疑。现在，人民文学出版社依然在原八二年版的基础上，出版“珍藏版”，窃以为此作法欠妥，有待商榷。

首先，程、高本和庚辰本如何评价，孰优孰劣，这是红学界内部的学术问题，而用庚辰本取代程、高本《红楼梦》前八十回，则涉及如何整理古籍、文物和文献的基本原则问题。这是两个不同层面的问题。程、高本《红楼梦》不是一般的古籍，如前所述，二百多年来，已被人们广泛认同，公认为无愧的“国宝”级典籍。从保存“文物”“国宝”的完整性这个视角要求，应该本着修缮文物“国宝”的原则，保全“程、高本”的原貌。用“庚辰本”取代程、高本的前八十回，这实际是“肢解”文学的“文物”，犹如对维纳斯换头接臂那样不妥。作为流传二百多年的程、高本《红楼梦》，其整体性是不可改变的。程、高的著作权（修葺、整理）、版权，应该无条件地得到尊重。把程、高本《红楼梦》原汁原味地传承下去，应是我们这代人的义务和责任。

其次，关于程、高本前八十回同庚辰本孰优孰劣问题。用庚辰本替代程、高本前八十回的理由主要源自胡适的“程伪脂真”“程劣脂优”说。但据我所知，对这个问题，在红学界从来没有达成过共识。如前所述，所谓庚辰本是最接近曹雪芹的原著云云，海内外许多著名的学者和专家也并不认同，有许多人甚至认为程、高本前八十回优于庚辰本。还有人考证，庚辰本是抄自程甲本（对程甲本隔行同词语错看而串行、漏行、漏抄处达34处，这种情况的“偶合”无法别解，只能证明是庚辰本抄自程甲本，见注），还有的认为两个版本孰优孰劣是见仁见智的事，所谓“武有第二，文无第一”是也。但不能认为程、高本是“伪撰”，更不能说是“假本”。程、高本是依据多个原流传的底本，充分选取各本所长，在综合比较过程中修葺完成的。此做法应该肯定，当然也不可能没有纰漏。窃以为，这两个版本的孰优孰劣是个学术问题，但是作为“珍藏本”的《红楼梦》，它担负向人民群众普及、传承古典优秀文化的任务，不能将学术界内部争论不休、没有达成共识的学术问题单方面强行推行。

其三，从有利于保护、保存、传承《红楼梦》的优秀版本这个视角而言，如果认定庚辰本《石头记》的确十分优秀，尽可以单独出版八十回的庚辰本《石头记》。这样“混合”出一个新版本，徒为后代人研究《红楼梦》版本添乱。何不分别出版各自的“完整版”，让二书并存供读者选择，不是更好吗？

实践是检验真理的唯一标准。八二版本《红楼梦》出版30多年来，直接的负面效应是造成了《红楼梦》出版乱象，严重地影响了《红楼梦》的正常流传。一些持不同意见的专家、学者分别出版各种校勘、注释本程、高本《红楼梦》。据统计不下70余种，创中外古籍名著版本之最。这种乱象远超过当年的“无全璧”“无定本”的状态。《红楼梦》流传的这种“返祖现象”，已经成为一种不可忽视的社会文化现象。这不仅仅是《红楼梦》的尴尬，也是中国文化界、学术界的尴尬。

（注：见曲沐《庚辰本〈石头记〉抄自程甲本〈红楼梦〉实证录》原载《贵州大学学报》1995年第2期；另见曲沐著《红楼梦会真录》第249页）

原载《中华读书报》2018年8月29日第15版

作者简介

张学昕，辽宁师范大学文学院教授，博士生导师。主要研究中国当代文学，在《文艺研究》《人民日报》等报刊发表大量学术论文，出版《真实的分析》《唯美的叙述》等多部学术著作。

生命中不能承受之轻

——读迟子建《候鸟的勇敢》

一

写下这个题目的时候，我已经把迟子建这部《候鸟的勇敢》看作是一部关于生命、命运或者宿命的小说。迟子建将一部小说置于中篇小说的框架内，一口气写到八万字，这是她五十多部中篇之中最长的一部，完全可以看得出作者的心力和用情之投入、执着。我想，迟子建之所以如此，一定是文体的容量，明显已经难以承载思想、精神和形象的意蕴及其叙事格局，使后者无法不凭借作家激情的叙述，冲破窠臼而从旧式文体中逃逸或涨溢出来，生成质朴、醇厚的语境，而呈现巨大的活力，形成文本内部形神之间新的消长、平衡。其实，在很多时候，作家智慧的结构力，不仅体现在叙述中情感的推动力，也来自于理智、理性对写作主体自身不断挑战的勇气。如此说来，真正好的小说文本，并不是简单的世俗的技艺，而是心理、精神和灵魂的多重整合，是叙述“情”和“志”、“意”和“理”的多重契合。所以，任由精神和灵感的奔放，冲决、销蚀或改变文体的常态机制，同样是一位有创造力的作家不可或缺的艺术追求。

已经写作三十余年的迟子建，其长篇、中篇、短篇以及散文，每种文体始终都保持着成熟、稳健的态势。如果三种文体比较而言，我感觉迟子建自己最喜爱、写作也最娴熟的，应该还是中篇小说。《白银那》《踏着月光的行板》《世界上所有的夜晚》《第三地晚餐》《起舞》等等，篇篇都好，令人爱不释手。中篇小说，在迟子建的整体创作上，构成了一个强有力的存在。虽然，中篇小说这种文体，在西方文艺理论体系中并没有这类划分，而是中国文学理论中所独有的概念和界定，但它近一个世纪在许多当代作家的写作实践中日臻成熟，形成它自己不可替代的优长。当代的优秀作家，几乎都有杰出的中篇文本，因此，那些对于中篇小说在理论上的种种质疑，就渐渐为中篇文本自身的探索力量和艺术价值所冲淡。像贾平凹、莫言、苏童、余华、格非、迟子建等中国当代作家，近些年都不断有重要的中篇佳作。更重要的是，对于作家而言，在长篇和短篇之间，中篇小说字幅的舒适度，抵抗中庸的框架结构，可能的确会给作家的叙事带来更大的空间张力和表意的可能性。若干年前，我在读《世界上所有的夜晚》和《第三地晚餐》的时候，就非常惊叹和折服于迟子建对中篇小说文体的驾驭自如。叙述既从容不迫，又情节叠压，情感的起伏、人物内心的动荡、故事的舒展，皆为短篇所难容，又避免文本内核或扭结成长篇之拖沓、累赘、烦冗，人物和故事在情节节奏中舒缓推进，如影随形，环环紧扣，摆脱了结构的逼仄，而渐显俊朗和雍容，呈现出中篇小说这种文体最大的叙述优势。

这里，让我们感到欣喜的是，这篇《候鸟的勇敢》，应该是迟子建在中篇小说的文体、叙事策略，尤其捕捉现实、人与存在世界关系及其精神生态的新探索。当然，其中对于生命、自然、爱、价值和信仰，及一个时代精神、心理、人性的变异，所做出的勾勒、描摹和审视，仿佛让我们听到了社会历史转型期灵魂之间对话的声音。当然，迟子建是一位不断地谛听这个世界灵魂声音的作家，这一次，她却从候鸟的声音里，再次辨别出这个时代不同的灵魂的声音、形状和走向。大江健三郎在论及小说写作的时候，曾引用《圣经·约伯记》里的那句话“我是唯一一个逃出来向你报信的人”，大江以此作为小说写作的最基本的准则。其实，这的确是需要一种勇气的，因为文学本身不会轻易给一个作家装模作样地把握或拯救世界的机会；如何发现并且能够通报存在世界的复杂、神秘和隽永的意味，并且，传递出这种唯有小说家才可能捕捉到的声音，这不仅仅需要一个小说家的道德良知，其中还涉及叙事的伦理和灵魂的法则，涉及写作中自由、灵动的情致，以及纵深的历史感和现实的文化视点。从一定的意义上讲，每一部小说，都可能是有关自然和人生及其形态的《山海经》，这一次，迟子建在人与候鸟的相处中，寻觅到一种独特的声音。这些声音，不是一个作家怀有小资情调的浅斟低唱，而是一个作家，在大自然中，悉心地发现了一个看似弱小族类的力量，它给所谓作为“万物的灵长”的人类，演示了超越性的、自然的、灵魂的力量，这种“示范”会令我们隐隐不安，会令我们羞愧难当，但是，它为我们提供了反思自身的勇气和自我救赎的可能。

二

回顾迟子建的整体创作历程，可见她始终居住在沃野千里的黑土地，三十余年来，从漠河的北极村，到冰雪之城哈尔滨，空间的位移，时间的流逝，令这位“极地之女”早已经与这块土地一起，构成一个和谐的文学场域，这里，也成为她写作最大、最好的风水宝地。她笔耕不辍，历史、现实作为她文学写作的双重视域，无不在叙述、想象和语言的旋流中“起舞”。从“伪满洲国”到“群山之巅”，从“额尔古纳河右岸”至“白雪乌鸦”，有“格里格海的细雨黄昏”，也有“踏着月光的行板”，有“白银那”，也有“鸭如花”，美文佳构，不一而足。令人流连忘返的文本世界，如泣如诉的灵地的缅想，大千世界的波诡云谲，底层人群的清明上河图，是她一贯的美学追求。看得出，迟子建在这片冰雪之地，测量着世道人心的善恶美丑，芸芸众生，人生三昧，神余象表，熠熠生辉。小说的意象生于肌理，隐喻牵出丝丝微茫，走笔清晰，终不迷离，努力让小说生出不可思议的灵魂力量，更为我们留下了审美建构的空间。因此，数年来，迟子建自成一格，她的写作，很难被框定为某类，或者放入任何“潮流”“派系”，也许正因如此，她的小说，也就生出更多的特性、特质。我想，因为迟子建小说的“不好归类”，也使得她的写作能够守住自己的价值观、美学观，坚守自己写作的文化方位、题材和主题，而更加从容和自由，尽可一味地以自己喜爱的方式，结构文本，讲述故事，呈现人物；这也使我们能够经常感到，迟子建总是能不断洗尽铅华，以自己的写作个性，在叙事的道路上守住信念，保持尊严，完全倚仗自己的作品来安身立命，生发出与众不同的美学魅力。这就是迟子建能够保持旺盛创作力，写作嘉年华，不停走笔向前的重要原因。

现在，我们所遇到的问题是，直面我们这个时代，每一位有使命感、勇于担当的作家，究竟应该写出怎样的一部小说呢？为我们所处的这个时代、社会留下记忆，让它成为反抗遗忘、还原生活的参照系。

这部《候鸟的勇敢》，可以视为迟子建对这块土地的又一次深情的玄思，也是她对自然、生命和人心的深度凝视。不同的是，这一次，迟子建更倾情于将人与自然之间的神秘关联，他们在宏观、微观诸多方面的内在辩证，努力地绘制出互相联系、相互转化的现实世界图景。当然，一个作家的视野，不可能一览无余，都能开具“天眼”俯瞰众生，破译玄机和天意，并且对存在世界指点迷津。而作家最好的选择，就是让自己的美学理想融入、接入“地气”，寻找一种具有文化感的灵气和神韵。当然，这不是一部所谓“生态小说”，但却蕴含着人生与自然的“生态美学”；它不是“讽刺小说”，却气正道大，警示世人，激愤引而不发，直抵现实人心；它也不是“寓言小说”，但小说隐隐透射出对于生活的选择，需要远离生命的暗角，更应该以善行真。就是说，这部小说，依旧是很难用“类型化”的概念来界定的文本，它表面上写候鸟，写候鸟的自然保护，实际上有多层次地对整个社会生活全景式的表现和发掘。无疑，迟子建在一个时代生活重要的转型期，再一次写出这个时代人与自然，在精神和物质的连接点上人性、世道人心的真实状况。

看上去，与以往的叙事路数相似，迟子建在《候鸟的勇敢》里，依然选取了最朴素的、平实率性的叙述视角，进入当代社会最普通的生活情境之中。而且，在这个情境里，迟子建自觉或不自觉地向其注入了某种向心的力量，洞幽烛微，悉心擦拭着人的世俗欲望、生存方式、功名、信仰，以及道德相貌，尽管强大的凡俗性生活，在叙事中不停地涌动着，单纯的神性沉静着，但写作主体悲悯的情怀，则蕴藉着洞察生活的穿透力和批判的锋芒。可以说，这是一个令人触目惊心的故事：人与鸟，人与人，人与自然，人与社会，仅仅在一个季节的转换中，共同在一个颇具戏剧性的舞台上，演绎出时而跌宕起伏，时而又平静如水的生命悲喜剧，令人惊悸，催人思考，也让人清醒。我们看到，在瓦城的上空，候鸟，作为人的一个参照系，仿佛早已经即时性地为人做出了善恶美丑的甄别和分野。人与鸟，在春天里的相遇之后，各自的生气与生机，立即横亘于广阔的天空。近代，人类从鸟类的飞翔，得到启发，制造了飞行器，现在，又循着鸟类的生活、生存方式和活动轨迹，借助物质性的外力，开始冬去春来，享受生命的快乐。人与鸟，代表各自作为生命主体的力量，可是，在这里，候鸟人更像是一群“逃离者”或“躲避者”，已经无法与自己的根脉相连，而是“反认他乡是故乡”，在“候鸟”的节奏里，为了争先过上“候鸟人”的生活，狼奔豕突般虚空，不惜丢失自己的人格，过着缺失尊严的生活，表象奢靡风光，实则难以超拔现实窘境，精神更是怅然若失。

小说的主要叙事地标，是金瓮河候鸟自然管护站和尼姑庵——松雪庵，两者构成一个有趣又吊诡的存在和某种“对峙”，仿佛戏剧上的异象异闻。它们之间，虽隔丘而邻，无法相望，却是藕断丝连，佛俗两界，却也峰回路转，无奈两处的袅袅炊烟，皆为人间烟火，也就难免气息相通。而它们之间所发生的故事，恰好就构成宗教文化和俗世哲学相互间的直接碰撞、信念龃龉和种种反向的破戒。

叙述中其实埋藏着几种关联或叙事的暗线，始终若隐若现，搅动着故事和情节，风生水起。现实存在之网，就此铺展开来。而擅写人物的迟子建，在描绘瓦城的人物图谱时，也绘制了一幅世俗生活的峭拔和阴柔。周铁牙借候鸟自然管护站的工作职务之便，徇私枉法，猎杀候鸟，供奉权贵餐桌上尽情享用，由此，也牵扯出瓦城上上下下不正常的人际关系；候鸟人，伴随着候鸟一起出场，也伴随着候鸟相继离去，他们的身份，肆意奢侈地消费生活的来源，时而也令人垂涎；张黑脸和女儿张阔的父女关系，貌合神离，女儿觊觎父亲的钱财，一切似乎早已大于伦理亲情；检查站的老葛，掌握周铁牙盗猎野鸭的证据，据此要挟后者，让周铁牙利用关系帮助他解决生存的困难，彻底陷入无可奈何的纠结；即使松雪庵手持《金刚经》的云果师父，佩戴着菩提、红玛瑙、绿松石三串名贵玉石佛珠，明媚柔性而珠光宝气，到底是翩然脱俗，还是迷恋红尘？石秉德和曹浪，属年轻一代的后生，本属激情、进取、奋斗的一辈，可是，他们的人生取向，却极其现实功利，精于算计，过早地陷入信仰、意义、价值危机，他们之于从事的职业、事业，就是为了寻找或等待未来命运的转机，他们两人，或许就是这个时代的“零余者”？

这些，都构成了瓦城的自然、人文、政治、精神、文化的生态。人与自然之间也存在着一条密切的生物链，相互牵制，相互制约。整个社会生活，既是一个庞大的人气场，也是一个“势力场”，控制“势”的人，似乎就有“力”，就有“场”。迟子建细腻地勾勒、描摹出这个巨大的场域及其制衡、自然和人文的当代现实生态、灵魂的声色与虚无。实际上，在一定程度上，周铁牙这类人，构成当代生活中一股强大的存在：他精明，善于伪装，世故奸猾、势利且乖张。这个人物，就像游弋在阳光下狡黠的幽灵，在明媚中制造晦暗，在施展个人鬼魅和卑劣的套路中，屡显鄙俗，游刃有余。迟子建对笔下的人物，目光宽柔包容，但也不乏犀利，周铁牙这样不可忽视的存在，却也显示出复杂社会环境中另一种“势”的存在力量。其实，在这里我们可以不按着写实主义文学的标准，来研究周铁牙的形象，对其进行道德、价值评判，可以在更复杂的文本层面上，将其视为一个历史性和现实中存在符码，视他为“苍生”中的一员，是当代现实社会的“声色”或“犬马”。他对张黑脸，欺软怕硬地挖苦利用，面对来自骨气尽失的老葛的威胁，他可以反戈一击，应对自如。他还擅于费尽心机、殚精竭虑地维护、养护社会上方方面面的关系、“资源”，可进可退。这个形象，透露出一个“圆形人物”的全部症候。还有一个人物蒋进发，代表了瓦城政坛世界的另一种人群，临秋末晚的官场生涯，让他放下很多，沉迷于摄影，放浪形骸于山水，看似内心明朗，怡然自得，但骨子里的世俗纠结，也极生涩难堪。很难判断，这个人物究竟将自己置于生活的“场”内，还是“场”外；他们是自己生活的主宰者，还是精神、灵魂的“残缺者”！

杜拉斯说过这样一句话：“我们所有作家，或好或坏，都是内心阴影的残缺者，内心阴影的缝补者。”[1] 我感到，杜拉斯在解析作家内心真实的时候，主要表达了一个作家的责任和担当，这就是对于一个时代的人性裂隙和心理乖张进行揭示、纠正、补救。像许多同时代的作家一样，迟子建发现了这个时代人们心理的变化、弯曲，信仰的迷失，并描绘出灵魂的画像。

三

好的小说，就是需要创造出另一种不同于生活的别样语境。唯有这种独特的语境，才会凸显文本存在的诗学品质。这种语境，最终呈现出的，应该是一个作家，一个灵魂勘探者对自然、人生、命运和灵魂的精确修辞。无疑，这个极其民间化的小城故事，被迟子建讲述成一个生命的寓言。小说的寓言性，在故事即将结束的时候，被推向了极致，爆发出叙事最令人心碎和感动的一幕。深秋，候鸟南迁的时节，那只雌性的东方白鹳，它将自己的孩子顺利地送上迁徙之路后，飞回金瓮河边，直奔受伤不能一起飞走的白鹳，它放不下它的爱侣。这时，张黑脸和德秀，同样在情感和欲望的纠结中，难以自拔。德秀“出家”“出世”，与生命本身的命运和欲望纠缠一处，而德秀的“破戒”让我想起汪曾祺的《受戒》，她与张黑脸既像那一对东方白鹳，又像是《受戒》里的明海和小英子。也许人性本身的存在依据和实际情境，就是“雪隐鹭鸶”，人情世态中的深险湍流，实在是难以厘定或揣测。唯有小说，才可能还原真实的有无和虚实。张黑脸木讷、憨直，曾经的意外“失忆”，使他保留了纯粹和质朴，以致候鸟和自然成为他最大的牵挂；德秀，为卸掉烦恼人生的重负，逃离尘嚣，但仍有万般缠身揪心的烦恼，更牵涉出清净和慧根的道德两难。

[1] 玛格丽特·杜拉斯：《1962—1991 私人文学史：杜拉斯访谈录》，黄荭，唐洋洋，张亦舒译，北京，中信出版社，2018。

叙述，将纠结和无奈、挣扎和放纵、紊乱和宿命，一并呈现在我们面前。

这部小说的结尾，可谓用心良苦，也是这部小说最为精彩的段落。雌雄东方白鹳在迁徙途中，遭遇暴风雪，近似一个巨大的隐喻，一切生命，在大自然面前生命的羸弱，尽显无遗。候鸟对爱的执着，除了张扬着勇敢，还隐含着悲怆。这里，尤其还有需要人类去坦诚效法的尊严。小说强大的悲剧性感染力量，由此磊落而出。

> 一场又一场的霜，就是一场又一场大自然的告白书，它们充分宣示了冬天即将到来。夏候鸟飞走了，山林陷入了短时的寂静。那只无法离开的东方白鹳，并不气馁，它孤独而顽强地在寒风中，一次次地冲向天空，一次次地落下，再一次次地拔头而起。每当听到它飞起后又无奈落地的沉重声响，张黑脸都要难过很久。
>
> “雪就要来了，抓紧飞吧，你们能行的……”它们似乎听懂了，在与时间赛跑，很少歇着。它们以河岸为根据地，雌性白鹳一次次领飞，受伤白鹳一遍遍跟进，越飞越远，越飞越高。

这段人鸟的对话，真正是情景交融，催人泪下。候鸟的勇敢，就在于不气馁地面对艰难，保持生命自身的尊严。同时，叙述在这里刻意地表现了张黑脸和德秀的形象，这一男一女两个人物，的确是当代文学人物画廊里罕见的人物形象。而东方白鹳这些候鸟的生命形态和存在方式，也成为洞烛这一对人物人生奥义、幽微的鲜明背景。世间的道德、伦理的规约，宗教的戒律，在生命的“原生态”里，呈现出人的命运的尴尬和生命的苍劲。迟子建以往的许多小说，都弥漫着主人公在人生、命运旅途中无尽的伤怀和揪心的惆怅，而在张黑脸和德秀的目光和身体内，在他们两人的偏执或者“愚顽”中，却始终跳动着一团炽烈的火苗，那火苗在俗世生活的煎熬中自始至终地蹿动着，燃烧着，最终构成普通人的灵魂真容，形成对峙逼仄生活、人性压抑的执着的反抗。德秀和张黑脸交欢之后忐忑、恐惧，自我谴责败坏了风教，却又渴望新的放纵，作家将他们置于佛道和俗世之间，不断令其煎熬，让他们瞻前顾后，慌不择路，宁遭天谴，以赎罪过；他们在相互的劝诫和怂恿中，不失仁厚；自我博弈，纠结难当，无法颖悟，两者在相互慰藉中惶惶不可终日，难以摆脱死亡的恐惧和魅惑。这真是一条饱含深味也符合人物身份与个性的情爱之旅，两个人的孤独和叛逆，裹挟着各自曾有的辛酸人生经历，汹涌而来，想从扩张的情欲中解脱出来却又不得安宁。当张黑脸和德秀深情而迷恋地在雪地无言行走，充满了踏实和幸福感的时候，他们发现了雪地上那两只早已失去呼吸的东方白鹳，它们最终还是没有逃出命运的暴风雪。这是否也预示了张黑脸和德秀的未来？这些书写，明显凸显出迟子建式的“原始的纯正之气”和“弥漫的忧伤”。记得迟子建早在20世纪90年代初就写过一篇散文《把哭声放轻些》，郑重表达自己的写作追求：“身为女性，我喜欢柔弱、忧郁、哀怜、感伤、幻想等等这些女性与生俱来的天性。”[1]在大自然和社会面前，生命都是渺小、羸弱的，作家所能够做到的，只有与人物一起去从容面对。

张黑脸和德秀在葬完东方白鹳之后，天已经黑了，他们拖着沉重的腿往回走时，竟也分不清东南西北，天阴沉着，望不见北斗星，更没有哪一处人间灯火可以做他们的路标，这不由得让我想起，迟子建几年前的长篇《群山之巅》中那句“一世界的鹅毛大雪，谁又能听见谁的呼唤”。最终，令人伤怀的时刻还是悄然而至，我们感慨和忧虑，他们两人将会陷入怎样忧郁茫然的处境之中，情何以堪呢！

我感到，这部小说的叙述里埋藏着或隐含着一口“气”，这口气，从头至尾，贯穿在叙述者和人物之间的精神缝隙中，是一股凛然之气。正是由于这种气韵的存在，使得小说中人的生命力和自然生命力合一，积健为雄，一扫鄙俗懦怯之态，净化并保持着生活、存在世界的那一股内在的清流。我坚信，迟子建从来都是依靠她强大的内心写作，在这份心力中，定然饱含这股不竭的清流，供养着写作的精神和心理气韵，而且，它统摄着小说叙述的气理，沉潜于文本的深处，潜滋暗长，挥之不去。

其实，这部《候鸟的勇敢》，对于我而言，仿佛与其也存在一种宿命般的相遇。我曾生活在中国东北的一座城市三十余年，20世纪90年代之后，这

[1] 迟子建：《伤怀之美》，昆明，云南人民出版社，1995，129页。

个城市的生态，也曾遭到一定程度的损害，几乎很少再有候鸟莅临，或者停留在此，将其作为休整的驿站。调离这座城市以后，虽然偶尔回来，却再未听见过任何有关候鸟的信息。今年初春三月，我因事回到家乡，启程时，随身带上了最新一期的《收获》杂志，旅途中阅读，而其头题中篇小说，正是迟子建这部八万余字的《候鸟的勇敢》。我一到家乡，热情的朋友，竟意外提出要带我去城东的松花江南岸，去看正在对面半岛湿地休憩、休整，准备继续北上的候鸟。来到江边，我惊呆了：一个庞大的雁群，可谓遮天蔽日，数不清的雁阵，分属不同的家族和队伍，整体地纵横交叉，浑然一体中又秩序井然，令人叹为观止。其时，候鸟——鸿雁、灰雁和白额雁，都喜欢栖息于开阔平原和平原草地上的湖泊、水塘、河流、沼泽，雌雄共同营巢，产卵，在这一带结群活动。它们由头雁带领，组成“雁阵”，几千只、上万只浩浩荡荡，队伍排成“人”字形，春天北去，秋天南往，从不失信，非常准确地南来北往，每当秋冬季节，它们就从老家西伯利亚一带，途经黑龙江飞到南方过冬，第二年春天，又长途旅行，经过几千公里的漫长旅途，来东北这座小城的松花江段休整补给，回到西伯利亚产卵繁殖。大雁是一夫一妻制，有的配对几乎终生不渝。当伴侣中一只大雁不幸死去，另一只大雁常常就会为悲哀所击倒，无精打采，没有食欲，甚至在飞行时一头撞在电线上，或者，因为注意力不集中而成为猛禽的猎物。在这部《候鸟的勇敢》里，我目睹了这个鸟类世界的存在细节、生死歌哭，那一次，又在日渐恢复自然生态的故乡松花江畔，切身感受到这场壮观、雄伟的迁徙，猜想并且真正体味到了“候鸟的勇敢”和悲壮。原来，候鸟的世界竟是一个如此有序的世界，而生活在现代社会中的我们，反而迷失了方位，找不到灵魂的家园和回家的道路，已经焦虑到不能承受生命之轻，候鸟的勇敢，人性的怯懦和欲望的膨胀，令人忧虑和惶恐。《候鸟的勇敢》和那时我感受到的候鸟飞翔的场景，在我的内心，呈现出逼真的重叠。因此，我更加理解迟子建小说中所蕴藉的阔大的象征或隐喻。可见，迟子建在小说中，将“实的”事物写虚了，而故意又将“虚的”事物写实了。也许，小说的魅力，就是避实就虚，或者凌空蹈虚，一场鸟类的迁徙，就如同人性的裸奔和灵魂的战争，构成一个起伏跌宕、刻骨铭心的记忆，迟子建描摹了一幅微缩版的俗世人生的“山海经”。

我们在这部小说的叙述中，还能够强烈地体验到那种沧桑感，在迟子建小说的字里行间，还散发出一种充满诗性的苍凉而残酷的气息，那是一种挣脱了虚无的力量，不断支撑着叙述向前推进。在迟子建以往的中篇、短篇小说里，小说的题材、故事、人物及其相互关系，还有那出人意料或是意料之中的故事结局，小说的结构，叙事的节奏，许多都是比较相近，彼此丰富，相互推进的。两性之间的关系，情感纠葛，亲情，常常构成其小说的基本链条和叙事框架。而从不同文本之间的内在张力方面看，特别是，从文本所表现的事实层面到精神价值层面，在她不断地持续、重叠和反复地对主题、意蕴的发掘中，小说文本正渐渐呈现着超出所谓“本质”属性的多极美学状态，形成迟子建“北国一片苍茫”的叙事美学情境。

原载《扬子江评论》2018 年第 5 期

作者简介

张祖立，男，大连大学人文学部教授，主要研究中国现当代文学；纪晓彤，女，硕士研究生，大连市南金实验学校语文教师，主要研究中国现当代文学。

论 20 世纪 80 年代小说作品中的国企领导者形象

【摘要】20 世纪 80 年代，在工业题材的小说中，国企领导者是最常见最主要的形象。国企领导者形象有诸多共同的时代特点，他们的精神和气质直接影响着工业题材文学的品格。工业题材小说凝聚着作家浓郁的理想追求和英雄情结。80 年代充满着民族国家想象的氛围和语境，激发和建构了作家强烈的身份意识，作家往往以“大我”的、公共的视角进行叙事，同时容易忽视个人的、独立的目光审视，一定程度上淡化了作品的历史意识和审美意蕴。

【关键词】80 年代 工业题材小说 国企领导者

20世纪80年代，文坛上以写工业题材为主的小说一度产生了很大的影响。这种题材文学也常常被命名为“改革文学”（也有人以此命名一部分涉及农村改革问题的作品）。在“文革”结束后的一段时期里，“伤痕文学”“反思文学”乃至再稍后一些出现的“寻根文学”等，注意力往往集中在对过去故事的叙述上，“改革文学”却一时成了难得的关于现实题材的写作，扭转了文坛上单纯的写作格局，使新时期文学开始呈现出多元化写作走向和态势，这种文学写作自然就体现出了其应有的文学史价值和地位。当然，这类题材创作也有许多需要总结和反思之处。为便于说明，也限于篇幅，本文拟从工业题材这类小说在塑造国有企业（以下简称“国企”）领导者形象方面进行分析。因为，国企领导者是这一时期这类小说中最常见最主要的形象，绝大多数作品都描写了这类人物。这类人物是工业题材小说的灵魂，他们的精神和气质直接影响着工业题材文学的品质和风格。当然，这里的国企领导者形象主要指的是男性企业家，因为80年代的工业题材文学中，除了雪珂的《女人的力量》、张晓东的《内应力》等极少数中短篇小说，很难寻找到女厂长、女企业家的踪影。

“国有企业”之前称为“国营企业”。1979年版的《辞海》对“国营企业”的解释是：“指国家经营的企业。在社会主义国家中，国营企业是全民所有制经济，它的生产和经营直接服从国家统一计划的领导，受社会主义计划经济的规律支配。中国有中央直属的中央国营企业和各级地方直属的地方国营企业。”[1]中国正式称“国营企业”为“国有企业”开始于1993年3月。当时中共中央在向第七届全国人大常委会提出的《关于修改宪法部分内容的建议》中建议将“国营企业”改称为“国有企业”。因为都是国家所有，因此，“国营企业”“国有企业”都可简称为“国企”。从20世纪50年代中国完成社会主义改造后，到中国真正实行社会主义市场经济之前，国企在中国的工业领域一直占据着绝对的垄断和“霸主”地位。所以我们在此所说的工业、工厂、企业等概念，其实往往指的是国企，而且是前一种的“国营企业”，那种直接掌管在政府手里的企业。显而易见，80年代的工业题材文学就有了极其特殊的内涵和品质，这些内涵和品质与其中塑造出的国企领导者形象密切相关。

一、国企领导者形象特点

应该说，这一时期的工业文学创作，在对国企领导者形象塑造方面进行了积极的尝试和探索。如果说，这时期的工业文学作品能够吸引读者，能够引起社会的关注，往往是因为这类作品塑造出的企业家形象给人们留下了深刻印象。这些企业家往往具有如下共同特点。

（一）擅于开拓和进击

80年代，中国的国家和亿万民众的共同愿望是加快实现现代化进程，而实现现代化的最主要途径是加快工业发展。在这种关于现代化国家的诸多想象中，国企和国企的领导者最容易成为被想象的对象。而当时的确有许多国企领导者应和着这种时代呼唤，本身就具有时代所需要的精神和气质。于是在工业题材文学作品中，他们最鲜明的特点是急于改变受“文革”严重影响的企业的落后现状，以铁腕手段大胆进行企业管理上的改革，急切要做好企业的所有工作。蒋子龙是这一时期的代表作家。作者笔下诸多企业家形象，因为都具有这种精神气质，被称为“开拓者家族”。《厂长今年二十六》中的许英杰也具有“进击者的性格”[2]，其他同时期工业题材小说也大都呈现着企业领导者这样的精神气质。张洁的长篇小说《沉重的翅膀》中，曙光汽车厂厂长陈咏明是一个典型的改革家。他把在“文革”中靠造反上来、业务能力不行的干部分流到车间，大胆提拔和重用有才能、曾被打压的知识分子、干部；在企业内实行计件工资制度，撤销了政工组、大庆办等无实际功能和用途的闲散机构；进行干部制度改革，民主选举领导班子。张锲的《改革者》中，徐枫主动调整C城不合理的工业产业结构，合并工业局，关停经营困难又无发展潜力的工厂，建立新公司，招聘有专长的技术工作人员。蒋子龙《乔厂长上任记》中的厂长乔光朴，一上任就大胆取消厂里举行的传统的“大会战”形式，组织吸引近万名职工参加业务知识和技能考核、竞赛活动，留下精干人员，把考核不合格的人员组成服务大队做基建和运输工作。蒋子龙的《机电局长的一天》中的机电局长霍大道大胆引进两条先进自动生产线，到矿山机械厂那里弄到一条底盘铸造自动生产线；当听说国家准备试制六十吨的矿用汽车后，立即设法将任务抢到手。康云、杨长瀛的小说《滚球记》中的美术琉璃厂厂长仇玉珠，排除厂内保守势力影响，独辟蹊径，巧妙地在琉璃工艺制作中融进传统文化元素，把美术琉璃花球研发成为优质名牌产品，为工厂赢得了声誉和效益。柯云路的小说《三千万》中的丁猛任职省轻工局党委书记兼局长，他和乔光朴性格相近，善于硬碰硬，不顾对手百般阻挠，在重大工程预算上大气而精明，愣是把无理的“三千万”预算削减一半。李国文《花园街五号》中的刘钊到拖拉机厂任职，大胆整改，敢奖敢罚，不到三年就扭亏为盈，使工厂成为全省上缴利润和创汇率最高的企业。

这种勇于开拓和进击的表现成为一个群体性的共同特点，使得工业题材文学深深烙上了时代的印迹，形成了自己的鲜明特色和魅力。

（二）长于谋划和思考

《改革者》中的徐枫，对将要实施的巨大的“七二五”工程进行了冷静全面的评估，想到了工程建造时和建成之后原材料和能源的消耗、供应问题，想到了环境保护问题，以及该工程对其他企业造成的负面压力和冲击，并据此得出重工业投资大，盈利小，轻、纺、食品工业在C城更具有优势的判断。这种意识即使在今天也是极为难得的。陈冲小说《厂长今年二十六》中的厂长许英杰富有远见，经过市场调研，预测长毛绒缺货，四处收购囤积长毛绒。《开拓者》中，车篷宽作为省委书记高级干部，又是懂经济的专家，显示了人们在现实中少见的睿智风采，科学统筹运作全省的工业经济体制改革思路和方略，规划设计出有特色的、符合省情实际的工业发展道路。《耿耿难眠》中身为大型国有企业的党委书记杨林，在关注改革，在和对立方进行斗争的同时，更注重考虑如何尊重工人、关心工人，科学处理人和生产的关系，如此从深层次上看重工人的主体地位，这是杨林的一大亮点。也是对同类形象的集中概括。《三千万》中的丁猛沉稳机智，强调按客观规律办事，成功将不科学的预算压缩了一千五百万，同时他不是简单强调领导在企业的作用，还注意引领工人群体的思想觉悟，善于做身边人的思想政治工作。

相比乔光朴一类敢打敢冲、简单粗鲁，上述人员的特点似乎成为国企领导者思想上的新质。实际上，乔光朴们的简单行为背后往往是大智慧，他们处处表现出先发制人策略，都是基于对形势和环境的精心判断。丁猛们的沉稳只是改革者的另一面表现，是改革进入到一个更深层面后的自然反应。他们共同体现了整个80年代的国企领导者的某一方面特点。

（三）敬于公心和奉献

80年代工业题材小说中的国企领导者们显现了以国家为重、事业为重的精神境界。短篇小说《操刀一割》叙事线索是如何对待长期旷工的三名青工，故事特殊性在于，其中一名为有恃无恐的干部子弟，副厂长郑云铮纪律面前人人平等，抵制了厂党委书记刘贤等人的阻挠，坚持开除违纪的干部子弟。吕雷的《火红的云霞》中的厂长梁霄，面对曾有恩于自己的老上级，公正无私行事，为此吃了不少苦头。妻子文洁森私自从车队拉走了两方木材，梁霄毫不犹豫地按规定处分了妻子。他体贴五户无房的夫妇，将厂长楼里最好的几个单元分给了他们，而他作为一厂之长却住在厂办公室里，真正以厂为家了。《沉重的翅膀》中的郑子云，作为一名高级领导（副部长），不奢侈讲究，不混日子，整天投入到重工部的工作当中，务实精干，始终站在国家的高度思索研究经济体制改革良方。水运宪的《祸起萧墙》刻画了电业局干部傅连山为维护国家利益、为维护现代管理制度敢于与地方官员博弈斗争的故事，虽是悲剧，却凸显了傅连山的无畏精神。

敬于公心和奉献本是新中国成立以来工人阶级包括企业领导干部的本质特点，但毕竟经过“文革”，工厂领导层人员及其思想发生了很大变化，不正之风多有体现。这种对公心和奉献精神的看重，既是80年代的一种客观存在，也是作家们的一种想象。联系到90年代及以后的工业题材小说中的许多国企领导者的贪婪和丑陋，人们愈发领悟了这一时期所塑造的国企领导者这种精神的时代内涵和价值。

（四）关心善待普通工人

《乔厂长后传》中，乔光朴关心职工，整天与工人们一起，职工爱戴他。听说乔光朴被撤职，工人强烈反对，准备派代表去市委反映意见。《火红的云霞》在梁霄要被调走时，工人群众自发前来送行。《拜年》中，胡万通对工作没有热情，貌似憨厚，却很有心计，精通人际关系，新年上班头一天，早早在厂大门口扫地，笑着向每一位干部职工拜年，而调度室主任冷占国虽为业务好手，但不会来事，不懂人情世故，故事的结局，人事安排上，胡万通抢得先机。小说《厂长今年二十六》中，许英杰是一位善待群众的干部，一年中实实在在为大家做事情，群众对他很认可，面对他要辞职的场面，全体职工都舍不得，表达了对他的敬意。《沉重的翅膀》中，厂长陈咏明进行改革同时，解决了职工的住房问题，群众很感动。柯云路小说《耿耿难眠》中的党委书记杨林，经常打开老工人的饭盒，了解群众生活。

关心群众，本是领导干部的基本要求，也是党内一种传统。但在新时期之前的一个时期内，我们的一些工业题材小说往往关注于工厂生产任务、科研项目的完成，以及完成工作过程中对人的思想改造教育，对人的正常生活需求予以忽视。80年代这类作品中，尽管强调的是领导们的改革行为，但同时逐渐开始描写他们关心群众生活的一面，使得这类文学呈现了一些生活气息，在这其中，领导者身上的人性的东西得到进一步释放和挥发，为后来的文学持续深入挖掘和表现人性、人情产生了一定影响。

概括上述企业家的特点并不难，因为这些企业家在精神层面有着太多的相似之处，但多少有些尴尬的是，上述关于企业家特点的关键词性的概括，在今天看来，不像是说企业家的，倒更像对我们常说的一般意义上党政干部的一些标准内涵的界定。但若还原到80年代，我们又实在找不到更合适的词语来替换这些概括的话语。这也恰好揭示了80年代的一些特殊的时代背景。80年代（也包含“文革”结束后的70年代末的几年）的中国社会整体来说，虽是一直在对“文革”进行强烈的反拨，但国民仍然在思想上具有浓郁的意识形态观念，人们对政治的热情未有丝毫减弱，对国家、民族、社会，对理想、精神、价值，甚至对意识形态领域问题思辨等都有着比较强烈的兴趣和同时进行相关问题的探寻、判断、构建的意识。80年代“改革文学”塑造的国企干部和领导者形象的一些基本精神内涵，是源于中国当时的国情和历史背景，有着坚实的社会根基。80年代很多的国企领导者都有一定的革命经历，很多人就是革命干部，这就形成了一批极为特殊的“中国式”的“国有”企业家群体。他们多是工农出身（有少数知识分子），信仰革命，有过丰富人生经历，读过一些书，有相当的洞察社会能力和社会实践经验。他们初心未变，曾经的被打压和不得志，使得他们很珍惜眼前的工作机会，他们急于补回“文革”中的损失，以不同寻常的精神和状态投入事业中，成为时代改革大潮的先锋者和主导者。而且，由于当时企业为“国营”的，政企不分，往往出现身为政府官员者直接抓企业的现象，前述的一些国企领导，如《祸起萧墙》中的傅连山、《三千万》中的丁猛、《改革者》中的徐枫和陈春柱、《乔厂长上任记》中的乔光朴等，都有政府官员的经历或者一直就是官员。这种“政治家”加“企业家”混为一体的情形就是80年代的国企的特殊之处，出现上述特点的概括就不足以为奇了。

二、作家描摹领导者形象时的特殊情怀

80年代是理想主义的年代。在关于改革和现代化的想象中，一方面国家和社会对企业家寄予厚望，另一方面，作家也在按照自己的体验、标准和模式，倾心塑造笔下理想的人物。在这种中意的注视和描摹中，作家独有的情怀显露无遗。

（一）故事叙述的理想化色彩

从某种意义上说，80年代的工业改革叙述是一种想象，一个有趣的现象可以证明这一点。当时稍好的工业题材小说或“改革小说”比较容易引起轰动，轰动的主要原因是企业家大胆改革的气魄和力度往往引起读者内心的震撼，而读者的这种震撼共鸣也是关于改革的一次群体性的想象与渴望。所谓中国80年代的企业改革并不是90年代以后那种真正体制性的深刻改革，仅仅是在内部管理办法上如分配制度等方面的改变。作家们写了企业家那么多的措施和举动，事实上是想象成分很多的理想化手段。蒋子龙曾谈过，他对他笔下的人物赋予了理想化色彩。理想化的表现，首先是作家对改革的认识过于主观化了，过于简单化了，他们先是设置了一些企业面临的似乎无法解决的困难和矛盾，给读者留下悬念，实际上这些矛盾并不是企业内部真正的瓶颈问题，因为没有涉及体制问题，更多的是管理上的常见问题，最后都能得到理想的解决；或者可能是瓶颈性问题，但当时在实际中无法得到解决，而在作品中却能够得到解决的问题。这种充满想象的叙述往往满足了读者的心理需求。理想化的表现，还在于把人物塑造得很理想，比较完美。“历经文化大革命的摧毁，中国社会不仅陷入价值迷茫，而且出现了信仰上的真空，对于具有依附人格的中国人来说，民族的新生包含了偶像的重构。乔光朴、李向南一类的人物受到热烈的追捧、认可，这些带有浪漫传奇色彩的形象填补了理想主义的真空，成为人们寄托理想的载体。”[3] 时代呼唤偶像，作家回应着社

会的需求，在一种共谋之下，烙印着明显的时代内涵的偶像，就出现在文学作品中。这时期的文学影响力、号召力是强大的，文学中的这个偶像以十足的魅力和风采，感染着人们的思想和情感，引领着社会的改革风尚。作家在他们身上倾注了自己的全部热情，甚至习惯性地把“清官情结”浇注到国企领导者形象上。当时作家对企业家形象的缺点集体性地选择遗忘和忽略的态度，本身就是很值得思考的现象。即使写到一些可能是缺点的地方，如霸道、铁腕、强势、投机、生活趣味寡淡等，也暗中怀有欣赏的心理。这样，人物的复杂性格没有充分揭示出来。理想化的表现还在于对叙述故事结局的设计上。在惯有的情节主线上，对立双方较量后，都是改革一方获胜。即使有一些留下悬念，或者写成了悲剧（如《祸起萧墙》），但所有的小说都会暗示读者，改革最终会胜利的。无疑，这种理想化的写作，使得文学变得线性化了、简单化了，肤浅了一些，削弱了作品的艺术价值。

（二）写作者的英雄情结

80年代的作家普遍将写作重点投放在国有企业领导们身上。厂长、经理、党委书记、工业主管部门领导，甚至同时兼职政府和企业领导者，成了作品中最常见的人物。他们也必须是很有思想、智力、魄力和战斗力的，是轻易不能让人失望的英雄形象。这是对当时的社会文化心理需求的一种呼应。80年代是一个追求改革的时代，国家工作重心逐步转向现代化建设，新旧两种体制冲突激烈。在错综复杂的社会生活中，代表改革前进方向的领导者们，成为鼓舞人心的旗帜，塑造时代英雄形象，成为这一时期工业文学的普遍选择。英雄情结反映了人民群众的普遍文化心理：渴望以英雄为榜样超越自我，希望和英雄一起冲破现实枷锁，和英雄一起破除阻碍社会发展的势力。这也建构了作家的一种特殊的审美情结，他们奋力为读者塑造出一个个英雄般的国企领导者典型。这一时期的国企领导者，还在一定程度上被作为政治领袖人物进行塑造，他们具有很多领袖的特点。比如，在表现他们的强势和铁腕行为的同时，往往都不忘描写他们与群众的密切融洽关系，展现他们受群众拥护的程度。“文革”中的长期政治运动和斗争，普遍而严重伤害了广大民众的精神和情绪，也疏离了人们之间的感情，80年代兴起的实现四个现代化的强烈呼声，感染和鼓舞着民众的情绪。在这样的现代化进程中不能没有民众的参与。这是作家们的民众意识的自觉，也是一种可贵的人文情怀的具体体现。

（三）叙述模式单一

在前两种情结影响下，必然出现人物塑造上单一叙述模式。英雄是需要考验的，需要对立面人物和力量去和他们产生矛盾、发生冲突，在一种已有设计的系列情境中，改革与保守、现代与传统、正面人物和反面人物、前进和后退等矛盾双方，必然形成一种二元对立的叙述模式。在这种模式下，永远时刻有较量和斗争，英雄“不可避免地要涉及各种厉害关系，充满艰难与困境，却‘必然地’会走向成功，所有的改革派无不诉求‘国家’‘人民’的利益，并握有‘科学’的利器”[4]。模式化表现在人物形象的正反对比描绘上，80 年代的工业题材小说在塑造英雄时，总是会相应地塑造阻碍改革的反面人物。这种模式化还表现为作家对经典的“复制”行为。蒋子龙的《机电局长的一天》设计了霍大道与徐进亭，《乔厂长上任记》设计了乔光朴与冀申，之后，一些作家都有意无意地借鉴和运用了这种模式。实际上，这种二元对立模式的写作习惯，早在“文革”乃至“十七年”时就已形成了。蒋子龙的这种模式，也是当时中国民众文化心理上的比较常见的思维模式，有了这一前提，加上杂糅其作品中的那种企业家独特的“霸气”与魅力，极大地增强了这种写作的效应，使得这类写作成为一时的选择趋势。的确，《乔厂长上任记》的这种二元对立的“遗传因子”在同时代的不少同类作品中都能看到。如《花园街五号》中的刘钊与丁晓、《三千万》中的丁猛与张安邦、《沉重的翅膀》中的郑子云与田守诚、《改革者》中的徐枫和魏振国等。这种模式化写作固然揭示了人们对工业化国家理想和时代愿望的急切心情，但毕竟是种对复杂生活的简单处理，遮蔽了人物形象的生动性和复杂性。关于这方面的问题和不足，评论界给过不同程度的批评。

三、影响工业题材文学创作的两个重要因素

分析 80 年代的工业文学创作得失，可以从多方面进行，如囿于“十七年”工业文学创作的思维定式，没有完全走出“文革”文学的阴影，文学观念落后，

作者队伍素养有待提高，等等，对此本文完全认同。同时又感到，还有一些影响因素值得我们注意。

（一）充满着民族国家想象的文化语境

如前所述，因为中国真正的工业或企业的改革发生在90年代由计划经济向市场经济的转型期，所谓80年代的“工业文学”更多的是一种想象的文学叙述，而不是完全的经验叙述。

但建设强大的现代化工业化国家，一直是中国革命的重要政治诉求。不难理解，在中国，这种诉求比较强烈地集中在两个时期，一个是上世纪五六十年代，一个是在“文革”刚结束的80年代。80年代，实现四个现代化成为中国人最强烈最急迫的心声。在中国，国有企业长期以来都是国家工业化的龙头。依据广泛的社会认识，国有企业是现代化工业化的主要载体和想象体，因此在一定程度上，最能唤起民众对于现代化的理想追求热情的，除了强人政治的代表如国家领导人和国家政府机关群体（这在当时比较普遍），再就是国有企业领导者形象了。

把领导者形象限定在“国企”的范围，是基于80年代文学表现的历史真实，也是我们试图对80年代的深入解读。新中国成立以来，为实现企业国有化程度，我们开展了社会主义改造运动，将绝大多数企业牢牢掌握在国家手里。“国企”在某种意义上是国家实力和意志的集中体现，它也承担着实现国家“四化”的最大任务。企业是实现工业化、现代化的实践主体。“文革”结束后，人们迫切希望重拾实现“四化”理想，自然就把希冀的目光投射到这个领域，投射到能左右国有企业命运的企业领导者身上。实现现代化显然是一种政治使命，企业领导者也必须有政治家的思想和灵魂。联想到后来国企大量转制和分流甚至解体时，“现实主义冲击波”所描摹的另一种风光不再、疲于奔波、窘迫万分的国企领导者形象，我们似乎就更加懂得了80年代国有企业家们的地位。在他们身上聚集着人们对现代化的种种想象，或者说，人们把对现代化的所有想象也都演绎到了企业家们身上。

本尼迪克特·安德森（Benedict Anderson）的“想象共同体”理论，一定程度上启发我们关于追求实现现代化国家的想象认知。民族国家是“透过共同的想象，尤其是经由某种叙述、表演与再现方式，将日常事件通过报纸和小说传播，强化大家在每日共同生活的意象，将彼此共通的经验凝聚在一起，形成同质化的社群”[5]，80年代正是最易发生想象与叙述的时代。文学恰恰是可以成为重现民族国家想象共同体的有力形式。因此80年代的文学创作尤其是工业题材文学创作是一次突出的有关民族国家想象的具体实践。80年代的工业文学对国企领导形象的塑造尽管有诸多缺点，但这些形象又的确是中国文学史上一批有鲜明时代特征的形象。在今后相当长的一个时期内，他们仍具有很大的阐释空间。

（二）强烈焦灼的身份意识

与此相关，这样一种民族国家想象是一种急迫的、亢奋的想象，于是，工业在国家的传统地位，国有企业中工人的似乎天然拥有的主人公意识，都催生了工业题材文学写作者的一种焦灼的身份意识。80年代的工业题材文学写作者大多数是来自工厂、企业的干部职工，或者有过企业实践体验的人，他们很容易建构这种相同的身份意识或文化认同。

身份是人对自己与社会或某一种文化的关系判断。身份意识与国家、民族、社会有着密切的关系。人有时属于多个群体，在一定的文化语境下，他会选择认同其中某一身份作为重要的指向。更多的时候是人对自己多年形成的稳定的身份的习惯与默认，或者在受到特定力量影响冲击后对自己身份的重新审视。应该说，80年代对每个中国人都是一个适宜想象的时代。而工业题材文学作家此时最易产生一种与国家关系最为密切的身份意识。这种身份意识有比较明确的政治意识，往往以主人的姿态思考看待眼前的一切，把很多事情内化成为自己的事情。在这样一种身份意识下，作家会情不自禁地以“大我”的、公共的视角进行想象和叙述，而容易忽略或收回纯粹独立的、个人化的眼光和叙述擅长，也容易淡化应有的历史意识，缩小创作上的差异程度，这样，他们的写作会出现彼此的相似相近，甚至出现“复刻”现象；他们会习惯地把注意力放在故事中的一个具体项目、重要工程、重要任务的发生始末的叙述中，对人的内心活动和思想情感的刻画反而投入不足。与此相对应，当时的许多写农村题材小说的作者如贾平凹等，就没有这么强烈的身份意识，甚至他们更有意开始以“民间立场”和个人视角进行写作，有意无意疏离和解析“史诗”性的写作规范，这类作家往往能够以一种从容、细腻迟缓的状态进行写作。他们没有太多的包袱，他们去写实实在在的“陈奂生”、去写“乡场上”“旮旯里”每一个微不足道的小人物。工业文学的创作者这种焦灼的身份意识甚至影响了以后的90年代乃至新世纪的工业写作，所以我们今天看到工业题材文学虽有一定发展，但更多的时候处于徘徊之中。工业题材文学需要一种独立而淡定的姿态来写作。

【参考文献】

[1] 夏征农．辞海［M］．上海：上海辞书出版社，1980：770.

[2] 张同吾．进击者的性格：评《厂长今年二十六》［J］．当代，1983（3）.

[3] 苏奎．改革、改革者与改革文学［J］．兰州学刊，2014（6）.

[4] 巫晓燕．现代化工业进程与当代文学创作的历史性探寻：兼论“工业题材小说”的命名问题［J］．当代作家评论，2009（6）.

[5] 本尼迪克特·安德森．想象的共同体：民族主义的起源与散布［M］．上海：上海人民出版社，2003：5.

原载日本爱知大学学术刊物《国研纪要》2018年2月

小说卷（含网络文学）存目

长篇小说

鹤　蜚　《娜样红》，《中国作家》2018年（下半年）长篇小说专号

任凤太　《有恁么个小镇》，中国言实出版社，2018年5月

王　毅　《闯关东的女人》，人民日报出版社，2017年12月

王金杰　《民国财神》，北京群众出版社，2017年10月

闻　雨　《省委第一巡视组》，《满族文学》（双月刊）2018年第3期选载部分章节

辛　酉　《撒乌耳亡》，百花洲文艺出版社，2018年12月

徐　铎　《母亲》，安徽文艺出版社，2018年1月

于立极　《青丘国》，新华出版社，2017年12月

中篇小说

高金娥　《他山采石》，《海燕》2018年第11期

葛文芬　《砬子山下》，《北方文学》2017年第11期

王树真　《蛇盘地》，《海燕》2018年第3期

许润江　《墓碑上的彩虹》，《海燕》2018年第9期

短篇（微）小说

阿　伯　《架天线》，《河北小小说》2018年第1期

　　　　《兔子粪》，《河北小小说》2018年第1期

包　乐　《久远的怀念》，《参花》2018年第5期

车永华　《奇怪》，《小说林》2018年第2期

　　　　《妈妈，你别老》，《海燕》2018年第12期

陈昌平　《教授与狗》，《作家》2018年第11期
丛　棣　《附近的人》，《满族文学》（双月刊）2017年第6期
杜　玮　《恐怖电影》，《海燕》2017年第10期
　　　　《送餐员》，《延河（下）》2018年第2期
宫　佳　《秘诀》，《天池小小说》2018年第9期
侯德云　《扶贫往事》，《百花园》2018年第1期
　　　　《几度秋凉》，《满族文学》（双月刊）2018年第3期
津子围　《大师与棋局》，《鸭绿江》2018年第1期
老　木　《狗这东西》，《百花园》2018年第10期
李朝阳　《婚礼》，《天池小小说》2018年第9期
　　　　《李朝阳小说四题》，《海燕》2018年12期
李广宇　《谍报员》，《天津文学》2018年第2期
　　　　《少女和鱼》，《鸭绿江》2018年第2期
刘洪林　《窝居》，《航空画报》2018年第8期
宁春强　《村民王老五》，《百花园》2018年第2期
　　　　《心结》，《安徽文学》2018年第5期
七　戒　《四季拉面馆》，《百花园》2018年第5期
　　　　《鸡事》，《天池小小说》2018年第10期
沙君贤　《车祸》，《海燕》2018年第6期
脱微娜　《婚事》，《芒种》2018年第3期
　　　　《强弩之末》，《中国铁路文艺》2018年第5期
王福日　《白酒和啤酒哪个好喝一点儿》，《澳华文学》2018年第1期
王景慧　《休假》，《海燕》2018年第2期
迂夫子　《老孙的科学生活》，《羊城晚报》2017年12月18日
　　　　《生劫》，《小说月刊》2018年第4期
张海龙　《泥潭》，《百花园》2018年第6期
　　　　《秦文革》，《百花园》2018年第8期
张鲁镭　《游离》，《北京文学》2018年第7期

左　岸　《修鞋摊》，《微型小说选刊》2017年第23期
《蓝鲸跃出海面》，《岁月（上）》2018年第3期

网络小说

李　枭　无缝地带（节选）

诗歌卷存目

阿　琴　《花儿·女人（外一首）》，《诗潮》2018年第9期

白一丁　《风物诗语（组诗）》，《海燕》2018年第6期

常可娃　《写给自己的信》，《鞍山日报》2018年9月5日

迟德顺　《旭日广场恋歌》，《大连晚报》2017年12月24日

姜秀莎　《摇晃》等12首，《鸭绿江》2018年第7期
《窗外》，《2019年中国新诗日历》，江西高校出版社，2018年12月
《满身的裂缝都有阳光照进来》，《2018天天诗历》，中国青年出版社，2017年11月
《门外》《雪事或者其他》，《延河》2018年第2期下半月刊
《我爱你》，《黎明前——群岛2018诗年卷》，文汇出版社，2018年9月
《窗台上的妈妈》，《营口日报》2018年8月15日
《在风中》等5首，《诗潮》2018年第9期

杜　玮　《光线（外一首）》，《诗潮》2017年第11期
《狩猎（组诗）》，《诗潮》2018年第4期
《伤离别（外二首）》，《湛江文学》2018年第12期
《木匠的作品（外六首）》，《辽河》2018年第3期

《寂静的（组诗）》，《诗歌风赏》2018年第三卷
《雪（组诗）》，《本溪日报》2018年3月22日
《花瓶》，《本溪晚报》2018年3月21日
《流过身体的河流（组诗）》，《中国诗人》2018年第3期
冯　岩　《填空（组诗）》，《芒种》2018年第9期
《凤凰山的红色记忆》，《诗选刊》2018年第5期
郭　海　《在南岔沟（组诗）》，《海燕》2018年第11期
季士君　《江轮（组诗）》，《鹿鸣》2018年第4期
《幸运儿（组诗）》，《诗潮》2018年第6期
《纸灯笼（组诗）》，《辽河》2018年第5期
《假山（组诗）》，《满族文学》2018年第5期
姜春浩　《九莲寺遇杏树（组诗）》，《鸭绿江》2018年第2期
《姜春浩的诗》，《诗潮》2018年第9期
姜凤清　《种花女（外一首）》，《大连日报》2017年10月31日
《乡愁三首》，《辽海诗典》，辽宁教育出版社，2017年10月
姜　红　《境生象外（散文诗组章）》，《大庆晚报》2018年11月9日
姜占先　《最美大连》，《大连日报》2018年10月29日
李　皓　《初读海洋岛（组诗）》，《人民日报》2017年12月16日
《新时代放歌》，《人民日报》2018年1月3日
《憔悴的露珠（组诗）》，《上海文学》2018年第4期
《站在鱼的一边（组诗）》，《星星》诗刊2018年第11期
《李皓的诗（组诗）》，《国际汉语诗歌（2015-2017卷）》，中国言实出版社，2018年8月
《雅集（组诗）》，《诗潮》2018年第12期
《李皓的诗（十八首）》，《中国诗人》2018年第5期
《寒露辞（外三首）》，《山花》2018年第7期
《本命年（组诗）》，《岁月》2018年第10期上
《就是几片叶子（组诗）》，《诗刊》2018年第9期下半月刊

《李皓的诗（组诗）》，《雪莲》2018年第5期
《用一场大雪为你送行》，《诗刊》2018年第3期下半月刊
《哪一个春天也不是铁板一块（组诗）》，《诗歌月刊》2018年第7期
《一个提灯的人（组诗）》，《青岛文学》2018年第9期
《我得坐车去一趟普兰店（组诗）》，《作家》2018年第5期

李　静　《妈妈，让我为你梳头（四首）》，《诗歌月刊》2017年第12期
《老衣服（外二首）》，《诗潮》2017年第10期
《海岸线（外一首）》，《岁月》2017年第12期上
《蜜蜂是土地会飞的花朵（五首）》，《中国诗人》2018年第2期

李　硕　《拽着风的柳笛（组诗）》，《海燕》2018年第12期

李延春　《船》等6首，《中国诗人》2018年第6期
《我们都是被刻了印痕的人（外一首）》，《中国文化报》2018年6月29日

刘浩涌　《辽河之夜》，《诗潮》2018年第10期
《月光切片》《雷雨过后》，《辽海诗典》，辽宁教育出版社，2017年10月

刘宏成　《本溪秋色》，《本溪日报》2017年11月1日

刘丽芳　《秋月，挂在老屋的檐角》等6首，《海燕·响水》2018年第3期
《玉米（外一首）》，《延河》2018年第2期下半月刊

刘益令　《哦，青年点》，《海燕》2018年第8期

刘智凯　《和岁月干杯》，《中国残疾人》2018年第1期
《情归炼厂》，《中国石油报》2018年6月16日

马　强　《我爱着万顷碧波的爱（组诗）》，《海燕》2018年第9期

觅　青　《医院门口》，《诗潮》2018年第7期

宁　明　《风还在刮（七首）》，《芒种》2017年第10期
《诗想者说（六首）》，《诗潮》2017年第10期
《仰望十月（四首）》，《岁月》2017年第10-11期

《颠簸（八首）》，《翠苑》2017年第10期
《爱河之上（八首）》，《诗东北》2017年下半年卷
《淡积云（六首）》，《文学港》2017年第12期
《起飞中国》，《诗刊》2018年第1期上半月刊
《致我的亲人（六首）》，《中国作家》2018年第1期
《宁明的诗（十一首）》，《中国诗人》2018年第2期
《银石滩（三首）》，《绿风》2018年第2期
《海边（三首）》，《延河》2018年第2期下半月
《爱上一粒米（五首）》，《北方文学》2018年第3期
《在人间（六首）》，《满族文学》2018年第4期
《低翔（六首）》，《诗歌月刊》2018年第6期
《着舰》，《人民日报》2018年6月20日
《倒影（组诗）》，《青岛文学》2018年第8期
《对话（四首）》，《岁月》2018年第8期
《杜甘固》，《2016年中国网络诗歌精选》，花山文艺出版社，2017年11月
《中秋月》，《2018年中国新诗日历》，江西高校出版社，2017年12月
《梨花落》，《百年新诗2017精品选读》，成都时代出版社，2017年12月
《风还在刮》，《中国年度优秀诗歌（2017卷）》，新华出版社，2018年1月
《水》，《2017中国诗歌年选》，花城出版社，2018年1月
《杜甘固》，《诗歌点亮生活》，作家出版社，2018年7月
《等待放生的麻雀》，《2019天天诗历》，中国青年出版社，2018年11月
《谷雨》，《2019年中国新诗日历》，江西高校出版社，2018年12月

《两条鱼》，《2018年中国诗歌精选》，长江文艺出版社，2018年12月

裴丽英　《童年记忆（组诗）》，《中国诗人》2018年第4期

《一块手帕被风吹下山岗》，《岁月》2018年第12期

青儿格格　《红杏出墙来（八首）》，《中国诗人》2018年第4期

任惠敏　《中国，牡丹盛开》，《大连日报》2018年7月23日

十　鼓　《对光明的无限饥饿（组诗）》，《延河》2018年第4期

《充满绿的人间（组诗）》，《辽宁日报》2017年12月27日

《十鼓的诗》，《诗歌月刊》2017年第11期

《鱼是海的灯（组诗）》，《椰城》2018年第1期

史爱民　《冰窗花（外一首）》，《诗潮》2017年第10期

《生命顽强的树》，《岁月》2018年第10期

《一片树林　一群人们（组诗）》，《中国诗人》2018年第2期

宿奎勋　《祖国啊，我要向你歌唱》，《海燕》2017年第11期

孙甲仁　《苍生（组诗）》，《海燕》2018年第12期

宋文官　《让人生遗忘在春天（组诗）》，《海燕》2018年第4期

佟小冬　《祖先》，《海燕》2018年第5期

佟子婴　《诗二首》，《诗选刊》2018年第9期

万　斌　《青蛙与瓦罐（组诗）》，《海燕》2017年第10期

《钟意境（外二首）》，《诗歌月刊》2017年第12期

王金杰　《西行笔记（组诗）》，《2018中国诗歌年选》，花城出版社，2019年1月

王　雁　《去老网场看杏花（组诗）》，《鸭绿江》2018年第10期

王晓钟　《麻雀窜出的思绪（外一首）》，《辽河》2018年第11期

徐　辉　《牲畜之眼（组诗）》，《满族文学》2018年第2期

颜梅玖　《雨水节》，《诗刊》2018年第8期下半月刊

《父亲的遗物》，《诗潮》2018年第11期

《你的孤独》，《诗刊》2017年第12期

《怀疑之诗》，入选2017年第二届十大好诗

《这一年》等21首，《作家》2018年第6期

于金凤 《母亲的棒槌》，《长春日报》2017年11月24日

张昌军 《被遗忘的那日子（组诗）》，《辽宁诗界》2018年冬之卷

张国民 《父亲》，《海燕》2017年第12期

张艳华 《拱桥》，《诗潮》2018年第7期

《秋》，《沈阳日报》2018年10月22日

《秋语》《林荫路》，《本溪日报》2018年9月28日

赵 雯 《迷上多伦多》，《岁月》2017年第10—11期合刊

《故乡的天鹅湖》，《诗歌月刊》2017年第12期

曾 晖 《再次写到樱花》《大西北拉面馆》，《辽海诗典》，辽宁教育出版社，2017年10月

宗 晶 《天空，晃动着星星的影子》，《海燕》2017年第10期

左 岸 《左岸的诗》，《诗歌月刊》2017年第12期

《我手心里的俄罗斯（组诗）》，《诗林》2018年第3期

《远航》，《诗歌月刊》2018年第1期

《与海同眠（组诗）》，《岁月》2018年10月号上半月

《春雨过后，我是新鲜的》，《中国年度优秀诗歌2017年卷》，新华出版社，2018年1月

《岸边来回（外一首）》，《扬子江》诗刊2018年第6期

《每一次想你都骨瘦如柴（外一首）》，《星星·诗歌原创》2018年第4期

徐 辉 《牲畜之眼》《满族文学》2018年第2期

颜梅玖的诗（21首）《作家》，2018年第6期

赵 雯 《故乡的天鹅湖》，《诗歌月刊》2017年第12期

散文卷存目

阿　琴　《过年说春联》，《大连晚报·品读汇》2018年2月12日
　　　　《葡萄熟了》，《大连晚报》2018年9月18日

丛　棣　《写给杨姑娘的一封信》，《鹿鸣》2018年第8期

杜　玮　《往事》，《参花（下）》2018年第5期（总第853期）

冯　岩　《两条铁轨延伸的荣辱》，《中国乡村》2018年第1期
　　　　《我的花布衫》，《今日辽宁》2018年第5期

付群华　《家乡的公路》，《辽河》2018年第10期
　　　　《秋来果飘香》，《新农业》2018年第10期

古　耜　《那一片清风薄雾里有痛更有爱——鼓岭畅想》，《散文百家》2017年第11期

郭　强　《泡汤》，《海燕》2018年第1期

郭义海　《离不开的“卡生活”》，《金融时报》2018年8月21日
　　　　《一个外企司机眼中的新区之变》，《大连日报·文化副刊》2018年9月17日

国胜连　《天心月满　伽蓝雪泥》，《海燕》2017年第12期

鹤　蜚　《淳厚美丽千岛湖》，《中国生态文化》（双月刊）2018年第5期

姜秀莎　《呼吸或者荡漾》，《中国散文诗一百年大系·闲情逸趣》

李翠英　《冬有信(外两篇)》，《延河（下）》2018年第2期
　　　　《没有蜂鸟，你还叫什么忍冬花》，《海燕》2018年第11期
　　　　《遇见蔷薇》，《海燕》2018年第11期

李　皓　《力量拥有者》，《解放军报》2018年2月7日
　　　　《无以回报》，《人民公安报》2018年4月13日
　　　　《曲靖通幽》，《人民日报》（海外版）2018年9月12日

李健国　《梁喜达“小炮楼”调查纪实》，《大连近代史研究》（第15

卷），辽宁人民出版社，2018年12月

李　静　《笔架山巡礼》，《散文百家》2018年第10期

李秀英　《遇见并深爱》，《海燕》2018年第4期

《追思绵绵无尽期》，《椰城》2018年第6期

刘雅华　《搓澡女》，《本溪日报》2018年6月27日

陆　曦　《日子是一道道的光影》，《辽宁青年》2018年8月17日

潘　娜　《我来石湖等你》，《姑苏晚报》2018年5月

齐凤艳　《萧萧五国城》，《黑龙江日报》2018年8月3日

《你去南方》，《科普作家报》2018年10月20日

浅绛徐照　《米家烟山秀色可餐》，《海燕》2018年第6期

曲圣文　《一九七八年的对联》，《海燕》2018年第10期

曲英杰　《寻找香山红叶》，《华文作家报》2018年7月9日

《等待》，《华文作家报》2018年7月9日

任惠敏　《动物的爱情》，《楚文艺》2018年第1期

王　波　《我送老爸一份特殊礼物》，《大连晚报》2018年7月22日

王金杰　《坐标》，2018年4月荣获由《芙蓉国文汇》主办的第二届“芙蓉杯”全国文学大赛散文优秀奖，并入选《芙蓉国文汇》（第四卷）

《海胆水饺》，《大连日报》2018年12月

王景慧　《雪融以后是春天》，《辽宁职工报》2018年1月17日

《我把小鸟养在了天空》，《大连日报》2018年7月30日

王　陆　《春天以外(外二篇)》，《散文》2017年第10期，收录《散文2017年精选集》，百花文艺出版社，2018年1月

王同富　《苍凉与悲壮》，《海燕》2018年第5期

王　忆　《夏日里的黑白片》，《中国新闻出版广电报》2018年7月30日

《七夕晒晒书》，《四川日报》2018年8月24日

王　勇　《饮茶粤海现真情》，《东北之窗》2017年第Z3期

《清明时节说感恩》，《东北之窗》2018年第Z1期

王忠鹏　《“村小”的春天》，《大连日报》2018年10月3日

《天然气入户燃起我家幸福生活》，《鸭绿江》2018年第7期

温凌毅　《大连地铁开通了》，《大连晚报》2017年12月24日

《我可要移民回普兰店居住了》，《大连日报》2017年12月26日，《新商报》2017年12月26日

《西安路商圈的变迁》，《大连日报》2018年10月3日

笑　含　《海南岛，父亲母亲的初恋》，《作家报》2018年12月7日

徐振成　《母亲的酸菜》，《大连晚报》2018年1月2日

《求学路上　母爱相伴》，《大连晚报》2018年7月1日

薛永清　《月光下的土耳其姑娘》，《海燕》2018年第8期

于永铎　《一枚努力朝阳的叶子》，《我的鲁院，我的鲁三三》，河南文艺出版社，2018年1月

渔舟唱晚　《停留在记忆里的白云》，《辽宁职工报》2018年6月27日

《当裁缝的母亲》，《贺州日报》2018年11月3日

战成仁　《画卷上的小山村》，《大连日报》2018年10月15日

张恩先　《文学伴我成长》，《大连晚报》2018年6月12日

张明春　《食盐记忆》，《大连日报》2018年12月17日

张兴德　《误入“红楼”》，《辽宁日报·北方副刊》2018年5月9日

赵冬妮　《大原寂光》，《散文》2017年第7期，收录《散文2017年精选集》，百花文艺出版社，2018年1月

《秋天年鉴》，《鸭绿江》2018年第3期

纪实文学卷存目

于永铎　《战毒》（节选），云南人民出版社，2017年10月，入选鲁迅文学奖评审作品目录

杜忠明　《餐桌上的毛泽东》（节选），辽宁人民出版社，2018年7月

兰　溪　《抵达苦难深处》，获2018年首届“莲花山杯”全国散文征文大赛三等奖

李　皓　杨　捷　《不仅仅为了报答》，获辽宁省作家协会举办的“庆祝改革开放40周年征文”三等奖

刘晶晶　《我所知道的舒群》，《文史精华》2018年第4期上（总第386期）

刘新智　《蔚蓝的军歌梦》（2017年5月4日草稿，2017年12月10日改）

墨　丹　《张帅从零开始闯大连》，《大连日报》2018年6月25日

王宝玉　王　毅　《家书里的美国》，商务印书馆，2017年12月

王国栋　《百年老镇董家沟》（节选），大连理工大学出版社，2017年4月

张洪波　《回家的路》，《大连日报》2018年9月10日

戏剧影视文学卷存目

电视剧篇

高满堂　李　洲　《爱情的边疆》（节选），获得中国电视剧制作产业协会2018年度优秀剧目奖

电影篇

郝　岩　《45° 天空》，《大众电影》2018年第4期

戏剧篇

梁玉富　《同心结》（小辽剧），2018年由瓦房店市辽剧团上演，获辽宁省第十六届群星奖

南洪刚　赵振胜　《青山绿水》（秧歌剧），2018年由瓦房店市辽剧团上演，获辽宁省第十六届群星奖

儿童文学卷存目

张玉莹　《三个秘密》，《文学少年》2018年第8期

林锡胜　《胡萝卜与长毛兔》，《少年日报》2017年10月31日

《会魔法的老鼠迪尔》，《奇趣世界》2018年第1期

《一只猎狗》，《思维与智慧》2017年11月上半月刊

李希军　《来自海底的朋友迦玛拉》，《少年大世界》2017年10月—2018年6月

葛　欣　《水瓶里的爷爷给我爱》，浙江人民出版社，2018年4月

吴世勇　《秋风是个小画家》，《辽河》2018年第3期

《雪花是个粉刷匠》，《辽河》2018年第3期

《想拜孙猴为师》，《词刊》2018年第10期

张树礼　《海妞妞》，《词林歌海精英群作品选集》，万卷出版公司，2018年4月

《蜗牛之歌》，《上海词家》2018年第2期

于　航　《我的书包爆炸了》，《中国校园文学》2018年第1期

于凤仪　《朕的一天》，获得第16届全国师范院校儿童文学创作评比二等奖